华南师范大学中国语言文学学科建设经费资助

中 国 诗 学

第三十七辑

主　编　　蒋　寅　巩本栋
编　委　　王小盾　王兆鹏　左东岭　刘　石
　　　　　刘玉才　刘跃进　孙克强　邬国平
　　　　　张伯伟　吴光兴　张宏生　周裕锴
　　　　　徐　俊　彭玉平　傅　刚　戴伟华

人民文学出版社

图书在版编目(CIP)数据

中国诗学. 第三十七辑 / 蒋寅，巩本栋主编. 北京：人民文学出版社，2024. -- ISBN 978-7-02-018817-8

Ⅰ. I207.2

中国国家版本馆 CIP 数据核字第 2024UD3861 号

责任编辑　葛云波
装帧设计　黄云香
责任印制　宋佳月

出版发行　人民文学出版社
社　　址　北京市朝内大街 166 号
邮政编码　100705

印　　刷　侨友印刷(河北)有限公司
经　　销　全国新华书店等

字　　数　410 千字
开　　本　787 毫米×1092 毫米　1/16
印　　张　18.25　插页 2
版　　次　2024 年 6 月北京第 1 版
印　　次　2024 年 6 月第 1 次印刷

书　　号　978-7-02-018817-8
定　　价　59.00 元

如有印装质量问题，请与本社图书销售中心调换。电话：010-65233595

目　次

【诗学文献学】

安大简《诗经》异文辑录…………………………………………张学澜　吴辛丑（1）
李觏与祖无择之诗交
　　——兼论其部分诗文系年及四首佚诗的发现………………………周　童（19）
高叔嗣《苏门集》成书与版本考述…………………………………………鲍功瀚（29）

【诗歌理论】

真德秀文学批评的"自得"之旨……………………………………………高艳秋（45）

【诗歌史】

杜甫《哀王孙》创作时间考辨………………………………王新芳　孙　微（54）
宋代宠物诗的文化内涵与书写策略…………………………………………李成秋（63）
由炫才竞技到自我书写：论苏轼的自次韵诗………………………………周　斌（71）
《禅宗无门关》的看话禅思想与颂古诗创作………………………………侯本塔（82）
南宋末广州籍状元张镇孙及《见面亭遗集》汇考…………………………赵晓涛（90）
清韵丽质：诗画结合的一种诗格
　　——以沈周为例…………………………………………………………程日同（97）
论清代《饮中八仙歌》的效拟创作…………………………………………陈家愉（106）
"诗文岂妨于理学"：孙奇逢的文学观念与诗歌创作………………………康光磊（115）
王士禛与宋诗书写……………………………………………………………张　煜（124）
清代澳门诗词中的文学景观…………………………………………………邓骏捷（134）
清季民初主流词法探微
　　——以陈匪石词对周邦彦、姜夔、吴文英三家词的取法为例………龚　敏（145）
侯官郭氏蛰园击钵吟社考论…………………………………………………刘　赫（158）
偈、诗互鉴互渗：历史进程与文体的跨界融合（下）………………………李小荣（167）
由明义二十首"题红诗"看《红楼梦》的成书………………………………章早晨（183）

【诗学史】

梦中得句故事与"池塘生春草"的经典化
　　——兼论本事批评中诗本事与诗学理论的互动关系 …………… 张逸文（193）
北宋"江西词派"考辨 ……………………………………………………… 唐　瑭（205）
"七宝楼台"说考论 ………………………………………………………… 王居衡（214）
寻求七律创作范式的失败
　　——宋明时期"唐人七律第一"之争的成因及反思 ……………… 丁震寰（223）
"拟议"作为诗话新体式：刘光第《诗拟议》、《楚辞拟议》考论 ……… 冷浪涛（235）
陈衍有关词集序跋考释 …………………………………………………… 窦瑞敏（246）
钱锺书《容安馆札记》杜诗批评学刍议 ………………………………… 万明泊（258）

【综述】

20 世纪以来唐诗学的局部回顾
　　——刘长卿诗歌研究学术史述评 …………………………………… 叶　蕾（267）

【书评】

吴晟《知性反思江西诗学研究》读后 ……………………………………… 钟　东（281）

《中国诗学》撰稿格式 ……………………………………………………………（287）

Contents

Studies in Poetic Docments

Compilation on Variant Texts in *Shijing* 诗经 of Bamboo Slips Collected
  by Anhui University ·· Zhang Xuelan, Wu Xinchou (1)
Poetry Communication between Li Gou and Zu Wuze: Concurrent Discussiong
  about the Chronology of some Poems and Four Lost Peoms ············ Zhou Tong (19)
A Study on the Compilation and Editions of Gao Shusi's *Sumen ji*
  苏门集 ·· Bao Gonghan (29)

Studies in Poetic Theory

The Connotation of "be Contented" in Zhen Dexiu's Literary Criticism ··· Gao Yanqiu (45)

Studies in Poetic History

The Study on the Writing Time of Du Fu's
  "*Sorrow for the Prince*" 哀王孙 ······································ Wang Xinfang, Sun Wei (54)
Cultural connotation and writing strategy of pet poems in Song Dynasty ······ Li Chengqiu (63)
From Talent Showing to Self Writing: Su Shi's Self-Rhyming Poem ············ Zhou Bin (71)
The Thoughts of Kanhua Zen and the Creation of Songgu Poems in
  Zen Wu Men Guan 禅宗无门关 ·· Hou Benta (82)
Textual Research of Zhang Zhensun, A Number One Scholar Borned
  in Guangzhou in Late Southern Song Dynasty, and His Jianmianting
  Collected Works ·· Zhao Xiaotao (90)
Clear Rhyme and Beautiful Quality: a Poetic Style Combining Poem
  and Painting——mainly Taking Shen Zhou as an Example ············· Cheng Ritong (97)
On the Imitative Creation of Ode to *the Eight Drinking Immortals* 饮中八仙歌
  in Qing Dynasty ·· Chen Jiayu (106)
Poetry and Neo-Confucianism have always Gone Hand in Hand:
  Sun Qifeng's Literary Ideas and Poetry Practice ······················· Kang Guanglei (115)

Wang Shizhen and Song Poetry Writing ·············· Zhang Yu (124)
The Literary Landscape in Macao Poetry in the Qing Dynasty ············ Tang Chon Chit (134)
The Mainstream Ci Creation in the Period of Late Qing Dynasty and
 the Early Republic of China——Take Chen Feishi's Method of Ci Creation
 of Zhou Bangyan, Jiang Kui, and Wu Wenying as an Example ············ Gong Min (145)
The Scholarly Investigation of the Jibo Yin Society on the Dormant
 Garden by Hou Guan Guo ··· Liu He (158)
The Historical Process of Mutual Learning and Interpenetration of Gāthā
 and Poetry and the Cross-border Integration of its Literary Styles(2) ··· Li Xiaorong (167)
A Study on the Formation of *A Dream of Red Mansions* 红楼梦 from
 Twenty Pieces of Quatrains Inscribed by Mingyi ························· Zhang Zaochen (183)

Studies in History of Poetics

Poetizing in Dreams and Canonization of "Spring Grass Grows in the Pond"
 ——On the Connection between Poem Tale and Poetic Theory ········· Zhang Yiwen (193)
A Textual Study of the Jiangxi Ci-Poetry School in the Northern
 Song Dynasty ··· Tang Tang (205)
The Textual Research of "Qibao Loutai" Theory ···························· Wang Juheng (214)
The Failure of Seeking the Paradigm of Seven-character Regulated Verses:
 The Causes and Reflections of the Controversy over the "First of the
 Seven-character Regulated Verses of the Tang Dynasty" in the Song
 and Ming Dynasties ··· Ding Zhenhuan (223)
Ni Yi-As the New Form of Poetics:Study on *Shi Ni Yi* and *Chu Ci Ni Yi*
 that Written by Liu Guang di ·· Leng Langtao (235)
Preface and Postscript of Chen Yan's Related Ci Sets ····················· Dou Ruimin (246)
The Criticism of Du Fu's Poems in Qian Zhongshu's *Rong-an Pavilion
 Reading Notes* 容安馆札记 ··· Wan Mingbo (258)

summarize

A Partial Review of Tang Poetics since the 20th Century, a Review of Liu
 Zhangqing's Academic History of Poetry Research ························· Ye Lei (267)

Book Review

After Reading Wu Sheng's "*Intellectual Reflection on the Study of
 Jiangxi Poetics*" ·· Zhong Dong (281)

安大简《诗经》异文辑录

张学澜　吴辛丑

《诗经》异文,肇自先秦而盛于两汉。夫齐、鲁、韩、毛四家说诗,既有家法之异,亦有文字之别。而先秦诸子及《左传》、《国语》、《国策》引诗,已颇见异同。郭店楚简《缁衣》与上博楚简《缁衣》及《孔子诗论》均为战国竹书写本,所引《诗》文多有相异者,更添确证。

古代关于《诗经》异文的集存与考辨,资料收录方面以唐陆德明《经典释文·毛诗音义》为最赡,而疏解、辨析有功者则推有清一代,其佼佼者有冯登府《三家诗异文疏证》、陈乔枞《诗经四家异文考》、李富孙《诗经异文释》。

今人《诗经》异文论著甚多,成果丰硕,通论方面如陆锡兴《〈诗经〉异文研究》,考证方面如袁梅《诗经异文汇考辨证》,均是力作。而令当代异文研究别开生面、超迈前代者,则实有赖于地下出土之简帛金石材料,其荦荦大者前有阜阳汉简《诗经》,近有安徽大学所藏楚简《诗经》,材料均已公布,并有不少成果产生,如胡平生《阜阳汉简〈诗经〉异文初探》、于茀《金石简帛与四家诗异文汇考》、程燕《诗经异文辑考》、黄德宽《略论新出战国楚简〈诗经〉异文及其价值》等。战国楚简方面,除安大简《诗经》外,尚有湖北荆州夏家台楚墓竹简《诗经》(2014年发现),荆州王家嘴楚墓竹简《诗经》(2021年发现);汉代竹简方面,除阜阳汉简《诗经》外,尚有江西南昌海昏侯墓竹简《诗经》(2015年发现),这几种材料目前只披露了一些零散信息,完整释文待刊布。此外,在已公布的郭店楚简、上博楚简、清华楚简以及马王堆汉墓帛书、武威汉简、北大汉简材料中,也有不少引《诗》之文,吉光片羽,弥足珍贵。

本篇仿《经典释文》之例,将安大楚简所见《诗经》异文纂集一处,分条排比,冀以示新材料之线索,且省学人搜寻之劳。以安大简材料为主,凡上举出土简帛材料中有相关之异文,亦录而附之,盖以广其类云尔。

【叙例】

一、以通行本《诗经》(《十三经注疏》本)为蓝本,取安徽大学所藏战国竹简《诗经》(简称"安大简")以相比对而录其异文。篇名、章次和语句顺序悉依今本。

二、所出标目,大体以句读为单位,偶有以单词、词组或复句为目者。

三、凡字有异形、词有换用、结构有差异者,均在收罗之列。字词有增减或词序有变动者,先出整句,或整句或逐字(词)标注异文。第二次出现的异文,一般不再录。

四、凡标目、异文完全相同而在同篇中先后出现者,后现者从略,如"窈窕淑女"在《关雎》

本文收稿日期:2023年8月20日

篇中出现三次,只列一个标目;不同标目而异文相同者照录,如"寤寐求之"与"寤寐思服"分列两目,"寤寐"标注两次。

五、采用严式隶定释文,以正式公布释文为准。

六、《诗经》篇名、标目及所出异文使用繁体字,其他行文使用简体字。

周南

關雎

【關關雎鳩】

安大简作"闗＝疋䲹"。

按:上博楚简《孔子诗论》引"關雎"篇名作"囗疋"。

【在河之洲】

安大简作"才河之州"。

【窈窕淑女】

窈窕:安大简作"要翟",荆州王家嘴楚简《诗经》作"夔要",马王堆汉墓帛书《五行》引作"茭苟"。

淑:安大简作"胥"。

【君子好逑】

逑:安大简作"戴",郭店楚简《缁衣》引作"䣙",上博楚简《缁衣》引作"𢧢"。

【参差荇菜】

安大简作"晶𦊒芫菜"。

【寤寐求之求之不得】

安大简作"㗊帰求＝之＝弗䙴"。

寤寐:海昏汉简《诗经》作"宭昩",马王堆汉墓帛书《五行》引作"唔眛"。

不:马王堆汉墓帛书《五行》引作"弗"。

【寤寐思服】

寤:安大简作"㗊",海昏汉简《诗经》作"宭",马王堆汉墓帛书《五行》引作"唔"。

寐:安大简作"帰",荆州王家嘴楚简《诗经》作"寑",海昏汉简《诗经》作"昩",马王堆汉墓帛书《五行》引作"眛"。

服:安大简作"伓",马王堆汉墓帛书《五行》引作"伏"。

【悠哉悠哉】

安大简作"舀＝才＝"。

悠:荆州王家嘴楚简《诗经》亦作"舀",海昏汉简《诗经》作"脩",马王堆汉墓帛书《五行》引作"䌛"。

哉:荆州王家嘴楚简《诗经》亦作"才",马王堆汉墓帛书《五行》引作"才"。

【辗转反侧】

辗转:安大简作"邅㑴",马王堆汉墓帛书《五行》引作"婇槫"。

侧:安大简作"昃",马王堆汉墓帛书《五行》引作"廁"。

【琴瑟友之】

友:安大简作"有"。

【左右芼之】

芼:安大简作"教"。

【钟鼓乐之】

鼓:安大简作"瞉"。

葛覃

【葛之覃兮】

安大简作"葛之𧖷可"。

按:上博楚简《孔子诗论》引"葛覃"篇名作"蓇𧖷",武威汉简《仪礼》引作"葛勝"。

【施于中谷】

安大简作"陀于审浴"。

【维叶萋萋】

安大简作"隹葉萋＝"。

【黄鸟于飞】

飞:安大简作"騹"。

【集于灌木】

灌:安大简作"權"。

【其鳴喈喈】
安大简作"亓鳴鴋＝"。
【維葉莫莫】
安大简作"隹葉莫＝"。
【是刈是濩】
濩：安大简作"穫"。
【为絺为綌】
安大简作"为䋐为䋱"。
【服之無斁】
服：安大简作"備"。
斁：安大简作"睪"，郭店楚简《緇衣》引作"悬"，上博楚简《緇衣》引作"臭"。
【言告師氏】
安大简作"䜍告師市"。
【言告言歸】
歸：安大简作"遝"。
【薄汙我私】
安大简作"尃穫我厶"。
【薄澣我衣】
澣：安大简作"灌"。
【歸寧父母】
安大简作"遝盇父毋"。

卷耳
【采采卷耳】
安大简作"菜＝藧耳"。
卷：武威汉简《仪礼》引作"綣"。
【不盈傾筐】
安大简作"不盈㼌匡"。
【嗟我懷人】
安大简作"差我裹人"。
【寘彼周行】
寘彼：安大简作"實皮"。
【陟彼崔嵬】
崔嵬：安大简作"嶵䰟"。
【我馬虺隤】
虺隤：安大简作"虺遺"。
【我姑酌彼金罍】

安大简作"我古勺金罍"。
【維以不永懷】
安大简作"隹㠯羕裹"。
【陟彼高岡】
岡：安大简作"阬"。
【我姑酌彼兕觥】
觥：安大简作"衡"。
【維以不永傷】
安大简作"隹㠯羕鵙"。
【陟彼砠矣】
砠：安大简作"浞"。
【我馬瘏矣】
瘏：安大简作"徒"，阜阳汉简《诗经》作"屠"。
【我僕痡矣】
僕痡：安大简作"僼夫"。
【云何吁矣】
云何吁：安大简作"員可無"。

樛木
【南有樛木】
有：安大简作"又"。
樛：安大简作"流"，阜阳汉简《诗经》作"朻"，上博楚简《孔子诗论》引作"梂"。
【葛藟纍之】
安大简作"葛藟＝之"。
【樂只君子】
只：安大简作"也"。
【福履綏之】
履綏：安大简作"禮侒"。
【葛藟荒之】
荒：安大简作"豐"。
【福履將之】
履將：安大简作"禮牆"。
【葛藟縈之】
縈：安大简作"榠"。
【福履成之】
成：安大简作"城"。

螽斯
　【螽斯羽】
　安大简作"眾斯之羽"。
　螽:上博楚简《孔子诗论》引作"中"。
　【詵詵兮】
　安大简作"选＝可"。
　【宜爾子孫】
　安大简作"宜尔孙＝"。
　【振振兮】
　安大简作"䍌＝可"。
　【薨薨兮】
　安大简作"厷＝可"。
　【繩繩兮】
　安大简作"䚘＝可"。
　【揖揖兮】
　安大简作"㗊＝可"。
　【蟄蟄兮】
　安大简作"執＝可"。

桃夭
　【桃之夭夭】
　安大简作"桃之夭＝"。
　【灼灼其華】
　安大简作"卲＝亓芋"。
　【之子于歸】
　安大简作"寺子于遝"。
　【宜其室家】
　安大简作"宜亓室豦"。
　【有蕡其實】
　安大简作"又棥亓實"。
　【其葉蓁蓁】
　安大简作"亓葉萋＝"。

兔罝
　【肅肅兔罝】
　安大简作"肅＝兔蔖"。
　罝:上博楚简《孔子诗论》引作"蘆"。
　【椓之丁丁】

　安大简作"彀之正＝"。
　椓:荆州王家嘴楚简《诗经》作"蜀"。
　【赳赳武夫】
　安大简作"糾＝武夫"。
　【公侯干城】
　侯:安大简作"矣",北大汉简《周驯》亦引作"矣"。
　按:"公侯干城"北大汉简《周驯》引作"公矣之干城"。
　【施于中逵】
　安大简作"陀于审戠"。
　【赳赳武夫】
　安大简作"繆＝武夫"。
　【公侯好仇】
　仇:安大简作"戴"。

芣苢
　【采采芣苢】
　安大简作"菜＝莒㠯"。
　【薄言采之】
　薄:安大简作"尃"。
　【薄言有之】
　有:安大简作"右"。
　【薄言襭之】
　襭:安大简作"宯"。

漢廣
　【南有喬木】
　有:安大简作"又"。
　【不可休息】
　息:安大简作"思"。
　【漢有遊女】
　漢:安大简作"灘",上博楚简《孔子诗论》亦引作"灘"。
　【漢之廣矣】
　廣:安大简作"宔",上博楚简《孔子诗论》引作"㘴"。
　【不可泳思】

泳:安大简作"羕",海昏汉简《诗经》作"佾"。

【翘翘错薪】

安大简作"桡=楚新"。

【言刈其楚】

其:安大简作"亓"。

【之子于归】

之:安大简作"寺"。

【言秣其马】

秣:安大简作"秏"。

【言秣其驹】

秣:安大简作"秏"。

麟之趾

【振振公姓】

安大简作"蟁=公青"。

【于嗟麟兮】

嗟麟:安大简作"差夌"。

召南

鹊巢

【维鹊有巢】

维:安大简作"隹"。

【维鸠居之】

鸠:安大简作"鸠"。

居:安人简作"凥"。

【百两将之】

将:安大简作"迳"。

【维鸠盈之】

盈:安大简作"溫"。

【百两成之】

成:安大简作"城"。

采蘩

【于以采蘩】

以:安大简作"㠯"。

蘩:安大简作"蘩",武威汉简《仪礼》引作"䒞"。

【于沼于沚】

沼:安大简作"渚"。

沚:安大简作"止",阜阳汉简《诗经》作"時"。

【公侯之事】

事:安大简作"士"。

【于涧之中】

涧:安大简作"瞯"。

草虫

【我心则说】

说:安大简作"敓"。

【言采其薇】

薇:安大简作"蔽"。

【我心伤悲】

伤:安大简作"慯"。

采蘋

【维锜及釜】

釜:安大简作"鉽"。

【宗室牖下】

牖:安大简作"种",阜阳汉简《诗经》作"牖"。

【谁其尸之】

谁:安大简作"箮",阜阳汉简《诗经》作"誰"。

尸:安大简作"㞔"。

甘棠

【召伯所憩】

安人简作"召白所害"。

【蔽芾甘棠】

蔽芾:安大简作"幣茇"。

【勿翦勿拜】

翦:安大简作"戔",阜阳汉简《诗经》作"諓"。

拜:安大简作"掇",阜阳汉简《诗经》作"捧"。

【召伯所说】

召：安大简作"卲"。
說：安大简作"敓"。

行露
【厭浥行露】
安大简作"厭簷行雩"。
【豈不夙夜】
安大简作"敳不佋夜"。
【謂行多露】
謂：安大简作"胃"。
【誰謂雀無角】
安大简作"隹胃雒亡角"。
【何以穿我屋】
何：安大简作"可"。
以：安大简作"㠯"。
穿：安大简作"𦔶"。
【誰謂女無家】
誰：安大简作"隹"。
謂：安大简作"胃"。
無：安大简作"亡"。
家：安大简作"豪"。
【何以速我獄】
何：安大简作"可"。
以：安大简作"㠯"。
速：安大简作"瘶"。
【雖速我獄】
雖：安大简作"唯"。
速：安大简作"警"。

羔羊
【退食自公】
安大简作"後人自公"。
【委蛇委蛇】
安大简作"蟡＝它＝"。
【羔羊之縫】
縫：安大简作"裻"。
【素絲五總】
安大简作"索絲五樬"。

殷其靁
【殷其靁】
安大简作"𢽏亓霝矣"。
殷：阜阳汉简《诗经》作"印"。
靁：阜阳汉简《诗经》作"離"。
【在南山之陽】
陽：安大简作"易"。
【何斯違斯】
違：安大简、阜阳汉简《诗经》并作"韋"。
【莫敢或遑】
安大简作"莫或敢皇"。
【振振君子】
安大简作"䡾＝君子"。
【歸哉歸哉】
安大简作"追＝才＝"。
【在南山之側】
側：安大简作"昃"。
【莫敢遑息】
安大简作"莫或皇思"。
【莫敢遑處】
安大简作"莫或皇処"。
【振振君子】
安大简作"蟲＝君子"。
按："振振君子"在本篇出现两次，"振"之异文前后形体有差异。

摽有梅
【摽有梅】
安大简作"苃又某"。
【其實七兮】
兮：安大简、阜阳汉简《诗经》并作"也"。
【迨其吉兮】
安大简作"笞亓吉也"。
【其實三兮】
三兮：安大简作"晶也"。
【傾筐墍之】

安大简作"迊匩既之"。

小星

【嘒彼小星】

嘒:安大简作"李",马王堆汉墓帛书《缪和》引作"惠"。

小:安大简作"少"。

【三五在東】

三:安大简作"厽",马王堆汉墓帛书《缪和》引作"参"。

【肅肅宵征】

安大简作"䔍＝肖正"。

肅肅:荆州王家嘴楚简《诗经》作"䔍＝"。

征:马王堆汉墓帛书《缪和》亦引作"正"。

【夙夜在公】

夙:安大简作"佰",马王堆汉墓帛书《缪和》引作"蚤"。

【寔命不同】

寔:安大简作"折",马王堆汉墓帛书《缪和》引作"是"。

【維參與昴】

安大简作"隹晶與茅"。

【抱衾與裯】

安大简作"保衾與襑"。

【寔命不猶】

安大简作"折命不猷"。

江有汜

【江有汜】

安大简作"江乂洍"。

【之子歸】

安大简作"寺子于逞"。

【其後也悔】

安大简作"後也㥍"。

【其後也處】

安大简作"後也凥"。

【江有沱】

有:安大简作"又"。

【不我過】

過:安大简作"迡"。

【其嘯也歌】

安大简作"欼也訶"。

野有死麕

【野有死麕】

野:安大简作"埜"。

麕:安大简作"麇",阜阳汉简《诗经》作"麋"。

【白茅包之】

包:安大简作"橐"。

【有女懷春】

懷春:安大简作"裹萅"。

【吉士誘之】

誘:安大简作"䛮"。

【林有樸樕】

樸:安大简作"虂"。

【野有死鹿】

鹿:安大简作"麋"。

何彼襛矣

【何彼襛矣】

襛:安大简作"䢃"。

【唐棣之華】

唐棣:安大简作"募萊"。

【曷不肅雝】

安大简作"害不䔍雒"。

【王姬之車】

姬:安大简作"妃"。

【華如桃李】

安大简作"芋若桃桴"。

【平王之孫】

平:安大简作"坪"。

【維絲伊緡】

伊緡:安大简作"㫃緡"。

騶虞
　【彼茁者葭】
　安大简作"皮藙者苜"。
　【壹發五豝】
　安大简作"一發五鄙"。
　【于嗟乎騶虞】
　安大简作"于差從虡"。
　嗟:阜阳汉简《诗经》作"譆"。
　【彼茁者蓬】
　蓬:安大简作"莑"。

鄘風

柏舟
　【汎彼柏舟】
　汎:安大简作"泛皮白舟"。
　【髧彼兩髦】
　安大简作"淋皮兩髵"。
　【實維我儀】
　安大简作"是佳我義"。
　【之死矢靡它】
　安大简作"死矢杭它"。
　【母也天只】
　安大简作"母可天氏"。
　【不諒人只】
　諒:安大简作"京"。
　【實維我特】
　特:安大简作"悳"。
　【之死矢靡慝】
　安大简作"死矢杭弋"。

牆有茨
　【牆有茨】
　安大简作"牆又蠢蠡"。
　牆:上博楚简《孔子诗论》引作"牆"。
　有:上博楚简《孔子诗论》引作"又"。
　茨:阜阳汉简《诗经》作"薺",上博楚简《孔子诗论》引作"薺"。

　【不可埽也】
　埽:安大简作"帰"。
　【中冓之言】
　冓:安大简、荆州王家嘴楚简《诗经》并作"媡",阜阳汉简《诗经》作"講"。
　【言之醜也】
　安大简作"言之獣"。
　【不可襄也】
　襄:安大简作"殹"。
　【不可詳也】
　詳:安大简作"謁"。
　【不可束也】
　束:安大简作"欶"。
　【不可讀也】
　讀:安大简作"譚"。

君子偕老
　【君子偕老】
　偕老:安大简作"皆壽"。
　【副笄六珈】
　安大简作"抔开六加"。
　【委委佗佗】
　安大简作"蝎=它="。
　【如山如河】
　如:安大简作"女"。
　【象服是宜】
　服:安大简作"備"。
　【云如之何】
　安大简作"云女之可"。
　【玼兮玼兮其之翟也】
　安大简作"砠亓易也"。
　【鬒髮如雲】
　安大简作"軫頒女云"。
　【不屑髢也】
　屑髢:安大简作"屑偡"。
　【玉之瑱也象之揥也】
　安大简作"玉僨象賮也"。
　【揚且之皙也】

8

安大简作"易虗此也"。
【胡然而天也】
安大简作"古肰天也"。
【蒙彼縐絺】
縐絺:安大简作"璔祗"。
【是紲袢也】
紲袢:安大简作"埶樂"。
【子之清揚】
清揚:安大简作"青昜"。
【揚且之顔也】
安大简作"易虗宧也"。
【展如之人兮】
安大简作"廛女人也"。
【邦之媛也】
媛也:安大简作"詹可"。

桑中
【爰采唐矣】
唐矣:安大简作"荡可"。
【沬之鄉矣】
安大简作"䠇之塱可"。
【云誰之思】
云誰:安大简作"員佳"。
【美孟姜矣】
美孟姜:安大简作"顝盂湯可"。
【期我乎桑中】
安大简作"笄我丧审"。
【要我乎上宫】
安大简作"遷我上宫"。
【送我乎淇之上矣】
安大简作"遺我沅之上可"。
【爰采麥矣】
麥:安大简作"藜"。
【沬之北矣】
沬:安大简作"堇"。
【美孟弋矣】
弋:安大简作"妣"。
【爰采葑矣】

葑:安大简作"莑"。
【美孟庸矣】
庸:安大简作"姷"。

鶉之奔奔
【鶉之奔奔】
安大简作"鶉之奔=" 。
【鵲之彊彊】
安大简作"鵲之競=" 。
彊彊:阜陽漢簡《詩經》作"强="。
【人之無良】
無:安大简作"亡",阜陽漢簡《詩經》作"无"。
【我以爲兄】
安大简作"義㠯为𢁫"。

定之方中
【定之方中】
定:安大简作"丁"。
【作于楚宫】
安大简作"俊为疋宫"。
【揆之以日】
揆:安大简作"癸"。
【作于楚室】
安大简作"俊为疋室"。
【樹之榛栗】
安大简作"桓之秦栗"。
【椅桐梓漆】
安大简作"柯桐杍桼"。
【望楚與堂】
望楚:安大简作"盢疋"。
【景山與京】
景:安大简作"羕"。
【降觀于桑】
桑:安大简作"喪"。
【卜云其吉】
云其:安大简作"員既"。
【終然允臧】

終：安大简作"牢"。

干旄

【孑孑干旄】
旄：安大简作"翆"，阜阳汉简《诗经》作"與"。

【在浚之都】
浚：安大简、阜阳汉简《诗经》并作"孫"。

【素絲組之】
素：安大简作"索"。

【何以予之】
予：安大简作"舍"。

【孑孑干旟在浚之城】
安大简作"孛＝干罜才孫之城"。
浚：阜阳汉简《诗经》并作"孫"。

【素絲祝之】
素：安大简作"索"。
祝：安大简作"纓"。

魏風

葛屨

【糾糾葛屨】
安大简作"赹＝葛纏"。

【可以履霜】
履：安大简作"頿"。

【摻摻女手】
安大简作"犖＝女手"。

【可以縫裳】
縫裳：安大简作"表常"。

【要之襋之】
襋：安大简作"醓"。

【好人服之】
服：安大简作"備"。

【好人提提】
安大简作"好人定＝"。

【宛然左辟】

安大简作"頡眣左頮"。

【佩其象揥】
安大简作"備亓象筭"。

【維是褊心】
是褊：安大简作"此衾"。

【是以为刺】
刺：安大简作"訨"。

汾沮洳

【彼汾一曲】
汾一：安大简作"芬弌"。

【言采其藚】
藚：安大简作"萩"。

【彼其之子】
其：安大简作"忌"。

【美如玉】
安大简作"亓娎女如"。

【殊異乎公族】
安大简作"敉異公族"。

園有桃

【園有桃】
園：安大简作"囩"。

【其實之殽】
之殽：安大简作"是肴"。

【心之憂矣】
安大简作"心之惪"。

【我歌且謠】
我歌且：安大简作"言訶歔"。

【不我知者】
知：安大简作"智"。

【謂我士也驕】
安大简作"胃我士喬"。

【子曰何其】
曰：安大简作"員"。

【其誰知之其誰知之】
安大简作"隹＝亓＝智＝之＝"。

【蓋亦勿思】

安大简作"割勿思"。
【園有棘】
安大简作"囩又楝"。
【其實之食】
之食:安大简作"是飤"。
【聊以行國】
安大简作"翏行四或"。
【謂我士也罔極】
安大简作"胃我士無疢"。

陟岵
【陟彼岵兮】
岵:安大简作"古"。
【瞻望父兮】
瞻望:安大简作"詹䚈"。
【嗟予子】
嗟予:安大简作"差余"。
【行役夙夜無已】
安大简作"行廴佤夜毋巳"。
【上慎旃哉】
安大简作"尚訫坦才"。
【猶來無止】
安大简作"允㽞毋迖"。
【陟彼屺兮】
屺:安大简作"杞"。
【瞻望母兮】
母:安大简作"毋"。
【行役夙夜無寐】
寐:安大简作"帰"。
【猶來無棄】
棄:安大简作"弃"。
【陟彼岡兮】
岡:安大简作"阬"。
【瞻望兄兮嗟予弟】
安大简作"詹䚈覞=曰差舍弟"。
【行役夙夜必偕】
偕:安大简作"皆"。

十畝之間
【十畝之間兮】
安大简作"十畓之肩"。
【桑者閑閑兮】
安大简作"喪者閑="。
【行與子還兮】
安大简作"行與子還"。
【桑者泄泄兮】
安大简作"喪者大="。
【行與子逝兮】
安大简作"行與子道"。

伐檀
【坎坎伐檀兮】
安大简作"欿=伐桓可"。
【寘之河之干兮】
安大简作"今䛐至者河之䰟可"。
【河水清且漣猗】
且漣猗:安大简作"䣱鑗可"。
【不稼不穡】
安大简作"不豪不歗"。
【胡取禾三百廛兮】
安大简作"古取尔禾三百坦可"。
【不狩不獵】
狩獵:安大简作"獸逻"。
【胡瞻爾庭有縣貆兮】
安人简作"古詹尔廷又縣㺔可"。
【不素餐兮】
素餐:安大简作"傃餞"。
【坎坎伐輻兮】
安大简作"塈=伐楅可"。
【寘之河之側兮】
安大简作"今䛐至者河之㫃可"。
【河水清且直猗】
安大简作"河之水清䣱惪可"。
【胡取禾三百億兮】
安大简作"古取尔禾三百薔可"。
【胡瞻爾庭有縣特兮】

特:安大简作"䎳"。
【不素食兮】
素食:安大简作"索飤"。
【坎坎伐輪兮】
安大简作"壈=伐輪可"。
【寘之河之漘兮】
安大简作"今牐至者河之沌可"。
【胡取禾三百囷兮】
安大简残作"□□尔禾三百䵼可"。
【胡瞻爾庭有縣鶉兮】
鶉:安大简作"麕"。
【不素飧兮】
飧:安大简作"餌"。

硕鼠

【碩鼠碩鼠無食我黍】
安大简作"石=鼫=毋飤我番"。
【三歲貫女】
歲貫:安大简作"戠䜌"。
【莫我肯顧】
肯顧:安大简作"肎與"。
【逝將去女】
逝:安大简作"遚",海昏汉简《诗经》作"懲"。
將去:安大简作"牐达"。
【適彼樂土樂土樂土】
安大简作"遚皮樂=土="。
【爰得我所】
得:安大简作"旻"。
【碩鼠碩鼠無食我麥】
安大简作"矷=鼫=毋飤我蒜"。
【適彼樂國樂國樂國】
安大简作"遚皮樂=或="。
【爰得我直】
直:安大简作"悳"。
【碩鼠碩鼠無食我苗】
碩:安大简作"石"。
食:安大简作"飤"。

【莫我肯勞】
勞:安大简作"褮"。
【適彼樂郊樂郊樂郊】
安大简作"遚皮樂=蒿="。
【誰之永號】
安大简作"隹亓兼虘"。

唐風

蟋蟀

【蟋蟀在堂】
蟋蟀:安大简作"蟲螶",清华楚简《耆夜》引诗亦作"蟲螶",上博楚简《孔子诗论》引作"七衙"。
【歲聿其莫】
歲:安大简作"哉",清华楚简《耆夜》引诗亦作"哉"。
聿:安大简作"喬",清华楚简《耆夜》引诗亦作"喬"。
其:安大简作"亓",清华楚简《耆夜》引诗作"云"。
莫:安大简作"蔓",清华楚简《耆夜》引诗作"荟"。
【今我不樂】
我:安大简作"者"。
【日月其除】
除:安大简残作"刹"。
【無已大康】
安大简作"母巳内稟"。
無:清华楚简《耆夜》引诗亦作"母"。
【職思其居】
安大简作"猷思亓鹽"。
【好樂無荒】
無:安大简作"母",阜阳汉简《诗经》、清华楚简《耆夜》引诗作"毋"。
荒:安大简作"無",清华楚简《耆夜》引诗作"忘"。

【良士瞿瞿】

安大简作"良士臞 ＝"。

瞿瞿:清华楚简《耆夜》引诗作"思 ＝"。

【歲聿其逝】

逝:安大简作"邁"。

【日月其邁】

邁:安大简作"䮐",清华楚简《耆夜》引诗作"穢"。

【職思其外】

職:安大简作"猒"。

【良士蹶蹶】

安大简作"良士戉 ＝"。

【役車其休】

安大简作"伇車亓休"。清华楚简《耆夜》引诗作"伇車亓行"。

【日月其慆】

慆:安大简作"滔"。

【職思其憂】

憂:安大简作"惥"。

【良士休休】

安大简作"良士浮 ＝"。

山有樞

【山有樞】

樞:安大简作"枸"。

【隰有榆】

安大简作"淫又俞"。

【子有衣裳】

裳:安大简作"常"。

【弗曳弗婁】

曳:安大简作"歇",阜阳汉简《诗经》作"裼"。

婁:安大简作"逈",阜阳汉简《诗经》作"溜"。

【弗馳弗驅】

馳:安大简作"駞"。

【宛其死矣】

宛:安大简作"蠿"。

【他人是愉】

安大简作"佗人㠯愈"。

【山有栲】

栲:安大简作"楮"。

【隰有杻】

杻:安大简作"迊"。

【弗洒弗埽】

埽:安大简作"嘯",阜阳汉简《诗经》作"騷"。

【弗鼓弗考】

考:安大简作"丂"。

【宛其死矣他人是保】

矣他:安大简作"也佗"。

【山有漆】

漆:安大简作"郲"。

【子有酒食】

酒食:安大简作"酉飤"。

【何不日鼓瑟】

安大简作"盍日鼓瑟"。

何不:阜阳汉简《诗经》作"胡不"。

【且以喜樂】

安大简作"叔㠯訶樂"。

【他人入室】

入:安大简作"内"。

揚之水

【揚之水】

揚:安大简作"易"。

【白石鑿鑿】

安大简作"白石䂴 ＝"。

鑿鑿:阜阳汉简《诗经》作"繫 ＝"。

【素衣朱襮】

安大简作"索衣絑襮"。

【白石皓皓】

安大简作"白石昊 ＝"。

【素衣朱繡】

繡:安大简作"夃"。

【從子于鵠】

13

鵠:安大简作"淏"。
【白石粼粼】
安大简作"白石鏻="。
【我聞有命】
聞:安大简作"聞"。
【不敢以告人】
敢:安大简作"可"。

椒聊
【椒聊之實】
安大简作"栽樛之賈"。
【蕃衍盈升】
安大简作"坴逦湿挈"。
【彼其之子】
其:安大简作"忋"。
【碩大無朋】
安大简作"碩大無塑"。
【椒聊且】
安大简作"栽樛叔"。
【遠條且】
條:安大简作"餐"。
【蕃衍盈匊】
匊:安大简作"擇"。
【碩大且篤】
篤:安大简作"挈"。

綢繆
【綢繆束薪】
綢繆:安大简作"累穆",阜阳汉简《诗经》作"涠穆"。
束:安大简作"欶"。
薪:安大简作"新"。
【三星在天】
三星:安大简作"厽曡"。
【子兮子兮】
安大简作"子=可="。
【綢繆束芻】
安大简残作"□穆欶芻"。

【三星在隅】
隅:安大简作"曡"。
【見此邂逅】
邂逅:安大简作"郂俟"。
【綢繆束楚】
綢繆:安大简作"累穆"。
【見此粲者】
粲:安大简作"盞"。
【如此粲者何】
粲:安大简作"盞"。

羔裘
【羔裘豹袪】
豹袪:安大简作"豹袌"。
【自我人居居】
安大简作"自虐人居="。
【豈無他人】
安大简作"歔亡異人"。
【維子之故】
故:安大简作"古"。
【羔裘豹褎】
豹褎:安大简作"豹䎊"。
【自我人究究】
安大简作"自虐人罕="。

鴇羽
【肅肅鴇羽】
安大简残作"肅=□□"。
【王事靡盬】
盬:安大简作"古"。
【不能蓺稷黍】
蓺稷黍:安大简作"埶稷畓"。
【父母何怙】
怙:安大简作"古"。
【悠悠蒼天】
安大简作"滔=倉天"。
【曷其有所】
曷:安大简作"軎"。

【肅肅鴇翼】
安大简作"肅＝橐翼"。
【集于苞棘】
苞棘:安大简作"橐朸"。
【王事靡盬不能蓺黍稷】
靡:安大简作"枺"。
【曷其有極】
極:安大简作"亙"。
【肅肅鴇行】
安大简作"肅＝䨥㠯"。
【曷其有常】
常:安大简作"裳"。

無衣
【安且吉兮】
兮:安大简作"也"。
【豈曰無衣六兮】
安大简作"剴曰亡衣六也"。
【安且燠兮】
燠兮:安大简作"襖也"。

有杕之杜
【有杕之杜】
安大简作"有瞉者芏"。
【生于道左】
于:安大简作"於"。
【噬肯適我】
安大简作"邀肎遆我"。
【中心好之】
好:安大简作"意"。
【曷飲食之】
安大简作"可㠯畲飲之"。
【生于道周】
安大简作"生於道州"。
【噬肯來遊】
安大简作"邀肎埜遊"。

秦風

車鄰
【有馬白顛】
顛:安大简作"啚"。
【寺人之令】
之令:安大简作"是命"。
【阪有漆】
阪:安大简作"坙又刹"。
【隰有栗】
隰:安大简作"溼"。
【並坐鼓瑟】
安大简作"竝侳鼔瑟"。
【逝者其耋】
安大简作"逪者亓實"。
【隰有楊】
楊:安大简作"楊"。
【今者不樂逝者其亡】
安大简作"含者不樂邀者亓忘"。
按:本篇"逝"之异文前后形体不同。

駟驖
【駟驖孔阜】
安大简作"四駩孔犀"。
【六轡在手】
轡:安大简作"䋣"。
【公之媚子】
媚:安大简作"敚"。
【從公于狩】
狩:安大简作"獸"。
【奉時辰牡辰牡孔碩】
安大简作"奉寺＝脣＝牡孔碩"。
【舍拔則獲】
安大简作"豫頓則脧"。
【遊于北園】
園:安大简作"圁"。
【四馬既閑】

馬:安大简作"駐"。
閑:安大简作"柬",阜阳汉简《诗经》作"閒"。
【輶車鸞鑣】
安大简作"象車䜌麋"。
【載獫歇驕】
安大简作"載監㽞喬"。

小戎
【小戎俴收】
安大简作"少戎輚簡"。
【五楘梁輈】
安大简作"五備桹梱"。
【游環脅驅】
安大简作"遊環䒞厩"。
【陰靷鋈續】
安大简作"輪紳鈇繹"。
【文茵暢轂】
安大简作"䪨䩜象䡈"。
【駕我騏馵】
安大简作"加亓駓駇"。
【言念君子】
言:安大简作"我"。
【温其如玉】
温:安大简作"㤛"。
【在其板屋】
其:安大简作"皮"。
【亂我心曲】
亂:安大简作"䜌"。
【四牡孔阜】
四:安大简作"駟"。
【騏駵是中】
騏駵:安大简作"䭴騮"。
【騧驪是驂】
騧:安大简作"騂",阜阳汉简《诗经》作"驛"。
驪:安大简作"䮵"。
驂:安大简作"參"。
【龍盾之合】

安大简作"尨𩊱是斂"。
【鋈以觼軜】
觼軜:安大简作"結納"。
【方何爲期】
安大简作"方可爲亓"。
【胡然我念之】
胡然我:安大简作"古肰余"。
【俴駟孔群】
俴:安大简作"駿"。
【厹矛鋈錞】
厹:安大简作"銁"。
錞:安大简作"潯"。
【蒙伐有苑】
安大简作"龙䍷又苜"。
【虎韔鏤膺】
鏤膺:安大简作"䥹麐"。
【交韔二弓】
韔:安大简作"邕"。
【竹閉緄縢】
安大简作"竹桃緄縏"。
【載寢載興】
載寢:安大简作"𦧅𡪘"。
【厭厭良人】
安大简作"猒=良人"。
【秩秩德音】
安大简作"犀=悳音"。

蒹葭
【蒹葭蒼蒼】
安大简作"兼苦蒼="。
【白露为霜】
露:安大简作"雺"。
【所謂伊人】
伊:安大简作"医"。
【溯洄從之】
溯洄:安大简作"朔韋"。
【道阻且長】
安大简残作"道邎=□"。

【溯游從之】
游:安大简作"韋"。
【宛在水中央】
安大简作"䓬才水之审央"。
【蒹葭萋萋】
安大简作"蒹苦萋="。
【白露未晞】
安大简作"白霎未㵘"。
【在水之湄】
湄:安大简作"㳦"。
【道阻且躋】
安大简作"道𢧵=薺"。
【宛在水中沚】
安大简作"䓬才水之审㞢"。

终南
【終南何有有條有梅】
安大简作"㝐南可又=柚又某"。
【君子至止】
止:安大简作"之"。
【錦衣狐裘】
安大简作"䋣衣𧝓裘"。
【顔如渥丹】
安大简作"㡵女渥庶"。
【其君也哉】
哉:安大简作"才"。
【有紀有堂】
堂:安大简作"棠"。
【黻衣繡裳】
安大简作"絧衣肅上"。
【佩玉將將】
安大简作"備玉倉="。
【壽考不亡】
考:安大简作"丂"。

黄鸟
【交交黄鳥】
安大简作"鮫=黄鳴"。

【止于棘】
棘:安大简作"朸"。
【誰從穆公】
誰:安大简作"隹"。
【子車奄息】
奄:安大简作"盍"。
息:安大简作"思"。
【百夫之特】
特:安大简作"惪"。
【惴惴其慄】
安大简作"耑=亓栗"。
【彼蒼者天】
苍:安大简作"倉"。
【殲我良人】
殲:安大简作"潏"。
【子車仲行】
仲:安大简作"中"。
【百夫之防】
防:安大简作"方"。
【如可贖兮】
安大简作"女可贖也"。
【子車鍼虎】
鍼:安大简作"咸"。
【维此鍼虎】
鍼:安大简作"咸"。
【百夫之禦】
禦:安大简作"悟"。

晨风
【鴥彼晨風】
安大简作"㝅皮𠲻風"。
【鬱彼北林】
鬱:安大简作"炊"。

无衣
【脩我矛戟】
戟:安大简作"𢦒"。
【與子偕作】

偕作:安大简作"皆俊"。

渭陽

【我送舅氏】

送:安大简作"遺"。

舅:安大简作"咎",海昏汉简《诗经》作"仇"。

【曰至渭陽】

安大简作"喬至于昜"。

【何以贈之】

贈:安大简作"曾"。

【路車乘黃】

安大简作"迻車鞭瑝"。

【悠悠我思】

安大简作"𦣝=我思"。

悠悠:海昏汉简《诗经》作"脩="。

權輿

【於我乎】

安大简作"㠯也於我"。

【夏屋渠渠】

安大简作"頋屋荁="。

【每食無餘】

安大简作"慇飤亡余"。

【于嗟乎】

安大简作"于差"。

【不承權輿】

安大简作"不禹權罊"。

【每食四簋】

四:安大简作"八"。

参考文献

黄德宽、徐在国主编《安徽大学藏战国竹简》(一),中西书局,2019年。
阮元校刻《十三经注疏·毛诗正义》,中华书局,1980年。
陆锡兴《〈诗经〉异文研究》,中国社会科学出版社,2001年。
袁梅《诗经异文汇考辨证》,齐鲁书社,2013年。
于茀《金石简帛诗经研究》,北京大学出版社,2004年。
程燕《诗经异文辑考》,安徽大学出版社,2010年。
胡平生、韩自强《阜阳汉简〈诗经〉研究》,上海古籍出版社,1988年。
荆门市博物馆《郭店楚墓竹简》,文物出版社,1998年。
马承源主编《上海博物馆藏战国楚竹书》(一),上海古籍出版社,2001年。
李学勤主编《清华大学藏战国竹简》(壹),中西书局,2010年。
蒋鲁敬、肖玉军《湖北荆州王家嘴M798出土战国楚简〈诗经〉概述》,《江汉考古》2023年第2期。
《荆州战国楚墓出土竹简〈诗经〉》,《湖北日报》2016年1月28日。
黄德宽《略论新出战国楚简〈诗经〉异文及其价值》,《安徽大学学报》(哲学社会科学版)2018年第3期。
朱凤瀚主编《海昏简牍初论》,北京大学出版社,2020年。
文物局古文献研究室、安徽阜阳地区博物馆阜阳汉简整理组《阜阳汉简〈诗经〉》,《文物》1984年第8期。
裘锡圭主编《长沙马王堆汉墓简帛集成》,中华书局,2014年。
甘肃省博物馆、中国科学院考古研究所《武威汉简》,中华书局,2005年。
北京大学出土文献研究所《北京大学藏西汉竹书》(三),上海古籍出版社,2015年。

〔作者简介〕 张学澜,女,1995年生,华南师范大学汉语言文字学专业博士研究生;吴辛丑,男,1961年生,华南师范大学文学院教授。

李觏与祖无择之诗交

——兼论其部分诗文系年及四首佚诗的发现

周 童

  李觏(1009—1059),字泰伯,世称盱江先生,又称直讲先生,北宋建昌军南城人,著名哲学家、思想家、教育家。他生于北宋中期,少习儒业,屡试科举不第,遂无意仕宦,隐居著述,以富国强民为己任,虽生活在乡间,然其"道德文章卓绝一世,且多所著作,学者皆斗山仰之,盖屹然为宋代儒宗"[1]。当世的名公巨儒,如范仲淹、余靖、蔡襄、祖无择等,"莫不竞造其门而优礼之"[2],胡适亦称他是"北宋的一个大思想家……是江西学派的一个极重要的代表,是王安石的先导,是两宋哲学的一个开山大师"[3]。

  李觏一生著述颇丰,有《直讲李先生文集》[4],其中诗作359首[5]。由于他一向以思想家和哲学家之名见闻于世,且其论政文和题记文也都很有名[6],在这种情况下,他的诗歌创作难免为此二者所掩,历代学者对其诗歌的关注度始终不高,总体评价也不甚高[7]。

  当代研究其诗歌者始自钱锺书[8],进入九十年代以后,治学者在其诗歌研究领域的成果不断增加,取得了可喜成绩[9],惜乎其三百余首诗无注本,笔者不揣浅陋,尝试完成其注释工作,在这一过程中,翻阅了大量与李觏有交游的文人名士的文集,其中祖无择和他的《龙学文集》引起了笔者注意。祖无择(1011—1084),字择之,号龙学,范阳人,宝元元年(1038)进士及第,有《龙学文集》。他是李觏的至交好友,两人一生交游酬唱甚夥。今检索《龙学文集》,发现了四首之前不曾见于各版本的李觏佚诗,都是其与祖无择交游酬唱之作,且根据两人酬唱的诗歌及往还书信等,可确定两人部分诗文的创作时间,修正宋代魏峙《李直讲先生年谱》(下简称《年谱》)中部分诗歌系年之误、补《年谱》中李觏部分诗歌系年之阙,这对深入了解两人的生平和作品都是很有意义的,现结合两人交游二个阶段的情况论述如下。

一 汴京初见成知己,书信往还诉心曲

  李觏与祖无择初次见面是庆历二年(1042)正月,此前,"郡召先生应茂材异等科,有旨召试,故入京"[10],他日后在给祖无择的长诗中回忆在汴京的艰难岁月,"茫茫帝王州,恓恓远行子。携钱赁破屋,乞米蒸陈米。鞍马到即卖,僮仆痴难使。有时造公卿,努力向廛市……衣

本文收稿日期:2023年5月29日

冠信质野,言语欠婉媚。阍人见之笑,将命见而避……归来坐空窗,惆怅夕不睡。"(《寄祖秘丞》)他在汴京举目无亲,造访朝中大臣,希望能得到赏识和推荐,却屡遭拒绝,经常连其门也不得入。在这样的情况下,李觏格外思念千里外的故乡,《乡思》一诗就作于这一时期。按,吴处厚《青箱杂记》卷七:"江南李觏,通经术,有文章,应大科,召试第一。尝作诗曰:'人言日落是天涯,望极天涯不见家。堪恨碧山相掩映,碧山还被暮云遮。'识者曰:'观此此诗意,有重重障碍,李君恐时命不偶。'后竟如其言。"吴处厚,《宋史·列传第二百三十》有传:"邵武人,登进士第。仁宗屡丧皇嗣,处厚上言……帝览其疏矍然,即以处厚为将作丞。"可知处厚与李觏同为仁宗朝人,所记事当可信,谓其"时命不偶……后竟如其言"者,当指李觏庆历二年落第后回乡教书,庆历四年(1044)秋,被同乡邹子房一事牵连下狱二十日,出狱后放弃教职、幽居故园(详下文),则《乡思》当作于庆历四年前。据《年谱》,庆历元年(康定二年十一月改庆历元年),"郡举先生应茂材异等科,有旨召试,故入京……是先生留京一年也",又《寄祖秘丞》"时当庆历初,选举实多士。茫茫帝王州,恓恓远行子"、"二年正月晦,闲房正假寐"云云,亦可证庆历元年初至庆历二年"秋七月试制科不第,归"(《年谱》)这段时间,李觏一直淹滞京城,《乡思》又为思乡之作,则当作于是时,故将此诗系于庆历元年较为妥当。

不过,因为李觏的策论被礼部评为第一[11],很多士子还是注意到了他,其中就包括"改著作佐郎,知南康军"的祖无择[12],他在这一年的正月晦日造访了李觏,两人一见如故,相谈甚欢,成为朋友,"二年正月晦,闲房正假寐。有奴来啄门,手披择之刺……高谈贯先哲,雅意在兹世。昔人相遇间,一言犹合契"(《寄祖秘丞》)。由于当时祖无择还没有到南康上任,送他赴任的船只还在蔡河边俟命,"君授南康守,舟维蔡河涘"(《寄祖秘丞》),而李觏住在汴京北边,两人住的地方相距不远,"我馆汴之阴,前去路则迩"(《寄祖秘丞》),因此两人还经常一起听歌姬弹琴奏曲,"众人娇罗绮,相对纫兰芷。朱弦自三叹,笑杀彼郑卫"(《寄祖秘丞》)。

不久,祖无择奉命出守南康军,而到了孟秋时节,李觏参加制举科考试,考试题共六道,不仅要考经典中抽出的一句的上下文,而且答题必须出自指定的注疏,而这正是李觏最不擅长的,"捉笔析所问,移时数千字。读书取大者,纤悉或靡记"(《寄祖秘丞》)。最终落第而归。丁传靖《宋人轶事汇编》卷九有关于李觏此次制举科考试的轶事一则:"李泰伯尝著书非孟子,后举茂材,论题经正则庶民星,不知出处,曰:'吾无书不读,此必孟子语也。'掷笔而出。"按,傅璇琮等主编的《全宋诗》第七册《李觏诗》中有《诃孟子》一诗,系虞行自元代元怀《拊掌录》辑佚,属误收。按《拊掌录》关于此诗的记载为:"(李觏)素不喜佛,不喜《孟子》,好饮酒作文,古文弥佳。一日,有达官送酒数斗,泰伯家酿亦熟,然性介僻,不与人往还。一士人知其富有酒,然无计得饮,乃作诗数首骂《孟子》,其一云:'完廪捐阶未可知,孟轲深信亦还疑。丈人尚自为天子,女婿如何弟杀之?'李见诗大喜,流连数日,所与谈莫非骂孟子也。无何,酒尽,乃辞去。"可知此诗并非李觏所作。

此次落第对李觏刺激很大,他不再求仕进,"忍耻业衣食,庶乎终养,无有憾焉"[13],踏上了归乡的客舟。途中路过庐山,祖无择派人把他迎到府中,还以嫩橘和肥鱼款待,"嫩橘摘千苞,肥鱼斫千尾",但李觏思乡心切,"高会虽暂欢,故园当速至",很快就告别好友,回到故乡。当时出守建昌军的慎钺仁贤重教,修建学宫,并礼请李觏前去讲学,乡里的子弟纷纷慕名前来。李觏教书非常认真,他每天"早与鸡同觉,夜与月相值",希望能够"不唯务章句,所欲兴礼义。施为有本末,动静有纲纪"(《寄祖秘丞》)。

李觏在教书的同时也一直与远在南康的祖无择鸿雁传书。庆历三年(1043)秋,他"上酌民言,则下天上施"[14],写下《庆历民言三十篇》并序,寄给祖无择,祖无择读后大为赞赏,盛赞其"皆极当时之病,真医国之书耳。使今相天子宰天下者闻其言而行之,何忧乎獯粥?何忧其拓跋氏邪?"[15]还告诉李觏,他近期写了《爱堂铭》与《文爽序》,在友人君锡处,希望李觏能够观览并给出意见,同时,还谆谆嘱托李觏"秋暑千万善爱"[16],拳拳友善之心跃然纸上。按,查《龙学文集》不见《爱堂铭》与《文爽序》,此二文概已散佚;此外,李觏还整理了自弱冠至庆历癸未(1043)的文章,"得草稿二百三十三首。将恐亡散,姑以类辩为十二卷"[17],再次寄给祖无择,并嘱其作序,祖无择"既受之,读之期月不休"[18],并在冬至日为其写下序言,称赞李觏的文章"文、武、周公、孔子之遗文旧制与夫当世之务,言之备矣。务学君子可不景行于斯?"[19]同年冬天,祖无择提点淮南刑狱,"殆及三年冬,闻君受朝寄。名称按刑狱,势可平冤滞……轩车日已远,翰墨益难致"(《寄祖秘丞》),祖无择在庆历四年四月给李觏的信中也说,"无择自来淮楚,以地远且少便,复吏事无余暇,故不得时时拜书"[20],但李觏还是委托门生陈次公将书信及所作策面呈祖无择,并拜托其将文章和他本人推荐给各级官员,故无择回信还有"兹足下之门人高第者曰陈生过听不佞,遣介走数千里,惠然以书见抵,且示之策……推毂之教,岂敢不勉"之语[21]。按,李觏所作策有《富国策》、《安民策》、《强兵策》,而"殆及三年冬,闻君受朝寄……是年之季冬,举家缠疫疠……行行夏交秋,吉微凶不替……方兹恋庭闱,旋已对狱吏……周旋二十日,乃克见巧敝……箧书归敝庐,庠门任芜秽"(《寄祖秘丞》),可知庆历三年(1043)冬,李觏一家身染恶疾,直到第二年夏秋交替时才有所好转,病刚有所好转又面临无妄的牢狱之灾,长达二十日之久,在此之后李觏心灰意懒,放弃教职,再次幽居故园,因此李觏所求推荐的策论不当作于写信当年。又李觏门生陈次公所撰墓志铭,"曾充茂才,有富国、安民、强兵三策,易礼二论,合五十首,天下传诵"[22],可知此三策当作于康定二年(1041,该年十一月改庆历元年),是年郡县推举李觏"应茂材异等科,有旨召试"[23],故第二年即庆历二年李觏前往京城考试。

另,李觏还有一首寄给祖无择的诗《感怀寄择之》:"众人皆锐进,唯我复幽居。虑远梦多乱,身闲气不舒。干求非禄位,好尚岂诗书。日夜又日夜,霜寒鬓发疏。"[24]此诗当作于庆历四年(1044)。"复幽居"是指再一次幽居,相对李觏庆历二年(1042)落第而归、回乡闲居,再一次幽居当指此次出狱后放弃教职,回到故园务农为生,"虑远梦多乱,身闲气不舒",是因为遭受此次无妄的牢狱之灾,心中难免有不平之气,而在此之前他曾委托其门生把所作策面呈祖无择并求推荐,故有"干求非禄位"之解释,故将此诗创作时间系于庆历四年,是比较合理的。《年谱》中没有此诗系年,故本文分析可补其阙。

李觏此次幽居后,虽恪守儒家"穷则独善其身"的人生准则,却依然心怀兼济天下的宏愿,除委托祖无择推荐其所作策论外,庆历四年六月四日,他的病刚刚有所好转,就连日给富弼与范仲淹各去一书[25],就东南布防、夷狄军务、轻敛赋税、从俭礼佛等国之大事提出自己的建议,此时的他早已将功名利禄置之度外,"觏自惟迂阔之流,实无荣禄之望"[26],"时不可失,无嗜眼前之爵禄,而忘身后之刺讽也。觏才不适时,体复多病,非有望于仕进者也"[27],他所希望的只是有识之士对自己的理解,"不知我者谓我何也?语有之:'可为智者道,难与俗人言。'"[28]"但恨养生之地,僻在一方,憧憧众人,无可与计事者"[29],以及当权者对自己建议的采纳,"幸而帷幄之筹,不舍庶人之议"[30],"明公何不从容为上言之?"[31]以免生灵涂炭、百姓受苦,"是以免百万家之祸"[32],否则,"虽周公为相,太公为将,恐无及也"[33],其忧国忧民之心着实令人动容。他在《寄祖秘丞》中亦云:"适时匪我长,不朽乃所拟。道义果弗充,富贵反为累。"按,《年谱》将此诗的创作时间系于庆历五年(1045),此说有误。在这首诗中,李觏向祖无择倾诉了下狱始末和放弃教职后,紧接着又说,"去年仲夏后,盛暑若火炽。郊园有余爽,蔬果聊可嗜",而据此诗叙述可知,庆历四年(1044)夏秋之际,李觏的病刚有所好转,马上又有牢狱之灾近一个月,出狱后应该已接近秋天,若此诗作于庆历五年,则"去年"即庆历四年时,李觏就应该在"盛暑"、"有余爽"的"郊园"收获"聊可嗜"的蔬果,这从时间上来说是不可能的。又该诗结尾有云:"近者游葛陂,念君在衰耄。作诗步幽怀,读之勿嗤鄙",据李觏诗《葛陂怀古》小序"……按《费长房传》,葛陂当在汝南,今信州弋阳有之,未明其故"[34],可知李觏曾游历过信州弋阳的葛陂,又《新城院记》"前此予归自信,时秋大热……从者请息肩,得兹院以宿……五六年矣,而不忘于心……近者予有丧……顾无以答,遂录乡所言者赠之,使刻石为新城院记云。时则皇祐三年冬十月二月也"[35],从皇祐三年(1051)上推五六年,可知李觏游葛陂的时间当为庆历五年或庆历六年(1046),与《寄祖秘丞》从时间上来说不可能作于庆历五年这一分析对照,则可判定李觏游葛陂的时间必为庆历六年,而《寄祖秘丞》、《葛陂怀古》、《葛陂逢何道士》、《弋阳县学北堂见夹竹桃花有感而书》及《弋阳县学铭》都当作于同一时期,即庆历六年。《年谱》除将《寄祖秘丞》误系于庆历五年外,也将后四者系于庆历六年,其依据亦为《新城院记》,然仅云:"……自此年至皇祐三年约五六年,则游信必在是年"[36],然则上推五六年,其时间可为庆历五年或庆历六年,何以言"游信必在是年",其分析过简,证据亦不足,故本文的相关分析可以补《年谱》之阙。

二 游山登台览古迹,袁州唱和成佳话

两人自庐山分别数年后,祖无择"以摘吏忤权贵,降知袁州"(《祖无择墓志》),"自广南东路转运使以太常博士、直集贤苑移知袁州,皇祐五年(1053)六月五日到任,至和二年(1055)十二月十三日,尚书比部郎中翁及替罢。"[37]在任实为两年半。

当时的袁州,"实小邦,于京师为远地"[38],"州境邻虔吉,俗好嚚讼",为能礼乐教化袁州民众,祖无择设学葺庙,"为尊文儒,设学校以化之。增葺唐刺史韩文公庙,貌绘诗人郑都官像而从祀焉,民为敦劝"(《祖无择墓志》)。在学校建成前,皇祐五年(1053)八月二十三日,他就写信邀请李觏前来讲学,"敝郡已作学,更三两月可成,当须坐邀长者来此,为后生唱导也。乃时专遣人礼请,次谨先此"[39]。李觏收到信以后即欣然成行。另,祖无择有诗《龙学九日登袁州宜春台》,该诗当作于同年九月九日重阳节。按,据《龙学文集》卷六可知,是时祖无择"召郡庠职事同登宜春台兼赋诗"[40],乡贡进士直学宋摭的和诗有"东篱幸有主人席,绛帐那逢上客陪"句[41],其下有小注"时李泰伯预也"[42],又同卷《咏震山岩彭征君钓台》诗小序:"……本朝皇祐五年九月二十日休暇,龙学与郡僚游震山岩,因以咏之"[43],且李觏有同题和诗一首,"此台幽隐傍溪居,小小严陵一钓矶。天宝诏虽搜逸切,归官归服芰荷衣。"[44]很可

能是李觏接到祖无择的信后即动身前往袁州,故皇祐五年(1053)九月九日重阳节,祖无择携李觏及同僚登宜春台赋诗,故宋摅和诗有"绛帐那逢上客陪"及小注"时李泰伯预也"之语,而重阳节过后,李觏还与祖无择一起游本郡的震山岩并有唱和。另,李觏游震山岩的此首和诗不见于各版本的李觏作品集,属佚诗无疑,此诗亦当作于皇祐五年。

数年未见的好友再次见面,两人都分外欣喜,除此次同游震山岩并赋诗唱和外,第二年即至和元年(1054)四月,他们和其他几位友人一起还游历了本郡的仰山并一起祭奠了仰山之神,故祖无择的《堵田仰山新庙题名》有"范阳祖无择准制祭仰山神,东平费式、江夏黄本、南阳白文清、洛阳林观、旴江李泰伯、荥阳潘及甫、河东柳淇偕行。至和元年夏四月庚戌淇书"之语[45]。另,祖无择有诗《题仰山二十韵》,该诗有云,"岩花春灼烁,溪鸟暖毰毸"[46],可知此诗作于春天,"神物多灵贶,农田少旱灾"中的"神物"当指仰山之神,据祖无择《知袁州日谒仰山庙祝文》《祈雨祝文》可知祖无择到任袁州后曾数次向仰山之神祈雨祈福,而下文"一麈成系滞,四友阻游陪"中的四友,可能即指《堵田仰山新庙题名》中提到的诸友中的四位,因此,《题仰山二十韵》很可能亦作于此次祖无择与李觏等友人同祭仰山神时,故将此诗系于至和元年,是比较合乎情理的。此外,李觏的《震山岩》一诗,系虞行自《永乐大典》卷九七六四辑佚(见傅璇琮等主编《全宋诗》第七册),此诗亦当作于至和元年。按,诗云"鲜日媚晴霭,泉石闽融融"、"酒味醴于春,揖翠迎春风",则当作于春天,而已知李觏于皇祐五年秋至袁州,且第二年春亦游历袁州山水,故此诗当作于是年,即至和元年春天。

至和元年春末,李觏与祖无择还一起送春并作有诗篇。按,祖无择《奉和泰伯送春绝句》云"忆时相逢甲午年,与君同赋送春篇"[47],李觏《送春绝句二首寄呈龙学》亦有"去年春尽在宜春,醉送东风泪满巾。今日春归倍惆怅,相逢不是去年人"之语[48](《李觏集》题为《送春寄呈祖袁州二首》)。根据年历推算,祖诗中"甲午年"即至和元年,而李觏诗为"寄呈龙学"之作,且回忆的是去年送春之事,故有"相逢不是去年人"之语,且知至和二年(1055)两人已天各一方,故为"寄呈"。综上可知至和元年两人曾在一起送春并赋诗。今检祖无择《龙学文集》,发现《李泰伯送春绝句一首呈龙学(时在袁州)》:"宜春台上送春归,泪滴金杯不自知。懊恼黄莺解言语,飞来惟见落花枝。"[49](《李觏集》中该诗名为《送春》)且祖无择有同题和诗:"九十日春今日尽,送春何况我偏知。后期应在经残腊,重探梅开雪里枝。"[50]则李祖此二诗当作于至和元年(1054)两人在宜春送春之时。

另,祖无择还有《送春长句呈泰伯先生》,其诗云:"尽日临风把酒卮,宜春台上送春归。已看绿树愔愔静,犹有残花怗怗飞。岁月任从随手过,功名未必与心违。我缘客宦无常处,后会如今亦恐稀。"[51]该诗的后面还有附文:"无择启:前日承泰伯先生宠示新诗三首,谨次严韵奉和。幸赐采览。"[52]按,《李觏集》中还有一首名为《送春》诗:"送尔归天去,天应解过淫。物主谁得所?我见独伤心。好景吟来遍,芳樽醉不禁。东风别无用,百草已成林。"[53]亦以送春为主题,且诗云"我见独伤心",则此诗与他的《送春绝句二首寄呈龙学》以及祖无择的《奉和泰伯送春绝句》二首、《送春长句呈泰伯先生》一样,作于至和二年(1055),即至和二年春末,李觏将《送春绝句二首寄呈龙学》及《送春》(送尔归天去)共计三首寄祖无择,故祖无择有"前日承泰伯先生宠示新诗三首"之语,此后,祖无择亦"依严韵"作《奉和泰伯送春绝句》二首及《送春长句呈泰伯先生》共计三首。《年谱》仅将《送春二绝》系于至和二年,并无具体分析，本文分析可以补《年谱》之阙漏。

至和元年春，李觏与祖无择应该还一起游览了本郡名胜宜春台并有诗歌唱和。按，汉武帝元光六年(公元前129年)，宜春侯刘成于城中及周围立五台，最盛者即为宜春台，"寰瞪之傍崛起数百尺"[54]，植桃李万株，故有"高出袁城百万家，巍峨楼殿锁烟霞"[55]之美誉。李觏的《宜春台》有云："谪官谁住小蓬莱，唯有宜春有古台。千里待看毫末去，万家攒作画图来。云中罗绮香风落，月底笙歌醉梦回。莫怪江山苦相助，骚人没后得真才。"[56]祖无择有和诗《又和题宜春台》："异乡何处散幽怀，赖得城中百尺台。还向天涯经岁住，那知春色为谁来。雪消江上看梅发，风暖衡阳有雁回。强拟登高聊赋咏，再三愧乏楚人才。"[57]由于祖无择"以摘吏忤权贵，降知袁州"(《祖无择墓志》)，而李诗有"谪官谁住小蓬莱"之语，且据祖诗"雪消江上看梅发，风暖衡阳有雁回"可知李祖二作皆作于春天，而祖无择在袁州时间为"皇祐五年六月五日到任，至和二年十二月十三日，尚书比部郎中翁及替罢"[58]，又已知至和二年春天，李祖二人并不在一处[59]，故两人登宜春台并赋《宜春台》诗的时间必为至和元年。《年谱》中没有李觏此首《宜春台》的系年，故本文分析可补其阙。

此外，李觏和祖无择还一起参加了袁州学宫的落成礼，学校落成于至和元年五月[60]，当时，祖无择作为地方郡守、李觏作为乡贤代表与众生一起向先圣先师行舍采礼，李觏在众生面前回顾历史，强调教育的重要性，并勉励他们追随先贤、坚持节操，"俾尔由庠序践古人之迹"、"使人有所法，且有所赖"[61]，并以此为内容写成了千古传世之作《袁州学记》，这篇文章一问世就名扬天下，当时即由著名书法家柳淇书写、著名篆刻家章友直刻字，立碑于袁州学馆前，时称"三绝"[62]。

总之，李觏与祖无择及其他名士乡贤在袁州游山登台、赋诗唱和并劝学尊儒，为世瞩目，实为文坛佳话，亦为当时袁州文化界和教育界的一大盛事。

三 再吟东湖乐游堂，老友后会亦恐稀

也许人在年龄渐长后，对光阴荏苒、世事无常的体会更深，正如祖无择在《送春长句呈泰伯先生》中所言，"岁月任从随手过，功名未必与心违"[63]，同时，也因为"我缘客宦无常处，后会如今亦恐稀"[64]，祖无择的任期将满，因此，至和元年(1054)的袁州一别后，虽然两人在第二年春天又互寄送春诗篇，但相对此后可能长久的离别甚至是永诀却犹嫌不足，加之此年祖无择修葺了东湖上已颓败的建筑，增建了乐游堂、让堂、廉堂、休亭、消暑亭等亭榭为觞咏之所[65]，因此，至和二年(1055)夏，两位老友在袁州又有了一次欢聚，一同在东湖乐游堂游览，饮酒赋诗，有了再一次的诗歌唱和。

李觏此次游览了东湖名胜后，作有《东湖》一诗，诗云："古郡城池已瞰(龙学文集作"枕")江，重湖更在郡东方。水仙坐(龙学文集作"座")下鱼鳞赤，龙女门前橘树香。路绝尘埃非洒扫，地无风雨亦清凉。使君待客多娱乐，只有醒时觉异乡。"[66]祖无择有同题和诗："晴烟幕历澹湖光，势胜居然占一方。拂水万丝杨柳弱，倚风千盖芰荷香。纵游闲泛蓝舟稳，半醉狂眠石席凉。公退每来须度日，却疑身出利名乡。"[67]此二诗都当作于至和二年。《年谱》中并无此诗系年，本文分析可补其阙。

此外,检索《龙学文集》,还发现李觏两首佚诗,其一《盱江李泰伯题袁州东湖乐游堂呈龙学》:"万象城东雅入诗,半湖云霭卷残晖。老龙惜雨慵离蛰,幽鹭逢人惯不飞。岸僻自宜安钓石,波清谁碍濯尘衣。使君公退便游此,却恐吾皇急诏归。"[68]其二《再呈》:"郡藏好景有东湖,谁道蓬莱远无路。水底芙蓉谩托根,争如岸上甘棠树。客来坐见碧波中,鱼跳泼剌赪尾露。下钓不及吕尚贤,明月清风又归去。"[69]此二诗皆不见于各版本的李觏作品集,属佚诗无疑,亦当作于至和二年。

另,祖无择作于至和二年的《袁州东湖记》有云:"……南有石高丈余,奇秀可爱,实自卢肇故宅徙焉。"[70]祖无择将此石命名为卢肇石,并以此为题材作《题袁州东湖卢肇石》诗,他还邀请诸多好友作诗唱和,据《龙学文集》卷五可知,当时梅尧臣、任大中、萧元宗都参与了,梅尧臣诗为《题卢石》,任大中诗为《和祖无择题袁州东湖卢肇石》,萧元宗诗亦为《和祖无择题袁州东湖卢肇石》,这四首诗都当作于至和二年(1055)。

此后,由于祖无择回汴京任嘉祐二年(1057)科举考试官[71],而李觏也于同年赴太学供职,此后两年,因胡瑗以病告假而权同管勾太学,"寻以祖母未祔先茔,请假归迁,旨给假一月,先生遂归。八月卒于家中……临终无他言,惟执次公手以明堂定制图为托,三礼未成为恨"[72],享年五十一岁。而祖无择"召为三司户部判官,赐五品服,改判勾院。命使契丹还,遂请补外,迁工部员外郎、知陕州。召还,修起居注,兼三司户部判官,拜知制诰,赐三品服,兼修玉牒……判太府寺,加兵部员外郎",宋英宗即位后,"再使契丹还,迁刑部郎中、龙图阁学士,纠察在京刑狱。转右司郎中,知郑州",宋神宗即位后,"迁右谏议大夫、知杭州……再迁光禄卿、提举嵩山崇福宫,又迁秘书监、充集贤苑学士、管勾西京留司御史台。会改官制,授中大夫、知信阳军。岁余,以高年再求崇福宫,命未下而以元丰七年正月十五薨于正寝,享年七十有四"(《祖无择墓志》)。因此,至和二年(1055)袁州一别后,两人的东湖唱和遂成绝响,这也恰好印证了祖无择"我缘客宦无常处,后会如今亦恐稀"之语[73],令后人亦生无限感慨与惆怅。《全宋诗》第七册《李觏诗》中,虞行自《永乐大典》卷一四三八〇辑佚的《又寄龙学》:"三十年交旧,相逢各白头。海壖曾共饭,洛社又同游。脱屣风波地,开怀松桂秋。两眉从此后,应不著闲愁。"[74]此诗实为邵雍所作,出自其诗集《伊川击壤集》卷九,名为《代书寄祖龙图》,题目略有不同,内容相同。且李觏与祖无择相识于庆历二年(1042),到李觏嘉祐四年(1059)离世,两人相识仅十七年,谈不上"三十年交旧"。又"洛社"当指洛阳耆英会,由司马光与富弼、文彦博、祖无择、邵雍集洛阳年高者共十三人(一说十一人)置酒相乐,事见《宋史·文彦博传》及司马光《洛阳耆英会序》。耆英会成员并无李觏,此亦可证此诗非李觏所作。

要之,李觏一生官不过八品[75],长期生活在偏远的建昌军,仕途无足观,家业无足道,然其理学造诣深厚,培养弟子无数,其道德文章亦流传至今,影响深远;祖无择虽官至三品,"书殿兰台,位列九卿",却执持善行,固守志节,"谤言营营,名节靡倾;全玉坚金,锻炼愈明"(《祖无择墓志》),他与李觏两人的交往以及诗词唱和皆由心而发,只因二人品性纯良、志趣相投,而毫无世俗的功利色彩,因此弥足珍贵。详细论述两人的交游始末并廓清其诗歌唱和及部分诗歌创作的时间脉络,对于深入了解二人的生平及作品都大有裨益。

注 释：

〔1〕 王国轩点校《李觏集》附录三《陆瑶林李泰伯先生文集原序》，中华书局2011年版，第551页。

〔2〕〔10〕〔23〕 《李觏集·外集》卷三，魏峙《直讲李先生年谱》，第529、525、525页。

〔3〕 胡适《胡适文存》卷一《记李觏的学说：一个不曾行君道的王安石》，外文出版社2013年版，第二册，第23页。

〔4〕 李觏的作品包括赋三篇，《礼论》七篇并序，《易论》十三篇，《删定易图序论》六篇，《周礼致太平论》五十一篇并序，《明堂定制图序》和《五宗图序》各一，《潜书》十五篇并序，《广潜书》十五篇并序，《富国策》、《强兵策》、《安民策》各十篇，《周礼致太平论》五十一篇并序，《庆历民言》三十篇，《平土书》、《野记》二篇并序，记两卷，序一卷，表一卷，书二卷，杂文一卷，墓志铭二卷，《常语》上、中、下，以及诗作三卷。

〔5〕 《李觏集》的三卷诗作共计347首；绩溪邓爱民自李觏后人所藏李氏宗谱中辑6首，其中《望海亭》诗与集中《野意亭》字句稍有出入，应为一首；清代黄家驹编撰《麻姑山志》（曹国庆、胡长春校注，江西人民出版社1998年版）辑一首署名李觏的诗《垂玉》；笔者自祖无择《龙学文集》辑李觏诗3首，自《全芳备祖》中辑佚《牡丹》1首，计4首；《全宋诗》第七册中，虞行自《全芳备祖》、《永乐大典》等辑佚5首，其中《又寄龙学》系邵雍所作（详见本文第三部分），《诃孟子》非李觏所作（详见下文）。

〔6〕 范仲淹称其"著书立言，有孟轲、扬雄之风义，实无愧于天下之士"，朱熹称"李泰伯……文字气象大段好，甚使人爱之"。元代的富大用奉李觏为文坛宗主，"临川于江西号士乡，王介甫、曾子固、李泰伯以文为一代宗主"；南宋谢枋得《文章轨范》说，"《袁州学记》，本朝大儒作。学记多矣，三百年来人独喜诵《袁州学记》。"元代刘壎《隐居通议》称《袁州学记》"高出欧、苏，百世不朽"，清乾隆帝《书李觏袁州学记后》："吾于李觏《袁州学记》盖不能不三致意焉！……至于慷慨激昂，洞见肝膈，使人有所动而有所畏，其可谓明于学校之本也。"

〔7〕 清人陆瑶林认为泰伯之诗，连他的"赋"可以一并纳入"高步唐人之风"的行列；《四库全书总目提要·盱江集三十七卷》云："觏在宋不以诗名，然王士祯《居易录》尝称其《王方平》、《璧月》、《梁元帝》、《送僧游庐山》、《忆钱塘江》五绝句，以为风致似义山。今观诸诗，惟元帝一首不免伧父面目，余皆不愧所称，亦可谓渊明之赋《闲情》矣。"

〔8〕 钱锺书《宋诗选注》收录李觏的《获稻》、《乡思》和《苦雨初霁》三首，并评价云："受了些韩愈、皮日休、陆龟蒙等的影响。意思和词语往往都很奇特，跟王令的诗算得宋代在语言上最创辟的两家。可惜集里通篇完善的诗篇不多。"

〔9〕 吴晟《李觏诗歌概观》是李觏诗歌研究的发轫之作，对李觏诗作了较为全面的梳理；王春庭发表过四篇研究文章，按题材系统论述其诗歌；张福勋《怪丽雄健用意出人——李觏诗艺小议》分析李觏诗歌"怪丽雄健"、立意新颖的艺术特色；胡迎建《论李觏的诗》将李觏诗分六类，并将李觏诗置于唐、宋诗发展史中考察；曹瑞娟《李觏哲学生态观及其诗歌的生态解读》从哲学生态观的角度解读李觏诗；高琦、邓俊《传陶公之闲情，追唐人之风致——李觏七绝诗诗风探析》专门探讨李觏七绝诗的艺术特色；张小丽博士论文《宋代咏史诗研究》，将李觏、梅尧臣、欧阳修、张方平等诗人并举，认为其处于宋代咏史诗发展的"承袭期"，初步确立李觏咏史诗在宋代咏史诗中的地位；吴智昌硕士论文《李觏诗歌研究》、段守艳硕士论文《李觏诗歌研究》、欧婷婷硕士论文《李觏诗歌创作研究》也从不同角度论述了李觏的文学观念、诗歌的思想内容和艺术特色等。

〔11〕 《李觏集·外集》卷二，萧注《萧阁副二书》，第503页。

〔12〕 范纯仁《祖无择墓志》。据郭培育、郭培智主编《洛阳出土石刻时地记》，《祖无择墓志》"民国廿五年，洛阳北十五里后海资村出土……一九五〇年被村民于中间凿孔，当作井口石"。又据《黄明兰洛阳考古纪实录》一书，可知后征集收回洛阳博物馆。但失字几占一半，幸有好事者在其凿孔前捶拓，有少数拓本

流传。近有刊布者,惜中部横向残失二行字。扈晓霞、郑卫、赵振华在《北宋官员文士祖无择生平仕履疏证:以〈祖无择墓志〉和妻〈黄氏墓志〉为中心》一文中刊布完整拓本,作为研究祖无择的原始资料。本文所引《祖无择墓志》的内容皆转引自该文,以下不再特别注明。

〔13〕《李觏集》卷三十一《先夫人墓志》,第377页。

〔14〕《李觏集》卷二十一《庆历民言》序,第239页。

〔15〕〔16〕〔19〕〔20〕〔21〕〔39〕 《李觏集·外集》卷二《祖学士五书》,第504、504、504—505、504—504、505页。

〔17〕《直讲李先生文集》自序,中华书局2011年版,第2页。

〔18〕《直讲李先生文集》序,第1页。

〔22〕《李觏集·外集》卷三《门人陈次公撰先生墓志铭并序》,第511页。

〔24〕《李觏集》卷三十六《感怀寄择之》,第430页。

〔25〕《李觏集》卷二十八《寄上富枢密书》,第317—320页;李觏《李觏集》卷二十七《寄上范参政书》,第315—316页。

〔26〕〔28〕〔30〕〔33〕 《李觏集》卷二十八《寄上富枢密书》,《李觏集》第317、320、320、318页。

〔27〕〔29〕〔31〕〔32〕 《李觏集》卷二十七《寄上范参政书》,《李觏集》第316、316、316、316页。

〔34〕《李觏集》卷三十六《葛陂怀古》,第459页。

〔35〕《李觏集》卷二十四《新城院记》,第278页。

〔36〕《李觏集·外集》卷三,魏峙《直讲李先生年谱》,第529页。

〔37〕〔58〕 祖无择《龙学文集》卷十《堵田仰山新庙题名》,第10—11页。

〔38〕《龙学文集》卷十《知袁州日谒仰山庙祝文》,第6页。

〔40〕〔41〕〔42〕〔43〕〔44〕〔47〕〔48〕〔49〕〔50〕 《龙学文集》卷六,第6、6、6、7、8、6、5、5、5页。

〔45〕《龙学文集》卷十,第10页。

〔46〕《龙学文集》卷一,第3—4页。

〔51〕〔52〕《李觏集·外集》卷三《祖学士诗·送春长句送李泰伯》,第509、509页。

〔53〕《李觏集》卷三十六,第438页。

〔54〕明正德本《袁州府志》卷五《祠庙》,第3页。

〔55〕《江西通志》卷一百三十六《艺文·序一》,刘嗣隆《题宜春台序》,《文渊阁四库全书》本,第19页。

〔56〕《李觏集》卷三十七,第486页。

〔57〕《龙学文集》卷五,第8页。

〔59〕李觏的《送春绝句二首寄呈龙学》作于至和二年,故两人在至和二年作《送春》唱和时并不在一起(详见本文第二部分第四段的论述)。

〔60〕〔61〕 《李觏集》卷二十三《袁州学记》:"皇帝二十有三年,制诏州县立学……三十有二年,范阳祖君无择知袁州。始至,进诸生,知学宫阙状,大惧人材放失,儒效阔流,亡以称上旨……乃营治之东北隅……越明年成,舍菜且有日……",第259页。

〔62〕《龙学文集》卷十二《龙学修袁州学记》序,"次年至和甲子学成,盱江李泰伯撰记刻石以记其事。京兆章友直篆额,河东柳淇书,世称'三绝'。"

〔63〕〔64〕〔73〕 《李觏集·外集》卷三《祖学士诗》,第509、509、509页。

〔65〕《江西通志》卷八:"东湖在府城东三十步,宋至和二年州守祖无择于湖上建亭榭为觞咏之所。"又见《龙学文集》卷七《袁州东湖记》。

〔66〕《李觏集》卷三十七《东湖》，第 486 页。

〔67〕《李觏集·外集》卷三，第 510 页。

〔68〕〔69〕《龙学文集》卷十一，第 4—5、4—5 页。

〔70〕《龙学文集》卷七，第 15 页。

〔71〕《宋会要辑稿·选举一九》："（嘉祐二年正月）十五日，命直集贤苑祖无择、集贤校理钱公辅考试知贡举官亲戚举人"，充本年国家考试官。

〔72〕《李觏集·外集》卷三《门人陈次公撰先生墓志铭》，第 513 页。

〔74〕北京大学古文献研究所编《全宋诗》第七册，北京大学出版社，1992 年版，第 4357 页。

〔75〕据《李觏集·外集》卷三《直讲李先生年谱》，嘉祐三年，李觏"除通州海门主簿太学说书"，官列八品。

〔作者简介〕 周童，1982 年生，女，山东荣成人，文学硕士，现任职于广州大学。

《从萧门到韩门——中唐通儒文化研究》

（李桃，中国社会科学出版社 2023 年 4 月版）

日本学者内藤湖南提出中国历史文化"唐宋变革"说，百年来一直是中外文史学者关注的焦点，近年国内学界又对这一问题重新展开反思和验证。已有不少文史学者分别从思想、政治、经济、文学等不同视角对唐宋之际发生的转变进行了讨论，很少有研究触及这一时期文化的承担者——士人本身身份追求改变的话题。其实从中唐开始萌生的通儒型士人发展成为北宋崛起的官僚士大夫的过程，是一个我国古代士人群体从被动接受社会环境改造变成主动建立内心秩序和自我期许的过程，作为构成社会最基础的单元，每一位士人、每一个士人群体的改变最终汇成社会之大变革，对这一时期士人自我认同心态的探求应该成为唐宋变革研究的重要一环。本书的研究内容聚焦于中唐时期涌现出的通儒型人才，选取从萧门子弟到韩门子弟之间的数代传承者作为代表人物，从他们的流派性、身份特征入手，厘清流派主要成员和传承谱系，以及他们作为通儒型人才所具有的共性，包括在礼官身份、史官身份、传奇作家、经济人才、幕府智囊、地方循吏等各个方面展现出来的经国济世才能，进而推导出萧－韩流派成员作为中唐通儒群体的代表，如何在唐宋变革背景下开启士人身份转型，并影响宋代官僚士大夫政治体系之定型。这是唐宋变革说的题中应有之意，也是唐代文史研究前辈们有关"文儒"研究的一个延伸性工作。

高叔嗣《苏门集》成书与版本考述

鲍功瀚

王世懋在《艺圃撷余》中断言："更千百年，李（梦阳）、何（景明）尚有废兴，二君（徐祯卿、高叔嗣）必无绝响。"[1]高叔嗣年方弱冠，不仅得前七子领袖李梦阳"高某才，万人敌也"之叹[2]，于何景明、王廷相等复古派重要人物亦尝接席[3]，而当时胜流如金陵三俊之一王韦、西原先生薛蕙皆青眼有加[4]；高叔嗣身后，嘉靖八才子之一陈束为高叔嗣整理遗文，撰序揄扬，后七子领袖王世贞则称高诗"清婉深至，五言上乘"[5]，乃弟世懋更做出前引"必无绝响"的断言。诚如王世懋所言，是后论明诗而观点各异的诸家，从钱谦益、王夫之到朱彝尊、王士禛、汪端等人，于李、何有褒有贬，于高叔嗣则咸不吝美辞[6]。执清初诗坛牛耳的王士禛甚至自谓"不佞束发则喜诵习二家（徐祯卿、高叔嗣）之诗，弱岁官扬州，数于役大江南北，停骖辍棹，必以《迪功》、《苏门》二集自随"[7]，其对高诗的喜爱以及受到的影响不言而喻。仅仅通过以上简短的引述便不难想象，高叔嗣无论是在前后七子的复古运动中，还是在更广阔的明清文学史上，都是不应被忽视的重要诗人。何况若细味《苏门集》，便更能感知到，高叔嗣诗之造诣与成就，委实不负前人的赞辞。

高叔嗣的作品囊括于其别集《苏门集》中，然而，对《苏门集》的成书与版本源流，迄今未有完善的梳理，遑论整理与校注[8]，这对深入研究高叔嗣及其影响的阻碍可想而知。高叔嗣与徐祯卿齐名，乃今声名远逊于徐，其创作成就与在文学史上的重要性长期没有得到确切认知，也与《苏门集》的文献面貌之模糊不无关系。有鉴于此，本文拟详细阐明《苏门集》的成书与版本，为高叔嗣乃至明清文学研究尽绵薄之力。

关于《苏门集》的成书与版本，需要阐明的主要是以下两个部分：一是《苏门集》编成前高叔嗣手订的小集。这些小集在高叔嗣生前即已流传，在高叔嗣去世后成为《苏门集》诗歌部分的主要来源。单行的小集虽皆不存，但在《苏门集》中基本保留了原貌，可以藉此考察各集的成书时间、内容、体例，有裨于理解高叔嗣对自己作品的编辑方法与态度及其作品在其生前的流传形式与影响。二是《苏门集》的诸本。各本《苏门集》虽皆为八卷，相互之间仍有一定的不同。各本的刊刻时间、特征以及相互之间的关系，仍需要得到澄清。毋庸费言，只有明确了这些基本的版本问题，才能更为准确地阅读、研究高叔嗣与《苏门集》。此外，《四库全书》收录的《苏门集》底本非一。《四库全书》不同阁本底本不同的情况前人虽多有论述[9]，但似未见言及《苏门集》者，再加上现今阅读《苏门集》仍多依据文渊阁本，这里也一并

本文收稿日期：2023 年 7 月 8 日

考察《四库全书》诸本，并平议其得失。

一 《苏门集》成书前的小集

嘉靖十六年(1537)六月十七日，高叔嗣以三十七岁的盛年病没于湖广按察使任上。三个月后，友人陈束整理遗稿，编为《苏门集》八卷，刊刻行世[10]，是为《苏门集》的最早版本。

陈束得以如此快的速度编定高叔嗣的遗稿，与高叔嗣生前已数次自订小集分不开。陈本前四卷为诗，后四卷为文。后四卷按文体分类，并无特别；前四卷则各分小集，各小集又有小序，卷一为《考功稿》，卷二为《读书园稿》，卷三为《晋阳稿》，卷四为《入楚稿》与《佚稿》。其中《考功稿》、《读书园稿》、《晋阳稿》三稿的小序起以"自叙曰"，序中自称"余"，为高叔嗣自订；《入楚稿》与《佚稿》则以"高子"称之，则为陈束所订。

这些小集在诸家书目中均无著录，或疑高叔嗣编定后即藏于箧中，未尝付梓，但有文献可以证明它们在高叔嗣生前已经刊行。王纬《苏门集后序》云："戊子，以中郎告归，注书梁园。辛卯，起上京华。其后二年癸巳，外迁晋藩，参守冀南，弥憺汾郡。是时，小子纬幸经品题，因出梁园篇刊之郡中，遂有《读书园稿》。"[11]是《读书园稿》在高叔嗣生前已刊刻传世的显证。高叔嗣去世后，其兄高仲嗣所撰行状云："其所著有《高氏读书园集》、《弃瓠集》、《考功集》，晋阳题篇散不及收者犹多。"[12]其云"晋阳题篇散不及收者犹多"，且不言《苏门集》，意味着高仲嗣既不知高叔嗣在去世前已编成《晋阳稿》，亦不知陈束正在整理或已经编定高叔嗣遗稿为《苏门集》，则行状反映的是高叔嗣去世不久的情况。行状特意将"晋阳题篇散不及收者犹多"与"其所著有《高氏读书园集》、《弃瓠集》、《考功集》"对提，且《读书园稿》确已行世，可知《弃瓠集》、《考功集》亦尝刊行（《弃瓠集》之名不见今本《苏门集》中）。又高叔嗣《与孔文谷书》云："鄙作粟生点定者一册，附请教，兼新刻愿乞大序，倘肯惠及数言，即十朋之赐。"孔文谷是高叔嗣在山西结识的好友，据此书前文"揭来江关，寻亡王之陈迹，探仙灵之奇踪，况值仲宣作赋之楼，交甫解佩之浦"（卷六，页一一b——二a），知此书作于高叔嗣任湖广按察使后，是时高叔嗣正整理在山西的作品为《晋阳稿》，书中"新刻"当即《晋阳稿》。根据以上材料，可知在陈束编辑高叔嗣遗稿为《苏门集》并刊行前，高叔嗣本人已经不仅数次手订小集，且大多皆以梓行，陈束在编辑《苏门集》时将这些小集按照原貌收入其中。研究《苏门集》的成书，不能不关注这些小集，故以下先对各小集的情况加以考察。

（1）《考功稿》

高叔嗣手订于嘉靖十四年七月一日，收录嘉靖三年至七年与十年至十二年在京为官时的诗作。

高叔嗣《考功稿自叙》云："嘉靖三年，余繇工部营缮主事调补吏部稽勋，已而再调考功。时三原今光禄卿马伯循为郎中，钧州今江西按察使张子鱼为员外郎，武城今国子祭酒王纯甫同为主事。海内方更化，学士大夫相与讲文艺之事，翕然甚著。而三先生皆当时号大儒，余日闻所未知，翰墨间作。其后各以官迁替去，而余出为山西参政，盖一纪于今。余于是取往日所为诗读之，凡所作栽如旦夕间尔……时方徙居冀宁道，初秋朔，稍亡事，因次其语，载之篇首，观者知余怀所繇起云。"（卷一，页一a——二b）据《清心省事堂铭》："嘉靖癸巳（十二年），余罢吏部稽勋郎中,出为山西布政司、左参政,分守冀南道……余既道满,改守冀宁,殆三年于兹邦。"(卷六,页五b)知高叔嗣"徙居冀宁道"在嘉靖十四年,《考功稿》即编成于是年初秋朔日即七月一日,其编辑缘起与集中内容亦略见《自叙》中。需要注意的是,高叔嗣嘉靖七年春归乡,十年初再入朝,此间所作诗收于《读书园稿》中,《考功稿》不包括这段时间的作品。换句话说,《考功稿》中所收诗创作于嘉靖三年至七年与十年至十二年两段中。

《考功稿》不按诗体,亦不按题材编次,五七言、古近体杂出,自然令人猜想其编集方式为编年。孙学堂谓高叔嗣三稿"虽皆手自编订,然非严格系年"[13],但《考功稿》的编次并非全无章法可寻。上文所述《考功稿》中所收诗的创作时间分为嘉靖三年至七年与十年至十二年两段,而这两段的分界在《考功稿》中依稀可见。《考功稿》中《元日时有御制诗》、《初去都夜》、《延津县立春》、《安阳道雪中呈崔后渠先生》四首相连,《元日时有御制诗》有"垂衣值七春"之语,知为嘉靖七年春之作;《初去都夜》则为同年春高叔嗣告病返乡时所作,稍晚于前首;而《延津县立春》云"征路日才几,客心时已烦。春风花鸟处,回首忆田园",显为春季离乡时口吻,时为嘉靖十年正月;《安阳道雪中呈崔后渠先生》亦云"驱车临故疆,游子情非一","又恋圣明朝,不敢安私室"(卷一,页八b—九a),与前首同时[14]。是《元日时有御制诗》、《初去都夜》创作于嘉靖三年至七年即《考功稿》第一段的最后,而《延津县立春》、《安阳道雪中呈崔后渠先生》则创作于第二段的起始。更以孙学堂《高叔嗣系年交游考》系年诗考之,除孙氏不确定的《毗卢阁上同伍畴中诸公西望》、《寒食日毗卢阁上寄茂钦》外,系于嘉靖七年以前之诗皆在《元日时有御制诗》、《初去都夜》前,嘉靖十年后则皆在《延津县立春》、《安阳道雪中呈崔后渠先生》后。卷一可系年诗有三十首左右,这样的排布不应是单纯的巧合[15]。嘉靖三年至十二年中,高叔嗣两度为官,中途一度告病归乡,可以想见,高叔嗣在嘉靖十三年初冬将这十年创作的作品中告病归乡的部分单行为《读书园稿》后,前后不连续的两部分为官时的作品应相互独立。故高叔嗣于次年初秋编订《考功稿》时将这两部分合二为一,两部分的分界虽未特地标注,但仍可识别,即《初去都夜》与《延津县立春》之间。

(2)《读书园稿》

高叔嗣手订于嘉靖十三年十月,收录嘉靖七年至九年居乡时的诗作。

高叔嗣《读书园稿自叙》云:"戊子,以吏部郎中谢病归于家……当是时,李空同先生方盛,邑子之属出其门,撰为文辞,模于古人,若宋苏轼、唐韩愈,薄不为也。余私心不能无慨慕,时时窃撰一二篇,庚寅岁所著独多。踰年,余既上京师,斯事乃罢。夫本非所长,而强力慕之,度必取诮于众。然其篇留箧中。甲午,余分守冀南,将按县,晚出文水。方初冬,新雨已,车行村虚,景色如故园,余恍然太息。其夕宿汾州,烧烛披取箧中诗,事历历在目,低回久之,夜不能寐,非特憾于诗也……汾州多文士,暇因出是篇正之。"(卷二,页一a—二a)可知《读书园稿》的编定时间、编辑缘起与集中内容。高叔嗣又有《斋中检旧集因呈孔文谷学宪》:"寒城朔吹动,庭树晓霜繁。省斋稍无事,驰情念旧园。发箧理尘帙,展玩不知烦。往事盈篇章,幽居多苦言。郡中盛儒彦,暇日遂讨论。敢为矜文誉,要识凤所敦。广堂宴晴晖,旨酒湛芳尊。言笑一相投,逍遥穷朝昏。心赏不易值,素交世罕存。疏简本吾性,牵拘守兹藩。高车数来往,无为厌公门。"(卷三,页九b)所叙时令"寒城朔吹动,庭树晓霜繁"与集中内容"往事盈篇章,幽居多苦言"皆与《自叙》吻合。

31

《自叙》云"汾州多文士,暇因出是篇正之",除孔文谷外,高叔嗣在山西可以商略文字的友人还有栗应宏,《与孔文谷书》中"鄙作栗生点定者一册"的"栗生"即其人。栗应宏为山西上党人,高叔嗣乡居时与之相识,赴山西途中以及自山西朝觐时皆曾相见[16]。高叔嗣曾为栗应宏集作序[17],栗应宏则"点定"高叔嗣《读书园稿》。王纬《苏门集后序》云:"是时小子纬幸经品题,因出梁园篇刊之郡中,遂有《读书园稿》。"则《读书园稿》的刊刻由王纬主事。

《读书园稿》始于《始至读书园》,终于《将去故园时有令请告三年削籍》、《将赴京述怀》,似有编年意图,但通观全卷,可明确系年者不多,且时有前后。

(3)《晋阳稿》

高叔嗣手订于嘉靖十六年五月十五日,收录嘉靖十二年至十五年任山西左参政时的诗作。

高叔嗣《晋阳稿自叙》:"嘉靖癸巳,余始出为山西参政。春去都,繇漕河溯汳归,上苏门山,以其秋杪乃履官。属岁饥,奉役往来辽沁汾潞之间无宁日。踰年冬,朝京师。其明年归,复自汳入晋,轨辙所临殆遍焉,亡不再至者。复踰年,乃转为湖广按察使,可谓久矣。余本农夫,每造山田林壑,蓄志所感,慨然太息,归心萌作,发为篇咏,又多戎马边陲之警,其诗率著于驿壁,吏从旁书之,都为一卷,略无去取,观之可以考岁月动定所繇……苟书是以视同游,庶尝有省记余者。诗凡九十首。是岁丁酉,仲夏望日。"(卷三,页一a——一b)《晋阳稿》的编定时间、编辑缘起与集中内容据此可知。高叔嗣是年夏病十余日,六月十六日卒,《晋阳稿》几乎完成于高叔嗣生命的尽头。

与《考功稿》、《读书园稿》不同,高叔嗣在《晋阳稿自叙》中明确表示"略无去取",即《晋阳稿》在收录作品时没有删削。陈束在编辑高叔嗣的佚稿时,也仅提到"今《考功》、《读书》二稿乃其自选,多所不载",未言《晋阳稿》之遗,可证《自叙》所言不虚。

高叔嗣"略无去取"的意图在于"观之可以考岁月动定所繇",亦即以诗记录山西四年的生活与情感。既然有纪事的意图,则《晋阳稿》的编次具有编年性质自在情理之中。实际考察《晋阳稿》所收各诗,时间先后历然可见。如开篇四首依次为《再去都别亲知》、《河西主人壁》、《武城漕河逢张使君考功旧寮》、《归途大名晚行》,以高叔嗣《西征记》所叙"初去都也,群友设祖东门外……繇河西务天津、沧州、东光……繇东光达武城、临清,会王纯甫、张子鱼,二人者,同时考功之恭友也……繇临清达大名、卫辉,抵舍"(卷六,页七a——七b)考之,若合符契;又如《发平定以下入觐作》,不仅注明创作时点,而且《发平定》以下《井陉道中》、《得京邑书次新城作》、《良乡壁间旧题间有虞衡家兄和句》、《过真定呈周中丞》、《春日同上党栗道甫登毗卢阁》、《出都》、《寒食定兴雪中》、《定州道》、《再次真定城别陈秉中时自京西还》数首,正合高叔嗣入觐往还的行踪;而此卷最后为《奉别南山潘国殿下用韵二首》、《沁州张源铺》二题三首,前者第二首云"再奉瑶篇至,长涂慰别情",后者云"如何更万里,投迹楚江阴"(卷三,页一八a——一八b),显为离山西赴湖广时所作。《晋阳稿》的编年性质可见一斑。合上观之,可以得知高叔嗣编辑《晋阳稿》时,一则尽可能保存当时的作品,二则按照创作时间编次,这对理解高叔嗣这四年生活与创作的意义自不待言。高叔嗣在编订《晋阳稿》时采用了与《考功稿》、《读书园稿》不同的方式,颇值得玩味。

不过,虽然高叔嗣主观上想要"略无去取,观之可以考岁月动定所繇",但《晋阳稿》中也偶有遗漏与错位,如《佚稿》中《灵石县作》、《还次阳武与孔文谷饮和其韵二首时冬至后》等,皆山西时所作而未收;又如《初登太行山》与《至苏门山二首》,以《西征记》考之,编次当互乙。"其诗率著于驿壁,吏从旁书之,都为一卷",有遗漏与错位也在情理之中。[18]但《晋阳稿》中这类遗漏与错位并不多见,因此认为《晋阳稿》保存了高叔嗣在山西的大部分作品并大体按创作时间编次应无大碍。

(4)《入楚稿》

陈束编订于嘉靖十六年九月,收录嘉靖十五年至十六年高叔嗣任湖广按察使时的诗作。

《入楚稿》并非高叔嗣生前编定的小集,但陈束在编辑《苏门集》时,特意区分《入楚稿》与《佚稿》,而不是将寥寥十三首的《入楚稿》并入《佚稿》中,可见高叔嗣生前已确定《入楚稿》的书名与雏形,故附论《入楚稿》于此。

陈束《入楚稿叙》云:"高君自山西左参政转迁湖广按察使,去住所得,凡十三首,为《入楚稿》。"(卷四,页一a)高叔嗣转湖广按察使在嘉靖十五年十月,次年六月卒于任上,据陈束"去住所得"一语,《入楚稿》所收诗作于此八月间。不过,十三首中实际上有早于嘉靖十五年十月者,《阳曲湾作二首》其一云"疏雨高槐夏转凉",其二云"胡天杳杳夏吹风"(卷四,页一a——b),阳曲湾在山西,时节又为夏秋之间,乃山西时所作。盖高叔嗣编辑《晋阳稿》时偶遗,陈束遂误入《入楚稿》中。

陈束《苏门集序》云:"子业既死之三月,束乃收其遗言而叙之。"(卷首,页三b)《苏门集》编成在嘉靖十六年九月,《入楚稿》当即此时编订。《入楚稿》终于《夏日作》,高叔嗣卒于六月,《夏日作》或为绝笔。

以上四稿除《入楚稿》外皆为高叔嗣生前已行世的小集,此外尚有未收入《苏门集》的《弃瓠集》与《焉文堂集》,前者见高仲嗣所撰行状,后者见高叔嗣《题焉文堂集后》。今存高叔嗣的作品不见入仕前之作,从集名看,《弃瓠集》或许对应这一部分。《焉文堂集》则较为复杂,《题焉文堂集后》云"爰有敝庐,托于平野"(卷八,页一一b),似手订于乡居时,但《题刊高氏日程后》署"岁游兆涒滩,十月朔日,山人高叔嗣书于焉文堂"(卷八,页一二a),游兆涒滩为嘉靖十五年,是时高叔嗣在山西。焉文堂既在山西,《焉文堂集》似不应编订于乡居时。细玩《题焉文堂集后》"古人不云:身将隐矣,焉用文之"与"久婆娑丁人间,思放达丁物外"之语,似暗示高叔嗣此时有归隐之心而未得行。高叔嗣在山西时曾两次上疏求致仕,怀归之心甚浓,然则"爰有敝庐,托于平野"盖遥想之辞,《焉文堂集》当编订在山西。《题焉文堂集后》又云:"点翰敷辞,不必工拙,散在他方,各成卷帙,子弟门生,稍自辑录。"似有意涵盖此前所有作品。但《题焉文堂集后》一篇乃嘉靖三十七年王纬刻本新辑,而王纬《苏门集后序》述及高叔嗣诸稿时未言有此集,或实际并未成书。

此外,高叔嗣手订三稿皆仅收录诗作。高叔嗣曾对陈束说:"余生平所向慕两人,后渠崔子谓余文不如诗,崆峒李子谓余书不如诗,诗乃不如文。寓内知己,非子谁定吾言?"(卷首,页三a——三b)[19]从高叔嗣屡次自编诗集而了不及文看,高叔嗣对自己作品的态度显然是倾向崔铣而不是李梦阳。

二 《苏门集》的诸本

高叔嗣的作品虽已在其生前以小集的形式流传,但这些小集皆流传不广,不仅今无一存,诸家书目亦无著录。今所传者皆本于陈束在嘉靖十六年高叔嗣去世三月后编定的《苏门集》八卷,是后《苏门集》诸本卷数、分卷无不遵陈本。陈本刊行二十年后的嘉靖三十七年,王纬在高叔嗣的门生亢思谦的主持下校勘并重刻了《苏门集》,王本新辑数十篇佚作,王本之后的诸本皆保留王本的新辑。嘉靖四十二年,张正位在高叔嗣的另一位门生毛恺的主持下再次重刻《苏门集》,从板式到内容一遵王本。此后王本的板片转易数手,约在万历二十九年后,王惟俭得到该板,并据以另雕一板,重刻《苏门集》行世。万历四十一年,马之骏又嘱友人戚不磷校勘,以张本为底本并校以陈本,再度刊行。入清后,《苏门集》未重刊,但《四库全书》、《四库全书荟要》皆收入《苏门集》,其中荟要本、文渊阁本、文澜阁原本以马本为底本,文津阁本与文澜阁补抄本以张本为底本。以下就上述《苏门集》诸本一一加以考察。

(1)嘉靖十六年陈束刻本

嘉靖十六年六月,高叔嗣于湖广按察使任上去世,三个月后,其好友陈束整理遗文,编成《苏门集》八卷,"诗凡三百一十首,文五十一首,共为八卷"(卷首,页五 a),撰序并于湖广刊刻行世[20],成为《苏门集》诸本的祖本。据《中国古籍善本书目》,该本北京大学图书馆、公安部群众出版社、浙江图书馆、云南大学图书馆有馆藏,另外,台湾"国家"图书馆、日本国立公文书馆亦各藏有一部。本文所据为台湾本。

该本半叶十行,行十六字。白口,四周单边,单黑鱼尾。版心中镌"苏门集"及卷数、叶数。

如前所述,陈束本分八卷,前四卷为诗,后四卷为文。前四卷各分小集,卷一为《考功稿》,卷二为《读书园稿》,卷三为《晋阳稿》,卷四为《入楚稿》与《佚稿》,后四卷则按文体编次。前三卷皆有高叔嗣自叙,为高叔嗣生前已定之稿,陈束仍之,卷四之《入楚稿》虽为陈束所编,题名盖高叔嗣生前所定。以上前已详论,不赘述。

卷四《入楚稿》之后为《佚稿》,陈束《佚稿叙》云:"高君先自吏部乞病,还苏门山者三年,复从苏门山还朝,逾年然后外补。中间题咏颇众,今《考功》、《读书》二稿乃其自选,多所不载,何也?括其遗编,不忍弃,选其优者凡五十二首,为《佚稿》。"(卷四,页四 a)知《佚稿》取材于《考功稿》、《读书园》稿的删余。陈束《苏门集序》云:"每有属缀,伫兴而就,宁复罢阁,不为浅易之谈。"(卷首,页四 b)高叔嗣《栗陈州诗序》亦自谓:"每数日裁撰一篇,不喜辄弃去。"(卷六,页二二 b)[21]是《晋阳稿》之前,高叔嗣对自己的作品多有删削。平心而论,《佚稿》中的作品整体上确实不如《考功稿》、《读书园稿》,高叔嗣本人未必希望它们传世。但陈束选录的这五十二首,不乏高诗一贯的风采,且对后人更好地理解高叔嗣不无裨益,陈束此举不可谓有负亡友。另外,陈束虽仅云"今《考功》、《读书》二稿乃其自选,多所不载",但《佚稿》中也偶有作于山西者,如《进兵介休》,介休县在山西,诗乃在山西时所作。这部分作品在《佚稿》中所占不多,陈束或因此略而未言。

卷五至卷八的文集部分,高叔嗣既无自叙,陈束亦未曾言及,从不分小集的形式看,当全由陈束编订。高叔嗣生前未曾自编文集,又不幸没于异乡,文稿当多有遗失。高仲嗣所撰行状云:"生十六年,著《申情赋》一首,几万言。当是时,我乃与弟从鸣皋君游,而鸣皋君遂因杯酒以其赋传示诸公,遂乃屈其座人,盖我大梁中诸豪由是皆流叹,以为弗如。"[22]《申情赋》为高叔嗣少年时的代表作,今不见《苏门集》中,恐陈束整理时已未能寻得。李梦阳谓高叔嗣"书不如诗,诗乃不如文"(卷首,页三a),据今《苏门集》所存之文,良不称其言。李梦阳与高叔嗣的交往主要在高叔嗣登第前和乡居时,而今《苏门集》中无登第前的作品,乡居时所作亦不多。李梦阳之评若非英雄欺人,则其所赏高叔嗣文盖多如《申情赋》已散佚不存。

陈本因为编辑过于仓促,除文稿收录不全外,尚存在一些问题:如篇目重出,卷一的《再去都别亲知》、《谒海上人相》分别重出于卷三、卷四[23];又如诗题下的小注时阑入诗题中,卷三《发平定以下入觐作》、《汾阳道暮晴下四首俱奉和姜侍御之作》的"以下入觐作""下四首俱奉和姜侍御之作"原当为小注,陈本径用大字与题相连;再如卷一《考功稿》的编次,相较后出诸本,此本稍有紊乱;此外,陈束《苏门集序》云高叔嗣享年"三十有八",多计一年。这些问题有的在后续版本中得到修正,有的则仍误不改。

另外,陈束《苏门集序》一文在诗论上颇有影响,李开先《六十子诗》于《高苏门叔嗣》一诗自注首引此序以美高诗,胡应麟《诗薮》谓"论国初及弘正而下格调之变,无如此序之精当者"[24],陈束的佳序对高诗的接受想有助益。

(2)嘉靖三十七年王纬刻本

嘉靖三十七年,高叔嗣的门生、时任河南提学副使的亢思谦以《苏门集》与新辑四十六首佚诗佚文授鄢陵县知县王纬,令刊于鄢陵县中,是为王本。据《中国古籍善本书目》,仅上海图书馆与祁县图书馆有馆藏。本文所据为祁县本。

该本半叶十行,行二十字。白口,四周单边,双顺白鱼尾。版心上镌"苏门集",中镌卷数,下镌叶数。

王本在陈本的基础上新加辑佚,形成《苏门集》的定本,是后诸本所收篇目皆不越王本。王本除有篇目的增补外,还对上述陈本的舛讹有所校订。如此种种,皆见王本于《苏门集》诸本中允推最善。

王本于陈束《苏门集序》外,首尾各增一篇新序,卷首为刘切应亢思谦之请所作的《续刻苏门集序》,卷末则是王纬自撰《苏门集后序》。刘序此后诸本多有保留,王序则仅见此本,因其颇不易见,兹录全文如下:

> 《苏门集》、《续集》,高苏门先生之全稿也。先生吐符嵩河之间,早擅妙悟之性,神采峻发而弘伟,才思渊涵而湛清,博六籍之微综,勒隶古之雄藻,窥奥秦汉,辙掇上乘,逮盛唐而下,薄不为也。肆所摘稿,大都沉郁冲澹之词,发悲壮感慨之气;婉微浑厚之体,掞纤离浓郁之文。言虽近而意不穷,格愈高而变无尽,其诸风神独振,大雅不群者欤?

> 嘉靖癸未,举进士,明年主工部政,调吏部稽勋,转考功。弱冠登朝,遍交名俊,投篇吐奇,竞相传览,遂有《考功稿》。戊子,以中郎告归,注书梁园。辛卯,起上京华。其后二年癸巳,外迁晋藩,参守冀南,弥幰汾郡。是时小子纬幸经品题,因出梁园篇刊之郡中,遂有《读书园稿》。瑜年冬朝京师,次年春履任,历冀南行役,遂有《晋阳稿》。又二年丁酉,转湖湘总宪,遂有《入楚稿》。而《佚稿》五十二首,乃先生没后陈后冈所选,今

刻湖南本是也。

方先生之居晋也,我水阳亢公十九举于乡第一人;先生以座主延至汾,赠诗云:"行收金马绩,高视碧鸡篇。"盖庆其得人也。丁酉,先生偶梦青衣使请会于南岳,寤,疑告汾士,后入楚,果应兆弗起。噫,降神嵩河而归返衡岳,夫所谓神交造化,灵为星辰者非邪?丁未,水阳公登进士,居翰垣,海内益庆先生为知人。丙辰冬,公外补督河南学政,纬以鄢令见,遂出兹篇,复蒐佚稿四十六首,授纬刻于邑中。

夫《苏门》有集,爱其传也;续以佚稿,纪其全也。传之于前而弗秘,经世垂范之公心也;全之于后而不遗,因文觏德之厚道也。昔屈平抽辞于楚泽,枚乘著赋于梁园,贾傅擅才华于汉朝,杜甫振逸响于唐室。豪迈之士,聆言而心赏;妙契之俊,旷世而神交。后有精鉴兹篇者,尚求先生于古人中可也。纬惭下里之微踪,附青云之鸿翮,辄序数言于末简云。

嘉靖戊午春开封府鄢陵县知县后学王纬谨刻
邑生员陈尚仁誊稿[25]

王本的刊刻情况《后序》介绍得很明确,无劳赘言。王本刊于高叔嗣的家乡河南,而亢思谦、王纬皆在山西与高叔嗣有所交往,王本之所以能在高叔嗣去世二十年后辑佚新篇与校正失误,当与二人在河南、山西容易得到陈束在湖广未见的文献有关。

令人稍有疑惑的是王序开篇"《苏门集》、《续集》,高苏门先生之全稿也"的说法,似乎除陈束所编《苏门集》外尚有《续集》。但从下文"夫《苏门》有集,爱其传也;续以佚稿,纪其全也"之语可知,所谓"《续集》"即亢思谦"复蒐佚稿四十六首"所得之"佚稿",并非别有一书。至于刘𥮒序谓:"苏门先有集行于世,今且廿载,太史公病其遗且讹,又失叙也。当敷教之暇,乃旁搜而严订之,类编而次入之,以授王侯,侯校而寿诸梓,于是苏门有全集矣。"[26]实则王本本陈本而来,陈本编次已定,绝非"遗且讹,又失叙"。刘𥮒应请作序,传闻不清,过尊其本,自不足怪。

王本新辑佚稿四十六首有诗有文,诗附缀于卷四陈束原辑《佚稿》后,并将陈束《佚稿叙》"选其优者凡五十二首,为《佚稿》"的"五十二"改为"八十五";文则按照陈本的分体,散入各卷中,以"佚稿"标识于前,与陈本原有者相区分。在辑补的同时很好地尊重了陈束原编,得编辑之宜。

王本虽为《苏门集》的最善本,可惜当时即已流传不广,是中缘由如下所述:吴国伦《苏门集序》云:"高子业仕为按察使,卒于楚,其友陈约之尝梓其《苏门集》以遗楚人。后二十年,门人亢子益重梓于梁。顾在楚者,楚人人传之;在梁者,即搢绅大夫不多见。盖亢以梓归诸其家属,其家婺匮不能守,至为子钱家所籍,匿不传者几二十年。"[27]是王本在刊成后,板片被亢思谦赠与高叔嗣家属,本为一片美意,然"其家婺匮不能守,至为子钱家所籍,匿不传者几二十年",却使得板片被埋没而没有得到充分利用。又据高叔嗣同乡后学王惟俭《跋苏门集后》,吴国伦将板片赎回后归还高氏,高氏后人复不能守,万历中后期为王惟俭所得。王惟俭本有意归还高氏,但在他去世后,崇祯十五年(1642)九月,围城中的开封罹黄河决堤之灾,祥符"官舍民居尽被沦没,澨绝者百万户"[28],"损仲(王惟俭字)家图籍尽沉于汴京之水"[29],其所藏板片盖亦未能幸免。同居祥符的高氏后人家中即有印本,恐亦毁于此难。吴国伦时已"不多见"的王本,经此一厄,更是不绝如线。今所存两部,不啻鲁灵光之仅存。

(3)嘉靖四十二年张正位刻本

嘉靖四十二年,高叔嗣的另一位门生,时总督漕运兼巡抚凤阳等处的毛恺令扬州府知府张正位重刊《苏门集》于扬州,是为张本。据《中国古籍善本书目》,该本北京师范大学图书馆、中国科学院图书馆、中国社会科学院文学研究所、上海图书馆、上海辞书出版社图书馆、温州市图书馆、浙江大学图书馆、福建省图书馆、云南大学图书馆、南京图书馆皆有馆藏,流传颇广。本文所据为浙大本。

该本半叶十行,行二十字。白口,四周单边,双顺白鱼尾。版心上镌"苏门集",中镌卷数,下镌叶数。行款版式全同王本。

张本卷首有陈束、刘𬭼二序,卷末删王纬后序而新增毛恺《跋苏门先生集后》与张正位《重刻苏门集后序》。毛恺《跋苏门先生集后》云:"《苏门先生集》,凡八卷。后冈陈公首梓于湖省,而《考功》、《读书园》诸稿多先生先日手所自辑,慎传也;水阳亢公再梓于汴省,而诗暨文乃增入数首,重遗也。"(《苏门集》卷末,页一a)张本正文一遵王本,版式、行款亦与之相同,显自王本翻刻而来。但张本在翻刻过程中产生了一些讹误,如卷二《寄亳州薛考功》"家贫那免仗耕犁","仗"误作"伏";"闻君解注五千字","注"误作"语";《少年行》"有时事府主,无何击匈奴","何"误作"使";卷三《辛廷评虑囚后喜雨》"汉使宠循行","循行"误作"循循"。这是张本不及王本之处。

张本虽逊于王本,但从现在传世的版本数量看,张本远较王本流传广泛,这对《苏门集》的流传显有重要意义。通过比照异文,可以确定曹学佺《石仓十二代诗选》、钱谦益《列朝诗集》两部选录高诗颇多且有影响力的诗选都取自张本,王士禛"必以《迪功》、《苏门》二集自随"、珍藏四十余年并据以编选《二家诗选》的《苏门集》亦是张本。

(4)万历间王惟俭刻本

《明别集丛刊》第2辑第58册影印一部《苏门集》,仅称明刻本。据卷末《跋苏门集后》,可定为万历间王惟俭刻本。该本半叶十行,行二十字。白口,四周双边,单黑鱼尾。版心上镌"苏门集",中镌卷数、叶数。又以序跋、行款与板式核诸《明别集版本志》,知为北京大学图书馆藏明刻本,此本似为孤本。

该本卷首残缺,始于刘𬭼《续刻苏门集序》残文,次以陈束《苏门集序》、程懋官采辑《诸家诗评》,卷末为未署名《跋苏门集后》。《跋苏门集后》全文不长,引录如下:

> 苏门先生与先宪副曾大父同举嘉靖二年进士,先侍御世父即先生之外孙也。先生殁后三十年,此板为有力者取得,会楚中吴川楼大参赎而贮之藩司,吴公仍以归高氏。又三十年而高氏复持以售人,惟俭乃酬其直而留之。传曰:公侯之后必复。岂以先生之大雅而代乏其人?若俭且俟其人,以吴之归高者归之。[30]

跋中自称"惟俭",又言"苏门先生与先宪副曾大父同举嘉靖二年进士",知为王惟俭所作。王惟俭曾祖王琇,嘉靖二年进士,官至天津兵备副使。

王氏世为河南祥符人,与高叔嗣同乡。据"先侍御世父即先生之外孙也"一语,可知王惟俭曾祖不仅与高叔嗣同乡同年,更有姻亲关系。高仲嗣所撰行状云叔嗣长女"归府学生王学可","先侍御世父"盖王学可之子[31]。王惟俭在高氏后人将《苏门集》板片"持以售人"时"酬其直而留之",并"且俟其人,以吴之归高者归之",王、高两家的交谊当是原因之一。

王跋云:"先生殁后三十年,此板为有力者取得,会楚中吴川楼大参赎而贮之藩司,吴公仍以归高氏。"川楼为吴国伦号,"赎而贮之藩司"事见吴国伦《苏门集序》,前论王纬本时已涉及,今不重引。吴序中"亟以梓归诸其家属"的板片即王纬本。吴国伦万历二年任河南左参政,五年去职[32],吴国伦"再至梁,始谋诸陆道函,赎之,得复传",即在此期间。与吴国伦一同赎回《苏门集》板片的陆道函名柬,乃高叔嗣同乡,《读书园稿》中有《从陆道函问命》。吴序又云:"道函曰:兹集再传,子业不必以俎豆重,微子则玄珠沉矣,谁可使象罔得之?枯桐既爨,当索诸弃灰之衢耳。愿序其事,以为后征。序成,则灌甫宗正又为李子中氏留意焉,予将嗣图之矣。"[33]灌甫为朱睦㮮字,朱睦㮮隆庆四年任周藩宗正,六年后视事,万历十四年卒[34],吴国伦与陆柬赎回《苏门集》板片盖有朱睦㮮支持,王跋所谓"贮之藩司"亦可考见。[35]

以吴国伦任河南左参政的时间考之,其"赎而贮之藩司"在万历二至五年间。但吴国伦虽云"赎之,得复传",而今存两部王纬本皆无吴序,且万历四十一年同在河南刊行的马之骏本亦未言及此事,恐吴国伦赎回板片后未重印,即便重印,印数亦不多,且今皆已不传。王跋"吴公仍以归高氏"不见吴序,盖吴国伦万历五年春离任前送还高氏。

王跋又云:"又三十年而高氏复持以售人,惟俭乃酬其直而留之。"若以万历五年计,三十年后为万历三十五年。万历二十九年王惟俭削籍归河南[36],"御批罢官,终神宗之世,二十年不起,以其间尽读经史百家之书,修辞汲古"[37],其买下《苏门集》板片当在罢官乡居时。万历四十一年马之骏《高苏门先生集序》云"先生集,大梁旧刻有二种,且板渐蚀,不能行远"[38],《苏门集》刊于河南者此前仅王纬本,然则王惟俭盖曾据其所得王纬本旧版刊刻,时间在王惟俭归河南的万历二十九年至马之骏重刊《苏门集》的万历四十一年间[39]。故此北大所藏此明刻本可著录为万历间王惟俭刻本。

王惟俭虽购得当年吴国伦赎回并归还高氏的王纬本《苏门集》旧板,但王惟俭刻本并非直接使用王纬旧板,而是重新镂板而成。王纬本和王惟俭本均为半叶十行二十字,但前者为四周单边、双白顺鱼尾,后者为四周双边、单黑鱼尾。王跋末云"若俭且俟其人,以吴之归高者归之",特别说明"吴之归高者",也是特指王纬本《苏门集》旧板,与王惟俭新雕之板相区分。前引马之骏《高苏门先生集序》"旧刻有二种"即王纬和王惟俭两部板片。但如前所述,明末祥符阖城沦没,王惟俭家书籍尽毁,这两部板片盖皆为河伯所取。

王惟俭本据王纬本翻刻而来,两本正文并无不同,张本误字王惟俭本均不误。在王纬本罕觏的情况下,以已有影印的王惟俭本代替是较好的选择。

(5)万历四十一年马之骏刻本

万历四十一年,河南新野人马之骏鉴于当时河南旧刻《苏门集》"板渐蚀,不能行远",嘱友人戚不磷重加校勘,刊刻行世。马之骏《高苏门先生集序》云:"以后死之任而亟亟表彰先生,则不免为乡人云尔。"[40]是其重刊用意。据《中国古籍善本书目》,该本国家图书馆、上海图书馆、福建省图书馆、河南省图书馆有馆藏,《四库提要著录丛书》有影印。本文即据《四库提要著录丛书》影印本。

该本半叶九行,行十八字。白口,左右双边,单黑鱼尾。版心上镌"苏门集",中镌卷数、叶数,下镌刻工姓名。

马本卷首为刘讱、陈束二序,卷末为张正位后序、毛恺跋,皆与张本相同,只是调换了卷末后序与跋的前后顺序。从卷末的张正位后序、毛恺跋可知马本来源于张本,但马本并非简单地翻刻张本,还参照了陈本加以校勘。

在上述诸本中,马本最劣,其校勘多弄巧成拙。如王纬本新辑佚篇之后,《佚稿》的收诗数从五十二首变成了八十五首,王纬因此修改了《佚稿叙》中的数字,张本、王惟俭本从之,而马本则据陈束本改回"五十二",反与实际不合;又如王本的《考功稿》篇次井然有序,马本则参校了本有错乱的陈本,治丝益棼。马本的夺漏问题更甚于文字与编次的舛讹:马本所据张本的《佚稿》丢失一页,即《禁中遇雪时有诏祈之》的正文、《赋怀二首》、《内丘读时伯诗有感》全诗以及《夏日雨后步至白石冈冈人争迎致知余卧前村姓名》的诗题。这几首诗皆为王纬所辑,不见陈本,而马本未旁参他本,径以《禁中遇雪时有诏祈之》诗题与《夏日雨后步至白石冈冈人争迎致知余卧前村姓名》正文相接,不仅使诗题与正文不相应,还丢失了《赋怀二首》、《内丘读时伯诗有感》二题三首。不仅如此,马本还对原本妄加删却,如陈本《佚稿》在《酬空同载酒见寻二首》后所附的李梦阳原诗、王本在卷六新辑《答袁永之书》后所附的袁袠书,乃至王本卷五新辑的《山西乡试录序》,马本一概不存。马本的校勘偶有所得,如据陈本校正了张本的讹字,又如将卷三《发平定以下入觐作》的"以下入觐作"正确地改为小注,但同卷《汾阳道暮晴下四首俱奉和姜侍御之作》的"下四首俱奉和姜侍御之作"却仍为大字。总体来说,马本所得实为寥寥,不能掩其失。

(6)四库诸本:荟要本、文渊阁本、文津阁本、文澜阁本

《苏门集》在明代五刻后,入清后虽未重刊,但高叔嗣的影响力并未消退,从钱谦益《列朝诗集》、朱彝尊《明诗综》、沈德潜《明诗别裁集》、朱琰《明人诗钞》均选录高诗多篇可见一斑。乾隆时修《四库全书》,《苏门集》亦得到高度评价,不仅被总体上对明人诗文集多有非议的馆臣在提要中赞赏有加,还被收入选目精严的《四库荟要》中。有意思的是,四库馆搜罗《苏门集》版本颇备,而且四库诸本采用的底本也不相同,这在《四库全书》中虽非孤例,但也不甚常见。考察《苏门集》的四库诸本,不仅是使用四库本的参考,还可窥见四库底本选择与校勘的一隅,故附述于此。

据《四库全书荟要总目》著录:"《苏门集》八卷。明湖广按察使祥符高叔嗣撰。今依前浙江巡抚臣三衡所上孙仰曾家藏明马之骏刊本缮录,据明陈束、刘讱、张正位诸本恭校。"[41]可知四库馆征得《苏门集》的版本有陈本、刘讱本(王纬本或王惟俭本)[42]、张本与马本,涵盖了《苏门集》众本。

四库诸本以荟要本最早,可惜的是,如《荟要总目》所示,荟要本采用的是最劣的马本。而且,其所谓"据明陈束、刘讱、张正位诸本恭校"只是虚文敷衍,前述马本的讹误,严重如丢失卷四整整一页,荟要本一仍其误,未据他本增补。此外,荟要本删除了卷首的马之骏序和刘讱序,仅保留了陈束序一篇。至于对某些忌讳文字的删改,四库诸本皆然,则是人尽皆知的事情了[43]。

荟要本之后是文渊阁本,也是现今最为流行的版本。以马本特有的讹误核之,文渊阁本

的底本亦为马本,马本、荟要本同有的讹误文渊阁本相沿未改。不仅如此,文渊阁本还出现了新的错误。如卷一《送抑之侍御谪兴国》诗题中的"抑之",包括《荟要》在内的诸本皆不误,而文渊阁本误作"仰之"。抑之为马敭字,马敭嘉靖十年率诸道御史弹劾被召还为吏部尚书的王琼,十一年贬兴国,诗即此时作。据过庭训《本朝分省人物考》卷九二《马敭》:"敭率诸道御史疏谏,数琼大罪者十,乞罢黜以谢天下。上怒,令缇骑逮敭等至阙下杖问。诸御史有死者,敭始终无挠辞,中外服其壮烈。"[44]可见此事在当时有一定影响。文渊阁本诗题一误,本事遂不得考。具体到诗的理解上,不仅全诗尤其是尾联"君到江州定回首,同游霄汉几人存"的沉痛情绪无法得到落实,而且理解高叔嗣在朝中微妙处境的隐微线索也一并失落:高叔嗣一方面作诗送因弹劾王琼遭贬的马敭并深致同情,另一方面对王琼也怀有好意,在王琼去世后作有《祭晋溪公文》悼念[45]。孙学堂《高叔嗣系年交游考》即因文渊阁本误而失考。又如卷二《晚过陈盖卿时寓居废寺》"新雨开晴景"一句,文渊阁本改"雨"为"霁",文渊阁本《四库全书考证》云:"刊本'霁'讹'雨',据别本改。"实际上明本诸本无一作"霁"者,文渊阁本不仅臆改,而且伪称校本。马本已为明本诸本中最劣之本,文渊阁本不仅没有校正马本的舛讹,还平添新误,可谓一蟹不如一蟹。但文渊阁本却是现今最为通行的《苏门集》版本,这对相关研究显然大为不利。

文渊阁本后为北四阁的文津阁本与文溯阁本,文溯阁本今不得见,故仅论文津阁本。与荟要本和文渊阁本不同,文津阁本替换了底本,改以张本为底本。文津阁的底本为张本可以从以下两个方面证明:第一,马本及荟要本、文渊阁本共有的讹误,文津阁本皆无;第二,张本独有的讹字,亦出现于文津阁本。文津阁本基本遵照张本,除部分字句的改动外,张本卷首的刘䇖序、卷末的张正位后序也被删除。

最后是文澜阁本。据《浙江图书馆古籍善本书目》,今存文澜阁本《苏门集》前半即卷一至卷四为原本,后半即卷五至卷八为丁丙补抄本。文澜阁原本的卷四的一页脱文与马本完全一致,知底本为马本;而补抄本末有毛恺跋和张正位后序,同时又有马本从张本删去的《山西乡试录序》,知底本为张本。文澜阁原本虽以马本为底本,相较《荟要》与文渊阁本,保留了卷首马之骏和刘䇖二序,更接近原本。补抄本改用了较佳的张本,与同以张本为底本的文津阁本相比,补抄本保留了张正位后序,也更为完整。补抄本的不足之处在其使用的张本卷五缺一页,该页原有的《研冈先生集序》的后半与《抚平录序》的标题遂全留空[46]。

综上所述,四库馆虽征得包括最早的陈束本和最善的王纬本(或王惟俭本)在内的四种版本《苏门集》,但底本的选择和校勘均难惬人意。荟要、文渊阁本与文澜阁原本以马本为底本,文津阁本和文澜阁补抄本则以张本为底本。相比之下,文津阁本与文澜阁本质量较好。张本如今尚无影印,必不得已,可以文津阁本和文澜阁补抄本参考张本面貌。

小结

高叔嗣生前曾数次编辑小集,今见于《苏门集》中有《考功稿》、《读书园稿》、《晋阳稿》三种,这些小集在收入《苏门集》前已刊刻行世。《考功稿》成于嘉靖十四年七月,收录嘉靖三年至七年与十年至十二年在京为官时的诗作;《读书园稿》成于嘉靖十三年十月,收录嘉靖七年至九年居乡时的诗作;《晋阳稿》成于嘉靖十六年五月,收录嘉靖十二年至十五年任山西左参政时的诗作。其中,《考功稿》中《初去都夜》以前作于嘉靖三年至七年,《延津县立春》以后作于嘉靖十年至十二年;《晋阳稿》则大体按编年排序。《考功稿》和《读书园稿》皆经过高叔嗣本人的遴选,《晋阳稿》则基本保留未作删削。此外尚有《入楚稿》,由陈束编订于嘉靖十六年九月,收录嘉靖十五年至十六年高叔嗣任湖广按察使时的诗作,虽非出于高叔嗣之手,但高叔嗣生前应已确定书名和雏形。以上四种成为陈束编《苏门集》诗集部分的主要来源,《苏门集》前四卷基本保留了小集的原始形态。

嘉靖十六年九月,高叔嗣友人陈束在高叔嗣去世三月后整理其遗稿,于湖广刊刻《苏门集》八卷,是为《苏门集》的最早版本,是后《苏门集》诸本的卷数与分卷皆遵陈本。嘉靖三十七年,高叔嗣门人亢思谦命下属王纬重刻于鄢陵,是为王本,王本较陈本新辑数十篇佚诗佚文,在不改变原本卷数和编次的前提下各依文体附于各卷之末,这些佚作也都被之后的版本保存。嘉靖四十二年,高叔嗣另一位门人毛恺命下属张正位再刊于扬州,是为张本,张本翻刻王本,但新增若干讹误。约在万历二十九年后,王惟俭得到王本的板片,据以新雕一板,于河南刊行,是为王惟俭本。万历四十一年,马之骏嘱友人戚不磷校勘,以张本为底本并校以陈本,亦于河南刊行,但校勘不佳,远逊于以上四种明本。《苏门集》在明代计此五刻,入清后未再重刊。乾隆时,《苏门集》被收入《四库全书》《四库全书荟要》中,荟要本、文渊阁本、文澜阁原本以马本为底本,文津阁本与文澜阁补抄本则以张本为底本。以上诸本,陈束本最早,王纬本最佳,皆宜加以影印出版,今后整理《苏门集》亦当以王纬本为底本而主要校以陈束本。现今最为流行的文渊阁本实则最劣,应避免使用。

本文在开始写作前,即蒙浙江大学图书馆与馆员老师提供方便,得以尽情披阅馆藏嘉靖四十二年张正位本,故写作时亦得以援为主要引用版本。又祁县图书馆藏嘉靖三十七年王纬本,承祁县图书馆王书豪老师惠赐部分相片。谨此致谢。

又,本文撰成于2022年6月,是时《苏门集》诸本中,四库诸本之外,仅陈束本有台湾"国家"图书馆公布的数字影像,马之骏本与王惟俭本各有《四库提要著录丛书》与《明别集丛刊》的影印。而至2024年4月,最善本的王纬本与此前尚无数字影像与影印的张正位本均有了上海图书馆公布的数字影像(上图公布的张正位本有两部,字体不同,其中一部当为翻刻),至此《苏门集》诸本皆有了便于阅读的数字影像或影印,诚为《苏门集》之幸事。附识于此。

注 释：

[1] 王世懋《艺圃撷余》,陈广宏、侯荣川编校《明人诗话要籍汇编》第七册,复旦大学出版社2017年版,第3076页。

[2][12][22] 高仲嗣《明嘉议大夫湖广提刑按察司按察使弟叔嗣行状》,张时彻《皇明文范》卷五三,《四库全书存目丛书》集部第303册影印中国人民大学图书馆藏明万历刻本,齐鲁书社1997年版,第479、480、479页。

[3] 高叔嗣《研冈先生集序》:"自叔嗣得承宴侍,若空同李先生、大复何先生、浚川王先生、后渠崔先

生、柳泉马先生、有涯孟先生、研冈杜先生。"《苏门集》卷五,浙江大学图书馆藏嘉靖四十二年张正位刻本,页一五b。以下如无特别说明,本文所引《苏门集》皆据此本(按此本第一册大部分页数板心漫漶,所注若干页数乃自页一逐页计数所得)。又此序所叙除前七子中李、何、王三人外,崔铣(后渠)与孟洋(有涯)分别为李梦阳、何景明撰墓志铭,与七子颇亲。

〔4〕 高叔嗣《太平经国书序》:"正德十四年,余以增广生被试……是时南原王先生督学优之,其年,叔嗣举于乡。"《赠西原二首·其一》:"壮龄窃邦誉,拔足参时髦。吾子遂见知,微才受虚褒。倾盖歘自值,倒屣趋相遭。"《苏门集》卷五、卷一,一九b—二〇b、页五a。按南原、西原分别为王韦、薛蕙之号。

〔5〕 王世贞《艺苑卮言》卷七,《明人诗话要籍汇编》第六册,第2521页。

〔6〕 参见钱谦益《列朝诗集》丁集卷一高叔嗣小传、王夫之《明诗评选》卷四高叔嗣《生日》评语、朱彝尊《明诗综》卷三九高叔嗣小传、王士禛《二家诗选序》、汪端《明三十家诗选》二集卷六上高叔嗣小传。

〔7〕 王士禛《二家诗选序》,《二家诗选》卷首,《四库提要著录丛书》集部第210册影印清康熙刻本,北京出版社2010年版,第3页。

〔8〕 管见所及,现今涉及《苏门集》版本的研究主要有崔建英辑订、贾卫民、李晓亚参订《明别集版本志》(中华书局2006年版)与王书豪《山西祁县图书馆珍贵古籍志》(未刊稿)。前者著录《苏门集》诸本信息翔备,为后续研究奠定了基础;后者著录同馆所藏明嘉靖三十七年王纬刻本《苏门集》,解题详细介绍了现今仅存两部王本,并旁及高叔嗣的生平、创作以及《苏门集》的诸本,胜义迭出,于本文启发最多。此外,孙学堂《高叔嗣系年交游考》(《中国诗歌研究》第8辑,中华书局2011年版)一文虽非版本研究,但作为现今最全面的高叔嗣生平考证,并明确了作为《苏门集》前身的高叔嗣自编三稿的编成时间,对理解《苏门集》的成书颇有裨益。

〔9〕 如杨讷、李晓明《〈文渊阁四库全书补遗(集部)〉前言》,《北京图书馆馆刊》1997年第3期;张春国《〈四库全书〉阁本所据底本考》,《图书馆工作与研究》2015年第5期。

〔10〕 参见陈束《苏门集序》、高仲嗣《明嘉议大夫湖广提刑按察司按察使弟叔嗣行状》。又《四库全书荟要总目提要》与文渊阁、文津阁、文溯阁、文澜阁四阁本提要均谓"晚年自订其诗文曰《苏门集》",非是,《四库全书总目》删去此句。

〔11〕〔25〕〔26〕 王纬《苏门集后序》,《苏门集》卷末,祁县图书馆藏嘉靖三十七年王纬刻本,页一b、页一a—二b;刘讱《续刻苏门集序》,卷首,页二a。

〔13〕 孙学堂《高叔嗣系年交游考》,《中国诗歌研究》第8辑,中华书局2011年版,第146页。

〔14〕 孙学堂系《安阳道雪中呈崔后渠先生》于嘉靖七年归乡时作,然诗中自称"游子",又云"又恋圣明朝,不敢安私室",显非归乡时语。孙氏又谓高叔嗣嘉靖九年岁末赴京,十年初至京,但嘉靖十年立春在是年正月十日,据《延津县立春》"征路日才几"之语,高叔嗣离乡时应已入十年。

〔15〕 按《毗卢阁上同伍畴中诸公西望》、《寒食日毗卢阁上寄茂钦》二首,若系于嘉靖十年后,与高叔嗣的行迹亦无矛盾。

〔16〕 参见《苏门集》卷二《紫团山人歌赠上党栗梦吉陈州之弟》、卷三《春日同上党栗道甫登毗卢阁》、卷五《栗上党集序》。

〔17〕 即《苏门集》卷五《栗上党集序》。《四库全书总目》卷一七八别集类存目五著录栗应宏《山居集》八卷,即此集,今佚。

〔18〕 "其诗率著于驿壁,吏从旁书之,都为一卷",显然不能直接理解为《晋阳稿》中的诗作皆题壁,但这一时期的创作确实多与题壁相关。《晋阳稿》中有《文水县驿壁读王司仆德徵诗因和其韵一首》、《沁州次壁韵》、《禠亭闻边事用壁间李川甫韵川甫大梁人》、《平定城东西交口用壁间韵》,皆次壁间韵,《交城县壁》、《余吾驿壁》则明为题壁。这一倾向及其自称"其诗率著于驿壁",当与当地"题诗人满驿前楼"(《禠亭

闻边事》)、"题诗偏驿堂"(《平定城东西交口用壁间韵》)之风气有关。

〔19〕 按《四库全书总目》谓"至其杂文四卷,特附缀以行,陈束原序言其诗优于文,抑亦确论矣",误以崔铣(后渠)语为陈束言。

〔20〕 陈束《苏门集序》仅言"刻之山堂,传诸其人",未言刊刻地点,但毛恺《跋苏门先生集后》言"后冈陈公首梓于湖省",吴国伦《苏门集序》亦云"高子业仕为按察使,卒于楚,其友陈约之尝梓其《苏门集》以遗楚人",知陈本即就高叔嗣卒地刊行。

〔21〕 此序撰于嘉靖十五年,是时高叔嗣已编成《考功稿》《读书园稿》而尚未着手《晋阳稿》。

〔23〕 根据各卷小集的属性,《再去都别亲知》应在卷三,《谒海上人相》应在卷一,重出者应删。

〔24〕 胡应麟《诗薮》续编卷一,《明人诗话要籍汇编》第八册,第3473页。

〔27〕〔33〕《苏门集序》,吴国伦《甔甀洞稿》卷四一,《四库全书存目丛书》集部第123册影印武汉图书馆藏明万历刻本,齐鲁书社1997年版,第201页。

〔28〕 《[顺治]祥符县志》卷一,国立公文书馆藏清顺治十八年刻本,页八b。参见方福仁《明末河决开封原因辨析》,《史学月刊》1983年第1期;孙月娥《明崇祯十五年河决开封的史实辨正》,《中州学刊》1986年第6期;顾诚《明末农民战争史》(修订版),光明日报出版社2012年版,第156—158页。

〔29〕〔37〕 钱谦益《列朝诗集》丁集卷一六王惟俭小传,《中华再造善本》影印清顺治九年汲古阁刻本,国家图书馆出版社2012年版,页六a、五b。

〔30〕《跋苏门集后》,《苏门集》卷末,《明别集丛刊》第2辑第58册影印明刻本,黄山书社2016年版,第284页。

〔31〕 按王学可并非王琇之子,据《隆庆二年进士登科录》王琇子王中逵条,其兄弟无名学可者。又据《嘉靖二年进士登科录》,王琇有兄五人、弟三人,王学可盖为王琇兄弟之子。王琇与高叔嗣友善,为其从子娶高叔嗣女在情理之中。王惟俭称王学可子为"先世父",实为从伯父。王中逵为王惟俭祖父,据登科录,王中逵娶胡氏、继娶李氏,无高姓之妻,亦可证高叔嗣外孙的"先世父"并非出自其祖父王中逵。但王惟俭使用"先世父"这一称呼,或因王学可之子即高叔嗣外孙过继于王中逵。据[顺治]祥符县志》卷五王中逵传,王中逵有三子,少子名正志;又据《万历乙未科进士同年序齿录》王惟俭条,王惟俭父名正谊。然则王惟俭之"先世父"盖为王中逵无子时过继而来的王学可之子、王惟俭父王正谊之兄,故王惟俭称为"先世父"。又查[顺治]祥符县志》卷四所载科名录,当时无王姓官终监察御史者,然则"先世父侍御"之监察御史盖为追赠。

〔32〕 参见《明史文苑传笺证(下)》卷 《吴国伦》"嵩败,起建宁同知,累迁河南左参政,大计罢归"一段笺证,《历代文苑传笺证》第六册,凤凰出版社2012年版,第330—331页。

〔34〕 参见《明穆宗实录》卷四四隆庆四年四月辛亥条、焦竑《国朝献征录》卷一张一桂《明周藩宗正镇国中尉西亭公神道碑》。

〔35〕 顺带一提,吴序文末"灌甫宗正又为李子中氏留意焉"的李子中名士允,亦河南祥符人,正德十二年进士(参见《正德十二年进士登科录》。按《列朝诗集》丙集卷一二李士允小传云"嘉靖丁丑进士",嘉靖无丁丑,为正德之误,正德丁丑即正德十二年)。朱睦㮮确实收藏有李士允集,其《万卷堂书目》卷四著录李士允《少泉山藏集》十卷。据《山藏集》卷首曹忭序,李士允尝学诗于李梦阳,梦阳许以"我死而继吾名者,此子也"。朱睦㮮先已刊刻李梦阳集,在赎回高叔嗣《苏门集》板片后又为李士允"留意",盖拳拳于保护当地前辈别集。又《山藏集》今惟天一阁有残本存世,《天一阁书目》卷四之二著录为六卷而不云残缺,盖嘉庆时已佚后四卷,今则惟首二卷而已。另外,前文所述四库存目之高叔嗣作序之栗应宏《山居集》亦为天一阁进呈本。

〔36〕 参见《明史文苑传笺证(下)》卷二《王惟俭》"三十年春,辽东总兵官马林以忤税使高淮被逮"一

43

段笺证,周祖譔、胡旭编《历代文苑传笺证》第六册,第608—609页。

〔38〕〔40〕 马之骏《高苏门先生集序》,《苏门集》卷首,《四库提要著录丛书》集部第276册影印明万历四十一年马之骏刻本,第359页。

〔39〕 《诸家诗评》尚引及李维桢《大泌山房集》,今本《大泌山房集》卷首有张惟任《太史公李本宁先生全集序》和李维桢《重订小草引》,前者署万历辛亥,即万历三十九年,后者云"集始于壬子,讫于戊午",壬子为万历四十年,戊午为四十六年,似《大泌山房集》在万历四十六年后方行世。然此处所引《大泌山房集》语不见今本,则不能认为引文取自万历四十六年后之《大泌山房集》,进而推定此本刊于万历四十六年后。且若王惟俭本果于万历四十六年后方刊行,是时王惟俭已购得板片二十余年,不应在跋中对此不置一语。又《诸家诗评》的采辑者程懋官亦曾列名《大泌山房集校刻名氏·友人》中,然则所引《大泌山房集》之语或程懋官直接得自李维桢,而径署《大泌山房集》。

〔41〕 江庆柏等整理《四库全书荟要总目》第430则《苏门集》,人民文学出版社2009年版,第428页。

〔42〕 按王纬本卷首为刘讱序,故可称为刘讱本;而今存王惟俭本卷首残欠,存者始于刘讱序残文,王惟俭本据王纬本翻刻,当亦以刘讱序居首,亦可称刘讱本。《苏门集》的四库进呈本迄今未被发现,馆臣所指"刘讱本"究为何者,今已无法判断。

〔43〕 四库诸本对相同文字的处理方式不大相同,《苏门集》亦然。如卷六《乐安李封君诔》"自戎乱华,莫元为甚"二句,荟要本改作"纪纲废坠,元季为甚",文渊阁本作"自时不造,于今为甚",文津阁本未改,文澜阁本此卷因为是补抄也未改。相比之下,文渊阁本对文意的改动最大,荟要本次之,文津阁本未改反倒是特例。此虽老生常谈,聊赘于此。

〔44〕 过庭训《本朝分省人物考》卷九二《马敭》,《续修四库全书》第535册影印北京大学图书馆藏明天启刻本,上海古籍出版社2002年版,第538页。

〔45〕 《祭晋溪公文》:"时惟明公,秉衡在司。徊翔省闼,瞻近光仪。狷直不容,屡倾于时。大人含弘,忘其陋私。"《苏门集》卷八,页九a。按晋溪为王琼号。"狷直不容,屡倾于时。大人含弘,忘其陋私"或与送马敭事有关,《[顺治]祥符县志》卷六高叔嗣传亦云叔嗣"以失权贵意,出为山西左参政",页五〇b。

〔46〕 前文已言及马本所据张本卷四脱一页,文澜阁补抄本所使用的张本则卷五脱一页,而浙大所藏张本卷五亦脱两页,且与文澜阁补抄本底本所脱页数不同。三部张本都有不同页数的脱漏,亦是奇事。

〔作者简介〕 鲍功瀚,1997年生,现为大阪大学人文学研究科研究生。

真德秀文学批评的"自得"之旨

高艳秋

真德秀在《文章正宗纲目》中说:"《三百五篇》之诗,其正言义理者盖无几,而讽咏之间,悠然得其性情之正,即所谓义理也。后世之作,虽未可同日而语,然其兴寄高远,读之使人忘宠辱、去系吝,翛然有自得之趣。"[1]在真德秀看来,义理是诗的灵魂,"自得"是读诗的收获和境界。在宋明理学的诸多范畴中,"自得"的涵义丰富。明代心学家陈献章将其所创立的学说称为"自得之学",并藉诗歌以宣扬其学说的义旨。张健认为"儒家心学与诗学的贯通,至白沙之学始达圆融之地"。目前学界关于义理与"自得"的问题有诸多研究,但在文学批评领域探讨"自得"的比较少见。[2]真德秀从"自得"理念出发,贯通哲学与文学的联系,并将"自得"之义运用于诗文评论和创作中。本文拟就真德秀诗文批评中的"自得"意味作初步的探索和思考。

一 真德秀对于"自得"义理的阐释

《西山读书记》是真德秀及其后人编著的读书札记,记载了真德秀日常所录儒家经典及先儒的注解,也记录自己的读书见解。"自得"就是真德秀重要的读书收获。据统计,在《西山读书记》中,"自得"一词出现多达九十余次,在不同语境下,"自得"之义也有不同。首先,真德秀记录孟子之说:

> 君子深造之以道,欲其自得之也。自得之,则居之安;居之安,则资之深;资之深,则取之左右逢其原,故君子欲其自得之也。[3]

孟子关于求道问学的经典论述以"自得"为精髓,如何理解孟子所言,真德秀分别引用了朱子、程子、南轩三位理学家的注解来加以阐释,他本人虽未加案语,但从他所选录的三条注解便可探知真德秀对"自得"之说的认识。

其一,"自得"与知"道"。理学家认为学问当求之于内,朱熹对孟子关于"自得"之论的理解强调求学问道的自我体悟,求道便是要求之自身,求得本心。真德秀引朱子之言曰:

> 言君子务于深造而必以其道者,欲有所持循,以俟夫默识心通,自然得之于己也。自得于己,则所以处之者安固而不摇。[4]

本文收稿日期:2023 年 11 月 6 日

朱子认为,美好的道德是天命赋予的,是人自身所本来具有的,通过讲学获得的道理,实际上就是得到自我之本性,"德是得于天者,讲学而得之,得自家本分底物事"[5]。学问不应当求之身外,道理是自己体悟出来的,张南轩对孟子之言的理解同样包含这层意思。真德秀引南轩之语曰:

> 学贵乎自得。不自得则无以有诸己,自得而后为己物也。以其德性之知,非他人之所能与,非聪明智力之所可及,故曰:"自得"。[6]

学问的习得不可依傍他人,自身有所体悟方是真正获得。对个体内心的重视强调了学问获得的个体独立性及主观能动性。孟子所言"自得"经过理学家的发挥,将为学求道的方法指向了人的内心体悟,如程颢所言"吾学虽有所受,'天理'二字,却是自家体贴出来"[7]。

通过内心感悟而获得的学问若能随心所欲地加以运用是"自得于己"的更深层意义,如《朱子语类》所载:

> 所谓志,只是如此知之而已,未有得于己也。及其行之尽于孝,尽于忠,尽于信,有以自得于己,则是孝之德,忠之德,信之德。如此,然后可据。[8]

朱子认为"自得"不仅要有自我的认识,更要落实到日用生活中。只有落实到日常的尽孝、尽忠、尽信之中,才是真正做到了"有自得于己"。"自得"不仅包含了学问须向内求的认识,也注重日常对"道"的践履,正如朱子所言:"看文字,不可恁地看过便道了。须是时复玩味,庶几忽然感悟,到得义理与践履处融会,方是自得。"[9]只有将义理与践履融会贯通,才是真正做到了"自得"。

其二,"自得"与求"道"。"自得"不仅是对道的认识,也指明了求道的方法。求道问学的过程应是自然而然,不可为外物所累。理学家说"心统性情",如朱子所言:

> 横渠说得最好,言:"心,统性情者也。"孟子言:"恻隐之心,仁之端;羞恶之心,义之端。"极说得性、情、心好。性无不善。心所发为情,或有不善。说不善非是心,亦不得。却是心之本体本无不善,其流为不善者,情之迁于物而然也。[10]

心之本体为性,性无不善,由心所发之情,却是有善有不善的,其不善的原因,就是受到物之牵累。所谓"心与理一"的境界,便是摆脱了物欲的束缚,求得本性之后的境界,如此方能做到"自得"。

理学家在求学问道的方法上讲求自然,强调从容优游的姿态,讲究循序渐进的态度以及日积月累的方法。为学不可"急迫求之",躁急的根源在于名利等一己私心的驱动。正如真德秀引程子所言:

> 学不言而自得者,乃自得也。有安排布置者,皆非自得也。然必潜心积虑,优游餍饫于其间,然后可以有得。若急迫求之,则是私己而已,然不足以得之也。[11]

理学家所讲求的自然而然,是有其特有的性命观和义利指涉的,张栻说:"无所为而然者,命之所以不已,性之所以不偏,而教之所以无穷也。凡有所为而然者,皆人欲之私,而非天理之所存,此义利之分也。"[12]所谓"无所为而然者",也就是承于天命、当于天性的"自然而然",

能最大程度地实现教化使命。程颢的诗句"万物静观皆自得,四时佳兴与人同。道通天地有形外,思入风云变态中"[13],体现的就是"自得"的工夫,通过"静观"达到与道融合的精神境界,非躁急求得,在程颢看来,这是达到"自得"之境的前提,也是其诗歌开篇所描述的状态:"闲来无事不从容,睡觉东窗日已红。"[14]

其三,"自得"贵在精神境界。孟子讲"资之深,则取之左右逢其原",这是自得之后的心灵状态,在道理中沉浸已久,便能随心所欲地加以运用,因此心灵得以自由舒畅,达到"自得"的精神境界。正如程颢诗所表现的:"天地自然之理,无独必有对,皆自然而然,非有安排也。每中夜以思,不知手之舞之足之蹈之也。"[15]

"自得"之境使人联想到儒家对君子人格的极致追求——"孔颜之乐","一箪食,一瓢饮,在陋巷。人不堪其忧,回也不改其乐"[16]。周敦颐认为颜回所乐是"见其大而忘其小焉尔"[17],即超越了贫穷富贵的"小我"而成就了精神上的"大我"。鲜于侁曾问颜回之乐,认为"乐道而已",程颐反驳道:"使颜子而乐道,不为颜子矣。"[18]意为"乐道"仍是将"道"作为身外之物,而颜子所乐是因其达到了与圣人一体的境界。

真德秀将"孔颜之乐"理解为自身与道混融无间的境界,即理学家所言之"心与理一",同时指明了达此境界的方法论,即"博文约礼"的工夫,具体言之,就是要格物致知、克己复礼。对此真德秀作如下论述:

> 若云所乐者道,则吾身与道,各为一物,未到混融无间之地,岂足以语圣贤之乐哉!颜子工夫,乃是从博文约礼上用力。博文者,言于天下之理,无不穷究,而用功之广也;约礼者,言以礼检束其身,而用功之要也。博文者,格物致知之事也;约礼者,克己复礼之事也。[19]

理学先辈对精神境界的极致追求,也是真德秀心之所向,他在《溪山伟观记》中曾饱含情感地感叹道:

> 予老矣,久有子云之悔,方痛自澡磨,以庶几万一。而君于斯道尤所谓有志焉者,安得相从"伟观"之上,笑谈竟日,以想象春风沂水之乐乎![20]

真德秀表达了对"春风沂水之乐"的向往,与"孔颜之乐"所表达的思想一致。曾子回答孔子关于志向的提问时说:"莫春者,春服既成,冠者五六人,童子六七人,浴乎沂,风乎舞雩,咏而归。"[21]朱子注曰:"曾点之学,盖有以见夫人欲尽处,天理流行,随处充满,无少欠阙,故其动静之际,从容如此。而其言志,则又不过即其所居之位,乐其日用之常,初无舍己为人之意。而其胸次悠然,直与天地万物上下同流,各得其所之妙,隐然自见于言外。"[22]所谓"胸次悠然"、"各得其所之妙"无不在于人"道"合一之后的境界,性情、人格与天命浑然一体,而又贯穿于日用之间。

总而言之,在理学思想上,真德秀祖述朱熹,如黄百家引述其父黄宗羲语曰:"两家学术虽同出于考亭,而鹤山识力横绝……西山则依门傍户,不敢自出一头也,盖墨守之而已。"[23]关于"自得"之理学意涵,他重在阐发先儒见解,未有新的建树,而关于"自得"理念在文学批评领域的运用,真德秀却表现出了独到之处。

二 真德秀对诗文作者的"自得"要求

真德秀认为,文章的磨练应当从"根"上涵养,这个"根"就是文章的"元气",正如他所说:"盖圣人之文元气也,聚为日星之光耀,发为风尘之奇变,皆自然而然,非用力可至也。"[24]圣人之文,之所以高妙,并非刻意求得,而是养得自身气之完备,文章作得好便是"自然而然"。这里所说之"自然",不仅指文章的风格,也关涉文章创作的主体。

其一,诗文作者的"知道者气象"。真德秀认为一流的创作者需具备"知道者气象"。真德秀曾为汤千撰写《汤武康墓志铭》,汤武康即汤千,汤德威长子,《宋元学案》称:"(汤千)先生恬夷静深,德宇粹然,自其少时,博参圣贤言论以为指归,精思力践,不进不已。至孝友至情,君国大义,诚至弗渝。"[25]真德秀对汤千为人十分推崇,他评价道:

> 凡再聘始来,来则朝夕与处,坦乎其恬夷,窈乎其静深,望而识其为知道者气象。[26]

真德秀评价汤千仪态安静平和、思想沉静深邃,一望便可感受到他的"知道者气象"。真德秀对汤千的文章很赏识,但在墓志中却将大量的篇幅倾注在对他为人处世的描述上,说他:"家故清贫,阖门数百指,悉仰食于君,疏食菜羹,同堂一饱,而欢意常周浃。迟次约居,动五六载,饮水著书,陶然自乐。"[27]真德秀先是对汤武康俭朴的生活作了细致的描写,呈现出汤千身处陋巷、釜中生鱼、甑中生尘的境遇。而后笔锋一转,着力表现汤千平日之"乐",他不因贫穷的生活而心生怨恨,反而怡然自得,以读书穷理为乐。这种对比形成了强烈的反差,更显现出面对穷困的境遇汤千的"自得"心境。

真德秀认为文章的风格与创作者的气质密切相关,《日湖文集序》中真德秀说:

> 故祥顺之人其言婉,峭直之人其言劲,嫚肆者亡庄语,轻躁者亡确词,此气之所发者然也……[28]

文章的风格由人的气质决定,因此为文需先养气。真德秀将这一文论思想贯彻于对诗文作者的评价中,《日湖文集序》中他评价郑昭先:

> 公天资宽洪而养以静厚,平居怡然自适,未尝见忿厉之容,于书亡所不观,而尤喜闻理义之说,故其文章不事刻画而脺腴丰衍,实似其为人……真率之集,倡酬递发,忘衮服之贵,而浃布韦之欢,又非乐易君子弗能也。[29]

真德秀赞美郑公沉静宏深,注重修身养性,因此性情平和,很少见到他发怒,认为郑昭先的文章和他的为人一样,淳朴自然、充实富赡。衮服代表着身份的尊贵,布韦指贫民的服装,"忘衮服之贵,而浃布韦之欢"即是安贫乐道的"知道者气象"。

其二,"忘情于得丧":诗文作者的超然之态。真德秀的《鱼计亭后赋》描写鱼的悠闲自得:"独鱼之自适其适,若忘情于得丧,故大则述鲲化于天池,小则玩鯈游于濠上。盖其为物也,从容夷犹,逍遥闲放。"[30]这样的形容与陶渊明《五柳先生传》"忘怀得失,以此自终"的志向异曲同工,表达的都是对超然物外的心境的向往。真德秀在《送偶然居士序》中云:

且凡世之役情于物者,得之则哆然以喜,不得则蘭然以惧,夫是以冰炭杂袭,而胸中亡须臾之宁焉。惟有道之士,视物之徕如浮云,其去也如堕甑,一付之天而莫留吾情,夫焉往而不自得邪?[31]

忘怀得失,方能超然物外,不以物喜不以己悲。真德秀赞赏诗文作者处世的超然之态,与他自身官场浮沉的经历有关。真德秀一生为官几起几落,仕途不顺时,他曾表达对归隐生活的向往。在《送林子序》中他说:

予观世之逸人奇士不得志于世,则必有所托以隐其身,故严君平隐于卜,贾岛、孟浩然隐于诗。然其身可隐而其名不可晦者,盖有子云、退之与摩诘之徒以先后而焜耀之也。彼数子者,岂有求而后获哉?今林子邃于《易》而雄于诗,虽不求文闻于人,然使有如子云诸公者出,其忍使吾子之名泯默而弗章耶!吾恐子之隐不终隐也。[32]

真德秀对林子隐于山林而能悠然自得的姿态表示赞许,但他并非真正向往隐逸的生活,相反,这段关于众多隐居山林而闻名古今的前辈的追叙,实则有安慰的性质,尽管林子目前处于隐居的状态,但是在真德秀看来,以他的学识和诗歌,最终会像那些隐于山林的前辈一样闻名当世。真德秀超然物外的心境并非忘我,也无逃避现实的消极态度,而是如孔子所言:"天下有道则见,无道则隐。"[33]真德秀在《跋朱文公所书谏议马公诗》说:

至是又以论汪、黄误国,窜投必死之地,而笑谈就贬,无秋毫畏沮意,岂非所谓"素患难行乎患难,无入而不自得"者邪![34]

真德秀将理学家的处世哲学上溯到孔子的名言:"君子素其位而行,不愿乎其外。素富贵,行乎富贵;素贫贱,行乎贫贱;素夷狄,行乎夷狄;素患难,行乎患难,君子无入而不自得焉。"[35]所谓"素其位而行",与《论语·泰伯》"不在其位,不谋其政"[36]的意思一致,也同曾子所言"君子思不出其位"[37]。

文学创作在某种意义上是心态的缩影,基于真德秀对进退出处心态的理解,他对陶渊明的诗歌格外推崇,将其视为文学创作的典范。他称赞陶诗:"细玩其词,时亦悲凉感慨,非无意世事者。"[38]在《跋黄瀛甫拟陶诗》中,真德秀高度评价渊明:

予闻近世之评诗歌者曰:渊明之辞甚高,而其指则出于庄老;康节之辞若卑,而其指则原于六经。以余观之,渊明之学,正自经术中来,故形之于诗,有不可掩。《荣木》之忧,逝川之叹也;《贫士》之咏,箪瓢之乐也。[39]

真德秀开篇即将陶渊明与老庄撇清了关系,认为陶渊明诗歌的义旨实际上正是从儒家经义中而来,而非老庄的逍遥自然。陶渊明在进退出处中展现出的超然物外的洒脱,正是真德秀所赞赏的诗文作者的"自得"之心。在以"明义理、切世用"为编选宗旨的《文章正宗》当中,真德秀一共选取了先唐诗歌188首,仅陶渊明一人的诗歌就选了50首,足见其对陶渊明诗歌的推崇。从理学的视角来解读陶渊明成为宋代理学家的共识,魏了翁曾以相似的认识赞赏陶渊明,他说:

称美陶公者曰:"荣利不足以易其守也,声味不足以累其真也,文词不足以溺其志也。"然是亦近之,而公之所以悠然自得之趣,则未之深识也。《风》《雅》以降,诗人之词乐而不淫,哀而不伤,以物观物而不牵于物,吟咏情性而不累于情,孰有能如公者乎?[40]

魏了翁仍从理学家的视角出发,赞赏陶渊明诗歌张弛有度,能以理节情,认为根本在于陶渊明忘怀得失、超然物外的个人修养所致。

其三,诗文作者的"自适"之心。儒家的处世哲学是无论处于何种境遇,都持怡然自得、欣欣自乐的人生态度。真德秀在朝为官时政绩彪炳,退居乡里则著书立说、精研义理,不论进退,他始终悠然自得地践行人生的价值。他在《送林子序》中抒发己志:

> 吾家有屋数楹,其上为藏书之楼,啸吟偃仰,足以自适。行将返吾庐,教吾子孙,乐吾志,以尽吾年,如是而已,讵复有求当世哉![41]

壮志未酬,却并未使真德秀沮丧消沉,他选择寄情山水,"啸吟偃仰,足以自适"。"偃仰"本身即有悠然自得、自在随心之意思,《诗·小雅·北山》有云:"或栖迟偃仰,或王事鞅掌。"[42]"栖迟偃仰"意为安居闲适,《唐才子传·张諲》中说道:"天宝中谢官,归故山偃仰,不复来人间矣。"[43]这里的"偃仰"多了辞官归隐之意。但真德秀向往的并非避世,而是隐居乡里仍保持淡然平和的心态。

对于诗文作者,真德秀赞赏不论处于何种境地都能"啸吟偃仰"的"自适"之心。因此,他常常以"敷腴"来形容诗文作者的精神面貌。"敷腴"常用来形容一个人喜悦的样子,杜甫《遣怀》诗有云:"忆与高李辈,论交入酒垆。两公壮藻思,得我色敷腴。"仇兆鳌注曰:"敷腴,喜悦之色。"[44]在《跋〈章翔卿诗集〉》中,真德秀称赞同乡章翔卿的诗歌"出其所作诗几三千篇,敷腴可喜"[45],并描写章翔卿日常起居的状态道:

> 君壮岁多薄游江浙间,晚不复出,贫无以自养,方栖泊山林,仰道官斋粥以给。然以吟咏自适,无荒寒颣顇之色,其亦可敬也已。[46]

不论是"晚不复出",还是"栖泊山林",翔卿均能够随遇而安、怡然自得,因此真德秀十分敬重他。真德秀认为面对困境而不怨天不尤人、从容自在的人,诗文作品便不会有苦涩之气,这需要作者本身具有较高的人格修养,在《送林子序》中真德秀说道:

> 始吾与林子游,得其诗文读之,耸拔奔放,不受羁束。其最奇且赡者,若谱东溪先生之年、讼安国伽蓝之文,与夫游虎溪、东林之诗,名章秀句,嘻笑辄就,无出吻鸣声之悲,予固知其佳士也。[47]

真德秀开篇即表明赞许林子诗文"耸拔奔放,不受羁束"。他看重的是林子不受拘束自由奔放的文章风格,这正是源于林子悠然自得的创作心态。正如邵雍《自适吟》所吟诵的:"郏鄏城中,凤凰楼下。风月庭除,莺花台榭。时和岁丰,闲行静坐。朋好身安,清吟雅话。"[48]

三 "自得"理念在文学批评中的迁移

真德秀在诗文批评中"自得"一词运用的频率甚高,他将"自得"思想悄无声息地迁移到文学批评中,使"自得"成为其文学批评的重要标准。

其一,诗文要有开阔的境界。在评价诗文时,他常常以"自得"来形容有境界的诗文作品。在《杨文庄公书堂记》中,真德秀对杨徽之富有盛名的《嘉阳》诸咏品评道:

> 昔之词人墨客,悲伤憔悴,若不可以生者也。而公《嘉阳》诸咏,皆脩然自得,亡秋毫陨获意。胸中所存,其亦远矣。[49]

真德秀以"脩然自得"赞赏杨徽之《嘉阳》诸咏的境界,认为这些诗歌虽然是在杨徽之不得志之时所作,却丝毫没有"陨获"的味道。"陨获"即丧失志气之意,杨徽之的诗文作于困窘的处境,但诗歌的风貌却是昂扬的,诗歌的境界是开阔的,因此受到真德秀的赞赏,"脩然自得"所形容的正是杨徽之诗中展现出的宏阔高昂、无所滞碍的气象。

真德秀评价杨徽之"胸中所存,其亦远矣",事实上,真德秀和杨徽之生不同时,他是通过杨徽之的诗文想见其胸怀。杨徽之的诗文以风骨著称,文莹曾称他"以天池浩露,涤其笔于冰瓯雪碗中,则方与公诗神骨相附焉"[50]。真德秀对他的为人十分仰慕,其所亲建的栖息之所梦笔山房,紧邻杨文庄公读书堂,并称赞他:"平生所立,凛凛玉雪,无一节可疵。"[51]所谓"凛凛玉雪",与文莹"冰瓯雪碗"的评价意气相通,既是对杨徽之其人气象的称赏,也是对其诗文作品境界的赞美。

其二,诗文贵于清新自然。自然天成的文章风格是真德秀所推重的,他反对刻意为文,崇尚自然得之。对此,真德秀在《劝学文》中有详细论述:

> 至于文章之妙,浑然天成,亦非近世作者所能仿佛。盖其本深末茂,有不期然而然者……[52]

理学先辈朱子、南轩二先生之文,妙在"浑然天成",毫无斧凿痕迹,根源在于"本深末茂"。圣人通过读书穷理,养得德行深厚,发之于文,自"有不期然而然者"。这种境界是真德秀心之所向,也是他为后学学习和仿效所设立的丰碑。因此真德秀说:"学者诚能诵而习之,则于义理之精微,既有所得,发之于文,亦必意趣深长,议论精确,以之应举,直余事尔。"[53]学习二先生之书,最重要的是习得精深微妙的义理,在此基础上写出的文章,必能有所精进。

真德秀不喜欢堆砌辞藻,偏好风格洒脱自然的诗文,他常用"自得"、"天成"、"自然"、"自适"等来形容清新自然的诗文风格。在为汤德威诗文集《临斋遗文》作序时,真德秀评曰:"其诗闲澹纡余,有自适之趣。"[54]在诗歌方面,他推重的是"自适之趣",赞赏的是闲适冲淡、从容和缓的诗歌气象。在文章方面,真德秀亦以自然为准则,在《问文章性与天道》一文中,他对"文章"一词解释说:

> 文者灿然有文之谓,章者蔚然有章之谓。章犹务也,《六经》、《论语》之言文章,皆取其自然形见者。后世始以笔墨著述为文,与圣贤之所谓文者,异矣。[55]

文章的文采是次要的,章法条理则是主要的,条理出于自然而然,并非刻意求得,这就是圣人之文的超越之处,后世专攻语言文字者,与之不可相提并论。在《临斋遗文序》中,真德秀批评了专工文辞之人:"世之学者,昧操存持养之实,而徒事于语言文字之工,是其心既不诚矣。"[56]只是在语言文字上用功,这样的文章是急功近利的,是不"诚"之所为,正是理学家在为学中所诫之"人欲之私"。

其三,"明义理、切世用",诗文要关乎世教。理学家重视学以致用,论述"自得"之旨时,朱熹强调为学求道后的践履工夫。在评论诗文优劣时,真德秀从"自得"内涵出发提倡"明义理、切世用"之文。他在《文章正宗纲目》说道:"正宗云者,以后世文辞之多变,欲学者识其源流之正也……夫士之于学,所以穷理而致用也。文虽学之一事,要亦不外乎此。故今所辑,以明义理、切世用为主,其体本乎古,其指近乎经者,然后取焉,否则辞虽工亦不录。"[57]"明义理、切世用"是真德秀《文章正宗》编选的最高标准,不符合"明义理、切世用"原则的诗文,即使文辞优美也不会被真德秀收录。

真德秀推崇"鸣道之文,而非复文人之文"。他重视诗文的教化作用,倡导诗文作品"有补世教"。刘克庄《后村诗话》云:"《文章正宗》初萌芽,以诗歌一门属予编类,且约以世教民彝为主。如仙释、闺情、宫怨之类,皆勿取。"[58]可见真德秀编选的标准十分严格。《汤武康墓志铭》中他说:"论文章不溺于华靡新奇,而必先乎正大,要其归,以切实用、关世教为主。"[59]在诗文批评时,真德秀对于文章教化的关注先于文章的文采。在文与道的关系上,他重道轻文,但又并非完全将文与道对立,走上"作文害道"的极端。对于诗赋之作,他欣赏"自得之趣"。他所理解的"自得",正是"悠然得其性情之正",是"明义理"之作,这样的作品具备高远的境界,能够有补世道人心,"读之使人忘宠辱、去系吝"。

综上所述,"自得"既是内涵丰富的理学义旨,也是真德秀评诗论文的重要标准。真德秀既用"自得"来形容诗文创作主体之人格气象,也用"自得"来形容诗文的境界和风格,在真德秀看来作者的人格气象与作品的风格融摄互通,"有德者必有文"。在南宋时期动荡的政治环境中,真德秀通过"自得"的内在意涵关注到文学创作者的心态,对陶渊明的推崇为时人树立了创作典范。围绕着"自得"这一意涵丰富的话题,通过真德秀的诗文批评,可以感受到一位践履笃实的理学家在日用行藏中对理学思想的体悟与践行,以及理学思想对宋代诗文理论和实践的浸润。

注 释:

〔1〕〔57〕 真德秀编《文章正宗》卷首《文章正宗纲目》,《四库全书》本,上海古籍出版社1987年影印版,第7、5页。

〔2〕 陈白沙标榜其学说为"自得之学",就学术思想而言,与程朱理学所讲之"自得"在内涵上已经发生了变化,主要区别在于程朱理学所讲之"自得"强调日积月累的功夫,达到义理与实践的融会,实现"心与理一"的境界;白沙之"自得之学"则认为"天地我立,万化我出,宇宙在我",在方法上强调"为学须从静中坐,养出个端倪来,方有商量处",认为静坐可以取代读书穷理,如其同门胡居仁评价:"程子说'冲漠无朕,万象森然已具',是说未发之时,只是冲漠无朕而已,而天下万物之理,已默具于其中。公甫说'一片虚灵万象存',是要把他底精神来包涵万象,与程子实不同也。以程子之说,只去庄敬涵养上做工夫,而心之本体已立,不用察觉安排,而道之全体已浑然在中,故圣贤气象深沉笃实光辉自在。如公甫之说,是常把这天地万象积放胸中,只弄得这些精神,岂暇再去思量事物之理。"参见胡居仁《居业录》卷之七,中华书局1985年版,第84页。张健《"万物静观皆自得"——儒家心学与诗学片论》,《中国文化研究》2002年第4期。值得注意的是,李春青的《"自得"——兼谈宋学对宋代诗学的影响》一文,侧重于从宋儒心态的角度来考察"自得"一词在宋代诗学领域的运用,不过,因为作者放眼于宋代士人总体心态,及宋学对宋代诗学的总体影

响,因此显得比较宏观,只能对"自得"在宋诗批评中的运用作一大致了解。此外,查洪德《论自得》一文,重在论述元代以后文人对于"自得"这一诗论的推进,却忽略了早在南宋时期,真德秀对"自得"一词在文学批评领域的贡献。

〔3〕〔4〕〔6〕〔11〕 真德秀《西山读书记》,朱易安等主编《全宋笔记》第十编,第2册,大象出版社2018年版,第122、122、122、122页。

〔5〕〔8〕〔9〕〔10〕 黎靖德编《朱子语类》,见《朱子全书》,上海古籍出版社、安徽教育出版社2002年版,第101、864、2631、224页。

〔7〕〔13〕〔14〕〔15〕〔18〕 程颢、程颐著,王孝鱼点校《二程集》第2集,中华书局1981年版,第424、482、482、482、395页。

〔12〕 张栻撰《新刊南轩先生文集》,杨世文点校《张栻集》第三册,中华书局2015年版,第971页。

〔16〕〔21〕〔22〕〔33〕〔35〕〔36〕〔37〕 朱熹撰,徐德明校点《四书章句集注》,上海古籍出版社、安徽教育出版社2001年版,第100、153、153、122、28、123、183页。

〔17〕 周敦颐《周子通书》,上海古籍出版社2000年版,第38页。

〔19〕〔20〕〔24〕〔26〕〔27〕〔28〕〔29〕〔30〕〔31〕〔32〕〔34〕〔38〕〔39〕〔41〕〔45〕〔46〕〔47〕〔49〕〔51〕〔52〕〔53〕〔54〕〔55〕〔56〕〔59〕 真德秀《西山文集》,《四库全书》本,第487、388、441、672、673、441、441、22、425、460、571、564、564、459、569、569、459、399、399、618、618、420、484、420—421、672页。

〔23〕〔25〕 黄宗羲《宋元学案》,沈善洪主编《黄宗羲全集》第6册,浙江古籍出版社1992年版,第179、345页。

〔40〕 庄仲方编《南宋文范》卷五十《费元甫注陶靖节诗序》,任继愈主编《中华传世文选》,吉林人民出版社1998年版,第697页。

〔42〕 阮元校刻《十三经注疏》,中华书局2009版,第994页。

〔43〕 傅璇琮主编《唐才子传校笺》第一册,中华书局2002年版,第359页。

〔44〕 仇兆鳌《杜诗详注》,中华书局1979年版,第1448页。

〔48〕 邵雍《伊川击壤集》卷之十三《自适吟》,郭彧、于天宝点校《邵雍全集》第4册,上海古籍出版社2016年版,第271页。

〔50〕 释文莹撰,郑世刚整理《玉壶清话》,大象出版社2019年版,第184页。

〔58〕 刘克庄《后村诗话》,中华书局1983年版,第145—146页。

〔作者简介〕 高艳秋,1990年生,南京大学文学院在读博士研究生,研究方向为宋代理学与文章学。

杜甫《哀王孙》创作时间考辨*

王新芳　孙　微

杜甫《哀王孙》云：

> 长安城头头白乌，夜飞延秋门上呼。又向人家啄大屋，屋底达官走避胡。金鞭折断九马死，骨肉不得同驰驱。腰下宝玦青珊瑚，可怜王孙泣路隅。问之不肯道姓名，但道困苦乞为奴。已经百日窜荆棘，身上无有完肌肤。高帝子孙尽隆准，龙种自与常人殊。豺狼在邑龙在野，王孙善保千金躯。不敢长语临交衢，且为王孙立斯须。昨夜东风吹血腥，东来橐驼满旧都。朔方健儿好身手，昔何勇锐今何愚。窃闻天子已传位，圣德北服南单于。花门剺面请雪耻，慎勿出口他人狙。哀哉王孙慎勿疏，五陵佳气无时无。[1]

对此诗之编年，古今注家颇有异同，本文试着结合史料重作辨析如下。

一　古今注家对《哀王孙》的系年及其依据

杜甫《哀王孙》与《哀江头》二诗因题目中均有一"哀"字，被后人并称为"二哀"，在杜集中多被编排在一起，故二诗常被视为同时所作。在"二王本"《杜工部集》之中，《哀王孙》即被编于《哀江头》之后，其后郭知达《九家集注杜诗》、黄希、黄鹤《黄氏补千家注纪年杜工部诗史》、吴若本《杜工部集》等宋本都继承了二王本这种编次。《哀江头》的创作时间较为确定，即至德二载(757)春，因此《哀王孙》也常常被连带地系于至德二载春，如以吴若本为底本的钱谦益《钱注杜诗》，其《少陵先生年谱》便将此诗系于至德二载。[2] 同样地，朱鹤龄《杜工部诗集辑注》也继承了这种编次。其实将《哀王孙》与《哀江头》之编年进行联动是存在问题的，二诗虽均作于杜甫陷贼期间，然二者的创作时间并不完全相同，仍存一定的差距。

其实宋代注家已经发现了将"二哀"编于同时并不妥当，《黄氏补千家注纪年杜工部诗史》虽然依照旧本编次将《哀王孙》次于《哀江头》之后，但已明确标明《哀江头》作于至德二载，《哀王孙》作于至德元载，因此在《黄氏补注》中"二哀"的编次和编年出现了互相矛盾情况。此外，赵次公《杜诗先后解》、《王状元集百家注编年杜陵诗史》、蔡梦弼《杜工部草堂诗笺》均将《哀王孙》编于至德元载(756)，至于具体的月份，诸家之间仍存在不少差异。如宋代

本文收稿日期：2023 年 7 月 9 日

吕大防《杜工部年谱》曰：

> （至德元年）六月，帝西幸，七月至蜀郡，时有《哀王孙》诗。[3]

可见吕大防将此诗编于是年七月，却并未明确说明理由。又赵子栎《杜工部年谱》曰：

> （至德元载）七月，肃宗即位灵武，甫自鄜挺身赴朝廷，渐北至彭衙行，遂陷贼中。冬，有《悲陈陶》、《悲青坂》、《哀王孙》诗。[4]

按，唐军的陈陶、青坂之败发生于至德元载十月二十一日和二十三日，称之为"冬"固然可以，但赵子栎将《哀王孙》与《悲陈陶》、《悲青坂》系于同时却是有问题的，其原因详见下文。此外，郭知达曰：

> 天宝十五载，明皇西狩，肃宗即位，改元至德，在七月甲子。是月丁卯，禄山使人杀霍国长公主及王妃驸马等。己巳，又杀王孙及郡县主。诗此时作。[5]

可见九家注与吕大防一样将《哀王孙》系于至德元载七月。黄鹤曰："诗云'窃闻天子已传位'，当在至德元载(757)七月作。"[6]黄鹤虽同样将此诗系于至德元载七月，但其所据却是诗中"窃闻天子已传位"之句。不过他将诗中的"天子已传位"直接与肃宗在灵武即位的时间进行简单关联，这种系年方法亦有问题。杜诗中所云"天子已传位"显然是指玄宗派房琯等人九月顺化郡传位，而并非是指肃宗七月于灵武擅立，黄鹤未能区分肃宗即位与玄宗传位之差异，故误将此诗编于七月。清人亦有承袭黄鹤此说者，如张远《杜诗会粹》曰："'传位'，肃宗即位灵武也。"[7]

清代仇兆鳌曰：

> 按：明皇西狩在天宝十五载六月十二日。肃宗即位，改元至德，在七月甲子。是月丁卯，禄山使人杀霍国长公主及王妃驸马等。己巳，又杀王孙及郡县主二十余人。诗云"已经百日窜荆棘"，盖在九月间也，诗必此时所作。[8]

仇兆鳌的系年依据是诗中"已经百日窜荆棘"之句，玄宗从长安出逃的时间是六月十二日（按，应为十三日），既然诗云"已经百日窜荆棘"，仇氏遂由此后推百日，于是得出至德元载九月的结论，这比之吕大防、黄鹤等人的七月说无疑更为合理。

今人对《哀王孙》一诗的编年，大致继承了上述两种说法。同意至德元载九月说者有闻一多、陈贻焮、莫砺锋、刘锋焘、赵昌平等人。如闻一多《少陵先生年谱会笺》曰："（至德元载）九月，于长安路隅遇宗室子弟，乞舍身为奴，感恸作《哀王孙》。"[9]陈贻焮亦同意仇兆鳌之说，将《哀王孙》系于至德元载九月。[10]刘锋焘等说："此诗作于天宝十五载九月。"[11]赵昌平："据'已经百日窜荆棘'句，诗当作于本年（至德元载）十月或稍后。百日是举成数而言。"[12]同意至德二载说者有张忠纲、姚奠中、吕正惠等人。张忠纲主编《杜甫大辞典》将此诗系于至德二载春。[13]姚奠中说："原诗写于至德二载(757)，即安史之乱两京沦陷后的次年春日。"[14]吕正惠将《哀王孙》系于至德二载春。[15]

萧涤非主编《杜甫全集校注》否定了仇兆鳌之说，其曰：

> 按：仇说不确。诗云："昨夜东风吹血腥。""东风"，一作"春风"。再者，诗云"百

日",犹言多日,不宜拘泥谓整整一百日也。朱注即将此诗置于《哀江头》之后,今从之。"[16]

此论再次推翻至德元载九月说,重新主张至德二载说。可见《杜甫全集校注》并不赞同仇兆鳌从六月十二日后推百日的作法,认为诗中的"百日"只是泛言多日,并非实指。此说显然是参考了赵昌平《唐诗三百首全解》的相关说法。又因"东风"有"春风"之异文,遂以为此诗和《哀江头》一样作于春天,并援引朱鹤龄将此诗置于《哀江头》之后的编次以为据。《哀江头》亦作于杜甫陷贼期间,诗云"少陵野老吞声哭,春日潜行曲江曲",故必作于春天无疑。安史叛军于天宝十五载(756)六月二十三日前后攻下长安,这时已是夏天,故《哀江头》必不能作于本年,只能作于次年春天,即至德二载(757)春天。《杜甫全集校注》遵从朱注的编次,将《哀王孙》次于《哀江头》之后,实际上也是遵从某些宋本杜集的编次,认为《哀王孙》应作于至德二载(757)春天。实际上宋本杜集的编次较为粗糙,以这种编次为据确定《哀王孙》的编年并不见得准确。因此《杜甫全集校注》将《哀王孙》编于至德二载的三个理由均不能成立,其说法明显存疑,说详下文。谢思炜《杜甫集校注》则同时征引了黄鹤和仇兆鳌二人的说法,并加按语曰:"诗云'圣德北服南单于',则在回纥引军助顺后。"[17]史籍中记载回纥引军助顺在至德二载九月,可见谢思炜亦主至德二载说。不过由诗中"圣德北服南单于"句并不一定能得出作于回纥引军助顺后的结论,谢先生此论亦存疑问,说亦详下文。

在《杜甫全集校注》及《杜甫集校注》之后的相关著述中,莫砺锋、童强《杜甫诗选》认为此诗作于至德元载九月间。[18]莫砺锋注意到《哀王孙》系年的两种说法,其云:"今人或谓当作于至德二载(757)春。但也有可能如旧注所云乃作于至德元载九月或十月。"[19]

综上可见,杜诗旧注对《哀王孙》的编年有至德元载和至德二载两种说法,其中至德元载说又存在七月和九月两说,当代学界辗转承袭了旧注的这些说法,迄今尚未有定论,故仍需对上述说法及其依据进行考辨。

二 《哀王孙》中的相关史实及发生时间考索

杜甫《哀王孙》诗云"已经百日窜荆棘",若这个"百日"是实指而非泛称的话,那么应从何算起呢?仇兆鳌显然是从玄宗逃离长安的六月十二日算起的。《旧唐书·玄宗本纪》载:"(六月)乙未凌晨,自延秋门出,微雨沾湿。"[20]检唐历,天宝十五载六月乙未为十三日,并非十二日,仇注所论微误。从六月十三往后推百日,则为九月二十三日。当然也可以从叛军攻陷长安的六月二十三日算起,从此后推百日,则为十月初三。可见从"百日"后推可以得到九月末或十月初。

除了"已经百日窜荆棘"这句诗透露出时间线索之外,《哀江头》诗中"窃闻天子已传位,圣德北服南单于。花门剺面请雪耻,慎勿出口他人狙"四句提到了玄宗传位与借兵回纥这两桩历史事件,其中同样也隐含着可以考知的时间线索,然诸家注本对此却均付阙如,以下分别考之。

《旧唐书·肃宗本纪》载:"(至德元载)是月(七月)甲子,上即皇帝位于灵武。"[21]又曰:"丙子,至顺化郡,韦见素、房琯、崔涣等自蜀郡赍上册书及传国宝等至。"[22]至于韦见素、房琯等人奉册的时间,《旧唐书·房琯传》曰:"其年八月,与左相韦见素、门下侍郎崔涣等奉使灵武,册立肃宗。"[23]《旧唐书·崔涣传》曰:"肃宗灵武即位,八月,与左相韦见素、同平章事房琯、崔圆同赍册赴行在。"[24]可见肃宗于至德元载七月十二日在灵武仓促即位,这时玄宗在蜀地尚未得知,至八月方得知李亨已经即位的消息,遂派房琯、韦见素等人奉册前往灵武宣布传位诏书。房琯等人于八月某日从成都出发,至九月丙子(25日)方抵达顺化郡正式传位。杜诗中说"窃闻天子已传位",显然是指玄宗禅位之事,此事发生于至德元载九月,杜甫得到消息亦在九月二十五日前后。这里称"前后"而不称必发生于九月二十五日之后,是考虑到房琯等人八月从成都出发以后,在奉册灵武的途中,这个重大消息已经迅速地传播开来,因此杜甫虽身陷长安,亦有可能在九月二十五日之前得到这个消息。杜甫在房琯等人还未抵达顺化郡之前便能得到玄宗传位的消息,这是不是不太可能呢?《资治通鉴》载:

> 自上(肃宗李亨)离马嵬北行,民间相传太子北收兵来取长安,长安民日夜望之,或时相惊曰:"太子大军至矣!"则皆走,市里为空。贼望见北方尘起,辄惊欲走。京畿豪杰往往杀贼官吏,遥应官军,诛而复起,相继不绝,贼不能制。[25]

> (至德二载)上至凤翔旬日……长安人闻车驾至,从贼中自拔而来者日夜不绝。[26]

太子李亨刚由马嵬坡北上,长安城中就得到了消息,可见长安并不缺乏外界消息的来源和渠道,因此杜甫九月二十五日之前在长安得知玄宗已经传位的消息亦有可能。当然,九月二十五日顺化郡正式传位之后杜甫才得到消息的可能性也同样存在,若再考虑到消息传到长安尚需要些时间,则杜甫得到消息极有可能是在九月底或十月初,这与诗中提及其他历史事件的时间线索亦相一致。

对于朝廷借兵回纥一事,赵次公注曰:

> 按,广平王俶为天下兵马元帅,郭子仪副之,以朔方、安西、回纥、大食兵讨安庆绪,在至德二载八月。则公作此诗时,回纥初有助顺之请。[27]

按,赵次公这里只注出了回纥出兵助战的时间,却并未注出唐廷借兵回纥究竟起于何时。今检史籍,《旧唐书·肃宗本纪》曰:

> (至德元载)九月戊辰,上南幸彭原郡。封故邠王守礼男承寀为敦煌王,令使回纥和亲,册回纥可汗女为毗伽公主,仍令仆固怀恩送承寀至回纥部。[28]

又曰:

> (至德二载九月丁丑),敦煌王承寀自回纥使还,拜宗正卿,纳回纥公主为妃,回纥封为叶护,持四节,与回纥叶护太子率兵四千助国讨贼。叶护入见,宴赐加等。[29]

《资治通鉴》载:

> (至德元载八月)回纥可汗、吐蕃赞普相继遣使请助国讨贼,宴赐而遣之。[30]

又曰:

> (至德元载九月)上虽用朔方之众,欲借兵于外夷以张军势,以豳王守礼之子承寀为敦

煌王,与仆固怀恩使于回纥以请兵结好回纥可汗。[31]

又曰:

> 敦煌王承寀至回纥牙帐,回纥可汗以女妻之,遣其贵臣与承寀及仆固怀恩皆来见上于彭原,上厚礼其使者而归之,赐回纥女号毗伽公主。[32]

通过以上史料可知,回纥可汗于至德元载八月遣使请求助国讨贼,肃宗借兵回纥的行动则始于至德元载九月,他封李承寀为敦煌王,派遣他前往回纥和亲并借兵,至至德二载九月方借来回纥援兵。《哀王孙》中"圣德北服南单于"、"花门剺面请雪耻"二句是与"窃闻天子已传位"句紧密相连的,表明"花门剺面请雪耻"是与玄宗传位同时发生之事,因此"花门剺面请雪耻"应是借兵回纥动议刚刚开始的至德元载九月,而非至德二载九月回纥引军助顺之后。

总之,杜甫在《哀王孙》中提及的玄宗传位、借兵回纥等历史事件均发生于至德元载九月,这与及王子百日奔窜的时间正好吻合。既然身陷长安的杜甫已经得知这些消息并在诗中提及,则《哀王孙》必作于至德元载九月末,绝不会延迟到至德二载的春天。黄鹤将"窃闻天子已传位"与史籍中肃宗七月灵武即位进行简单关联,殊不知"天子已传位"是指房琯等人九月顺化郡传位,而非肃宗七月在灵武擅立。宋本杜集及后世的某些注本因二诗题目皆以"哀"为题,又皆表现杜甫陷身长安的生活,遂不加分辨地编于同时,未能细致区分二诗创作时间的差异,这种粗糙的编次并不构成判定《哀王孙》作年的确切依据。因此旧注将《哀王孙》与《哀江头》二诗作年联动的作法明显有误,实际上这两首诗的创作时间相差有半年左右,并非作于同时。《杜甫全集校注》否定了仇注的结论,选择相信并不靠谱的宋本杜集编次以及同样不可为据的版本异文,又将"百日"理解为泛指,却忽略了诗中提及的几个历史事件及其时间线索,实属不应有的失误。

杜甫于至德元载九月底已从传言中获知了玄宗已传位、肃宗借兵回纥等消息,并用这些好消息来安慰那个落难的王孙。从这个角度来看,《哀王孙》的写作时间不可能晚于《悲陈陶》和《悲青坂》,陈陶、青坂之败发生于至德元载十月二十一、二十三日,这两场失败是十足的坏消息,足以令匍匐草间、隐忍求活的王孙绝望崩溃,杜甫在《哀王孙》中没有提及,显然不是刻意的隐瞒,而是尚未发生。因此《哀王孙》的写作时间正介于至德元载九月二十三日至十月二十一日之间,极有可能是在九月底或十月初。

余论:《哀王孙》中"朔方健儿"与阿史那从礼"逃归朔方"事件之联系

在诗人安慰落难王孙的数句诗中,"朔方健儿好身手,昔何勇锐今何愚"二句令人颇感费解,历代注家争论也颇多。宋代注家师古以迄清代钱谦益,大部分注家均将"朔方健儿"二句解为哥舒翰领导的朔方军在潼关之战中的惨败,然杜甫向王孙述说此事显然并不能对他进行安慰,故陈寅恪《书杜少陵哀王孙诗后》指出,"朔方健儿"应指同罗部族,并云:

> 鄙意"昨夜东风吹血腥,东来橐驼满旧都"二句,与"朔方健儿好身手,昔何勇锐今何愚"二句,应是同咏一事,不可分为两截。盖同罗部落,其初入长安时,必与骆驼队群偕来,故少陵牵连及之。同罗昔日本是朔方军劲旅,今则反复变叛,自取败亡,诚可谓大

愚者也。[33]

此论扭转了旧注沿袭数百年之误,实为正解。笔者在《〈哀王孙〉"朔方健儿"的学术史考察》一文中曾指出,"昨夜东风吹血腥,东来橐驼满旧都。朔方健儿好身手,昔何勇锐今何愚"四句是从同罗部族志在劫掠财物的举动上,判断出敌人胸无大志、即将溃逃的种种端倪,从而对这位窜伏草间的落难王孙予以宽慰[34]。然在杜甫撰写《哀王孙》的两个月前,驻扎在长安的同罗部族发生了一件大事,即阿史那从礼逃归朔方事件。《资治通鉴》肃宗至德元载七月条载:

> (至德元载七月)同罗、突厥从安禄山反者屯长安苑中,甲戌,其酋长阿史那从礼帅五千骑,窃厩马二千匹逃归朔方,谋邀结诸胡,盗据边地。上遣使宣慰之,降者甚众。
> 《考异》曰:《肃宗实录》:忽闻同罗、突厥背禄山,走投朔方,与六州群胡共图河朔,诸将皆恐。上曰:"因之招谕,当益我军威。"上使宣慰,果降者过半。《旧·崔光远传》云:同罗背禄山,以厩马二千出浐水,孙孝哲、安神威从而召之,不得,神威忧死。陈翃《汾阳王家传》云:禄山多谲诈,更谋河曲熟蕃以为己属,使蕃将阿史那从礼领同罗、突厥五千骑伪称叛,乃投朔方,出塞门,说九姓府、六胡州,悉已来矣,甲兵五万,部落五十万,蚁聚于经略军北。
> 按,同罗叛贼,则当西出,岂得复至浐水!此旧传误也。若禄山使从礼伪叛,则孝哲何故召之?神威何为怖死?又必须先送降款于肃宗,如此,则诸将当喜而不恐。贼之阴计,岂徒取河曲诸蕃也!盖同罗等久客思归,故叛禄山,欲乘世乱,结诸胡,据边地耳。《肃宗实录》所谓"共图河朔"者,欲据河西、朔方两道(边),犹言"河陇"也。肃宗从而招之,必有降者;若云太半,则似太多。今参取诸书可信者存之。
> 同罗、突厥之逃归也,长安大扰,官吏窜匿,狱囚自出。京兆尹崔光远以为贼且遁矣,遣吏卒守孙孝哲宅。孝哲以状白禄山,光远乃与长安令苏震帅府、县官十余人来奔。己卯(27日),至灵武,上以光远为御史大夫兼京兆尹,使之渭北招集吏民。[35]

《旧唐书·肃宗本纪》:

> (至德元载七月)甲戌,贼党同罗部五千馀人自西京出降朔方军。[36]

《旧唐书·崔光远传》:

> 八月,同罗背禄山,以厩马二千出至浐水。孙孝哲、安神威从而召之,不得,神威惧而忧死,府县官吏惊走,狱囚皆空。光远以为贼且逃矣,命所由守神威、孝哲宅。[37]

《旧唐书·郭子仪传》曰:

> 十一月,贼将阿史那从礼以同罗、仆骨五千骑出塞,诱河曲九府、六胡州部落数万,欲迫行在。子仪与回纥首领葛逻支往击败之,斩获数万,河曲平定。[38]

《旧唐书·崔器传》曰:

> (天宝)十三年,量移京兆府司录,转都官员外郎,出为奉先令。逆胡陷西京,器没于贼,仍守奉先。居无何,属贼党同罗叛贼,长安守将安守忠、张通儒并亡匿。又渭上义兵

起，一朝聚徒数万。器惧，所受贼文牒符敕，一时焚之，榜召义师，欲应渭上军。及渭上军破，贼将崔乾祐先镇蒲、同，使麾下骑三十人捉器，器遂北走灵武。[39]

对于阿史那从礼逃归朔方事件，诸种史籍由于认识和立场不同，记载存在较大差异，如《通鉴》认为阿史那从礼是反叛安禄山而"逃归朔方"，而《旧唐书》则认为这是安禄山的诡计，欲令阿史那从礼假装叛乱，带五千骑从长安北上争取河曲六胡州部众。胡康指出，阿史那从礼逃归朔方后，与河东叛军接连侵扰振武、天德军，破坏了唐朝的北边防御体系，严重威胁灵武朝廷的安全，肃宗第一次向回纥借兵就是为了平定阿史那从礼之乱，此乱对肃宗即位初期所造成的军事压力被低估了[40]。阿史那从礼逃归朔方事件对当时的长安产生了很大影响，造成"长安大扰，官吏窜匿，狱囚自出"的纷乱景象，也直接导致了崔光远、苏震等人趁乱从敌人盘踞的长安归顺朝廷。然而一直以来，学界却很少有人将此事件与杜甫的经历进行联系。近来师海军首次将阿史那从礼事件与杜甫投奔灵武的时间进行了对比，认为杜甫由鄜州北上灵武恰好与阿史那从礼部北上朔方的时间重叠，因此推测杜甫可能在投奔灵武的途中被安禄山派往朔方地区招诱诸胡的阿史那从礼部所俘[41]。其论颇值得参考。谢思炜也注意到了阿史那从礼叛逃与杜甫投奔灵武在时间和路线上的一致性，他认为杜甫离开鄜州欲按计划前往芦子关，但在途中遭遇同罗叛逃，或得知他们已出塞门，尾随同罗继续北行显然有危险，因此必须改变路线，遂取道邠州往灵武，因局面混乱，杜甫在所经途中完全有可能因躲避不及或某一偶发事件而"陷贼"[42]。此论大体未脱《新唐书·杜甫传》之说，但亦开始注意到阿史那从礼事件可能对杜甫产生的直接影响。然而谢思炜、师海军所论均是基于学界的成论，认为杜甫在至德元载七月已经携家逃难至鄜州羌村，其投奔灵武也在此时。笔者曾经指出，通过以杜证杜的方法可以确认，在安史叛军六月二十三日攻陷长安之时，杜甫正在长安城内，并不在鄜州羌村或去灵武的途中[43]。因此，窃以为阿史那从礼叛归朔方事件对杜甫的影响并非是在奔赴灵武途中，而是在长安城内。杜甫当时应亲眼目睹了阿史那从礼率领的同罗部族从长安叛逃事件，并对此事件给长安造成的重大影响印象深刻，然而现存杜诗中却不易找到反映此次事件的蛛丝马迹。今按，阿史那从礼事件发生于杜甫撰写《哀王孙》前的一个多月左右，与《哀王孙》的写作时间非常接近，正可与《哀王孙》进行联系。具体而言，诗中"朔方健儿好身手，昔何勇锐今何愚"二句便有可能是指阿史那从礼逃归朔方事件，诗中那个草间匍匐的王孙，或许正是因"长安大扰"而重获自由或重陷危险境地。如前所论，杜甫在诗中以玄宗传位与借兵回纥对落难王孙进行安慰。同样地，阿史那从礼叛逃事件也可以给王孙以安慰。此事件对安史叛军的士气打击很大，长安守将安守忠、张通儒皆亡匿，叛军开始呈现败逃之象，故崔光远认为"贼且逃矣"，崔器更是焚烧叛军文牒欲响应渭上义兵，这对逃匿草间的王孙而言无疑都是令人振奋的消息。阿史那从礼逃归朔方，是敌人内部矛盾激化的产物，表明同罗部族并非死心塌地地归附安禄山，同时也说明叛军并非铁板一块，而是矛盾重重，这对唐军和在长安逃匿的王孙而言都是极其有利的消息。陈寅恪所论非常正确，杜诗中提到的"朔方健儿"确指阿史那从礼率领的同罗部族，则"昔何勇锐今何愚"是杜甫对此次阿史那从礼逃归朔方事件的慨叹和评述，是慨叹同罗部族毫无政治远见，只知贪图眼前利益，在利益的驱使下屡次改变政治立场，初而叛唐，既而又叛安禄山，可谓反复无常，故称其"今何愚"。同罗作为朔方军的精锐本不应附逆叛乱，如今由长安逃归朔方更见出当年附逆之愚蠢,早知今日,又何必当初呢!杜甫在诗中提及此事,其本意是以近来敌方阵营之混乱来安慰王孙,让他稍作隐忍,敌人之败亡坐等可致,长安之光复指日可待。因此阿史那从礼叛逃事件与下面提到的玄宗传位及借兵回纥等事的作用相同,都是为了安慰和鼓励王孙,向他描述胜利的希望,只是所举事例有敌我阵营之不同而已。阿史那从礼事件发生于七月甲戌(二十二日)或八月,玄宗传位及借兵回纥均发生于九月,故杜甫在诗中先叙阿史那从礼叛逃事件,再叙玄宗传位和借兵回纥,这正体现出老杜史笔记述之严谨。简而言之,虽然学界已经有人将阿史那从礼叛归朔方事件与杜甫生平事迹相联系,但尚未将此事与《哀王孙》进行联系。其实"朔方健儿好身手,昔何勇锐今何愚"二句正好可与此事件关合,将诗中的"朔方健儿"解为阿史那从礼率领的同罗部族,于诗意的解释和前后叙事的逻辑均能通畅无碍,颇具合理性,故略陈管见如上。

总之,杜甫《哀王孙》作于至德元载(756)九月,并非与《哀江头》同作于至德二载(757)春。吕大防、赵子栎、黄鹤等人将此诗系于至德元载七月,其论并不可据。钱谦益、朱鹤龄将此诗系于至德二载春,乃是沿袭宋本编次,其论亦不正确。《杜甫全集校注》否定仇兆鳌的至德元载九月说,重提至德二载说,其说亦误。通过考索《哀王孙》诗中提及的相关史实可知,玄宗传位、借兵回纥、百日奔窜皆为至德元载九月之事,故《哀王孙》必作于此时。此外,至德元载七月下旬在长安发生的阿史那从礼叛归朔方事件在当时产生了极大影响,此事亦恰好可与《哀王孙》中"朔方健儿好身手,昔何勇锐今何愚"二句进行关联。阿史那从礼所率同罗部族逃归朔方事件与玄宗传位、借兵回纥等事一样,均是杜甫对落难王孙进行安慰的话,目的是通过分析敌我双方态势之消长,给王孙以激励和希望。相反,若将"朔方健儿"理解成哥舒翰潼关战败,只能起到反作用,断非杜诗本意。可见旧注对杜诗的理解有误,今应予以改正,应将"朔方健儿"二句诗的历史背景由哥舒翰潼关战败替换成阿史那从礼率同罗部族从长安逃归朔方事件,这样一来,对"朔方健儿"二句的理解才会更加合理顺畅。

注 释:

* 本文系山东省社科规划研究项目"明末清初杜诗阐释与接受研究"(23CZWJ06)。

[1][8] 仇兆鳌《杜诗详注》,中华书局1979年版,第310—312、310页。

[2] 钱谦益《钱注杜诗》,上海古籍出版社1979年版,第726页。

[3] 佚名《分门集注杜工部诗》卷首,《四部丛刊初编》第142册,上海商务印书馆1936年版,第14页。

[4] 蔡梦弼《杜工部草堂诗笺》卷首,《续修四库全书》第1307册,上海古籍出版社2002年版,第16页。

[5] 郭知达辑注,聂巧平点校《新刊校定集注杜诗》卷二,上海古籍出版社2022年版,第121页。按,中华书局1982年影印本《新刊校正集注杜诗》及上海古籍出版社1983年《杜诗引得》本《九家集注杜诗》均无此段话,仅《文渊阁四库全书》本有这段引文,疑为清人修订此本时据《钱注杜诗》注释增补,非宋人之旧注,故以下论析不以九家注为据。

[6] 黄希、黄鹤《黄氏补千家注纪年杜工部诗史》卷二,《中华再造善本》影印山东省博物馆藏元至元二十四年(1287)詹光祖月崖书堂刻本,北京图书馆出版社2006年版。

[7] 张远《杜诗会粹》卷四,《四库全书存目丛书》集部第六册,齐鲁书社1997年版,第339页。

〔9〕 闻一多《唐诗杂论》,上海古籍出版社1998年版,第65页。
〔10〕 陈贻焮《杜甫评传》,北京大学出版社2003年版,第285页。
〔11〕 刘锋焘、张倩、朱慧玲《杜甫关中诗评注》,三秦出版社2012年版,第156页。
〔12〕 赵昌平解,蘅塘退士编《唐诗三百首全解》,复旦大学出版社2006年版,第123页。
〔13〕 张忠纲主编《杜甫大辞典》,山东教育出版社2009年版,第159页。
〔14〕 姚奠中《中国古诗文讲评》,商务印书馆2015年版,第160页。
〔15〕 吕正惠《诗圣杜甫》附录一《杜甫年谱》,生活·读书·新知三联书店2015年版,第298页。
〔16〕 萧涤非主编《杜甫全集校注》卷三,人民文学出版社2014年版,第772页。
〔17〕 谢思炜《杜甫集校注》卷一,上海古籍出版社2015年版,第208页。
〔18〕 莫砺锋、童强《杜甫诗选》,商务印书馆2018年版,第65页。
〔19〕 莫砺锋《乱离时代的特殊视角——读杜甫〈哀王孙〉札记》,《古典文学知识》2019年第4期。
〔20〕〔21〕〔22〕〔23〕〔24〕〔28〕〔29〕〔36〕〔37〕〔38〕〔39〕 刘昫等撰《旧唐书》,中华书局1975年版,第232、242、244、3321、3280、244、247、243、3318、3451、3373—3374页。
〔25〕〔26〕〔30〕〔31〕〔32〕〔35〕 司马光编著《资治通鉴》,中华书局1956年版,第6995、7018、6992、6998、7005、6986—6987页。
〔27〕 赵次公著,林继中辑校《新定杜工部古诗近体诗先后并解(修订本)》乙帙卷一,上海古籍出版社2012年版,第167页。
〔33〕 陈寅恪《金明馆丛稿二编》,生活·读书·新知三联书店2001年版,第63—64页。
〔34〕 王新芳、孙微《杜诗文献学史研究》,科学出版社2018年版,第236页。
〔40〕 胡康《安禄之乱前后的唐北边边防与蕃部动向》,《文史》2022年第4辑。
〔41〕 师海军《安禄山的军事布局与杜甫北上灵州被俘事考论》,《甘肃社会科学》2020年第1期。
〔42〕 谢思炜《同罗叛逃事件与杜甫"陷贼"经历》,日本《杜甫研究年报》第三号,勉诚出版2020年。
〔43〕 孙微、王新芳《长安陷落前后杜甫行止考辨》,《安徽大学学报》2023年第2期。

〔作者简介〕 王新芳,1973年生,齐鲁师范学院文学与历史文化学院教授,主要从事清代诗学研究;孙微,1971年生,山东大学儒学高等研究院教授,博士生导师,主要从事杜诗学研究。

宋代宠物诗的文化内涵与书写策略

李成秋

养宠物并非今人专利,宋人已能在利用动物实用价值的基础上发掘其作为宠物的审美和情感价值,宋代养宠现象已较普遍,鸟、猫、狗等动物进入寻常百姓家[1]。宠物诗也随之发展,在丰富诗歌题材的同时,较前代诗歌中的动物书写更为细致,融入了诗人更个性化的体验,具有独特的文化意蕴。学界对宋代宠物文学已有所关注[2],本文尝试在此基础上进一步挖掘宋代宠物诗的文化内涵,探讨其书写策略。

一 清、静、闲、雅:林逋鹤诗的意蕴

林逋是宋代与宠物关系亲密的典型文人,其"梅妻鹤子"的故事妇孺皆知。《梦溪笔谈》载:

> 林逋隐居杭州孤山,常蓄两鹤,纵之则飞入云霄,盘旋久之复入笼中,逋常泛小艇游西湖诸寺,有客至逋所居,则一童子出应门,延客坐,为开笼纵鹤,良久,逋必棹小船而归,盖尝以鹤飞为验也。[3]

鹤不仅是林逋日常生活中的宠物,也常被他写入诗中,成为他寄托自身高洁清逸志趣的重要符号。林逋的鹤诗体现出宋代宠物诗文化内涵的一个侧面——以物言志的精神追求。尽管林逋诗中的鹤梅彰显了其高洁志趣早已是学界共识,但其高洁的志趣究竟包含了哪些具体要素却有待进一步揭示。林逋以鹤为主的宠物诗为此提供了答案,细读可知包含了清、静、闲、雅等意蕴。

首先是气质之清。作为隐士,林逋最为人称道的便是不染尘俗的清气,即苏轼所称的"先生可是绝俗人,神清骨冷无由俗"[4]。俗世中的人形形色色,人性的弱点和阴暗面难免充斥其中,林逋选择远离俗世与鹤相伴,自然就能少受污染。与他往来者不乏方外之士,《送慈师北游》写道:"郁郁蒲茸染水田,渡淮闲寄贾人船。知师一枕清秋梦,多为林间放鹤天。"[5]前二句渲染出清新的环境,点出送别事件,后二句则将想象中僧友与自己的行为对举,当僧友在船上做"清秋梦"时,自己可能多是在林间放鹤。这虽是首寻常的送别之作,却也鲜明地宣告了林逋的个人趣味和爱好。鹤在此象征着"清",林间放鹤是他日常的重要活动,

---

本文收稿日期:2021年6月20日

正是在这一充满仪式感的行为中,诗人反复确认着与尘世的疏离,陈述着自己不同流俗的"杳杳秋空放鹤心"[6]。此后,鹤之"清"的典型形象在宋诗中就更加鲜明起来,出现了如"独爱九皋嘹唳好,声声天地谓之清"[7]、"谁画千年老令威,丹青今古照清辉"[8]等诗句。苏轼对鹤所下的"盖其为物,清远闲放,超然于尘垢之外"[9]的定义和宋徽宗十首七言绝句组诗《白鹤词》等等,或许也多少受了林逋鹤诗的影响。

其次是心境之静与闲。在远离尘俗琐事的清的环境下,静谧与闲暇也更唾手可及。林逋时常通过写鹤的行迹和声响来表达自己静和闲的心境。如"鹤迹秋偏静,松阴午欲亭"[10]、"鹤应输静立,蝉合伴清吟"[11]、"柏子有芽生塔地,鹤毛无响堕廊风"[12]等,均以鹤的声响之轻来衬托环境的幽静,同时指向自己内心的宁静。与此相应,诗人的生活节奏和心态也以闲为主,《小隐自题》是反映其闲静生活与心态的典型作品,诗曰:

竹树绕吾庐,清深趣有余。鹤闲临水久,蜂懒得花疏。酒病妨开卷,春阴入荷锄。尝怜古图画,多半写樵渔。[13]

首联写居住环境,竹树绕庐营造出环境的清新、幽深;颔联写鹤临水、蜂得花二事,以闲、懒形容鹤、蜂的同时,也是在形容自己的心境。颈联从外在景物转向写自身的行为,记载饮酒、读书、躬耕这些构成其隐居生活的乐事,最后以表达对古画的喜爱收尾。这首诗不仅是林逋闲暇自得日常生活的写照,也是宋诗叙写日常生活的典型。

最后是趣味之雅。宋代文人多才多艺,从林逋"墨迹多图鹤,山名爱话庐"[14]可知,他除了以诗咏鹤以外,也爱画鹤,甚至还爱对鹤弹琴,曾有"横欹片石安琴荐,独傍新篁看鹤笼"[15]之句。林逋的咏鹤诗不仅留下了关于养鹤、观鹤、放鹤的记录,还留下了他对艺术之美和雅趣的追求,让我们看到他在养宠之外对艺术的热爱,感受到其宠物诗背后隐逸日常生活中浓厚的艺术氛围和丰富的人生乐趣。从现实生活中养鹤为宠物,到诗中写鹤、画中绘鹤、曲中对鹤,林逋始终积极地实践着日常生活的风雅化。

在林逋鹤诗中所呈现出来的清、静、闲、雅意趣,也表现在同时代其他诗人笔下,如"清闲自合无忧累,白发何因更飒然?遥望孤飞下秋水,雪花一片落晴天"[16]、"因病废棋仍废酒,鹧鸪鹦鹉伴清闲"[17]、"琴横双鹤舞,犁阁一牛眠"[18]、"篱落梅残野菜青,田间闲看鹤梳翎"[19]等,均通过对鹤等鸟类动物的描写来抒发远离世事、追求清闲的生活理想。以林逋为代表的鹤诗所表现出来的文人自身高洁清逸的审美理想和志趣追求,是宋代宠物诗文化内涵的重要组成部分。

二 养宠如儿的情感寄托

宋代社会的养宠风气提升了宠物作为人类伙伴的情感价值,这为诗中出现"养宠如儿"的情感表达提供了背景支撑。猫是当时颇受诗人欢迎的宠物,诗人对它们倾注了深厚的感情,也留下了许多吟咏之作。从咏猫诗出发,我们得以窥见宋代文人在诗中视宠物为亲友的情感表达。

宋代咏猫诗涉及索猫、养猫、失猫、悼猫等环节,能够较为全面地反映不同状态下诗人的情感。当有意养猫或向友人索猫时,首先需要赠物作诗迎猫,常见的是将鱼、盐、茶等物送给猫的原主人。用鱼下聘的,如黄庭坚《乞猫》:"秋来鼠辈欺猫死,窥瓮翻盘搅夜眠。闻道狸奴将数子,买鱼穿柳聘衔蝉。"[20]《后山诗话》评此诗:"虽滑稽而可喜。千载而下,读者如新。"[21]用盐、茶下聘的,如曾几《乞猫二首》其一:"春来鼠壤有余蔬,乞得猫奴亦已无。青蒻裹盐仍裹茗,烦君为致小於菟。"[22]猫爱食鱼,用鱼下聘自不奇怪,而用盐、茶等物下聘,则因盐、茶作为珍贵礼物能投主人之好外,更有一层值得玩味的语言趣味。《猫苑》载:"张孟仙刺史云:'吴音读"盐"为"缘",故婚嫁以盐与头发为赠,言有缘法。俗例相沿,虽士大夫亦复因之。今聘猫用盐,盖亦取有缘之意。'此说近理,录以存证。"[23]人们在嫁娶时以盐为赠,聘猫用盐即有类似嫁娶的意味,可见在当时猫似乎已具备了现代意义上宠物即家人的身份,送猫聘猫的过程正好比嫁女娶妇。除了以鱼、盐、茶等实物迎猫外,宋人还会以诗迎猫,通过写诗记叙聘迎猫的经过,为聘猫一事赋予更深厚的文化色彩。黄庭坚《乞猫》在当时即有影响,《乞猫二首》其二中有"小诗但欠涪翁句,为问衔蝉聘得无"[24]一联,直接回应黄庭坚诗,作者幽默地谦称自己诗固不如黄庭坚,但还是想问问能否以此乞得一只猫呢?诙谐的表达拉近了乞赠双方的距离,为记录乞猫事件增添了轻松趣味。章甫《从贾倅乞猫》也是以诗乞猫的作品,结尾同样自谦地表达了诗虽不佳,仍希望以之乞猫的愿望:"昨宵闻说二车家,花墩五子俱可夸。此诗虽拙胜盐茶,不问白黑灰狸花。"[25]末句同样十分幽默,不挑花色也更表现出乞猫的真诚和迫切之意。乞猫完成后,诗人通常会给它命名,如"仍当立名字,唤作小於菟"[26]。为宠物取名本已显亲近,郑重用一"立"字,又可看出对猫的厚爱,成为他们养宠如儿的力证。

乞猫诗外,更常见的是伴猫诗。人与宠物的感情在日复一日的陪伴中建立起来,诗人也在此过程中写下与猫相伴的诗作。有趣的是,与诗人相伴的猫似乎多是不擅长捕鼠的,但反而却促进了彼此的亲近关系。胡仲弓《睡猫》:"瓶中斗粟鼠窃尽,床上狸奴睡不知。无奈家人犹爱护,买鱼和饭养如儿。"[27]写家中并不捕鼠而终日睡觉的猫深得家人宠爱,以近乎养儿的方式养它。猫的体温较高且睡眠时间长,因此成为冬日里诗人天然的取暖工具。张良臣《祝猫》:"江上孤篷雪压时,每怀寒夜暖相依。"[28]诗句如画一般,让人浮现出雪压孤舟、诗人拥猫暖眠的画面。猫不仅在冬夜陪伴诗人入眠,夏天也是与诗人共享凉席的亲密伙伴。杨万里《新暑追凉》写道:"朝慵午倦谁相伴,猫枕桃笙苦竹床。"[29]睡眠本是一天中难得的享受,将与猫共眠写入诗中,更让人体会到那冬日里睡拥毛毯般的惬意和温暖、夏日里有宠物陪伴的幸福感。日常生活大多是乏善可陈的,但通过与猫相伴的诗,仍可见出宋代诗人日常生活的乐趣和幸福。

遗憾的是,猫的生命远比人寿短,且时有走失的意外,失猫诗和悼猫诗便成为这些痛苦时刻的写照。当时已有寻猫启事,《清异录》载:"余在辇毂,至大街,见揭小榜曰:'虞大博宅失去猫儿,色白,小名白雪姑。'"[30]一般人丢失宠物尚且如此,诗人失去朝夕共处的宠物,更会把如失去亲友一般的伤痛形于笔端。对走失的猫表示担忧的,如方回《怒雨》:"今岁黄梅雨,龙公剩作威。雷抨山欲碎,风掣树如飞。患湿憎泥屦,闻腥呕垢衣。饥猫避谁屋,竟夜不能归。"[31]前六句都写风雨交加的恶劣天气,看上去只是寻常苦雨一类诗歌抱怨天气的惯常写法,尾联笔锋一转,才让人明白诗人并非单纯抱怨梅雨带来的不适,而是担忧自己宠爱的猫儿出走后可能会面临饥寒交迫、无法归来的困境,对猫的感情可见一斑。失猫诗外,悼猫诗则更能凸显诗人视猫为亲友的感情。梅尧臣《祭猫》:

> 自有五白猫,鼠不侵我书。今朝五白死,祭与饭与鱼。送之于中河,咒尔非尔疏。昔尔啮一鼠,衔鸣绕庭除。欲使众鼠惊,意将清我庐。一从登舟来,舟中同屋居。糗粮虽甚薄,免食漏窃余。此实尔有勤,有勤胜鸡猪。世人重驱驾,谓不如马驴。已矣莫复论,为尔聊欷歔。[32]

诗开头六句写祭猫,此后为倒叙,历数了猫给自己生活带来的益处,赞扬了其护书捕鼠之勤、陪伴之功,最后以议论结束,认为猫的价值应该被世人所认识。释云岫《悼猫儿》:"亡却花奴似子同,三年伴我寂寥中。有棺葬在青山脚,犹欠镌碑树汝功。"[33]同样以怀念猫为主题,但注入了更深的情感,读起来若有悼亡亲友的感觉,他"似子同"的爱猫情感,通过悼亡诗的形式表达出来,具有了动人的力量。

从乞迎、陪伴、悼念的不同环节纵观这些咏猫诗,可以感受到诗人对猫的亲切感情及深厚喜爱。诗人在宠物诗中着意表现待宠物如亲友的一面,除了表达自己的情感寄托外,也意味着他们对儒家仁爱思想的身体力行,显示出人与动物和谐共生的关系,深化了宋诗所蕴涵的独特的人文精神。

三 "以物观物"的哲学之思

除表达志趣、寄托情感外,诗人还会在宠物诗中融入对日常生活的观察和思考心得。他们不仅会以拥有者的身份来书写宠物,有时也会直接设身于宠物的视角及立场上来书写,体现出"以物观物"的哲学之思。"以物观物"是邵雍的重要主张,他说:"夫所以谓之观物者,非以目观之也。非观之以目而观之以心也,非观之以心而观之以理也。天下之物莫不有理焉,莫不有性焉,莫不有命焉。"[34]陆游《新移竹栽喜于得雨而池中鸂鶒乃以水溢而去戏以长句记之》是运用这一思想的典型作品,诗云:

> 雾雨三日天沉阴,西溪水长二尺深。土濡新竹有生意,池满文禽无住心。竹根苏活赖此雨,禽亦归飞戏烟浦。去留虽异各欣然,抽萌哺子全其天。[35]

首联交代天气和水文情况,颔联讲随之而来动植物的变化,颈联揭示事件因果,充分显出宋诗理趣,尾联则从现象上升到哲理,无论是雨使竹活还是鸂鶒复得返自然,都值得为其顺应自然规律而感到欣然。"各欣然"是理解全诗思想的关键,陆游为竹子和鸂鶒感到欣慰,这种以己心察彼心,将自己换位到物的立场去思考的方式,就是以物观物的实践。以物观物的目的,不仅限于用心体会被观察对象的客观之理,还包括参悟物理后反作用于自身的修炼,所以"各欣然"不仅是对新竹之生与鸂鶒之去的感慨,也是陆游自身心态和心境的写照。此诗时作于陆游晚年,他已将世间一切看得比较透彻了,所以能到达这种平和包容对待事物变化、顺其自然的状态。陆游通过失去宠物鸂鶒而宣示对人生哲理的思考,以文学表达哲思,是这首诗的重要特征,也是宋诗注重从日常生活细节中感悟自然,由自然规律思考人生,将日常生活哲理化的突出表现。

运用以物观物的视角来书写宠物的,还有以下诗作:

  魏了翁《再和招鹤》其一:仰看翔翩俯游鳞,物意容容各自春。遥想沧江五君子,长身玉立伴闲人。[36]

  张侃《偶书二绝》其一:静观万物各随缘,天亦何心付自然。鹡鸰不材鹦鹉贵,岂知鹡鸰得天年。[37]

  林同《鹤》:好是鹤鸣阴,居然子和声。休云气所感,自是物之情。[38]

诗人在以上作品中写宠物并非为了表达情感,而只用于说明物各有性的道理。宋代宠物诗中"以物观物"的哲学内涵,为宋诗理性精神的特点作出了贡献,"当'以物观物'作为一种认识把握世界的方式正式提出来后,穷理尽性的观物态度必然促使文学创作由唐代那种想象的青春性过渡到理性的成熟性"[39]。同时,这种哲学内涵也在一定程度上推动了宋代宠物诗议论化特点的形成。

四 拟人、议论、生活化——宋代宠物诗的书写策略

(一)拟人:宠物诗书写的突出手法

宋代宠物诗最突出的手法是拟人,通过对宠物神态、动作、感人事迹等的描写,赋予宠物人格化的魅力。某些宠物诗的诗题即冠以拟人化的动词或形容词,如《痴猫》、《嘲猫》、《睡猫》、《猫叹》,具体到诗句中,也常用拟人的动词和形容词来书写,如"爱汝斑斓任汝痴,了无杀意上须眉。通宵鼠子喧人睡,政尔相忘也大奇"[40]、"梁间纵鼠浑无策,门外攘鸡太不仁"[41]、"瓶中斗粟鼠窃尽,床上狸奴睡不知"[42]、"床头鼠辈翻盆盎,自向花间捕乳雏"[43]等。用于形容猫的"痴"、"相忘"、"无策"、"不仁"、"不知"、"自向"等词,拟人化的色彩十分明显。照理说不捕鼠的猫无用,但诗人却不嫌弃,反而对它们怀着极大的宽容,甚至会用亲友的口吻加以宽慰,有时更直接将猫与人作比拟。如刘克庄《诘猫》将猫比拟为客,与古人所养之士进行对比:"古人养客乏车鱼,今汝何功客不如。饭有溪鱼眠有毯,忍教鼠啮案头书。"[44]诗中前两句以猫、客互拟,从猫享受的"饭有溪鱼眠有毯"的待遇来看,名为诘难,实为喜爱。对于无鼠可捕的猫,诗人在自嘲家贫的情况下,也会像安慰亲友一般对猫说:"自是鼠嫌贫不到,莫惭尸素在吾庐。"[45]这种将宠物视为友人,试图与之对话的拟人写法,在宋代宠物诗中十分常见。如张商英《猫》"高眠永日长相对,更约冬裘共足温"[46]一联,以邀请友人般的语气写来,这正是宋代宠物诗运用拟人手法的一种表现。

宋诗将宠物拟人化的第二种方式,是以宠物喻自己的身心状态,在赋予宠物以人格和情感的同时,将自身的心境和处境更生动形象地表现出来。如王禹偁的《量移后自嘲》:"可怜踪迹转如蓬,随例量移近陕东。便似人家养鹦鹉,旧笼腾倒入新笼。"[47]以宠物鹦鹉被迫换笼来比喻自身漂泊无依的处境;又如陆游《夜坐》:"地僻少行迹,屋低便老人。炉红得清坐,酒绿慰孤斟。吠犬惊飘叶,栖禽换暗林。人间固多难,感慨不须深。"[48]以惊犬及禽鸟更换栖息地来自喻,更显出对岁月流逝的惊惶;又如乐雷发《甲午社日客桂林》:"东阳病骨如鹦鹉,最怯南州社日寒。"[49]以畏寒的鹦鹉比喻自己病弱的身躯,都是借人们熟悉的宠物的状

态来喻示自己的状态,生动易解。

总之,拟人是宋代宠物诗最常见也最突出的修辞手法,不仅使诗中的宠物获得了生动形象的呈现,也使诗人的某些特殊心境得到了更好的表达。

(二)议论:文法与诗法的渗透交融

宋代宠物诗的另一写作特点是大量议论。这与诗人践行"格物致知"相关,同时也是叙议结合的文法渗透于诗法的结果,梅尧臣《伤白鸡》是宠物诗运用议论手法的典型之作,诗曰:

> 我庭有素鸡,翎羽白如脂。日所虑狂犬,未尝忧孽狸。暝栖向檐隙,朝啄循阶基。每先乌鸟鸣,不失风雨时。虽吾困廪薄,尚汝稻粱遗。昨宵天气黑,阴物恣所窥。潜来衔搏去,但觉声音悲。开门俾驰救,已过墙东陲。呵叱不敢食,夺然留在兹。涌血被其颈,嚌呷气甚危。皓臆变丹赤,霜翅两离披。悯心欲之活,碎脑安能治。委瘗从尔命,孰忍姜桂为。犹看零落毛,荡漾随风吹。念始托兹地,蒙幸信可知。充庖岂云患,度日无苦饥。如何遇凶兽,毒汝曾不疑。斯事义虽小,得以深理推。邓生赐山铸,未免终馁而。人道尚乃尔,怆焉聊俛眉。[50]

前十句称赞白鸡毛色如脂、护家驱狸、报时准确,即便拮据也坚持喂养,充分铺垫了对它的感情。"昨宵"句始切题中"伤"的主题,通过写鸡被叼走悲鸣、到开门救鸡、呵走野兽、白鸡重伤等系列人、兽、鸡的动作和声音,使诗人的焦急愤怒、野兽的狡猾凶险、白鸡的无助受伤都淋漓尽致地表现出来。从"涌血被其颈"到"荡漾随风吹",记录了白鸡从受伤到死亡的过程,描写细致,极具感官冲击性。诗人无力救活白鸡的悲痛感在"欲之活"与"安能治"的对比中强烈地突显出来,更在"孰忍姜桂为"一句中将情感表达到极致,它在诗人心里早已不是一只普通可食用的家禽,而是珍爱的宠物。"委瘗从尔命"更彰显了诗人对白鸡作为一条独立生命的尊重。通篇以叙事为主,抒情议论为辅,融入了大量的铺排和细节描写,几乎等同一篇叙议结合的散文。又因采用古体,拥有较自由的展开空间,为充分的铺陈叙事和议论提供了便利。梅尧臣另有一首《鸭雏》[51]也是叙议结合的古体诗,以宠物的经验来反观人世。

宋代宠物诗的议论特色不仅见于古体诗,也见于其他诗体,如袁燮的七绝《观鱼》:"波清日暖足优游,去去来来总自由。只为贪心除未得,竟随香饵上金钩。"[52]这种叙议结合的写作方式,是诗人贯彻"格物致知"的结果。"朱熹认为'格物'、'致知'不能截然分开,'格物'是就物而言,'致知'是对自我之人而言。"[53]也就是说,格物到致知是一个由物及己、由事及理的思考和实践过程。诗人对格物致知的理解与实践或许也导致了诗中从物到己、从事到理、从叙到议的构思和写作方式,一定程度上促成了宋代宠物诗长于议论的特点。

(三)个性化:知识与阅历的个性彰显

宋代宠物诗以围绕诗人自身与宠物相处的经验为主,呈现出明显的个性化、日常化的特点。养宠是日常生活的活动,原本他人难以窥视的私密生活在诗作中得到展示,从而成为他者观察和评论的素材。诗人下笔前已有了"预设的"读者,所以更能有选择性地将自己的日常生活展现出来。"这样的一种'私人性',始终关注外部对自己的观照,它最终是一种社会性的展示,依赖于被排斥在外的他人的认可与赞同。"[54]因此诗人写与宠物相伴的生活,也是主动表达审美趣味的绝佳机会。欧阳修《忆鹤呈公仪》诗云:"一笑相欢乐得朋,诵君双鹤句尤清。高怀自喜凌云格,俗耳谁思警露声。所好与时虽异趣,累心于物岂非情?归休约我携琴去,共看婆娑舞月明。"[55]通过诵读友人的咏鹤诗及和作咏鹤诗联系起友谊,同时表明与时异趣的独特爱好,既是对知己的赞颂,也是对雅趣的宣扬。

诗人作宠物诗是个人生活的主动曝光,除了借此表达志趣、感情、思想、感悟,也会分享新知与收获。宋代崇尚博学,尽可能全面地拥有更多的知识也是诗人的追求之一。他们十分重视知识的获取、存录与传播,就对宠物的了解而言,不仅有直接观察,有时也通过书画等文献获取知识,陈傅良《跋周伯寿画猫》称:"余家有数猫,终日饱食,相跳踯为戏,而不捕鼠。余怪而问人,人曰:'猫之善捕鼠者,日常睡。'因见伯寿所藏画,遂书此语。"[56]在观察、记录和思考生活中种种现象时,每个人都可能出于兴趣爱好的差异而掌握不同领域的知识,因此带有强烈的个人色彩。

在宠物诗的写作中,个性化的书写主要表现为生活环境的描写、宠物神态动作的细节捕捉等。环境描写如《题沈宗师双凫轩》"静同鸥鹭窥秋净,闲伴龟鱼戏晚晴"[57],想象人与鸥、鹭、龟、鱼等宠物为伴共享自然的生活,呈现出人、物、景三者和谐共生的意趣;又如"树枝南畔有飞鹊,莲叶东边多戏鱼"[58],将居住环境的清幽舒适通过鹊、鱼衬托出来。在细节的呈现上,诗人也表现出足够的观察耐心和因果详尽的叙述策略,将长时间观察变化的详细过程呈现出来,如杨万里《一鹭先立池中有双鹭自外来先立者逐之双鹭亟去莫敢敌者》:"鹭鸶各自有食邑,长恐诸侯客子来。一鹭忽追双鹭去,穷追尽处始飞回。"[59]这些生活的细节通过诗歌加以记录,使读者有了观察诗人日常生活的窗口,可以说,宋代宠物诗的生活化倾向,一定程度上正体现出宋诗日常化的特点。

与人类生活相伴的动物,作为诗歌题材的一个门类,虽然在唐代就已进入诗人的写作中。但只有到宋代,鹤、猫、狗、鸟等才成为真正意义上的宠物,在诗中也成了即事类作品的素材。从以上宠物诗可知,宋诗在题材的选择和处理上细腻而贴近生活的特点。宋代文人志趣高洁、思想深邃,善于在平凡的生活中发现诗意,体会哲理,诉诸诗歌,言事益加细致,造语更加生动,议论愈加透彻,通过提升所描写画面的像素和动感,开拓了诗歌表达的广度和细腻度;诗中呈现的质朴情感,传达出宋人平等博爱的深情。宠物诗通过呈现诗人日常与宠物的相处与思考,充分彰显出个性化、生活化的特点。

结语

宠物诗丰富了宋诗的题材,是观察宋人书写日常生活的一个窗口。宋代宠物诗文化内涵深厚,从志、情、思等角度立体呈现了诗人清静闲雅的高尚志趣、养宠如儿的真挚情感和"以物观物"的哲学之思,折射出宋诗志清、情真、思深的人文精神。宋代宠物诗在书写上熟练运用拟人和议论的手法,在选材处理上具有个性化和日常化的特点。通过考察宋代宠物诗,可以看出宋代诗人在诗思上走向纵深、在诗情上走向深沉、在诗艺上走向精微的努力。

注 释：

〔1〕 参见纪昌兰《试论宋代社会的宠物现象》，《宋史研究论丛》2015年第1期，第176—196页。

〔2〕 相关研究可参看吕肖奂《宋代唱和诗的深层语境与创变诗思——以北宋两次白兔唱和为例》（《四川大学学报》2008年第2期）、王萧依《与时异趣：唐宋宠物文学中的士人审美与情理对话》（《云南社会科学》2020年第4期）、《宋代宠物文学与士人精神》（《甘肃社会科学》2020年第6期）等文。

〔3〕 沈括《梦溪笔谈》，上海古籍出版社2015年版，第72页。

〔4〕〔5〕〔6〕〔10〕〔11〕〔12〕〔13〕〔14〕〔15〕〔45〕 沈幼征校注《林和靖集》，浙江古籍出版社2016年版，第181、160、117、24、27、78、9、39、60、168页。

〔7〕 李勇先、王蓉贵校点《范仲淹全集》，四川大学出版社2002年版，第137页。

〔8〕〔18〕〔19〕〔22〕〔24〕〔25〕〔27〕〔28〕〔29〕〔31〕〔32〕〔33〕〔36〕〔37〕〔38〕〔40〕〔41〕〔42〕〔43〕〔44〕〔46〕〔47〕〔49〕〔50〕〔51〕〔52〕〔57〕〔59〕 北京大学古文献研究所编《全宋诗》，北京大学出版社1992年版，第17539、40417、41792、18592、18592、29058、39806、28459、26409、41546、3189、43537、34933、37162、40639、38080、40451、39806、38307、36217、11000、740、41331、2711、2928、31011、15406、26209页。

〔9〕 李之亮《苏轼文集编年笺注》，巴蜀书社2011年版，第138页。

〔16〕 李之亮《司马温公集编年笺注》，巴蜀书社2009年版，第348页。

〔17〕〔20〕 刘琳等校点《黄庭坚全集》，四川大学出版社2001年版，第290、1141页。

〔21〕 陈师道《后山诗话》，见《宋诗话全编》第2册，江苏古籍出版社1998年版，第1021页。

〔23〕 黄汉《猫苑》，崇文书局2018年版，第218页。

〔26〕〔35〕〔48〕〔58〕 钱仲联、马亚中《陆游全集校注》，浙江教育出版社2011年版，第5册第233页、第6册388页、第7册第238页、第7册第158页。

〔30〕 陶穀撰，孔一校点《清异录》，上海古籍出版社2012年版，第59页。

〔34〕 郭彧整理《邵雍集》，中华书局2010年版，第49页。

〔39〕 张毅《论"以物观物"》，《文艺理论研究》1993年第6期，第32—37页。

〔53〕 罗安宪《"格物致知"还是"致知格物"？——宋明理学对于"格物致知"的发挥与思想分歧》，《中国哲学史》2012年第3期，第72—77+63页。

〔54〕 宇文所安著，陈引驰、陈磊译，田晓菲校《中国"中世纪"的终结中唐文学文化论集》，生活·读书·新知三联书店2006年版，第82页。

〔55〕 李之亮《欧阳修集编年笺注》，巴蜀书社2007年版，第497页。

〔56〕 周梦江点校《陈傅良文集》，浙江大学出版社1999年版，第532页。

〔作者简介〕 李成秋，1991年生，文学博士，现任职于广州市文化馆。主要研究方向为宋代文学。

由炫才竞技到自我书写：论苏轼的自次韵诗

周　斌

历代论次韵诗贬多而褒少。苏轼与人反复次韵酬唱的习气，又使其往往在批评次韵诗的声浪中首当其冲。如王若虚所言："次韵实作者之大病也……才识如东坡，亦不免波荡而从之，集中次韵者几三之一。虽穷极技巧，倾动一时，而害于天全多矣。"[1]触手生春、因难见巧诚然是苏轼次韵诗过人的优点，但部分作品也的确存在流滑趁韵之弊，因而王若虚这类聚焦于艺术性的批评不为无见，与此同时，却也遮蔽了苏轼次韵诗创作的细节脉络。此视野下，第一，次韵诗只作为人际交往中切磋诗艺、斗险争奇的工具而存在；第二，次韵诗整体被视为一种诗歌特殊类型，忽略其中酬赠对象、场合等细部差异；第三，次韵诗被当做一种凝固的体式，因而遗略了苏轼在体式运用过程中的创造性。事实上，苏轼的次韵诗写作，既不限于人际交往活动中，也不因其为现成的诗歌类型而放弃为之注入活力，这在他的自次韵诗创作中，得到了集中的体现。

自次韵诗，指的是以自己的作品为目标次韵而成的诗歌。原作与和作构成一组。从形式看，有一诗一题者，亦有多诗一题者；从作者看，则始终只有一位作者。[2]如果说多人次韵活动是人际间的对话，自次韵则在一定程度上扩展出诗人自我对话的空间。次韵诗创作繁盛的苏轼也创作了相当数量的自次韵诗，通过分析这部分作品的创作目的和作品间的意义关联，可发现苏轼不但在自次韵诗的创作中缉合了两条不同的诗歌创作传统，并给予它们更为完善的形式，而且藉由对时间的独特体验，完成了对自次韵诗以至次韵诗功能的拓展，使这一体式在"穷极技巧"以骋才之外，又使得纯然的自我书写成为可能。

一　自次韵诗的炫才竞技功能

同次韵诗一样，自次韵诗虽在苏轼手中达到创作高潮，却非由其倡始。谢榛《四溟诗话》云："许敬宗拟江令九日三首，皆次韵，初唐殆不多见。"[3]谢榛所言三首，今可见者只有存于《全唐诗》中的《拟江令于长安归扬州九日赋》《同前拟》二诗。两首作品同用"来"、"开"两个韵脚，与自次韵诗形式相符，但许诗实为江总《于长安归还扬州九月九日行薇山亭赋韵诗》的拟作，韵脚也与之相同，更接近隔代的次韵唱和，而非自我酬唱，故尔只宜视为自次韵诗的滥觞。[4]其后相当长的时期内，此体一直未获回响。[5]直到中唐，元稹与白居易使用次韵诗的

本文收稿日期：2023 年 3 月 24 日

形式往复酬唱,自次韵诗的写作也才随着这样的创作习惯,在元稹手中迎来第一次兴盛,为苏轼的自次韵创作提供了成熟的范本。

受限于材料缺失,确定某首作品为自次前韵常显困难,但根据诗题、有无他人和诗等信息,依然能够大体判断诗人自次韵诗的创作情况。今本元稹集中,自次韵诗共计5组39首,[6]从规模、构思上看,皆为有意而作的成熟自次韵作品,且其实际的自次韵诗创作数量还应较今日所见为多。[7]这样的创作规模为此前所无,其对自次韵形式的重视可见一斑。然而,元稹的自次韵诗写作未脱元白次韵酬唱的习气,仍在与他人次韵酬唱的框架内进行。具体来说,其自次韵诗的写作,与次韵酬唱一样,乃以骋才炫能为创作心态,以切磋竞技、压倒诗敌为创作鹄的,形式上虽近乎独白,意图上却渴望与他人形成对话。这可从他在《上令狐相公启》中对创作心态的自陈中见出:"居易雅能为诗,就中爱驱驾文字,穷极声韵,或为千言,或为五百言律诗,以相投寄。小生自审不能以过之,往往戏排旧韵,别创新词,名为次韵相酬,盖欲以难相挑耳。"[8]白居易写作长篇排律"以相投寄",其欲炫才竞技的目的不言自明,元稹对此自然心领神会,于是不但一改前此和意的唱酬方式,用次韵诗"以难相挑",更寄赠大规模自次韵作品索取和诗,意图借此更胜一筹。《春深二十首》的创作,便明显带有向白居易矜炫才力的色彩。据白居易自述,这组自次韵作品"韵剧辞殚,瑰奇怪谲","意欲定霸取威,置仆于穷地"。[9]正道出元稹寄诗求和的用意,也可见自次韵诗写作难度之高。不过,尽管拥有眩人眼目的形式,元稹的自次韵诗却未臻圆融之境。以《生春》为例,诗中"梅"字出现7次,"柳"字出现5次。字面之重复,昭示诗思之窘迫,而元稹却一再使用相同字眼,构建相似情境,宁愿放弃艺术的圆美,也要凑足组诗规模。足见其使用这一形式的最重要目的,在于炫耀才力,以难取胜。至于内容丰实与否,则退居次要地位。

倚靠元白频繁的次韵酬唱活动,自次韵诗形成了以炫才竞技为主要功用的原始写作传统,或可视此为自次韵诗写作的正格。[10]苏轼相当数量的自次韵诗延续了这一写作模式,视自次前韵为自骋其才、与人斗险争奇的工具。但是在策略上,他更进一步,不独抟合白居易以长篇唱和的特点,又拣择险韵难字为韵脚,是以变本加厉,展现出更加丰足的才力。

元稹寄给白居易的自次韵作品,形制短小,多为律诗、绝句,单篇次韵相对容易,因而欲要充分自炫才华,在酬唱活动中获得压倒性胜利,就需依靠作品数量的铺排,以韵脚的反复运用考验对方诗才。他的《遣行十首》《生春》《春深二十首》等组诗,即是这一方针的具体体现。苏轼的自次韵诗中,此类"小碎篇章"虽或间出,如《刘孝叔会虎丘,时王规父斋素祈雨,不至,二首》《望海楼晚景五绝》就以律诗、绝句成篇,但相比于元诗十首、二十首的规模,体量显然大大缩减。为弥补这一不足,苏轼选择扩大作品的篇幅,以增加韵脚的方式彰显圆转的诗思。通观其自次韵作品,十韵以上者并不鲜见。《定惠院寓居月夜偶出》《次韵前篇》,次10韵;《追饯正辅表兄至博罗,赋诗为别》《再用前韵》,次11韵;《百步洪二首》,次13韵;《行琼、儋间,肩舆坐睡。梦中得句云:千山动鳞甲,万谷酣笙钟。觉而遇清风急雨,戏作此数句》《次前韵寄子由》,次14韵;《两桥诗》次18韵。如此篇幅的作品,偏要出之自次韵,需要极强的构思能力、大量的语料储备及灵活的语言使用技巧,自然非大才力不能办。

魏了翁曾评价苏轼的酬唱诗云:"文忠公之诗益不徒作,莫非感于兴衰治乱之变,非若唐人家花车斜之诗,竟为廋辞险韵以相胜为工也。"[11]所谓"唐人家花车斜之诗",即指元稹、白居易、刘禹锡围绕《春深二十首》的酬唱作品,可见元稹此作,不但欲借规模取胜,亦希望通过大量次韵险窄的韵脚,达成向诗敌耀武扬威之目的。苏轼的自次韵诗写作同样具有善押险韵的特色,但他一方面就元诗艺术上的不足加以弥缝,虽押险韵却自然妥帖,使自次韵诗摆脱凑泊之弊,另一方面,选取更为难押的韵脚,因难而见巧,令自次韵这一形式愈发能发挥炫才竞技的功用。兹录《百步洪二首》(其二)为例:

佳人未肯回秋波,幼舆欲语防飞梭。轻舟弄水买一笑,醉中荡桨肩相摩。不学长安闾里侠,貂裘夜走胭脂坡。独将诗句拟鲍、谢,涉江共采秋江荷。不知诗中道何语,但觉两颊生微涡。我时羽服黄楼上,坐见织女初斜河。归来笛声满山谷,明月正照金叵罗。奈何舍我入尘土,扰扰毛群欺卧驼。不念空斋老病叟,退食谁与同委蛇。时来洪上看遗迹,忍见屐齿青苔窠。诗成不觉双泪下,悲吟相对惟羊、何。欲遣佳人寄锦字,夜寒手冷无人呵。[12]

此诗前篇"奇势迭出,笔力破余地"[13],原唱笔走龙蛇,固然精彩,却为自次韵留下颇多难题。"梭"、"涡"、"罗"、"窠"等字,成语既少,又须与前作相避,押韵本已不易,若再欲意脉贯穿,更是难上加难。苏轼却能做到圆融无痕,不见费力经营的痕迹。据诗序,组诗的写作,本因"追怀曩游,已为陈迹",是故作诗"一以遗参寥,一以遗定国"(《百步洪二首》序)。二诗同写抚今追昔之慨,却又能根据赠诗对象拣择不同口吻。前诗赠参寥,便多作理语,诗尾言"但应此心无所住,造物虽驶如吾何"(《百步洪二首》其一),藉由时间流逝参悟到身心虚空之实相;后篇赠王巩,虽是次韵,却能行之以情语,面对今昔之对照,"悲吟相对惟羊、何"。同一韵脚,两幅面孔,方寸之中颇尽闪转腾挪之妙。无怪汪师韩赞叹:"叠韵愈出愈奇,百炼钢化为绕指柔,古今无敌手。此篇与前篇合看,益见其才大而奇。"[14]就诗作质量来看,次韵之作相较前篇"有如兔走鹰隼落,骏马下注千丈坡。断弦离柱箭脱手,飞电过隙珠翻荷"(《百步洪二首》其一)这般令人目不暇接的博喻,稍显逊色,如赖山阳所说,次韵之作缺少"东坡本色",不如前篇巧妙[15],显示出韵脚拘束对次韵诗写作的影响,但总体而言仍不失为佳作。苏轼本人大概对此亦颇自矜,因此将二诗"示颜长道、舒尧文邀同赋"(《百步洪二首》序),此举与元稹寄诗邀白居易次韵不谋而合,显示出以自次韵炫才竞技的相似写作目的。

梅曾亮云:"叠韵之巧,盛于苏黄;和韵之风,流于元白。意在骋捷径之险巇,示回翔之善迹。"[16]此语注意到白次韵诗与多人次韵活动的关联,并点出苏轼的自次韵诗写作与元白唱和的联系,可谓知言。苏轼的自次韵诗,的确延续了元稹使用自次韵体式"以难相挑"的既有传统,且又以其雄才大笔张皇此体,既弥补了元稹自次韵诗艺术的不足,兼而使之更能体现作者巧思,但这只是苏轼自次韵诗的面向之一。炫才竞技的传统之外,苏轼还绾合了诗歌史上另一脉写作传统,使得自次韵诗由"诗可以群"转而走上了纯然自我表达的道路。如果说以炫才竞技为鹄的的写作模式体现的是诗才,那么表达自我的自次韵作品则以其时间性的特点,偏重于体现苏轼的性情与哲思。

二　苏轼自次韵诗写作的历时性

自次韵诗在用韵"母本"基础上继续构思与创作,这一特点形成了自次韵诗内部的写作张力。一方面,原唱与和作受到主题、韵脚的牵制,须保持形式与内容的整饬,与此同时,前篇与后作又存在创作时间的间隔,其间潜藏着历时性书写的潜力。如何在两者间达成平衡,是能否开拓自次韵形式意义的关键。从现存作品看,宋前诗人普遍未意识到自次韵诗的历时性书写潜能。唐代自次韵诗,大多以多诗一题的面貌出现。如元稹《生春》二十首,即分成"云色"、"漫雪"、"霁色"、"曙火"[17]等二十幅小景,再三摹写初春气象,多首诗就统一主题进行共时性反复书写。即或分题者,如陆龟蒙《江墅言怀》、《自和次前韵》二诗,虽非《生春》式的分景,却仍围绕闲居全生的主题铺排,仿佛言有未尽,继之而言。这两种模式,均带有明显的共时性特征,前篇与后篇之间缺少时间的流动感。不惟唐代如此,受到元白酬唱影响的北宋诗坛,吸收自次韵诗的形式时,也延续了惯常的写作方法。如梅尧臣《送潘歙州》、《依韵自和送诗寄潘歙州》,分题两首,而皆为对潘歙州的颂词。梅尧臣虽为宋调先驱,在自次韵诗的创作上却未跳出唐人蹊径。这种情形,直至苏轼出现才被打破。

今可见的苏轼自次韵作品,约有40余组,110余篇,其间一半以上作品跨越数日至数年的时间距离,间隔最长者甚至达十八年[18]。日本学者内山精也穷举比较这类跨度较大的自次韵作品后,认为苏轼的开拓在于"将对比性明确化的功能"[19]。此乃以静态视角立论,若采取动态视角,将这部分作品放置于次韵诗的发展脉络中看,则可发现苏轼的这类自次韵诗最引人注目之处,实在于突显了前人忽略的时间维度,变韵脚的共时勾连为历时勾连,在前后作品间建立起历时性的互文关系,从而将自次韵诗改造成为时间流动的具象表征。这一特点,在苏轼最早的一组作品中便可见到,兹在两组诗中各举一首:

> 海上涛头一线来,楼前指顾雪成堆。从今潮上君须上,更看银山二十回。(《望海楼晚景五绝》其一)

> 楼上烟云怪不来,楼前飞纸落成堆。非关文字须重看,却被江山未放回。(《八月十七日,复登望海楼,自和前篇,是日榜出,余与试官两人复留五首》其一)

前诗作于熙宁五年(1072)苏轼倅杭监试进士的八月初,而作后诗,已是八月十七日"榜出"时。两诗间长达数日的创作间隔为写作历时性内容扩展出足够的空间,是以苏轼抛弃了唐人自次韵着眼于共时性描绘的模式,转而强调时间流动带来的变化。后诗中的"重"字一面勾连两诗,一面却也削弱了此前自次韵诗写作模式的主题向心力,单篇作品的独立属性在此得以突显,于是时间跨度一变而成为作品聚焦的对象之一。过去相约观潮的"君",成为当下缺席的对象,自次韵诗中对比关系的形成,正植根于写作思路与焦点的转换。

作于黄州女王城的三首自次韵诗,更是将对时间流动的关注推至前景,不惜削弱内容的对比性,利用形式本身突显时间:

> 十日春寒不出门,不知江柳已摇村。稍闻决决流冰谷,尽放青青没烧痕。数亩荒园留我住,半瓶浊酒待君温。去年今日关山路,细雨梅花正断魂。(《正月二十日,往岐亭,郡

人潘、古、郭三人送余于女王城东禅庄院》）

　　东风未肯入东门，走马还寻去岁村。人似秋鸿来有信，事如春梦了无痕。江城白酒三杯酽，野老苍颜一笑温。已约年年为此会，故人不用赋招魂。（《正月二十日，与潘、郭二生出郊寻春，忽记去年是日同至女王城作诗，乃和前韵》）

　　乱山环合水侵门，身在淮南尽处村。五亩渐成终老计，九重新扫旧巢痕。岂惟见惯沙鸥熟，已觉来多钓石温。长与东风约今日，暗香先返玉梅魂。（《六年正月二十日，复出东门，仍用前韵》）

针对首诗尾联，许印芳引纪昀的批评说："盖指初贬黄州，元丰三年春赴贬所时言。以诗法论之，当有小注，读者乃知其意之所在。"[20]纪昀所言，乃指苏轼赴黄路上所作的《梅花二首》，如果将此也纳入组诗的意义序列内，则可发现，除了组诗第一首描绘的"稍闻决决流冰谷，尽放青青没烧痕"，可与往日身历的"一夜东风吹石裂，半随飞雪度关山"（《梅花二首》其一）形成对照之外，其余各诗的情景刻画与心态表现相当相似。正如蒋寅所言："诗中并没有表现出'去岁村'的今昔差异。"[21]这组诗歌内部很少形成对比关系，但其间的互文性又未令自次韵回复至唐人共时性的写作模式，与此恰恰相反，作品中对历时性的强调意图十分显豁。每年同日寻春而至同地，从作诗背景上即可窥见苏轼对时间的兴趣，投射入诗中，便具化为频繁使用"正"、"还"、"已"、"渐"、"新"、"惯"、"多"、"长"等昭示时间流动的副词。"已约年年为此会"、"长与东风约今日"二语，则把对时间的眷注明确点出。这提示读者，相对于内容的新颖，这组诗歌的意义更在于对时间流逝的记录本身。如此一来，在相同韵脚的牵合下，诗歌似乎成为了时间点的象征，而自次韵诗在不断续写和排比罗列之中，也成为时间流动的模拟。

　　利用语词勾连完成作品间的历时性互文的手法，苏轼之前已不鲜见，元、白诗中便不时一出，[22]黄彻曾将之归入"用自己诗为故事"的现象之中："用自己诗为故事，须作诗多者乃有之……乐天：'须知菊酒登高会，从此多无二十场。'明年云：'去秋共数登高会，又被今年减一场。'"[23]此组诗内，"又被"指向去年的"多无二十场"，从而完成时间上的互文，但是互文性仅仅由诗句意义指向构成，前诗为古体，后诗则为律体，形式上尚欠雕琢。大约与白居易同时的王播，其历时性互文的诗作情况也与此相似。王播其人本孤贫，富贵后重到曾就食的扬州惠昭寺，见"向之题已皆碧纱幕其上"，因此"继以二绝句曰：'二十年前此院游，木兰花发院新修。而今再到经行处，树老无花僧白头。''上堂已了各西东，惭愧阇黎饭后钟。二十年来尘扑面。如今始得碧纱笼。'"[24]王播的原唱散佚，韵脚与体式已不可知，但就继作二绝句的用韵情况看，和诗与原作至少在用韵上应非相同。苏轼诗词中常用的刘禹锡重过玄都观题诗之典亦是一例。值得注意的是，刘禹锡两首跨越十四年的作品，不但实现了字面指向的互文，而且使用了同部之韵，很接近历时性的自我酬唱，但是，他在《再游玄都观绝句》诗引里，却只定位此诗为"再题二十八字以俟后游"[25]，未将后诗视为前作的唱和，因而后诗同韵部字的使用是否故意为之，尚值得讨论。以上若干先例说明，前于苏轼的诗人或是没有形成用韵串联诗歌以表现时间流动性的意识，或是虽偶押同韵部却未觉察到诗韵勾连时间的形式内涵。苏轼的自次韵诗写作，则在嗣续历时性互文诗歌写作创作脉络的同时，为其寻到了理想的形式躯壳。换而言之，苏轼将这一创作传统，绾入自次韵诗的写作传统之中。他的自次韵诗,实际筑基于两条分异的源流,从而使自次韵诗由一种炫才竞技的工具,兼而获得了纯粹的自我书写功用。

对于使用相同韵脚衔接时间跨度的手法,苏轼有着相当明确的认识,以至时或故意设置"锚点",留待日后自己次韵。前文所举的女王城诸诗中,"已约年年为此会","长与东风约今日"即为这样的"锚点"。又如绍圣元年(1094)南迁惠州途中所作的《郁孤台》,末句提到"他年三宿处,准拟系归舟",言下之意,日后必将重游此地。果不其然,建中靖国元年(1101)北归重过时,苏轼便次韵前诗,另作《郁孤台》一首。抒写今昔之慨,完全可以择便用韵,但苏轼偏要出以自次韵,其中缘由,不惟如莫砺锋所言,是要"体现出争新斗奇的艺术精神"[26],也昭显着其以自次韵形式体写时间流动的自觉。

苏轼将时间性引入自次韵诗的写作中,不但令时间变得具体可感,也使得自次韵诗在炫才竞技的文体功能之外,拥有了更为充实的形式意义。那么,苏轼何以能够完成这一新变?他自身的思想、性格与经历,在新变中占据怎样的位置?解答这些问题,方能在文学传统之外,见出苏轼本人为自次韵形式注入的新质。

三 苏轼的时间体验与自次韵诗革新

如前所论,以元稹作品为代表的唐代自次韵诗胎孕于多人酬唱活动中,离不开与诗友争奇斗巧的骋才心理。这类作品的意义指向是外在的,诗作聚焦于自我与他人的关系。元祐诗坛,"诗歌在很大程度上被当作有韵的尺牍",形成了"以交际为诗"的创作风气。[27]多人间的次韵酬唱之作在苏诗中占有相当重要的比重,交际性亦是苏轼诗歌创作的主要特征之一。部分历时性的自次韵作品,也受此模式影响,如《送程七表弟知泗州》、《次京师韵送表弟程懿叔赴夔州运判》,次韵旧作以赠人,目的在于创建两人独属的诗歌空间以加固情谊。但苏轼大部分的历时性自次韵作品仍主要着眼于表达对时间流动的感受,诗歌的焦点从外部的自我与他人的关系,转向内部的自我与自我的关系,自次韵由此真正成为自我间的对话。面对过去的诗歌,就像面对自我的分身,作者的次韵对象与其说是自己,不如说是悬停于另一时间域内的个体。作者与这一个体虽具延续性,但次韵之时,突显的却是他们的断裂性。《再过常山和昔年留别诗》中,苏轼把这点交代得相当清晰:

> 伛偻山前叟,迎我如迎新。那知梦幻躯,念念非昔人。

此诗为元丰八年(1085)十月赴任登州而路过密州时,自次九年前《留别雩泉》而作。重见自己诗案前的作品,自当有恍如隔世之感。应注意,今昔的差异在诗中被表述为"念念非昔人"。《维摩诘经》、《楞严经》都有此身念念变灭的说法,[28]但就苏轼身历诗案的经验看,"念念非昔人"更可能截取柳宗元"坐来念念非昔人"[29]一句而成,其源出自僧肇《物不迁论》:"梵志出家,白首而归。邻人见之曰:'昔人尚存乎?'梵志曰:'吾犹昔人,非昔人也。'"[30]这并非仅仅是修辞意义上的用典,更重要的是,它传达出苏轼独特的时间观念与时间体验。

《物不迁论》的着眼点,在于探讨过去与当下的关系:

> 寻夫不动之作,岂释动以求静,必求静于诸动。必求静于诸动,故虽动而常静;不释动以求静,故虽静而不离动……求向物于向,于向未尝无;责向物于今,于今未尝有。于今未尝有,以明物不来;于向未尝无,故知物不去。覆而求今,今亦不往。是谓昔物自在昔,不从今以至昔;今物自在今,不从昔以至今。[31]

"静"与"动"指时间的凝固与流动。僧肇在此没有将两者完全对立,而是承认"虽动而常静","虽静不离动",时间的凝固与流动处于一种交汇融通的状态。但是,为了破除俗眼中时间变动不居的看法,他更强调时间的凝固性。在他的理论内,世间的每一时刻既非凭空消散,也非离人远去,而是悬停在那一瞬间。当下事物不能穿越至过去,过去事物也无法重回当下,时间似乎成为一类细密分隔的悬置体,个体在其中被割裂成无数的分身。这与苏轼处理"一与多"的辩证方式恰如符契,试看《〈虔州八境图〉八首》诗引:

> 苏子曰:此南康之一境也,何从而八乎……苟知夫境之为八也,则凡寒暑、朝夕、雨旸、晦冥之异,坐作、行立、哀乐、喜怒之变,接于吾目而感于吾心者,有不可胜数者矣,岂特八乎。如知夫八之出乎一也,则夫四海之外,诙诡谲怪,《禹贡》之所书,邹衍之所谈,相如之所赋,虽至千万未有不一者也。

八幅独立小景可摄于虔州的一幅大景,而虔州大景分而观之,又可见到八处独立的小景。诗序虽隐约强调着"一"的统摄力,而八首作品又昭示了独立性的存在。与僧肇的"静"与"动"一样,苏轼的"一"与"多"也是相互交融着的,它们虽有分限,却不全然对立。这很容易令人想到《赤壁赋》中著名的"水月之喻"。无独有偶,朱熹对《赤壁赋》的解读,同样提到了关注时间的《物不迁论》:"今世所传肇论,云出于肇法师,有'四不迁'之说……只是动中有静之意,如适间所说东坡'逝者如斯而未尝往也'之意尔。"[32]又曰:"它本要说得来高远,却不知说得不活了。既是'往者如斯,盈虚者如代',便是这道理流行不已。东坡之说,便是肇法师'四不迁'之说也。"[33]朱熹对苏轼虽不无批评之意,但对水月之喻的思想溯源却可谓独具只眼。水未尝往,乃因其位置永远凝固在过去,月未尝消长,也因月相永远与过去某一凝固的时刻对应。苏轼藉由断裂的时间观念欲缓解永恒与短暂的冲突,正如僧肇试图以此解决时间流动与凝固的对立。

将过去的自我客体化的断裂式时间观念不独可见于佛家思想中,《庄子·齐物论》:"今者吾丧我。"[34]《淮南子·原道》:"蘧伯玉年五十而有四十九年非。"[35]这些思想背后均潜蕴着类似的时间观念。事实上,苏轼的时间观念或许会受到前人思想的影响,但断裂式的时间感受,却应当源自其亲身体验,是无待前人文字而自成的。嘉祐四年(1059)出蜀所作的《南行前集叙》中,他便自道编纂文集的目的之一:

> 将以识一时之事,为他日所寻绎。[36]

"寻绎"一词显示出苏轼对变化的敏感。今日之我仿佛终将迷失于时间之流,只有通过作为标记物的诗集才能找到两者微弱的连续性。与"念念非昔人"相同,《南行前集叙》里的当下之我与未来之我也处于并举关系之内,只不过此时的苏轼尚未明确将过去自我客体化,过去与现在仍显示为连续性的形态。类似地,苏轼笔下对时间飞逝的焦虑中也可见割裂过去与当下的苗头。"欲知垂尽岁,有似赴壑蛇,修鳞半已没,去意谁能遮"(《守岁》)、"岁月不可思,驶若船放溜"(《和鲜于子骏〈郓州新堂月夜〉二首》其一)、"我生乘化日夜逝,坐觉一念逾新罗"(《百步洪二首》其一),空间化的时间流逝图景放大了分居时间两端事物的隔阂,已相当接近断裂的时间观念。待到《赤壁赋》,割裂式的时间体验终于藉由佛教的思想资源得以明晰表达。此后,这一时间观念经由柳宗元诗的中转,被提炼注入"念念"一语中,成为苏轼作品中抒写时间的关键词:"此生念念浮云改"(《龟山辩才师》),"坐来念念失前人"(《次韵王晋卿惠花栽,栽所寓张退傅第中》),"百年六十化,念念竟非是"(《和陶饮酒二十首》其六),"念念自成劫,尘尘各有际"(《迁居》),"此身念念非"(《和陶还旧居》),"岂惟老变衰,念念不如故"(《和陶神释》)。"念念"在这些诗句中不单单作为最小时间单位而表述,同时带有的"失前人"、"不如故"等语也显示出内里蕴藏的断裂式时间感受。"念念"如此密集的使用,已不能单纯地以用典解释,而应视为苏轼真切的时间体验。[37]

  这种独特的时间体验,构成了苏轼自次韵诗绾合两条诗歌写作传统,用自次韵诗表现历时性内容的思想根基。"相逢莫相问,我不记吾谁"(《次韵定慧钦长老见寄八首》),到了自次韵诗中自然就成了"念念非昔人"。若将过去的自我分割为客体,那么行于人际间的酬唱活动便亦可在当下与过去的自我间进行,而在自次韵作品间形成的对话,则可视为此点的进一步推演。人际次韵酬唱的作品虽在主题上具有统一性,但它们的关系不见得全然是和谐的,针对原唱或和诗中的某一角度或观点提出新见、形成对话,也是人际次韵酬唱中常见的情形。如论者所言,酬唱中"书写者(酬唱者)往往是两人或多人,他们对同一事件或事物不同的态度、感情、认识、观念和审美趣味,所以书写出的也是他们不同的境遇、性情、学养、个性,这显然比孤吟式的一人书写的视角更为多层次、多面或全面"[38]。多声部的酬唱出现的不和谐声音,恰恰是个体独特性的体现。自次韵写作虽由一人完成,但苏轼的作品中,自我对话间同样可见观点之分异。前举《再过常山和昔年留别诗》中的"那知梦幻躯,念念非昔人"并非凭空而来,而是受到原唱"何时泉中天,复照泉上人"(《留别雩泉》)的激发,作为其翻案而出现的。《过大庾岭》作于南迁途中,是故谈及此行态度说:"今日岭上行,身世永相忘。"当遇赦北归再过大庾岭,次韵诗传达的人生态度却较此前不同:"下岭独徐行,艰险未敢忘。"(《余昔过岭而南,题诗龙泉钟上,今复过而北,次前韵》)"上岭"与"下岭"的对举,暗示着后诗对前篇的和作不光是捡拾旧韵,内容上应是亦有的而发。人世间皎皎万虑,随着时间的流逝,个体也不可能一成不变,这既是诗中不同人生态度的现实根据,也是苏轼印可断裂性时间观念的一脉心源。

余论

  自次韵诗虽只是次韵诗门类下的一种特殊形式,文体特征与创作心态也与作为更高类属的次韵诗相似,但将之置于文学史脉络之下观察,仍可抉发作家师心自用之处。苏轼自云,好的艺术应做到"出新意于法度之中,寄妙理于豪放之外"[39],繁盛的创作才华令他即使面对人际交往的社交文体也不甘敛翼就缚。已有学者指出苏轼的自我意识与其唱和诗抒情达意功能的密切联系,[40]然而,诗人自我意识的旺盛、唱和诗中的抒情达意并非凭空而至,自有其思想史、诗歌史上的脉络,并且,旺盛的自我意识这一"新意",也需要理想的形式作为"法度"。苏轼凭借其断裂式的时间体验而创作的历时性自次韵诗,正为自我观照与时间表现提供了绝好的形式外壳。苏轼之后,历时性的自次韵作品蔚为大观。代表元祐诗坛最高成就的另外两位诗人王安石与黄庭坚的诗集中,便可见到这样的自次韵作品,即或受到了苏轼创作的影响。[41]被称作"东坡太白即前身"[42]的范成大,一生中也衔接苏轼的创作,写作了相当数量的历时性自次韵诗,这些作品的创作目的,由他对自次韵词的自述中可以窥见:"始,余使虏,是日过燕山馆,尝赋《水调》云:'万里汉家使。'后每自和,桂林云:'万里汉都护。'成都云:'万里桥边使。'……今年幸甚,获归故国,携邻曲二三子,酬酢佳节于乡山之上,乃用旧韵,首句云:'万里吴船泊,归访菊篱秋。'"[43]历时性互文不光藉由"万里"一词的重复得以建立,韵脚对组词形式上的归束作用在此过程中占有同样重要的位置。将这篇文章与白居易《和微之诗二十三首》对观,明显可见自次韵自我书写功能的扩展。可以说,这一过程,正以苏轼为转捩。他将自次韵的形式与分篇历时性写作的创作传统牵合起来,这不光是对自次韵诗本身文体功能的开拓,也是次韵诗功能的新变。在苏轼手中,次韵活动不但能够完成社会性的应酬,在"合唱"中彰显"可以群"的诗歌传统,亦可沿着"诗缘情"的道路,用"独唱"来抒写一己的情感。后一项功用少有论及,故应受到研究者更多的关注。

注 释:

[1] 王若虚《滹南诗话》,人民文学出版社1962年版,第68页。

[2] 自次韵诗可以形成相对封闭的语境。一组自次韵诗的一首或多首作品,或许会成为他人次韵的对象,且作者有时也会继续酬答他人的次韵之作,但他人次韵的作品与作者继和之作未屡入自次韵的意义序列,故应被排除在外。

[3] 谢榛《四溟诗话》,人民文学出版社1961年版,第36页。

[4] 《乐府诗集》卷四十九载《江陵乐》四首,其第二、三首符合次韵形式,但《江陵乐》内容相互勾连,只有中间两首次韵,且只两韵,盖是偶合。《先秦汉魏晋南北朝诗·晋诗》卷十五苏若兰《璇玑图诗》,其"四角在中者一例横读"两诗亦是次韵形式,但《璇玑图诗》真伪颇存疑问,且此解诗方法为北宋李公麟发现,不能认定是作者有意为之。又《梁诗》卷三十收释法云《三洲歌》两首,乃是法云根据"商人歌"修改而成,不唯不属自次韵,亦非次他人韵。许敬宗的两首诗,应是今可见最早的带有自次韵性质的作品。

[5] 储光羲《杂咏五首》中《架檐藤》、《幽人居》两诗,同押"林"、"深"、"阴"三韵。但此组诗中仅两首次韵,盖非有意为之,尚未具明确的自次韵意识。

[6] 指《遣行十首》、《生春》、《别李十一五绝》、《黄草峡听柔之琴二首》、《奉使往蜀路傍见山花吟寄乐天》5组作品。

[7] 就今日可见的材料来说,白居易《和微之诗二十三首·序》提到元稹寄诗中有"车斜二十篇者流",白居易依此次韵作《和春深二十首》,可见元稹应有依"车"、"斜"等韵的原唱《春深二十首》,今元集中不见,应已散佚。白居易《和春深二十首》同用"家"、"花"、"车"、"斜"四韵,首句自问"何处春深好",继而自答春深何处。元稹《生春》同样用"中"、"风"、"融"、"丛"四韵,均以"何处生春早"开头,继而自答春生某处。根据两组诗歌形式的相似,可以推断元稹《春深二十首》应与《生春》一样,为有意识以自次韵形式写就的系列作品。

[8][17] 冀勤点校《元稹集》,中华书局1982年版,第632—633、173—174页。

[9] 谢思炜《白居易诗集校注》,中华书局2006年版,第1721页。

〔10〕　后代或称自次韵为"叠韵"。袁枚《续诗品·择韵》中说:"次韵自系,叠韵无味。斗险贪多,偶然游戏。"陈融《颙园诗话》评叶燕诗亦曰:"近体好叠韵,出奇斗胜,变而愈工。"可见以自次韵诗为矜耀才华之具,这种认识一直延续至清代以至近代。

〔11〕　魏了翁《程氏〈东坡诗谱〉序》,曾枣庄主编《宋代序跋全编》,齐鲁书社 2015 年版,第 1302 页。

〔12〕　王文诰辑注,孔凡礼点校《苏轼诗集》,中华书局 1982 年版,第 893—894 页。文中引用苏轼诗作,均出此书,只随文标出诗题,不再另出注。

〔13〕〔14〕　汪师韩《苏诗选评笺释》卷二,清光绪丛睦汪氏遗书本。

〔15〕　原评曰:"此诗是东坡本色,诗本二首,其和韵之诗,虽世人所喜,毕竟不如此诗之妙。"参见赖山阳《东坡诗钞》,日本嘉永七年(1854)刻本,第 8a 页。

〔16〕　梅曾亮著,胡晓明、彭国忠点校《柏枧山房诗文集》,上海古籍出版社 2012 年版,第 445 页。

〔18〕　指《熙宁中,轼通守此郡。除夜,直都厅,囚系皆满,日暮不得返舍,因题一诗于壁,今二十年矣……》。此题言两诗相隔二十年,实际上前诗作于熙宁五年除夕,后诗作于元祐五年(1090)除夕,相隔十八年整。

〔19〕　内山精也著,朱刚等译《传媒与真相——苏轼及其周围士大夫的文学》,上海古籍出版社 2005 年版,第 342 页。内山氏把苏轼首唱而经历多轮酬唱的"叠次韵"诗也算作"次韵自作诗",同时排除了同题多首的组诗,与本文所言"自次韵诗"的概念稍有不同,但其得出的结论仍具相当参考价值。

〔20〕　方回撰,李庆甲集评《瀛奎律髓汇评》,上海古籍出版社 2020 年版,第 399 页。

〔21〕　蒋寅《李杜苏诗歌的时间意识及其思想渊源》,《中国诗学之路——在历史、文化与美学之间》,商务印书馆 2021 年版,第 103 页。蒋寅感受到此组作品间对比性的弱化,但认为弱化的根源在于苏轼"超越时间"的观念。"超越时间"的确是苏轼时间体验的一大特点,但就此组作品来看,异年同时作诗的举动,以及种种表现时间流动的词语的运用,似乎显示着苏轼并未实现对时间的超越,反而对其流动体认得相当清晰。

〔22〕　如元稹《桐孙诗》即跨越五年与《三月二十四日宿曾峰馆夜对桐花寄乐天》形成互文关系,白居易《西明寺牡丹花时忆元九》与《重题西明寺牡丹》亦是其例。此外,白居易自云,"元和二年、三年、四年,予每岁有《曲江感秋》诗",乃为感慨"中否后遇,昔壮今衰"而作。据此,则《早秋曲江感怀》、《曲江感秋》、《曲江感秋二首》一组作品如同苏轼在女王城的三首和诗,也是有意为之的历时性互文作品。

〔23〕　黄彻著,汤新祥校注《䂬溪诗话》,人民文学出版社 1986 年版,第 67 页。

〔24〕　王定保撰,姜汉椿校注《唐摭言校注》,上海社会科学院出版社 2003 年版,第 137 页。

〔25〕　瞿蜕园《刘禹锡集笺证》,上海古籍出版社 1989 年版,第 704 页。

〔26〕　莫砺锋《苏轼诗歌的用韵》,《江淮论坛》2019 年第 1 期,第 10 页。

〔27〕　参见周裕锴《元祐诗风的趋同性及其文化意义》,《新宋学》第一辑,上海辞书出版社 2001 年版,第 187—188 页。

〔28〕　《维摩诘经·方便品第二》:"是身如电,念念不住。"《楞严经》也提到:"沉思谛观,刹那刹那,念念之间,不得停住,故知我身终从变灭。"

〔29〕　尹占华、韩文奇《柳宗元集校注》,中华书局 2013 年版,第 2000 页。

〔30〕〔31〕　僧肇著,张春波校释《肇论校释》,中华书局 2010 年版,第 23、11 页。

〔32〕〔33〕　黎靖德编,王星贤点校《朱子语类》,中华书局 1986 年版,第 3009、3115 页。

〔34〕　郭庆藩撰,王孝鱼点校《庄子集释》,中华书局 2012 年版,第 45 页。

〔35〕　刘安编,何宁撰《淮南子集释》,中华书局 1998 年版,第 51 页。

〔36〕〔39〕　茅维编,孔凡礼点校《苏轼文集》,中华书局 1986 年版,第 323、2210—2211 页。

〔37〕 这样的体验在《泛颍》中也有表露:"上流直而清,下流曲而漪。画船俯明镜,笑问汝为谁。忽然生鳞甲,乱我须与眉。散为百东坡,顷刻复在兹。"杨慎评曰:"刘须溪谓本《传灯录》。按《传灯录》,良价禅师因过水睹影而悟,有偈云:'切忌从他觅,迢迢与我疏。我今独自往,处处得逢渠。渠今正是我,我今不是渠。'"诗中流水的意象即是时间的象征,"散为百东坡"则是过往自我凝固于时间内的具化,诗中将过往自我客体化的方式实与苏轼断裂的时间体验一脉相通。《廉泉》:"好在水中人,到处相娱嬉。"亦有此意。

〔38〕 吕肖奂、张剑《酬唱诗学的三重维度建构》,《北京大学学报》(哲学社会科学版)2012年第2期,第73页。

〔40〕 参见李贵《论苏轼七律的自我意识——兼及苏轼在七律史上的地位》,《江西社会科学》1999年第6期,第34—39页。

〔41〕 王安石诗集中历时性的自次韵作品凡计三组,根据刘成国的编年,其中创作时间最早的《北山三咏·宝公塔》作于熙宁十年(1077),参见刘成国《王安石年谱长编》,中华书局2018年版,第1946—1947页。黄庭坚历时性的自次韵作品数量颇多,但其最早的自次韵诗《催公静碾茶》《用前韵戏公静》也不过作于元丰元年(1078),更无论历时性的自次韵诗写作。参见黄庭坚著,郑永晓整理《黄庭坚全集辑校编年》,江西人民出版社2008年版,第119页。两人自次韵诗中出现历时性内容,均晚于苏轼。黄庭坚与苏轼的密切交往自不必多言,王安石曾和苏轼倅杭期间的雪诗,同样表现出对苏轼早期创作的关注,因而亦可能注意到苏轼历时性的自次韵作品。

〔42〕 辛更儒《杨万里集笺校》,中华书局2007年版,第596页。

〔43〕 辛更儒点校《范成大集》,中华书局2020年版,第681页。

〔作者简介〕 周斌,1992年生,中南民族大学文学与新闻传播学院讲师,研究方向为唐宋文学、苏轼文学与文献。

《历代释家别集叙录》

(李舜臣著,中华书局2022年版,848页)

释家别集是指僧人的诗集、文集或词曲集,集中体现了中国古代释子能诗擅文的传统。本书在全面普查各种公私书志的基础上,广泛搜讨,借鉴《四库全书总目》的著录体例、行文风格,以人系书,人各为篇,依时代先后,分晋唐卷、两宋卷、元代卷、明代卷、顺康卷、乾嘉卷、道咸卷、清末卷,共叙录了263人388种存世释家别集。除著录书名、卷数和撰者等要素外,尤其突出以下诸方面:为每一个撰者单立小传;考定版本的刊刻和传播,详录馆藏地、藏家印章与题记;摘录各集的序、跋;评点撰者的创作旨趣、诗文风格。全书涉及版本达700余种,都是作者历年从各级藏书机构搜考所得,众多珍本、善本、孤本得以首次披露,为拓展和深化中国古代释家文学研究提供了富有参考价值的文献指引。

《禅宗无门关》的看话禅思想与颂古诗创作[*]

侯本塔

《禅宗无门关》是南宋临济宗禅师无门慧开编撰的一部公案拈颂集,它于宋理宗绍定元年(1228)成书于永嘉龙翔寺,主要包括四十八则禅宗公案以及慧开禅师所作拈提、赞颂之语。慧开禅师(1183—1260),字无门,浙江杭州人,南宋临济宗杨岐派禅师万寿师观的嗣法弟子。他在得法之后,曾先后住持湖州报因禅寺、隆兴府天宁禅寺、镇江府普济禅寺、平江府开元禅寺等十五座寺庙,并得到宋理宗的亲自召见,在南宋禅林中的知名度甚高。慧开禅师现有《禅宗无门关》、《无门慧开禅师语录》两部著述传世,其中《禅宗无门关》较为系统地反映出他的禅学思想,兼之该书拈提语、颂古诗的独出机杼,可以说是继《碧岩录》之后最能发明禅宗义谛的公案拈颂集,同时也被认为是南宋看话禅思想影响下产生的最具代表性的公案阐说文本。当前对《禅宗无门关》的研究主要集中在它的禅学思想、教育思想等方面,[1]对该书的拈提语、颂古诗等文学层面的研究及其与无门慧开禅学思想之关系,都还显得较为薄弱。有鉴于此,本文在考察《禅宗无门关》中"看话禅"思想的基础上,对其公案阐说理念、阐说体例和拈颂方法加以探讨,并进一步指出慧开颂古诗的艺术风格与创作渊源。

一 无门慧开的禅学思想与公案阐说理念

想要更好地理解《禅宗无门关》的禅学思想与阐说观念,就必须对其产生的禅学背景加以分析和探讨。北宋以来,由于棒喝、机锋、圆相等接引手段的因袭与泛滥,禅林兴起了一股故弄玄虚、不懂装懂的诡怪之风。为了遏制这股风气,不少禅僧提出可以借助语言文字寻求对公案的禅解证悟,这就是所谓"文字禅"。自北宋汾阳善昭(947—1024)首倡,经过雪窦重显(980—1052)等人的弘扬,"文字禅"衍生出代语、别语、拈古、颂古等四种公案阐说形式,并逐渐成为禅门各派共通的参学手段。但随着时间发展,这些原是为了帮助后学较好地参究公案的阐说形式却由于辞藻的绚丽、语言的繁复等原因,一定程度上阻碍了对公案的理解,以至于出现"唯务持择言句,论亲疏,辩得失,浮沤上作实解"[2]的禅学流弊。临济宗禅师圆悟克勤(1063—1135)曾对此提出严厉批评,不过他所反对的只是义解公案而非公案本身,故而克勤禅师又在雪窦颂古、拈古的基础上创作出体量更为庞大的《碧岩录》、《击节录》等公案阐说

本文收稿日期:2022 年 2 月 7 日

文本。他的这些著述虽然开创了击节、评唱等新的阐说形式,也始终贯穿着追求言外之意、不随公案作解的思想,但后学之人却往往将其与公案一道视为新的文本典范,"珍重其语,朝颂暮习,谓之至学",[3] 从而令其失去了"复活公案""接引后学"的初衷。

到南北宋之交,"文字禅"的弊端进一步凸显,不少禅僧"专尚语言以图口捷",[4] 只知道在公案解说文字上饶舌。这种缺乏实悟的风气引起明眼衲僧的警觉,禅林终于出现了反拨之势。对"文字禅"的反拨有两种不同方式:一种是抛弃对禅宗公案的参究,将静坐观心作为证悟本性的必由之路,这就是曹洞宗天童正觉禅师(1091—1157)为代表的"默照禅";另一种则是在正视禅宗公案的基础上创新参究方法,从而形成了临济宗大慧宗杲禅师(1089—1163)为代表的"看话禅"。无门慧开禅师就是在大慧宗杲"看话禅"思想下成长起来的一代禅师,他所作《禅宗无门关》也较好地贯彻了"看话禅"的理念。

首先来看大慧宗杲禅师所主张的"看话禅"。相对于"文字禅"的公案解说,宗杲禅师"看话禅"的创新主要体现为两个方面。一方面,大慧宗杲将禅宗公案所载祖师问答中的"答语"单独提取出来作为"话头"进行参究,如"赵州狗子"公案中赵州禅师的答语"无"、"云门屎橛"公案中云门禅师的答语"干屎橛"等,这就在很大程度上避免了对公案背景知识和祖师问答逻辑的解说,从而降低了义解公案的可能性。另一方面,大慧宗杲对上述"话头"的参究提出了具体要求,"和尚只教人看狗子无佛性话、竹篦子话,只是不得下语,不得思量,不得向举处起会,不得去开口处承当",[5]"但一切时、一切处,频频提撕看"。[6] 很显然,无论是"不得下语思量"还是"频频提撕看"同样都是为了回避"文字禅"对公案的繁琐解释,换句话说,这种将"话头"视为"铁疙瘩"的作法,如金刚王宝剑一般切断了后学的妄想分别与文字知见,从而巧妙地将义解公案引向了借公案以证悟自性。由于大慧宗杲的个人魅力以及这种参究方法的易于实行,"看话禅"在当时与后世均产生了较大影响,如明末三峰法藏禅师曾说"大慧一出,扫空千古禅病,直以祖师禅一句话头,当下截断意根"。[7]

其次再看无门慧开禅师的禅学思想。在大慧宗杲所主张的"看话禅"中,最重要的"话头"就是"赵州狗子"公案的"无"字话头。根据慧开禅师的自述,他曾参究"赵州狗子"公案的答语"无"而开悟:"山僧昔日在先师会中只看一个无字,六年下语不得。自发志克责,我若不明此话,更去睡眠时,烂却我身。才困时,或廊下行道,将头去露柱上磕。一日在法座边立,忽闻斋鼓声,便理会得这话。"[8] 正是借助"看话禅"悟道的经历,让他在上堂说法与告香普说等场合频频提及该则公案,并多次分享自己参究"无"字话头的经验与体会:

> 只如僧问"赵州狗子还有佛性也无",州云"无"。诸方拈者甚多,提撕者不少。这一个"无"字单提独弄,参这一个"无"字,成佛底如雨点。信不及者虚度时光。参禅别无华巧,只是通身要起个疑团,昼三夜三,切莫间断。久久纯熟,自然内外打成一片。[9]

> 只如僧问"赵州狗子还有佛性也无",州云"无"。且道古人意作么生?便好向者里起个疑团,参个"无"字。不得向举起处承当,不得向意根下卜度,不得作有无之无,不得作无无之无。但怎么举,举来举去,如咬生铁橛相似……蓦然齿折铁碎,开口不在舌头上。便见祖关不透而自透,心路不绝而自绝。[10]

除了这两段材料外,慧开禅师在《禅宗无门关》第一则"赵州狗子"公案后也谈到自己参究话头的经历,内容大致与此相类,不再赘述。总的来说,慧开禅师指出了"看话禅"的参学步骤与注意事项,并分享了自己的心得体会。就参学步骤来看,第一步是要生起疑团,禅宗向有大疑大悟、小疑小悟、不疑不悟的说法,慧开所谓"通身起个疑团"则是将自身存在的全部转化为一个疑团,也就是要求后学生起真切的疑情。第二步是要坚定信心,要相信参究这一个"无"字便可以悟道成佛。禅宗尤其是临济宗禅师非常强调信心的重要性,如临济义玄、首山省念、汾阳善昭、圆悟克勤等人都有相关论述,慧开禅师则是要求后学相信通过对"无"字的参究能够将通身的"疑团"悟透。第三步是要精进不懈,所谓"昼三夜三,切莫间断"就是要求后学持续性用功,将全副身心都集中到对话头的参究上来。再就注意事项来看,慧开禅师认为参究"无"字话头时不能将方便视为究竟、不能进行思量分别、也不能将其视为"有无""无无"之"无"。在如此步骤与前提下昼夜参究、久久纯熟,方可性相一如、内外打成一片。

可以说,慧开禅师的"看话禅"思想与大慧宗杲禅师一脉相承,这种将禅宗公案视为"生铁橛"、"热铁丸"的做法,在一定程度上消泯了公案的实际含义,同时规避了义解公案的嫌疑。也就是说,这个"无"字到底出自哪则公案并不重要,"看话禅"的关键在于参学方法而非参究对象。正因如此,慧开禅师曾在普说场合称:"灵山密付、黄叶止啼、少室亲传、望梅止渴,乃至德山棒、临济喝、雪峰辊球、道吾舞笏、秘魔擎叉、禾山打鼓、清原垂足、天龙竖指,尽是弄猢狲底闲家具,到这里总用不着。"[11]换而言之,上述禅宗公案不过只是"闲家具"或者说悟道手段而已,待参学者"到这里"后也就失去了它的使用价值。《禅宗无门关》的创作同样贯彻了这种理念,如慧开禅师在自序中谈到该书的写作缘起说:"因衲子请益,遂将古人公案作敲门瓦子,随机引导学者,竟尔抄录,不觉成集。"[12]将禅宗公案视为"敲门瓦子"、方便手段的观念,不仅弱化了公案文本的典范意义,也在一定程度上决定了该书不同以往的阐说体例。

二 《无门关》的阐说体例和拈颂方法

《禅宗无门关》一书共收录公案四十八则,其中对每则公案的阐说可分为三个部分,按照次序分别为"举公案"、"无门曰"和"颂曰"。首先,"举公案"部分即慧开禅师选取的古德机缘,不过较之《景德传灯录》《碧岩录》等书的记载更为简略,常常只是一两句话的篇幅,如第34则公案"智不是道"的内容仅有一句"南泉云:'心不是佛,智不是道'",[13]第35则公案"倩女离魂"的内容也是一句"五祖问僧云:'倩女离魂,那个是真底?'"[14]等。应该说,该书所载公案内容的简明与其将公案视为"敲门瓦子"的理念正相符合。其次,"无门曰"部分采取散文形式进行公案含义的阐说,常常下断语以"据款结案"或作问句以"承上启下",大致可视为"文字禅"代表形式之一的"拈古"。第三,"颂曰"部分采用偈颂形式进行公案含义的阐说,大致可视为"文字禅"代表形式之一的"颂古诗"。乍看起来,这种"公案+拈古+颂古诗"的阐说体例似乎与"文字禅"的主要阐说形式并无不同,但值得注意的是,慧开禅师将"无门曰"与"颂曰"两个部分相结合,往往在前一部分提出问题,接着在后一部分进行作答,从而做到了二者的结合与融通。并且在对具体公案进行拈颂时，慧开禅师还较好地贯彻了该书自序中将禅宗公案视为"敲门瓦子"的阐说理念。具体来说，在"看话禅"的影响下，《禅宗无门关》中的公案拈颂方法主要呈现出以下两个特点。

第一是"以反语拈提"。就"无门曰"部分来看，慧开禅师常以批评之语行赞颂之实。如第十九则"平常是道"公案的阐说词："无门曰：'南泉被赵州发问，直得瓦解冰消，分疏不下。赵州纵饶悟去，更参三十年始得。'颂曰：'春有百花秋有月，夏有凉风冬有雪。若无闲事挂心头，便是人间好时节。'"[15]慧开称南泉普愿被赵州从谂一问，所有的手段都消失殆尽，直是诉说不清；又称赵州从谂虽在南泉普愿言下开悟，还要再修学三十年才能到家。这些措辞似乎对南泉普愿与赵州从谂都未如何看好，但随后的颂古诗却是对南泉普愿"平常心是道"思想的映射，是一种毫不吝惜的赞扬。再如第二十一则"云门屎橛"公案的阐说词："无门曰：'云门可谓家贫难办素食，事忙不及草书，动便将屎橛来撑门户，佛法兴衰可见。'颂曰：'闪电光，击石火。眨得眼，已蹉过。'"[16]在拈提语部分，慧开禅师称云门文偃禅师动辄运用"干屎橛"的接引手段来装神弄鬼撑门面，由此可见佛法的衰微景象，但随后的颂古诗却无疑是用来形容"干屎橛"这种接机手段的迅捷方便与峻烈直截。又如第四十则"趯倒净瓶"公案的阐说词："无门曰：'沩山一期之勇，争奈跳百丈圈圚不出。检点将来，便重不便轻。何故聻？脱得盘头，担起铁枷。'颂曰：'飏下笊篱并木杓，当阳一突绝遮周。百丈重关挡不住，脚尖趯出佛如麻。'"[17]慧开禅师称沩山灵佑虽然是一时英豪，却始终跳不出百丈怀海的圈套，从百丈典座到沩山住持，无疑是才脱盘头，又上枷锁。这同样也是贬抑式的拈提语，仿佛对百丈怀海与沩山灵佑都持有批评态度。不过，后面的颂古诗却又是对二人禅机作略与英伟风姿的大肆颂扬。

可以说，若仅就拈提语而言，慧开禅师似乎对历代高僧都存在不满之处，只有结合颂古诗才能真正明白《禅宗无门关》中欲扬先抑的拈颂手段。实际上，这种在"无门曰"部分进行贬评，又在"颂曰"部分进行褒扬的做法，与慧开禅师看重"疑情"作用的"看话禅"思想密切相关。禅宗公案作为祖师言行的典范，往往被后学奉为珍宝般的朝颂暮习，从而在一定程度上固化了思维，也让公案蒙上了神圣的色彩。而《禅宗无门关》贬评式的拈提语不仅能令后学之人生起疑情，同时也是对入慧宗杲禅师重视公案参学手段、忽视公案真实含义的禅学观念的一种回应，可以说是"看话禅"思想影响下特有的拈颂手段。

第二是"否定式颂古"。再就"颂曰"部分来看，慧开禅师为充分发挥颂古诗助人悟道的功用，采取了灵活多样的颂扬手段。除了前举三言、七言的不同诗体外，再如第二十则"大力量人"公案的颂古诗："抬脚踏翻香水海，低头俯视四禅天。一个浑身无处着，请续一句。"[18]这种"请续一句"式的颂古诗近似于禅宗常见的"三句半诗"，诗体灵活且具有生新起疑的接引功效。不过，更值得注意的是"否定式颂古"。以第二则"百丈野狐"公案为例，该公案讲述了一位因"不落因果"之语堕野狐身五百世，又因百丈怀海"不昧因果"之语顿时摆脱野狐身的老人。慧开禅师的颂古诗称："不落不昧，两采一赛；不昧不落，千错万错。"[19]他的意思是，不要认为说"不落因果"就会落入因果，也不要认为说"不昧因果"才能脱离因果，实际上"不落因果"和"不昧因果"并无根本差别，若是执著于此，必然千错万错、不脱因果。在这里，慧开禅师对百丈之语已是持有否定态度，这么做的原因大抵是为了解构禅宗公案的典范性。再如第六则"世尊拈花"公案,慧开禅师的颂古诗称"拈起花来,尾巴已露;迦叶破颜,人天罔错"。[20]他这句话是说,释迦牟尼拈花,早已露出马脚;摩诃迦叶微笑,人天全都不懂。暗含的意思是,"拈花"也不过是方便法门而已,不可执着于为何拈花,有无传授,这同样是对公案所载祖师作略的辨析与否定。又如第二十九则"非风非幡"公案,慧开禅师的颂古诗称"风幡心动,一状领过;只知开口,不觉话堕"。[21]慧开禅师的意思是说,所谓风动、幡动、心动只是口头官司而已,争辩的双方实际上全都已经输了。这里是将两位僧人与六祖惠能一状判为同罪,从而打破参学之人对祖师公案的盲目崇信,具有生新起疑、出迷破妄之效。应该说,否定式颂古是真正地将禅宗公案视为接引方便的作法,它在破除公案的神圣性与典范性的同时,又借用颂古诗让公案重新鲜活了起来。

更进一步的说,《禅宗无门关》"以反语拈提"和"否定式颂古"的做法大抵反映出两种观念,一是禅宗公案并非神圣不可侵犯的典范,二是禅宗公案只是用来接引后学的手段,而这些观念都根源于无门慧开所秉持的"看话禅"思想及其公案理念。不仅如此,由上文所举案例还可以看出,《禅宗无门关》中的颂古诗有着"欲扬而先抑"甚至"否定以出新"的创作倾向,这与临济宗颂古诗的写作传统及其"呵佛骂祖"的宗风面貌密切相关。

三 《无门关》的颂古诗特色及创作渊源

作为《禅宗无门关》中的重要组成部分,无门慧开所作颂古诗与汾阳善昭颂古诗、雪窦重显颂古诗、丹霞子淳颂古诗、宏智正觉颂古诗、虚堂智愚颂古诗并称为"宋代六大颂古诗",它在整体上虽然不如雪窦颂古诗那样文采斐然,但同样也展现出十分不俗的艺术水准。

首先就诗歌体式来看,慧开禅师所作四十八首颂古诗均为四句,其中三言、四言、五言、六言、七言、杂言等诗体一应俱全,并且篇幅在五言四句以内的颂古诗就超过三十首,这种简明扼要的公案阐说与《碧岩录》等书全然不同。以第三十二则"外道问佛"公案为例,雪窦颂古诗说"机轮曾未转,转必两头走。明镜忽临台,当下分妍丑。妍丑分兮迷云开,慈门何处生尘埃?因思良马窥鞭影,千里追风唤得回。唤得回,鸣指三下",[22]慧开颂古诗则说"剑刃上行,冰棱上走。不涉阶梯,悬崖撒手"。[23]前者采用"机轮"、"明镜"等意象与"妍丑"、"迷悟"等概念进行公案禅理的暗示,悟者固然赞其措词高妙,迷者往往如坠五里雾中;后者则直接称赞问答的险峻机锋与世尊的甚深悟境,用语简明,见解扼要。又如第十八则"洞山三斤"公案,雪窦颂古诗约55字,慧开颂古诗仅20字;第二十七则"不是心佛"公案,雪窦颂古诗约40字,慧开颂古诗同样只有20字。比较而言,雪窦颂古诗多运用禅门喻象与诸多典故进行公案含义的譬喻,而慧开颂古诗旨在清楚地揭示禅理和真切地接引后学,常常将禅理讲说明白便不再有多余的话。从这个视角可以看出,雪窦重显颂古诗是"文字禅"的典型代表,而无门慧开颂古诗则是"看话禅"的绝佳范例。

其次就创作方法来看,慧开禅师所作四十八首颂古诗大致可分为三种类型,具体情况详见下表:

表1 《无门关》颂古诗创作方法一览表

创作方法	所颂公案	数量
点评祖师作略	俱胝竖指、香严上树、清税孤贫、州勘庵主、南泉斩猫、洞山三顿、洞山三斤、云门屎橛、迦叶刹竿、离却语言、不是心佛、趯倒净瓶、首山竹篦、芭蕉拄杖（赞扬）	25
	胡子无须、世尊拈花、赵州洗钵、国师三唤、三座说法、久响龙潭、非风非幡、智不是道、云门话堕、达磨安心、女子出定（贬抑）	
解说公案理念	赵州狗子、百丈野狐、奚仲造车、大通智胜、岩唤主人、德山托钵、钟声七条、平常是道、不思善恶、即心即佛、庭前柏树、他是阿谁、竿头进步、兜率三关、乾峰一路	15
接引后学禅僧	大力量人、二僧卷帘、赵州勘婆、外道问佛、非心非佛、倩女离魂、路逢达道、牛过窗棂	8

第一种类型是点评祖师作略，即对公案中涉及到的禅师行为、话语进行赞颂或贬抑，其中除了"洞山三顿"、"国师三唤"等几则公案的颂古诗具有暗示、象征的成分外，多数都是对禅师作略的直接评价。第二种类型是解说公案理念，即对公案中提到的禅理、禅法进行辨析与阐说，慧开禅师往往拈出公案中的某个概念或语汇进行解读，如"百丈野狐"中的"不昧因果"和"不思善恶"中的"本来面目"等，这同样属于较为直接的辨析。第三种类型是接引后学禅僧，即对公案内容进行代语或引申，用以启发、勘验后学，其中的指示性话语如"大力量人"中的"请续一句"和"倩女离魂"中的"是一是二"等，也都具有相对明确与具体的含义。换而言之，与雪窦重显颂古诗"绕路说禅"的创作方法不同，慧开颂古诗更看重的是对公案含义进行直清晰明白的揭示。

第三就诗歌风格来看，慧开颂古诗的用语相对口语化、俗语化，较少富于文采的渲染烘托或百般多样的表现手法，诗风总体显得较为质朴。不过，慧开禅师也有部分颂古诗的艺术水准很高，如前述"平常是道"公案的颂古诗"春有百花秋有月"就写的清新自然，并成为脍炙人口的禅诗佳作。再如"智不是道"公案的颂古诗有"天晴日头出，雨下地上湿"[24]之语，"倩女离魂"公案的颂古诗有"云月是同，溪山各异"[25]之语。应该说，慧开禅师具有较高的文学修养，但他的颂古诗却并不刻意追求文采，而是呈现出质朴清新的艺术风格。

总体而言，体式上简明扼要、方法上直接褒贬与风格上质朴清新，构成了慧开颂古诗的整体风貌。这种风貌的形成固然与上述"看话禅"思想下的公案理念密切相关，但也不乏禅宗颂古诗写作传统以及临济宗精神风貌等方面的影响。

方面是对临济宗颂古诗写作传统的继承。颂古诗作为一种禅宗文体，首创于北宋临济宗禅师汾阳善昭，后来得到宋代各派禅师的广泛效仿。待到无门慧开生活的南宋时期，禅宗颂古诗的创作大体形成了两种不同的写作传统。[26]第一种是汾阳善昭、大慧宗杲为代表的临济宗写作传统，他们以"皎然"也就是清晰明白揭示公案含义为标准，文采并非主要的关注点所在，如《补续高僧传》评价汾阳善昭颂古诗便称其"一拈一举，皆从性中流出，殊不以攒华迭锦为贵也"。[27]第二种是雪窦重显、慈寿怀深为代表的云门宗写作传统，他们以"绕路说禅"为创作标准，往往采用华丽的辞藻进行公案的阐说。如雪窦禅师为"云门一宝"公案所作颂古诗称："看，看，古岸何人把钓竿？云冉冉，水漫漫，明月芦花君自看。"[28] "云门一宝"原是用以代指真如佛性，因而云门禅师在公案中称其具有至大无外、以小纳大等方面的特质,雪窦颂古诗则完全脱离了对公案本身的叙说,而是以云水弥漫、花月相映的景语指引读者去自行体悟,可以说是"绕路说禅"的绝佳注脚。南宋禅师心闻昙贲也曾说:"雪窦以辩博之才,美意变弄,求新琢巧,继汾阳为颂古,笼络当世学者,宗风由此一变矣。"[29]由上分析可知,作为临济宗杨岐派弟子的无门慧开禅师,也在较大程度上继承了临济宗颂古诗的写作传统。

另一方面是临济宗精神风貌的熏染与影响。临济宗向以虎骧龙奔、星驰电激的面貌示人,师徒问答之际动辄棒喝相加,故而又有"临济将军"之称。正因如此,临济宗禅师的诗歌创作往往也带上了"呵佛骂祖"式的峻烈粗豪之风。如黄龙慧南禅师为"居士笊篱"公案所作颂古诗称"怜儿不觉笑嘎嘎,却于中路泥沙。黄龙老汉当时见,一棒打杀这冤家",[30]又如大慧宗杲为"兴化示众"公案所作颂古诗说"对众全提摩竭令,岂是闲开两片皮。喝下瞎驴成队走,梦中推倒五须弥"[31]等,都是临济宗"呵佛骂祖"精神的直接呈现。再来看慧开禅师的创作,如"路逢达道"公案的颂古诗指引后学有"拦腮劈面拳,直下会变会"[32]之语、"女子出定"公案的颂古诗评价文殊、罔明菩萨有"神头并鬼面,败阙当风流"[33]之语、"三座说法"公案的颂古诗称仰山慧寂道"捏怪捏怪,诳呼一众"[34]等,也都展现出不容拟议的精神风貌,可以说是临济宗禅法精神的影响与熏染所致。

总之,在南宋"看话禅"思想及其公案理念的基础上,慧开禅师吸收了临济宗"呵佛骂祖"的禅法精神与"明白晓畅"的颂古诗写作传统,从而创作出体式简明扼要、褒贬直接了当、风格质朴清新的颂古诗作品,其中"春有百花"等诗更成为中国禅诗中的精品与代表作。不仅如此,慧开禅师还将颂古诗与拈提语进行褒贬结合,消泯掉参禅之人对禅宗公案本身的执着,从而帮助他们更为客观全面地理解禅宗公案。这种简单直截而又严整规范的公案阐说文本得到了很高的评价,如白卍山禅师就曾说:"《碧岩集》之后,评唱公案甚多,而不堕解路发明宗旨者,独无门开公乎?"[35]实际上,在"文字禅"盛行并泛滥的两宋时期,不少禅师都希望能借助编纂禅籍来引领和转变禅林风气,如《禅林宝训》的作者就力图通过对道德操行与实修实证的强调来纠正"文字禅"的流弊,而《禅宗无门关》对"看话禅"的接受与贯彻也是在此风气裹挟下的纠偏救妄之举。应该说,《禅林宝训》与《禅宗无门关》一"破"一"立",都是对宋代"文字禅"思潮下繁琐的公案解说现状采取反动手段。

注 释:

* 教育部人文社会科学研究青年基金项目"禅林唐诗学文献整理及研究"(22YJCZH052)、国家社科基金后期资助项目"临济宗风与宋代诗歌关系研究"(23FZWB035)阶段性成果。

〔1〕 相关研究成果主要有:蔡日新《无门慧开及其著作〈无门关〉》,《浙江佛教》2003年第3期;李如密《〈禅宗无门关〉中的教学艺术初探》,《当代教育与文化》2012年第5期;刘怡凡《〈无门关〉佛性思想研究》,厦门大学2019年硕士学位论文等。

〔2〕 绍隆等编《圆悟佛果禅师语录》,《佛光大藏经·禅藏》第26册,高雄佛光出版社1993年版,第375页。

〔3〕〔29〕 徐小跃释译《禅林宝训》,东方出版社2017年版,第312、312页。

〔4〕〔22〕〔28〕 圆悟克勤著,尚之煜校注《碧岩录》,中州古籍出版社2011年版,第507、329—330、318页。

〔5〕 正受撰,秦瑜点校《嘉泰普灯录》,上海古籍出版社2014年版,第510—511页。
〔6〕 悟明集《联灯会要》,《佛光大藏经·禅藏》第11册,第866页。
〔7〕 弘储记《三峰藏和尚语录》,《嘉兴大藏经》第34册,新文丰出版公司1987年版,第160页。
〔8〕〔9〕〔10〕〔11〕〔35〕 普敬、普通等编《无门慧开禅师语录》,《新编卍续藏经》第120册,新文丰出版公司1993年版,第515、515、518、515、528页。
〔12〕〔13〕〔14〕〔15〕〔16〕〔17〕〔18〕〔19〕〔20〕〔21〕〔23〕〔24〕〔25〕〔32〕〔33〕〔34〕 魏道儒释译《禅宗无门关》,东方出版社2017年版,第11、148、151、94、101、166、98、24、45—46、132、142、148、151、174、154、116页。
〔26〕 参见潘婷、侯本塔《禅宗颂古诗的创作理念与艺术特征》,《中国社会科学报》2021年9月1日第4版。
〔27〕 明河撰《补续高僧传》,《新编卍续藏经》第134册,第130页。
〔30〕 惠泉集《黄龙慧南禅师语录》,《佛光大藏经·禅藏》第26册,第21页。
〔31〕 法应集,普会续集《禅宗颂古联珠通集》,《新编卍续藏经》第115册,第325页。

〔作者简介〕 侯本塔,1990年生,山东郓城人,文学博士,广州大学人文学院特聘副研究员,主要研究方向为唐宋文学、佛教文学。

《末代士人的身份、角色与命运:清遗民文学研究》

(潘静如著,社会科学文献出版社2024年4月版,436页)

本书以近代的政治变迁为线索,以诗文为中心,旁及日记、信札等文献,对清遗民群体的身份、角色与命运作了探讨。与历朝遗民不同,清遗民面临着道德和价值之源的干涸,经历着从"遗民"到"弃民"的角色转变,他们由此成为国家"脱节的部分"。但士人身份决定了他们对社会变迁尤其是政治变迁极为敏感。文学书写既反映了他们的情感、体察与因应,也依稀显示了裹挟近代中国历史进程的混沌力量。全书正是依此展开研究。第一章聚焦1910年代上海、青岛、天津等租界里的清遗民群体,探讨"流人"的身份认同、现代体验及其"地位政治"焦虑;第二章聚焦1920年代北京地区的清遗民群体,探讨遗民话语与遗民伦理的歧趋,北洋政权的特性及清遗民对"革命"的恐惧;第三章聚焦1928年"东北易帜"前后东三省的清遗民群体,探讨"白山黑水"这一历史叙述的影响,末代士人的"圣贤-豪杰"情怀及伪满问题;第四章聚焦1940至1945年间北京、南京两个沦陷区的清遗民群体,探讨他们的行藏出处、"传统叙事"的陷阱及沦陷区生存伦理;第五章聚焦中华人民共和国建国初期的清遗民群体,探讨他们的心路历程,并对"遗民"这一政治主体从古至今的变迁作了回溯、省察。

南宋末广州籍状元张镇孙及《见面亭遗集》汇考

赵晓涛

《广州大典》别集类"宋代之属"收录有张镇孙撰《见面亭遗集》一卷，见第418册。《四库全书总目》、《中国古籍总目》和今人祝尚书《宋人别集叙录》（增补本）皆未见著录，《续修四库全书》亦未见收录。鉴于尚无专门文章探讨，本人不揣浅陋，尝试着对这个空白点做一梳理、探讨，以求就正于方家。

一　关于张镇孙的生平及其死事考辨

张镇孙（1239—1278），字鼎卿，一字实翁，小名曾用鼎、文举，小字曾用枝金、用之，号越溪。一说广州南海熹涌乡（今顺德伦滘熹涌村）人，一说广州番禺人。[1]其父张翔泰（字南仲）抗志高迈，肆力诗酒，著有诗文集、诗易疏解诸书。[2]张镇孙八岁即送外傅，少年时过目即成诵、读书破万卷，有"神童"之誉。十四（一说"十五"）岁参加县考，名列第一。后屡试不中，至度宗咸淳六年（1270）始中乡试第五名，次年即咸淳七年（1271）中进士，廷对第一，为宋代广东历史上唯一一个状元，时年仅三十三岁。历官秘书省正字、校书郎、婺州通判。恭宗德祐元年（1275），元军入侵南宋，张镇孙弃婺州，携父母潜返广东，为言官弹劾而罢职。元军攻陷临安、谢后恭帝投降后，恭帝长兄益王赵昰被南宋残余力量拥立为端宗，并改年号景炎。景炎元年（1276）十二月，张镇孙以龙图阁待制出任广州知州，兼广东制置使、经略安抚使。时广州已在元军手中，他率兵攻城，至景炎二年（1277）四月元守军弃城退走。后元军两路合攻广州，双方激战于珠江上，镇孙败退入城，坚守逾月，终因力穷不支，十一月城陷被执。次年二月，镇孙与其妻在被押解北上途中自杀于大庾岭，虚寿四十。

张镇孙生平事迹见《宋季忠义录》卷八、《宋季三朝政要》卷六《广王本末》、《宋史》卷四七《瀛国公纪（二王附）》、《大德南海志》"沿革门·取广州始末"、明黄佐撰《广州人物传》卷一〇、嘉靖《广东通志》卷五八、嘉靖《广州志》卷四、万历《南海县志》卷三卷十一、崇祯《南海县志》卷九、明末清初钱士升撰《南宋书》卷六〇、清康熙《南海县志》卷十一、乾隆《南海县志》卷十五、道光《南海县志》卷二十五卷二十六卷三十四、咸丰《顺德县志》卷二十二、同治《番禺县志》卷三六和晚清王梓材、冯云濠编撰《宋元学案补遗》卷四九等。[3]

本文收稿日期：2023年4月24日

二 关于《见面亭遗集》版本及作品收录等基本情况

张镇孙著有《四书析义》、《名臣言行录》、《张状元家谱》五卷和《见面亭集》十六卷。

关于张镇孙以"见面亭"名集之来由,当源于一则状元谶故事。据明海南人丘濬撰《张越溪公传》记载:

> 先是,童谣曰:"河南人见面,广州状元见。"有司因构见面亭以俟之。李昴英未第时……乩仙得句云:"手执长弓射广东,真金映出海珠红。子系却有千年计,斗柄移来入鬼宫。"众俱不解,昴英独曰:"应是谶者,其张氏子乎?"至是,果为状元。其年,大江忽竭,往来相望,人始悟公之遭遇非偶,见面之说果应如响也。[4]

按:童谣中的"河南","谓州前大江所面乡落也"(阮元《广东通志》本传),[5]即今广州市珠江主河道南岸的海珠区;谶诗中的"长弓"二字相合即为"张"字,"真金"二字相合即为"镇"字,"子系"二字相合即为"孙"字,"斗柄"一句,暗指"魁"字。由此条记载,还可见出张镇孙少年时即闻名乡里,以致于后来高中探花的李昴英(1201—1257)早年即对他青眼有加。[6]

《见面亭集》十六卷本散佚已久,至清道光年间其后人张耀昌重辑为一卷,可谓十不存一,且为张镇孙著述仅存者。据张耀昌《越溪公家传》记载:

> 公之著述,有《见面亭集》十六卷并《四书析义》、《名臣言行录》行世,然屡经兵火,已多散逸。其仅有者,又惧其失坠也。谨将殿试策一篇、七律诗数首,并细案家乘,详参史志,辑为传略,寿诸梨枣,使我子子孙孙常读遗文、思遗迹,世守忠孝,勿忘祖德云尔。道光二十五年岁次乙巳重九丁卯穀旦,十九传孙耀昌谨述。[7]

《见面亭遗集》一卷,宋南海张镇孙撰。清道光二十五年(1845)刻本。广东省立中山图书馆藏。原书版框高一八九毫米,宽一三三毫米。半页八行,行二十字,四周双边,白口,单黑鱼尾。内封题:黄荫普先生赠书(加框线)/见面亭遗集(篆书),后有楷体牌记:"道光岁次乙巳仲冬吉日新镌"。卷端为张镇孙裔孙张耀昌的题识,题识后为目录页(目录详后)。在目录页的"总目"二字前有题署"裔孙张耀昌凤石编辑,龙光见田、国荣一峰校刊"。遗集末篇《越溪公家传》尾有题记"道光二十五年岁次乙巳,重九丁卯穀旦,十九传孙耀昌谨述",文后亦即该遗集末尾又题"裔孙龙光见田、国荣一峰校刊"。

《见面亭遗集目录》依次著录为:度宗皇帝赐辛未状元张镇孙诗、端宗皇帝勅、殿试策、辛未状元谢恩诗、和度宗皇帝诗、水帘洞诗、南宋书本传、(以下附录)广东郝通志传、广东阮通志传、广州府志传、广州乡贤传、顺德县志传、张越溪公传(丘濬撰)、张越溪先生墓志铭(同一榜下门人王元甲撰)[8]、张越溪公家庙重修碑记(黎遐撰)、秋闱后将归五山夜泊熹冲寻张镇孙状元观瑶台遗址(严大昌撰)、重修四世祖越溪公墓志(张耀昌撰)、越溪公家传(张耀昌撰)。

其中,度宗御赐诗、张镇孙谢恩诗及和御赐诗,其写作的具体时日,据《隐居通议》卷三一《咸淳七年同年小录》记载"五月二十一日,皇帝御集英殿,唱名赐进士张镇孙以下及第、出身、同出身五百二人,当日赴期集所"[9]可知。《水帘洞诗》后有经黄慈博手抄增补的一首七绝《白云对月》、四首七绝《夜过白云话别》共五首诗作,诗作后有落款:"已上五诗载黄子高

《粤诗蒐逸》,云出《岭海名胜记》。乙卯九秋慈博录。"[10]

三 关于张镇孙诗作的历代文献收录情况及其辨伪

《全宋诗》收录张镇孙诗作八首,其中从明黄瑜《双槐岁钞》卷八收入《谢恩诗》、《和御赐诗》七律二首,从清温汝能《粤东诗海》卷六收入《水帘洞》七律一首,从清黄子高(1794—1839)《粤诗蒐逸》卷三收入《白云对月》七绝一首、《夜过白云话别》七绝四首。[11]

此外,今人陈永正从明成化《广州志》卷三十辑得张镇孙《广州八景》组诗,以补《全宋诗》之遗漏。[12]这一组八景诗分别题为"扶胥浴日"[13]、"石门返照"、"光孝菩提"、"大通烟雨"、"菊湖云影"、"景泰栖霞"、"蒲涧廉泉",惜缺一景诗。[14]

以上是张镇孙诗作的收录情况。以下笔者就新近发现的《全宋诗》所收张镇孙诗作存在误收、误题二种情况加以考辨。

先说误收情况。今检明代广府人郭棐编撰《岭海名胜记》卷四收录张镇孙《白云对月》七绝一首、卷五收录《帘泉》七律一首。同卷收有《夜过白云话别用阳明韵》(以下简称《夜过白云》)七绝四首,系于明人何维柏名下(并署"尚书"二字),这四首七绝诗句与《粤诗蒐逸》卷三系于张镇孙名下者完全相同,仅诗题多"用阳明韵"四字。全诗如下:

> 江城话别思依依,天远山青入望微。正好楼头共明月,可堪遥对白云飞。(其一)
> 遥看天际白云浮,渺渺西飞谁与谋。归去扶溪溪水阔,秋来还上越台否。(其二)
> 日乾夕惕自惺惺,切实工夫在性情。千古相传真要法,圣贤元共此心灵。(其三)
> 圣贤今古在吾人,敬义功深德自邻。莫叹桃源仙迹杳,杖藜随处武陵津。(其四)[15]

从其中第三、四首来看,心学印迹较为明显。从著有《四书析义》和殿试策的内容来看,张镇孙的思想观念无疑是倾向于程朱理学一派;[16]而何维柏从其著述和交游来看,无疑是更倾向于岭南本土陈献章、湛若水一派,陈献章吸收禅学重内在体悟之法,强调"宗自然"、"贵自得",湛若水以"随处体认天理"为学问宗旨,与以上所举诗句的内涵比较吻合。

再查王阳明诗作,有《别方叔贤四首》韵部、韵脚与前揭四首七绝完全相同。[17]该诗作被王阳明编集者系于"京师诗二十四首"名下。[18]移录全诗如下:

> 西樵山色远依依,东指江门石路微。料得楚云台上客,久悬秋月待君归。(其一)
> 自是孤云天际浮,箧中枯蠹岂相谋。请君静后看羲画,曾有陈篇一字不?(其二)
> 休论寂寂与惺惺,不妄由来即性情。笑却殷勤诸老子,翻从知见觅虚灵。(其三)
> 道本无为只在人,自行自住岂须邻?坐中便是天台路,不用渔郎更问津。(其四)[19]

按:方叔贤即广东南海人方献夫(字叔贤),曾从湛若水、王阳明问学,与何维柏有交游。从以上所录前后两组七绝的内容来看,亦是桴鼓相应。何维柏虽与王阳明并无直接的交游过从,然以王阳明之非凡声望、地位,及与当时岭南文人士大夫之卓著者如黄佐、霍韬、湛若水、方献夫等皆有交游来看,何维柏对王阳明应是熟知的,用王阳明送别方献夫的诗韵来作诗亦在情理之中。

再者,《岭海名胜记》卷十三还收录有何维柏的七律《西樵月夜感旧》,全诗如下:

万丈松风吹客衣,月明山色望霏微。石泉洞古春长在,云谷天空鸟自飞。
　　此日登临仙犬吠,十年踪迹主人非。岩花似领无言意,且向尊前一咏归。[20]

　　此诗与以上前后四首七绝在用韵上属于同一韵部,其中韵脚字如"微"、"飞"、"归"相同,且与《夜过白云》所写皆为山中月夜(一为白云山中、一为西樵山中),亦可为《夜过白云》作者为何维柏提供一份相关佐证。

　　此外,《岭海名胜记》编撰者郭棐曾师从湛若水,并尊崇岭南心学大儒陈献章,且与何维柏素有交游,[21]其将上述四首七绝系于何维柏名下相较可信。

　　黄慈博据《粤诗蒐逸》为《见面亭遗集》增补入上述五首诗作,《粤诗蒐逸》虽交代上述四首七绝来源于《岭海名胜记》,却将《岭海名胜记》中所题作者径改为张镇孙,且并未说明有何依据。

　　笔者经进一步考察,终于发现其中蹊跷。原来这一改动,跟清乾隆年间陈兰芝增辑郭棐原书的"乱动手脚"行为有莫大关系。陈兰芝的增辑本,存在缺少考证、文字错误和题名比较随意等诸多不足和缺憾,以致影响到该书的史料价值和使用意义。[22]陈兰芝的增辑本卷二《白云山志》所收《夜过白云》四首,早在黄子高编《粤诗蒐逸》之前,由于疏忽,径直承上一首七绝《白云对月》作者张镇孙之名,将郭棐原编本中所题原作者何维柏径改为张镇孙,同时将原诗题中"用阳明韵"四字删去。[23]笔者推测,因郭棐原编本在陈兰芝时已经流传稀少,陈兰芝是在四川时才得见郭棐原书,一生足迹不出广东的黄子高自然更是无从得见郭棐原书,故黄子高编《粤诗蒐逸》所使用的《岭海名胜记》当为乾隆年间陈兰芝增辑本,而非郭棐原编本。后世黄慈博和《全宋诗》、《全粤诗》张镇孙诗编者囿于黄子高所编《粤诗蒐逸》,皆未深究,以致误补、误收。[24]

　　至于误题情况,系于张镇孙名下的《白云对月》七绝,虽其作者并无二说,然标题亦有可议之处。盖因细绎全诗四句"万山飞翠映瑶空,一抹晴霞淡复浓。何意海风吹不断,归鸦飞带过前峰",主要是写作者所见山中夕阳时分之晚霞归鸦,全然没有诗题中"对月"这一层意思。但为何陈兰芝增辑本冠以"对月"二字?笔者刚开始百思不得其解,后发现在增辑本许多卷中存在不同作者同一诗题的现象。仅以《白云对月》这一诗题为例,第一位作者冯树勋《白云对月》七律,诗题与诗句内容完全照应,而其后方信孺、张镇孙二位作者的七绝诗作情况与之完全不同:其中方信孺所谓七绝组诗,在方信孺《南海百咏》中是各有不同诗题的,除方信孺原题作《虎跑泉》"破寺高僧夜不眠,一声猛虎月明天(后略)"可勉强算作关涉"对月"二字外,其余几首与"对月"二字毫无关涉。

　　笔者再次翻检目前所见较早收录这首诗的郭棐原编《岭海名胜记》,发现方信孺这六首七绝,在郭棐原编明万历二十四年刻本中仅标注"七言绝句",并无诗题,紧承其后的张镇孙七绝也是如此(与"对月"无关涉、无诗题),张镇孙所谓《白云对月》诗题完全是陈兰芝在增辑并重新编排时误加。[25]再据上揭陈永正文,此《白云对月》七绝第一、二、四句,与明成化《广州志》卷三十所收录《景泰栖霞》七律第一、二、八句完全相同,仅第三句与《景泰栖霞》第七句略异(按:《白云对月》第三句为"何意海风吹不断",《景泰栖霞》第七句为"几被海风吹断处")。

　　综上,笔者判定此所谓《白云对月》七绝,实为从张镇孙《广州八景》组诗之《景泰栖霞》一诗中截割而来。[26]至于截割者是否为《岭海名胜记》编撰者郭棐,限于资料,笔者一时难以判定,姑存疑俟考。

　　最后需要指出的是,张镇孙《广州八景》组诗是存世"羊城八景"传统题材作品中最早产生者,将此前此一题材的零散、自发书写,跃迁为一个具有集合概念属性题材的自觉书写,在广州地方文学乃至文化景观史上无疑占有重要一席之地;[27]它被选录进明成化《广州志》,"在客观上又充当了地方认同和情感纽带的重要媒介,并酝酿和培育了以此为依托的深入人心的地方记忆";[28]它同时体现出宋代八景诗创作的兴盛,并参与推动了宋代八景诗体式的定型化、普及化进程。

注　释:

〔1〕 关于张镇孙卒年,《全宋诗》卷三六二九、《全宋文》卷八三四〇"作者小传"和李裕民著《宋人生卒行年考》卷三皆作"1277"。李裕民引据《宋季三朝政要》附录《广王本末》"丁丑(1277)十一月丙申(11日),唆都元帅至福州……与省吕师夔军会合攻广州",将"城陷,张镇孙死之"解读为张镇孙死于广州城陷落之际,实误(详见王瑞来《宋季三朝政要笺证》,中华书局2010年版,第481—482页)。而据元陈大震等纂辑《大德南海志》"沿革门·取广州始末"条等记载(详见正文),应以作"1278"为是。关于张镇孙生年,(元)刘壎《隐居通议》卷三一《咸淳七年同年小录》记载张镇孙咸淳七年"年三十三",据此可推知其生年当为1239年。《全粤诗》(陈永正主编,岭南美术出版社2008年版)卷四五张镇孙小传作"1235",不知何据,亦误。《天下第一策:历代状元殿试对策观止》(李维新主编,中州古籍出版社1998年版)第149页张镇孙简介,将其生卒年写作"1235—1279",皆误。

　　关于张镇孙小名小字,参见《隐居通议》卷三一《咸淳七年同年小录》。

　　关于张镇孙籍里,《隐居通议》卷三一《咸淳七年同年小录》记载"(张镇孙)曾祖元贵,祖机,父南仲。本贯广州南海县城南厢。高祖朝请大夫为户",(明)朱希召《宋历科状元录》卷八记载张镇孙为"番禺人",万历郭棐《粤大记》卷四记载为"南海县人"。据《见面亭遗集》所附(明)丘濬撰《张越溪公传》记载其为"泰通里人",并云"故岭南称望族者,首推泰通张氏"。另其裔孙张耀昌撰《越溪公家传》记载:"(始祖锦江公)在任时娶番禺石壁麦宜人,因家广城南泰通坊","泰通坊即状元坊,以公故改今名"。广州泰通里旧建有牌坊"状元坊",后毁于明末战火,其地名则沿用至今。《越溪公家传》还记载"先是,祖机公、叔祖权公卜居于今顺德县喜涌乡","迨公及第,天降瑶雪,因筑观瑶台。至是,公遂与弟莅孙公侄正琦公等尽室迁徙喜涌以避兵燹"。综上材料,张镇孙作"番禺"或"南海"人皆可。

〔2〕 据道光《南海县志》卷二六《艺文略二》、同治《番禺县志》卷三六。

〔3〕 参见张其凡《有功于广州人民的宋代状元张镇孙》,《岭南文史》1995年第1期。

〔4〕〔5〕〔7〕 《见面亭遗集》,《广州大典》第418册,广州出版社2015年版,第245、241、254页。按:此则状元谶故事,后《(道光)广东通志》卷二七〇《张镇孙传》等记载略同,注释〔5〕另见于《(道光)广东通志》张氏本传,《广州大典》据清道光二年刻本影印,第256册,第429页。

〔6〕 关于状元谶,可参见赵瑶丹《谣谶中的宋代科举社会》,《东岳论丛》2009年第3期;左鹏《状元谶及其风俗制造》,《学术月刊》2023年第10期。

〔8〕 按:张镇孙裔孙清代张耀昌撰《越溪公家传》记载"门人王元甲志墓",王元甲(番禺人)为张镇孙同榜进士,尊奉张镇孙为师。《全宋文》仅收王元甲文一篇《家训三戒》,此篇墓志铭失收,可补入。

〔9〕 《广州大典》据清道光咸丰间番禺潘氏海山仙馆刻本《海山仙馆丛书》影印,第33册,广州出版社2012年版,第590页。

〔10〕《广州大典》第418册,第240页。按:黄慈博(1880—1946),即黄佛颐,顺德(一说中山)人,广东现代知名文献家,南社社员,曾任广东通志局分纂等职,编撰有《广东宋元明经籍刊本记略》、《广州城坊

志》等。

〔11〕 按：《粤诗蒐逸》系黄子高于道光十九年（1839）过世当年编辑成稿，在张耀昌于道光二十五年（1845）刻《见面亭遗集》之前，而其刊刻时间则在《见面亭遗集》刻版之后（伍崇曜于道光三十年开雕，并收入其粤雅堂文字欢娱室刻本《岭南遗书》，《广州大典》即据《岭南遗书》影印）。《全宋诗》所录《粤诗蒐逸》卷三这五首七绝，《广州大典》第63册，广州出版社2012年版，第355—356页。

〔12〕 《从广东方志及地方文献中新发现的〈全宋诗〉辑佚83首》，《岭南文史》2007年第3期。

〔13〕 按：《岭南文史》所载陈永正文，将"浴"字误排为"落"字。该诗如下："曙色初分黄木湾，金盆波底□□□……魑魅潜形落胆肝……□□□烂映狂澜。须臾飞上扶桑□。"文字虽有缺漏，然细味诗意，仍当以太阳初升的"浴日"为是，且"扶胥浴日"为公认的叫法，明成化九年刻本《广州志》即作"浴"字。

〔14〕 按："蒲涧廉泉"诗，《粤东诗海》《全宋诗》皆题为"水帘洞"。又按：通常所称宋代羊城八景，有"海山晓霁"、"珠江秋月（色）"而无"景泰栖霞"，仅元代羊城八景有"景泰僧归"。据南宋曾丰诗题《丁未端月南倅率诸同幕游景泰还至滴水岩南倅诸君赋两诗为倡随例次韵》，杨万里《游蒲涧呈周帅蔡漕张舶》诗句"景泰上方半堵壁，城中望之雪山白。却从景泰望城中，晓日楼台焕金碧"，葛长庚（又名白玉蟾）《卜算子·景泰山次韵东坡三首》词句"古寺敲钟暮掩门，灯映琉璃影"，"古寺枕空山，楼上昏钟静"，李昂英诗题《蒲涧山行宿景泰呈诸友人》，戴复古诗题《李计使领客游白云景泰》，明郭棐《白云山记》"折而西南五里曰栖霞山，宋白玉蟾有《栖霞晚眺》诗，盖尝住此也。其下有太霞洞，即景泰云峰"（《岭海名胜记》卷四），黄佐《泰泉书院兴作记》"白云之半，永泰之泉出焉……宋天禧间，有好事者以地在罗浮西麓，乃结茅其上，以竢飞仙之来。扁曰栖霞堂。崔清献公登眺说之，于其前太霞洞右筑庵游息"（《泰泉集》卷三〇），和清孔兴珪修《（康熙）番禺县志》卷四"建置"记载"景泰寺在栖霞山泰霞洞。宋天禧间僧智严创"等，可见"景泰栖霞"作为宋代羊城游观之一景亦是其来有自。郭棐所云白玉蟾《栖霞晚眺》诗，惜今无存。

〔15〕 《广州大典》据明万历二十四年刻本影印，第226册，第108页。按：《全粤诗》卷四五张镇孙名下收录此组诗，惟第二首诗尾句"秋来还上越台否"的韵脚字"否"据《岭海名胜记》作"不"，因未见编纂者标明版本，不知依据何在。笔者再检清人陈兰芝增辑本《岭海名胜记》（清乾隆五十五年羊城西湖街六书斋刻本），发现此处韵脚字亦作"否"。

〔16〕 按：《宋元学案补遗》将张镇孙系于"晦翁学案补遗下·朱学续传"可为佐证。

〔17〕 按：上揭前后四首七绝，在用韵上仅第一、二首末句的韵脚字不同，其中第二首末句的韵脚字"否"、"不"为通假字。方献夫《西樵遗稿》卷四有《别王阳明》、《舟中写怀寄王阳明》各二首，其韵脚字与王阳明《别方叔贤四首》第一、四首诗的完全相同。另可参束景南《王阳明年谱长编》，上海古籍出版社2017年版，第628—631页。

〔18〕 按："京师诗二十四首"后附有"正德庚午年十月，升南京刑部主事。辛未年入觐，调北京吏部主事作"一段文字，来交代包括《别方叔贤四首》在内共二十四首诗的作年。

〔19〕 《王阳明全集》卷二十《外集二》，上海古籍出版社1992年版，第722页。按：《岭海名胜记》卷十三收录有王阳明这四首七绝，诗题作"赠方叔贤归西樵"，同时收录湛若水两组次韵诗（即《阳明赠方吏部归西樵四首，金山出示次韵》四首和《使安南回，再入西樵》二首）。另《岭海名胜记》王元林校注本（三秦出版社2012年版）据后出的清乾隆五十五年陈兰芝增补本，误改第四首中的"住"字为"往"字。

〔20〕 《岭海名胜记》卷十三，王元林校注本，第434—435页。

〔21〕 按：《岭海名胜记》卷十三郭棐《西樵山记》云："弘（治）、正（德），湛文简、方文襄、霍文敏三先生并超出尘壒，读书山中……终焉，各归老其巅，群后生而诲育之……于是宝潭钟景星……古林何维柏、弼唐庞嵩诸君子接踵而出"，可见郭棐对何维柏的熟知。何维柏《寿郭太母周安人八十一序》记载："予同年新城令悦白郭公冢子笃周（郭棐字笃周），少颖嗜学，弱冠举于乡。继以二亲胥背，闭门读礼，益弘涵造。壬戌

春,擢进士上第,才名藉甚……为笃周诸昆勉"(《天山草堂存稿》卷五),明确何维柏与郭棐之父是关系较密的科举同年,作为父执何维柏自郭棐少年时就对他知根知底,并一直勉励有加;而且何维柏为郭太母写庆寿文这一行为本身,便足以显示他与郭棐家族成员交谊之深。

〔22〕 参见赵磊《清香山陈兰芝辑〈增补岭海名胜记·南海庙志〉考述》(《广州航海学院学报》2017年第1期)、任建敏《〈增补岭海名胜记〉评介》(《西樵历史文化文献丛书》,广西师范大学出版社2015年版,第1—15页)。

〔23〕 按:陈兰芝这类行为并非孤例。据任建敏《〈增补岭海名胜记〉评介》已知者还有如陈兰芝将郭棐原编本中原作者也是何维柏的七绝《西樵道中》诗题擅自加字,题为《西樵杂咏:西樵道中》,且将作者擅改题为南海人钟景星;另据王元林在为其点校的陈兰芝增辑本所作前言中,指出陈兰芝将郭棐原编自刊本中杨瑞云序刊落,代之以己序,陈兰芝编书非常不严谨可见一斑。

〔24〕 朱腾云著《〈全宋诗〉重出误收研究》(中国社会科学出版社2017年版)尚未提及《全宋诗》中所收上述四首七绝系误收。

〔25〕 按:陈兰芝增辑本《岭海名胜记》许多卷中存在不同作者同一诗题的现象,笔者还可举出《白云对月》三位作者诗作之前有多位作者诗作的标题皆为"登白云怀安期生",之后有多位作者诗作的标题皆为"暮归经白云山有感",这一现象与陈兰芝增辑并重新编排《岭海名胜记》时非常不严谨有关。此种情形,今人王元林校注《岭海名胜记》和《全宋诗》编者皆失察。

〔26〕 按:《全粤诗》卷四五所收张镇孙《广州八景》组诗之《景泰栖霞》一诗,编纂者注明该诗题"《岭海名胜记》作《白云对月》,而仅录首尾四句"(《全粤诗》第2册,第451页),所见可谓不谋而合。

〔27〕 关于羊城八景的历史变迁,可参见任建敏《宋元明清羊城八景变迁考》,氏著《从"理学名山"到"文翰樵山"——16世纪西樵山历史变迁研究》附录六,广西师范大学出版社2012年版,第446—462页。

〔28〕 赵夏《我国的"八景"传统及其文化意义》,《规划师》2006年第12期。

〔作者简介〕 赵晓涛,1974年生,文学博士,副研究员,现任职于广州大典研究中心。主要研究方向为宋代文学、岭南文化。

《莫砺锋演讲录》

(人民文学出版社2024年版)

作者在精深的学术研究之余,热心编写普及读物、开设公益讲座,传播中华优秀传统文化。《莫砺锋演讲录》收录的是莫先生在不同场合所作的三十余篇演讲。主体部分是面向大众讲解唐诗宋词,知识准确丰富,语言生动活泼,名篇如《唐宋诗词的现代解读》、《唐宋诗词的现代意义》、《谁是唐代最伟大的诗人》、《千古东坡面面观》等,深受广大读者喜欢。本书还收有在文化传承发展座谈会上的发言、南京大学文学院成立100周年的致辞、几位著名学者文集发布会上的讲话,等等,内容包括传承传统文化的诸多方面,言之有物,深邃雅致。

清韵丽质：诗画结合的一种诗格
——以沈周为例

程日同

"诗歌创作除了最终的文本呈现具有文学意义外，其创作过程本身也具有许多功能，因而也构成了考察诗歌创作的一个重要向度"[1]，所以创作方式也不失一种有效的诗歌研究向度。自苏轼倡导士人画以来，诗画关系日趋紧密，诗画结合也逐渐成为一种重要的创作方式。诗画结合创作使诗歌和绘画都发生了诸多变化，就题画诗而言：形象上，直观可感，或简略形色；语言上，不计工拙，顺情率意，等等。题画诗缘此形成了含蕴丰富、种类多样的清韵丽质，如诗中有画，象简意足和语闲意多等。清韵丽质可以说是诗画结合的一种常见诗格，这尤其表现在诗画兼善者的创作。

明代中期沈周等吴中诗画群体则是其中的典型代表。他们在绘画史上处于一个重要节点，在诗画关系史上亦然[2]，其中诗画形式上的结合——画上款题形式算得上一个里程碑式的存在[3]。在吴中诗画作者那里，诗画结合的创作不仅使诗画在内容层面紧密结合乃至融通，而且创作过程也会发生相应变化，如顺情率意的创作的节奏趋于密紧等，如言：

> 吴中以诗字装点画品，务以"清丽"媚人，而不臻古妙，至姗笑戴文进诸君为浙气。[4]
>
> 中原七子辈谈诗，谓启南本富诗才，而以题画取办仓猝，故遂入别调。[5]

虽说两种变化分别来自绘画和诗歌，但都是诗画结合条件下的结果，所以为两者所共有。款题入画直接促成"诗情"（包括诗意书趣等在内的文人因素）和"画意"（或直观可感的画面等）的融合。这既是诗画结合的客观结果，又是画家们的审美自觉。同样，题画诗亦然，也存在诗画两种因素及其组合乃至融通[6]，即"诗中有画"。不仅如此，诗画结合创作也可以顺情率意，如沈周的题画诗创作，节奏快捷，少事经营，形象脱落形似，语言不计工拙，庶几有"古妙"的本色光景[7]。顺情率意的创作是超越客体凸显主体的创作，从中可以析出象简意足、语闲意足等体现相反相成关系的两种组合。这三种组合在审美上都呈现了"清丽"格调。当然，它们之于"清丽"是基于特定角度的特定解释，是一个乍看有强为解释、细味却能言之成理的问题。

本文收稿日期：2023 年 2 月 28 日

一　诗中有画

诗画相互影响、映衬使题画诗出现两种相反的情况：一是形象具备绘画特征的"诗中有画"，二是象简意足，这里先看前者。"诗中有画"中的"天工与清新"（苏轼《书鄢陵王主簿所画折枝二首》其一）[8]之"清丽"格调尤具典型性。

苏轼《跋蒲传正燕公山水》说："燕公之笔，浑然天成，粲然日新，已离画工之度数而得诗人之清丽也。"[9]大意是"'清新'在画中是与'浑然天成'联系在一起的。只有作（按：应为"做"）到了清新与天工，才能'离画工之度数'，达到传神之妙。"[10]其中"浑然天成，粲然日新"是"清丽"的构成因素，是"天工与清新"另一种表述。这里，"清丽"是诗人的，也是画家的，更是诗画结合所形成的审美格调。具体而言，题画诗"天工与清新"之于"清丽"，"天工"对应"丽"，"清新"对应"清"。首先，"天工"审美上具有"丽"的特征，有两种情况："天工"是诗画结合的产物，是诗中之"绘画"因素，绘画是艺术性作品，自然具有审美属性，"丽"是当有之义；"天工"是由人工"刻画"而臻于浑然天成的状态。它既保留了物形特征，又自带自然风韵，在观感上是"天然的状态"，是"丽"[11]的又一种。其次，"清新"复杂一些，主要落实到两个方面：其一，是与"画意"对应的"诗情"的清雅性质。脱俗之雅是此处"清新"的基本义项[12]。诗画结合条件下，在"诗情"和"画意"关系中，出于提升"画意"的审美、文化品位的任务，"诗情"势必呈现清雅性质。这既是创作实际，又是作者意识的自觉。譬如在有款题的绘画中，分别属于"诗情"和"画意"的书趣诗意与笔墨画意之间就存在着这种提升和被提升的关系：

> 画中诗词题跋，虽无容刻意求工，然须以清雅之笔，写山林之气。若抗尘走俗，则一展览，而庸恶之状，不可响迹。（盛大士《溪山卧游录》卷二，《画学集成》，第669页）
>
> 沈石田、文衡山、唐子畏、徐青藤、陈白阳、董思白辈，行款诗歌，清奇洒落，更助画趣。（郑绩《梦幻居画学简明》卷一，《画学集成》（明—清），第784页）

画中题跋须以"清雅之笔"、"清奇"意趣，将绘画引向清虚高雅。在传统文化体系中，诗书与绘画分别处于雅与俗的基本位置。绘画多数情况是被提升的对象，以超越其媒质局限。绘画属于实境，虚性表现有限，主要方式是比德、象征等，较为浅直，且有模式化倾向。即便文人画意化性造型与自律性笔墨，已然具备较为深长的意味，但是仍然存在有待虚化的余地，所谓"画亦由题益妙。高情逸思，画之不足，题以发之。"（盛大士《溪山卧游录》卷二，第669—670页）诗词款题将绘画有限的文艺性提升而至于妙或"益妙"的境地。而用来提高绘画文化审美品位的诗词，由此需要具备清虚高雅的性质，所谓"打铁还需自身硬。"同样理路，题画诗中，"诗情"也多以"清雅"等意趣融摄来自绘画的"画意"。其二，是以象表意之"清新"，大致又可分两点：一是"诗情"通过"画意"俭省地得到表现，"清新"由此而生。因为将诗意寄寓形象，较繁琐语言等其它表现手段为简约省净[13]，属于表现上的"清新"。二是以象表意再进一步，臻于心与物游、我物两化的状态，所谓"其身与竹化，无穷出清新。"（苏轼《苏诗补注》卷二九《书晁补之所藏与可画竹三首》其一，第846页）我物两化带来的是一种心闲境清的"清新"。我物两化是"主客一体。此时不仅是竹拟人化了,人也拟竹化了,此即《庄子·齐物论》中的所谓'物化'。由此而所画的竹,即能得其性情。"(徐复观《中国艺术精神》,第276—277页)这里,竹的物性和人的性情,水乳浑然,自然无碍。就"竹"而言,是物化的性情,全然"我"化;就"我"而言,心间无额外增损的成分[14],全然"竹"化了,臻于"与造物者游"(《庄子·天下》)、泯灭主体和客体差别的"道"域——"无为"而至清的境界。这样,简约省净和心闲境清等组成了以象表意之"清新"的多重内涵。总之,多种内涵的"清新"和具备审美属性的"天工"构成了形成"清丽"格调的基本要件。

作为诗画兼善者,沈周"诗中有画"是当有之义,如言:"沈启南画入神品,而诗亦清真可咏"[15]。"清真"与"神品"[16]相对应,故取其"清新逼真"之义。"神品"与"清真"在审美上都可以作为"清丽"的代名词。沈周《题画六首》其二云:"碧水丹山映杖藜,夕阳犹在小桥西。微吟不道惊溪鸟,飞入乱云深处啼。"[17]四句皆写及景物,"碧水丹山"、"小桥""夕阳","杖藜"、"微吟",惊飞的"溪鸟"于乱云深处啼叫。色彩对比鲜明,动静相宜,自然开合,由山水逗引的"清逸之趣"[18]含蕴其中,一派清远幽深的境界。又《小景》中间四句云:"峰影分斜日,波容映落霞。无桥通市迹,有树隐人家。"[19]日暮黄昏,峰影霞波,隔离闹市,树隐人家。画面自然逼真,意境幽逸。

二 象简意足

诗画结合使题画诗(这里主要指款题诗)出现另一种情况:形象简略而意蕴丰赡,审美上呈现"清丽"格调的另一类型。在诗画结合条件下,形象简略除了源自节奏密紧、顺情率意的创作,则源自相对技术性一些的"操作"。这里仅就后者展开论述,前者留待下文讨论。画家或赏画者的题画诗创作,由于眼前或者心间已经有了创作需要的现成的形象资料,一般无须像一般诗歌创作那样"自给自足的经营,而只须省力省时地'借'成品或半成品,就能够获得创造意境时所带来的感受……尤其是宋代以后的画家,在构思时,绘画和诗歌常常是作为表现的整体一并考虑的。这时,诗画这种互补意识更为自觉"[20],诗画之间资源共享的情况也益加普遍。这里,因为绘画的存在,诗人"象简"的动机是免于重复,积极地"偷工减料",而所表现的意蕴和审美内涵并未减少,反而由于诗画同体,还能"借助"绘画绝对地增加。简略形象承载了丰厚意趣,这种意趣具体有三个来源:第一,题画诗自身的意蕴。简略形象所表现的意蕴,相对值增大。依据多"大"篮子装多少东西的常理,所表现的意蕴没有减少,而"篮子"变"小"了,第二,绘画意蕴。在题画诗创作或者欣赏过程中,审美主体常常"借助"绘画意蕴,如意象、意境或笔墨形式[21]等所含蕴的意趣,参与创作或欣赏活动。这样,参与款题诗审美活动的意蕴,多出了诗歌自身意蕴之外的来自绘画的意蕴。款题诗意蕴的"绝对值"增加了;第三,再生意蕴。同样是在款题诗创作或者审美活动中,诗意"借助"绘画中的意象、意境等,与诗中自身意象、意境等含蕴的形象资料,组合成情景、理物融通的新境界。这样,诗意得到更为充分的"形象"化和"当场"化,而趋于更加充实和丰满。审美内涵也因此得到增益。需要说明的是,以上两种情况须基于这样的前提:款题形式或诗画同体,既然可以被画家视为带有标识、引发性语言的绘画新形态,同样亦可以被诗人视作带有"图示"的诗歌新形态。

沈周《卧游图册》(纸本水墨淡色,北京故宫博物院藏)第十四开《菜花图》画一棵开花秀苔的设色白菜。右侧自题诗云:"南畦多雨露,绿甲已抽新。切玉烂蒸去,自然便老人。"诗中涉及白菜者仅为颜色、质感和长势等虽富于特征、却失于零星与简括的形象要素。虽然如此,却构成了承载诗旨、脱落形似的意象。"自然便老人"是主旨之句,落实到"自然"二字,乍看随意带出,却深有内蕴。家常白菜,烂蒸熟透,便于老人食用,再平常不过的意思,但这只是表层。沈周画有多幅"白菜"图,另如收藏于台北故宫博物院的《蔬菜图》、《辛夷墨菜图》和《写意册·画白菜》等。沈周对白菜情有独钟,个中意趣也体味颇深,如《题菜》赞云:"天苗此徒,多取而吾廉不伤;士知此味,多食而我欲不荒。藏至真于淡薄,安贫贱于久长。后畦初雨,南园未霜。朝盘一筋,齿顿生香。先生饱矣,其乐洋洋。"[22] "南""畦"白菜,平素之物,多食不"荒"物欲,多取亦不"伤"廉德,是宜身、养性、娱情和体道的佳品,以简略的形象承载了丰厚的意蕴。

再如沈周《桃花书屋图轴》(纸本淡色,北京故宫博物院藏)[23],左上侧有其补题之诗:"桃花书屋我家宅,阿弟同居四十年。今日看花唯我在,一场春梦泪痕边。"诗后识语云:"图在继南亡前二年作。"诗和画创作不在同一时间。先期所作本与"阿弟"之亡无关,补题之诗却将绘画引向了对亲人的悲悼。画面内容也基本契合或者能够支撑题诗主旨。诗中只有"书屋"、"桃花"与"我"等概略形象,但是被意化了:兄弟同居多年的"桃花书屋",昔日共赏、牵涉诸多记忆的"桃花"和失去阿弟、孤居书屋、独对桃花的"我"。它们是一组基于概略形象而含蕴丰厚的意象,一同表现了物是人非、人生如梦的悲悼之情。形色概略的形象表现了复杂真挚的情思,承载了丰厚的意蕴。同时,诗中概略形象,通过"借助"与之共处的绘画的方式,又获取了"额外"的意蕴或趣味。在创作或欣赏的审美过程中,首先,"借助"绘画的构图、笔墨与设色等"有意味的形式"增加意味。例如,锐利的山峰、陡峭的山壁和圆缓的山坡,用墨和设色,以及施墨的浓淡等,它们有一个共同特征:异质同处,即锋厉、峭拔与圆缓,或者晦暗与明朗等因素并存,契合并强化了诗人阴阳两隔、冰炭于心的痛悼之情。其次,痛悼之情"借助"画中景物、场景或意境等,辅助题诗自有形象,形成情景交融的新境界。诗意因此得以充实丰满,而且因为表现深婉含蓄,审美内涵得到增加,等等。要之,诗中概略的形象承载了丰厚的意蕴:诗歌自身表现的复杂而真挚的感情和通过绘画获取的"额外"意蕴或趣味等。

"象简意足"之于"清丽",首先,形象简略提供一个"清"字。"清者,超凡绝俗之谓,非专于枯寂闲淡之谓也。"[24] 其中"枯"、"淡"是"清"的基本含义,简略或者概略是它的一个义项。其次,"象简"而"意足"具有审美属性,即"丽",这与黄庭坚所称书画之"韵"相类。以隐而不彰的平淡形式表现丰而不臃的意趣是"韵"的生成机制。黄庭坚说:"凡书画当观韵。往时李伯时为余作李广夺胡儿马,挟儿南驰,取胡儿弓,引满以拟追骑,观箭锋所直,发之,人马皆应弦也。伯时笑曰:'使俗子为之,当作中箭追骑矣。'"(黄庭坚《题摹燕郭尚父图》)[25] 将弓"引满以拟追骑"较之进一步"作中箭追骑",形象是简略的,承载的意蕴如李广善射,不仅没有减少,反而增加了意蕴如敌手人马应弦而倒、闻风丧胆等,这是形象之外的意蕴,"象外之意",表现收敛含蓄,有余味,"韵"由此而生。[26] 这种"'韵'不是某种具体的艺术风格,而是超越于风格之上的最高艺术境界。这个境界的特征不是形象之生动,而是余音之悠远"[27],是"美之极"、"尽其美"(范温《潜溪诗眼》,第372、373页)。诗画一律,同样,题画诗之由"象简"而"意足"在审美上也具有这种"美"即"丽"的属性。

三 语闲意多

"语闲意多"是题画诗"清丽"格调的第三种类型,主要指平淡自然的语言表现丰厚意趣的状态。这种状态主要源自顺情率意、不计工拙的节奏密紧的诗画结合创作。在以画意为触媒的感兴、意趣萦绕于胸、急于表现的情况下,对诸如形象真实性、技巧法度、辞句声律与结构布局等,题画者无暇予以深究。而且,也不必去过多时间刻意经营,因为款题之作素有"画媵"之称,"谓之媵者,作画而附以诗文,如送女而媵以娣侄也。"[28]画中款题主要起到一种服务绘画的工具性作用,自身价值相对被忽略。这样,"题画取办仓猝"(李日华《六砚斋二笔》卷四,《六研斋笔记 紫桃轩杂缀》,第162页)、"画中诗词题跋……无容刻意求工"(盛大士《溪山卧游录》卷二,第669页)与"行款诗歌,清奇洒落"(郑绩《梦幻居画学简明》卷一,第784页)等因此成为题画诗创作堪称标识性的评语。这种创作注重性情、意趣在形式中的灌注与呈现,凸显主体而淡化客体,表现在形式和内容上,则是平淡自然而意趣丰厚。梅尧臣的一则评论隐含了这样的理路:"顺物玩情为之诗,则平淡邃美"(梅尧臣《林和靖先生诗集序》)[29]随物顺情创作的结果是自然见沉深,平淡有趣味。这"是'浑朴中出苕秀'。……在创作中摆脱形似,追求神似的艺术胜境,用质朴平淡的语言表现深厚的思想感情"[30],即"象简意足"和"语闲意足"等。

沈周的题画诗创作于此亦颇具典型性,"象简意足"已作分析,这里仅就"语闲意足"予以论述。如言:

> 沈石田小帧,四时山水,仿北苑笔,在乌戌人家。题句亦甚豪迈。中原七子辈谈诗,谓启南本富诗才,而以题画取办仓猝,故遂入别调。此犹咎张旭纵酒、吴生涂鬼,致笔踪狼藉也。可笑。沈诗曰:"红满枝头绿满湖,水边人影夕阳孤。春波消雪三千顷,赊与溪翁作酒壶。"……"湖上新晴宿雨收,平头舫子贴天游。瘦樽容得三千斛,大醉去题黄鹤楼。"(李日华《六砚斋二笔》卷四,《六研斋笔记 紫桃轩杂缀》,第162页)

在李日华看来,沈周这类题画诗,不是缺点,反而是优点,近于张旭、吴道子笔迹"狼藉"的草书。例如,"张长史草书,颓然天放,略有点画处,而意态自足,号称神逸"(《苏轼文集》卷六九《书唐氏六家书后》,第2206页)其中评语大体上可以移评所列出的两首题画诗:颓然自适、豪迈奔放而意态自足。遣词用语明白如话、清畅洒落,可谓意足语明、自见本色。李日华《六砚斋笔记》卷二说得更明白:

> 沈启南才情洒落,见于所作画上题语,想其一时满志,气酣神纵,不自知其工也……又其赋《帘影》一诗云:"谁放春云下曲琼,一重薄隔万重情。珠光荡日花无语,疏影通风笑有声。外面令人倍惆怅,里边容眼自分明。知无缘分难轻入,敢与杨花燕子争。"情思骀宕,如少年不自持者。夷考公生平笃行,乃知是广平梅花耳。(《六研斋笔记 紫桃轩杂缀》,第37—38页)

其中"气酣神纵,不自知其工"是《帘影》的关键评语。这是一首题写梅花的作品,基本特征是语言平淡自然而情思起伏荡漾。全诗聚焦"帘影",反复描述帘外男子对帘中女子的情思:女子摘下玉钩放下帘子,垂落春云一般的秀发,一层薄帘隔断了男子万千情思;珠帘荡动,光芒耀日,梅花幽洁却无解人心意之语,"疏影"风透,似乎伴随着"暗香"的笑声;帘外人惆怅不已、芳思无限,帘内人面容眉目偏又分外清晰!于是一声感叹:薄影一重,无缘之人竟然山高水远,哪里还敢滋生与杨花燕子一争高下之想呢?!芳思与惆怅因此又增加了几倍!诗中写的是男子对初逢女子的恋情,不是"情窦初开",而是即兴的情思荡漾,如"万重情"、"倍惆怅"、"容眼自分明"、"难轻入"与"与杨花燕子争"等,使气纵神、任情率意。所谓"情思骀宕,如少年不自持者",洵为确评。同时,这又是一首不计工拙,直言表现的篇什。行文不是雅士式的含蓄表达,而是市民式的直接抒发,格调接近"显而畅"(吴伟业《北词广正谱序》)[31]的曲词。因此,绝少矜心经营的痕迹,遣词用语通俗如说白话,如"通风"、"外面"、"里边"、"缘分"与"争",等等,皆质直而平易,且文理自然,语势清畅洒落。一句话,题诗语言质直平易、清畅洒落,而又意象纷繁,情思荡漾,典型体现了语闲意多的特征。

"语闲意多"在审美上也呈现"清丽"格调。首先,"语闲"即语言之"清",主要有两种情况:一是性质上"表现为素净简淡……不雕不饰,本色天然"[32],有质直平易的特征;二是如气势、语势等方面表现为气酣神纵、自然洒落,所谓"潇洒者,清也"(范温《潜溪诗眼》,第372页)等,有清畅洒落的特征。其次,"语闲"而"意多"具有审美属性,即"丽"。"语闲意多"与"象简意足"一样,也存在"韵"的形成机制。如言:"有余意之谓韵……左丘明、司马迁、班固之书,意多而语简,行于平夷,不自矜衒,故韵自胜。"(范温《潜溪诗眼》,第373页)其中"语简"和"意多",形式和内容相反相成,是"韵"的生成机制。"语闲意多"与之同构,亦然。无论"语简"还是"语闲"都是平淡自然的语言。这样,"意多"而行文平淡自然,言外尚有余意,所谓"得之言表","韵"由此而生。诚如上文所引,"韵"余意袅袅,是极高的艺术境界,是"美"、极度的"美"。所以,"语闲意多"在审美上也对应"清丽"格调,与"象简意足"同属一种平淡自然的内在美,近于"外枯而中膏,似淡而实美"(《苏轼文集》卷六七《评韩柳诗》,第2110页)。当然,将这种特定关系中的丰厚意蕴视作"美"、"丽",并非始于苏轼。署名司空图的《二十四诗品》即将"淡者屡深"(《绮丽》)[33]作为"绮丽"的注脚。这种"'绮丽'之美在神不在貌"(祖保泉《二十四诗品校注译评》,第89页)。

综上,无论"诗中有画",还是"象简意足"、"语闲意多",审美上都呈现了"清丽"格调。这种含蕴丰厚的格调是基于诗画结合所形成的一种常见诗格,这是一个可以成立的看法。

余论:诗画结合的意义

诗画关系的日趋紧密,诗画结合创作方式逐渐成为影响北宋以降诗歌面貌的一个因素。诗画结合所形成的清韵丽质,提供了一个管窥这一时期诗歌的视角,某种程度上似乎可以成为凝结诗歌诸多因素的一个缩微标本。

首先,含蕴"诗情"和"画意"的清韵丽质有效承载并强化了宋诗范式雅俗融通、以俗为雅的诗学旨趣。宋代士人文化呈现一种平民化倾向,构成了雅文化和俗文化共处的格局。

因此,雅俗融通、以俗为雅也成为他们诗学的基本祈向。传统文化系统中基本定位为"雅"和"俗"的诗和画的结合,是体现这种诗学祈向的一种有效方式。

其次,清韵丽质凝结了唐音宋调兼备的诗歌特征。一者,"诗中有画"所呈现的近于主客浑然物我两化的状态,既是对宋诗范式如"以文为诗"形象化减弱的补救,又是对唐诗玲珑兴象情景交融一定程度的回归。二者,"象简意足"和"语闲意多"等格调,是中唐以降诗歌的一种基本走向,并成为宋诗的一个重要特征。如言:"认同并欣赏这种质朴无华又余味无穷的美,是在中唐以后,尤其是宋代"[34]。这种特征主要来自基于超越客体凸显主体的精神,而诗画结合却是达成这种精神的一种有效方式[35]。

注　释:

〔1〕 左东岭《明代诗歌研究的几个问题》,《文学遗产》2011年第3期,第134—137页。

〔2〕 "吴派"在绘画史上"有两个历史功绩:其一是把元人奠定的文人水墨山水风格推向一个更高的阶段;其二,是把元人企图改造宋代'院体'花鸟画的未竟之业予以进一步完成。……至此,才基本上完成了'文人画'一统天下的历史业绩。"(徐书城《中国绘画艺术史》,人民美术出版社2001年版,第174页)这种功绩主要体现在将诗书等文人因素进一步渗透到绘画尤其笔墨之中,使文人画趋于完备,历史性地成为绘画主流。文人画是诗画结合最为紧密的绘画种类,诗画关系也因此进入历史性一页。

〔3〕 "款识题画,始自苏、米,至元明人而备。"(方薰《山静居画论》,王伯敏、任道斌主编《画学集成》〔明—清〕,河北美术出版社2002年版,第561页)实际上是到"吴派"而完备。他们吸收发展了宋元以来几乎所有款题成果,到了几乎无画不题的地步,"题款之有无,成了雅俗的分水岭。"(徐建融《书画题款·题跋·钤印》,上海书店2000年版,第17页)尤其款题形式发展到了可称精粹的程度,即在元人基础上,款题的位置、占比、形式风格和内容,一并纳入绘画的整体构思,与画面的笔墨、主旨等构成相互映带、引发的关系。如言:"石田画最多题跋,写作俱佳……题画行款,须整整斜斜,疏疏密密,直(按:据其它文献,应为"真")书不可失之板滞,行草又不可过于诡怪,总在相山水之布置而安放之,不相触碍,而若相映带,此为行款之最佳者也。"(盛大士《溪山卧游录》卷二,《画学集成〔明—清〕》,第669页);"诗书画的有机结合,已成为'吴派'绘画的鲜明特色之一,也使作品更富文人画意韵。"(单国强《明代绘画史》,人民美术出版社2001年版,第62页)。至此,历史性地完成了诗画从精神、境界到形式的全方位融合。徐复观认为,诗情和画意、诗法和画法等融通,还只是精神、意境上的结合。形式上的结合乃至融通,才算是诗画结合的最终完成。(参见徐复观《中国艺术精神》,广西师范大学出版2007年版,第360—363页)后来的徐渭、董其昌乃至朱耷、石涛等踵事增华,而至于完善(参见徐建融《书画题款·题跋·钤印》,第20—21页)。

〔4〕 顾炳辑《顾氏画谱》,金城出版社2013年版,第164页。

〔5〕 李日华《六砚斋二笔》卷四,《六研斋笔记　紫桃轩杂缀》,凤凰出版社2010年版,第162页。

〔6〕 基于这种诗画"一律"的考虑,下文在揭示题画诗某些特征时,因论述便利等因素,会借助论述绘画的方式来达成。

〔7〕 戴进"浙派"所谓"古妙",当指如是"本色"特征:"创作比较自由,情感披露强烈。……笔墨更粗放,甚至流于粗犷,加强了力度;挥毫更迅疾,甚至横涂竖抹,富有运动感;风格简劲豪放,透出一股阳刚之气。"(单国强《明代绘画史》,第27页)与"吴派"相比,少了文人旨趣,呈现一种狠猛少文的特征。沈周"细笔"以谨细松秀见长,自然与戴进为远,而"粗沈"粗豪纵逸,则与戴进同显直抒胸臆的"本色",但多出了文人的清逸气息。

〔8〕 查慎行补注,王友胜校点《苏诗补注》卷二九,凤凰出版社2013年版,第849页。

〔9〕 孔凡礼点校《苏轼文集》卷七十,中华书局1986年版,第5册,第2212页。

〔10〕 刘国珺《苏轼文艺理论研究》,南开大学出版社1984年版,第131页。

〔11〕 "丽"是"一个包含着某种审美判断和审美意蕴"的概念,主要包括四类……"四是丽既可以表示天然的状态,也可以表示人为的装饰。"参见张方《中国诗学的基本观念》,东方出版社1999年版,第76页。

〔12〕 "新颖是'清'的另一层重要内涵,由清构成的复合概念最常见的就是'清新',这主要是就立意与艺术表现而言。不难理解,清意味着超脱凡俗,而俗的病根即在陈熟平凡,所以清从立意修辞上说首先必须戒绝陈熟,力求新异。"参见蒋寅《古典诗学中"清"的概念》,《中国社会科学》2000年1期,第146—157页。

〔13〕 蒋寅认为,"文辞简约"和"明晰省净"都属于表现上的"清"。参见蒋寅《古典诗学中"清"的概念》,第146—157页。

〔14〕 "物化""必须先有一个虚静之心,以作'非为主观的主体'。东坡在……诗中,正说出了这一点:'烦君纸上影,照我胸中山……君看古井水,万象自往还。'所以必须先有虚静如古井水之心,然后能身与竹化。"参见徐复观《中国艺术精神》,第277页。

〔15〕 徐𤊹著,沈文倬校注,陈心榕标点《笔精》卷四,福建人民出版社1997年版,第125页。

〔16〕 "气韵生动,出于天成,人莫窥其巧者,谓之神品。"(夏文彦著,肖世孟校注《图绘宝鉴》,山西教育出版社2017年版,第1页)所谓"神品",是经过一番人为工巧,刻画景物、物象,使之自然生动,不见雕镂痕迹,而近于上文所引"浑然天成,粲然日新"即"天工与清新"。

〔17〕 张修龄、韩星婴点校《沈周集》,上海古籍出版社2013年版,第869页。

〔18〕 郑振铎《插图本中国文学史》,中国社会科学出版社2009年版,第705页。

〔19〕 周积寅、史金城编著《中国历代题画诗选注》,西泠印社1985年版,第141页。

〔20〕 程日同《论明中叶吴中诗画同体的发展及影响》,《苏州大学学报》(哲学社会科学版)2006年第2期,第96—101页。

〔21〕 中国画的笔墨是"有意味的形式","画家用笔墨的浓淡,点线的交错,明暗虚实的互映,形体气势的开合,谱成一幅如音乐如舞蹈的图案。"参见宗白华《论中西画法的渊源与基础》,《美学散步》,上海人民出版社1981年版,第121页。

〔22〕 汤志波点校《沈周集》,浙江人民美术出版社2013年版,第346页。

〔23〕 翁方宁编著《沈周》,浙江摄影出版社2018年版,第15页。

〔24〕 胡应麟《诗薮》,上海古籍出版社1979年版,第185页。

〔25〕 刘琳等校点《黄庭坚全集》,四川大学出版社2001年版,第72页。

〔26〕 "韵""盖生于有余"。参范温《潜溪诗眼》,郭绍虞辑《宋诗话辑佚》,中华书局1980年版,第373页。

〔27〕 周裕锴《宋代诗学通论》,上海古籍出版社2007年,第296页。

〔28〕 纪昀总纂《四库全书总目提要》卷一一四《竹懒画滕一卷续画滕一卷》,河北人民出版社2000年版,第2937页。

〔29〕 王玉超校注《林逋诗全集》,崇文书局2018年版,第1页。

〔30〕 汪涌豪、骆玉明主编《中国诗学》,东方出版中心1999年版,第4卷,第340页。

〔31〕 吴钊等编《中国古代乐论选辑》,人民音乐出版社2011年版,第372页。

〔32〕 张海明《玄学价值论与诗学》,《北京师范大学学报(社会科学版)》1997年第2期,第74—81页。

〔33〕 祖保泉《二十四诗品校注译评》,安徽师范大学出版社2018年版,第86页。

〔34〕 何庄《论魏晋南北朝的文论之"清"——兼及陶渊明的品第》,《中国人民大学学报》2007年第2期,第120—126页。

〔35〕 诗画结合创作原本体现的就是超越客体凸显主体的"内省"精神,象简意足和语闲意足,自不待言,即便"诗中有画"也是文人精神凝结于形象客体使其趋于意化的形态。

〔作者简介〕 程日同,江苏连云港人。文学博士,菏泽学院人文与新闻传播学院副教授,主要从事明清诗歌与诗画关系研究。

《元代后期诗学研究》

(武君著,中国社会科学出版社2024年4月版)

元代诗学在中国诗学史中处于接引唐宋和引发明清的过渡阶段,这一"过渡"在"多元竞胜"的元代后期诗学中尤有突出表现。同时,如清人顾嗣立所云,"有元之文,其季弥盛",对元代后期诗学展开研究,无疑也可以找到最能代表元代诗学成就的内容。本书以元代后期诗文集及相关诗学著作为主要研究对象,结合文化史、学术史、精神史和心态史,从学术文化变迁与元代中后期诗学思想流变、时代精神偶像与元代后期诗学取法、文人心态与元代后期诗学思想的衍变三个方面考察元代后期诗学,重点考述了元代后期诗学如何从前代诗学演变而来,又以怎样的姿态和方式参与到后代诗学的建构当中去,从而揭示出元代后期诗学多元性、融通性、地域性、普及性的鲜明特点。此书对元后期相关诗学问题的具体研究,是在学界现有研究基础上的全新思考与再次探索,如上京纪行诗论研究、诗文总集编撰与诗学观念衍变、科举考试用书与诗学启蒙读物研究等均是目前学界未尝深涉的领域,关于元人对陶渊明、杜甫、李贺的诗学取法,馆阁文臣、铁雅诗派成员、赴难文人、遗民文人的心态与诗学观念,本书也提出了不少新的认识。本书的出版,不仅丰富和拓展了元代诗学研究,也为确立元代诗学在中国诗学史上的地位提供了有力的支撑。

论清代《饮中八仙歌》的效拟创作*

陈家愉

  杜甫的《饮中八仙歌》是千古传诵的名篇,在千家注杜的背景下,历来围绕它的创作时间、写作主旨、章法布局、"逃禅"释义等问题都有相当程度地探讨,这些研究也加速了《饮中八仙歌》的经典化进程。罗兰·巴特曾将文本划分为"可读的文本"与"可写的文本"[1],从这个意义上看《饮中八仙歌》无疑是具有一定开放性、蕴含着诸多意义可能性的"可写的文本"。尤其在明清时期,对《饮中八仙歌》接受释读日趋多元,除了此前的评点、书法、诗意画等形式,还集中涌现了与之相关的仿拟之作、戏曲等多元化的传播形式,读者作为意义的生产者也赋予了诗歌新的内涵。回归诗文创作本身,诸多模仿《饮中八仙歌》的作品丰富了以评点、注解、选本等为主体的传播与接受方式。文人们或仿效它的创作模式,吟咏其他文人群体;或单用《饮中八仙歌》的韵写作新的作品;或雅集分咏杜甫笔下的"饮中八仙"。这类作品既可以看成是一般文人雅集的文学日常,亦可以视作《饮中八仙歌》接受史上的重要事件,它标志着从宋元以来的评点式鉴赏到创作体式整体吸收的转变。本文主要探讨清代文人对《饮中八仙歌》效仿创作,分析在多元传播形式下,这种效拟作品所带来的意义增殖以及在经典建构中的作用,而厘清这一过程有助于了解清诗创作中通过制造事件来努力摆脱日常经验的特征。

一　效仿饮中八仙诗体

  习杜之风肇始于中晚唐,至江西诗派黄庭坚、陈师道等人宗法杜诗颇有影响。宋人化用杜诗的语典,模拟句法、对仗,效仿体式风格,乃至集杜等师杜之法多种多样。对《饮中八仙歌》体式风格的效仿即肇始于宋,而以明清为最,湛若水、王世贞、吴伟业等一流作家都参与其中,产生了一定的影响力。

  笔者所见最早的效拟作品是宋人唐庚的《会饮尉厅效八仙体》,记录了六个地方官员,"尉公不忝东州英,坐上拍满樽中盈。令尹学道眼目明,作佛肯后灵运成。户掾句法令人惊,登坛抗臂从我盟。法曹静如不能鸣,胸中自有百万兵。会稽少年富才情,墨竹中含楚辞声。泮宫老人驾虚名,赋诗饮酒畏后生。"[2]每人仅两句诗,简要说明了他们好饮、向佛、作诗、擅

本文收稿日期:2022 年 2 月 7 日

画等特点,自己最后登场,唐庚当时为凤州教授,故自称"泮宫老人"。相较杜诗而言人物形象比较扁平,所述及的性格爱好也与饮中八仙近似,不过这种宴饮雅集,效拟《饮中八仙歌》的情境与创作模式为后人所承继。林正大的词《括一丛花》即檃括了《饮中八仙歌》,"知章骑马似乘船,落井眼花圆。汝阳三斗朝天去,左丞相、鲸吸长川。潇洒宗之,皎如玉树,举盏望青天。长斋苏晋爱逃禅、李白富诗篇。三杯草圣传张旭,更焦遂、五斗惊筵。一笑相逢,衔杯乐圣,同是饮中仙。"[3] 该词对原诗删节改换,借古人的经典作品抒发一己之情,形成了"新作",其创新性固然有限,能成为被檃括的对象就已说明《饮中八仙歌》的经典价值。

到了明嘉靖十三年(1534),在严嵩家雅集时湛若水写下了《甲午正月初七日,于严介溪公所寓山池作瀛洲会,是日会者八公,分得七言长句体为八仙歌》[4],参加雅集的有严嵩、刘龙、费寀、穆孔晖等八人,取材于道教八仙,作者将八人分别比作道家仙人,诗体仍是"饮中八仙体"。此后王世贞《题蔡端明、苏端明、黄太史、米礼部、赵承旨墨迹后效少陵饮中八仙体》评论宋代几位著名书家。"君谟郢斫何太工,宛若老将藏其锋。即论草草无凡踪,秸生土木金焉蒙(书家谓蔡土偶蒙金)。眉山命态娇且丰,阿环玉肤双箸红。酒酣斜卷霓裳风,尔曹往往论纤浓,莫云墨猪猪亦龙(书家谓眉山墨猪)。豫章骨立儿作翁,跟跄独上峨眉峰。翘足下瞰中原空,不辞坠坼苍藤封。襄阳翩翩趡若风,锦衫危帽青骢骢,跳荡百战无衡锋。耳轮跃刃足蹑空,当时鼎立难为雄。笔冢处处腾秋虹,晋鬼夜哭悲途穷。吴兴指端天与工,墨池墨渖蟠胸中。翙如威凤翔岐丰,山阴之宗谁大宗,王孙隆准真乃公。"[5] 诗人以书家们字号或籍贯为先导,依次述及蔡襄、苏轼、黄庭坚、米芾、赵孟𫖯的书法特点,展示了宋四家和赵孟𫖯的精妙笔法与俊逸风姿,第一次将"饮中八仙"这一文人群体类比演化为书法家群体。

吴梅村的《画中九友歌》将饮中八仙的写法移向绘画领域,"华亭尚书天人流,墨花五色风云浮。至尊含笑黄金投,残膏剩馥鸡林求。(玄宰)太常妙迹兼银钩,乐郊拥卷高堂秋。真宰欲诉穷雕镂,解衣盘礴堪忘忧。(烟客)谁其匹者王廉州,神姿玉树三山头,摆落万象烟霞收。尊彝斑剥探商周,得意换却千金裘(玄照)。檀园著述夸前修,丹青馀事追营丘。平生书画置两舟,湖山胜处供淹留。(长蘅)阿龙北固持双矛,披图赤壁思曹刘。酒醉洒墨横江楼,蒜山月落空悠悠。(龙友)姑苏太守今僧繇,问事不省张两眸。振笔忽起风飕飕,连纸十丈神明遒。(尔唯)松圆诗老通清讴,墨庄自画归田游。一犁黄海鸣春鸠,长笛倒骑乌牸牛。(孟阳)花龛巨幅千峰稠,小景点出林塘幽。晚年笔力凌沧洲,幅巾鹤发轻王侯。(润甫)风流已矣吾瓜畴,一生迂僻为人尤,僮仆窃骂妻孥愁。瘦如黄鹄闲如鸥,烟驱墨染何曾休!(僧弥)"[6] 诗歌对明末清初的以松江画派为主的董其昌、王时敏、王鉴、李流芳、杨文骢、张学曾、程嘉燧、卞文瑜、邵弥等九名画家进行了赞颂。值得关注的是吴伟业并非与九人都有深交,而九友间的交往也是亲疏不同[7]。在吴梅村笔下,画家们的创作风貌、性格特点、生平轶事、著述庋藏都有触及,每个画家四五句的篇幅较《饮中八仙歌》更大,吴梅村对他们或仰慕、或赞叹、或惋惜,但都突出了他们出众的画艺。沈德潜评曰:"用《饮中八仙歌》格,而绝异其面目,所以可贵。"[8] 此言不虚,吴梅村用简练明快的语言铺展出了超逸峻拔的画家群像,同时也使得九友名声大噪,在画史上成为一个固定的群体,被后代画家所传颂。沈钦韩《画中九友记》对此亦有洞见,"太仓吴骏公作画中九友歌,以拟杜子美饮中八仙。之九人者,能事所极,物色裁鉴,葛觊风流,与子美所举八人后先悉相称。自有斯篇,而九人之楮墨不以穷达易观,不以显晦殊品,二百年来矗立而不可增损。诗人之藻饰艺事,綦重也如此……然则九人之画,吴之诗,蕲今人之重而信之,有必于不可必也,盖亦恃其有以自立存尔。"[9]九人之画各有成就,梅村之诗也塑造了他们的经典地位。

从杜甫的《饮中八仙歌》到吴伟业的《画中九友歌》,再到沈钦韩的《画中九友记》,包括之后又出现的一系列仿拟吴诗之作,如赵季梅《续画中九友歌》,吴大澂《画中七友歌》乃至民国叶恭绰《后画中九友歌》等,《画中九友歌》显示出极强的生产性。生产性批评发轫于马克思所提出的"艺术生产论"[10],经过一系列地扩展深化,由贝尔西进行了系统归结。"在生产文本知识中,批评积极地改造着文本中既定的东西。作为一种科学实践,批评不是一种认识过程而是生产意义的工作。批评不再是意识形态的同盟,不再寄生于既定的文学文本,而要建构自己的对象,并生产作品。其结果是作者失去了对文本的所有权威,'作者写作的作品不再是批评家阐释的那个作品'。"[11]在"生产性批评"中,批评家的实践具有相对自主的话语权力,作者的绝对权威地位正在被解构。读者与批评家都不再满足于对既有文本的意义还原,而是在阅读与批评实践中重新建构文本,进行创造性阐释,在生产出意义的同时也产生了新的作品,而一系列地阐释与再创作呈现出原作品高度的开放性与可塑性。《画中九友歌》以及后续相关作品的出现充分地显示了它极强的生产性,它们将不同时代的画家汇聚成群,既是文学上的接受与创新,也在画史上留下了浓墨重彩的一笔。而背后正是源于杜甫《饮中八仙歌》这一"可写的文本"所具有的生产性。陈文述在《诗中十一友》序中就向我们说明了这种模仿创作的生产过程,"余昔在京师,同人品余诗为紫凤,以丽生为白鹰。丽生至蜀,蓉裳又以箹云为香象渡河,以丽生为金翅擘海。诗人之才藻,犹羽族之文采,屈指同辈,正不乏人。因仿少陵《饮中八仙》、梅村《画中九友》作为此诗。本十二人,其一即丽生也。"[12]在这样的传播链条上,吴伟业、赵季梅、叶恭绰等人拥有了与杜甫同样的意义生产者的权力,而不局限于还原诗歌的原始意义。作品中提及画家得到重新定位,《饮中八仙歌》的文本阐释空间和批评建构作用得以显现。

《画中九友歌》及其衍生出来的系列作品只是清代效仿《饮中八仙歌》体式创作的一个侧面,更多的作家还是将这种体式用于文人群体[13]。这类作品的集中出现说明"饮中八仙"已经成为了一个后世文人追慕的文人群体与文化符号,衍生出多个地方创作群体、书画群体[14]。如果说诗意画更多地是对《饮中八仙歌》的诗意想象与填白,他们对《饮中八仙歌》的效作就是文人风雅的推崇与追慕。

二 用饮中八仙诗韵

在雅集的创作中,用原诗的韵一般而言只是与原作韵脚相符即可,而在清人笔下,用《饮中八仙歌》韵的创作情形多样,他们提升了难度,在赋诗过程中采用了和诗、二人联句、多人联句、倒韵等方式,这使得雅集中的作品成为了一种游戏、炫技式的写作。

清初文人陈仪就创作了一首和诗,从题目上看也缘于宴饮。《和图园侍御醉后八仙歌原韵》:"达人嗜酒饮得仙,高酣况貌蓬壶巅。云房炼气参化权,所饮几何醉欲眠。吕公踪迹酒人传,飞吟碧落苍梧连,青虬不动影颓然。张叟重觞忽忘天,白驴在笥失金鞭,支颐伸脚如乘船。鸢肩公子少且妍,金牌应抵酒家钱。彼姝飞梦落谁边,零陵墟市沧桑前。李公支离帝解悬,神游太华踏琼筵。吹箫谁子迸响泉,参差不倚踏歌篇。玉池荷叶方田田,淮南风物清和天。凌云绝唱邈欲仙,方知任真无所先。"[15] 这首诗所和的对象为两淮盐运使张应诏的《醉后八仙歌》,虽不是直接和杜,然其写法仍源于《饮中八仙歌》,传神地表现出他们这个文人圈中八仙的醉态,箫声踏歌,美酒琼筵。陈仪笔下八仙的特点部分模仿了杜诗,在荷叶田田与江淮风物的衬托下生发了些许新意,其任纵旷达之境令人神往。

晚清文人李星沅位高权重,历任多地巡抚、总督,并有文才,他将《饮中八仙歌》用倒韵纪宴饮集会。《芋香山馆夜坐,朋旧踵至,合沅得八人,倒用少陵饮中八仙韵纪之》:"今我不启三昧筵,日暮排闼声铿然,倦鹤踏月惊茶烟。次山拄颊山斋前,淡语入妙妙莫传。岳阳一揖梅花仙,虎师同坐吴江船。跂脚高唱夜不眠,薛门忽上宝剑篇。海筠习静参罍禅,鞭心直造关洛前。芝岘目短却且前,时以寸管窥情天,食桃戒李年复年。渭阳汪度世所贤,如海纳水无万川。辛阶选人如选钱,兴来唇齿流言泉,口吃欲堕蛟龙涎。问鸥胆壮能谈天,隔屋鸡唱迟归眠,大笑索我飞舠船。"[16] 芋香山馆是李星沅室名,这首作品概括点评了参与集会的文人,人物叙写也基本因袭了杜诗,像乘船、参禅、望天、口吃等言行简直是饮中八仙的翻版,其中自然有崇杜和附庸风雅的成分,在创新与真实感上存在着明显的短板。不过倒用原诗韵所体现的反现成性与规范性也提高写作难度的同时给人陌生化的体验。

方浚颐等人留下了颇具创新的联句。《宝米斋夜集用少陵饮中八仙歌韵联句》:"眉生夜夜趋归船(悔余),拥被孤吟长不眠(叔平)。谦斋之狂狂上天(子箴),醉挥奇字如蜗涎(谦斋),忽而脱帽看龙泉(悔)。叔平诗囊无一钱(叔),足迹游遍东西川(箴),寓言颇拟沉下贤(谦)。悔余生同髯苏年,长袖一麾花满天(叔),乐府突过张王前(箴)。次垣盾鼻磨军前(谦),归来坐证维摩禅(悔)。子箴箧富三千篇(叔),推敲不许宾朋眠(箴)。风波怕踏江头船(谦),陆行甘让琴高仙(悔)。介臣直节世所传(叔),曳裾不到朱门前(箴),空斋兀兀研松烟(谦)。竹林佳会非偶然(悔),明朝有酒还开筵(叔)。"[17] 这首作品是由何栻(悔余)、翁同龢(叔平)、方濬颐(子箴)、王尚辰(谦斋)四人完成的,既用了《饮中八仙歌》的韵也承袭了其体式,而诗歌的主角变成了他们自己——"饮中四仙",四人用互评的方式完成了联句。相比此前效仿饮中八仙诗体来写他人的模式,这种创作又有创新。诗中不乏点睛之笔,除了描述他们的个性特征和雅趣生活外,结尾"竹林佳会非偶然,明朝有酒还开筵"又将彼此间的友谊延续。只是他们留下来的作品以及其他材料传递给了我们丰富的信息,这首联句不可能再像《饮中八仙歌》那样成为这个文人群体的显著标记。但这不妨碍这首诗歌成为仿拟《饮中八仙歌》诸作中的创格。

宝廷是享誉晚清诗坛的八旗诗人,官至礼部侍郎。在其《偶斋诗草》里有许多拟杜诗,有的径直以《拟杜》为题。其他与《饮中八仙歌》有关的诗歌有两首。用《饮中八仙歌》韵作《与镜寰饮酒用饮中八仙歌韵》:"去年曾泛之江船,酒醉误倚江花眠。狂奴故态闻上天,满朝朱紫同垂涎,朝衫褫去归林泉。旅囊诗富难余钱,买山无福居辋川。种花最爱黄菊贤,群芳结束殿一年。力微骨傲思回天,欲使秋后如春前。客来同饮花枝前,醉后参破花中禅。诗心酒浸难成篇,主客掷杯相对眠。梦中四壁花如船,渊明鲁望容似仙。人生至求名传,名传仅在混沌前,劫火红尽灰无烟。及今劫远火未然,与君且开花间筵。"[18] 他在福建乡试正考官归京途中纳船女为妾,回京后上疏自劾罢官[19]。本诗写他辞官归隐后吟咏山水、结交寒士、酤酊操觚的生活。他与客同饮,淡泊名利,诗中展现出来的生活态度与饮中八仙是相似的,是一首抒发真情的佳篇。其次分析两人的联句《偶斋菊花盛开,镜寰来同饮,联句用杜少陵饮中八仙歌韵》:"花为四壁家如船,花香醺人倦欲眠。(竹)早寒已破新晴天,欲饮无酒空垂涎。(镜)良友赠酒甘如泉,(家有友人所赠十年旧酝。)与君共醉无需钱。(竹)兴来痛饮如吸川,沉醉不辨圣与贤。(镜)我非少壮君暮年,能诗不作真负天。(竹)一杯饮干菊花前,我欲作诗超后前。(镜)花酒有癖慵入禅,醉后咏花拼千篇。(竹)诗未吟就不敢眠,醉死那忍抛酒船。(镜)不死有术非独仙,渊明中寿万古传。(竹)十月早放梅花前,酒香花气如春烟。(镜)晚节自有惧未然,既醉岂若宾初筵。(竹)"[20]文镜寰是宝廷的挚友,二人饮酒、唱和甚多。主要内容和《与镜寰饮酒用饮中八仙歌韵》相近,饮酒和作诗是贯穿全篇的关键词,反映了他们沉醉痛饮,赋诗千篇的生活追求。诗歌跳出了用饮中八仙韵写人物群体的陈套,不再是李星沅、方濬颐那样的人物速写,而是互诉衷肠似的体验感悟,这在同类创作中拓展了表现主题。

清人用《饮中八仙歌》韵进行创作,是对杜诗的崇尚与模拟,他们在用韵与主题上进行了改良创新,既承传了《饮中八仙歌》的精髓,又不同程度地融入了自己的再创造,多人联句、互相品评等不同形式在《饮中八仙歌》的传播与接受上呈现出一道别样的风景。

三 分咏饮中八仙诸人

文人雅集赋诗是清代文人日常生活的一部分,嘉庆五年(1800)冬鲍之锺于雅堂斋召集众友宴饮,席间进行了分咏饮中八仙的活动,这和八仙身上的八斗之才、奇闻逸事、风流倜傥等特质是分不开的。另外,杜甫赋予八仙的篇幅有限,这给后世作家更多的发挥空间,他们用更加细腻的书写展示了鲜活多彩的八仙形象。这在《饮中八仙歌》的传播与接受史上是一次重要的文学事件,现存的作品帮助我们最大程度地还原了当时的情形。

鲍之锺是乾嘉时期的诗人,"字雅堂,号论山,江南丹徒人……户部少负隽才,文采秀逸,在都门与洪稚存、吴穀人、赵味辛唱酬契密。法梧门称为'诗龛四友'。"[21]可见其与当时诗人往来唱和频繁,雅堂斋这场雅集发生时间和参与人皆有迹可循,张问陶《船山诗草》中的《与鲍雅堂户部、吴穀人、汪静匳两庶子、法时帆侍讲、赵味辛舍人、谢香泉礼部、姚春木上舍分赋饮中八仙,得李适之》将参与的文人一一列出。而法式善《存素堂诗初集录存》同样收录了他这次雅集的诗歌《偕吴穀人、汪芴江、谢芗泉、赵味辛、张船山、姚春木于鲍雅堂斋中消寒,分赋饮中八仙,拈得汝阳王琎》,他的集子按年编次,依据前后作品可将此诗系于嘉庆五年初冬。汪学金《静匳诗稿》亦依时间排序,续稿卷二中《雅堂斋中分咏饮中八仙得崔宗之》前面两首诗题是《十月朔得博儿粤西榜发信即和其寄诗韵》,所以他们赋诗的时间在当年十月的初冬。笔者还找到了赵怀玉《销寒第二集鲍郎中席上分赋饮中八仙得苏晋》、吴锡麒《集亦有生斋分赋饮中八仙得李白》、谢振定《汪静匳斋中消寒分赋八仙得焦遂》,后两首诗与前面诸作在创作地点上的记述有出入,但参与者以及分赋的对象都与此次雅集相符,且他们的诗文集中都找不到其他同题材作品,故可大致推定为同一次雅集形成的作品。

兹先将搜集到的作品按《饮中八仙歌》描写人物的顺序列于下:

居高身益危,处热心独冷。迢迢花萼楼,大被承恩永。友朋结褚贺,山水爱箕颍。黄尘抗乌帽,古月抱秋影。香蚁浮樽迟,渴虹投涧猛。恨我非酒人,客中坐如瘿。犹得称顽仙,霓裳咏俄顷。(法式善《偕吴榖人、汪杏江、谢芗泉、赵味辛、张船山、姚春木于鲍雅堂斋中消寒,分赋饮中八仙拈得汝阳王琎》)[22]

左相好宾客,万钱撒如土。慷慨称避贤,胸有李林甫。功名老无愧,佳传亦楚楚。仰药彼一时,衔杯自千古。(张问陶《与鲍雅堂户部、吴榖人、汪静厓两庶子、法时帆侍讲、赵味辛舍人、谢香泉礼部、姚春木上舍分赋饮中八仙得李适之》)[23]

昔贤夸美少,今我憎丑老。不知醉乡中,相逢更谁好。醉乡虽云好,促促伤怀抱。风前玉树枝,秋霜忽枯槁。华龄未可留,暮齿焉能保?安得瑶池觞,令人长寿考。颜如碧桃花,一饮千春小。(汪学金《雅堂斋中分咏饮中八仙得崔宗之》)[24]

吾爱苏侍郎,好禅兼好酒。胡僧绣弥勒,宝之不释手。云同嗜米汁,他佛性则否。世皆目其狂,谓与伶籍偶。岂知树立处,卓然自不朽。蔚为名父子,家学有所受。高文代王言,说论矢臣口。典选赏必精,论交要在久。亲衰遽解职,天性比人厚。派开长公前,才继仲宣后。耽暂寄曲生,挹非仅墨友。庶几禅可逃,方觉酒无负。愿为君买丝,酹君一大斗。(赵怀玉《销寒第二集鲍郎中席上分赋饮中八仙得苏晋》)[25]

黄虬蔽日月,金马潜星辰。箴规寓乐府,谣诼生宫邻。眼看浮云翔,梦醒长安尘。亮非恩礼疏,所感骨相屯。馀生傍魑魅,独往骖麒麟。招来海东色,绿泻壶中春。深心岂沉湎,真气能弥纶。醉笔卓云汉,芙蓉吐嶙峋。锦袍被璀璨,岂许冯夷亲。浩歌归去来,青山吾故人。(吴锡麒《集亦有生斋分赋饮中八仙得李白》)[26]

古来以吃名,文章数扬马。期期与艾艾,忠谠兼风雅。说难固雄才,射虎真健者。岂其天下溪,一类吉人寡。焦公本拙寒,旷怀寄杯斝。初筵尚温恭,天真自陶写。浮白酒吻宽,顿嗓词源泻。从容吐玉屑,古今归一冶。融液去糟粕,陈言若土苴。胸涵一瓯春,麈尾不须把。醉乡有谈柄,仙籍天所假。何怪柴桑人,攒眉去莲社。(谢振定《汪静崖斋中消寒分赋八仙得焦遂》)[27]

以上六首诗歌已占八仙的大半,除了咏贺知章和张旭两篇暂阙。诸人之作长短不一,从内容上均可看成是对《饮中八仙歌》的笺证补充,诗人们化用了原诗的词句,又对吟咏对象的某些特征加以深化,在完成意义增殖的同时生产出了新的文本。法式善笔下的汝阳王身处高位却不以此自矜,嗜酒如命,喜欢招饮宾客,愿作顽仙,沉醉乐舞。作者不仅把原作中嗜酒这一点突出,还将他作为花奴乐手的一面展现出来。张问陶咏李适之的作品就稍显平淡,前四句基本是对杜甫原诗的重述,只是多点出了让李适之罢归的关键人物李林甫。后四句的着眼于塑造李适之正直坦荡的形象,而"衔杯自千古"一句亦直接取自"衔杯乐圣"。有关崔宗之的记载有限,大体不出高才貌美和纵酒两项,汪学金写崔宗之诗则颇有新意,把自己带入与崔宗之进行对举,崔宗之自然是玉树临风,诗酒年华,自己却是丑老枯槁,年华不再,最后用"一饮千春小"夸张地描写他的酒量。赵怀玉写苏晋内容充实,将他好酒、爱禅、才情、家学等多个面向予以揭示,最后用"愿为君买丝,酹君一大斗"归结,展现了自己对苏晋的崇敬。吴锡麒诗中的李白同原作一样,是八仙中最潇洒最有仙气的一个,豪放飘逸。开篇就是黄虬金马,日月星辰,境界阔大。接着写玄宗召李白度曲造乐府,自醉卧酒肆之事,沉湎醉乡又能

111

妙笔生花。整首诗营造出雄奇瑰丽的场面，"浩歌归去来，青山吾故人"正与开头相呼应。焦遂是一介布衣，史籍记载极简，谢振定和杜甫一样，抓住他酒后能改善口吃，能言善辩的特点进行放大书写。"初筵尚温恭，天真自陶写……胸涵一瓯春，麈尾不须把。"这数句将他酒前的温和安静到酒后口若悬河的转变刻画得淋漓尽致。翻检以上诸人的诗文集中不难发现，这次分咏饮中八仙的雅集只是他们日常雅集赋诗中的一次，而对于《饮中八仙歌》的生产性传播以及"饮中八仙"形象的文学塑造则是一次重要的事件，这也促成了同类活动的延续。从彭兆荪《汪耐山同守招集趣园分咏饮中八仙得焦遂》[28]可知汪学金的儿子汪彦国也召集过分咏饮中八仙的雅集，这很可能是受父辈们的影响。在汪彦国的《养泉斋诗集》中还能读到《和杜诸将》、《和杜秋兴》这样的作品，足见这个文人群体对杜甫的推崇。文人雅集是典型的文化环境事件，分咏作品的诞生本身也是事件[29]，在事件的叠加作用下，八仙的形象又得到进一步阐释，反过来又推动了《饮中八仙歌》本身的传播。

总之，鲍雅堂所召集的分赋饮中八仙雅集是文人们对杜甫及《饮中八仙歌》追慕的体现，八仙之中身份、阶层各不相同，但他们纵情畅饮，不问世事，无所拘束，真情流露。这些都激荡着后世作家的心灵，同时他们自己也成了赋诗风流的"饮中八仙"。在《饮中八仙歌》的传播与接受史上也是一次重要的事件，八仙经过异代文人的再创作又一次集体亮相，人物形象更加丰满。正是这种吟咏，文人们一起推进了《饮中八仙歌》的经典化进程，丰富了效拟杜诗的方式。从清诗创作的大背景上看，雅集分咏也是制造事件以消解创作日常化的变通手段[30]。

结语

效拟创作是后世作家对《饮中八仙歌》进行经典建构的一种方法，从宋至清，诗、文、词、赋众体皆备。像《画中九友歌》这样引发连续性文本传播事件的推动，使得《饮中八仙歌》和这样一种特定的人物品评模式成为后世作家模拟的对象，不断生发出新的意义，在多个艺术门类产生影响，自然建构起了它的经典地位。文人雅集分咏八仙或沿用原韵，《饮中八仙歌》能成为被效仿的对象和它本身所蕴含的经典要素不无关系。从文体来源上看它在汉代的谣谚的基础上借鉴了柏梁体重韵形式，又运用了歌行体使得全篇一气贯通[31]。就选取的题材上分析八仙的精神追求、轶事传说、记载阙失都给了文人们追摹与想象的空间，这种留白即是意义生成的空间。经典的形成既取决于作品本身这个起点，又与传播与接受中的种种文本与非文本事件息息相关，正是多重的合力共同锻造了我们今天所接受的伟大作品。

注　释：

　　＊　本文系国家社会科学基金重大项目"清代诗史典型事件的文献考辑与研究"（18ZDA255）阶段性成果。

　　〔1〕　可读的文本是指可以被阅读但不可以再写作的文本，是一种古典文本，作者传达的意义清晰简明，读者作为文本消费者只能被动接受作者传达的意义，无法进行文本再写作（意义生产）。可写的文本是指处于意义生成过程中的文本，是一种扩散的文本，具有意义开放生成的空间，读者作为文本生产者重新写

作、参与意义生产,从中可以感受到能指的诱惑与写作的快乐。详参罗兰·巴特著,怀宇译《罗兰·巴特随笔选·S/Z》,百花文艺出版社2005年版,第152—153页。

〔2〕 唐玲《唐庚诗集校注》,中华书局2016年版,第413页。

〔3〕 唐圭璋主编《全宋词》,中华书局1965年版,第2441页。

〔4〕 湛若水著,钟彩钧、游腾达点校《泉翁大全集》,"中央研究院"中国文哲研究所2017年版,第1328—1329页。

〔5〕 王世贞《弇州四部稿》,《文渊阁四库全书》1279册,台北商务印书馆1986年版,第256页。

〔6〕 吴伟业《吴梅村全集》,上海古籍出版社1990年版,第289—290页。

〔7〕 有关吴伟业同九友的交游以及九友间的交游详见毛益华《〈画中九友歌〉研究》的第二章《九友歌人物交游考》(山西师范大学硕士学位论文,2012)。

〔8〕 沈德潜《清诗别裁集》,上海古籍出版社1984年版,第23页。

〔9〕 沈钦韩《幼学堂诗文稿》,《清代诗文集汇编》504册,上海古籍出版社2010年版,第377页。

〔10〕 马克思《政治经济学批判(1857—1858年手稿)导言》,《马克思恩格斯文集》(第八卷),人民出版社2009年版,第34页。

〔11〕 贝尔西《批评的实践》,胡亚敏译,中国社会科学出版社1993年版,第170页。

〔12〕 陈文述《颐道堂诗选》,《清代诗文集汇编》514册,第474页。

〔13〕 此类作品还有尤侗《诗中二十四友歌》、塞尔赫《八艺咏效饮中八仙歌体》、吴翌凤《水村诗人歌效饮中八仙诗体》、康发祥《饮中八仙赋》、龙启瑞《蕙西舍人兄赋诸朋好诗,以一章见及,因仿其意,用工部饮中八仙歌体合赋一首,其人以在蕙西处曾共燕谈者为断,故视原作有损益焉》、丘炜萲《诗中八贤歌》等。

〔14〕 宋伯仁《梅花喜神谱序》:"余于花放之时……谛玩梅花之低昂俯仰,分合卷舒。其态度冷冷然清奇俊古,红尘事无一点相著,何异孤竹二子、商山四皓、竹溪六逸、饮中八仙、洛阳九老、瀛洲十八学士,放浪形骸之外,如不食烟火食人,可与《桃花赋》、《牡丹赋》所述形似,天壤不侔。"曾枣庄主编《宋代序跋全编》,齐鲁书社2015年版,第1524—1525页。

〔15〕 陈仪《陈学士文集》,《清代诗文集汇编》225册,第539—540页。

〔16〕 李星沅《李文恭公遗集》,《清代诗文集汇编》597册,第406页。

〔17〕 方濬颐《二知轩诗续钞》,《清代诗文集汇编》660册,第682—683页。

〔18〕〔20〕 宝廷著,聂世美校点《偶斋诗草》,上海古籍出版社2005年版,第526—527、787页。

〔19〕 李慈铭《越缦堂诗话》:"上谕:侍郎宝廷奏途中买妾,自请从重惩责等语。宝廷奉命典试,宜如何束身自爱,乃竟于归途买妾,任意妄为,殊出情理之外,宝廷著交部严加议处……癸酉典浙试归,买一船妓,吴人所谓花蒲鞵头船娘也。入都时,别有水程至潞河。及宝廷由京城以车亲迎之,则船人俱杳然矣。时传以为笑。今由钱唐江入闸,与江山船妓狎,归途遂娶之,鉴于前失,同行而北,道路指目。"蒋瑞藻编《越缦堂诗话 续杜工部诗话》,浙江古籍出版社2014年版,第80—82页。

〔21〕 张维屏《国朝诗人徵略》,中山大学出版社2004年版,第603页。

〔22〕 法式善《存素堂诗初集录存》,《清代诗文集汇编》435册,第87页。

〔23〕 张问陶《船山诗草》,中华书局2000年版,第441页。

〔24〕 汪学金《静厓诗稿》,《续修四库全书》1472册,上海古籍出版社2002年版,第314页。

〔25〕 赵怀玉《亦有生斋集》,《清代诗文集汇编》419册,第286页。

〔26〕 吴锡麒《有正味斋集》,《清代诗文集汇编》415册,第127页。

〔27〕 谢振定《知耻斋诗集》卷四,道光十年刻本。

〔28〕 彭兆荪《小谟觞馆诗文集》,《清代诗文集汇编》492册,第152页。

〔29〕 罗时进《基于典型事件的清代诗史建构》,《江海学刊》2020 年第 3 期,第 204—212 页。

〔30〕 有关制造"事件"以装点日常生活的论述可参看蒋寅《生活在别处——清诗的写作困境及其应对策略》中的第四部分(《文学评论》2020 年第 5 期,第 134—136 页)。

〔31〕 孙微《〈饮中八仙歌〉源于汉代考》,《杜甫研究学刊》2003 年第 4 期,第 55—57 页。

〔作者简介〕 陈家愉,1994 年生,苏州大学文学院古代文学专业博士研究生。主要研究方向为唐宋元明清诗文。

《台湾藏稀见明别集总目提要》

(李玉宝著,上海古籍出版社 2023 年版,417 页)

中国台湾地区是汉籍收藏的重镇,据有关书目可知其收藏纸本古籍有 100 万册,其中明别集 2000 余种,内中稀见明别集近 500 种。本书所谓"稀见",盖指存在于台湾的孤本、同一种大陆明别集或海外明别集的台湾不同版本及名人题跋本、稿钞本等。该书作者数次往返海峡两岸,对目验过的台湾所藏之 463 种稀见明别集做出了"提要"。该提要参照《四库全书总目》的著录体例,以加黑的题名、卷数为条目,在作者小传后,就别集的题名、卷数、版本、藏地、册数、板式、行款、藏书印、序跋情况、版本流变情况、内容收录情况、价值影响(该价值影响以摘录部分序跋内容或以该作家同期或后世主要文学批评家的评论为主),以及被现代丛书收录情况进行精要概述。在结构上仿《列朝诗集》《明诗综》的体例,将全书分为三部分:先宗室作家明别集,再一般文人作家之明别集,最后为方外作家之明别集。每一部分内的明别集又按照时间先后顺序排布。本书所著录的这 463 种稀见明别集(内种有近一半为孤本),为中国古代文学研究、地域文学研究及文学个案研究提供了较有价值的学术史料,为进一步全面系统地明人文集调查研究奠定下了较为坚实的基础。

"诗文岂妨于理学"：孙奇逢的文学观念与诗歌创作

康光磊

孙奇逢（1584—1675），河北容城人，清初迁居河南辉县苏门山下夏峰村，是《明史》、《清史》皆有传的理学大儒。他的著作卷帙浩繁，文学作品主要集中在十四卷本的《夏峰先生集》。孙奇逢并非纯粹的文学家，学界多关注其理学成就，对文学观念和诗文创作的探讨并不多。[1]事实上，孙奇逢的文学成就和影响不容忽视，且文学观念和诗歌创作深受其理学思想的影响。因此，将其文学观念和诗歌创作纳入理学视域进行观照尤为必要。

一 "文道合一"的文学观念

孙奇逢对于文学观念的表述散见于各种著述中，有着理学思想的明显烙印。具体而言，其文学观念主要表现在三个方面。

（一）有德必有言，文不离道

孙奇逢主张内圣外王，注重个人修养。在他看来，内在的道德为本，决定外在的气象：

> 古人有一分道德，自有一分气象，无庸表暴，自不容掩。封人一见夫子而知其为天之木铎，此固封人眼界非常，正见圣人过化存神之妙。不独大圣，黄叔度令人鄙吝尽消，鲁仲连、李太白令人不敢言名利事，皆气象有大过人者。彼不足起人敬而令人畏者，乃躬自菲薄，非人之咎也。[2]

孙奇逢是"人格又高尚、性情又诚挚、学问又平实……有肝胆、有气骨、有才略的人"，[3]他强调做人要有风骨，宁可狂狷也不要乡愿："圣门颜曾，真道德果达，真功名各有本色，不必搀和，此孔子所以恶乡愿而思狂狷也。"[4]他主张为人为文皆要正直敢言，"时严史禁，奇逢以著《甲申大难录》，几被逮"。[5]他的弟子魏裔介云："先生行而后言之者也。行之而后言，言太极，言定性，言朱、陆，言良知，何莫非忠孝廉节之缤纷馥郁者乎？披其遗书，而雍容气象如睹。有德者必有言也，非言也，德也。"[6]其中，"有德者必有言"是对孙奇逢学行的高度概括。孙奇逢文如其人，虽"未尝以理学自标榜"，而能令"吾党望风，蒲轮屡下"，"自登籍后守道且七十载，其出处大节卓然也。……其堂下穆穆，门内雍雍，修身齐家，所谓笃行君子，非与其一生身体而力行者已概见之。"（程启朱《理学宗传·跋后》）[7]

本文收稿日期：2023 年 10 月 10 日

孙奇逢文学观念的核心是主张文道合一：

> 陆象山曰："李白、杜甫、陶渊明皆有志于吾道。"愚谓诗亦道也，艺亦道也，无物不有，无时不然者也。渊明三君子有志于道，所以为千古诗人之冠，具眼者自不独以诗人目之。离道而云精于诗，精于文，小技耳。虽有可观，君子不贵也。[8]

可见，他认同陆九渊的观点，像李白、杜甫、陶渊明等一流文人"皆有志于道"，作家绝不能离道而言文，否则即使精于诗文，也不过是小技。他进一步说："诗与学原非二道也，陶彭泽、杜少陵虽诗人乎，而忠孝大节，随感而动，实学人也。"[9]他坚持文不离道的主张，《日谱》云："理无一处不在、无一时不在、无一物不在。书则随人意兴所至，随处、随时、随物而文生焉，要无不本诸理者。离理之文，何以为文？"[10]在他看来，为文之本在于理。他又说："莫把理学看的太板了，诗文岂遂妨于理学？若欲做诗人，做文人，终身亦不见有到家之日。若欲做学者，诗文寄兴，自不可少。"[11]其中，"诗文岂妨于理学"一说是对"诗文害道"说的反驳，亦是其兼容并包思想的反映。

在孙奇逢看来，文章立义应"本于经书"，以"六经""四书"为代表的儒家经典"阅古今而光彩如新，真天地古今之至文"，其中所蕴之道是永恒的：

> 大凡语言文字到极快意时，便有背道伤教之弊。左氏去先王之教不远，其所述诸贤议道、讲礼、宪典、陈法犹有懿德大雅之风，但多言明变，近谲近诬，衰世之文滥觞于兹矣……独六经、四子之言深淳浑灏，阅古今而光彩如新，真天地古今之至文也。立义不本于经书者，未有不流弊于异日者也。[12]

孙奇逢认为，只有载道之文才最有价值，道不存则文不兴，偏离经典便远离道，导致"道丧文敝"。

（二）自然流露，不假安排

孙奇逢主张为诗作文时感情要自然流露，不假安排，直抒心之所得，反对苦吟。他在《日谱·鹿伯顺先生文抄序》中说："时流露而为文章，乃真文章。流露而为事功，乃真事功。流露而为节义，乃真节义。到处迎刃，不假安排。"[13]如此，方能以真情见真文，以真文见真人。他在《刘文烈遗集序》中云：

> 予钦公之人，固不待读其文，今读公之文，当益钦其人。盖人与文未可歧视也。……天下事皆可伪袭于一时，而言之所发本乎志气，声容可假，而其精神不可假者尝存。今世之读先生之文者，亦第谓即先生之人而已矣。[14]

在他看来，文"本乎志气"，由文能见其真人，人亦因文而得以传世和不朽。

孙奇逢主张创作要情意真切，咏叹心中实感，抒发一己怀抱，"词人诗文"与"圣贤性命、英雄经济"一样，"皆其中怀之所不容已，必欲一发欲之以为快"。[15]但要做到韩愈、苏轼等文章大家那般矢口成章，"因物付物，非预先安排"，就要"道理通彻，胸中无凝滞"。[16]要做到"道理通彻"，便需要他一贯强调的学问和工夫："立朝风节，维世事功，触境诗文，无一不从学问中蕴积而出，宜乎精诚所注，揭天壤而不敝，经百世而常新耳！"[17]

孙奇逢认为，为诗为文要像做人一样正道直行。他在《日谱》中有言：

> 尝见为诗为文者,只因有意乎人之赞毁,遂避恶趋好,饰巧媚人,不能直抒心之所得,断未有鼓瑟于好竽之门者,做人不能硬竖脊梁,独存面目,亦只为顾惜赞毁,一有趋避,遂不觉流入乡愿路上去。[18]

文以明道,不能"避恶趋好,饰巧媚人",要"硬竖脊梁,独存面目",正如他所言,"放翁有云:'诗到无人爱处工'。学人不于人所不知处着力,只打点目前,供人玩好,此岂深造自得之士?命世豪杰,其所以安身立命者,断不向人口颊间袭取也。"[19]文如其人,由文可见人之品行,学问和诗文皆要在慎独中求自得。

孙奇逢主张为文决不蹈袭,所著之书"皆明前儒所未发"。[20]他说:"养气穷理之人,做事决不模糊,为文决不蹈袭。从古圣贤豪杰,行各造其极,文各极其妙,只是理明气畅。"[21]在他看来,诗文与学问都要"求自得",做到"理明气畅",才能发前人所未发。他在《复赵宽夫》中云:"学问之事只是要求自得,自得则居安资深,而左右逢源,才是集义。不能自得,纵无破绽,终是义袭。"[22]

(三)经世致用,知行合一

清初,"承明学极空疏之后,人心厌倦,相率返于沉实。"[23]孙奇逢作为清初实学思潮的先驱,尤为重视学术和诗文的经世致用,文集中亦多实用文体。在他看来:

> 理学、节义、事功、文章,总是一桩事,其人为理学之人,遇变自能殉节,当事自能建功,操笔自能成章,触而应,迫而起,安有所谓不相兼者?如不可相兼,必其人非真理学,则节义亦属气魄,事功未免杂霸,文章只成空谈耳。[24]

因此,他的文章坚持有为而作,从不无病呻吟:"学术不能平治,便非真学术;平治不本学术,亦非真平治,岂有外天德而能行王道者乎?此孔门所以为百世王之法、千圣之宗也。腐儒不解其大,而区区聚讼于字句之间,亦愚矣。"[25]"内行笃修,负经世之学"[26]的孙奇逢一贯主张作文非雕虫小技,要"主于实用",以日用为把柄,以自得为目的。他不注重字句雕琢,表达多"平实切理",[27]正如他在《寄崔玉阶》中所言"比量于字句之间,终无自得之趣,究竟成一义袭而取耳。"[28]

孙奇逢"专主躬行,不在词章训诂为学也",[29]并主张经世宰物:"理学人物之总途,以方正之人,遇事敢言,见危授命,而经世宰物,随地自见,此圣门之所贵于学,而其用甚大。若平居谈身心性命,一遇事便束手,此腐儒曲士之流耳!实足为理学之垢厉也。"[30]可见,孙奇逢极力批判"一遇事便束手"的腐儒曲士。

孙奇逢主张知行合一,学问要从躬行实践中体悟而来,"口里说一丈,不如身上行一尺",诗文也要"于自己身上体贴",才能切实不空疏,发前人所未发。为此,他的诗文取材多出自日常。正如门人汤斌在《理学宗传·序》所言:"返而求之人伦日用之间,实实省察克治,实实体验扩充,使此心浑然天理而返诸纯粹至善之初焉,则寂然不动,感而遂通,中和可以位育,而大本达道在我矣。"[31]写作者要通过时时省察和体验,将日常、创作和思考融为一体。

总之,孙奇逢的文学观念以"文道合一"为核心,其建构和表达受理学思想的深刻影响。他主张有德必有言,在身体力行中提高道德修养,不可离道而言文,文章立义须"本于经书",要作载道之文。他强调创作要自然流露,不假安排,直抒心之所得,情意真挚,决不蹈袭。同时,他倡导经世致用,忌空谈,主张知行合一,躬行实践,于人伦日用间体悟和创作。可以说,孙奇逢的理学思想一定程度上决定其文学观念,进而深刻影响文学创作,这在其诗作中表现尤为明显。

二 "随事寓怀"的诗歌创作

孙奇逢作为明末清初的理学大儒,虽"不以诗名",但仍取得较高成就。《晚晴簃诗汇》卷十一载:"当明之亡,年已六十有一。旧有《岁寒集》三十卷,诗文在焉,皆鼎革前作。后三十年编为续集,其前集触时讳语已颇删去。今所存诗二卷,皆随事寓怀,有闲澹自适之趣。"[32]可见,"随事寓怀"是其诗歌的基本特征。孙奇逢的诗作带有浓郁的理学色彩,体现诗人感性与理性的高度交融,亦透出个人的哲思、志向和心态,是其理学思想和文学观念的补充、延伸和反映。

(一)理学诗:理学思想入诗

"理学诗"即用诗的形式来表达理学思想,自理学于北宋形成后就一直存在,理学家多有理学诗存世,后世还有专门的理学诗选本,如元代金履祥的《濂洛风雅》、清初张伯行的同名选本等。孙奇逢作为理学大儒,自然少不了此类诗作。《春日偶书》云:"太极流行物物中,岂分南北与西东。于斯无碍复何碍,如是能通始得通。教自有分休强合,道原不异将谁同。闲来清理纷头绪,云水千层总一空。"[33]此诗便是其扫除门户、消弭聚讼、兼容并包理学思想的诗化表达。类似的如:"任教世事多翻覆,易简工夫只省心"(《止思》,524页)、"去妄先非静,存诚亦是痴"(《题卧榻》,466页)、"外王内圣此一身,安老怀少而信友"(《元日诵康节诗偶成贻汤潜庵》,444页)。就内容而言,可将其理学诗分为四类。

一是严辨儒释之诗。在孙奇逢理学思想中,"严儒释之辨"是重要内容,旨在反对阳儒阴释之学带来的空疏之风,这一思想也明确体现在诗中。《元日有述》云:"不谈仙术不谈禅,遇事只争一着先。地步放宽着脚稳,欲寻乐处但随缘。东风育物人不知,动地惊天未足奇。尼父功夫惟默识,至今底蕴未能窥。"(532页)其中透出对释道之学的拒斥和对圣人之学的推崇,类似的又如"之子逃禅客,惭予老蠹鱼。未能窥佛法,安敢厌儒书。静气观时变,澄心探古初。宣尼自有室,何用借人庐"(《禅客》,455页)。在家庭教育中,孙奇逢也常谈及此,《示子》云:"家学渊源二百年,不谈老氏不谈禅。为贫何似为农好,富贵苟求终祸缘。堪笑庸人虑目前,自驱陷阱冀安然。道人拈此作家诫,淡薄由来是祖传。"(528页)诗中提及避谈释道的家学和安贫淡泊的家风,并以此规约后人。

二是将阅读先儒著作的心得入诗。孙奇逢在读前贤书过程中,常以诗的形式思往圣之行、抒思慕之情、表个人立场。《读〈许鲁斋集〉》云:"公等二三辈,得君为之辅。伦理未全绝,此功非小补。不陈伐宋谋,天日昭肺腑。题墓有遗言,公意有所取。众以此诮公,未免儒而腐。道行与道尊,两义各千古。"(414页)诗中批判"腐儒",主张经世致用和正道直行。《读〈传习录〉》云:

其一:相沿疑义自孩童,回首从前误用功。直向性灵生觉照,花开流水俱春风。其二:花开流水俱春风,形色原来是化工。已尽克时独复礼,超超玄境许谁同?其三:超超

> 玄境许谁同？万圣千贤汇此中。了悟目前浑是道,尚须何处穷无穷？(505页)

《传习录》为王阳明的问答语录和论学书信集,"花开流水俱春风"、"录中字字辟鸿蒙"亦可见孙奇逢之学"宗旨出于姚江","万圣千贤汇此中"表达的是"殊途而同归,一致而百虑耳。流水之为物也,万派千溪,总归于海"、兼容并包、折衷圣学的思想。

三是为先儒立传和仿先儒之诗。孙奇逢的著作中,为人立传之作占有相当比重,代表作是《中州人物考》和《畿辅人物考》,《夏峰先生集》中也多有立传诗文。《刘静修》云:"文靖元大儒,处士召不至,非不事裕皇,易称高尚志。祖父生金、元,舍此身何寔？尊道与行道,情同事无异。希圣学已深,点、由置非位。俎豆盈孔庭,后来如薪积。"(425页)《读许鲁斋集》中亦有"道行与道尊"的表达,或为道问学和尊德性的另一表述。孙奇逢喜欢仿先儒之作,他仿周敦颐《爱莲说》作《西郊观莲》:

> 君子不可见,花中得其真。君看在污泥,挺挺不染尘。不以有人芳,不以无人鞷。幸不值风雨,坐悦清霁晨。我携长幼来,俨如对佳宾。亦思一举筋,病困复逡巡。恨不结一茅,眠食水之滨。托契在幽独,宁直看花人？(417页)

诗中将莲比作君子,品行高洁,遗世独立,不阿谀曲从,"君看在污泥,挺挺不染尘。不以有人芳,不以无人鞷",既表达对先贤的敬慕之情,又表明个人的品格追求。

四是哲学之诗。在孙奇逢的诗中,常见其哲思。他曾在诗中透出其学术渊源:"已入姚江室,行登洙泗堂。"(《病起述往示诸儿暨孙曾》,430页)强调学道要下真功夫:"丈夫堕地与天邻,堪叹穴中斗日新。默检此身仍处穴,何时透得此根因。耄年何事犹浮动,学道功夫总未真。一处未真浑是假,此中端的不由人。"(《自警》,528页)并以"一处未真浑是假"来自警。他对内在的道德修行格外重视:"耕田只耕心,心田能耐久。"(《魏士友》,425页)并一贯主张从日常所见中悟道:"月惟秋乃静,冬月静于秋。入夜风声寂,横窗竹影幽。心不受物累,动自与天游。所照谁能外,光凝无尽头。"(《冬月》,466页)从冬月的观察中引发生命的哲思,追求"心不受物累,动自与天游"的人生境界。此外,死亡是哲学和文学绕不开的话题,尤其在王朝更迭的特殊时期,死亡之思与死亡之诗亦见于遗民孙奇逢的笔下。《与友人论死口占四绝》云:

> 其一:今古讳言死,谁人无死期？舍生取义者,死是快心时。其二:吾党荆高地,从来伤勇多。迁流岁已久,烈气尽消磨。其三:投缳犹屡见,饮毒亦时闻。匹妇言激,鸿毛未有分。其四:王济恸伏柩,刘濂甘结带。庸庸子弟情,纲常千古赖。(493—494页)

明清鼎革之际,生死抉择往往关乎节义,诗中"舍生取义"、"鸿毛未有分"等集中反映了孙奇逢的生死观。

(二)田园诗:日常生活入诗

孙奇逢主张,为学要以日用伦常为把柄,为文亦是如此。因此,诗中多有日常所见所闻和所思所想,"随事寓怀",更有闲澹自适之趣。《睡起》云:"梦中别是一乾坤,着面时时带枕痕。起坐欲寻山上路,掩扉独步已黄昏。"(512页)诗如题所描,就事论事。《犬吠二首》云:"其一:一夜犬声恶,偏来入耳根。犹嫌声未甚,沸议满乾坤。其二:睹闻入夜寂,喧寂何由分。喧处不知喧,虽闻总不闻。"(501页)诗题"犬吠"为日常所闻,然诗中非就事论事,而是将其作为思想的引子,引出隐喻(沸议满乾坤)和哲思(喧寂何由分)。《长至》云:"日临长至雪霜深,倚榻围炉酒自斟。一代是非谁共语,百年感慨入孤吟。"(482页)此诗在日常生活描述后发出"一代是非谁共语,百年感慨入孤吟"之叹,可谓"寄慨遥深"(俞陛云《吟边小识》)。[34]《午睡二首》云:"其一:孤舟千里万里,一榻朝眠夕眠。总此岁时流转,人各率其自然。其二:园花自开自落,杯酒或圣或贤。涉世无庸着意,随时自有机缘。"(505页)题为"午睡",实为个人感悟,"率其自然、自开自落、无庸着意、自有机缘"之语映出诗人闲澹自适的心态。《春游二首》云:"其一:万里东风披晓阴,芒鞋竹杖称幽寻。问君春向何方觅?柳干梅梢色色深。其二:谩遣奚童扫雪开,天机烂熳觉春回。若非寒冱场中过,怎得和风次第来。"(507—508页)诗中"芒鞋竹杖"出自苏轼的"竹杖芒鞋轻胜马"(《定风波》),"若非寒冱场中过,怎得和风次第来"仿唐代黄檗禅师的"不经一番寒彻骨,怎得梅花扑鼻香"(《上堂开示颂》)。虽是借用和仿写,但与全诗浑融一体,亦为可取。

孙奇逢入清后即在苏门过着隐逸生活,这在诗中多有体现。《山居》云:"山中闻见少,村落辟鸿蒙。樵牧风犹古,琴樽道不穷。溪声环枕上,月色入怀中。夜半披衣坐,尘心顿若空。"(449页)在与世隔绝的环境里,诗人完全淡去尘心。《春闲》云:"四邻无一并,茅屋绝尘氛。霁色狎黄鸟,恬心坐白云。一区供学圃,半榻足论文。日夕看儿读,春光静里分。"(452页)这类诗多通过隐居环境和生活的描述,透出作者恬淡的隐逸心态。《兼山堂静坐》云:"山近云堪爱,秋清花正妍。一心无恶趣,万事有良缘。洗砚吟乘兴,拂床倦就眠。只将闲送老,何用学神仙。"(465页)在恬淡的心情中,山、云、花、鸟、春光、茅屋等无一物不可爱,情景融为一体,因而有"何用学神仙"之叹。又如《书感》云:

> 我来千余里,思见英雄人。胸中罗今古,万物待其新。人也而天游,钓渭与耕莘。不然隐君子,山水乐相邻。丘壑适吾意,皎洁不染尘。二者俱悠邈,斯道竟沉沦。乃知古人出,尧舜其君民。退处林泉下,坐使风俗淳。仁可覆天下,亦可善一身。此字不分明,痛痒总不亲。庸众是非泯,英雄好恶真。此是经纶手,千古无等伦。(416页)

其中,"山水乐相邻"、"丘壑适吾意,皎洁不染尘"映出隐居的自在自适,诗意自"二者俱悠邈,斯道竟沉沦"一转,感叹世道沉沦,并表明个人志向:"乃知古人出,尧舜其君民。退处林泉下,坐使风俗淳。仁可覆天下,亦可善一身",这正是儒家"穷则独善其身,达则兼济天下"的理想,亦是杜甫"致君尧舜上,再使风俗淳"思想的发挥,即有道之世则出,"尧舜其君民",无道之世则隐,"退处林泉下",可谓"发挥独善兼善之义,可觇其怀抱矣"(俞陛云《吟边小识》)。[35]孙奇逢面对鼎革动荡的乱世,"先后十一征,卒不起",[36]甘当遗民,但隐逸并不代表无为,"坐使风俗淳"的理想正是在其苏门讲学影响下得以实现。写隐逸心态和生活的诗句又如:"耳绝市嚣乏物累,门无俗驾与天游"(《立秋》,480页)、"僻性苦纷嚣,不惯入城市"(《董韫生胡存伯养仲过访》,413页)、"刊尽浮华留静气,闲看调鹤洗机心"(《题夏峰》,526页)。

孙奇逢在隐逸生活中常表现出淡泊名利的心态,如"夔、龙勋业他人事,烟月一竿钓蓼洲"(《山行》,478页)、"茅舍三间数亩田,溪云山月好相连。卧听儿子读《周易》,何必羊裘伴帝眠"(《村居》,518页)。《述怀》中亦透出其绝仕归隐的本因:

> 五月羊裘公,平揖抗天子。岂非济川材,所志乃如是。嗟彼欲富者,干进未有已。仕既道不行,只以自贻耻。我本抱瓮人,荣华淡如水。饥溺不关身,脱然何所累?静对懒蒲团,闲情寄图史。聊以藏吾拙,敢云掠世美。抚膺夜吟啸,清风片片起。(410页)

因"仕既道不行,只以自贻耻",诗人选择淡泊名利,安贫乐道:"蓬飘寄迹百楼城,随分无关去住情。但得酒筹消日月,自无心计问功名。途穷不改青山色,交尽犹闻黄鸟声。病骨岂随尘世转,从来水到自渠成。"(《寓百楼》,471页)诗人以"荣华淡如水,饥溺不关身"、"途穷不改青山色"之语表明其心志之坚,"从来水到自渠成"亦显示其顺乎自然的心态。

古今隐逸之人多奉陶渊明为祖,学陶仿陶自不待言。孙奇逢作为遗民,始终追随内心的理想,自觉选择隐逸生活,陶公之隐逸生活和高洁人格自然成为其学习和模仿的对象,这样的心态直接体现在《与友人谈五柳先生》中:"我最爱陶公,门前少五柳。东篱既无菊,性亦不嗜酒。独此贫相当,腰不折五斗。陶公如见我,应与同携手。养菊柳成行,不知能乐否?"(414页)作者虽不嗜酒,居处少柳无菊,正如《重阳漫题》之"篱菊既无兼乏酒,漫吟陶句两三行"(515页),但安贫乐道、不为五斗米而折腰的品行最似陶公,即"家贫学杜乏兼味,心素依陶余破纱"(475页),在品行之坚贞高洁上与陶公心意相通。

在具体诗作中,孙奇逢也仿陶公之意和言。他仿陶之《饮酒》诗作《暂移共城题壁》云:"人境喧车马,悠然独闭关。阴晴无日定,漂泊此生闲。高著局先得,奇情酒后删。古人谁可比,伯仲邵陶间。"(459页)其中"人境喧车马,悠然独闭关"之语仿迹明显。《所止二首》云:

> 其一:久淹苏山侧,遂尔罢远游。虽云筋力疲,缅邈乏良俦。渡江人且还,寄言卜一丘。我去欲何之?神鬼阴为留。夏峰多奇云,心远境自幽。其二:所止何所乐?躬耕远市尘。先师亦有言,忧道不忧贫。挺挺长松下,四时胥含春。皎皎孤明月,万物皆我邻。旷焉能自得,何必慕古人。(418页)

其中,"心远境自幽"之语仿迹明显,"躬耕远市尘"之隐与"忧道不忧贫"之志与陶公相通,面对"挺挺长松下,四时胥含春。皎皎孤明月,万物皆我邻"之境,更生发"旷焉能自得,何必慕古人"之感。他还仿陶之《责子》诗作《示诸子若孙》:

> 陶公五男儿,我复多一索。有能有不能,幸不至乖逆……日夕娱老翁,我心亦悦怿。澜孙亦抱子,家声日渐奕。我躬固多怼,祖庆有余积。陶公儿非痴,古人严为责。我之子若孙,亦岂皆主璧。莫知苗之硕,见寸而遗尺。(421页)

其中的描述更可见出诗人以陶公的生活作为参照。

作为遗民,孙奇逢常怀对亡国的伤痛之感和对故国的眷恋之情,这些情感亦多见于诗中:"何来漂泊十经秋,日暮随缘任去留。摇落襟期成蝶梦,萧条心事付渔舟。时贤漫洒新亭泪,病叟深怀故国忧。但得目前绝战伐,苏门长啸更何求。"(488页)诗人虽隐逸,仍"深怀故国忧",望早日"绝战伐"。这种真实的心绪亦见于"拜公畏说甲申事,恐触当年故国心"(《贺景瞻先生祠》,526页)。

综上,孙奇逢这些"随事寓怀"的诗中,既融汇理学思想,又充满生活气息;既有对先儒的学习和模仿,又有个人哲思的独特表达;既有"坐使风俗淳"的理想,又有"荣华淡如水"的心态;既有对亡国的伤痛之意,又有对故国的眷恋之情。《清诗纪事》评价云:"奇逢诗文,不事藻缋,而胎息深厚,情意真挚,似南宋人所作。"[37]孙奇逢以理学诗和田园诗为代表的诗歌创作带有明显的理学烙印,其理学修养对情感的熔铸造就了"胎息深厚、雍穆超逸"的诗歌特征。

余论

孙奇逢"早年志存经世,中年奔走国事,晚年著述课徒,隐居不出,以扫除门户、笃实躬行的学风,成为清初北学泰斗"[38]。其中,扫除门户、兼容并包是孙奇逢理学思想的突出特征,而"诗文岂妨于理学"的观点正是这一思想的具体体现,将批评矛头指向"诗文害道"的观念,主张文道合一、文不离道。

总体而言,孙奇逢的文学观念和诗歌创作深受其"主于实用"的理学思想影响。他坚持"文道合一"的文学观,主张有德必有言,自然流露,不假安排和经世致用。在所存不多的诗作中,展现了丰富的情感内容和人生思考,所呈现"胎息深厚、雍穆超逸"的诗歌特征亦可见其理学思想的烙印。加之他教育成就巨大:

> 夏峰以豪杰之士,进希圣贤,讲学不分门户,有涵盖之量。与同时梨洲、二曲两派同出阳明,气魄独大,北方学者,奉为泰山、北斗……承明季讲学之后,气象规模,最为广大。被其教者,出为名臣,处为醇儒,世以比唐初河汾之盛云。[39]

在诸多门人中,有不少诗人如汤斌、耿介、耿极、赵御众、申涵光、魏一鳌、贾尔霖等受其理学思想的教化和文学观念的影响,在这些弟子的践行和传播下,其理学思想、文学观念和诗歌创作对清初文坛尤其是中州文坛"雅正深醇"文风的形成产生广泛和深远影响。

注 释:

〔1〕 主要成果有:李春燕《求经世而言明道:理学视野下的孙奇逢诗文创作》,《河南科技学院学报》2016年第3期;黄治国《论孙奇逢诗作及其对清初中州诗歌的影响》,《河南科技大学学报(社会科学版)》2014年第1期。

〔2〕〔8〕〔12〕〔14〕〔19〕〔22〕〔24〕〔28〕〔33〕 孙奇逢著,朱茂汉点校《夏峰先生集》,中华书局2004年版,第594、542、584、134、565、78、548、82、487页。本文所引孙奇逢诗作皆出此本,为避繁琐,均随文标注页码。

〔3〕 梁启超《中国近三百年学术史》,中华书局2015年版,第42页。

〔4〕〔7〕〔29〕〔31〕 孙奇逢著,万红点校《理学宗传》,凤凰出版社2015年版,第474、536、17、12页。

〔5〕〔36〕 钱海岳《南明史》卷九十一《孙奇逢》,中华书局2016年版,第4355、4355页。

〔6〕〔20〕〔39〕 徐世昌等撰,沈芝盈、梁运华点校《清儒学案》,中华书局2008年版,第33、34、1—2页。

〔9〕 孙奇逢《孙征君先生日谱录存》,《续修四库全书》第559册,上海古籍出版社2002年版,第287页。

〔10〕〔13〕〔15〕〔16〕〔17〕〔18〕〔21〕〔25〕 张显清编《孙奇逢集》(下),中州古籍出版社2003年版,第945、294、811、966、769、540、969、1021页。

〔11〕 孙奇逢《孙征君先生日谱录存》,《续修四库全书》第558册,上海古籍出版社2002年版,第574页。
〔23〕 梁启超《清代学术概论》,中华书局2015年版,第20页。
〔26〕 赵尔巽等《清史稿》卷四百八十《孙奇逢》,中华书局1977年版,第13100页。
〔27〕 江藩撰,钟哲整理《国朝宋学渊源记》卷上《孙奇逢》,中华书局1983年版,第155页。
〔30〕 张显清编《孙奇逢集》(中),中州古籍出版社2003年版,第14页。
〔32〕 徐世昌撰,闻石点校《晚晴簃诗汇》卷十一《孙奇逢》,中华书局2018年版,第210页。
〔34〕〔35〕〔37〕 钱仲联《清诗纪事》明遗民卷《孙奇逢》,凤凰出版社2004年版,第4页。
〔38〕 陈祖武《中国学案史》,文津出版社1994年版,第87页。

〔作者简介〕 康光磊,男,1985年生,武汉大学文学院博士研究生,主要研究方向为明清文学史、思想史。

《李杜韩柳的文学世界》

(李芳民著,中华书局2022年7月版,623页)

李白、杜甫、韩愈与柳宗元,是中国文学史上具有崇高地位的经典作家,本书以专题研究的形式,对四位作家的个性品格、理想追求、人生遭际与文学创造,做了新的探索。全书分四个部分十八章。第一部分"谪仙的遭际与诗文",主要围绕李白的文化性格、政治追求、人生遭际、创作特点、现代意义等,展开讨论。第二部分"诗圣的理想与情怀",以杜甫的政治理想、家国情怀以及诗歌创作贡献为中心,展开论析。第三部分"文坛北斗韩昌黎",围绕韩愈的古义写作及义体新变、仕宦遭际与创作心理、经典文章与传道著述等问题,做了新的探索。第四部分"屈子遗魂柳河东",则主要就柳宗元的家世家风、贬谪文学世界的创造、经典文章的诠释、诗文创作的贡献等,做了新的阐发。本书以问题为中心,注重对作品的体贴、史事的发微与文化史的拓展,力求从不同角度观照研究对象,使所讨论的论题,在相关研究的基础上有所深化与突破。在研究方法上,既有传统方法的运用,也有对新方法与新理论的借鉴。此外,书末附录有四篇论文,分别就张九龄、岑参、李商隐、苏轼四位作家的生平或作品展开考证论析,或发掘幽赜,或阐发新义。

王士禛与宋诗书写

张 煜

作为康熙朝"神韵"诗派的倡导者与代表人物,王士禛(1634—1711)在明清诗学发展史上,总的来说是被认为属于宗唐派的。四库馆臣评价说:"士禛谈诗,大抵源出严羽,以神韵为宗……当康熙中,其声望奔走天下,凡刊刻诗集,无不称渔洋山人评点者,无不冠以渔洋山人序者。下至委巷小说,如《聊斋志异》之类,士禛偶批数语于行间,亦大书王阮亭先生鉴定一行,弁于卷首,刊诸梨枣以为荣。惟吴乔窃目为'清秀李于鳞'(见《谈龙录》),汪琬亦戒人勿效其喜用僻事新字。(见士禛自作《居易录》)而赵执信作《谈龙录》,排诋尤甚。平心而论,当我朝开国之初,人皆厌明代王、李之肤廓,锺、谭之纤仄,于是谈诗者竞尚宋、元。既而宋诗质直,流为有韵之语录;元诗缛艳,流为对句之小词。于是士禛等以清新俊逸之才,范水模山,批风抹月,倡天下以'不着一字,尽得风流'之说,天下遂翕然应之。然所称者盛唐,而古体惟宗王、孟,上及于谢朓而止,较以《十九首》之惊心动魄、一字千金,则有天工、人巧之分矣;近体多近钱、郎,上及乎李颀而止,律以杜甫之忠厚缠绵、沉郁顿挫,则有浮声切响之异矣。故国朝之有士禛,亦如宋有苏轼、元有虞集、明有高启,而尊之者必跻诸古人之上,激而反唇,异论遂渐生焉。此传其说者之过,非士禛之过也。"[1]渔洋诗学在他身前,如火如荼,如日中天,但也已经出现了一些不和谐的声音。到了乾隆朝,批评、质疑的声音就更多了。除了四库馆臣以外,其著者如袁枚在《仿元遗山论诗》其一云:"不相菲薄不相师,公道持论我最知。一代正宗才力薄,望溪文章阮亭诗。(王新城)"[2]到了晚清同光体的时代,宋诗派占据主流,渔洋诗学被提及得就更少了。过去几十年,随着人们对于清代诗学的研究逐渐深入,王士禛在古典诗学方面的成就与造诣,又再次得到了大家的重视与关注。诚如蒋寅所云:"王渔洋的意义和价值,的确还远没为学术界清楚地认识到,特别是他在中国古代诗学史上的集大成意义。"[3]本文试图以宋诗学为切入点,一改以往研究者更多注重王士禛在唐诗学方面的建树,来一觇一代诗坛盟主对于中国古典诗学的全面关照与学术贡献。这对于完整地理解王士禛的诗学体系与创作成就,应该是有益处的。

一 少年烟月扬州时期

渔洋诗学体大思深,头绪众多。从他本人的创作所体现出来的宋诗风貌,来看宋诗对他

本文收稿日期:2023 年 7 月 22 日

产生的影响,是最直接的。而这种影响,最主要当是由于他的交游与所处文化环境造成的。俞兆晟《渔洋诗话》序所引渔洋晚年对平生诗论的回顾是这样说的:

> 少年初筮仕时,惟务博综该洽,以求兼长。文章江左,烟月扬州,人海花场,比肩接迹。入吾室者,皆操唐音;韵胜于才,推为祭酒。然而空存昔梦,何堪涉想?中岁越三唐而事两宋,良由物情厌故,笔意喜生,耳目为之顿新,心思于焉避熟。明知长庆以后,已有滥觞;而淳熙以前,俱奉为正的。当其燕市逢人,征途揖客,争相提倡,远近翕然宗之。既而清利流为空疏,新灵寖以佶屈,顾瞻世道,怒焉心忧。于是以大音希声,药淫哇锢习,《唐贤三昧》之选,所谓乃造平淡时也,然而境亦从兹老矣。[4]

这也是通常把王士禛一生诗学分为三个阶段的做法。至于他提倡宋诗的时间,通常也都是定为离开扬州以后,在京期间。[5]但其实宋诗在他创作中的接受与表现,时间可能要更早。

苏轼七古的影响很早就出现在他的诗歌当中,如他晚年亲自手订的《渔洋精华录》,卷一就收了好几首这样的作品。[6]《和窟室画松歌》:"江南吴生昔为此,一一下笔皆龙形。昔者吴道子,画壁天宫寺,将军剑舞何蔚跂。兴酣笔落气磅礴,万夫动色嗟神异,吴生画松已百载,铁干霜皮终不改。南荣曝背亦吾侪,偃蹇龙鳞好相待。"[7]此诗作于顺治十三年(1656),省伯兄于东莱时。紧接其后的《蠡勺亭观海》,公乡人伊应鼎评曰:"首二句振起通篇之神。凡作七言诗,起笔便须有轩昂磊落之概,与五言古诗之当纡徐而来者不同也……读先生七古,当细玩其音节所在。所谓音节者,抑扬缓急而已。"[8]而《周文矩庄子说剑图》,其弟子惠栋补注引《国雅》评云:"历落奇姿,全从少陵出。若下笔全无主宰,安得名家?"又云:"直是一气贯下,雄快又似坡公。"金荣《笺注》则引先生《分甘余话》:"同年吴侍读默岩(国对)在仪真常书许彦周《诗话》老杜《丹青引》'一洗万古凡马空',坡公《观吴道子画壁诗》'笔所未到气已吞',惟二公之诗各可以当之。而举余少作《周文矩庄子说剑图诗》'使笔如剑剑气出'之句,以为唯余诗足以当之。"[9]结合渔洋晚年所选《古诗选》,他对杜、苏的推崇与学习,可以说是一以贯之的。[10]其后如《慈仁寺双松歌赠许天玉》、《洗象行》、《题赵澄仿王右丞群峰飞雪图》、《宣和御墨枇杷图歌》等,都是这种风格的延续。尤其如《洗象行》:"乍如昆明习斗战,万乘旌旗眼中见。又如列阵昆阳城,雷雨行天神鬼惊。奴子胡旋气逾壮,忽没中流狎巨浪。撇波一跃万人呼,幡然却出层霄上。"[11]写顺治十五年(1658)入京赴殿试,在京所见种种新奇瑰丽事物,已隐隐包含某种宋调。

顺治十七年(1660)赴扬州推官任,经过高邮。作《高邮雨泊》诗怀念秦观:"寒雨秦邮夜泊船,南湖新涨水连天。风流不见秦淮海,寂寞人间五百年。"[12]同年冬,至常州,登京口三山。《登金山二首》其一云:"振衣直上江天阁,怀古仍登海岳楼。三楚风涛杯底合,九江云物坐中收。石簰落照翻孤影,玉带山门访旧游。我醉吟诗最高顶,蛟龙惊起暮潮秋。"其二:"三山缥缈望如何,有客搴裳俯逝波。绝顶高秋盘鹳鹤,大江白日踏鼋鼍。泠泠钟梵云间出,历历帆樯槛外过。京口由来开府地,不堪东望尚干戈。"惠注引《九曜斋笔记》:"宋苏绅《题润州金山寺》诗云:'僧依玉鉴光中住,人踏金鳌背上行。'渔洋山人《登金山》诗云:'绝顶高秋盘鹳鹤,大江白日踏鼋鼍。'次句意本苏诗,一经炉锤,分外沉雄。"[13]有着明显的学苏、学宋的痕迹,末句忧心时事,当时郑成功、张煌言正在海上抗清。同时在丹徒还有《海岳庵拜苏米二公像》:"江月长如此,高人去不还。惟应余翰墨,终古照人间。"[14]表达了对于苏轼、米芾两位前辈的敬仰之情。而在无锡所作《第二泉和涪翁韵》,山谷原作为《谢黄从善司业寄惠山泉》,则可视为对宋代江西诗派代表人物黄庭坚的致敬之作。

即便是学杜之作,有的也带有宋意。如《真州城南作》:"真州城南天下稀,人家终日在清晖。长桥渔浦晚潮落,曲港丛祠水鹤飞。新月初黄映江出,远山一碧送船归。白沙洲上楼台静,好与提壶坐翠微。"惠补注引《国雅》评云:"似宋人学杜,脱尽空同习气。"[15]空同指明代李梦阳,前七子的领袖人物。这段时间所结交的朋友中,也多有宗尚宋诗者。如《叶讱庵自吴中寄予长歌兼示金山见忆之作奉答》,惠注引王原《哀三公词注》称叶:"诗宗苏、陆,文宗眉山。生平服膺王公士禛诗,汪公琬文。公实兼有两家之长。"[16]又有《江东》诗称引江东人才:"斑管题诗吴祭酒(梅村),红颜顾曲袁荆州(箨庵)。太常缣素云烟落(烟客),宗伯文章江汉流(牧斋)。"[17]盛赞吴伟业之诗篇、袁于令之乐府、王时敏之丹青、钱谦益之文藻。而在《蓉江寄牧斋先生》一诗中:"芙蓉江上雨廉纤,东望心知拂水岩。共识文章千古事,直教仙佛一身兼。夜闻寒雪推篷笠,春惜浓花侧帽檐。两到江南不相见,少微空向老人占。"[18]更是表达了对这位当时江南诗坛祭酒的崇敬之情。

《渔洋诗集》卷十二《岁暮怀人绝句三十二首》,让我们看到了王士禛早年的朋友圈,包括汪琬、施闰章、陈维崧等人。[19]而作于康熙二年(1663)的《戏仿元遗山论诗绝句三十二首》,则可以看作王士禛早年以诗歌形式对自己诗学观念的一次集中表述。《渔洋诗话》云:"余往如皋,马上成《论诗绝句》。从子净名启浣作注,人谓不减向秀之注《庄》。"[20]一方面,有学者将这一阶段称为神韵理论的第二阶段即扩展阶段,[21]另一方面其实其中也有不少关于宋代诗学的论述。如第五首:"杜家笺传太纷挐,虞赵诸贤尽守株。苦为《南华》求向郭,前唯山谷后钱卢。(牧斋有《读杜小笺》,德水有《读杜微言》)"认为在杜诗的传承与笺注方面,山谷、牧斋都值得大书一笔。[22]第六首盛赞宋遗民诗集《谷音》,认为其上承元结:"漫郎生及开元日,与世聱牙古性情。谁嗣《箧中》冰雪句?《谷音》一卷独铮铮。(《谷音》,杜清碧撰宋末遗民之作。)"[23]第十二首:"涪翁掉臂自清新,未许传衣蹑后尘。却笑儿孙媚初祖,强将配飨杜陵人。(山谷诗得未曾有,宋人强以拟杜,反来后世弹射,要皆非文节知己)"惠注引先生《选古诗凡例》:"山谷虽脱胎于杜,顾其天姿之高,笔力之雄,自辟门户,宋人作《江西宗派图》,极尊之,配食子美,要非山谷意也。"[24]都可以看出渔洋在宋诗中对于山谷诗情有独钟,认为他的诗歌有独造之处,并非完全学杜。另外论王安石则有第十三首:"诗人一字苦冥搜,论古应从象罔求。不是临川王介甫,谁知'暝色赴春愁'?(唐人《晚渡伊水》诗首句。或作'暝色起春愁',王云:'若作起,谁不能道也?')"[25]注目于荆公对于作诗炼字的重视。论欧阳修则有第十四首:"苦学昌黎未赏音,偶思螺蛤见公心。平生自负《庐山》作,才尽'禅房花木深'。(欧公欲仿常尉《破山寺作》一联而不能,东坡云:'公厌刍豢,反思螺蛤耶?')"[26]惠注引《选古诗凡例》:"宋承唐季衰陋之后,至欧阳文忠公始拔流俗,七言长句,高处欲追昌黎,自王介甫辈,皆不及也。"而依据翁方纲评语:"'苦学'一首,先生不喜欧公《庐山高》诗,此却有理。"则此处其实对欧诗是略有保留意见的。第十五首仍然是称赏山谷赏鉴之精:"林际春申语太颠,园林半树景幽偏。豫章孤诣谁能解?不是晓人休浪传(山谷谓'气蒸云梦泽,波撼岳阳城',不如'云中下蔡邑,林际春申君';'疏影横斜水清浅,暗香浮动月黄昏',不如'雪后园林才半树,水边篱落忽横枝'也。)"[27]伊评:

"孟浩然之'气蒸云梦泽,波撼岳阳城',人皆知其佳,而山谷以为不如僧诗之'云中下蔡邑,林际春申君',谓气概之雄浑,不如意象之超越也。林和靖之'疏影横斜水清浅,暗香浮动月黄昏',人皆知其佳,而山谷以为不如其'雪后园林才半树,水边篱落忽横枝',谓景致之清雅,不如风标之淡宕也……惟山谷之孤诣,始能知之,而非他人所能解也。孤诣者,冥心造玄之谓,如九方皋之相马,会心在牝牡骊黄之外,斯得之矣。"第十六首更是大放厥词:"《铁崖乐府》气淋漓,《渊颖》歌行格尽奇。耳食纷纷说开宝,几人眼见宋元诗?"[28]借杨维祯铁崖体,给予宋元诗以极高的评价。第二十一首:"接迹风人《明月篇》,何郎妙悟本从天。王杨卢骆当时体,莫逐刀圭误后贤。(何大复谓初唐《明月篇》诸作,得风人遗意,其源高于李、杜。)"[29]伊评:"唐初风气未开,故四子以此擅场,若执是以概七言古之正变,便是泥于刀圭之微,而不知复有金丹之妙药矣……盖先生论七古,以少陵为宗,而韩、苏继之。详见其所选《七言古体凡例》中。"

总的来说,这些诗歌中正面涉及苏轼、陆游的并不多,只能代表渔洋一部分的宋诗观,但基本与他此后中晚年的宋诗观是一致的。其后于高邮登文游台,旧传此乃苏轼与王巩、孙、秦诸公及李伯时同游,论文饮酒之处,诗中将苏轼与太白并称为谪仙人:"玻璃江上谪仙人,东来万里辞峨岷。熙宁元丰不得意,翩然戏弄淮南春。龙图学士(孙莘老)忤权要,祥符宰相余王孙(王定国)。黄楼一赋轶屈宋,无双国士推髯秦(少游)。四公相逢向淮海,酒酣耳热气益振。珠湖三十六陂泽,高台下瞰何嶙峋。锦绣诗篇照天地,与台光景长鲜新。"[30]康熙三年(1664)在高邮又作有《甓湖舟夜读渭南集偶题长句》:"少陵不作昌黎死,大峨仙人落儋耳。渭南老子来堂堂,郁律蛟龙蟠笔底。"[31]惠注引先生《论诗凡例》:"南渡气格下东都远甚,惟陆务观为大宗,七言逊杜、韩、苏、黄诸大家,正坐沉郁顿挫少耳,要非余人所及。"在扬州作《冶春绝句十二首》,同林(古度)茂之前辈、杜(濬)于皇、孙(枝蔚)豹人等修禊红桥。[32]惠注引据《居易录》,一时名士多有属和。陈维崧有诗云:"玉山筵上颓唐甚,意气公然笼罩人。"同时作有《陆放翁心太平庵砚歌为毕通州赋》:"绍兴淳熙一片石,流传异代谁使之。曾穷梁益掠吴楚(放翁《金崖砚铭》中语),吾曹想像空嗟咨。毕侯家近黉堂侧,草生书带纷葳蕤。《剑南》一卷不离手,兴来春日吟茅茨。"[33]

在金陵则作有《寻半山堂遗址》,即王安石故址:"舒王归卧后,卜筑蒋山边。骑驴衣扫塔,来往定林前。空山无旧业,欹涧但怀烟。太息元丰事,江城闻杜鹃。"[34]渔洋晚年对王安石政事多有批评,在这首诗中还看不出来。又有《答朱锡鬯过广陵见怀之作时谒曹侍郎于云中》,[35]惠注引先生《竹垞文类序》:"顺治戊子(1648),予在都下,见锡鬯岭外诗,嗟异之。康熙甲辰(1664),锡鬯过广陵,投予诗,适予客金陵,不及相见。"记载了渔洋与当时另一位重要诗人的交往之始。[36]康熙四年(1665)所作《焦山古鼎诗同西樵赋》是一首带有宋诗学问化倾向的五古,在渔洋集中属于偶然一见,灵光一瞥,大概他也有想展示一下自己学问与才力的时候。翁评:"此鼎以二王诗著名。'敦'字误读。竟似钟鼎文字之事,类赋矣。"[37]在如皋冒辟疆处作《上巳辟疆招同邵潜夫陈其年修禊水绘园八首》,可见当时之交游。翁评:"是坐间立就者,实有兴会而肌理不密。"[38]

二　中年《蜀道集》融铸唐宋

康熙六年(1667)王士禛三十四岁,在礼部。作七古《送同年袁秋水金事觐事毕归甘州》,惠注引《分甘余话》:"亡友叶文敏尝语余:'兄七言长句他人不能及,只是熟得《史记》、《汉书》耳。'又曹颂嘉祭酒常曰:'杜、李、韩、苏四家歌行,千古绝调,然语句时有利钝。先生长句,乃句句用意,无瑕可攻,拟之前人,殆无不及。'余曰:'惟句句作意,此其所以不及前人也。四公之诗,如万斛泉源,不择地而出,行乎其所不得不行,止乎其所不得不止。余诗如鉴湖一曲,若放翁、遗山已下,或庶几耳。'"[39]五古《述旧赠刘公勇吏部》,公勇是渔洋一生至交,全诗铺陈排比,娓娓叙来,颇多宋调。又有《朱锡鬯自代州至京奉柬》,惠注引竹垞《王礼部诗集序》:"今年秋,遇新城王先生于京师,与予论诗人流别,其旨悉合。"[40]而康熙七年(1668)所作《世祖章皇帝御画渡水牛戏以指上螺纹成之赐中官某臣从黄州通判臣宋荦得观恭赋一章》,伊评:"'记飞白'云者,盖以御画比仁宗飞白之书,而以此诗拟欧阳之记也。"[41]需要注意的是,清代统治者是满族人,王士禛以汉族文化为他们的文治武功歌功颂德,润色鸿业,客观上对于满汉的文化融合起到了积极的作用,这也是他后来能够在仕途上平步青云的根本原因。

《冬日读唐宋金元诸家诗偶有所感各题一绝于卷后凡七首》是进京后比较集中正面论述渔洋宋诗观的作品。其三云:"庆历文章宰相才,晚为孟博亦堪哀。淋漓大笔千年在,字字《华严》法界来。(子瞻)"[42]惠注引牧斋《初学集》记《读苏长公文》云:"然则子瞻之文,黄州已前得之于《庄》,黄州已后得之于释。吾所谓有得于《华严》者,信也。"其四云:"一代高名孰主宾,中天坡谷两嶙岣。瓣香只下涪翁拜,宗派江西第几人?(鲁直)"三四句当是取元好问《论诗三十首》"论诗宁下涪翁拜,未作江西社里人"之意,大意谓山谷与坡公是宋诗的两座高峰,但是自己与江西诗派到底是一种什么关系呢?此诗甚为微妙,渔洋诗学与山谷诗学其实大有渊源,就连《渔洋精华录》其实也是模仿《山谷精华录》。这种渊源主要表现在学杜、喜爱用典、审美趣味相似等方面。其五:"射虎山南雪打围,狂来醉墨染弓衣。函关渭水何曾到,头白东吴万里归。(务观)"可以认为,这三位诗人代表了渔洋最认可的三位宋代诗人。这种认识一直保持到了他的晚年。

此时作有《题施愚山卖船诗后》,反映民生疾苦。翁评:"先生五古如些种稍稍有数韵者,亦不自甘居宋、元以下也。盖真自位置在道州《舂陵行》之类欤?"[43]而《题张魏公墨迹后》是对北宋末、南宋初名臣张浚的一篇议论文字,诗虽简短,但多有贬意。《居易录》:"予昔于慈仁寺观张浚墨迹,极劣,因题一诗,跋其后云。"[44]诗云:"淮西白骨接符离,三十年中几丧师。太息长城君自坏,军中空卓曲端旗。"金评:"浚之声势足以訾慑一时,而千秋定论人有同心,多见于元、明人诗句……而王尤为诛心之论。渔洋后二句,惜之乎?笑之也。"

康熙十一年(1672)渔洋奉命典蜀试,沿途多有题咏,《蜀道集》是他诗歌创作的又一个高峰,甚至可以说是巅峰。如《观音碥》,写危崖峻壁,下临绝涧,惠注引《益州于役记》:"新城《蜀道集·题碥诗》,极尽奇幻之趣。"[45]又如《七盘岭》,都具有镕铸唐宋的风格,非单纯学唐者可比。巴蜀褒斜谷中,回忆旧游,则有《年来钱牧斋吴梅村周栎园诸先生邹訏士陈伯玑方尔止董文友诸同人相继徂谢栈道感怀怆然有赋》。蜀文化向来有异于中原文化,自古大文人如司马相如、陈子昂、李白、杜甫、苏轼、陆游不是出自巴蜀,就是多有入蜀经历。王士禛对此有着充分的自觉,立即加入了这场跨越朝代的文学竞赛。《雨度五丁峡》,写各种奇异见闻风俗:"徼外番王国,荒荒巨峡侵。龙居三洞秘,熊馆四时阴。笮马何年度,金牛此路深。五丁虚斧凿,愁绝畏登临。"[46]当然,更多还是学杜之作。如《虎跳驿》:"路逗苍溪县,荒凉破驿存。漉金稀见艇,畏虎早关门。水合南江壮,山连大剑昏。巴西兵马后,多少未招魂。"伊评:"此诗悲壮沉郁,得老杜之神。"[47]看来那些认为王士禛不喜杜甫的论调都并不客观,只是王士禛的学杜,有他自己的方式而已,与山谷之学杜有异曲同工之妙。

又如《天柱山》写登临之艰难:"陟岭如累棋,下谷如入瓮。心俯居益高,足缩目先送。敢嗟鸟兽群,稍喜徒旅众。我有大羽箭,丽龟辄命中。於菟昂其首,饮羽乃不动。"伊评:"'我有'四句,写怪石景象,运用李广射石事,眼前烂熟典故,说来新警异常,此所以为大家也。"[48]《眉州谒三苏公祠(祠即故宅,今为眉山书院)》七古:"长公遗像龙眠笔,《马券》剥落涪翁书。(祠有石,刻龙眠画东坡像,颍滨赞。又坡书《玉鼻骍券》,山谷有跋。)……眉州玻璃天马驹,(陆务观诗句。玻璃春,眉州酒名。)酹公三醨公归乎?"[49]表达了对于几位宋代先贤的崇敬之情。又《凌云杂咏五首》其五《洗墨池(东坡)》:"初日石梁上,犹传洗墨池。故山归未得,空和渊明诗。"[50]《叙州流杯池泸州使君岩皆山谷先生旧游都不及访怅然赋此》云:"平生一瓣香,敢为涪翁惜。"[51]翁评:"渔洋先生、山谷绝不同调,而能知山谷之妙,此所谓:'满院木樨香,吾无隐乎尔。'山谷诗境质实,渔洋则空中之味也。然同时朱竹垞学最博,全以博学入诗,宜其爱山谷矣。乃竹垞最不嗜山谷,而渔洋反最嗜之,其故何也?"又有《早登涪州北岩访伊川先生注易洞憩碧云亭(岩有山谷题'钩深堂'三大字)》,末句云:"蜀洛清流尽,千秋忌独醒。"[52]

又有《巴东秋风亭谒寇莱公祠二首》。归途又作有《登虾蟆碚》,金注引先生《蜀道驿程记》:"虾蟆形尤肖似,放翁谓其'头鼻吻颔绝类,而脊背疱处尤逼真。'……此水水品列在第四,山谷《记》云:'泉味亦不极甘,冷熨人齿。'惜自蜀来,无佳茗试发之耳。"[53]诗云:"永叔涪翁诗不灭,谁为好事重锤錾。名山蒙顶压顾渚(蒙山茶出蜀名山县),春芽开裹劳烹煎。(山谷诗:'巴人漫说虾蟆碚,试裹春芽来就煎。')"《欲访三游洞不果》,金注引先生《蜀道驿程记》:"山谷入黔,放翁入蜀,皆作《记》。二苏公常侍老泉游此,亦各有诗。"[54]应该如何评价这些入蜀诗的艺术风格呢?好友施闰章在《渔洋续诗集》的序言中是这么说的:

> 新城王阮亭先生论诗,于其乡不尸祝于鳞,于唐人亦不蹴袭子美……客或有谓其祧唐而祖宋者,予曰不然。阮亭盖疾夫肤附唐人者了无生气,故间有取于子瞻,而其所为《蜀道》诸诗,非宋调也。诗有仙气者,太白而下,唯子瞻有之,其体制正不相袭。学五经、《左》、《国》、秦汉者,始能为唐宋八家;学《三百篇》、汉魏八代者,始能为三唐;学三唐而能自竖立者,始可读宋、元,未易为据墟扣见者道也。[55]

需要注意的是,这篇序言作于《怀人诗》二十年之后,那时王士禛的诗歌观,随着地位的转变,政治的需要,康熙帝的提倡唐诗,已经越来越偏向唐诗。施序既为我们提供了一种解读的视角,客观上也等于承认王士禛有一部分诗歌其实是融会了宋诗的精华的。

三　晚岁返唐宋调犹存

康熙十四年(1675)，作《用东坡清虚堂韵送黄无庵送黄无庵佥事归甘肃兼寄许天玉(二君俱闽人。黄精禅理)》、《同李湘北陈子端二学士叶子吉侍读登慈仁寺阁再用清虚堂韵》。[56]为徐夜所题《朱壁揭钵图歌》是关于鬼子母的，写得怪怪奇奇，虽然诗人在篇末点明是学杜，但是其实唐诗中的杜甫、韩愈、白居易甚至李商隐都是开宋调的，这首诗造语奇崛，奇字僻典，与一般的神韵派诗歌大不一样。今录全诗如下：

> 方寸水精钵，中有宁馨儿。崔巍青莲座，上有人天师。一人窈窕美且顾，回风髣髴捎云旗。作使群鬼无不为，神奸万亿连居胝。震电烨烨雷车驰，修罗刀鼻雨不訾。飞龙衔衔势蹲跽，前有饥蛟后肥遗。或骑朱虎骖文狸，猰貐駃䮤驳吾夔，蹄者角者毛彪彪，铜弩蹶张齐发机。彤弓玈矢射丽龟，鼖鼖伐鼓声振悲。师子之铠剑铍铍，悬橦度索上骑危。牙齿栈鬐肩隐颐，左担鸡足移须弥。威容广大调御姿，不闻不见坐若尸。天花青绀下葳蕤，山鬼邪揄不得施。授女五戒跪涕洟，岂悟前因羯肌夷。宾伽解脱母性慈，山河墨点无疮痍。顾陆不作作者谁，昆山朱壁能继之。绢素肝晕丹粉滴，神彩浮动穷毫厘。城北徐公虎头痴，三日不食坐茅茨。抱持此卷忘朝饥，大雪叩门索我诗。开卷一引千留犁，呵冰炙砚为此词，十指皲瘃两肘胝。杜陵老叟不可追，金粟神妙徒嗟咨。[57]

与宗宋诗人的唱和，这段时间还有《和吴孟举种菜》。吴之振康熙十年(1671)曾携与吕留良所编《宋诗钞》入京，分赠诸公，一时为之纸贵。[58]

又有《脚痛》诗："去年牙齿豁，一痛连鼲车。今年腰脚痛，登降须人扶。吾年才四十，早衰信有诸。忆昔登金焦，南游穷具区。腾越如飞猱，神居驾空虚。西行极岷峨，奇观凌清都。两脚轻屧颜，筇杖非吾须。十载一弹指，肉缓筋亦驽。况复苦蹠戾，举步多崎岖。始悟咸其腓，初九利安居。既不策捷足，安用悲泥涂。谁能相比附，如彼蟸与驉。"[59]类似的这种记日常琐事的题材，在韩愈、梅尧臣集中多能见之，渔洋也偶一为之。在《题昌黎诗后》，渔洋表达了自己对这位中唐诗人一生事功的敬仰。康熙十八年(1679)所作《颜修来吏部寄孔庙碑十二种》也有宋诗学问化的倾向，不过翁评认为考订欠精细。[60]

《同愚山侍讲弘衍庵看海棠柬梅耦长四首》其四云："莫为丛残自怜惜，梅家诗体擅江东。"这里梅家诗体同时也是指梅尧臣。[61]康熙二十年(1681)《十一月十八日纪事》，纪平定云南事，五古亦颇具杜、韩风格。《多父敦(亦戴氏物)》考订名物，与其后钱载、翁方纲及宋诗派，颇有相似之处，可谓导夫先路。写浯溪《摩崖碑》："二十四郡少义士，平原太守独誓师。平生不识颜真卿，乃能一木支倾危。"结句"宜有雄词继前代，磨崖垂刻浯溪湄"，翁评："山谷诗云：'安知忠臣痛至骨，世上但赏琼琚词。'此'琼琚词'三字，掷笔一笑，粉碎虚空。"[62]《元祐党人碑》七古，开篇："天津桥上啼杜鹃，耕父已见清泠渊"，翁评："起笔飘然而来，真天仙化人焉。"[63]《题徐骑省集后二首》，其一云："江左黄星事又新，萧萧白发入咸秦。茂陵玉碗通天表，未信初明是恨人。"[64]是对于五代末年宋初徐铉出处的评论。又《顾茂伦吴汉槎撰绝句诗国朝止三家乃以拙作参牧翁钝翁之间戏寄二首并示钝老》其一："少日词场偶唊名，重教刻画太痴生。他年传唱蛮中去,几许弓衣织得成。"[65]则是有感于时人将自己诗置于钱谦益与汪琬之间。

康熙二十三年(1684)作《彭门怀古八首》,其五云:"黄叶西陂七字诗,后山诗派石林知",用叶梦得《石林诗话》所记陈无己事。[66]其八云:"风雨彭城意黯然,东堂松竹没寒烟。颍滨老去东坡死,铜狄摩挲五百年。(感怀西樵、东亭两兄。曩在广陵官阁,西樵有诗云:'牢落彭城意,经时涕泗零。今宵鹤柴雨,犹喜对床听。')"康熙二十四年(1685)作《入庐山口号四绝句》其一云:"翠竹青松里,横峰侧岭间。坡公曾有语,真个到庐山。"伊评:"自古迄今,身到庐山者何限,而可称为真到者,惟东坡、渔洋二先生而已。"[67]又《吉水道中望杨诚斋故居》,结句云:"仿佛南溪杨监宅,苍苔白石绕岩扉"。惠注引罗大经《鹤林玉露》:"杨诚斋自秘书监将漕江东,年未七十,退休南溪之上。老屋一区,仅庇风雨,长须赤脚,才三四人。徐灵晖赠诗云:'清得门如水,贫惟带有金。'"[68]

康熙二十四年(1685),渔洋以少詹事兼侍讲学士奉使祭告南海。所作英德《观音岩》五古,颇有宋调,末句云:"归舟意悄怳,绝景谁能追?"伊评:"末二句,已归舟,而犹不忘此绝景,妙极低徊之致,乃用东坡'清景一失后难摹'、'作诗火急追亡逋'意也。"[69]又有写庐山《三峡桥》:"五里闻瀑声,轰若车千两。溪回见飞梁,穿若虹百丈。众流会三峡,峡门扼其吭。建瓴沸惊湍,排空削层嶂。石激水斯怒,水横石逾壮。水石终古争,怪奇纷万状。日射金井潭,溅沫出桥上。日光散青红,雨丝乱飘飏。绝景遇两苏,何人继高唱?"惠注引苏子由《栖贤寺新修僧堂记》:"元丰三年,余过庐山,入栖贤谷。谷中多大石,岌嶪相倚。水行石间,其声如雷霆,又如千乘车行者,震悼不能自持,虽三峡之险不过也。故其桥曰三峡。"《东坡志林》:"读子由记,便如在堂中见水石阴森、草木胶轕。仆当为书之,刻石堂上,亦欲与庐山结缘,他日入山,不为生客也。"[70]《寄题三叠泉》:"坡公赋庐山,选胜仅取二。开先与三峡,双瀑谁轩轾?此游两经行,奇观偶然遂。遗恨三叠泉,扶筇未一至。"[71]康熙二十九年(1690)在京又作《米海岳研山歌为朱竹垞翰林赋(许文穆公故物,后归朱文恪公)》七古及《题小长芦图三首为竹垞作》。

康熙三十五年(1696),王士禛以经筵讲官、户部左侍郎祭告华山、江渎。沿途于介休县所作《祭文忠烈公祠》云:"精神如破贝州时,晚节犹能动四夷。天遣不同韩富没,姓名留冠《党人碑》。"[72]又于华州作《谒寇忠愍公祠》:"《柘枝》舞罢蜡成堆,千束吴绫夜宴开。不是魏三诗句好,谁知无地起楼台?"[73]都表达了对他们的敬仰之情。于凤翔作《再集东湖拜东坡先生祠》。归途于陕州题《魏野草堂》:"陕郊栖隐处,寥落对云山。无复花藏县,曾闻菊绕湾(二句用野诗)。偶欹纱帽出,时跨白驴还。尚忆汾阴祀,流风杳莫攀。"[74]即便是在始于乙亥(1695)终于甲申(1704)的《蚕尾续诗集》,仍能读到少量学宋的作品,如《石芥》:"肠饥不乞胡奴米,酒渴欣闻石介名。一啜冰壶胜姜桂,徂徕风味逼人清。(放翁诗:'昔人重唤阳城驿,我辈欣闻石介名。')"[75]

如果对王士禛的诗歌与宋诗的关系略作小结,可以发现:(一)他对宋诗的喜好并不是中年进京才开始的,早在去扬州以前,还没出山东,就已有一些学宋之作,以七古为主。(二)他的七古受到杜甫、韩愈尤其是苏轼的影响较大,山谷对他的影响其实也很大,如果把《蜀道

131

集》视作他的巅峰之作,其中一些七古、五古呈现出兼融唐宋的风格。(三)宋诗中容易出现的以学问为主、以文字为诗、注重日常审美等特点,在他的一些诗歌中也时有呈现。因为王士禛是康熙朝诗坛的正宗与盟主,所以其实他对历代诗歌都有所兼采,当然也包括宋诗。仅以学唐来概括王士禛的诗学与创作,肯定是不全面的。当然宋诗在他的诗集中,更多是时有呈现,他的主体风格仍然是以学唐为旨归的,这是我们要加以注意的。

注 释:

〔1〕 永瑢《四库全书总目》卷一七三"集部",中华书局 1995 年版,第 1522 页。

〔2〕 袁枚《小仓山房诗文集》,《小仓山房诗集》卷二十七,上海古籍出版社 2011 年版,第 688 页。

〔3〕〔58〕 蒋寅《王渔洋事迹征略》,中国社会科学出版社,2014 年,《自序》,第 185 页。

〔4〕 袁世硕主编《王士禛全集》(六)杂著,齐鲁书社 2007 年版,第 4749 页。

〔5〕 详参蒋寅《王渔洋与康熙诗坛》,第二章《王渔洋与清初宋诗风之消长》,凤凰出版社 2013 年版。

〔6〕 《渔洋精华录》为士禛亲定,而非全然委托门人编选。详参李毓芙、牟通、李茂肃整理的《〈渔洋精华录〉集释》下,"附录六:王贻上与林吉人手札","附录七:书札后各家题跋六则",及后记。上海古籍出版社 1999 年版。以下简称《集释》。

〔7〕〔8〕〔9〕〔11〕〔12〕〔13〕〔14〕 《集释》卷一,第 30—31、36、46、86、130、153—155、174—175 页。

〔10〕 王士禛选,闻人倓笺《古诗笺》,凡例部分,上海古籍出版社 1980 年版。

〔15〕〔16〕〔17〕〔18〕〔20〕〔22〕〔23〕〔24〕〔25〕〔26〕〔27〕〔28〕〔29〕〔30〕 《集释》卷二,第 246、272—273、296—297、310 页(关于钱谦益与王士禛之交往,详参蒋寅《王渔洋与康熙诗坛》,第一章《诗坛盟主之代兴——王渔洋与钱牧斋》,其中还讨论钱谦益的宋诗观对王士禛的影响。钱王二人极有可能从未谋面。由于钱谦益在当时的特殊投诚身份,王采取了比较谨慎的态度)、第 325—360 页(《渔洋诗集》卷十四作《戏仿元遗山论诗绝句三十六首》,第 369 页)、第 328 页(详可参张健《王士禛论诗绝句三十二首笺证》,文史哲出版社 1994 年版,第 63 页)、第 329—330、336、337、337—338、338—339、339、343—345、354—355 页。

〔19〕〔55〕 《王士禛全集》(一)诗文集,第 337—342 页(其三云:"阳羡书生清似鹤(陈其年维崧),如皋公子气如兰(冒辟疆襄父子)")、第 685—686 页。

〔21〕 王小舒《王士禛神韵说的三部曲》,《南开学报》2004 年第 4 期。

〔31〕〔32〕〔33〕〔34〕〔35〕〔37〕〔38〕 《集释》卷三,第 379—380、386—392 页(《渔洋诗集》卷十五作二十首)、第 392—397、416—417、424、469—476、478—486 页。

〔36〕 关于朱彝尊的诗风是否偏宋,或者晚年偏宋,颇多争议,详参张仲谋《清代文化与浙派诗》,第 34—41 页,"被误作浙派创始人的朱彝尊"。张支持钱锺书观点,不同意朱后期诗风入北宋的观点。东方出版社,1997 年版。

〔39〕〔40〕〔41〕〔42〕〔43〕〔44〕 《集释》卷四,第 557—562、582—583、585—589、641—646、648—652、654—656 页。

〔45〕〔46〕〔47〕〔48〕〔49〕〔50〕〔51〕〔52〕 《集释》卷五,第 791—794、818—819、833—834、852—856、871—875、889—893、907—908、923—925 页。

〔53〕〔54〕〔56〕〔57〕 《集释》卷六,第 960—963、963—964、1038—1043、1083—1089 页。

〔59〕 《集释》卷七,第 1157—1158 页。

〔60〕 《集释》卷八,第 1296—1300 页。

〔61〕 《集释》卷九,第 1369—1371 页。

〔62〕〔63〕〔64〕〔65〕〔66〕 《集释》卷十,第 1518—1621、1533—1538、1543、1565、1603—1608 页。

〔67〕〔68〕〔69〕〔70〕〔71〕 《集释》卷十一,第 1632—1635、1645—1646、1673—1675、1730—1731、1745—1746 页。

〔72〕〔73〕〔74〕 《集释》卷十二,第 1858、1868、1938 页。

〔75〕 《王士禛全集》(二)诗文集,第 1434 页。

〔作者简介〕 张煜,1971 年生,复旦大学中国古代文学专业博士,上海外国语大学文学研究院研究员,主要研究清代诗歌、佛教与中国文学。

《方法的试炼:古代文学与文化的多维观照》
(苏悟森、黄金灿著,花木兰文化出版社 2023 年 3 月版,464 页)

本书名为"方法的试炼",凸显了对方法的重视。全书收录大小文章35篇,共36万余字(苏悟森22万字,黄金灿14万字),分为5编。第一编研究对象有《诗经》《史记》《陌上桑》、司马谈、司马迁及汉魏六朝咏史诗、游侠诗、边塞诗,涉及天文与人物意象、"六家"说、悲壮风格、诗学特质等问题;第二编研究对象有《文选》、陶诗、《陶征士诔》《述酒》,涉及陶诗经典化、陶诗文献、《陶征士诔》文献、贫士形象等问题;第三编研究对象有王维诗、杜甫诗、李贺诗、苏舜钦诗文、槐树与玫瑰文化,涉及自然意象、论画诗、硬性词、诗文相通、植物文化等问题;第四编研究对象有李商隐、杜牧研究现状,王叔岷、蒋寅、吴相洲、张西平、郝春文诸先生学术方法,涉及庄学、中国文学史、乐府学、海外汉学、敦煌学等方面的学术评论;第五编评伏俊琏、周裕锴、吴怀东、王志清、刘和文诸先生新著,涉及古代特色文献、佛学、三曹、唐诗、清诗总集、散文诗美学等方面内容。第一作者研究方向偏重先唐,第二作者偏重唐及唐后,形成了内容互补的格局,更具系统性与可读性。

《文心雕龙译注》(中国古代文学理论经典丛书)
([南朝梁]刘勰著,陆侃如、牟世金译注,人民文学出版社 2024 年版)

原山东大学陆侃如和牟世金教授编撰的《文心雕龙译注》,是阅读和研究《文心雕龙》的经典读物,曾入选2021年中国传统文化优秀读本首批"最要之书""最善之本"。该书非常适合普通读者阅读。书前有非常全面系统的"引论",详细介绍《文心雕龙》的产生时代、理论体系、主要观点。正文每篇前有"解题",概括介绍本篇的主要思想。注释简明准确,翻译忠实流畅,非常适合普通读者阅读。

清代澳门诗词中的文学景观

邓骏捷

  自明嘉靖三十二年(1553)葡萄牙人居澳门后,澳门逐渐成为一个东西文化共存交融之地。[1]因此,在明清时期的澳门主要文学样式——诗词——拥有大量对澳门各种西方文明及文化的描写。[2]然而往往为人所忽略的是,澳门诗词也有纯为中华文化意象的书写。在数量上,它们不下于以西方文明及文化为题材的作品;在描写对象上,它们覆盖了澳门各个重要地点和社会层面。因此必须综合观察这两个方面,才能够较为全面地了解由诗词作品所构成的澳门文学形象。[3]通过对明清澳门诗词进行全面认真的阅读,可以发现它们有一个显著的特点,就是澳门的"三巴寺"、"十字门"、妈阁庙、青洲岛、南湾等若干景点,在诗人的反复吟咏下,逐渐形成了一些描写对象固定的作品群,它们共同构建了澳门的"文学景观"(Literature landscape)。这些澳门的重要地点既有充分代表西洋宗教文化和西洋人在澳门进行海外贸易活动的场景,也有代表澳门传统中华文化活动的典型场域,它们共同串联贯通了澳门的西方文明文化与中华传统文化的景象,以它们为描写对象的诗词作品成为共同组成澳门独有的中西景观并存的文学样本。

  另一方面,与澳门历史进程相伴的是,澳门城市区域的不断扩大与发展,澳门的地理环境出现了较大程度的变迁。因此,一些重要地点或多或少地存在着景观变化,所以不同时期的诗人对同一地点的描写焦点往往会呈现一定程度的转移和动态调整,其中既有沧海桑田、物是人非之叹,也有对新变化所产生的景象的惊喜,这就使得由诗词作品所塑造的澳门"文学景观"成为了澳门的历史、现实与文学创作紧密互动的结果。它们既以固定的景点形成了"场所感",又将对场所的记忆、情感,与历史、遗产,以及创作主体的思想等联系起来。[4]由此可见,澳门的"文学景观"作为一种"过去",包含着景点的场所感、历史信息和作者因素,成为从文学角度阅读、理解澳门历史文化的一种特殊路径。

一 "三巴寺"与"十字门"——澳门西洋"文学景观"的代表

  "三巴寺"原称天主之母教堂,亦即圣保禄教堂,它是耶稣会士创办的澳门圣保禄学院的附属部分。圣保禄学院成立于明万历二十二年(1594),结束于清乾隆二十七年(1762)。"三巴寺"是澳门华人对圣保禄学院及教堂的称呼,应出自葡萄牙语"São Paulo"(圣保禄)的音译。

本文收稿日期:2023 年 10 月 4 日

陆希言《澳门记》云:"圣保禄堂,俗称讹为三巴,是耶稣会士所居。"[5]圣保禄教堂始建于明万历三十年(1602),约在崇祯十年(1637)至十三年(1640)竣工。圣保禄教堂先后经历三次火灾,屡焚屡建。清道光十五年(1835)的大火,圣保禄教堂和学院几乎尽毁,只剩下教堂前壁、大部分地基及教堂前的石阶。

"三巴寺"是当时澳门诸教堂之冠,《澳门记略》下卷《澳蕃篇》云:"寺首三巴,在澳东北,依山为之,高数寻。屋侧启门,制狭长。石作雕镂,金碧照耀,上如覆幔,旁绮疏瑰丽。"[6]"三巴寺"也是澳门诗词的重要描写对象之一,而最直接和全面的描写之作是刘世重《三巴寺》诗:

> 地入蛮方尽,天连岭峤高。坐堂环白鬼,听法间红毛。殿阁标云霭,山门迓海涛。西洋传佛国,金相果称豪。[7]

此诗从教堂的地理位置、堂内的崇拜情况、教堂的建筑规模、神像的金碧辉煌等多个角度对"三巴寺"进行描写,并渲染"三巴寺"如在天海间的缥缈之感。对于"三巴寺"的高大闳竣、巍峨壮观,黄呈兰《青玉案·澳门》亦谓"绮窗朱槛,玉楼雕镂。这是三巴寺"[8]。而"山门迓海涛霆"句,则与在三巴静院学道三年的吴历所云"第二层楼三面听,无风海浪似雷霆"(《岙中杂咏·其十七》)[9],可谓相近相通。杜臻《香山澳》诗对"三巴寺"内外的描写更详细一些,其云:"堂高百尺尤突兀,丹青神像俨须眉。金碧荧煌五采合,珠帘绣柱围蛟螭。"[10]两诗相互参看,可见诗人笔下塑造的"三巴寺"形象,虽略有夸张,但尚离真实不太远。

对"三巴寺"的天主教传教士和教徒的描写,显然生动一些,释迹删《三巴寺》诗云:

> 暂到殊方物色新,短衣长帔称文身。相逢十字街头客,尽是三巴寺里人。箬叶编成夸皂盖,槛舆乘出比朱轮。年来吾道荒凉甚,翻羡侏离礼拜频。[11]

颈联所写的是澳门的天主教主教。释迹删以中国王侯显贵乘坐的朱红漆轮车子,比喻澳门主教的坐轿,想要表达的是主教出行威势十足。颔联则是说澳门的天主教徒众多,这些"街头客"就是刘世重所说的"坐堂环白鬼,听法间红毛",皆西洋人士。此外,金采香《澳门夷妇拜庙八绝句》[12]以"香奁体"来写澳门西洋妇人在"三巴寺"内的崇拜活动,香艳绮丽,生动细腻,属于别出一格之作。

更需注意的是,当时中国人多称澳门的教堂为寺或庙,除"三巴寺"外,又称圣老楞佐教堂为"风顺庙",称圣奥斯定教堂为"龙须庙",称多明我堂(因供奉玫瑰圣母,又称"玫瑰堂")为"板樟庙"等。诗人也往往以佛教比附天主教,刘世重诗中的"西洋传佛国",就是一例。这种思想和比喻手法不仅屡见不鲜,更有甚者,以禅意喻天主教义,如吴兴祚《三巴堂》诗云"未知天外教,今始过三巴……谁能穷此理,一语散空花"[13]。第一任广州府澳门海防军民同知(简称"澳门同知")印光任的《三巴晓钟》诗云:

> 疏钟来远寺,籁静一声闲。带月清沉海,和云冷度山。五更昏晓际,万象有无间。试向蕃僧问,曾能识此关?[14]

此诗通篇以禅入诗,颇有唐宋禅诗的味道。如非诗题的"三巴"和诗中的"蕃僧",恐怕难以令人想到他是在描写一座天主教堂。廖赤麟《澳门竹枝词》(其六)云:"法筵开会拟无遮,梵呗声沉日未斜。今日听经归去早,拈香重过小三巴。(小三巴,寺名。)"[15]"小三巴"是指圣若瑟教堂及修道院,它兴建于圣保禄教堂之后,故称"小三巴"。虽然"小三巴"与"三巴寺",不是同一座教堂,但廖诗与印诗的写作手法可说是相为表里,皆是以佛教喻天主教的典型之作。从"文学景观"的角度来说,这种描写手法很大程度上改变了"景观"的本质特性,成为作者主观审美情趣下的一种"空间再现"。

在澳门诗词中,"三巴寺"常常与"十字门"并举为言,如刘世重《澳门》的"番童夜上三巴寺,洋舶星维十字门"[16];屈大均《望洋台》的"舶口三巴外,潮门十字中"[17];黄呈兰《澳门》的"海市远通门十字,蜃楼高耸寺三巴"[18]。"十字门"是澳门南面的水道,澳门之名,或与"十字门"有关,《澳门记略》上卷《形势篇》云:"其曰澳门,则以澳南有四山离立,海水纵横贯其中,成十字,曰十字门,故合称澳门。""湾峰表里四立,像箕宿,纵横成十字,曰十字门,又称澳门云"[19]。"十字门"又有内、外十字之分,"其南有四山,曰蚝田、曰马骝、曰上滘、曰芒洲,为内十字门。又二十里有四山,曰舵尾、曰鸡颈、曰横琴、曰九澳,为外十字门。"[20]西洋人很早就在此进行买卖贸易,明万历时的《苍梧总督军门志》卷五《全广海图》云:"十字门澳,夷船泊此澳内。"[21]吴震方《岭南杂记》亦谓:"离澳门十余里名十字门,乃海中山也。形如攒指,中多支港,通洋往来之舟,皆聚于此,彼此交易。"[22]夷人商舶出入澳门多经"十字门",它们为中国带来丰厚的贸易利润,故屈大均《广州竹枝词》(其四)有"洋船争出是官商,十字门开向二洋"[23];冯公亮《澳门歌》有"十字门中拥异货,莲花座里堆奇珍"[24]之句。当时"十字门"海域既是重要的贸易水道和洋船停泊点,也是中国对外的海防要塞之一。

由于"三巴寺"地处"十字门"海域附近,而诗人又不大可能登上"十字门"海域上的西洋海舶,所以他们往往在澳门半岛远眺"十字门";另一方面,"十"字是西方天主教信仰的标志,"十字门"海域与"三巴寺"恰巧相映成趣,仿佛冥冥中有着内在联系。[25]当"十字门"与"三巴寺"以澳门为纽带,以西洋人在华活动的共同特点(宗教与贸易)相结合后,便进一步形成了"十字门—三巴寺"的"文学景观":

  释迹删《游峤门宿普济禅院赠云胜师》:"山钟近接三巴寺,海气晴分十字门。"[26]
  黄德峻《澳门》:"潮落海门分十字,钟鸣山寺礼三巴。"[27]
  陈昙《十字门》:"浪拍三巴寺,云生十字门。"[28]
  赵均《庚辰夏五中浣游海觉寺次浮山张太守韵亦仿寄尘上人重迭六韵》(其三):"雨过三巴暗,潮来十字青。"[29]

需要注意的是,在上述诗句中,"十字门"海域中千帆齐举所反映的海外贸易盛况,不再是诗人描写的重点;他们着重的是,"三巴寺"与"十字门"所构成的山海意象,视觉和听觉的交感互涉,所以它们共同形成的"文学景观"已非单纯的客观景象描写,而是带有作者的主观审美内涵。总之,"三巴寺"与"十字门"是澳门的"文学景观"的代表之一,它们折射的是中国诗人对澳门特有的西洋文明和文化产物的文学创造。

二 妈阁石刻诗——澳门中华传统"文学景观"的典型

妈阁庙是澳门具有地标意义的名胜古迹,妈阁山上遍布的石刻诗,更是澳门"文学景观"

的重要展现。妈阁地处澳门半岛东南隅,明代始立庙祀妈祖,名曰妈祖阁,俗称妈阁庙。因庙内刻有"海觉"大字的巨石,又称海觉寺。《澳门记略》上卷《形势篇》称:(娘妈角)"一山嶻然,斜插于海,磨刀犄其西,北接蛇埒,南直澳门,险要称最。上有天妃宫。""相传明万历时,闽贾巨舶被飓殆甚,俄见神女立于山侧,一舟遂安,立庙祠天妃,名其地曰娘妈角。娘妈者,闽语天妃也。于庙前石上镌舟形及'利涉大川'四字,以昭神异。"[30]澳门的外文名 Macau,其中一种说法就是来源于"娘妈角"。

妈阁庙不仅是一座依山而建、殿宇迭架、错落有致的园林式庙宇,更加拥有众多的石刻题词、匾联、摩崖、碑刻以及石刻诗,其中 24 首石刻诗的作者是:林国垣、张道源、许敦元、西密扬阿、赵同义、赵元儒(4 首)、张玉堂(2 首)、黄恩彤、潘仕成、释畅澜(2 首)、释碧漪、康健生、陈词博、释遂昭、朱寿年、列赞雄、梁进辉、布衣,以及佚名作者一首。他们的身份包括:莅澳的清朝官员、旅澳的骚人墨客,也有澳门本地的才子和僧人。这些诗作的写刻时间,始于清乾隆三年(1738),终于民国年间。

妈阁石刻诗的先驱人物是林国垣。乾隆三年夏,林国垣畅游妈阁,吟咏山水,勒石永志。林诗勒在观音殿旁石壁上,是妈阁石刻诗的始祖。诗云:

> 水碧沙明远映鲜,莲花仙岛涌清涟。岸穷海角应无地,路转林深别有天。一任飞潜空际色,半分夷夏杂人烟。幽心已托南溟外,独坐松阴觉妙禅。

林国垣的生平,目前未见文献记载。此诗是他唯一的传世之作,亦是妈阁诗之嚆矢。林国垣是正面描写妈阁的第一人,所以他对妈阁景观的审美相当关键。诗中的"半分夷夏杂人烟"句,指出了澳门华夷共处的生活景观;结联以禅意描写妈阁,突显了妈阁"文学景观"的中华传统宗教色彩。总体而言,林国垣的妈阁诗是一首山水诗,以妈阁山水为审美对象,以涵咏自得、通达情理为审美宗旨;再结合山水诗的格调与澳门的情怀,初步开辟了"山水—宗教"结合的妈阁"文学景观"。同在乾隆之时,澳门人赵同义的妈阁石刻诗《腊月登海觉寺》,与林国垣诗的格调颇为相近:

> 地尽东南水一湾,嵌空奇石辟禅关。虎门雪送千帆白,鸡颈轮升万壑殷。回磴人拖单齿屐,摩崖谁勒有名山。山上有石高数仞,刻"海觉"二字。此来不觉春归早,笑指梅花试一攀。

赵诗也是记游叙事、抒情说理的模式,然而较诸林诗,稍稍多了一份斯土斯民的情感。诗中的"鸡颈"原是外十字门的四山之一,因地貌得名"鸡颈山"。"鸡颈轮升万壑殷"是写妈阁的旭日景色,壮丽雄阔。值得注意的是,赵诗已没有丝毫的西洋意象,纯为中华文化的书写。

乾隆后期,妈阁又添一首重要的石刻诗——张道源诗。在妈阁石刻诗中,张道源诗先后有 12 首唱和诗,加上原作共 13 首,逾石刻诗全数之半。诗云:

> 遥转莲花岛,天然石构亭。当轩浮积水,护楫有仙灵。海觉终宵碧,榕垂万古青。鲸波常砥定,风雨任冥冥。

此诗也是一首山水诗,然最突出的是"造境"。首二联以实写虚,试图以实地的景物,还原妈阁诞生的情境。颈联写景契合,既点出"海觉寺",与前之"莲花岛"互相呼应,又写出榕树垂荫的眼前之景。至于结联,第一句应指妈祖,第二句既可指妈阁,也可指诗人,实则两者兼有。全诗写景状物,既描绘妈阁之景,亦有诗人的精神投影;景与情渗透交融,共构互感,洵为山水诗中的上品。自张道源诗始,由妈阁石刻诗所塑造的妈阁"文学景观"基本定型。

在张诗的众多唱和诗中,澳门诗人赵元儒的四首石刻诗尤为值得注意。赵诗不仅数量较多,且别具特色。赵诗四首如下:

  海隅藏古寺,斜结半山亭。地僻人偏静,林幽鸟更灵。潮来鸡颈绿,舟过马骝青。愿借蒲团坐,安禅悟杳冥。

  试叩禅关入,神山第一亭。画船留圣迹,石室驻仙灵。镜水一天碧,莲峰四岸青。三千尘世事,回首总冥冥。

  登临穷古径,危坐石之亭。对此身如画,飘然性自灵。江豚翻浪白,海燕拂云青。远水兼天阔,茫茫入苍冥。

  谁人书"海觉"?峭石立高亭。如此山之秀,应教地有灵。天开双眼阔,榕印一心青。寂寂云林外,疏钟报暮冥。

这四首诗基本上是同一写作模式:首联写妈阁庙中的某处位置;颔联描写其环境予人的感受;颈联则进一步由近而远,写从其处外望的景色;结联以禅意作结。本来这样的处理,写一首尚可,连续四首,难免沉闷。赵诗之巧,在于四首诗转换了四个地点,因而景观就有了区别。更为重要的是,这四个地点由低至高,有条不紊地写出庙内庙外的景致。每首诗的语言清顺流美,虽几乎未曾隶事用典,但却在状物寓景上带出诗人的向禅情思。赵诗诗情禅意兼备,境界自出,既是妈阁石刻诗中的佳作,也与张道源诗所塑造的妈阁"文学景观"大体相近相似。

此外,妈阁的两大"摩崖"石刻——"海镜"(勒于妈阁西侧山崖石壁)、"名岩"(勒于观音阁旁石)的题写者张应麟(号玉堂),亦有两首妈阁石刻诗。道光二十三年(1843)九月、二十四年(1844)十月,张应麟两度来澳,分别在妈阁写下"拳书"的"海镜"、"名岩",以及两首石刻诗:

  《和致远西将军题壁原韵》:鱼龙朝阙处,胜地著声灵。玉树逼岩翠,莲峰浮海青。苔侵三径石,竹绕半山亭。更上层楼望,烟波入杳冥。

  《游澳门海觉寺》:何须仙岛觅蓬莱,海觉天然古刹开。奇石欲浮濠镜去,慈云常护鲎帆来。莲花涌座承甘露,榕树蟠崖荫玉台。谁向名山留妙笔,淋漓泼墨破苍苔。

第一首虽题和"致远西将军"(即西密扬阿,其有一首妈阁石刻诗)韵,实张道源诗的和韵诗。它纯写妈阁景色,诗人沿妈阁山道而行,由低至高,移步换景,层层递进;在登上最高处后,极目远望,以虚写反观妈阁。第二首也是写妈阁景色,在前三联中,一句描绘妈阁形胜,一句颂扬妈祖圣迹;结联转写妈阁石刻,既有扬人亦是自道,由景转人,可谓"有我之境"。清人梁九图《十二石山斋丛录》卷二在收录两诗时,皆列其颔联为"佳句"。光宣年间,妈祖阁住持释遂昭、普济禅院住持释畅澜分别步张道源诗韵,写下一首和两首妈阁石刻诗。这些诗作皆出于作者的慕佛之心、悟禅之意,呈现出具体而深刻的僧人、禅者形象。若论诗意,以释遂昭诗的神韵为高逸。诗云:

祥云蔼霄汉,常护半山亭。旧事传神迹,新诗寄性灵。天高凝古碧,树老剩今青。悟到诸空相,馨香亦窈冥。

　　诗的前半部分描述妈阁,后半部分侧重写诗人的觉悟。颈联的内蕴尤其丰富,"天高凝古碧"与"树老剩今青"的对比,造成观感上的矛盾;同时着意渲染混茫幽邃的氛围,推出一个空灵静谧的境界。这是诗人开悟的契机,藉此缓冲下句"悟到诸空相"突兀的转折,暗示作者并非刻意求禅,使诗中暗寓的参悟过程有如羚羊挂角,更觉禅味馥郁。此诗既反映了作者对"诗禅合辙"的追求,也体现"山水—宗教"这一妈阁"文学景观"的特点。

　　妈阁石刻诗包含了一定时空下的真实性描写,即妈阁及其附近的景色;也有一定的虚构性,尤其是虚构性有着较为一致的指向,即对妈祖神异的颂赞。与此同时,诗人既有对妈阁的山海景色的描摹,也依仗妈阁风光创造出一种幽深静远、脱俗超尘的意境。总之,妈阁石刻诗有着相同的肌理:以游山为经,悟道为纬;诗境为表,禅意为里。因此,妈阁石刻诗不仅是一种记录和描写,更是一种真实与虚构下的"创造",这个"创造"兼有澳门特有景色和中华文化因素的双重特征,是澳门文学中的中华文化书写的重要部分。

三、青洲岛与南湾——澳门"文学景观"的变化和焦点转移

　　青洲岛与南湾同样是澳门"文学景观"的重要组成部分,但这两个地点皆因澳门之城市发展而出现了地理环境的变迁与景观的变化,使得对它们的"文学景观"塑造呈现出焦点转移的状况。

　　青洲岛原是澳门半岛西北角的一个离岛,《澳门记略》上卷《形势篇》载,"北则青洲山。前山、澳山盈盈隔一海,兹山浸其中。厥壤砠,厥木樛,蠵岘荟蔚,石气凝青,与波光相上下,境殊幽胜。"葡人入居澳门后,西洋传教士在山上建有"高六七丈"的教堂,"闳敞奇闳"。香山县知县张大猷曾请"毁其高堋,不果"。明天启元年(1621),"监司冯从龙毁其所筑城"。明末清初,传教士再次在青洲岛上"构楼榭,杂植卉果",成为了"澳夷游眺地"[31]。最早描写青洲岛的是吴历,他是首开澳门"青洲意象"的诗人,其《岙中杂咏》(其十二)云:

　　　　一发青洲断海中,四围苍翠有凉风。昨过休沐归来晚,夜渡波涛似火红。青洲多翠木,为纳凉休沐之所。海涛夜激,绝如散火星流。[32]

在澳门的二四年里,吴历一有机会便四处游观,所以《岙中杂咏》有不少写景诗。吴历写青洲主要突出两点:一是青洲孤悬海上的飘渺;一是青洲的树木茂盛,清荫宜人,这正是青洲"文学景观"的主要特点。其后刘世重的《青洲山》:"万派波光一柱浮,巍然独立在中流。望来飘渺疑三岛,板去鸿蒙到十洲。银海星摇天地动,石门潮落水云幽。苍崖恍惚金山似,曾到烟鬟最上头。"[33]基本上沿袭了吴诗描写青洲的特点,不过写得更为集中,更为详细,更有一种迷离仿佛之感。

　　除吴历、刘世重之外,清初来澳之人多有青洲之游,游必有诗,《澳门记略》上卷《形势篇》就载有释迹删的《青洲岛》、印光任的《青洲烟雨》、第三任澳门同知张汝霖的《寄椗青洲饮罢抵澳》(二首)等,各诗长短不一,手法各异,风格亦不尽相同,它们共同创造了青洲的"文

学景观"。吴历对青洲只是概略式的描写,释迹删、张汝霖所描写的青洲则具体得多,例如:

> 释迹删《青洲岛》:……潮头撼岸晴还雨,屋角惊涛昼起雷。猘犬吠花人迹断,饥鸢占树鸟声哀。……
>
> 张汝霖《寄椗青洲饮罢抵澳》:山势不根浮树出,钟声微浊带潮来……(其一)望断海山人不返,重来楼阁草无情(其二)[34]

两诗对岛上的景物、建筑多有描绘,但却予人一种阴风怒号、楼台荒芜之感。或谓释迹删诗是表达对葡萄牙人侵占青洲岛的不满[35],但从"文学景观"的角度,它们无疑为诗人笔下的青洲增添了一份特殊的色彩。至于印光任的《青洲烟雨》:

> 海天多气象,烟雨得青洲。蓊郁冬疑夏,苍凉春亦秋。钟声沉断岸,帆影乱浮鸥。景比潇湘胜,何人远倚楼。[36]

此诗采取隔岸远眺的视角,与释迹删、张汝霖登上青洲岛后才赋诗为记不同,他们所取为青洲的近景,印光任所取为青洲的远景。再加上诗人远眺青洲时正值烟雨朦胧之际,所以青洲隐隐而现,意境一片凄迷。其后,飘渺孤悬、林木参天、清幽怡人的青洲"文学景观"仍为诗人所不断强化;同时又出现了四周海浪、时现帆樯的描写。如李鸣盛《六月二十日薄暮澳门返棹晓至香山城作》的"湿翠回看岭上头,归帆霁景满青洲"[37];钟启韶《澳门杂诗十二首》(其四)的"青洲回望合,绿浪卷来低"[38];郑观应《题澳门新居》(其二)的"三面云山一面楼,帆樯出没绕青洲"[39]等,这些诗句进一步丰富了青洲的"文学景观"。

另一方面,随着海水所带泥沙的堆积,澳门与青洲岛间的水道日益浅窄。约在乾隆五十三年(1788)来澳的李遐龄目睹青洲附近水域的变化,有感而发写下了《进艇沂青洲而上至中流其水才深尺余》:

> 微波澹澹碧天净,纳凉唤艇凌蚝镜。父老云达蛮仁邦,动色戒勿轻渡江。水端难辨牛与马,谁信中流仅没踝。小舟如雀不得过,五百年后当奈何。闻道蓬莱亦清浅,昔畏乘船今乘辇。桑麻鸡犬同人间,世俗犹以仙名山。[40]

此诗以青洲的变化来喻人世间的沧桑,由写景而生感叹,相对于其它青洲诗而言,多了一层哲理意蕴。以"蓬莱"喻"青洲",刘世重早有"望来缥缈疑三岛"(《青洲山》)之句,这是写青洲的飘渺;李遐龄却藉"沧海桑田"之典来喻青洲的未来[41],可谓甚具洞察力。嘉庆至同治时人吴亮珽的《澳门》(其二)同样写到:"十载兴衰客惯论,(形家言:澳门为莲花地,当十年一消长。)由来野菌易朝昏。只今残照东西海,终古寒潮上下门。已见三沙符谶语,(三沙傍青洲,二十年不见。谚云:三沙见,夷人变。)谁从百鸟觅巢园。(百鸟巢为夷园之最,今易主矣。)临流莫问蟾蜍石,剩有渔歌晚渡喧。"[42]两诗所写青洲水域的变化基本一致,只是李诗重点在青洲,吴诗则写澳门的整体变化,青洲只是其中一部分而已。

青洲的客观地理变化,致使青洲"文学景观"的焦点,从对青洲岛本身的描写转移至描写青洲岛的物产之上。例如:

> 黄德峻《澳门》:鲸鲵浪静通番舶,时海寇初平。蛎蛤塘宽占蜑家。青洲一带海中,土人多以种蚝为业,名曰蚝塘。[43]

> 吴亮斑《澳门》(其一):卖鱼浪白船双桨,擘蟹洲青酒一樽。[44]
> 杨增晖《澳门吟》(其一):鱼腌白石论盐价,蟹到青洲识酒香。[45]

据《香山县乡土志》载,"黄油蟹,产澳门青洲,岁维六月一出,不可多得,邑人多移船携酒,傍青洲擘之,醉以酒,熟而后解之。其油深入内理,黄白杂糅,跪末螯尖皆满,味至醲郁。"[46]从上可见,诗人来澳门游览青洲时已不再注重其林木之幽,而是爱尝其出产的黄油蟹,所以青洲的"文学景观"呈现出从"景"到"物"的焦点转移。光绪年间,葡萄牙人在青洲岛上筑建炮台,又开设水泥厂,将灰石倾倒海中,并且开始填海造地。终在光绪十六年(1890)以海堤将青洲岛与莲峰庙连接起来,成为澳门半岛的一部分,青洲的"文学景观"也随之消失。

南湾(又作南环)原是澳门半岛南面的一处海湾,曾为西洋商船停泊之处,沿岸也是澳门的政治和商业中心。《澳门记略》上卷《形势篇》:澳门"有南北二湾,可以泊船,或曰南环。二湾规圜如镜,故曰濠镜"[47]。《重建三街会馆碑记》云:澳门"有南湾北湾,明嘉靖中,大西洋夷至此就二湾停舶,遂请濠镜为澳"[48]。印光任的《南环浴日》云:

> 海岸如环抱,新潮浴渴乌。镕金看跃冶,丹药走洪炉。舟泛桃花浪,龙盘赤水珠。蛮烟顿清廓,万象尽昭苏。[49]

澳门诗词有不少描写澳门海岸的作品,但集中写一处者不多。至于描绘南湾景色,恐怕以印光任这首为第一,所以他是首开澳门"南湾意象"的诗人。此诗采取平视的角度,描写早晨之时的南环旭日初升,一派光明祥和、美好宜人。其后续有来者,如钟启韶的《澳门杂诗十二首》(其九)[50]、赵均的《庚辰夏五中浣游海觉寺次浮山张太守韵亦仿寄尘上人重迭六韵》(其一)[51]等,钟诗雄阔,赵诗闲适,各具风采,充分地描绘了南湾的海天景象。道光时招广涛的《南湾即目》在描写景色之余,兼及南湾与澳门的人事,颇见特色:

> 一发辨三峰,微茫入混蒙。地临蚝镜断,天出海门空。水国苍烟外,乾坤积气中。遥知穷岛上,不必尽来同。[52]

此诗从海天之景,到南湾之地,再思考南湾上之人事,最后发为议论,层层递进,结构完整,可谓南湾诗的佳作。

随澳门商业活动的繁盛,南湾成为了澳门半岛的商业中心,高楼林立,晚上灯火通明,所以诗人开始注意到南湾的夜景,例如:

> 潘飞声《澳门杂诗》其十:楼台树杪碧如烟,帘外波光浪接天。一带长虹吸海水,南环灯火似镫船。[53]
> 丘逢甲《澳门杂诗》其十三:楼台金碧拥南环,灯火千门夜不关。满地烟花春似海,三更人立磨盘山。南环为胡贾聚居处。予所寓在磨盘山上,夜望灯火如繁星。[54]

潘诗的视角独特,它是从楼中远望南湾,而所写是南湾的黄昏,尤其是黄昏中的灯景。全诗构景巧妙,想象别致,精致可喜。丘诗也是写南湾的灯景,不过是深夜中的灯景;同时它以灯景为主,以海景为辅,恰好与潘诗形成相反的布局。两诗集中反映了南湾的都市风貌,是对南湾繁华景象的描写。从白天之景到夜景,从山海之景到灯景,从海天辽阔到晚灯璀璨,南湾"文学景观"的焦点正在不断转移。

最后,南湾"文学景观"的焦点转移至新建成的南环公园。南环公园,或称南湾花园,因地近加思栏兵营,又称加思栏花园(Jardim de S. Francisco),范围包括现今澳门家辣堂街在内的平地及其上的山坡。早在明万历八年(1580),西班牙方济各会在此设立修道院。清咸丰十一年(1861),修道院被拆卸,并兴建加思栏兵营,毗连土地改建成对外开放的花园。花园共分三层,外有围墙和栏杆,晚上关闭。在近嘉思栏兵营一端的拱廊内,有喷水池。花园曾养鳄鱼,又以铁笼饲养猴子等,供游人参观。[55]女诗人罗慧卿的《游南环公园》云:

园构南环近海偏,茂林如障草如毡。四围坞槲花名异,一望楼台云影连。席地盟心凭玉树,镜湖携手步金莲。行吟联袂相游眺,水色涵空别有天。[56]

诗的前两联主要写南环公园的景色,园内有各种各样的奇花异卉,四周有堡垒式的建筑物,园内又有亭台楼阁;放眼望去,楼台之外,云影飘飘。后两联则写诗人与丈夫畅游公园时的欢快心情,结句的"水色涵空",呼应首句的"近海偏",颇有回环反复之妙。张其淦的《游濠镜花园有感,用吴梅村〈禊饮社集虎丘即事〉韵》(其一)虽同写南环公园的美景,却是另一番心情:

碧眼赁居五百年,穹庐毳幕锦山川。沙鸥却话蛮烟好,鹦鹉来经海月圆。花事最惊春梦叟,桃源真有地行仙。市朝家国无穷恨,一度思量一黯然。[57]

此诗以游园为题,从写园外之景,到写园内之景,再到游园之人,最后写人之情怀;处处触目感怀,藉眼前景物写内心愁绪。结联从个人感遇提升到家国之忧,使得全诗境界骤然而高。

昔日的南环公园是澳门上流社会人士的聚集之地,或漫步、或闲谈、或眺望海景。在黄昏之时,还可以听到园内音乐台上的悠扬乐声。杨增晖的《澳门吟》(其二)就写到"讴歌已罢南湾月,跳舞犹传北地风"[58];梁乔汉的《七月既望,与客偕游澳之南湾花园,玩月纳凉……》也有"蛮声并入风涛声,夜色都忘海月迷。净洗筝琶矻俗耳,籁凉人境眩玻璨"[59]之句。南湾是澳门主要的"文学景观"之一,而对其描写的焦点一再转移,恰好与南湾的经济发展和社会建设过程相互配合,诗人紧紧把握着时代的脉搏,反映着时代变迁中景观的新亮点,刘勰《文心雕龙·时序》所谓的"文变染乎世情,兴废系乎时序"[60],或许在此可以得到另一种诠释。

结语

对不同澳门景观进行书写的众多诗词作品,共同构成了澳门特有的"文学景观"。这些"文学景观"既有反映西洋文化和文明在澳门的客观存在,也有中华传统文化意象在澳门的生成与变化,反映了澳门是中国固有领土的文化意义。与此同时,澳门地理环境和社会经济发展,使得一些"文学景观"的描写出现焦点转移,这种焦点转移与社会现实互为作用。需要注意的是,因诗人的兴会、审美的不同,诗艺的修养和志趣的差异,自然地呈现出各自的澳门"文学景观"。另一方面,综观明清时期的澳门诗词作者,大部分是以澳门作为人生驿站,他们寓居澳门的时间短者三五、十日,长者也不过一个月左右;因此他们往往撷取片刻的观察和刹那的感受撰成作品,所以这些作品或多或少地带有一定的主观性、随意性和想象性。因此,澳门的"文学景观"既包含了一定时空下的真实性,同时也不应忽略其中的虚构性,尤其是虚构性有着较为一致的指向,"文学显然不能解读为只是描绘这些区域和地方,很多时候,文学协助创造了这些地方。"[61]正因这些主观性、随意性和想象性,与澳门景物的真实性相互迭加,构成了别具色彩的澳门"文学景观"。澳门诗词所塑造出的澳门"文学景观"说明了诗人个体与澳门景物的互动关系,以及它们所包含的文学和文化意义,潜在的历史价值。澳门"文学景观"显然为剖析澳门文学内涵的各个层面,提供一个新的思考维度。

注 释：

[1] 葡萄牙人正式入居澳门的时间,历来说法不一,详参邢荣发编著《澳门历史二十讲》,中国艺文出版社2019年版,第47—48页。

[2] 明代著名戏曲家汤显祖的《香岙逢贾胡》"不住田园不树桑,珴珂衣锦下云樯。明珠海上传星气,白玉河边看月光"(《玉茗堂诗集》卷六),第一次正面塑造了令人惊叹的澳门外国商人形象。另参章文钦《清代澳门诗中关于天主教的描述》,载章文钦《澳门历史文化》,中华书局1999年版,第311—335页。

[3] 关于明清澳门诗词的发展情况及其特点,详参邓骏捷《明清澳门诗词论略》,《文学研究》2021年第2号,第133—144页。

[4] David Lowenthal, "Past Time, Present Place: Landscape and Memory", *Geographical Review* (Oxford: Taylor & Francis, Ltd, 1975), pp3—36.

[5] (比利时)钟鸣旦(Nicolas Standaert)、(荷兰)杜鼎克(Ad Dudink)、(法)蒙曦(Nathalie Monnet)主编《法国国家图书馆明清天主教文献》第十一册,台北:利氏学社2009年版,第429页。

[6][14][19][20][30][31][34][36][47][49] 印光任、张汝霖著,赵春晨校注《澳门记略校注》,澳门文化司署1992年版,第149、149、21、26、48、34、24、38、38—39、38—39、39、24、24页。

[7][16][33] 刘世重《东溪诗选》卷二《藕泉集》,清初刊本,第5、5、18页。

[8] 黄鸣时、黄呈兰《因竹斋诗集》卷下《云谷诗草·诗余》,清乾隆刊本,第1页。

[9][32] 吴历撰,章文钦笺注《吴渔山集笺注》卷二《三巴集》,中华书局2007年版,第173、169—170页。

[10] 杜臻《经纬堂诗集》卷四,清康熙刊本,第9页。

[11][26] 释迹删《咸陟堂诗集》卷十四十三,清道光二十五年(1845)重刊本,第7、4页。

[12] 方恒泰《橡坪诗话》卷九,清道光十三年(1833)刊本,第20—21页。

[13] 吴兴祚《留村诗钞》,清康熙刊本,第37页。

[15] 廖赤麟《湛华堂佚稿》卷一,清同治九年(1870)重刊本,第14页。

[17][23] 屈大均《翁山诗外》卷九、十六,清初刊本,第54、49页。

[18] 黄鸣时、黄呈兰《因竹斋诗集》卷下《云谷诗草·七律》,第33页。

[21] 应槚初编,凌云翼嗣作,刘尧诲重修《苍梧总督军门志》,北京全国图书馆文献微缩中心,1991年,第486页。

[22] 吴震方《岭南杂记》,载马骏良辑《龙威秘书》第七集,清大酉山房刊本,第21页。

[24] 冯询辑《冯氏清芬集·白兰堂诗选》,清光绪元年(1875)重刊本,第35页。

[25] 参见王习雯《明清诗词与十字门的历史景观及文学形象》,《文学研究》第5卷第2期,2019年10月。

[27][43] 伍崇曜辑《楚庭耆旧遗诗·续集》卷十六,清道光三十年(1850)刊本,第9页。

[28] 陈昙《海骚》卷五,清道光刊本,第2页。

〔29〕〔51〕 赵同义《镜江公诗稿·附录》,抄本(澳门博物馆藏),第5页。

〔35〕 参见章文钦《澳门诗词笺注》(明清卷),珠海出版社2003年版,第92页。

〔37〕 李鸣盛《春雨楼稿》卷三,清嘉庆二十二年(1817)刊本,第8页。

〔38〕〔50〕 钟启韶《听钟楼诗钞》卷三,清道光十年(1830)刊本,第19、20页。

〔39〕 夏东元编《郑观应集》下册,上海人民出版社1988年版,第1342页。

〔40〕 李遐龄《勺园诗钞》卷一,清嘉庆十九年(1814)刊本,第8页。

〔41〕 东晋葛洪《神仙传》载,麻姑谓王方平曰:"接待以来,已见东海三为桑田,向到蓬莱,水又浅于往昔,会时略半也,岂将复还为陵陆乎?"方平笑曰:"圣人皆言,海中行复扬尘也。"参见葛洪撰,胡守为校释《神仙传校释》卷三,中华书局2010年版,第94页。

〔42〕〔44〕 黄绍昌、刘熽芬编《香山诗略》卷十二,民国二十六年(1937)排印本,第376页。

〔45〕〔58〕 杨增晖《丛桂山房初集》,清光宣间刊本,第21页。

〔46〕 佚名《香山县乡土志》卷十四,抄本,第5页。

〔48〕 谭世宝《金石铭刻的澳门史——明清澳门庙宇碑刻钟铭集录研究》,广东人民出版社2006年版,第258页。

〔52〕 招广涛《有不为斋诗存》卷二,清咸丰九年(1840)刊本,第26页。

〔53〕 潘飞声《说剑堂集》卷一,清光绪二十四年(1898)刊本,第19页。

〔54〕 丘逢甲《岭云海日楼诗钞》卷七《庚子稿》,上海古籍出版社1982年版,第158页。

〔55〕 详参吴志良、汤开建、金国平主编《澳门编年史》(第四卷 清后期 1845—1911),广东人民出版社2009年版,第1767页。

〔56〕 罗慧卿《文寿阁诗钞》,清宣统元年(1909)刊本,第15页。

〔57〕 张其淦《梦痕仙馆诗钞》卷十,清光绪三十二年(1906)刊本,第30页。

〔59〕 梁乔汉《港澳旅游草》,清光绪二十六年(1900)刊本,第12—13页。

〔60〕 刘勰撰,范文澜注《文心雕龙注》,香港:商务印书馆1960年版,第675页。

〔61〕 Mike Geography著,王志弘等译《文化地理学》,台北:巨流图书有限公司2003年版,第58页。

〔作者简介〕 邓骏捷,澳门大学人文学院中国语言文学系教授、博士生导师,澳门研究中心礼聘教授。

清季民初主流词法探微

——以陈匪石词对周邦彦、姜夔、吴文英三家词的取法为例*

龚 敏

自词史接受而言,浙西词派宗姜夔,常州词派赏周邦彦,晚清学吴文英者渐夥。清季民初词坛的取法对象则形成了以吴为主、周姜二人差堪对抗的局面。如郑文焯视柳永、周邦彦、姜夔、吴文英为"两宋词坛巨子",要求"今之学者,当用力于此四家"[1];朱祖谋重编《宋词三百首》,入选词作数量的前三名分别为吴文英、周邦彦、姜夔,其词和韵之作数量的前三名也分别是此三人,具体取法则以吴文英为主,参以周邦彦、姜夔、苏轼等[2];陈锐"以耆卿为先圣,美成为先师。白石道人崛起南渡之余,明心见性,居然成佛作祖。而四明吴君特以其轶才,贯串百氏,蔚为大宗,令人有观止之叹"[3]。关于清季民初词坛对周、姜、吴三家词的接受,学界已从词学活动、理论主张、词作风格等多方面予以揭示,取得了不少成果,不过论述词人取法时,多采取"清空"、"质实"、"浑厚"等印象式批评,极少深入剖析此类印象赖以形成的手法。而作为清季民初主流词风缩影的陈匪石词,为我们提供了一个绝佳的突破口。

陈匪石是朱祖谋弟子,也受郑文焯等人熏陶[4],明显表示出对周邦彦、姜夔、吴文英三家的偏嗜:在其词选《宋词举》中,所选词人作品数量的前几位,分别为周邦彦、姜夔各八首,晏几道、吴文英各五首;在其词集《倦鹤近体乐府》中,次韵前人作品数量的前几位,分别是周邦彦十四首,吴文英八首,苏轼五首,贺铸、姜夔各四首;在具体字面上,《倦鹤近体乐府》化用宋词的前几位,依次是吴文英词三十一例,姜夔词二十一例,周邦彦词十四例,李清照词六例[5]。此外,在句子结构和用典技艺上,陈匪石也借鉴周、姜、吴三家颇多。故本文以陈匪石词对周邦彦、姜夔、吴文英三家词的取法为例,从声律、字面、句式、用典等四个方面来深入剖析,借此一窥清季民初词坛的主流词法,并评价其得失。

一 恪守周、姜、吴三家词的四声

清末民初词坛,朱祖谋、郑文焯等人远绍吴中词派而变本加厉,严辨四声,形成风气。陈匪石也深受影响。1913年11月,他在《旧时月色斋词谭》中说:"填词必明五宫,始能合拍,非仅辨四声,即谓能事毕具矣。观玉田《词源》所载,同一平声,而'深'字不叶,'幽'字不叶,

---

本文收稿日期:2022年12月2日

'明'字乃叶,即可知四声不误,未必即能付红儿也。然挽近以来,五宫之论已成绝响,则但于四声之用而明辨之,庶或免于偭规错矩之弊。若既不知五宫,又不辨四声,则不必填词可也。"[6]其填词理想是"必明五宫",但"五宫之论已成绝响",则不得不放宽要求,只明辨四声。到1950年完成的《声执》中,他以周邦彦、姜夔、吴文英等人为例,仍然强调:"某人创调,其四声即应遵守某人。如清真之《大酺》、《六丑》、《瑞龙吟》、《霜叶飞》及凡无前例者;白石之《鬲溪梅令》、《莺声绕红楼》、《醉吟商小品》、《暗香》、《疏影》、《徵招》、《角招》之类,不下十余;梦窗之《西子妆》、《霜花腴》等九调及屯田词不见他集之调:皆以全依四声为是。"[7]可以说,主张谨守四声,贯穿了陈匪石的整个词学生涯。

但是,在实际创作中,陈匪石并不能做到全依四声。试将陈匪石的三个版本《兰陵王》词与作为创始调的周邦彦词作比较:

兰陵王·柳(周邦彦)

柳阴直。烟里丝丝弄碧。隋堤上,曾见几番,拂水飘绵送行色。登临望故国。谁识、京华倦客。长亭路、年去岁来,应折柔条过千尺。　　闲寻旧踪迹。又酒趁哀弦,灯照离席。梨花榆火催寒食。愁一箭风快,半篙波暖,回头迢递便数驿。望人在天北。　　凄恻。恨堆积。渐别浦萦回,津堠岑寂。斜阳冉冉春无极。念月榭携手,露桥闻笛。沉思前事,似梦里,泪暗滴。[8]

兰陵王·送友人南渡用清真韵(陈匪石,《生活日报》1913—12—25)

暮烟直。一缕轻痕破碧。天涯远,千叠海波,卷入秋心黯无色。凄凉人去国。怜尔、行吟楚客。予怀渺、心重语长,对酒频看剑三尺。　　论交略形迹。忆听雨联床,呵墨分席。疏狂间乞歌姬食。怅接地云黯,打船风急,蛮炎方皓甚处驿。望洋阻南北。　　心恻。万端积。听几拍胡笳,天籁都寂。成连海上情无极。想一曲流水,一声长笛。青衫痕渍,血泪共,夜漏滴。

兰陵王·送人南渡用清真韵(陈匪石,《铁路协会会报》1921年第109期)

晚烟直。一缕轻痕界碧。斜阳外,无数远帆,白卷波心漾离色。羁游向瘴国。重惜、行吟剩客。清樽对、豪气半消,霜匣故鸣剑三尺。　　从头话萍迹。记雨夜联床,沤梦分席。疏狂间乞歌姬食。偏幕燕愁重,露蝉魂警,飞鸢惊堕甚处驿。乱云黯南北。　　心恻。万端积。待说与相思,花外人寂。成连海上清何极。料曲奏流水,怨催蛮笛。西风吹泪,倦梦醒,夜漏滴。

兰陵王·送人之槟榔屿和清真(陈匪石,《倦鹤近体乐府》,1944年油印本)

晚烟直。一缕轻痕界碧。斜阳外,无数远帆,蹴起层波漾离色。栖栖向瘴国。谁识、行吟剩客。清樽对、豪气半消,霜匣故鸣剑三尺。　　从头话萍迹。记雨夜联床,沤梦分席。疏狂间乞歌姬食。偏幕燕愁重,露蝉魂警,飞鸢惊堕背汉驿。望云黯南北。　　恻恻。怨怀积。便说与相思,花外音寂。成连海上清何极。料曲奏流水,泪飘蛮笛。西风催遍,醉又醒,断漏滴。

在1913年12月版中,有"暮"、"远"、"叠"、"卷"、"人"、"人"、"尔"、"楚"、"语"、"对"、"酒"、"略"、"忆"、"听"、"雨"、"墨"、"间"、"怅"、"打"、"急"、"阻"、"几"、"拍"、"上"、

"想"、"曲"、"一"、"渍"、"血"、"共"等三十个字在四声上不合周词,且忽略了句中韵"识";在1921年版中,有"故"、"间"、"上"等三个字在四声上不合周词;在1949年版中,有"故"、"间"、"恻"、"上"等四字在四声上不合周词。可知,在陈匪石正式提出"不辨四声,则不必填词"之后的短时间内,他自己的创作与这一主张是完全脱节的,而此后数年,他虽然努力全依四声,但仍不能做到一字不舛。

又如始于周邦彦的《花犯》一调,陈匪石的《花犯·樱花》有"后"、"绮"、"到"、"水"、"易"等五字不合周词四声。《淡黄柳》为姜夔自度曲,但陈匪石的《淡黄柳·寒食和白石,并送剑华》有"饮"、"里"、"字"、"雨"等四字不合姜词四声。《琵琶仙》一调,陈匪石认为"无他作者,一切以恪遵姜氏为合"[9],但在实际创作中,其《琵琶仙》(如水天街)有"酒"、"倚"二字不合姜词四声。《西子妆》和《霜花腴》皆始于吴文英,而陈匪石的《西子妆》(高柳幂阴)有"后"、"底"、"乍"等三字,《霜花腴·菊,和梦窗》有"伴"、"挽"、"雨"、"作"、"影"等五字,都不合吴词的四声。

或许因全依四声太困难,以及宋人词存在并不全依四声的实际情况,陈匪石不得不放宽要求,只着眼于在某些关键位置谨守四声。在1927年开始撰写的《宋词举》中,他考校周邦彦《兰陵王》:"南宋作者虽多,而既创自清真,即应谨守矩矱。结句六字皆仄,'梦里'去上,'泪暗'去去,不可易也。又此调系入韵,张元干等有押上去者;'识'字句中韵,南宋人亦有不协者,然皆以依清真为是。即'柳'、'里'、'暖'、'冉冉'之上声,'弄'、'送'、'望'、'倦'、'岁'、'旧'、'又'、'趁'、'照'、'快'、'便'、'望'、'恨'、'渐'、'堠'、'露'之去声,'拂'、'折'、'一'、'别'、'月'之入声,亦恪遵为妥。"[10]对照陈匪石特地拈出的三十一个关键地方,在1913年版《兰陵王》词中,有"暮"、"卷"、"人"、"楚"、"语"、"酒"、"略"、"忆"、"雨"、"墨"、"急"、"几"、"上"、"一"、"共"等十五个字不合四声,而到1921年版和《倦鹤近体乐府》版,则只有"上"这一个字不合四声。又陈匪石考证吴文英《花犯》:"调始清真……词中四声,固定者十之八九。'素靥'、'夜冷'、'更苦'、'未稳'、'梦准'、'砌影'、'傍枕'、'绀鬓'、'唤赏'、'满(应去)引',皆用去上,尤当注意。梦窗于周,实谨守勿失者。'昨'字、'月'字、'作'字,均入代平,以清真用'疑'字、'无'字、'花'字也。"[11]此调始于周邦彦,在吴文英填制时,并未一一遵守周词的四声,甚至有些字未遵守周词的平仄,但为了证明吴文英于周邦彦"实谨守勿失者",陈匪石罔顾了"靥"为入、"满"为上的事实,且援引了以入代平之说。在陈匪石自己填制此调时,他所认为"尤当注意"的位置,只有"后"这一个字不合四声。

综上,针对周邦彦、姜夔、吴文英等人的创始之调,陈匪石一开始主张全依四声,但因为宋人词作存在不全依四声的客观情况,以及实际创作中,自己也无法做到全依四声,故不得不放宽要求,只讲求在某些关键位置谨守四声。在关键位置上,陈匪石大多数都能恪守四声,只剩下极少数字存在抵牾,这显示了他在四声词创作中的窘迫。

二 借用周、姜、吴之字面

陈匪石用周、姜、吴的字面入词,大体可以分为三种情况:(一)采撷词汇;(二)熔铸词句;(三)截取语面,而替换描写对象。

（一）采摭周、姜、吴词的词汇

用周邦彦的词汇有一例。《澡兰香》："照林隈、榴火初酣。"榴火，喻指石榴花，以其红艳似火，故称，出自周邦彦《浣溪沙慢》："嫩英翠幄，红杏交榴火。"

用姜夔的词汇有二例。1.《瑞龙吟》："吹度荷香如醉，闹红亭馆，罗衣轻舞。"闹红，代指荷花，出自姜夔《念奴娇》："闹红一舸，记来时、曾与鸳鸯为侣。"[12] 2.《念奴娇》："不信冷香吹又尽，一水盈盈谁语。"冷香，代指荷花清香，出自姜夔《念奴娇》："嫣然摇动，冷香飞上诗句。"

用吴文英的词汇有六例。1.《二郎神·和青山》："应练发偶晞，单衣重试，怕窥明镜。"练发，即白发，语出吴文英《六丑》："叹霜簪练发。"[13] 2.《石州引·和东山》："嫠蟾永夕窥人，可惜木樨难折。"嫠蟾，指月，因月中嫦娥无夫，有蟾，故称，语出吴文英《宴清都》："障滟蜡，满照欢丛，嫠蟾冷落羞度。" 3.《暗香疏影》："步绮稀逢，香海而今已如雪。"步绮，即步障，此处喻指梅花丛，语出吴文英《梦芙蓉·赵昌芙蓉图，梅津所藏》"西风摇步绮"，但吴词是喻指芙蓉，源于杨万里《看刘寺芙蓉》"三步绮为障，十步霞作壁"[14]。4.《琵琶仙》："漫孤倚、凝白阑干，话淮水、东边旧时月。"凝白，此处指阑干披上月光而发白，语出吴文英《齐天乐·齐云楼》"梦凝白阑干，化为飞雾"，而吴词是指阑干被白云缭绕。5.《绮寮怨》："漫信跨鸾上霄。红朝翠暮，云翘慣怨回飚。"红朝翠暮，语出吴文英《宴清都·连理海棠》"叙旧期，不负春盟，红朝翠暮"。吴词又源于王勃《临高台》："歌屏朝掩翠，妆镜晚窥红。"[15] 王诗用"红"、"翠"指代女子装饰，吴词改为指代海棠花叶，陈词则用以描绘云彩。6.《好事近·泊渝州》："高下楼台灯火，炫檀栾金碧。"檀栾金碧，意为秀美华丽，语出吴文英《声声慢》："檀栾金碧，婀娜蓬莱，游云不蘸芳洲。"吴词用"檀栾"指代竹、"金碧"指代楼台，而陈词直接用字面的形容意。

在上述例子中，除"练发"外，陈匪石借用的词汇都具备代词性质。其中，"榴火"因"榴"的限定，"闹红"、"冷香"因使用者的增多，"嫠蟾"因"蟾"作为月的借代已成传统，它们的意义已习惯化、固定化。而剩余四词"步绮"、"凝白"、"红朝翠暮"、"檀栾金碧"的意义游移不定，需要具体语境来决定，这是一种临时性的借代。吴文英大量使用这类代词，避免词中用语的直露、熟滥和滑易，但有时因语境的提示不明显，也造成词的晦涩。陈匪石自然清楚吴文英的这种造词法，所以在借用其词汇时，改变它们在吴词中的含义，同时也沿袭了其晦涩，如"步绮"、"凝白"，若不清楚二词的来源和生成原理，很难理解它们在陈词中的意思。

（二）熔铸周、姜、吴的词句

陈匪石化用周邦彦、姜夔、吴文英的词句，共五十四例，其中仅一例完全用成句，其余都是对原句略加剪裁，以契合新词的格律和语境。具体可分为直用和反用两种。

1. 直用。

用周邦彦词句的有十一处：

> 陈匪石《迓方怨》：一春须有忆人时。——周邦彦《浣溪沙》：一春须有忆人时。
>
> 陈匪石《徵招》：雁背是斜阳。——周邦彦《玉楼春》：雁背夕阳红欲暮。
>
> 陈匪石《千秋岁引》：往日音书待烧却。——周邦彦《解连环》：漫记得、当日音书，把闲语闲言，待总烧却。

陈匪石《丹凤吟》:悄悄池亭,愔愔坊陌。《蓦山溪》:门巷未全非,定新巢、当年燕子。《锁窗寒》:有频年、定巢燕来,乍逢久别呢喃语。——周邦彦《瑞龙吟》:愔愔坊陌人家,定巢燕子,归来旧处。

陈匪石《三姝媚》:西风驱过雁。——周邦彦《庆宫春》:惊风驱雁。

陈匪石《绕佛阁》:奈树杪参移,良会催散。——周邦彦《夜飞鹊》:相将散离会,探风前津鼓,树杪参旗。

陈匪石《四园竹》:梅风送溽。——周邦彦《过秦楼》:梅风地溽。

陈匪石《四园竹》:昼静水沉微。——周邦彦《浣溪沙》:衣篝尽日水沉微。

陈匪石《竹马子》:对景空延伫,藃香易落,坠钿谁见。——周邦彦《夜飞鹊》:何意重红满地,遗钿不见,斜径都迷。

用姜夔词句的有十七处:

陈匪石《淡黄柳》:望里梅梁蕙阁,胥宇当年燕能识。——姜夔《喜迁莺慢》:窗户新成,青红犹润,双燕为君胥宇。

陈匪石《水龙吟》:休道文章信美。只天涯、羁魂归未。——姜夔《玲珑四犯》:文章信美知何用,漫赢得、天涯羁旅。

陈匪石《徵招》:帽影欹寒,角声催晚,满襟诗思。——姜夔《徵招》:客途今倦矣。漫赢得、一襟诗思。

陈匪石《惜琼花》:酒边忘却春风笔。——姜夔《暗香》:何逊而今渐老,都忘却、春风词笔。

陈匪石《解踩蹙》:闲话天涯情味。《朝中措》:清愁怎被,香浮玉蕊,波泛金钟。——姜夔《翠楼吟》:天涯情味,仗酒祓清愁,花销英气。

陈匪石《倾杯》:樽前百感,畹兰芳近,何处汀洲绿。——姜夔《琵琶仙》:春渐远、汀洲自绿。

陈匪石《祭天神》:正废池乔木春光浅。——姜夔《扬州慢》:自胡马窥江去后,废池乔木,犹厌言兵。

陈匪石《惜红衣》:指啸台高处,双桨来时曾识。——姜夔《琵琶仙》:双桨来时,有人似、旧曲桃根桃叶。

陈匪石《泛清波摘遍》:几处金盘燕簇,醉吟昏晓。——姜夔《 萼红》:朱户黏鸡,金盘簇燕,空叹时序侵寻。

陈匪石《烛影摇红》:红萼宜簪尚未。——姜夔《一萼红》:有官梅几许,红萼未宜簪。

陈匪石《六丑》:单衣寒恻。《兰陵王》:单衣又寒恻。《内家娇》:照马上单衣。——姜夔《淡黄柳》:马上单衣寒恻恻。

陈匪石《琵琶仙》:曾见宫烛分烟,纤腰斗回雪。——姜夔《琵琶仙》:又还是宫烛分烟……千万缕、藏鸦细柳,为玉尊、起舞回雪。

陈匪石《蓦山溪》:拥黄鹤、玉梯天半。——姜夔《翠楼吟》:此地。宜有词仙,拥素

149

云黄鹤,与君游戏。玉梯凝望久,叹芳草萋萋千里。

  陈匪石《塞翁吟》:许十里、烟堤梦到,等闲对、荠麦摇春,冷落吴宫。——姜夔《扬州慢》:过春风十里,尽荠麦青青。

用吴文英词句的有十八处:

  陈匪石《玉京秋》:新蟾弄孤照。——吴文英《绕佛阁》:素娥乍起、楼心弄孤照。

  陈匪石《玉京秋》:梦痕窄。一重重恨,画屏能识。《四园竹》:如梦里,梦又窄、林蝉处处嘶。《谒金门》:春梦窄。——吴文英《莺啼序》:倚银屏、春宽梦窄。

  陈匪石《蕙兰芳引》:送一羽流光,闲里半消鬓绿。——吴文英《高平探芳新》:细草春回,目送流光一羽。

  陈匪石《曲玉管》:近水楼台,喧天笳鼓,揭来舞燕交肩少。——吴文英《倦寻芳》:乱箫声,正风柔柳弱,舞肩交燕。

  陈匪石《木兰花慢》:驷万里苍虬,九天玄鹤,云暗尘昏。——吴文英《水龙吟》:驷苍虬万里,笙吹凤女,骖飞乘、天风袅。

  陈匪石《烛影摇红》:残客天涯,玉签还认花名字。——吴文英《喜迁莺》:公子。留意处,罗盖牙签,一一花名字。

  陈匪石《蝶恋花》:镜中倭堕烟中怨。——吴文英《满江红》:对两蛾犹锁,怨绿烟中。

  陈匪石《红林檎近》:翠红无朝暮。——吴文英《宴清都·连理海棠》:叙旧期,不负春盟,红朝翠暮。

  陈匪石《生查子》:银汉炼颜时,咫尺云罗薄。——吴文英《齐天乐》:圣姥朝元,炼颜银汉水。

  陈匪石《水调歌头》:十载吴宫残梦。——吴文英《烛影摇红》:秋星入梦隔明朝,十载吴宫会。

  陈匪石《倒犯》:蓬首自怜,翳镜慵开,蛾眉谁为扫。——吴文英《玉京谣》:微吟怕有诗声,翳镜慵看、但小楼独倚。

  陈匪石《惜黄花慢》:乱莎剩水,三径全荒。《念奴娇》:残莎剩水,辋川烟景非故。——吴文英《齐天乐》:"断莽平烟,残莎剩水,宜得秋深才好。"

  陈匪石《月华清》:素娥今夕初见。水令翻新,恰好剪秋一半。——吴文英《新雁过妆楼·中秋后一夕,李方庵月庭延客,命小妓过新水令,坐间赋词》:剪秋一半,难破万户连环……素娥惯得,西坠阑干。

  陈匪石《鹧鸪天》:浅浅双鸳印碧苔,秋千影里旧池台。《征部乐》:杳难问、双鸳去迹。芳草地、沉恨今夕。——吴文英《风入松》:黄蜂频扑秋千索,有当时、纤手香凝。惆怅双鸳不到,幽阶一夜苔生。

2. 反用。

  陈匪石反用周邦彦词句二例、姜夔词句一例、吴文英词句六例,分列如下:

  陈匪石《华胥引》:双燕无归,信梁间、定巢非昨。——周邦彦《瑞龙吟》:愔愔坊陌人家,定巢燕子,归来旧处。

陈匪石《齐天乐》:树杂莺飞,堂空燕宿,如说人间何世。——周邦彦《西河》:燕子不知何世。入寻常、巷陌人家,相对如说兴亡,斜阳里。

陈匪石《鹧鸪天》:宜簪小萼讶红稀。——姜夔《一萼红》:有官梅几许,红萼未宜簪。

陈匪石《二郎神》:知甚日、断阕同赓。——吴文英《霜叶飞》:断阕经岁慵赋。

陈匪石《绕佛阁》:寒闭虚馆。料无笑语,因风坠天半。——吴文英《莺啼序》:近玉虚高处,天风笑语吹坠。

陈匪石《戚氏》:帝乡宽。梦醒暗省,——吴文英《莺啼序》:倚银屏、春宽梦窄。

陈匪石《戚氏》:银河不解,炼我韶颜。——吴文英《齐天乐》:圣姥朝元,炼颜银汉水。

陈匪石《彩云归》:何期。霜斤到处,好风光、过眼疑非。——吴文英《水龙吟》:般巧。霜斤不到。汉游仙,相从最早。

陈匪石《月华清》:琼楼迥、金镜谁磨。——吴文英《玉楼春》:天边金镜不须磨,长与妆楼悬晚照。

陈匪石化用周、姜、吴三人的辞句如此之多,与其填词"必字字有来历"[16]的追求有关。熔铸之时,也能做到原句与新词融合无间。但化用前人辞句的价值在于能够与原句形成差异,差异越大越能体现创造性,而陈匪石词化用之后在字面上并未远工于原句,在词意上也与原句相差不大,即使反用能表现新的词意,但囿于其翻案是单向的,创造的新的意境也极为有限。大量陈言的蹈袭,必然会造成意境的重复,特别是考虑到他还化用了许多诗人句子,如用杜甫诗高达一百零四例,用李商隐诗达四十六例,我们很难对此作出较高的评价。

(三)截取姜、吴的语面,而替换描写对象

如陈匪石《解连环》"乍倩影、窥见凌波,似环佩夜归,雾绡衣薄。笑语临风,又檐底、玉梅同索。想还丹换骨,九转竟成,捣遍仙药",咏水仙花,规模于姜夔《疏影》"昭君不惯胡沙远,但暗忆、江南江北。想佩环、月夜归来,化作此花幽独"。以美人喻花并非稀奇事,姜词立意之高在于创造性地添加了事件原因,即昭君因忆故国,所以魂魄乘月归来化作梅花。陈匪石注意到吴文英对姜夔的取法:"梦窗《郭希道送水仙·花犯》,过变即脱胎于此:不独'佩环'句运用杜诗,使事不为事使,如玉田所赞赏也。"[17]吴词过变为"湘娥化作此幽芳,凌波路,古岸云沙遗恨",以湘妃喻水仙花,而湘妃化此花的缘由在于她投水而死时存有"遗恨"。陈匪石沿袭了姜、吴二人的构思,采撷了二人词的字面,又添加了仙子化为水仙花是因为炼成了九转仙丹这一缘由,虽然词意不如姜、吴的深厚,但毕竟有了自己的审美意蕴。

又如《绛都春》"柔香长系秋千社",熔炼吴文英《风入松》"黄蜂频扑秋千索,有当时、纤手香凝",但内容已经完全不同。陈匪石此句是回忆二十五年前北京社稷坛的芍药,改"凝"为"系",含有"心系"之意,而改"秋千索"为"秋千社",既是为了叶韵,也是为了贴合有着较大空间的"社稷坛"。陈匪石的这种取法,虽然仍有语词的因袭,但能表现新的内容、构造新的意境,有一定的创新意义,类似宋诗中的"点铁成金"。惜乎集中不多见。

以上,陈匪石词借用周词的字面共十四例,借用姜词的共二十一例,借用吴词的共三十一例。用吴词较多的原因,在于吴词善于锻炼字面,如张炎认为"贺方回、吴梦窗皆善于炼字面"[18],陆辅之认为"吴梦窗之字面"是其所长[19],陈匪石也主张"吾人欲求造句琢字之妙,须于梦窗词深味之"[20]。综合来讲,陈匪石用三人字面,蹈袭者多,翻新者少,而这也是朱祖谋、郑文焯等人学梦窗的弊病之一。

三 用周、姜之法造句

陈匪石用周邦彦、姜夔之法造句,是指陈词与周词、姜词存在着同一类型的构句模式,且有较为明显的沿袭痕迹可寻。这是点化周、姜词句的结构原型,无关词语和句意,能够创造出属于自己的意境,因而具备较大的创新意义。具体有以下三种句法:

(一)周邦彦"以境喻情"之句法

周邦彦有一"奇横"句——"桐花半亩,静锁一庭愁雨。洒空阶、夜阑未休,故人剪烛西窗语。似楚江暝宿,风灯零乱,少年羁旅"(《琐窗寒》),为众多评论家所激赏,其中俞平伯的解析较为具体。俞氏《清真词释》云:"从夜雨说到话雨,又从话雨想起昔年楚江羁旅况味来,笔笔虚摹,笔笔宕开。至'夜阑未休'尚系实景,'故人'句已幻,用玉溪生'何当共剪西窗烛,却话巴山夜雨时'诗,原典亦正虚说,了不牵强,以散文释之,当曰:'安得故人剪烛西窗语耶。'是非实笔也。'似楚江'三句则幻中之幻,此周氏之所以目为'奇横'欤?盖当时之境本系暮年寂居,岂有情人西窗话旧耶?双栖已为幻想,忽由此境转想到少年羁旅情味。"[21]俞氏亦未尽识周词妙处。至"夜阑未休"是当下实景没错,但虚景"故人剪烛西窗语"不是期望,因为俞氏自行添加的"安得"二字,在周词中没有字面依据,也不符合诗词用语的省略习惯。周词这几句实为倒装,正常语序应该是"洒空阶、夜阑未休,似楚江暝宿,风灯零乱,少年羁旅,故人剪烛西窗语",以散文释之,当曰"洒落空阶的雨声,似少年时夜宿楚江与故人西窗对语之声"。"似"字是比喻意,而不是俞氏说的"想起"、"转想",而是空阶雨声似西窗语声,由此再引出过去。因前面已有"愁雨"二字,再用"孤寂"这类表达情感的概念词,会显得冗赘,所以宕开一笔,描绘某种境来表现情。同时,周词通过点化李商隐诗来构境,暗示了传情之境可以不必为真实经历。

陈匪石的"费惆怅、似说星辰昨夜何许,雨叶风灯相乱"(《拜星月慢》)句,完全脱息于周词。陈词也是倒装,正常语序为"费惆怅,雨叶风灯相乱,似说星辰昨夜何许",即雨叶风灯之声响似在说昨夜星辰何许,也是通过隐括李商隐诗描绘昨夜之境,进而表现当下惆怅之情。陈匪石深谙周邦彦词以境写情的句法,运用之时还能加以变化。其《六丑·送春词》"歌尘觑、缕金谁惜。寥落似、十载长门闭雨,翠娥头白",直接点化典故虚构一幅白发宫女听雨的场景,来譬喻春暮寥落之情。又《疏影》"因君触我家山念,五十载、雪门踪迹。似夜窗、闲说开天,拥髻粉娥头白",回忆五十年前在家乡求学经历,回忆时的心情不明言,只用"白头宫女闲说开元天宝事"这一境来拟喻,让读者自行体会,余味无穷。

又如《霜叶飞》"叹玉烛年光草草。临风轻换仙衣缟。似憩足芦碕,共暗雪、华颠镜里,各自凄照",表面写1919年冬北京的冰雪,而为传达雪中之情,作者虚构憩足芦苇岸时,满头白发与遍地芦花相对的凄凉场景,情感之沉重暗示这场雪的不简单。再结合前面的"玉烛"

有升平之征,可推测冰雪是对战乱的隐喻。《应天长》"沧波路,谁主客。似闭雨院梨春寂",时为1949年秋,陈匪石寓居重庆,身为川人的好友向迪琮自天津回乡,一时竟不知二人谁为主谁为客,这种感慨唏嘘难以细说,故化用刘方平"寂寞空庭春欲晚,梨花满地不开门"[22]诗来拟喻。这种"以境喻情"的写法,既使词情更加幽微、丰富,又使词境更加宽广、深厚。

(二)姜夔"虚实转换"之句法

姜夔词"清空"的成因之一,是使用了大量的"虚实转换"句法。虚实是相对概念,一般而言,写过去、未来者为虚,写当下者为实;写梦境者为虚,写现实者为实;代人设想者为虚,己处落笔者为实;运用概念者为虚,摹写景境者为实。此处所讲为最后一种,如姜夔《念奴娇》"嫣然摇动,冷香飞上诗句",荷花摇动飘香,这一景境的捕捉是通过视觉、触觉、嗅觉完成的,而"诗句"属于概念,其含义要通过认知来把握。以概念性词收束,阻断了读者直接感知事物的进程,迫使读者停下思考"诗句"一词与前面景境的相似之处,而两者之间的跳跃性较大,给予人整个词句空灵不可捉摸的印象。姜夔的其他词句,如《惜红衣》"高柳晚蝉,说西风消息",《徵招》"客途今倦矣。漫赢得、一襟诗思",《扬州慢》"废池乔木,犹厌言兵",也是这种化实为虚的句法。与此相对,还可以由虚转实,如姜夔《琵琶仙》"都把一襟芳思,与空阶榆荚",具有同样的空灵效果。陈匪石解析这句:"因念'空阶榆荚'忽生忽落,变化随时,不能自主,本一无情之物,'一襟芳思'都付与之而无所萦怀……顾人心之转换无常,见'榆荚'之飞,则寸心灰尽。"[23]这种虚实转换,使姜词"如野云孤飞,去留无迹"[24]的同时,也因关联点的寻找阻碍了对意境的直接感受,被有些人讥为"隔"。

陈匪石学姜夔化实为虚者,如《四园竹》"藓痕四壁,云气半帘,浓绿侵诗",谓浓绿庭院饶有诗意,《湘江静》"丛荷半委,衰兰暗泣,称悲秋词句",言衰败景象与悲秋词句相称,《洞仙歌》"听隔院、疏钟一声声,便化作诗心,不成秋绪",听疏钟引起秋感,都由姜夔"嫣然摇动,冷香飞上诗句"翻出。《倾杯》"尽倦客归来,闲情分付,与涛松烟竹",则是由虚转实,模仿姜夔"都把一襟芳思,与空阶榆荚"句,可直译为"在松竹下消磨闲情",其间关联点可以是松竹的隐逸性质,也可以指听松看竹能让人心生安闲。又《金缕曲》写伤春:"怕冉冉、樱桃红了。绿叶成阴平芜碧,染蛮笺、化作伤心稿。"胎息于姜夔《法曲献仙音》"象笔鸾笺,甚而今、不道秀句。怕平生幽恨,化作沙边烟雨",姜词由虚转实,而陈匪石反其道行之,显示了对这种句法的灵活运用。

(三)周、姜"大开大阖"之句法

何为"大开大阖"句法?陈匪石举例说:"一段之中,四句、五句、六句一气赶下,称为大开大阖者,如清真《还京乐》换头、《西平乐》后遍。"[25]周邦彦《还京乐》曰:"望箭波无际。迎风漾日黄云委。任去远,中有万点,相思清泪。　到长淮底。过当时楼下,殷勤为说,春来羁旅况味。堪嗟误约乖期,向天涯、自看桃李。"换头"到长淮底"至"羁旅况味",承上结"任去远,中有万点,相思清泪"而来,都由前面的"箭波"意象而生出,即主人公望水波流向远处,其中携带着自己的万点相思泪,希望它流到长淮底,流到当时楼下,为楼上的她诉说自己的羁旅况味。这几句意脉连贯,节奏平直,是为"大开",至"堪嗟"句才收合。又周邦彦《西平乐》后遍"重慕想,东陵晦迹,彭泽归来,左右琴书自乐,松菊相依,何况风流鬓未华",中间四个短句铺展"重慕想"的具体内容,至"何况"句收束。可知,"大开大阖"的偏重点在"大开",即由某一意象或行为出发,将内容以三个以上的句子铺展开。"开阖"是词中常用技法,而"大开大阖"则并非谁都擅长,因为"大开"一路平顺,将意说尽说透,容易使气势衰缓,句子靡弱,但适用者,也能达到增强气势、深化情感的效果。

姜夔也深知"大开大阖"之法,其《白石道人诗话》曰:"短章酝藉,大篇有开阖,乃妙。"[26]虽是论诗,但也可施之于词。其《八归·湘中送胡德华》后数句:"想文君望久,倚竹愁生步罗袜。归来后,翠尊双饮,下了珠帘,玲珑闲看月。"目送友人归去时,想象友人妻子盼望丈夫的样子和二人团聚的场景。六个短句全由"想"字生出,词意一路平顺,毫无转折,与周词类似。又其《淡黄柳》末四句"怕梨花落尽成秋色。燕燕飞来,问春何在,唯有池塘自碧",由"怕"字管领至"自碧",即怕梨花落尽,怕燕子飞来问春何在,却只有池塘自碧。词意一直递进,情感也随之不断增强。此数句规模于周邦彦《兰陵王·柳》"愁一箭风快,半篙波暖,回头迢递便数驿。望人在天北","愁"字也管领至结尾,即愁船去之快之远,愁回望时人在天北。陈匪石解析姜词曰:"'怕'字又一转,下即放笔为之:'梨花落尽',虽春亦秋,'燕燕飞来','池塘自碧'。"[27]解析周词曰:"'愁'字以下放笔为之,直说到相望而不相见,词境正如周氏所云,词笔亦'一箭风快'。"[28]都提到"放笔为之"四字,亦即"一气赶下"。但与周词的平直写去不同,姜夔此词为避免气势衰弱,在平顺至末尾时加入虚词"唯有"来转折,如平波尽头作波澜振起,使其词气力健举,这是姜夔词风刚健的原因之一。

陈匪石词的"大开大阖"者,如《蓦山溪·双十闻捷》下片:"好风吹送,帆影随湘转。千里指江陵,浪花中、峡云初展。青春白首,有梦早还乡,佳丽地,浼尘腥、灯火谁家院。"写宜昌大捷后,词人想象买舟东归故里的情形,词意贯穿直下,与当时的喜悦相吻合,一似杜甫《闻官军收河南河北》末联,而词中则脱胎于周邦彦《还京乐》。又如《倒犯》"算念极,翻成恼。寄音书、新来南燕少。甚画烛银屏,不分呈双笑。问天天又老",写思念爱人至极而转生恼怒,以下铺展恼怒的具体内容,先将人之不能得音书归咎于"燕少",再取温庭筠"银烛有光妨宿燕,画屏无睡待牵牛"[29]诗意,将"燕少"归咎于画烛,最后又控诉于苍天,辞无理而情愈深,中间嵌入虚词"甚"、"又"来制造起伏、增强气势,与姜夔《淡黄柳》结尾类似。

又如《齐天乐·庚申三月重过象坊桥》末数句"天涯望眼。怕残缬无多,寸波难剪。点素成缁,纻衣和泪浣",后四句皆由"望眼"生出,意谓她肯定也在天涯某处想念着我,望眼欲穿,恐怕她脸上的胭脂已经被泪水冲刷殆尽,眼睛干涩,衣服上满是泪痕。《曲玉管》末数句"只沉阴愁拥,迤逦长城如线,络空垂海,野鹤飞归,不见东辽",写东北沦陷,后四句全由"沉阴"生出,谓层层阴霾遮压迤逦长城,上连天空,下接大海,即使野鹤飞回,也会看不清辽东。以上所例举的陈匪石词皆数句一气贯穿,意脉相连,情感随字面的递进而深化,所以多用于整首词的结尾,以使词收束得有力。

四 以姜、吴之法用典

陈匪石主要学习了姜夔、吴文英"合数典为一典"的用典方法。陈匪石说:"用一故实,必有数故实以辅佐之。意取于此,用字不妨取于彼。合数典为一典,自新颖而有来历。如白石词中'昭君不惯胡尘远,但暗忆、江南江北'之类,即得此诀。而梦窗尤擅用之,甲乙丙丁稿中,举不胜举。"[30]又说:"夫梦窗为词,用事下语,颇有昌黎古文'陈言务去'之概,故其过也,偶或失之晦,有非细心读之不能知其所隶何事者。盖其运典炼字之法,每有所用为此典,而其字面则另于他典求之者,只隶一事,而常有数事奔赴腕下,转化去故实之面目,使他人之所有者,变为我之所独有。其晦因此,而其前无古人别开生面者亦在此。"[31]

"合数典为一典"包含两层含义。第一,"用一故实,必有数故实以辅佐之",如姜夔《疏影》咏梅:"客里相逢,篱角黄昏,无言自倚修竹。昭君不惯胡沙远,但暗忆、江南江北。想佩环、月夜归来,化作此花幽独。"此句取意于王建《塞上梅》"昭君已殁汉使回"[32],此一故实,又有数故实辅佐:前有"自倚修竹"用杜甫诗"日暮倚修竹"[33](《佳人》)之意,引出佳人昭君;后有"想佩环、月夜归来,化作此花幽独"用杜甫诗"环佩空归月夜魂"[34](《咏怀古迹五首》其三)之意承接。第二,"意取于此,用字取于彼",如吴文英《木兰花慢·重泊垂虹》"怅断魂西子,凌波去杳,环佩无声",意在说姬去,主体典故为西施,而用字兼取洛神之"凌波"、江妃之"环佩"。

陈匪石词中"用一故实,必有数故实以辅佐之"者,如《瑞龙吟》"如山浪白,高咏横江句。空凝想、宫袍灿锦,凌波仙步。扇海长虹去。借人酒盏,权消恨绪",时众词友禊集南京乌龙潭,陈匪石游安徽采石矶未至,故凝想李白月夜乘舟自采石达金陵之事。主体典故出自《旧唐书》:"尝月夜乘舟,自采石达金陵,白衣宫锦袍,于舟中顾瞻笑傲,傍若无人。"[35]然又有数典辅佐之,前有"如山浪白,高咏横江句"化用李白诗《横江词六首》其三"白浪如山那可渡?狂风愁杀峭帆人"[36],后有"扇海长虹去",隐括李白《鸣皋歌送岑徵君》"霜崖缟皓以合杳兮,若长风扇海,涌沧溟之波涛"[37]。

又如《征部乐》"但镜里、清光曾睹,柳星朱鸟,残影心头识。幻女床山色。翠羽返、倘传音息。恐远书、也写离愁,对玉珰慵拆",悼念亡妻,直译过来是:曾目睹星光闪耀镜中,这场景一直铭记我心头,星光残影仿佛是女床山色;倘若女床山上的鸾鸟能够传来她的书信,那书信恐怕也是写着她的离愁,对着她留下的耳饰,我恐怕不忍看那书信。主体典故为青鸾传书,但"青鸾"的出场不是突兀的,而是有两个典故作了铺垫。首先是"柳星朱鸟",朱鸟即二十八宿中南方朱雀七宿,柳星为七宿中第三星。其次为"女床山",据《山海经·西山经》载:"西南三百里,曰女床之山……有鸟焉,其状如翟而五采文,名曰鸾鸟。"[38]另外,女床也是星名:"女床三星,在纪星北。"[39]可见,由"朱鸟"到"女床",在三重层次上形成了联想:第一层是字面比喻,即星星"柳星朱鸟"的清光残影如"女床山色";第二层为星座关联,即由星星"柳星朱鸟"联想到"女床"星;第二层为鸟类关联,即由"朱鸟"联想到女床山上的鸾鸟。三者无论字面义、典故义,施之于此都十分融洽。最后,才由女床山上的鸾鸟自然地引出"翠羽返"。这种"多重用典",较之一般用典更显出构思的精巧和审美的丰富。

陈匪石词中"意取于此,用字取于彼"者,如《六丑·送春词》"寥落似、十载长门闭雨,翠娥头白",意在传达寥落之感,主体出自元稹《行宫》"寥落古行宫,宫花寂寞红。白头宫女在,闲坐说玄宗"[40],"十载"出自御沟题红故事中宫女韩氏的诗句"一联佳句随流水,十载幽思满素怀"[41],"长门"出自《长门赋》。这些"古人语"的共同点是与宫中女子的幽寂有关,因而能被陈匪石杂糅一处。《疏影》"似夜窗、闲说开天,拥髻粉娥头白",词意也取元稹《行宫》诗,而"拥髻"二字出自《赵飞燕外传》"通德占袖,顾视烛影,以手拥髻,凄然泣下"[42]。

又如《澡兰香·重午泛玄武湖,遂至钟山北麓,和梦窗》后结"渐听到、隔水笙歌,停云天角",意在用秦青善歌、"响遏行云"之典形容笙歌嘹亮,而字面却取陶渊明的《停云》诗。陶诗序曰:"停云,思亲友也。"[43]因而陈词此处既可形容笙歌高妙动听,又可寄寓对友人的思念,两义都契合词的语境。又如《浪淘沙》"灯语琐窗虚。十斛明珠。寂寥人境慰情无",表现女子独居的寂寥,典出《梅妃传》:"命封珍珠一斛,密赐妃,妃不受,以诗付使者曰:'为我进御前也。'曰:'柳叶双眉久不描,残妆和泪污红绡。长门自是无梳洗,何必珍珠慰寂寥。'"[44]原典只是"珍珠一斛",而陈匪石改为"十斛",取字于乔知之《绿珠篇》"石家金谷重新声,明珠十斛买娉婷"[45],即石崇以十斛明珠买婢之事。以这种方式用典的词句,陈匪石还有很多,如《花犯·樱花》"刘郎梦中到蓬山,盈盈水、有分仙姿重见。云雾冷,凌波步、麝尘飘散",《齐天乐·椰》"龙门自有。倚百尺孤根,翠披霜溜。不解飘零,素心留证万年后",《采桑子》"隔院歌颦。不驻行云。凄断巫山梦里人",《满江红》"枕角留仙无梦到",等等,为避免繁琐,不一一缕析。总之,陈匪石的"合数典为一典",因字斟句酌、精心构思,使典故与词意融合无间,取得了言简义丰、赡博渊雅的效果,自不同于一般的"獭祭鱼",但偶尔也有用典过僻而导致词旨晦涩之处。

以上从声律、字面、句法、用典四个方面,具体探讨了陈匪石词对周邦彦、姜夔、吴文英三家词的取法,显示了陈匪石对词艺的精湛把握。就具体词艺而言,陈匪石覃研之深、锻炼之工甚或超过这三家,但就整体词作水平而言,显然与这三家存在一定差距。冒鹤亭评价陈匪石:"此君词学确深,若不泥于四声、受彊村之毒,骚坛飞将军也。惜与旭初同,不免通人之蔽。"[46]拘束陈匪石等人的不止是四声,对宋人用字、造句、用典的亦步亦趋也未尝不是,而其目的不过是"欲以南宋之面,北宋之骨,融合为一"[47]。这引发了我们对学词方式的思考。晚清以前,词人取法多着眼于某一家或某家之某一点而深化之,如姜夔学周邦彦得其疏,吴文英学周邦彦得其密,陈维崧学辛弃疾至于狂,厉鹗学姜夔至于幽,而晚清周济提出"问途碧山,历梦窗、稼轩,以还清真之浑化"[48]之后,郑文焯、朱祖谋、陈锐等人以及他们的大批追随者都想融南北宋为一以达到某种理想词风。各面求全,势必箍头管脚,泯灭作者的创造性,这或许是清季民初词坛极少个性鲜明、独树一帜的词人的原因。本文只是初步探讨,期待方家加入研究。

注 释:

* 本文系2019年教育部人文社会科学研究一般项目"陈匪石词编年笺注"(19YJA751040)阶段性成果。

[1] 郑文焯《与朱祖谋书》,孙克强、杨传庆辑校《大鹤山人词话》,南开大学出版社2009年版,第282页。

[2] 邓妙慈《晚清民国主流词学下之继述与违离——以朱祖谋〈彊村语业〉与〈宋词三百首〉之关系为例》,《中山大学学报》2022年第2期。

[3] 陈锐《词比》,张璋等编纂《历代词话续编》上册,大象出版社2005年版,第141页。

[4] 杨柏岭《郑文焯"慢曲宋四家"词说》,《文学遗产》2021年第1期。

[5] 本人与人合著有《陈匪石词编年笺注》,尚未出版。故本文有关陈匪石的统计、引用,除特别

注明外,都暂依《陈匪石先生遗稿》(刘梦芙校,黄山书社2012年版),不再一一出注。

〔6〕〔7〕〔9〕〔10〕〔11〕〔16〕〔17〕〔20〕〔23〕〔25〕〔27〕〔28〕〔30〕 陈匪石著,钟振振校点《宋词举(外三种)》,江苏古籍出版社2002年版,第216—217、182、57、94、34、187、52、219、58、190、56、95、219页。

〔8〕 王强编著《周邦彦词新释新评》,中国书店2006年版,第251页。本文引周邦彦词皆依此本,不再一一出注。

〔12〕 夏承焘《姜白石词编年笺校》,上海古籍出版社2020年版,第38页。本文引姜夔词皆依此本,不再一一出注。

〔13〕 孙虹、谭学纯《梦窗词集校笺》,中华书局2014年版,第1601页。本文引吴文英词皆依此本,不再一一出注。

〔14〕 杨万里著,薛瑞生校笺《诚斋诗集笺证》,三秦出版社2011年版,第1652页。

〔15〕 蒋清翊《王子安集注》,上海古籍出版社1995年版,第74页。

〔18〕〔24〕 张炎《词源》,唐圭璋编《词话丛编》,中华书局2021年版,第259、259页。

〔19〕 陆辅之《词旨》,唐圭璋编《词话丛编》,第302页。

〔21〕 俞平伯《清真词释》,《俞平伯全集》第4卷,花山文艺出版社1997年版,第121页。

〔22〕〔45〕 彭定求等编《全唐诗》,中华书局2003年版,第2840、875页。

〔26〕 蒋凡辑《姜夔诗话》,吴文治主编《宋诗话全编》,凤凰出版社2006年版,第7548页。

〔29〕 曾益《温飞卿诗集笺注》,上海古籍出版社1980年版,第95页。

〔31〕 陈匪石撰,戴伊璇辑录《〈旧时月色斋词谈〉辑佚》,《词学》第41辑,华东师范大学出版社2019年版,第434页。

〔32〕 尹占华《王建诗集校注》,巴蜀书社2006年版,第15页。

〔33〕〔34〕 仇兆鳌《杜诗详注》,中华书局1999年版,第554、1502页。

〔35〕 刘昫等撰《旧唐书》卷一百九十《文苑列传下·李白》,中华书局1959年版,第5053页。

〔36〕〔37〕 瞿蜕园、朱金城《李白集校注》,上海古籍出版社1998年版,第517、506页。

〔38〕 周明初校注《山海经》,浙江文艺出版社2016年版,第19—20页。

〔39〕 房玄龄等撰《晋书》卷十一《天文志上》,中华书局1959年版,第294页。

〔40〕 周相录《元稹集校注》中册,上海古籍出版社2011页,第477页。

〔41〕 刘斧撰,施林良校点《青琐高议》,上海古籍出版社2012年版,第34页。

〔42〕 伶玄《赵飞燕外传·伶玄自叙》,中华书局1991年版,第16页。

〔43〕 王瑶编注《陶渊明集》,作家出版社1956年版,第27页。

〔44〕 曹邺《梅妃传》,中华书局1991年版,第2页。

〔46〕 冒怀苏《冒鹤亭先生年谱》,学林出版社1998年版,第541页。

〔47〕 李敦勤《倦鹤近体乐府跋》,刘梦芙校《陈匪石先生遗稿》,第111页。

〔48〕 周济《宋四家词选目录序论》,唐圭璋编《词话丛编》,第1643页。

〔作者简介〕 龚敏,1991年生,文学博士,杭州师范大学讲师,研究方向为词学。

侯官郭氏蛰园击钵吟社考论

刘 赫

蛰园击钵吟社是由郭则澐在北京创办的诗社,始于1920年,至1928年结束。该社有76位成员,多为北洋政府官员、各界名流。在家族渊源方面,该社继承侯官郭氏家族三世击钵吟传统,从道咸年间的荔香吟社,到光宣年间的榕荫堂诗社,再到民国时期蛰园击钵吟社,前后共有"百余年来风尚"[1],这方面内容在学界还未有深入探究。在同时代结社中,蛰园击钵吟社又与寒山诗钟社、稊园诗社遥相呼应,后两者被学界所重视,前者至今未见提及。研究蛰园击钵吟社能够更好地审视福建击钵吟传统历史,对了解闽籍同光体后期文人的交游活动与文学发展状态具有重要意义。

一 侯官郭氏家族四代传承与击钵吟的发展

击钵吟是福建兴起的一种文字游戏活动,是指一种限时、限题、限韵吟作的创作活动方式。[2]这种游戏活动起源于南朝"刻烛联吟"、"击钵催诗"的典故。[3]后世中对击钵吟的活动有所提及,但这一活动尚未成气候。直到清道光年间,击钵吟在闽地兴起,经过闽籍在京官员的传播,使之在北京逐渐盛行。这一过程中,起到重要作用的代表人物是郭柏荫,其后代子孙郭式昌、郭曾炘、郭则澐赓续传承。通过侯官郭氏家族四代的努力,促使击钵吟活动影响渐广。

荔香吟社是由郭柏荫等闽地在京士人倡立的击钵吟社。根据该社汇集的作品《击钵吟全集》可知,荔香吟社创办于道光三年(1823),至光绪四年(1878)左右结束,前后跨越五十余年,在京影响深远。道光七年(1827),杨庆琛《〈击钵吟偶存〉序二》记载结社之初的情景:"道光甲申(1824)、乙酉(1825)间,诸同志聚晤都门,度岁余闲,结阁诗社,燃兰花香盈寸,成七截一首,捷者得三四首。暑尽继以烛,更余为止,日可得绝句百余首,互为甲乙。或咏古,或咏事,或咏物,皆务各抒意论,不袭肤词。积既久,择其可咏者录而存之。题曰'击钵吟',取铜钵催诗之义。软红尘中,得此清课,亦晋安风雅之遗也。"[4]后因多人于光绪年间逝世,或是出京,致使击钵吟社面临解散。曾元海《〈击钵吟偶存〉序三》记载诗社结束时的情形:"其在戊子(1878)以后者,雪苓又时时录寄,因念集中诸友,寿夫已作古人,芸卿外擢郡守,翠岩、亮叔数君子或以他事出京,或以一官远去,星散居多。比余得代回都,欲相聚如昔时之盛,不可

本文收稿日期:2022年10月28日

得也。"[5]郭柏荫为"荔香吟社"的倡立者之一。他辑录了《击钵吟二集》、《击钵吟六集》、《击钵吟七集》、《击钵吟八集》、《击钵吟鄂集》等,最后整理成《击钵吟全集》。郭柏荫孙郭曾炘、曾孙郭则澐在京师定居,秉承"荔香吟社"的传统。

榕荫堂诗社是郭曾炘在福建和北京所创办的击钵吟社。该社大概创办于光绪六年(1880),至光绪二十六年(1900)左右结束。郭曾炘创办诗社的目的是为了重办荔香吟社,继承击钵吟传统。他在《邴庐日记》中记曰:"尝赓续乡先辈击钵故事,重辟荔香吟社,同社中有君家铎人丈、平斋、君常诸君及余兄弟。"[6]榕荫堂诗社在闽地举办时,平斋在《击钵吟》中有所记载曰:"余自庚辰(1880)后,始联社作折枝,不两年便改为击钵吟(十一集即余选刻)。晚间破闷,则约同乡三四人,到寓小集。如有大聚会,则在榕荫堂","谁知癸丑(1913)到京,堂既为不作诗者所占,而松亦无一存者,此亦诗事中之黄粱一梦也"[7]。光绪十四年(1888),郭曾炘入京为官,迁居宣武门时,与友人再次创办榕荫堂诗社。郭则澐年谱中回忆,光绪十六年(1890),"乡先辈官京朝者时为击钵之集,一日集于寓邸,大雨如注,檐溜声与吟唱相间"。光绪二十二年(1896),"乡先辈继为击钵之集,时虎坊郡馆榕荫堂新葺,为觞咏之地,月三集,集恒三题,每夜深始散"[8]。直到庚子事变,闽籍在京官员避乱南归,为期二十年的榕荫堂诗社就此结束。

当时,闽地兴起的诗钟活动始终与击钵吟相抗衡。宣统初年(1909),陈宝琛倡立折枝之戏,即为诗钟,兴盛一时,其影响胜过击钵吟活动。黄濬《花随人圣庵摭忆》记载:"及宣统初,弢庵先生再起,风气始一变,钟盛于钵,以弢老最工此,号为'钟圣',其所作上下风味,表里故实,五雀六燕,势均力敌,而又俨为诗中断句,可资吟讽,非南皮、节庵所及,易、樊更无论矣。"[9]自1918年以后,陈宝琛在京倡立灯社,使诗钟在全国范围发展起来,击钵吟的发展再次受到打击。尽管诗钟与击钵吟出于同源,但因形式不同,相比击钵吟,诗钟更赢得士大夫的喜爱。

蛰园吟社的创办正是为了挽救击钵吟的地位,使之再度兴起。当击钵吟受到诗钟严重冲击之时,郭则澐担负起恢复其发展的重要责任。郭氏诗云:"折枝俗所耽,吾宁取熊掌。"[10]可以看出,击钵吟在郭氏心中的地位显然重于诗钟。同乡长辈林纾希望郭氏继承祖辈乡俗余绪,激励他重振福建击钵吟传统,"林丈畏庐尝以余言　举社事,陈子仲骞之联珠社,关子颖人之稊园社,亦先后并作"[11]。郭则澐听取林纾的建议,始而为之。

蛰园击钵吟社创办于1920年,这一年北京正经历直系曹锟与皖系段祺瑞之间的争战,郭氏已无心政事,于是在北京购买蛰园宅邸,召集好友,正式建立蛰园吟社。随后两年,郭氏陆续辞去各个职位,以全部心力来创办诗社。1921年,他向北洋政府大总统徐世昌请求辞职,自云:"频年心力交瘁,识见更迁,不复堪与闻政事矣。"[12]1922年辞去所有职位。自辛亥革命以后,郭氏的政治理想就已破灭。但是碍于与徐世昌旧交甚深,无法拒绝聘请,民国时期被迫出仕,但始终"不以官自居"。如今,面对军阀混乱的局势,郭氏早已厌倦官场,加之身上担负击钵吟传承的责任,于是在1920年决定正式建立蛰园击钵吟社。郭氏凭借自身深厚的才学和地位,以其影响力和号召力云集了京师文坛的名流,如清太傅陈宝琛,文坛大家樊增祥、易顺鼎,同光体派代表人物陈衍、郑孝胥等遗民耆宿坐镇诗社,扩大了诗社的威望,使击钵吟活动再度发展起来。

纵观击钵吟的发展历史,道光年间荔香吟社将击钵吟推向兴盛时期,到光宣年间偃旗息鼓之后,榕荫堂诗社又承接余绪。宣统时期,击钵吟一度被诗钟打压,转为沉潜期,暗中积蓄能量。到了民国时期,郭则沄创办的蛰园吟社,使击钵吟迎来中兴。击钵吟在晚清民国时期持续近百余年,其间侯官郭氏家族四代功不可没,对击钵吟发展起到巨大的推动作用。

二 蛰园吟社的社员、社集方式

1928年,蛰园吟社宣布结束。在其后五年时间之内,郭则沄将诗社成员的击钵之作辑录成《蛰园击钵吟》二卷,其中社稿由郭曾炘手选,丁传靖删订,王式通、郭则沄分别为之作序,共收录1631首七言绝句,于1933年付梓刊行。

根据《蛰园击钵吟》中记载,击钵吟社社员共有76人。从籍贯来看,祖籍为福建的人数居多,至少有20人,分别为林纾、陈衍、林开謩、周登皞、郭曾炘、郑孝胥、陈寿彭、薛肇基、陈懋鼎、高赞鼎、林葆恒、郭则沄、黄孝纾、黄孝平、张元奇、何启椿、黄濬、黄懋谦、林步随、曾克耑等。其次是来自江浙的成员较多,至少有12人。其他还有来自辽宁、吉林、天津、河南、河北、湖北、四川、贵州、安徽、江西、广东等地。

从身份来看,诗社成员身份复杂。有北洋政府官员,比如国务院参事总长傅增湘,印铸局局长袁思亮、曹秉章,临时稽勋局局长许宝蘅,秘书厅秘书长王式通,直隶省特派交涉员徐沅,吉林省吉长道尹郭宗熙,铨叙局局长三多,内政部秘书罗惇曧等;有文坛大家,比如林纾、陈衍、樊增祥、郑孝胥、易顺鼎、冒广生等;有教育界人士,比如溥仪帝师温肃,袁世凯家庭教师方尔谦,教育部主事黄懋谦,教育部次长傅岳棻、陈任中,大学教授袁励,教授曾克耑,教习白廷夔;有藏书家傅增湘、杨钟羲、丁传靖、孙雄;还有前清遗老林开謩、外交官陈懋鼎、外交委员汪荣宝、商人叶崇质等。

根据社团的创作贡献及影响力,诗社成员可分为核心人物、骨干及辅翼人员。

击钵吟社的核心人物为郭曾炘、樊增祥、丁传靖、郭则沄。在《蛰园击钵吟》中存录他们诗作总数超过100首,创作数量由高到低排列为:樊增祥205首,郭则沄183首,郭曾炘165首,丁传靖140首。他们是诗社中存录诗作最多的四个人,皆担任诗社重要职能。郭曾炘和郭则沄父子二人凭借自己的影响力及号召力,集结社团所有成员,具有核心凝聚的作用。樊增祥与郭曾炘负责拈题,"樊山、匏庐两宫以词林耆宿同主骚坛,授简命题"。丁传靖负责诗集作品的删订。而樊增祥和丁传靖的创作最为突出,郭则沄评价说:"樊翁兴最豪,丁掾神尤朗。"[13]足见四位人物的重要作用。

诗社中的骨干力量即为经常参与社团的社员,他们存录的诗作较多,超过10首以上(包含10首)的有19人,分别如下:关赓麟80首、宗威77首、陆增炜76首、陈懋鼎70首、关霁55首、何启椿45首、杨寿枏40首、王式通33首、周登皞24首、靳志24首、黄孝平24首、黄濬19首、邓镕16首、吴宝蓁13首、黄懋谦13首、冒广生12首、王承垣12首、刘子达10首、宗潢10首。其中以关赓麟的创作最多,他不仅是蛰园诗社的重要成员,还是寒山诗钟社、稊园诗社的创立者,因此,他在诗钟和击钵吟界是一位举重若轻的人物。

诗社中辅翼成员,指的是偶尔前来参加的人员。其余53人所创作的诗作皆为10首以下,比如文坛大家陈衍4首、郑孝胥1首、易顺鼎5首、林纾4首等,他们参与次数有限,诗作不多。

诗社以击钵催诗的形式分题赋诗,通过限时、限题、限韵的方式吟作七言绝句。关于吟社的社集方式,郭则沄说:"庚申,蛰园成,请于先公集社于园之结霞阁。入社者不限乡籍,月一集,集必二题,寒暑无间","政局迭迁,吟侣星散,而吾社已九十六集"。可知,吟社不限乡籍,每月一集,每集二题,前后八年共有96次结社活动。郭氏遗憾结社未满百集,"先公语不肖曰,其赓续至百集而止,方订期啸侣,遽遭先公之变,陔余乐事,横夺于天,积惨缠膺,言之增痛"[14]。

1928年,国民革命军北伐胜利,结束了长期军阀混战的局面,统一全国。因此,北京政局发生革变,蛰园诗社社侣星散,面临解散。另一方面也因郭则沄父亲郭曾炘去世,因此郭氏无心办社,社集未满百集,就已结束。

三 蛰园击钵吟社的风尚及创作特点

蛰园击钵吟社以咏史为主,共存录1631首诗,188个题目。樊增祥执掌诗社,尚搜奇僻典,其中吟咏的内容或歌咏忠孝侠义,或批判不良风气,或调侃男女艳事,或借咏史抒发对时代的感慨和幽绪。

(一)蛰园吟社雅好典博

樊增祥在诗社中具有引领风气的作用。郭则沄对樊氏多有评价,曰:"樊山丈执牛耳,好典博,寖成风气,与先乡辈标格小异,然亦极一时之盛矣。"[15]蛰园吟社的诗风与荔香吟社有所不同。蛰园吟社好生典僻典,正所谓"搜典抽秘思,惊名坠凡想"[16],而且诗作中笼罩着衰瑟和凄哀的情感。相比较而言,荔香吟社辑录的《击钵吟全集》中,熟典居多,且诗作语言通俗浅易,亦有咏物咏景之作,更有闲适轻松之态。可见,蛰园吟社与道光年间文人心态有了很大的不同。

尽管樊增祥为风气的推动者,成员的诗学喜好更是促成风气形成的重要因素。从诗社成员的诗学背景来看,诗社中以同光体闽派人物为主。首先有以陈衍、郑孝胥为领袖的代表人物,同辈当中有郭曾炘、张元奇、林开謩、周登皞,还有后辈当中的黄濬、陈懋鼎、黄孝平、郭则沄、林葆恒、黄孝纾、林步随、曾克耑等闽籍成员。陈衍为同光体的发起者及理论家,他曾言:"同光体者,余与苏戡戏目同、光以来,诗人不专宗盛唐者也",认为"诗莫盛于二元,上元开元、中元元和、下元元祐也"[17]。同光体闽派诗学宗尚唐宋诗风,但是具体来看,由于在易代动荡的背景之下,诗人们则更偏好中晚唐及宋诗诗风。这一时期诗人将精力转为诗文,好用典故,以表达动乱下的衰瑟之情,反映了当时一部分诗人的心态。陈衍提倡"学人之言与诗人之言合"[18],而蛰园吟社更符合"学人之诗"的创作。这种"学人之诗"与兴象玲珑的"诗人之诗"有所不同,它更注重叙事和议论的表达。"学人之诗"可追溯到唐代时期杜甫的"诗史"、韩愈的"以文为诗",以及宋代时期黄庭坚的"无一字无来处"的诗学观念。蛰园吟社成员大多数为前清进士,具有深厚的学养,更偏好"以才学为诗,以议论为诗"。因此,他们喜好在书籍中寻找选题,尤其采用唐、宋典故,体现了社员深厚的学识和广博的见识,也说明社员对唐宋诗学的偏好。

这种雅好典博风气的背后更是由国运沦丧、战争频繁的时代所致，这群文人躲避战乱，将更多精力转向书籍，去寻找情绪的发泄口，用诗作含蓄表达对时代的愤怒。

(二)蛰园吟社成员创作特点

《蛰园击钵吟》中共存录188个题目，每个题目下有十首左右的七言绝句，这些题目博采史书、集部，亦有题图、题传之作。文人借此或寄托情感，或影射现实，以此来表达悲伤的末代情绪。

1. 诗作体现浓厚的诗教观念

封建礼教发展两千年，士大夫以文取士，皆要学习儒家经文，以匡扶天下，济世救民。他们以此为道德准则，维护国家纲纪，来协调社会各阶层的矛盾。因此，儒家的"仁义礼智信"始终为他们信奉的人生信条，"君为臣纲，父为子纲，夫为妻纲"则是他们遵守的底线。晚清民国时期，正值内忧外患，矛盾激化严重。对外难以抵制西方列强的侵略，对内不断地受到西方文化的冲击。对于这群传统士大夫而言，很难接受新的思想探索，依旧对传统典制制度的作用抱有期待和幻想。郭则澐等人想凭借读经来救国，郭则澐诗云："名教遂沦斁，读经足救国。"[19]郭氏始终以清代典制为重，著述《竹轩摭录》一书，以溯源清制，针对凌蔑清制之人。荔香吟社也具有这样的诗教观念。洪任和《〈击钵吟偶存〉序》曰："迩来诗教益昌，作者弥众，吟成珠叶，高调以推敲，风雅文明，聚骚坛而击钵。济济好学之士，对此一编，熟读玩索，亦可以助吟咏之参考也。顾此击钵吟集成为正善之本。"[20]相比较而言，蛰园吟社浓厚的诗教思想更加突出，君王、忠臣、孝子、烈妇屡屡成为吟咏的对象，在诗文中，竭力褒扬道德行为，以期实现诗教的目的。

比如《女真以千金募胡铨请斩秦桧疏》中，因秦桧与金使议和，胡铨及上下朝廷大臣反对议和行为，于是胡铨上书高宗，除去秦桧等祸国殃民之人，否则投东海而死，其忠心可见。这份上疏传遍吏民之间，女真人以千金购得这份上疏，最后惊惧却步。文人以此赞扬胡铨为国忠贞之情。郭曾炘诗云："书生孤愤枉输忠"，丁传靖有"彼虏原知佞与忠"[21]，靳志有"盈廷碌碌表孤忠"，郭则澐有"空传输草奖孤忠"，曾克耑有"堪笑南朝奖忠直"[22]，皆提到胡铨的忠义，以此为标榜。《绿珠井》出自宋代《太平广记》，西晋绿珠为石崇爱妾，孙秀为索取绿珠，逮捕石崇，绿珠为此坠楼自尽，章华有诗云："四散香尘杳玉容，千秋谁与继芳踪。景阳宫里胭脂水，安得无波似阿侬。"[23]以此表达对烈女坚贞的赞扬。《胡尚书证救裴晋公》出自唐代《山西通志》，胡嗣瑗有诗云："疲驴破帽帝城东，轶事流传见侠风。为语雕青诸恶少，从今不诧甲辰雄。"[24]表达对胡铨侠义精神的赞许。

2. 以史咏怀，借史实兴衰寄寓文人伤感

在众多的诗句中，文人借吟咏史实，表达末代士大夫的山河破碎之悲，以及向往隐逸的心志。

尽管诗社成员大部分为民国时期官员或各界名流，但是他们经历过家国的灭亡，如今又苦于战争频仍，他们倚声酬唱，将内心的故国之思借咏史而表达出来。比如在咏"平楚楼"时，冒广生诗云："山河破碎未为悲，废立随人似弈棋。万死木棉庵畔鬼，骄他臣节不曾亏"；宗威诗云："老臣误国罪悉辞，一望湘南草色滋。恰与迎康亭作对，汉家十世中兴时"；郭则澐诗云:"怅望登楼悔已迟,晚霞世界谶如斯。木棉庵里排墙日,末代谁怜贾太师","柘袍忍说旧朝仪,谪籍伶俜一死迟。依旧河山天水碧,楼头惆怅夕阳时"[25];关霁诗云:"登楼悔已噬脐迟,楚望江山举目悲。休拟季龙垂暮日,澄公埋石已前知"[26]。其中"山河破碎"、"江山举目悲"、"忍说旧朝"、"末代谁怜"等来借指清朝的灭亡,而"臣节不亏"、"老臣误国"、"一死迟"等表达忠于前清朝代的心志。再比如,陆增炜《罗隐为钱武肃代作谢表》有"衰朝扶翊仗孤忠,不睡神龙一世雄。选遍银光奇士面,高文毕竟藉江东"[27];陈任中"犹有遗臣寄浙东,少阳天子奖奇功。堂堂一表存忠节,尚识唐家运未终";郭则澐"艰难保境状孤忠,雅谑营丘事不同。幕府山高齐阁笔,果然黄祖识英雄"[28]。其中"衰朝"指的是唐朝末年,亦是影射清朝的衰落,"孤忠"、"遗臣"、"忠节"指的是罗隐,而实际是诸位文人自比。其他如郭则澐《倪迂裂绢》中"江山破裂何论绢,雪涕皇元运已终"[29],王式通《管仲姬与中峰和尚帖题后》有"黍离但付观空了,佞佛仍为佛罪人",丁传靖《太白送内寻庐山女道士李腾空》有"伤心家国无穷恨,莫向山堂话相公"[30]等皆抒发家国灭亡的悲慨,这样的诗句比比皆是。尽管诗社成员在民国为官,但是思想中亦有遗民情绪,表达对前朝的忠心耿耿和绵绵不尽的思念。

因思念故国,不满现实处境,诸位文人亦有避世、逃名的思想表现其中。《倪迂裂绢》中对晚元明初倪瓒风骨高洁、逃脱名利等品质予以赞许。郭则澐有"渔舟身世怆兵戎,束帛终羞混乃公。画壁何曾风骨损,逃名我爱启南翁"[31],表达对风骨的追求,对名利的不屑。《陶渊明醉眠石上观溪》中,郭曾炘有"徐凝空被恶诗讥,不及先生醉石依。山海流观知己倦,更从田水悟天机"[32],表达对田园隐逸生活的渴望。

3. 对追求功利、宦官揽政、趋炎附势等现象具有讽刺意味

《蛰园击钵吟》中还有很多讽刺社会不良现象的诗句,具有批判现实的意义。如《明礼部以制义试寺僧》是对僧人取试的批判。丁传靖"合教迦佛作文宗,一卷南无换学庸。僧寺考完又阄寺,名心都比秀才浓",讽刺僧人比秀才的功名心还重。陈懋鼎"援儒入释竟相容,桃李新阴又一重。倘许试闱分顺应,南能北秀各成宗"[33],陈任中有"缁徒扃试等章缝,解作时文破壁龙。几辈才如饶德操,佛门广大尽包容"[34],讽刺僧人无视佛门清规,与儒家出仕观混为一谈的怪异现象。如周登皞《鱼朝恩讲易于国子监》"如讽如讥折足凶,口衔天宪肆机锋。当年祭酒堪羞死,坐使黄门玷辟雍"[35],则是对宦官鱼朝恩篡权揽政的讥讽;如樊增祥《严举子刺谒庞严》"庞严误认作严庞,错谒宗盟坐客窗。略似弓珊嘲酒祭,廷朝得士果无双"[36],批判了严举子趋炎附势的丑态。

4. 诗作稍涉秾艳典丽之风。

王式通评价樊氏云:"自天琴翁尚为典丽,务极瓌妍。"[37]因此,在樊增祥执掌的蛰园诗社中又有艳情典故之作,符合诗社成员搜奇斗僻的风尚。

比如《录事馆》中吟咏的"录事馆"即为宋代的妓馆,为《东京梦华录》所记载。樊增祥有诗云:"汴京坊巷万花迷,曾记斜川驻马蹄。说到道君游幸事,隔帘花影唱凫西。"[38]《刘美人簪花楼》中刘美人是明武宗游幸的乐妓,后来刘美人因明武宗未示簪子而不赴,两人情爱自此结束,《明史》有所记载。樊增祥有诗吟咏"楼居人是北方佳,玉槛瑶窗胜馆娃。苦被豹房蛳胆误,合欢花底怨金钗"[39],以此表达对二人爱情悲剧的无奈。再比如《吴太伯祠画轻绡美人》,吴太伯祠中留有美人画像本是不庄重之事,樊氏亦拿来赋诗,诗云:"丛祠春赛奏红

163

腔,不似琵琶怨九江。画里逢君原是梦,刘郎切莫照银釭。"[40]《左与言西湖遇张秾》出自宋代《玉照新志》,左誉与柳永齐名,用情于张秾,但是最后张秾却被大将军张俊娶走,于是左誉弃官出家,度过残生。击钵吟社对此典赋诗较多,皆感叹二人的悲剧爱情。樊增祥有诗"粉郎相见故相疏,比似章台柳不如。自是秾华贪富贵,难回鱼岭智琼车"[41],樊氏将二人分离怪为女方的贪图富贵。《邝湛若为云鬟娘书记》二人的故事为民间所流传,二十世纪三十年代,关于此题材的广东粤剧甚为流行。邝露曾寄身瑶族女首领云鬟娘帐下,获得云鬟娘好感,后邝露不知所因离开,投身抗清运动中。邝露一本旷世奇书《赤雅》中有对云鬟娘的抒写,栩栩如生,跃然纸上。郭则沄有诗"伶俜海雪一琴携,倦羽蛮荒择木栖。赤雅篇中残客泪,记披紫凤佩文犀","书生末造叹羁栖,何意蛮花有品题。为想青琴沉海日,蝶绡衣上泪凄迷"[42],感慨二人的悲欢离合。

四 蛰园吟社的历史意义

在易代动荡时代背景下,蛰园击钵吟社活动成为文人特殊境遇的生命方式,士大夫以此寄托情感,相互砥砺风节。同时,击钵吟以游戏文字的形式,又为他们争奇斗胜提供了平台和机会。另外,蛰园击钵吟社的成立,有利于扩大闽地文学的影响力,以提高福建区域化文学的实力。

(一)为文人提供寄托情感的空间及斗奇炫才的平台

从蛰园诗社成员的诗作中,可知他们怀有深切的遗民心态。郭则沄与蛰园诗社成员为民国时期的名流,他们都是从清代走来,经历王朝的灭亡,以及政治理想的覆灭,在民国甫立之时或隐退,或投身官场,但始终心系故国。他们都有着传统士大夫的身份,在历经家国灭亡、军阀混战之后,时代的悲剧使他们走上了躲避战争的"荒寒之路",于是选择栖息一隅,相互响濡以沫,以诗酒蹉跎人生。袁思亮在《〈烟沽渔唱〉序》中说:

> 世异变,士大夫所学于古无所用,州郡乡里害兵旅盗贼,不得食垄亩、栖山林,群居大都名城为流人,穷愁无憀,相呴濡以文酒。[43]

这批人都是晚清俊彦,空有一身才学无处施展。袁思亮说乡郡已无栖身之处,他们群居大都,如流亡之人,内心产生了无限的穷愁,他们亟待寻找安全之处,宣泄愤懑感伤的情绪。而恰好在蛰园这里,可以安顿他们的精神。这里有精美的园林景观设计,室内有珍贵的文物字画,可使士大夫重新回到传统诗词的写意造境之中,回到熟悉的空间环境中,抒发内心的茫然和失落,以抵抗现实的困顿窘迫。他们虽非以遗民自居,但是遗民心态亦见其中。

因此,蛰园钵社以南宋遗民诗社月泉吟社相标榜,因其表现的民族气节,为效仿之由。王式通在《〈蛰园击钵吟〉序》中云:"晚作诗人留鸿雪之痕,视兹陈迹以张坛坫,固玉山草堂之遗,傥隐姓名亦月泉吟社之续。"[44]月泉吟社结社联咏,抒发故国之痛、遗民之悲,为南宋遗民最后的心灵守望。而蛰园吟社正成为这群文人的精神皈依之处,成为躲避战乱、身心休憩的理想场所。蛰园击钵吟成为士大夫寄托遗民情感的方式,借吟咏历史,将共同的黍离麦秀之悲间接表达而出,获得片刻的快慰。

蛰园吟社除了寄托遗民情感以外,文人们以文字游戏的形式即兴赋诗,即通过限时、限题、限韵的方式创作七言绝句,为充分展现文人才华与炫才斗胜提供了有效手段。每逢初春、上元佳节等节日,蛰园钵社张灯结彩,热闹非凡。蛰园钵社以唐花为彩,奖励争胜者。郭则澐年谱中记载:"初春钵集,张灯甚胜,以唐花为彩,酒半灯谜杂出,烟火缤纷,客皆尽欢乃散,樊樊山、丁闇公各为长歌纪之。"[45]郭则澐有"蛰吟时响壁,鹄立竞观榜。诗笺玉尺量,名帖金花仿"[46],"名帖金花"则是唐宋以来科举考试登第者的榜帖,这两句诗写出了社员竞相观榜,争夺名次的表现。每次课社就是一次诗词创作的角逐,士大夫乐此而不疲。

清光绪三十二年(1905),在科举制度废除后,传统文人还保有诗词竞考的习惯,将花在举业的精力多用在社集吟唱上,在击钵催诗的限时下作诗,可激发文人胜负欲,继续发挥才学。因此,这种集体性的诗词竞争则成为释放精神能量的有效途径,成为士大夫的一种生命方式。

(二)扩大福建文学影响力

闽社不仅以福建谢翱的月泉吟社相标榜,还追溯到明代"晋安风雅"这一文学气象,以凸显福建文学优势。郭则澐诗云"闽社主谢翱,晋安风始昉"[47],他将南宋月泉吟社视为明代"晋安风雅"之始,而二者为福建宋、明时期重要的文学标志。蛰园吟社以二者为效仿榜样,突出了建设福建区域化人文意识,以彰显自身的文学地位。

何为"晋安风雅"?明隆庆、万历年间文人普遍结社,达到前所未有的程度。万历后期,闽中文人大张福建文学,终使"晋安一派,与历下、竟陵鼎足而立"[48],这一时期福建文学成为全国重镇,而这一风尚被闽中文人称为"晋安风雅"。

晚清时期福建诗社皆追捧"晋安风雅",其中荔香吟社亦是如此。杨庆琛《击钵吟题词》云:"荔社红云梦几回,春明诗话又追陪。晋安风雅新坛坫,七字高峰占上才。"黄石芳《〈击钵吟四集〉序》云:"东南十数年来,老成凋谢,坛坫寂然,将使晋安风雅庶几不坠,未尝非后起者之责。"郭柏荫《〈击钵吟鄂集〉序》:"不敢与前辈诸贤追踪,并驾至于江湖,萍聚不废讴吟,倘亦晋安风雅之遗,所赖以不坠也。"[49]蛰园击钵吟社作为荔香吟社的余绪,亦以晋安风雅相标榜。

因此,从宋末元初的月泉吟社,到明代"晋安风雅",再到清代的荔香吟社、榕荫堂诗社和蛰园击钵吟社,建立了一套福建文学社团的发展谱系,以期树立福建文学地位,彰显所在区域的文学实力。

总之,蛰园击钵吟社是不容忽视的民国文学社团之一,它不仅具有百余年传统的积淀,还是文坛大家云集的重镇,因此,从中不仅可以考察击钵吟的发展历史,还能够了解同光体闽派文人的文坛活动,又能够了解晚清民国文人心态,是一种值得注意的文学现象。

注 释:

[1][11][14][15][21][22][23][24][25][26][27][28][29][30][31][32][33][34][35][36][37][38][39][40][41][42][44] 郭则澐辑《蛰园击钵吟二卷》,南江涛选编《清末民国旧体诗词结社文献汇编》,国家图书馆出版社2013年版,第24册,第253、254、254、254、275、277、279、278、315、316、263、264、273、272、275、327、283、285、289、302、249、360、365、296、335、358、251页。

〔2〕〔3〕 黄乃江《诗钟与击钵吟之辨》,《台湾研究集刊》2005 年第 4 期,第 67、66 页。

〔4〕〔5〕〔20〕〔49〕 郭柏荫等编《击钵吟偶存》,《击钵吟全集》,福州诗社 1995 年版。

〔6〕 窦瑞敏整理《郭曾炘日记》,中华书局 2019 年版,第 41 页。

〔7〕 何刚德、沈太侔著,柯愈春、郑炳纯点校《话梦集　春明梦录　东华琐录》,北京古籍出版社 1995 年版,第 140 页。

〔8〕〔12〕〔45〕 马忠文、张求会整理《郭则澐自订年谱》,《中国近现代稀见史料丛刊》(第 5 辑),凤凰出版社 2018 版,第 12、55、12 页。

〔9〕 黄濬著,李吉奎整理《花随人圣庵摭忆》,中华书局 2019 年版,上册,第 457 页。

〔10〕〔13〕〔16〕〔19〕〔46〕〔47〕 郭则澐著,王伟勇主编,简锦松、吴荣富副主编《龙顾山房诗集三》,《民国诗集丛刊》(第一编 101),台中文听阁 2009 年版,第 1216、1216、1216、1366、1216、1216 页。

〔17〕 钱仲联编校《陈衍诗论合集》,福建人民出版社 1999 年版,上册,第 6—9 页。

〔18〕 陈衍编《近代诗钞》,华东师范大学出版社 2016 年版,上册,第 1 页。

〔43〕 郭则澐辑《烟沽渔唱》,南江涛选编《清末民国旧体诗词结社文献汇编》,第 16 册,第 101 页。

〔48〕 陈广宏《晋安诗派:万历间福州文人群体对本地域文学的自觉建构》,《中国文学研究》(第二十辑)2008 年第 2 期,第 88 页。

〔作者简介〕　刘赫,1994 年生,吉林长春人,华南师范大学博士研究生,主要研究方向为近代文学。

《吴镇集汇校集评》(《清代诗人别集丛刊》)

(冉耀斌整理,人民文学出版社 2023 年版)

吴镇(1721—1797),初名昌,字信辰,一字士安,号松崖,别号松花道人,清代甘肃狄道州(今临洮县)人。学问渊博,诗名早著,与三原刘绍攽、潼关杨鸾、秦安胡釴并称"关中四杰",为清代三秦诗派的代表作家。吴镇一生著作宏富,传世的有《松花庵诗草》、《松花庵游草》、《松花庵逸草》、《松花庵诗馀》、《松花庵律古》、《律古续稿》、《松花庵集唐》、《四书六韵诗》、《沅州杂咏集句》、《潇湘八景集句》、《松花道人韵史》、《声调谱》、《八病说》、《松崖文稿》、《松崖文稿次编》、《松花道人稗珠》、《松崖文稿三编》、《松崖对联》、《松花庵诗话》、《松崖制艺》、《松崖制义次编》、《松崖试帖》等。本书以嘉庆二十五年吴承禧汇刻《松花庵全集》为底本。其中《松崖试帖》残缺不全,《艾虎》篇之后的内容均不存,今据清道光元年刻《松崖试帖》补全。《松花庵全集》未收之《玉芝亭诗草》,以乾隆十四年(1749)兰山书院刻本为底本。全书点校严谨,校勘审慎,并辑录大量相关资料作为附录,便于学界深入研究。

偈、诗互鉴互渗：历史进程与文体的跨界融合（下）*

李小荣

三 文体的跨界融合

偈、诗的互鉴互渗，其影响有二：一是直接促成了众多"诗"类文体内部的跨界融合，二是间接推动了作为"诗"类之"偈"和文、小说、戏剧等文体的跨界融合。[188]

（一）诗歌类文体的跨界融合

其主要表现有三：

1. 诗偈融合

这主要体现在以诗为偈和以偈为诗。前者创作主体主要为诗僧[189]：如释净昭政和元年（1111）七月十八日作《临别诫弟子偈》"物外翛然获自由，殷勤诸子送他州。白云暂驻无方所，明月相随到处优。岩谷乍拖聊相别，林泉幽景岂回眸。吾今此去聊相别，汝且和光混众流"[190]，完全是典型的七律。《嘉泰普灯录》卷四载庐山归宗志庵禅师有偈云"千峰顶上一间屋，老僧半间云半间。昨夜云随风雨去，到头不似老僧闲"[191]，徐𤊹《笔精》卷五《诗谈》"归宗偈"评曰"虽涉禅机，当为佳绝句也"[192]，可谓独具慧眼。朱彝尊论尼行彻（字继总）"偈语多近诗者，如《山居》云'野猿探果熟，巢鸟入林深'，《送人》云'晚食莼丝滑，秋衣薜荔轻'，《落叶》云'秋声千叶坠，远影一巢孤'，均有郊岛风骨。《秋日怀母》云'不见慈闱秋信来，篱边黄菊带霜开。为怜消息无人寄，一日峰头望几回'"[193]，所举五言句，确有"郊寒岛瘦"之风格，七绝则自我形象鲜明，情景交融，感情深挚，称得上是游子思母题材之佳作，完全不输于孟郊《游子吟》。更可注意的是，宋元以来的禅宗语录，其编撰体例往往以"偈颂"、"赞偈（偈赞）"、"诗偈"为总名，除了辑入哲理诗（偈）外，还包括多种僧俗共通的题材。如《瞎堂慧远禅师广录》卷四"偈颂"[194]就收录了咏物（《和石解元白莲》）、游览（《游刘阮洞》）、题画（《题墨竹》）类诗作；《石屋清珙禅师语录》卷下"偈赞"[195]辑有多首寄赠、送别诗；前揭朱彝尊所论之《季总彻禅师语录》，其卷四"诗偈"[196]则包括山水、山居、赠别、咏物、咏史、咏怀、言志等主题，内容极其庞杂；《古雪哲禅师语录》共二十卷，除"赞""颂古"[197]之外，其卷一七至卷一九全为"偈"[198]，内容更加广泛，并收录了大量组诗，如《西山怀古》（十首）、《悼喻均可文学》（四首）、《香城即景》（十二首）、《雪中领众斫柴》（十二首）、《开放生池》（十首）、《建普同塔

本文收稿日期：2023 年 10 月 11 日

十首》等。当然,僧家对以偈为诗有强烈的自主意识,释晓青《江村压韵诗》其四十三"遥忆松门跨虎师,路逢寒拾笑谈时。云根品坐吟成偈,辟出人间别调诗"[199],显然突出释家之偈就是诗,但其格调、风格与世俗诗歌判然有别。后者的创作主体,主要在文人士大夫和庶民阶层(前者尤甚),他们同样有自主的文体意识:如陈藻《听吴毕闻讲杜诗〈今夕行〉,因效释子偈体成一绝》[200]、袁桷《绿阴堂山偈十首,奉寄开元断江长老》[201]、查慎行《偶阅雪关酬和诗,辄效其体,作十偈寄晚香上人》[202]等篇,其命题本身就足以说明问题;张嵲《岁晚苦寒,偶成四章,录似北山老禅,易之编修》其三"我诗犹偈子,一问北山禅"[203]、徐渭《大慈赞五首》其一"有一善男,借一信士……讯诸神本,尤智尤慧"句末自注"效龙树偈"[204]、谭元春《枇杷庵礼地藏菩萨立像》题下注"此非四言诗体也,偈语体耳"[205]、朱彝尊评王世贞《袁江流铃山冈》"长篇不费剪裁,滔滔莽莽,洵有大海回澜之势。题虽当《庐江小吏》作,要其节奏,兼本于佛经偈言"[206]、纪昀等评陶琬《仁节遗稿》"其学以佛为宗,诗文多类禅偈"[207]等,无论自评、他评,都说明各人诗作的"偈"体特征。而此类作品,取向有二:一是语言通俗,如自号默堂居士的宋代处士李黼"性好吟咏,慕元白体,二十年间作歌诗、偈颂、碑志、书启,手自纂集,仅五千篇,号《兑斋编》"[208]、唐寅"晚年作诗,专用里句……大似禅偈"[209]、吴本泰自谓"余仿梵志六言"而为入室弟子张氏作《书慰张贲于偈十二首》[210]等所说"元白体"、"梵志(体)"、"里句",都在强调这一点;二是以议论为主,大多富于禅趣、禅理。像北宋不少名家的咏物诗,后人从唐宋诗之异的角度指出"东坡咏荔支、梅圣俞咏河豚,此等类非诗,特俗所谓偈子耳"[211],评论重心即在苏、梅二家咏物的说理特征;陈尧佐"因游山寺,恍然有得,而成偈曰:殿古寒炉空,流尘暗金碧。独坐偶无人,又得真消息"[212],它显然是山寺坐禅悟后之感想[213];朱松《小偈呈元声求博山炉》"炉峰落日紫烟孤,江上扁舟失梦余。乞我博山修净供,要知触处是匡庐"[214],它开头仿李白《望庐山瀑布二首》其二"日照香炉生紫烟",看似是要写成山水诗,结尾却转向"全机大用,触处大成"[215]的禅理;程俱靖康元年(1126)作《比阅藏经,偶成短偈仍寄同志者》,尾联自注曰"《华严经》云:譬如贫穷人,日夜数他宝。自无半分钱,懈者亦怠然"[216],则知其偈主要是受《华严经》[217]启迪后写成的佛理诗;王世贞《张应文诗跋后》云"今年仲冬寄余如干诗偈,则单刀直入,葛藤渐断,盖深得黄蘖赵州三昧,而以游戏出之者"[218],纯粹以禅论诗,表扬张氏诗偈深得希运、从谂之禅趣;吴嵩梁《为覃溪师题王渔洋〈秋林读书图〉》其三:"海内论诗得髓真,石帆衣钵孰前因。桃花偈子参三昧,许我莲洋作替人"[219],则以禅喻诗,是借禅宗衣钵相承来揭示翁方纲(字覃溪)诗学和王士禛、吴雯(号莲洋)之间复杂的传承关系。换言之,翁氏诗学是由吴雯这一中介而追溯至王渔洋。[220]

2. 词偈融合

词偈融合的现象,总体说来虽不如诗偈融合普遍,却同样值得探究,尤其禅宗和净土宗的表现最为明显[221]。词偈融合的表现,主要有二:以偈为词和以词为偈。

前者创作主体同样是僧人,其目的多在借词弘法或悟道。如普庵印肃劝工匠造宝塔筑墙"因以法韵,成《临江仙》,警世化迷"[222],所谓"法韵",指作者使用的佛教名相(如穷子、毗卢等)和禅林俗语(如本来面目、穿鼻等),其实普通工匠未必都懂其含义,但禅师通过寓"偈"于词之演唱,可以实现音声弘法。释晓莹集《罗湖野录》卷上又载天宁则禅师"有《牧牛词》,寄以《满庭芳》……世以禅语为词,意句圆美,无出其右"[223],则知则禅师和印肃手法完全相同,是将禅宗著名"牧牛"喻用调寄《满庭芳》的形式予以表现。虽然有人"讥其徒以不正之声混伤宗教",释晓莹却为之辩护说"然有乐于讴吟,则因而见道,亦不失为善巧方便,随机设化之一端耳"。这种以"法韵""禅语"为词作主体内容的写法,后世依然通行[224],甚至还用于题跋中,如近人大悲禅师《七塔寺志题后·调寄沁园春》[225],就是为纪念陈寥士撰成寺志而作,词主要堆砌有关寺史、人物事迹及禅林掌故而成。

　　释家以偈为词,对词牌、词调的选择相对集中,据粗略统计,较常见者有《渔家傲》、《渔父词》、《望江南》、《菩萨蛮》、《清平乐》、《临江仙》、《千秋岁》、《万年欢》、《行香子》、《浣溪沙》、《生查子》、《西江月》、《鹧鸪天》等,除《行香子》外,它们基本上属于词学界认定的高频词调[226],有的还和禅宗关系特深,如《渔父词》之类[227]。当然,各人情况不尽相同,像《吹万禅师语录》卷一三"词"除收录常用词牌所作词作以外,辑录最多的是《金衣公子》,达十一首[228]。此外,释家以偈为词还好用组词:如本升《三十二应》就以《如梦令》、《鱼游春水》、《忆王孙》、《丑奴儿令》等二十多种词牌来写观音菩萨的三十二种示现(共三十二首)[229],是典型的像赞类题材;惠洪《述古德遗事作渔父词八首》[230],分别赞颂了万回、丹霞、宝公、香严、药山、亮公、灵云、船子;白云法师净圆用《望江南》各六首写"娑婆苦""西方好"[231],楚石梵琦用《渔家傲》十六首写"娑婆苦"[232],吹万广真用《行香子》[233]写释家行、住、坐、卧四威仪,是其日常禅修生活的总结。诸如此类,不胜枚举。

　　后者的创作队伍以居士群体为主,两宋名家之作有苏轼《八声甘州·寄参寥子》[234],黄庭坚《诉衷情·一波才动万波随》、《渔家傲·题船子钓滩》,陈瓘《一落索·体上衣裳云作缕》,向子諲《西江月·吴穆仲与法喜以禅悦为乐,寄唱酬〈醉蓬莱〉示芗林居士,有"见处即已,无心即了"之句,戏作是词答之》,西余净端《渔父词》,王湛《嘉熙戊戌季春一日画溪吟客王子信为亚愚诗禅上人作渔父词七首》等,除苏、陈词作以外,其他多和黄龙派居士俞紫芝、黄庭坚所倡导的"渔父家风"有关,它们常隐括船子和尚《拨棹歌》诗偈而成[235]。嗣后,以偈为词的题材渐广,只要和"佛"、"禅"二字沾边的社会生活,都可以用"词体"来表现,较有特色者如辛弃疾《菩萨蛮》(赵晋臣席上。时张菩提叶灯。赵茂嘉时携歌者)"看灯元是菩提叶,依然会说菩提法。法似一灯明,须臾千万灯。　灯边花更满,谁把空花散。说与病维摩,而今天女歌"[236],完全从《维摩诘经》"无尽灯"、"天女散花"等佛典化出;张炎《八声甘州·题曾心传藏温日观墨蒲萄画卷》上片"记珠悬润碧,飘飘秋影,曾印禅窗。诗外片云落莫,错认是花光。无色空尘眼,雾老烟荒"[237],除老生常谈的色空之理外,又用双关,"花光"一指花色,二指善画墨梅的花光长老,此以之比温日观,当时属于"今典";董斯张《黄涪翁洪觉范俱作〈渔家傲〉咏古德遗事,余戏效之得八首》,被编入《静啸斋存草》卷一二"偈颂"类,此举意在突出"以词为偈"[238];庄严"间作诗及小词,皆清远有致。常调《满庭芳》一阕云:六十余年,片时春梦,觉来刚熟黄粱。浮华幻影,有甚好风光……但随缘消遣,洗钵焚香。先送心归极乐,恣逍遥,宝树清凉。堪悲也,回头望处,业海正茫茫"[239],旨在总结一生的修禅念佛经验,并有较浓厚的劝世意味;徐渭《菩萨蛮》(观音大士莲座既为风所坏,观音自然站立,风无奈观音何也?此戏谑三昧语尔)"莲花骨子黄泥作(叶做),金边粉瓣观音座。莲性拔泥生。观音不惹尘。大风吹落果,莲花没处躲。语风莫卖乖,观音站起来"[240],富于游戏三昧,充满幽默感;尤侗

169

《千秋岁·寿何湘来》上片"深衣革履,道貌如秋水。挥玉麈,依香几。心空四句偈,目击三爻理。蒲团上,卧游五岳华胥睡"[241],别开生面,刻画了一位精通三教的居士形象;杨芳灿《摸鱼儿》上阕"据蒲团,《楞严》读罢,旃檀缕缕烟细。阇黎公案谁能悟,略遣烦愁而已。拈短偈,蚕度取、一番小劫春声里"[242],则写自我日常的佛教生活场景,纯然是在家僧形象;陈时雨《菩萨鬘·题梅庵和尚叠韵诗后》"粲花妙舌拈花趣,诗中有偈何人悟?佛火隐禅堂,寒梅一瓣香。　　自吟还自和,风雪蒲团坐。我欲访南能,灵山隔几层"[243],几乎点化串连禅宗典故(如拈花微笑、佛火等)和禅宗人物(如佛祖、慧能等)而成;顾贞立《望江南十首》其二"东亭好,佛阁石为龛。曾羡莲台双并蒂,愿依弥勒一花憨。还把本来参"[244],为是少有的闺阁礼佛词,其末句特别强调了参本来面目的重要性。更有跨文化交流意义的是全真道士的词作,如马钰《满庭芳·赠骆先生刘石二先生》"诸公学道,莫学奇怪,无为无作无赛。《百不歌》中,四句偈内,持戒身心,木雕泥捏"[245],"百不"、"四句",显然融汇了佛教"道超四句,理绝百非"[246]的中观思想;丘处机《沁园春·赞佛》[247],上片概述佛陀六年修行经历,下片赞颂证道功德,提倡众生平等思想。凡此,皆说明宋金道教对佛教思想的融摄。

对"偈"的训释,清代教内外似形成了相对统一的认识,如靳荣藩注吴伟业《赠愿云师》"一偈出千山"时引《字典》曰:"偈,释氏诗词也。"[248]存吾《金刚经阐说》卷上亦说:"偈,释氏诗词也。"[249]换言之,释家之"偈"体,自然可以包括诗和词。

3. 歌偈融合

在佛典翻译史上,歌是"偈"的意译用词之一。然两宋以后,既有用"偈(颂)"、"歌偈"统称释家诗歌者,如《石门文字禅》卷一七"偈颂"收录《《摩陀歌赠乾上人》》[250],《天如惟则禅师语录》卷四"偈颂"收录《闲人好歌》、《存心室歌》、《灵溪歌》、《懒牛歌》、《托钵歌》等多首齐言、杂言之"歌"[251]。又有偈、歌分立者,如《方融玺禅师语录》卷下"歌"收录《云居四季歌》、《四景歌》、《四威仪歌》、《十二时歌》、《云居插禾示众》和《入廛四仪》,"偈"收录《赠普庵大师示亲》、《示澹然饶居士》等赠送、悟道、开示类诗、偈[252],吴树虚《大昭庆律寺志》卷二载康熙四十年(1701)织造敖福建方丈室时,墙嵌无踪和尚《体困睡眠图》歌、偈石刻,"歌"是"万事了,无烦恼,四大困时便放倒。衲被蒙头睡一场,通身那得梦来搅"等"三、三、七、七、七"式三首,"偈"为七绝"白昼躬躬自在眠,全无情爱梦人间。无思无虑无何处,鼾睡如雷震大千"[253],显然,歌、偈有别。自分立角度言,作者、编者多强调"歌"的音乐性强于"偈"。石屋清珙《山居诗》序即说:"余山林多暇,瞌睡之余偶成偈语自娱,纸墨少便,不欲记之。云衲禅人请书,盖欲知我山中趣向,于是静思随意走笔,不觉盈帙,故掩而归之。复嘱慎勿以此为歌咏之助,当须参意,则有激焉"[254],可见清珙心中《山居诗》虽可以归入"偈语",但反对把它们当作"歌"来吟咏。

释家以歌为偈,主要用《十二时》、《五更转》等早期俗曲[255]、后出田歌秧歌[256]乃至地方小调等[257]。后者如瞎堂慧远"紫筹受请上堂"时就特别说到"林长老,久相亲,楚语吴歌曲调新"[258],可见林长老其人擅长吴楚地方音乐。宋濂《晚步清溪上》"荆偈呈妍曲,秦艳发清弹……响鸟背人飞,响入华林园"[259],则知元末明初南京青溪河边的寺院以清歌艳曲作为唱偈的情况似较普遍。更可注意的是,明清云贵等西南地区佛教兴起后,僧人有以当地特色民歌为偈者,如葛一龙《寺宿》"酒悭酎不及,听偈答苗歌"[260]就描述了僧人以"苗歌"为偈而布道的场景。此外,僧家联章体的以歌为偈也较有意义,如释宗林《送友之五台讽〈华严〉》[261]共十四首,全用"三、三、七、七、七"句式。

考虑到释家以歌为偈之作,灯史、灯录、语录辑录甚多,故略而不论。文人士大夫此类作品虽少,但在特殊场合也偶有出现,如邹迪光《以短歌代偈,送郭伏生游五台》"五台之高轶閶阖,古霞冷缬芙蓉闶……此时莫作等闲看,曼殊室利者便是"[262],因郭氏所游是佛教圣地五台山,用"偈"体自然比较贴切,但作者主旨不在谈佛理,反而是叙事、状物和抒情,故以"歌"代(为)之。相对说来,居士更爱以偈为歌,其文体借鉴的方法颇可探究:如郑刚中《赵元信近来得小鬟,歌曲便须熟寐,此还是有所得否,予戏成此偈》"清歌声里便高眠,古老诗中借一联;猿抱子归青嶂里,鸟啼花落碧岩前"[263],是首完全合律的七绝,第一句概述赵元信一听丫鬟歌曲便睡熟的特殊习惯,由此展开联想,即到底唱了什么神奇的歌词,进而点明它们是唐代著名禅师夹山善会的偈句"猿抱子归青嶂里,鸟衔华落碧岩前"[264]。换言之,郑刚中虚拟了赵元信听歌曲的场景,重构了其所听歌曲的唱辞,而唱辞出自偈语,职是之故,才曰"戏成"。邓辅纶《毗卢踏歌为小寄禅本师笠公作》曰"笠公笠公,胡不飞锡后湖同结夏,莲土千花净相亚……说偈如诗舌生莲,贯休齐己何足言。呜呼,天龙围绕夜叉走,请公试作狮子吼"[265],全诗主要用禅宗典故(如"一苇渡江"、"放下屠刀,立地成佛"、"面壁十年"等)和佛经故事(如"布金买地"、"舌吐莲华"等)串连而成,这属于"佛偈"经常表达的内容,因此,它是典型的以偈为(作)歌。俞樾《玉佛歌》结尾"曲园居士瞻礼讫,敬作长歌当短偈。与其摩挲金铜仙,不如赞叹白玉佛"[266],则坦诚其创作手法、创作目的都在以歌作偈。当然,也有中间形态者,像王衡万历十三年(1585)作《乙酉春科与仲醇读书支硎山,日凡三出,随目所得,即诵于口,效天如和尚体,诗在歌偈之间,不必尽解,无论工也》[267],共七首。其所说"天如和尚体",是指元僧天如惟则禅师的"偈颂"体。前文已言,《天如惟则禅师语录》卷四"偈颂"类是"歌"、"偈"并收,王衡此组诗,除其四是"三、三、七、七、七"之"歌"体外,其他六首都是七绝,这当是作者说"歌、偈之间"的直接原因吧。另外,从诗歌内容看,既有专写农禅生活者(其三、其四、其六),又有一般的触景而感怀、感时者(其一、其五、其七),语言明白晓畅,少用佛典,这可能是"歌、偈之间"的间接原因所在。

(二)作为"诗"类之"偈"与文、小说、戏剧的跨界融合

随着中古以来偈、诗互鉴互渗进程的加剧,作为"诗"类之"偈"也和其他非诗歌类文体有所融合。兹略述其主要表现如下:

1. 偈文融合

偈、文融合(或曰散韵结合),本是汉译佛典最常见的组织结构特点,中土仿此体制而作的散文类作品甚多,尤其是释家碑铭类题材和佛事疏文。但本文重点不在此,而是检讨以偈为文和以文为偈的现象。

前者虽名为文[268],却常用"偈"体表现。如宋初天台名僧遵式《为檀越写〈弥陀经·正信偈〉发愿文》曰"稽首十方佛,弥陀圣中尊,方等修多罗,一切法宝藏……咸承胜善根,同生安养国"[269],若通读前后文,它们皆为散句,但作者(或编者)之所以排成五言偈体(不押韵),意在突出仪式场合"偈"诵的音乐性(即五字一停顿作为节奏或节拍);释家碑铭类作品结尾常用套语"以偈铭曰"、"以偈为铭",应在强化"铭"的宗教情感与"偈"无异,如李华《扬州龙兴寺

经律院和尚碑》载弟子对老师释怀仁"敬悦其风,以偈铭曰:佛境无二,佛心皆一,随其根源,乃起禅律……哀哀龙象,大庇群缘"[270],该铭旨在总结怀仁一生的弘法经历,赞扬其教化之功;卢征《右司郎中造观世音菩萨石像铭并序》"三界欢喜感跃,以偈为铭"之铭"仰诉大悲,有如昭报。嗟乎大悲,随方救护……"[271],则重在赞美观音菩萨的救苦之行。

后者虽名为偈,却是标准的散文体。如孙思邈论"服水"要求之一"赤向生气所宜之方,三杯三咒,拱手心,念口口言,诵偈曰:金木水火土,五精六府,一切识藏"[272],此偈是道教律令句式;张耒《求画观音像偈》"补陀仙人胜第一,以一愿力救诸苦……于未来世作妙缘,施者能度受所度"[273],名义上是七言偈,其性质实同于前引遵式之作,是散句(不过,二者命题方式不同);明末清初灯来禅师上堂谓"且听木上座道个开场偈子,卓一卓云:啰啰哩,哩哩啰,苏噜嘥哩,娑婆诃"[274],此把梵咒散句当作偈子,说明"偈"题材来源之广。此外,汪道昆万历十五年(1587)作《摄山多宝塔铭》云:"草莽臣道昆为之铭,以当半偈。铭曰:帝德广渊,并包三极,在宥万方。得一以宁,延于少广,圣善平康……祚胤灵长,百千万亿,民物阜昌。旬服旧臣,会逢其适,播告无央"[275],细绎铭文,用三句押韵、一韵到底之体式,它与中土两句一韵、佛典"四句成偈"的体例皆异,它们反而更接近汉译佛典少见的"六句偈"[276],汪氏取其半,三句一韵,这大概他称名"半偈"的由来吧。

2. 偈[277]与小说的融合

其主要表现有:

一者常指禅宗偈颂对小说中心人物、故事类型、故事情节等进行概述或意义引申,意在以小说释禅、喻禅或证禅。从本质上讲,它属于诗禅互涉的研究范畴。偈颂所引小说类型甚多,常见的有唐传奇、讲史话本、明清章回小说等,我们已有初步梳理[278],故不赘述。

二者是小说对偈的融合。如宋元话本小说就常引用禅宗预言偈[279],它们对揭示人物性格、故事结局主要起预叙之用;不少重要的长篇小说或小说集,如《金瓶梅》、《水浒传》、《西游记》、《西游补》、《封神演义》、《西洋记》、《三言二拍》、《红楼梦》、《聊斋志异》、《老残游记》等,亦多用"偈"。当然,其文学史意义不一:或是当时宗教社会生活的直接反映,如《金瓶梅》第六十六回"翟管家寄书致赙,黄真人发牒荐亡"就交待道教荐亡仪式之用偈有"太乙慈尊降驾来,夜壑幽关次第开。童子双双前引导,死魂受炼步云阶"[280],《忠义水浒传》第四回"赵员外重修文殊院 鲁智深大闹五台山"又描述了僧人剃度授戒说偈的场景[281];或体式变化多样,如《红楼梦》有七绝、歌(如第一回)、"六句偈"、曲《寄生草》(第22回),五绝(第七十八回)等,它们大多表现色空观念[282],表明作者创作深受佛教思想文化的影响;或直接描写人物形象,如胡应麟发现"宋人小说载南渡甄龙友《题观世音像》云:巧笑倩兮,美目盼兮。彼美人兮,西方之人兮"[283],此赞后世多称《观音偈》[284],它集《诗经》之《硕人》、《简兮》之句来刻画观音的女性形象,手法独特[285]。

小说对偈的融合,有时并不点明"诗"类之作的"偈"体属性,这是需要特别注意的问题。如《西游记》第五十六回"神狂诛草寇 道昧放心猿"的开场之"诗":

灵台无物谓之清,寂寂全无一念生。猿马牢收休放荡,精神谨慎莫峥嵘。除六贼,悟三乘。万缘都罢自分明。色除永灭超真界,坐享西方极乐城。[286]

其实这是一首句式符合《鹧鸪天》的词作(个别地方平仄与词律要求稍有出入),属于前面所说的以词为偈,其内容重在阐明禅净双修、禅净合一之理,也有全真教的思想痕迹[287]。当然,这类词作通俗性、劝世性较强。谢章铤从"词宜典雅"的立场出发,发现了一个极有趣的文学现象,即"道录佛偈,巷说街谈,开卷每有《如梦令》、《西江月》诸调,此诚风雅之蟊贼,声律之狐鬼也"[288],不过,谢氏的评价极其负面。

3. 偈与戏剧的融合

释家本有以戏说法的传统(禅者尤甚),统观其主要表现有三方面:

一是禅宗偈颂,它们常以戏剧类型(如川杂剧、杂剧、傀儡、影戏、戏文、传奇、花鼓)、剧目(如《西厢记》、《汉宫秋》、《一文钱》、《蟠桃会》等)、戏剧人物(如黑旋风、目连等)、戏剧故事的关键情节(如裴度还带、地狱生天等)、读剧感受(如吹万广真《读〈红梅记〉二首》、《读〈花神三妙记〉》)、观剧感受(如德清《观戏》,即非如一《观剧》、《观演〈桃园传奇〉》)等内容为中心,由此展开以戏释禅、喻禅或证禅之宣教活动[289]。从本质上讲,这也属于诗禅互涉的研究范畴。

二是释家戏剧之"偈"。一般说来,此时剧中形象是释家人物或其内容和佛教关系密切。如朱有燉《三度小桃红》:

【旦】我小桃也有四句偈子,和尚听:咱风魔和尚说风禅,半似痴呆半似颠。可笑风狂无定性,也来法座口谈玄。

【末】小桃你再听我四句偈子:枝枝叶叶总风流,睡损残妆不点头。昨夜东风何太猛,乱飘红雨过南楼。

【旦】我还有四句偈子,试听我说:艳阳天气值良宵,苦被狂风卷地飘。引得东君归去后,好花依旧逞妖娆。[290]

此剧男性主人公即惠禅师,他和小桃红的对话,全以七绝"四句偈"出之。而且,三首内容都有调笑戏谑之意味,语言、情感都比较俗。祁彪佳《远山堂剧品》把《三度小桃红》列入"雅品",当在突显作者"自于寻常窠臼翻出新彩"[291]的以俗为雅之特色吧。再如南山逸史《半臂寒》第四折:

【北叠字犯】参透了声音妙理,打和就禅家密谛。须知道东土书早就是西来意,金声玉振响龙华法会,点醒了六律。金鎞解悟了五音,三昧解悟了五音,三昧乐奏无声禅,参半偈,才觑破生生死死彻轮回。[292]

纯是对音声佛事和禅乐之用的议论,也是"曲偈"之作的典型。

若就释家自创戏剧"偈"类唱词集大成者说来,古代佛教文学史上最著名的莫过于明末清初杭州报国寺释智达所撰《归元镜》(全称《异方便净土传灯归元镜三祖实录》),突出特点是"以传奇写庐山、永明、云栖三祖出家成道事"[293]。其流通版本甚多,图文并茂,有明确的历史演出记录,故在净土思想传播史上形成极大的影响[294];并使用了大量南套、北套及南北合套曲[295],具有多方面的艺术价值。此外,张师诚《径中径又径》卷四"词曲"有《〈归元镜〉摘要》[296],观如《莲修必读》辑入《〈归元镜〉词曲》[297],此种摘录之举,更有力地促进了该剧"偈"曲在教内外的传播。

三是居士观戏之"偈"作。如王安石《相国寺启同天节道场行香院观戏者》"诛优戏场中,一贵复一贱。心知本自同,所以无欣怨"[298],就被惠洪《林间录》卷下[299]、德清《观楞严经记》卷八[300]等称作"偈"而在禅林广为传诵(但"诛"作"诸");董斯张《观戏偈》"笑得邻翁泪满衣,闲人专会说闲非。画堂烛尽东君睡。你是何人我是谁"[301],在强调戏剧审美效果的基础上生发出诸多的人生感慨;鲁之裕《说梦偈子》"钟离诱卢生,授枕觉其梦……天马自腾空,奔息容谁鞚"[302],在隐括《邯郸记》剧情后展开人生如梦的种种议论;张大受《观剧为韵语当偈》七首[303],则是戏剧批评史上少有的"偈"体论剧绝句,其审美在即幻即真之间,如其七云"花开花落幻多情,谁女谁男死复生。蝴蝶梦残天欲晓,人间留得洞箫声"。

　　以上所说,仅是各文体跨界融合的大致情况,实际创作情况则更复杂,多种文体跨界融合的现象时有所见,如王迈《辛未中元记梦,梦与一僧谈世事良久,问答中有"凡事如此,汝曹勉之"之语,既而造一境如仙,家居厥明,用梦中八字为偈,末章反骚》[304],是诗、偈、骚的融合;夏树芳《塔影记》[305]就"记"中含(僧)传、诗和偈,檀萃《黄蝶赋》,顾名思义当然是"赋",正文却有"歌"有"偈"。[306]

四　偈诗互鉴及其跨界融合之成因

　　在从历时、共时两大维度考察偈、诗(含词、歌、曲等)互动及其文体跨界融合之后,我们还有必要进一步追问其成因。现择要谈三点:

　　(一)身份认同:作者、读者和编者

　　古代诗歌在传承过程中,其题名、正文发生变异的现象十分常见,释家于此也不例外,甚至更加复杂。如同一作品在不同文献记载中,往往对其文体性质的判别就有所不同,黄庭坚《跋子瞻和陶诗》"子瞻谪岭南,时宰欲杀之……出处虽不同,风味乃相似"[307],明明是"诗",可惠洪《冷斋夜话》卷七"东坡和陶诗"条交待山谷创作此诗背景时却称作"偈"[308],嗣后,彭乘《墨客挥犀》卷七、阮阅《诗话总龟》卷二五、清裘君辑《西江诗话》卷一、张玉书《佩文韵府》卷七三等多种诗学文献都承袭了惠洪之说;如理学名臣陈瓘与江西诗派"三僧"之一的饶节(法号如璧)有交往,饶出家后,陈寄五绝曰"旧知饶措大,今日璧头陀。为问安心法,禅儒较几何",释晓莹《云卧纪谭》卷下即定其名为"偈"[309],吴曾撰《能改斋漫录》卷一一则坚称"诗"[310]。换言之,作为山谷崇拜者的惠洪(该诗的读者与编者)在传播黄氏诗作的同时,以自己的阅读感受来改订原诗性质为"偈",直接原因当是原作写法以议论为主,符合"偈"体性质,故这一判定得到后世多人的认同;吴曾坚称陈瓘之作为"诗",当是基于创作主体的世俗身份,而释晓莹改称作"偈",可能更看重饶节的诗僧身份。因此,不同群体的作者、读者对同一作品文体性质的认识存在错位现象,也很正常,前引拾得"我诗也是诗,有人唤作偈。诗偈总一般,读时须子细",即清楚地表明了这一点,其意在强调僧家坚持诗、偈无别的立场,世俗读者却要求严明二者的界限。

　　若从身份认同意识出发,我们会发现几个有趣的现象:

　　一者从释家内部言,即便"诗"味十足者依然可称为"偈"。如《罗湖野录》卷上载元祐三年(1088)佛眼清远与其师五祖法演"作偈告辞"曰"西别岷峨路五千,幸携瓶锡礼高禅……

明朝且出山前去,他日重来会有缘","演以偈送之曰:腕伯台前送别时,桃花如锦柳如眉。明年此日凭栏看,依旧青青一两枝"[311],这里的七律、七绝,特别是七绝,情景交融,置之唐人送别诗作中也算上乘之作,但释晓莹,无论作为编者、读者,他都把二诗定位为"偈"。[312]

二者就僧俗交往诗歌而言,无论是抒情、议论、纪事、纪行抑或其他,只要题材与佛教有关者,都可题名为"偈"。如P.2044号所抄归义军时期某路经敦煌之外地俗讲僧答谢沙州府主及僧众的十一首诗偈,就有《相识偈子》、《下讲偈子》、《上晚讲偈子》、《下讲相劝取别偈子》、《奉府主司空取别偈子》、《军府相送偈子》、《别军府信士偈子》等八首题名"偈子"的诗[313]。朱松《惠匀送栗,既归其直,作两偈》、孙觌《修上人以〈楞严〉、〈圆觉〉二经见寄,书六言一偈》、陆世仪《袁子幼白,予旧同学也。能文好侠,善吟啸,向学仙,今忽从法轮参学,将别索诗为赠,戏成四绝以当偈》、黎简《致师寄〈楞严〉、〈圆觉〉数种经,答以诗偈》、释居简《竹坡丘知府哭子,以偈寄之》、无异元来《寿赵湛虚居士七衮偈》、释函昰《复熊鱼山内阁呈偈》等,皆如此。当然,其中俗世之人都是佛教居士。

三者居士之间的涉佛诗作,往往也多命题为"偈"。如宋祁《答景亳宣徽吴尚书见寄短偈》[314]、苏辙《答孔平仲二偈》、楼钥《次韵伯父〈与心闻偈〉》、周必大《池两月相为问答,某亦说偈》、李贽《偈二首答梅中丞》等,盖因内容多论禅学问题并融汇公案机锋,故如上题。此外,吴处厚《青箱杂记》卷十辑录杨亿、王随、张方平等多位居士的临终偈、悟道偈,吴氏分析诸偈的创作动因时,皆在强调作者深达(悟)性理之共性[315]的重要性。换言之,偈与性理有着天然的内在联系。

(二) 创作情境:佛教社会生活的世俗化

这点虽与前述身份认同意识有较大的关联性,但又有其特殊性。无论以诗为偈,还是以偈为诗,其创作情境往往和佛教社会生活的世俗化息息相关。其中,俗世的表现更加突出,如高启《期徐七游云岩》"少知学道贫非病,闲爱谈禅偈是诗"[316]、余日德《闰中秋夕,同吉夫、宗良、用晦、苇斯、孔阳、仲美集贞吉幻景庵看月》"无漏悟来诗是偈,一酣逃入酒为禅"[317]、余灿"闲来独与高僧坐,洞达轩窗纳晚凉。静境谈禅诗作偈,绿阴消暑竹侵床"[318]、王庆勋《寄六舟上人》"吟来诗草都成偈,悟后莺花不碍情。太息万缘何日了,也参禅悦证空明"[319]等所说诗偈互渗的场景,都发生在日常生活的禅修之中或之后。

当然,更常见的是僧俗二众的如下作品:(1)为各类佛事活动而作的偈颂,如释圆鉴《十偈辞》、惠洪《云庵和尚生辰烧香偈》、王庭珪《高峰禅寺修殿疏偈》、张孝祥《方广元公刺血写经偈》、姜特立《满公临老种松,志可尚也,梅山老人为说小偈》、虞俦《余工了秋,丁太夫人忧,因取藏经看阅,至甲寅春以病眼止,然将及一半矣。尚期晚岁毕此志愿,但两年来有烦主藏上人昕公取送良劳,因以一偈谢之》、董斯张《报国倡放生社,戏成〈沁园春〉一阙》、梅鼎祚《西乐庵施茶偈》(五首)、尤侗《卢师庵放生词十二首》、真可《庐山黄龙潭募供佛灯油偈》、金堡《天宁寺塑五百罗汉偈》、屈大均《勿上人将乞荔支斋僧为说偈,以达其意》、净斯《化修月塘寺偈》、斌良《静室夜坐,心镜光明,偶通禅悦,题四绝句,聊当为吾师说偈子》等;(2)歌咏静修场所的偈颂,如苏轼《无相庵偈》、汪晫《静观堂十偈》、钱惟善《芭蕉室为吴江上人赋》、汪道昆《雪堂偈》、徐渭《如梦令·宝珠斋饭罢箸响碗寂,为作一偈,时宿东天目》、真可《芭蕉庵吸雨偈》等;(3)咏佛教器物、佛化植物的偈颂,如周贯《药铛偈》、刘才邵《玛瑙数珠偈》、王质《灯偈》、史铸《佛顶菊》、董应举《佛手柑送佛心住持,侑以此偈》、顾贞观《虞美人·佛手柑》(三首)、琅玡真禅师《僧鞋菊》、体宗宁禅师《观音草》等,虽说内容五花八门,却都围绕佛教社会生活特别是日常生活的方方面面而展开。

(三)场所精神:语言通俗化与题旨义理化

1. 语言通俗化

中土佛教文学的发展,很大程度上取决于其多样化的生成场所和对场所精神的探寻[320]。其中,单就弘法场所的语言应用说来,主要坚持两大基本原则,即通俗易懂和随机应变[321],此不但对早期佛教通俗讲唱文学如变文文体的生成产生了极其重要的影响,而且也是后来释家场所精神的通例之一,如遵式为方便信众背诵而作十首俗语诗《改祭修斋决疑颂》[322],释元照《四分律行事钞资持记》卷八则明确指出释家讲经说法的要求"口言方俗之语,使人易解"[323]。事实上,释家这一传统直至明清仍在遵行,并且推广到更广泛的社交场合,道正《送无碍禅师还蜀》"里句拈来为送行,自知未必有乡情。蜀东蜀北逢人语,只要机前识得声"[324]、如乾《复张董若文学》"响徵里句,属稿已久,愧巴人下里,不敢上呈者,恐见笑于大方也"[325]等所说"里句",就清楚地表明释家一直坚守俗语化的弘法传统。

释家运用通俗化弘法手段时有一现象值得注意,即好引名家之作以为偈,如:(1)《大川普济禅师语录》载大川上堂时:"举一颂:锦城歌管日纷纷,半入江风半入云。此曲只应天上有,人间能是几回闻。"[326]此颂出自杜甫《赠花卿》,文字略异而已。(2)《无门慧开禅师语录》载慧开祈雨上堂"石跟常有千年润,海眼曾无一日干。天下苍生待霖雨,不知龙向此间蟠"[327],此偈引自王安石《龙泉寺石井二首》其一,文字亦稍异;(3)《古雪哲禅师语录》卷九载真哲"耆庵刘居士偕男彝修文学请上堂"时云:

> 昔晦庵朱夫子尝参开善谦禅师,深究祖道。一日述偈云:"斋居独无事,聊披释氏书。暂息尘累牵,超然与道俱。门掩竹林密,禽鸣山雨余。了此无为法,身心同晏如。"[328]

真哲称引的朱子之"偈",实是朱熹早年所作诗《久雨斋居诵经》,它在《佛祖纲目》卷三八、《建州弘释录》卷二、《居士分灯录》卷二、《学佛考训》卷七等诸多佛教文献中都有征引。不过,唯一改诗为"偈"者是真哲,究其成因,就在于应用语境转换为对世俗大众的上堂说法,而非是针对僧团内部。(4)《五灯会元》卷一六载"每大醉,唱柳词数阕,日以为常"的邢州开元法明禅师,其临终偈"平生醉里颠蹶,醉里却有分别。今宵酒醒何处?杨柳岸晓风残月"[329],后两句直接引用当时家喻户晓的柳永名作《雨霖铃》,是典型的偈、词融合。统观禅师引作偈颂的诗词,语言方面都通俗晓畅。当然,也有借重名家增强说服力、感染力的用意。

2. 题旨义理化

题旨义理化本是释家偈颂思想内容的一大特色。随着三教思想的交流和汇流,两宋以来,义理化的偈语诗颇为流行[330],甚至形成了某些群体性的创作倾向[331]。当然,不同生活经历的教内外诗人、词人,其偈诗互渗中主导思想的底色并不一致:如张九成《〈论语绝句一百首〉》是仿佛门颂古创作的偈颂,意在展示他从《论语》记载的圣贤言语中体悟的孔门心法[332];刘梁嵩评其父刘有纶词作特点时则谓"先生研精理学,所作词多似偈颂"[333],揭橥了后者以偈为词的思想根源是理学;永觉元贤组偈《明儒》(八首),虽受当时罗钦顺倡导的实学思潮之影响,对宋明理学家及其思想多有批评,但它们仍坚持释家本位[334],故佛教义理化色彩极浓。

当然,题旨义理化总是和特定的佛教场域有关。如程公许《雁湖先生揆初在旦,某以家藏唐画炽盛光如来像一轴祝先生寿,稽首说偈云》、杨循吉《先舅大中府君己亥岁尝制十四咏,寿宝林裴老师八十,今八年矣,此老师尚无恙,其法孙定惠持此卷至都下,敬作二偈,以为师寿法鼓》、邓廷桢《浮屠氏计僧腊,余年二十七始通籍,今年五十六,恰三十年,是亦余之僧腊也,作三十自寿偈言》,都和释家以偈祝寿的习俗有关,它们皆是堆砌佛典语汇、禅宗公案而成,意象雷同,艺术性较弱。再如郑刚中《函镜如书帙号曰观如,编其题首以伽陀》、朱珪《题唐人写经卷子》[335]、查慎行《院长以乳酥饼见饷,仍有诗索和,谓余深于禅理,戏作偈语,次韵奉酬》等所述事件,皆和阅经有关,若按常规写法,作者多多少少总要叙述活动的过程,但三人重点都在议论和说理。

不过,对两宋以来偈诗互渗而形成的题旨义理化现象,予以严肃批评的大有人在,清末朱庭珍即说:

> 自宋以来,如邵尧夫、二程子、陈白沙、庄定山诸公则以讲学为诗,直是押韵语录。其好二氏书者,又以禅机、丹诀为诗,直是偈语道情矣。此外讲考据者,以考据为诗;工词曲者,以词曲为诗;好新颖者,以冷典僻字、别名琐语入诗;好游戏者,以稗官小说、方言俚谚入诗。凌夷至今,风雅扫地。[336]

显而易见,朱氏是典型的诗言志、缘情的诗歌文体本位论、本色论者,并反对任何文体的跨界融合。

注 释:

* 本文是国家社会科学基金重大招标项目"敦煌佛教文学艺术思想综合研究(多卷本)"(19ZDA254)的阶段性成果。

[188] 元曲兴起后,虽然出现偈、曲融合现象,但能确定"曲"体之偈的数量较少,故略而不论。

[189] 当然,也不否认俗世也有此类作品,如杨巍《认和尚号一庵,以诗代偈》(《存家诗稿》卷六,《景印文渊阁四库全书》第1285册,第528页下栏)等。

[190] 《净昭和尚诚小师语碑》,《北京图书馆藏中国历代石刻拓本汇编》第42册,中州古籍出版社1989年版,第8页。

[191] 《大藏新纂卍续藏经》第79册,第315页中栏。

[192] 《景印文渊阁四库全书》第856册,第516页下栏。

[193][206] 朱彝尊撰《静志居诗话》卷二三、卷一三,人民文学出版社1990年版,第760、383页。

[194][222][258][326][327] 《大藏新纂卍续藏经》第69册,第591页中栏—595页上栏、第393页中栏、第564页上栏、第706页下栏、第358页下栏。

[195][251][254] 《大藏新纂卍续藏经》第70册,第671页下栏—675页下栏、第786页下栏—791页上栏、第665页中栏。

[196][198][328] 《嘉兴大藏经》第28册,第462页上栏—468页上栏、第386页上栏—401页下栏、第352页中栏。

〔197〕 僧人的"赞"、"颂古",其实也可以称为偈。如释正觉《吴傅朋郎中书来,尝得李伯时所画震旦第一祖西归像,相需以赞,以偈说之》(《宏智禅师广录》卷七,《大正新修大藏经》第48册,第783页下栏)、明居顶辑《续传灯录》卷三五谓如琰浙翁禅师"作《维摩赞》,偈云:毘耶示疾放憨痴,添得时人满肚疑。不是文殊亲勘破,者些毛病有谁知"(《大正新修大藏经》第51册,第707页上—中栏)等,偈、赞一也。钱谦益撰《列朝诗集·闰集》卷二则说明初冰蘖禅师存翁则公"有《鸦臭吟》、《颂古》百二十偈,自谓人所未发,今宗门传之"(第11册,中华书局2007年版,第6284页),意谓惟则禅师传世的颂古共有120首偈。

〔199〕 释晓青撰《高云堂诗集》卷一三,清康熙释道立刻本。

〔200〕 《全宋诗》第50册,第31330页。

〔201〕 袁桷撰《清容居士集》卷一四,上海:中华书局据《宜稼堂丛书》本校刊,第139页下栏—140页上栏。又,本组为联章体,各首皆以"绿荫堂前"四字开篇。

〔202〕 查慎行撰《敬业堂诗集》卷四十,《清代诗文集汇编》第178册,第467页下栏—468页上栏。

〔203〕 顾嗣立编《元诗选初集》,中华书局1987年版,第1351页。

〔204〕〔240〕 徐渭撰《徐渭集》,中华书局1983年版,第980—981、1058页。

〔205〕 谭元春撰《谭友夏合集》卷一五《四言乐府》,明崇祯六年刻本。

〔207〕 永瑢等撰《四库全书总目》卷一八〇,中华书局1965年版,第1631页上栏。

〔208〕 曾国荃撰《湖南通志》卷三九,清光绪十一年刻本。

〔209〕 马星翼撰《东泉诗话》卷二,清刻本。

〔210〕 吴本泰撰《吴吏部集·海粟堂诗》卷上,清顺治刻本。

〔211〕 参镏绩撰《霏雪录》,明弘治刻本。

〔212〕〔309〕 《大藏新纂卍续藏经》第86册,第678页上栏、第674页上栏。

〔213〕 如清净挺辑《学佛考训》卷七,就题作《坐禅偈》(《嘉兴大藏经》第34册,第18页下栏)。吴处厚《青箱杂记》卷十谓"陈文惠公,亦悟性理,尝至一古寺,作偈曰……"(中华书局1985年版,第111页)则把偈的思想主旨和性理之学相联系。

〔214〕 《全宋诗》第33册,第20751页。

〔215〕〔231〕 《大正新修大藏经》第47册,第717页上栏、第228页上—中栏。

〔216〕 《全宋诗》第25册,第16353页。

〔217〕 此偈见晋译《华严》卷五,但后两句作"自无半钱分,多闻亦如是"(《大正新修大藏经》第9册,第429页上栏)。不知是程俱误记,还是他另有所本,俟考。

〔218〕 王世贞撰《弇州山人四部续稿》卷一六〇,《景印文渊阁四库全书》第1284册,第324页下栏。

〔219〕 吴嵩梁撰《香苏山馆今体诗钞》卷六,《清代诗文集汇编》第482册,第388页下栏。

〔220〕 翁方纲与王渔洋、吴雯二人在时间上都没有交集(吴虽比王年龄稍小,但王对吴有知遇之恩)。蒋寅《翁方纲对王渔洋诗学的接受与扬弃》(《北京大学学报·哲学社会科学版》2017年第4期)指出,翁氏接受王氏影响的直接途径之一就是为后者校订多种洋诗学著作(合刊为《小石帆亭著录》)并深加研究。翁本人诗中多次自叙读莲洋诗书、观莲洋像与墨迹之事,则知翁对莲洋相当推重。翁另一弟子陈用光《次翁覃溪师韵,题吴兰雪〈游武夷诗〉后》"得髓自莲洋,前身早换骨"(《太乙舟诗集》卷二,《清代诗文集汇编》第489册,第315页上栏),可和吴嵩梁(号兰雪)诗对读,从中可知翁与吴雯的传承关系。不过,后者更注重王对翁的直接影响,所以才说莲洋是"替人"。

〔221〕 禅宗方面的详情,参李小荣《论禅宗语录之词作》(《中国俗文化研究》2018年第2辑,第3—42页),当然,不少佛事场合,相关词作禅、净甚至密可以通用。限于篇幅,此不赘论。

〔223〕〔311〕 《大藏新纂卍续藏经》第83册,第381页中栏、第384页上栏。

〔224〕 如明释大韶《牧牛词》(《大藏新纂卍续藏经》第65册,第397页上栏》),文字大半同于则禅师之作,它当是依后者改编而成。

〔225〕 陈寥士撰《七塔寺志》卷八,《中国佛寺史志汇刊》第一辑,第15册第231页。

〔226〕 高频词调之说,参王兆鹏《唐宋词史论》,人民文学出版社2000年版,第107—108页。

〔227〕 禅宗《渔父词》之详情,可参伍晓蔓、周裕锴《唱道与乐情——宋代禅宗渔父词研究》(中国社会科学出版社2014年版)。

〔228〕〔252〕〔274〕 《嘉兴大藏经》第29册,第521页中—下栏、第836页上栏—838页中栏、第692页中栏。

〔229〕〔233〕 《嘉兴大藏经》第26册,第736页上栏—738页上栏、第522页上栏。

〔230〕〔250〕 惠洪著,周裕锴校注《石门文字禅校注》,上海古籍出版社2021年版,第6册第2778—2781、2607—2608页。

〔232〕〔247〕 唐圭璋编《全金元词》,中华书局1979年版,第1163—1167、456页。

〔234〕 石声淮、唐玲玲笺注《东坡乐府笺注》,华中东师范大学出版社1990年版,第351页。是词作于元祐六年(1091)。本事见于《云卧纪谭》卷上(《大藏新纂卍续藏经》第86册,第663页中—下栏),谓东坡"以长短句别之"云云。苏轼之作,后世甚有影响,如周茂源《八声甘州·步东坡送参寥子怀岳林楷公》(戴明琮撰《明州岳林寺志》卷五,《中国佛寺史志汇刊》第一辑,第15册第130—131页)。

〔235〕 参伍晓蔓《"渔父家风"与江西诗派》,《文学遗产》2012年第4期。

〔236〕 辛弃疾著,邓广铭笺注《稼轩词编年笺注》(增订本),上海古籍出版社1993年版,第496页。

〔237〕 张炎撰,吴则虞校辑《山中白云词》,中华书局1983年版,第151页。

〔238〕 按,《静啸斋存草》卷一一是"诗余",它与卷一二"偈颂"的文体性质,显然有别。

〔239〕 彭绍升撰,张培锋校注《居士传校注》,中华书局2014年版,第432页。

〔241〕 尤侗撰《西堂诗集·百末集》卷三,《清代诗文集汇编》第65册,第584页上栏。

〔242〕 杨芳灿撰《芙蓉山馆全集·词钞》卷一,《清代诗文集汇编》第435册,第541页上栏。

〔243〕 蒋时雨撰《藤香馆词》,清同治五年刻本。又,陈士元《象教皮编》卷一指出"乐府有《菩萨蛮》,或《菩萨鬘》之讹"(《大藏经补编》第17册,第687页上栏)。盖佛典把璎珞称菩萨鬘,若其说不误,则《菩萨蛮》当源自佛教音乐。

〔244〕 徐乃昌辑《小檀栾室汇刻闺秀词》第三集《栖香阁词》,哈佛燕京图书馆影印本。

〔245〕 《道藏》第25册,第624页中栏。

〔246〕 吉藏撰《中观论疏》卷二,《大正新修大藏经》第42册,第30页下栏。

〔248〕 吴伟业撰,靳荣藩注《吴诗集览》卷一,乾隆四十年凌云亭刻本。

〔249〕 《大藏新纂卍续藏经》第25册,第871页下栏。

〔253〕 《中国佛寺史志汇刊》第一辑,第16册第81—82页。

〔255〕 如敦煌佛教歌偈对民间俗曲有充分的应用,此为学界所共知,故不赘述。

〔256〕 参李小荣《禅宗语录之田歌秧歌略论》,《天津社会科学》2021年第3期。

〔257〕 不过,需要说明的是,从僧团内部严格遵守戒律言,也有极力反对俗乐者,智旭《法华经会义》即说"若梵音和雅,则僧俗咸宜;若滥同曲词,则律所不许。每见近时唱赞多用曲家腔调,又礼忏作梵,不遵古式,竞引长声,只恐长他贪慢,增己放逸,福少过多,思之择之"(《大藏新纂卍续经》第32册,第59页上栏)。

〔259〕〔275〕 葛寅亮撰《金陵梵刹志》卷二二、卷四,《大藏经补编》第29册,第242页下栏、第131页上—下栏。

〔260〕 葛一龙撰《葛震甫诗集·佛客斋集》,明崇祯刻本。

〔261〕 释印光重修《清凉山志》卷八,《中国佛寺史志汇刊》第二辑,第29册第311—312页。又,诗序"说短偈以送行……聊供一笑,高挂五台,歌曰",表明其写法正是以歌为偈。

〔262〕 邹迪光撰《始青阁稿》卷三,明天启刻本。

〔263〕《全宋诗》第30册,第19162页。

〔264〕《景德传灯录》卷一五,《大正新修大藏经》第51册,第324页中栏。又,华、花义同。衔,郑刚中引作"啼"可能是另有所本,也可能是记忆有误,俟考。

〔265〕 徐世昌辑《晚晴簃诗汇》卷一五三,第4册第35页。

〔266〕 俞樾撰《春在堂诗编》卷二三《壬寅编》,《清代诗文集汇编》第684册,第716页下栏。

〔267〕 周永年编《吴都法乘》卷二二,《大藏经补编》第34册,第668页上—下栏。又,汪学金辑《娄东诗派》卷八收录王衡诗四十首,其中也辑有本组诗,但只选录了周氏所辑其一、其二、其七等三首。

〔268〕 笔者把铭、赋一类的作品,也视作"文",特此说明。

〔269〕〔322〕《大藏新纂卍续藏经》第57册,第380页上—中栏、第17页上栏—19页上栏。

〔270〕 董诰等编《全唐文》卷三二〇,上海古籍出版社1990年版,第2册第1435页中栏。

〔271〕 陆心源编《唐文续拾》卷四,第17页中栏。又,陆编附载于《全唐文》第5册。

〔272〕 孙思邈撰《千金翼方》卷一三,元大德梅溪书院本。

〔273〕 李逸安、孙通海、傅信点校《张耒集》(下册),中华书局1990年版,第804页。

〔276〕 鸠摩罗什译《十住毗婆沙论》卷一指出"偈名义趣,言辞在诸句中,或四言五言七言等。偈有二种:一者四句偈名为波蔗,二者六句偈名祇夜"(《大正新修大藏经》第26册,第22页上栏)。中土也有作六句偈者,如净土宗高僧怀玉的七言偈(参戒珠《净土往生传》卷下,同前,第51册第122页下栏)、晁迥的五言偈(《法藏碎金》卷四,《大藏经补编》第27册,第790页下栏)等。

〔277〕 此处"诗"类之"偈",主要包括诗、词、歌、曲四类偈颂。

〔278〕 参李小荣《禅宗语录与唐传奇——以〈离魂记〉〈柳毅传〉为中心》(《东南学术》2014年第2期)、《两宋禅宗语录与讲史话本》(《福建论坛·人文社会科学版》2020年第7期)、《明清禅宗之小说证禅举隅》(《福州大学学报·哲学社会科学版》2016年第6期)等。

〔279〕 参项裕荣《话本小说与禅宗预言偈》,《四川大学学报》(哲学社会科学版)2009年第3期。

〔280〕 王汝梅等校点《张竹坡批评金瓶梅》下册,齐鲁书社1991年版,第999页。

〔281〕 关于《水浒传》与佛偈关系之讨论,参李娜、国威〈《水浒传》中的佛教诗偈〉(《社会科学论坛》2015年第2期)、项裕荣〈《水浒传》与禅宗丛林制度〉(《文史哲》2017年第4期)等。

〔282〕 参洪静渊〈"普门偈语"对〈红楼梦〉的影响〉(《红楼梦学刊》1984年第3期)、拾井磊〈〈红楼梦〉与佛教经藏关系考辨〉(《曹雪芹研究》2021年第1期)等。

〔283〕 胡应麟撰《少室山房笔丛》卷四十,上海书店出版社2001年版,第412页。

〔284〕 翟灏撰《通俗编》卷二十,清乾隆十六年翟氏无不宜斋刻本。

〔285〕 又,周清原撰《西湖二集》卷三《巧书生金銮失对》,则把甄龙友题写《观世音赞》作为关键情节之一。

〔286〕 吴承恩著《西游记》,人民文学出版社1980年版,第679页。

〔287〕 如陈洪〈《西游记》"心猿"考论〉(《南开大学学报·哲学社会科学版》2009年第1期)指出"心猿"一词,即主要受全真道王重阳、马丹阳著作的影响。

〔288〕 刘荣平《赌棋山庄词话校注》,厦门大学出版社2013年版,第53页。

〔289〕 参李小荣《禅宗语录文学特色综合研究》,人民出版社2022年版,第173—236页。

〔290〕 孟称舜辑《柳枝集·三度小桃红》,明崇祯刻《新镌古今名剧合选》本。
〔291〕 中国戏曲研究院编《中国古典戏曲论著集成》(六),中国戏剧出版社 1959 年版,第 147 页。
〔292〕 《杂剧三集·半臂寒》,中国戏剧出版社 1958 年版,第 23—24 页。
〔293〕 蔡念生编《中华大藏经总目》卷六,《大藏经补编》第 35 册,第 750 页上栏。
〔294〕 参王萌筱《佛教戏曲〈归元镜〉版本源流考》(《图书馆杂志》2021 年第 9 期)、《游艺与修行:净土剧〈归元镜〉的刊印、阅读和搬演》(《清华大学学报·哲学社会科学版》2020 年第 1 期)、《构建净土传灯谱系——智达剧作〈归元镜〉及其副文本译介》(《中华佛学报》第 33 期)等。
〔295〕 王馨《佛教传奇〈归元镜〉曲谱及舞台搬演考略》,《戏曲研究》2019 年第 2 辑,第 237—250 页。
〔296〕〔297〕 《大藏新纂卍续藏经》第 62 册,第 409 页上栏—410 页上栏、第 849 页中—下栏。
〔298〕 王安石撰《临川先生文集》卷十,王水照主编《王安石全集》第 5 册,复旦大学出版社 2017 年版,第 273 页。
〔299〕 《大藏新纂卍续藏经》第 87 册,第 263 页中栏。
〔300〕 《大藏新纂卍续藏经》第 17 册,第 455 页中栏。
〔301〕 董斯张撰《静啸斋存草》卷一二《偈颂》,明崇祯刻本。
〔302〕 鲁之裕撰《式馨堂诗文集·诗集·后集》,《清代诗文集汇编》第 417 册,第 359 页上栏。
〔303〕 张大受撰《匠门书屋文集》卷八,《清代诗文集汇编》第 205 册,第 286 页上—下栏。
〔304〕 《全宋诗》第 57 册,第 35728—25729 页。又,是诗作于嘉定四年(1211)。
〔305〕 黄宗羲编《明文海》卷三五一,中华书局 1987 年版,第 3602—3603 页。
〔306〕 檀萃撰《草堂外集》卷二,清嘉庆元年刻本。
〔307〕 任渊等注,刘尚荣校点《黄庭坚诗集注》第 2 册,第 604 页。
〔308〕 张伯伟编校《稀见宋人诗话四种》,江苏古籍出版社 2002 年版,第 63 页。又,惠洪引诗,文字略有不同,不赘列。
〔310〕 《全宋诗》卷一一九一据此拟题为《寄饶德操》(第 20 册,第 13469—13470 页)。不过,"旧知"作"旧时",意似稍逊。
〔312〕 按,才良等编《法眼禅师语录》卷下把法演诗归入《送化士四首》其二(《大正新修大藏经》第 47 册,第 664 页下栏),置于"偈颂"部。
〔313〕 徐俊纂辑《敦煌诗集残卷辑考》,中华书局 2000 年版,第 761—763 页。
〔314〕 《全宋诗》第 4 册,第 2420 页。又,本诗前四句"玉帐论兵罢,东方静守藩。有尘都是客,无法可容言"后有注曰"以上四句仰奉",故知这四句是吴奎的原作。后四句"海鸟逢觞怯,酰鸡恋瓮喧。因公四句惠,弥觉对酬烦"才是宋祁答偈。
〔315〕 参吴处厚撰,李裕民点校《青箱杂记》,第 110—111 页。
〔316〕 高启撰,徐澄宇、沈北宗校点《高青丘集》卷一四,上海古籍出版社 1985 年版,第 592 页。
〔317〕 余日德撰《余德甫先生集》卷一二,明万历刻本。
〔318〕 王亨彦撰《普陀洛迦新志》卷五,《中国佛寺史志汇刊》第一辑,第 10 册第 299 页。
〔319〕 王庆勋撰《诒安堂诗稿·二集》卷七《特陵草堂集上》,清咸丰三年刻五年增修本。
〔320〕 参李小荣《晋唐佛教文学史》"绪论"及"第一章",人民出版社 2017 年版。
〔321〕 李小荣《汉传佛教的语言观及其对变文文体生成的影响》,《河南师范大学学报》(哲学社会科学版)2011 年第 6 期。
〔323〕 《大正新修大藏经》第 40 册,第 243 页下栏。
〔324〕 《莲月禅师语录》卷五,《嘉兴大藏经》第 29 册,第 422 页中栏。又,是诗被列入"偈"部。

〔325〕 《憨休禅师敲空遗响》卷六,《嘉兴大藏经》第37册,第280页上栏。

〔329〕 《大藏新纂卍续藏经》第80册,第338页下栏—339页上栏。

〔330〕 关于偈语诗的含义,参王培友《论宋初百年偈语诗的诗性品格及其文化价值》,《清华大学学报》(哲学社会科学版)2012年第4期。

〔331〕 张春义《南宋理学家词人群词学特征综论》,《深圳大学学报》(人文社会科学版)2011年第6期。

〔332〕 参韩焕忠《无垢居士的〈论语〉偈颂——张九成〈论语绝句一百首〉浅析》,《华冈哲学学报》第4期(2012年6月)。

〔333〕 邹祗谟、王士禛辑《倚声初集》卷五,顺治十七年刻本。

〔334〕 参许潇《明清之际佛教实学化思想倾向探析》,《学术研究》2018年第12期。

〔335〕 从朱珪"我今聊以诗代偈"(《知足斋集》卷一六,《清代诗文集汇编》第376册,第523页下栏)推断,本首性质是以诗为偈。

〔336〕 朱庭珍撰《筱园诗话》卷四,郭绍虞编选,富寿荪校点《清诗话续编》(下),上海古籍出版社1983年版,第2407页。

〔作者简介〕 李小荣,文学博士,教育部人文社会科学重点研究基地福建师范大学闽台区域研究中心主任,2020年度"长江学者"特聘教授。主要研究方向为宗教文学与敦煌学。

《杜诗与朝鲜时代汉文学》

(左江著,中华书局2023年9月版,373页)

　　杜甫、杜诗属于全人类,对杜甫的研究评价、对杜诗的阅读阐释也就形成了一个庞大的网络,所有的读者、论述、典籍都是网络上的一个个结点。就朝鲜汉文学而言,这一杜诗阅读网络中留下的文字达到二百多万字,其中评述文字一百多万字,次杜、集杜、拟杜等作品有七八十万字。本书先进行全面考察,再选择网络上的一个个结点具体分析探讨。对这些结点的选择,有的是因为它们至关重要、影响深远,有的是因为它们个性鲜明、独立特行,而对具体结点的研究,又是为了更好地反观网络全貌,并提供方法的借鉴。全书从注杜、次杜、集杜、评杜四个方面,选择一个个具体个案,研究杜诗与朝鲜汉文学的关系,突破"影响"一说,希望能看到朝鲜文人入杜诗又出杜诗的努力,在"不相类"处审视两国文化之差异,在"相类""不相类"的微妙关系中体会杜诗的魅力。力图以杜诗为线索,切入杜诗在朝鲜生长与发展的社会环境、时代背景、国家政策、思想文化、外交关系、女性教育等,这些内容虽不能展开论述,也希望能由一斑略窥全豹,以见整个朝鲜时代的风貌。

由明义二十首"题红诗"看《红楼梦》的成书

章早晨

关于《红楼梦》的成书,今所能见的一条重要材料,即清代富察明义《题红楼梦》诗二十首绝句,出自其《绿烟琐窗集》。据吴恩裕、沈治钧的考证,明义出生于乾隆五年(1740)至八年(1743)前后,《绿烟琐窗集》是他于乾隆四十二年(1777)前的作品选集,书写了这位满洲镶黄旗贵族青年的"痴怨离合"。[1]刘上生认为,明义"题红诗"写于"明义二十来岁或三十来岁时期",明义与曹雪芹乃忘年交。[2]"题红诗"之外,《绿烟琐窗集》里的诗作大多写明义的青春记忆。

围绕明义"题红诗"与《红楼梦》成书关系的讨论,历来学者最好奇的问题,即明义所见《红楼梦》是否就是今见脂批本八十回《石头记》。周汝昌提出:"明义所见的《红楼梦》,是多少回的本子,疑莫能明。比如他在诗序里只说'备记风月繁华之盛',而不说有甚么兴衰荣悴,又二十首诗中所写绝大多数是八十回以前的情节,这两点使人疑心他所见到也只是个八十回传本。可是,有几首诗其语气分明是兼指八十回以后的事,似乎目光已注射到我们所未曾见到的后半部部分。所以,明义所见到底是多少回本,尚属疑案。"[3]

明义二十首"题红诗"序云:

> 曹子雪芹,出所撰《红楼梦》一部,备记风月繁华之盛。盖其先人为江宁织府,其所谓大观园者,即今随园故址。惜其书未传,世鲜知者,余见其钞本焉。[4]

曹雪芹递给明义的是私写的《红楼梦》而非传抄的《石头记》,记载的是"风月繁华"而不提家族兴衰。且其书当时还"未传",知者甚少。

这篇序及"题红诗"至今依旧能引起强烈的探究兴味,盖《红楼梦》的成书实在蹊跷,而"题红诗"所营造的"红楼"故事氛围实在神秘之故。另,吴世昌认为,《红楼梦》的写作至少经历了三部书的阶段:《风月宝鉴》阶段、"明义所见旧本"《红楼梦》(以下简称"明义本")阶段,以及今见脂批《石头记》、程高本《红楼梦》(以下统称"今本")阶段。[5]张爱玲亦持类似说法,认为《红楼梦》成书有多个阶段。[6]而亦有如沈治钧主《红楼梦》成书乃"一稿多改",反对从明义题诗这一材料轻率得出此类成书结论。[7]本文拟通过辨析明义的"题红诗",并在前辈学者研究基础之上,试重新对《红楼梦》成书问题做一考论。

本文收稿日期:2023 年 11 月 10 日

一　泾渭分明新旧两稿

此节专论明义本与今本泾渭分明，截然两书。举"题红诗"试论之。

开篇第一首云：

佳园结构类天成，快绿怡红别样明。长槛曲栏随处有，春风秋月总关情。

此诗摆在首位，为组诗定下基调。读其首句，很容易联想到《红楼梦》第十七至十八回元春引领之下，迎春、探春、惜春等贾府诸姐妹作大观园题诗的情节。[8]但细细端详，此诗说园内"长槛曲栏随处有"，与诸姐妹所吟咏的"衔山抱水建来精"（元春句）、"谁信世间有此境"（迎春句）、"名园筑出势巍巍"（探春句）、"楼台高起五云中"（惜春句）等句所描绘的大观园的宏大精致，似有天壤之别。而宝钗、黛玉及宝玉题诗，又令新筑的大观园显得别有洞天、生色无穷。诸姐妹们和宝玉题诗，皆是奉旨颂圣，少不了夸张的底色。但相较之下，明义对"颂圣"一句不提，于"省亲"漠不关心，其所见"佳园"虽"类天成"，"长槛曲栏"不过普通园林景致。明义本之"大观园"俨然非今本之大观园。

明义将这一首摆在"题红诗"最前，又配合"春风秋月总关情"一句，园景与人情结合，此诗是组诗的总纲，就气象而言，生出一种庭院深深的幽奥清冷感。

读"题红诗"时不得不同感于吴世昌的判断："仍不能不令人觉得雪芹这个初稿是比较简略的"。[9]我们对明义本的推测与阅读感受，也大有可能首先要受到明义诗风的影响甚至"破坏"。

"题红诗"第二首立刻说：

怡红院里斗娇娥，娣娣姨姨笑语和。天气不寒还不暖，瞳晚日影入帘多。

第二首直入怡红院，并不提及和先铺展出甄士隐贾雨村故事、《红楼梦》开篇前二十回内的宁府故事及如刘姥姥一进贾府故事等，无论如何，观明义二十首，此明义本好像内容与人物大减，颇有一种简化今本的意味。明义本或当是一个故事相当集中的青春梦幻故事。[10]

既然是青春梦幻故事，则宝黛故事当为故事主线。今本女主角一般认为是林黛玉，或黛玉宝钗皆为女主：一位是"木石前盟"而来还泪，一位因"金玉良缘"要配夫婿。读者常获得的阅读印象是，宝黛爱情是今本的主线。其实今本至第四十回之后，林黛玉的戏份削减，黛玉与宝玉单独会面的机会越来越少。取而代之的是史湘云、妙玉作为女性角色与钗黛四分天下。

明义二十首题诗，明确涉及黛玉的有三首，分别是第三首"潇湘别院晚沉沉"，第十八首"伤心一首葬花词"，第十九首"莫问金姻与玉缘"。其他如第十一首"可奈金残玉正愁"（吴世昌认为这一首乃写"金钏投井后，玉钏恨宝玉"[11]），第十四首"病容愈觉胜桃花"，第十六首"生小金闺性自娇"及第十七首"锦衣公子茁兰芽"——第十六和第十七首似晴雯与黛玉并题——皆模棱两可，不好断定。不好断定的四首加上可确定的三首，共计七首，在二十首中占据了近半比例。自然，也都可作为黛玉相关的题诗来解释，但这是先读了今本而倒回去代入到明义题诗里，先入为主，再获取的某首某首乃事关黛玉的印象，却未必符合明义本内容。

唯有如"潇湘别院"、"葬花词"以及配对着"金姻"的"玉缘"等关键词出现的诗句,方始能明确是与黛玉相关的题诗。

第三首云:

> 潇湘别院晚沉沉,闻道多情复病心。悄向花阴寻侍女,问他曾否泪沾襟。

宝玉问侍女于花阴,妹妹今日哭了么,本是我们印象中《红楼梦》的日常。今本第二十六回、第二十九回、第三十回、第四十五回及第五十七回,宝玉都曾前往潇湘馆探问黛玉,且都是问病,而非问泪。"问他曾否泪沾襟"是问泪而非问病,但也可理解为诗家腾挪,本不必一一坐实。只是此诗首句"晚沉沉"三字实令人放心不下。以上这些回目,唯有第四十五回是宝玉夜间去的潇湘馆,但并没有先在花阴寻得侍女(紫鹃或雪雁)问黛玉之泪,而是直赴潇湘馆,以渔翁打扮见黛玉,情节有趣温馨,乃宝黛爱情的重要转折。第四十五回的故事气氛,与此诗大不相同。

联系上引第二首,怡红院该是宝玉独居之处,明义本却将"娣娣姨姨"、"斗娇娥"的场景也引至怡红院;再联系第三首的潇湘馆,读诗人差些被明义所欺,以为列举怡红、潇湘而大观园诸姐妹的住所得以"以偏概全",其实极有可能明义本中园林幽小,馆名唯"快绿怡红"这两处至多数处而已。馆少,则人物角色或亦减少,怡红院不再是宝玉的独居,而成了众姐妹的活动场所;潇湘馆则是黛玉居所,其他如我们熟悉的蘅芜苑、秋爽斋、藕香榭、紫菱洲和稻香村等,皆尚未在明义本里一一诞生。园林既小,"长槛曲栏"虽是"随处有","晚沉沉"的氛围里,"花阴"中寻得侍女来问泪,明义本之氛围即显得幽深局促,但这反而不妨碍曹雪芹对宝玉与周围女性角色的青春浪漫及其幻灭的聚焦式描写。这又能省去许多描绘"贾府"之外世相的笔墨。比起脂砚斋偏爱的"石头记"书名,曹雪芹似更爱"金陵十二钗"、"红楼梦"这两个题名。[12]因此亦不妨认为,他出示给明义的这部《红楼梦》,很有可能系他早年集中笔力撰写心头所爱与红尘记忆的一部习作,是今本的组成部分之一。

第四首似写宝钗,似是而非:

> 追随小蝶过墙来,忽见丛花无数开。尽力一头还雨把,扇纨遗却在苍苔。

吴世昌及蔡义江认为"雨"当作"两"。吴世昌说这首"咏宝钗扑蝶,明白无误"。[13]蔡义江则以为"这段情节是不是写宝钗的还很难说"。[14]今本扑蝶的只有宝钗。假使是宝钗,这第四首却并未提及今本宝钗听了小红与坠儿私语,连忙使金蝉脱壳之法"嫁祸"黛玉的剧情。此女子无论是否宝钗,"扇纨遗却在苍苔"在今本里不留细痕,却很觉出明义本透出的无奈感与空寂感。一旦扩大这种无奈感,如果确写宝钗,我们从这四句做进一步推想,似乎是咏宝钗这样的可爱女子,终究婚姻于她也是一种悲剧,倒也十分符合今本第五回所说的"空对着,山中高士晶莹雪"[15]。读罢明义题诗,"扇纨遗却",若有所失之感袭来,良有替宝钗遗憾之感。

第五首云:

> 侍儿枉自费疑猜,泪未全收笑又开。三尺玉罗为手帕,无端掷去复抛来。

周汝昌以为写今本第三十四回内容,"宝玉遭贾政笞打后,遣晴雯送旧手帕于黛玉事";[16]吴世昌则以为该绝句接近今本第三十回前半宝玉访黛玉情节,"两人对泣,宝玉用衫袖拭泪,黛玉将一方绡帕摔给宝玉","但今本无'三尺玉罗'、'掷去抛来'之文,显然已删改"。[17]恐皆非。此诗聚焦"侍儿",或由"侍儿"说起,我们亦可认为,故事内容或为今本所无。

第六首的情节吴世昌不解,周汝昌以为是今本第三十一回内容,[18]亦似是而非,情节似完全不见于今本,是明义本与今本乃两部书的一个明证。第六首云:

> 晚归薄醉帽颜敧,错认猧儿唤玉狸。忽向内房闻语笑,强来灯下一回嬉。

第八首云:

> 帘栊悄悄控金钩,不识多人何处游。留得小红独坐在,笑教开镜与梳头。

今本第二十回,宝玉给麝月梳头,此诗中却是小红。小红与麝月的人物关系,《红楼梦》写作前后的差别及原因,张爱玲辨之甚详。[19]亦可说明明义本与今本截然两书。

第九首云:

> 红罗绣缬束纤腰,一夜春眠魂梦娇。晓起自惊还自笑,被他偷换绿云绡。

历来都说是袭人。此诗本无任何实证能说明,是在讲今本宝玉偷换袭人汗巾的事。假设即指此事,与今本情节也大异,而"晓起自惊还自笑"句最可疑。"自笑"有一种"原来如此"的恍然大悟之后,对命运的认可感叹。但今本被换了汗巾的那个清晨,全然不见袭人的"自惊还自笑"。

> 袭人低头一看,只见昨日宝玉系的那条汗巾子系在自己腰里呢,便知是宝玉夜间换了,忙一顿把解下来,说道:"我不希罕这行子,趁早儿拿了去!"宝玉见他如此,只得委婉解劝了一回。袭人无法,只得系在腰里。过后宝玉出去,终久解下来掷在个空箱子里,自己又换了一条系着。[20](第二十八回)

同时,明义此诗并未彰显出蒋玉菡的存在。如刘上生认为:"明义所读《红楼梦》,没有蒋玉菡的故事,当然所写公子偷换侍女汗巾的玩笑情节,也就毫不涉及宝菡之交。"[21]袭人对未来命运此时既不能知,"晓起自惊还自笑"一句却显得她熟悉蒋玉菡,深谙命运,深悟情缘,甚至有深谙深悟之后接受了命运的意味。从蒋玉菡与宝玉、秦钟、柳湘莲之交往可知,蒋玉菡似乎是曹雪芹早期所作《风月宝鉴》的人物,与明义本无涉。

第十三首云:

> 拔取金钗当酒筹,大家今夜极绸缪。醉倚公子怀中睡,明日相看笑不休。

今本第六十三回"寿怡红群芳开夜宴",袭人、晴雯、麝月、秋纹一组,芳官、碧痕、小燕、四儿一组,八位侍女于怡红院中为宝玉庆祝生日。此恰是明义题诗第二首所谓"娣娣姨姨笑语和"。吴世昌认为,"明义所见的钞本中只有'拔金钗作酒筹'的简单情节,而没有掷骰抽签、签文暗示后文伏线等种种细节";[22]张爱玲继吴世昌之后,推断第六十三回属早期文本文字,探春抽中"瑶池仙品",诗云"日边红杏倚云栽",众人笑道:

> 我们家已有了个王妃,难道你也是王妃不成?[23]

张爱玲认为,"显然早本元妃原是王妃,像曹寅的女儿,平郡王纳尔苏的福晋。可见第六十三回写得极早"。[24]写得极早而文本被腾挪到了今本之中,但还未来得及修改。今本芳官当夜醉后,被袭人扶到宝玉榻上睡,次日起床"笑不休"的情节,明义本倒似乎已有。只是考虑到若明义本还没写出元妃省亲的情节,芳官等十二位戏子正是省亲时为贾府所买,究竟是谁"醉倚公子怀中睡",也不好轻下断论。情节虽相仿,人物完全可能是他人,正如第八首麝月与小红互换的情况一般。

以上分析"题红诗"的第一、二、三、四、六、八、九、十三首,认为明义本与今本并非是同一部作品。

二 明义本偏重"大观园"

明义题咏的"大观园",如上文所论,似不及今本大观园般金银焕彩,珠宝生辉。而其规模亦似只限怡红院、潇湘馆两处等。试看今本,大观园的一座玉石牌坊,就能令宝玉去联想第五回梦中的太虚幻境,[25]可见今本大观园作为"人间仙境"之宏丽特色。

明义本的"大观园"既然只是伊甸园,小说自然不必涉及甄士隐贾雨村,也不必去展开更辽阔的社会百态、反映更深刻的思想,只须轻诉绚丽青春的梦痕,寄托情爱消逝的愁绪。这个"大观园"无疑勾起了明义极大的兴趣与热爱,以《绿烟琐窗集》中少见的二十首之排场来专事题咏。明义将男女主角爱情婚姻的悲剧作为题咏中心,对小说文本里的女孩形象津津乐道,他显然更加偏爱"大观园"故事。

试看第十首:

> 入户愁惊座上人,悄来阶下慢逡巡。分明窗纸两珰影,笑语纷絮听不真。

此诗在"题红诗"里,又是扑朔离迷的一首。所咏内容依稀仿佛今本的第二十六回,眼看要对上,但其实又无觅处。今本第二十六回林黛玉前往怡红院而被拒于门外,立于"墙角边花阴之下",曹雪芹用一联加一绝句赞美其绝世的姿容,[26]置整部今本之中,也是难得的写法。勉强将明义诗中的"阶下慢逡巡"与今本第二十六回内容套上呢,"愁惊座上人"的心理却与今本林黛玉心理着实不合。后面两句亦难吻合。后两句或只能合于第三十六回,黛玉隔着纱窗看宝钗坐在睡梦里的宝玉身边做针线。但今本第三十六回宝钗只是沉默做针线,房内另外只有睡着了梦呓着"和尚道士的话如何信得"[27]的宝玉,又缺了明义这首诗里"听不真"的"笑语纷絮"。

此诗"入户愁惊座上人"的主人公,不仅"逡巡"于"阶下",还"分明"在窗外看到映在窗纸上的一对耳环影子,里面的客人似是夜里拜访,坐在窗前灯下。此番的细腻真实,明义无必要超出小说文本去杜撰空想。

第十一首与第十二首云:

> 可奈金残玉正愁,泪痕无尽笑何由。忽然妙想传奇语,博得多情转一眸。
> 小叶荷羹玉手将,诒他无味要他尝。碗边误落唇红印,便觉新添异样香。

这两首合在一起咏金钏儿与玉钏儿故事,对应今本第三十五回。吴世昌与周汝昌皆持此说,似无例外。[28]但第十一首后两句似又与宝黛爱情有关,不知是宝玉说出了奇语让"泪痕无尽"的黛玉或其他女子回心转意而"多情一眸",还是借用"传奇"如《西厢记》的语句来"博得"黛玉或其他女子的回头接口,也不好强猜。只是这个猜测一旦合理,两句与宝黛有关,则前文"金残玉愁"未必就指金钏儿玉钏儿了。这两首诗围绕着儿女情结,无论是写在黛玉还是写侍女,都是明义所爱的"大观园"故事。

第十四首:

> 病容愈觉胜桃花,午汗潮回热转加。犹恐意中人看出,慰言今日较差些。

周汝昌只简说此诗指黛玉。吴世昌判断此诗对应的内容不在今本八十回中,而在八十回之后,黛玉病势已渐沉重。[29]这个说法颇为有趣。这一首当和第十八首合看。

第十六首与第十七首云:

> 生小金闺性自娇,可堪磨折几多宵。芙蓉吹断秋风狠,新诔空成何处招。
> 锦衣公子茁兰芽,红粉佳人未破瓜。少小不妨同室榻,梦魂多个帐儿纱。

第十六首与第十七首并写晴雯与黛玉。第十六首"磨折"、"芙蓉"、"新诔空成"等关键词,写晴雯明矣。第十七首或写黛玉初入贾府,或写宝玉与晴雯关系,不好妄断。但即使只写晴雯,第十六十七首与第十八十九二十首之间,不再谈论其他《红楼梦》故事情节,宝黛爱情因黛玉的病而急转直下。晴雯在今本中退场于第七十八回,明义这几首题诗如此紧凑,或许明义本写到晴雯病逝,离全书大结局也已所剩无几了。这更能证明明义本篇幅不长,只是执着于叙述"大观园"故事,烘托"逝去的青春"这个主题。

第十八首云:

> 伤心一首葬花词,似谶成真自不知。安得返魂香一缕,起卿沉痼续红丝。

此诗蔡义江分析甚详。[30]末两句令人联想李夫人或杨妃,是黛玉重病垂危的描绘无疑,又透露早先曹雪芹虚构黛玉这个角色,曾以李夫人及杨妃传奇为模版,很有些早本的神秘气氛。黛玉若不病逝即红丝可续,婚姻可成,则宝黛爱情没有横加的拦阻。结合上文吴世昌提出的第十四首的内容反映八十回后情节这个判断,可见明义本中黛玉是泪尽病逝。黛玉登场,与宝玉恋爱,最后因病逝世,成就了相当清晰简洁的叙事线条,"大观园"外的世界对女儿们的生死并无特别影响。明义本很是偏重"大观园"。

第十九首与第二十首云:

> 莫问金姻与玉缘,聚如春梦散如烟。石归山下无灵气,总使能言已惘然。
> 馔玉炊金未几春,王孙瘦损骨嶙峋。青蛾红粉归何处,惭愧当年石季伦。

两诗写出了明义本的大结局。吴世昌以为第十九首"暗示这是一部批评政治的书",周汝昌则认为明义本的主题乃金玉良缘"终如云散"。[31]石归山下,惘然的是过去的青春和"大观园"。面对石崇而愧,当是以曾经的"青蛾红粉"们去比对绿珠的命运。明义依旧歌咏女性,"大观园"里的"姊姊姨姨",是明义本的书写重心。

假使明义的兴趣只在"大观园",只在"木石前盟";假使明义所见"曹子雪芹出所撰《红楼梦》"与今本的篇章规模结构已极为接近,明义本有大量"宁府"情节和复杂的世相展示,只不过明义很不愿意为之题诗,明义就是单单爱题"大观园"女儿们——以上"假使"若纷纷成立,则我们也奈何不得他。

但这个可能性极小,为什么呢? 我以为推翻这个可能性的关键在题红诗的第十五首:

> 威仪棣棣若山河,还把风流夺绮罗。不似小家拘束态,笑时偏少默时多。

吴世昌解析它,说得含糊:"这首大概是咏凤姐。但全诗只写她的性格容态而没有说具体情节,不易确定是指某回某事。"[32]这首诗只写凤姐"性格容态"而未及"具体情节",是因为凤姐要到今本里,以协理宁府才真正崭露头角,显示政治手段。明义本中的凤姐,还只是群芳里的一员,是"假充男儿教养的"、"南省所谓辣子"的女中豪杰。曹雪芹故意让女性角色的王熙凤带上男性气质,是为了充实明义本女性群像的多样性格。明义本里的王熙凤,还不是今本那位手腕突出、为我国读者喜闻乐道的凤姐,自然也不涉从"协理宁府"开始而枝蔓出的种种"大观园"外情节。这岂不正契合吴世昌、张爱玲所推测的,早本没有秦可卿托梦凤姐的情节,而是贾妃托梦给贾政夫妇。[33]自然,作者重新谋篇布局之后,凤姐成了荣宁二府的管事人,元妃之死又被延后,才能改写为秦可卿托梦于王熙凤。明义的第十五首题诗在反向暗示我们,明义本只集中描绘"大观园"里的青春故事。

三 "荣宁"合一成《红楼梦》

从今本内容来看"题红诗",明义本未及东府即宁国府的种种事情,所显示的故事较为集中,都在"大观园"内。明义本是一个首尾完整的"石头传奇","石头传奇"铺陈了宝玉和姐妹们的故事,是曹雪芹创作的较为简略的一个早期本子。

今本乃是在旧本《风月宝鉴》与明义本合而为一基础上,改写增删的结果。

脂批甲戌本第一回有一条著名批语:

> 雪芹旧有《风月宝鉴》之书,乃其弟棠村序也。今棠村已逝,余睹新怀旧,故仍因之。[34]

"睹新怀旧"乃见新稿而思旧稿。既可理解为新旧两稿截然不同,是两部书,也可解读为旧稿与新稿合起来是带有承继性质的同一部作品。学界一般认为,《风月宝鉴》旧稿留存在《红楼梦》中的内容,大多为宁国府人物相关故事。[35]另外还有与书中"太虚幻境"相关的一些书写也属于《风月宝鉴》。

高语罕提出:"曹雪芹著《红楼梦》,据说原稿写得极其率真露骨,屡经改纂,始成今本。……它乃是人间男女的一面爱的镜子。"[36]

无论如何,《风月宝鉴》乃人间之镜的主旨这点,大体不会改变。旧稿新稿之间,雪芹总该有一个慢慢合成,漫长修改的过程。这个过程里,《红楼梦》渐渐由人间的一面风月镜子,成了昨夜的朱楼一梦。

刘世德认为,曹雪芹从《风月宝鉴》到《红楼梦》的改写过程里,为了要突出宝黛及宝钗的恋爱婚姻这条主线,必须使一些"喧宾夺主"的支脉"退避一侧"。[37]曹雪芹创作的结果,似乎是明义本内容为主,《风月宝鉴》故事"退避一侧"。

189

为了保险,我们还得排查:万一明义本就是那本所谓的早本《风月宝鉴》呢？毕竟明义如何"题红",可全由他的性情喜好来取舍。毕竟《绿烟琐窗集》中其他的诗歌,大多映射明义的私人情感世界。他若漠视"《风月宝鉴》"的世鉴意义,抛开"宁府"众生相,只取"大观园"的纯情女儿来歌颂,我们也奈何他不得。

解决这个问题的突破口,我以为在于金钏儿与晴雯这两个角色。

如果她们二位也曾凄凉孤寂地立在那面"镜子"里,是旧稿《风月宝鉴》中的人物,则旧稿《风月宝鉴》不仅要戒"妄动风月之情",章回中亦不乏青春的美丽和梦幻。然而贾瑞、秦可卿、秦钟、二尤、智能儿、薛蟠、蒋玉菡等《风月宝鉴》人物身上,我们看得到一丝晴雯式的美丽与梦幻吗？而《风月宝鉴》人物的出场退场,皆在回目与回目之间互相交错,形成你中有我、我中有你的前赴后继格局,与金钏儿、晴雯之死,是多么不同。《风月宝鉴》旧稿人物的死亡书写多涉性爱,金钏儿、晴雯之死却是"质本洁来还洁去"。我们看到作者为金钏儿与晴雯饱含热泪,前序后歌,相关章节宛转相成,风流哀艳,千愁万恨宛如《大招》之遗,纯乎《洛神》气息。

可知,创作推进到明义本,曹雪芹不再用女孩的死来训诫说理,而偏向于伸冤控诉,意义翻转,大不一样,成就了他的另一番衷肠。《风月宝鉴》文字刻意地冷眼狷傲,待经成长成熟、饱经世事之后,渐渐抛开旧风格放开手去写,决心走自己的独特的路,他便多了一种温情眷恋。大约作者人虽年轻,却愿以癞僧跛道的癫狂形象自许,摆出告戒世人的姿态;可到了中年之后,他反处处显示温润性情并时时忆念旧境。

"题红诗"第七首云:

> 红楼春梦好模糊,不记金钗正幅图。往事风流真一瞬,题诗赢得静工夫。

这一首依然众说纷纭,吴世昌判断这是题第五回宝玉梦游太虚幻境事,但难以完美解释后两句;周汝昌断为题宝玉初进大观园作《四时即景诗》,对应今本第二十三回内容,也未必确。[38]其实这一首不妨看作是明义的自况。明义读罢《红楼梦》,而觉得"大观园"的故事真如一梦模糊,不必具体去记得书中"金陵十二钗"的每一个,只觉往事青春,都是风流一瞬,我今读罢闲来题诗而已。"金钗正幅图"或可不当作太虚幻境的正册副册解释,而宜作"整幅图"解,喻《红楼梦》全景。这样一来,明义本与太虚幻境便丝毫无涉,没了"正副图",没了警幻仙子,也就没有秦可卿及秦可卿背后的东府人物群,更没有那面风月宝鉴,这就更解释得通了。[39]

余论

明义本只写"大观园",而《风月宝鉴》单叙"宁府"故事。合而为一,增删批阅,才成为后来的脂本《石头记》。

旧稿《风月宝鉴》是初涉写作的曹雪芹的处女作品,偏重"性与死亡"之主题,而人物角色往往出场不久即奔赴死亡。这既是曹雪芹在最初创作时,对人物命运以短篇体裁来谨慎处理的表现,更是从生命与死亡的角度,发作风月警世之鉴的心声。今本第十三回"秦可卿死封龙禁尉",就很能见出明中期以来小说的通常写法,显然是《风月宝鉴》的遗留文笔。[40]今本中《好了歌》的"解注"中,"黄土红灯"与"白骨鸳鸯"对举成文,彰显强烈的醒世意义,也大有旧稿《风月宝鉴》精神的继承。[41]

而明义本是"怡红快绿之文、春恨秋悲之迹"[42]。曹雪芹改观了他的创作理想与创作理念。由《风月宝鉴》转而撰写新稿《红楼梦》的直接动机是什么?我以为恰是作者自己说的那段有名的话:

> 忽念及当日所有之女子,一一细考较去,觉其行止见识,皆出于我之上,何我堂堂须眉,诚不若彼裙钗哉?实愧则有余,悔又无益之大无可如何之日也![43]

无论这段话所在的段落确实是小说正文开头,还是脂批误入,都不会影响其成为曹雪芹在"作者自云"里关于创作由头的一个最直率的告白。旧稿《风月宝鉴》更像他还未完全跌入落魄境况时,虚构了一个贵族之家的"宁国府",来展示他更为年轻的时候心里的孤高桀骜与冷眼愤世。[44]而《红楼梦》体系作品,则是他完全贫困之后,渐渐开眼,对世界取一种更为宽厚博约的看法,以潦倒中的深情回顾作切入的借口,展开了以青春追忆为主干的更为广袤的世情书写。

> 枉然的青春就这样闪过
> 她疲惫于空虚的幻想[45]

这本是只属于雪芹自己中年以后踽踽独行里挥之不去的甜蜜酸楚的永久记忆。明义通过阅读,或许也曾幻化入自己的人生经验与记忆。强烈的震撼共鸣之下,明义挥笔写下了这二十首"题红诗"。令富察明义感动的曹雪芹笔下那些女子,在青年曹雪芹或许只道是寻常,人至中年回味起来则不免百感杂陈。这"所有之女子"的由头中,当首推他对"黛玉"、"晴雯"、"金钏儿"这一类逝去而令他难忘的女子。黛玉、晴雯等的原型于作者而言,正是德国诗人缪勒笔下的菩提树,作者在这棵树下做过无数青春幻丽之梦。[46]用明义题诗的第二十首来作一注解,正是"青蛾红粉归何处,惭愧当年石季伦"。

注　释:

〔1〕 参考叶朗、刘勇强、顾春芳主编《百年红学经典论著辑要(第一辑)·吴恩裕卷》,安徽教育出版社2020年版,第208页。沈治钧关于富察明义的相关考论,参见沈治钧《红楼梦成书研究》,中国书店出版社2004年版,第477—498页。

〔2〕〔21〕 刘上生《论明义所见〈红楼梦〉钞本的文本史意义——以题红绝句的两处"缺失"为入口》,《红楼梦学刊》2019年第五辑,第2、8页。

〔3〕〔16〕 周汝昌《红楼梦新证(修订本)》下,中华书局2020年版,第968—969、965页。

〔4〕 本文所引明义"题红诗"正文据文学古籍刊行社1955年《绿烟琐窗集》影印本,上海古籍出版社1984年重印《绿烟琐窗集·枣窗闲笔》本的第105—109页内容。并参看冯其庸辑校《重校八家评批红楼梦》,青岛出版社2018年版,第138页,以及朱一玄编《红楼梦资料汇编》,南开大学出版社2012年版,第25—27页,不再出注。

〔5〕〔9〕〔11〕〔13〕〔17〕〔22〕〔32〕《百年红学经典论著辑要(第一辑)·吴世昌卷》,第358、522、521、511、512、516—617、517页。

〔6〕 详张爱玲《红楼梦魇》，北京十月文艺出版社 2019 年版。

〔7〕 参见沈治钧《红楼梦成书研究》，第 477—498 页。

〔8〕〔15〕〔20〕〔23〕〔25〕〔26〕〔27〕〔43〕 徐少知《红楼梦新注》，里仁书局 2020 年版，第 460—463、147、739—740、1524、441、693、886、1 页。

〔10〕 又如陈维昭所论："明义说：'曹子雪芹出所撰〈红楼梦〉一部，备记风月繁华之盛。'但在他的二十首〈题红楼梦〉诗中，我们只看到'风月'，没看到'繁华'；只看到儿女嬉戏，没看到家族兴亡。或许，明义看到的是一部〈金陵十二钗〉的雏形。"可见"题红诗"给不同读者带来的关于《红楼梦》早本的感受，多有相类。陈维昭《〈金陵十二钗〉与曹雪芹及其他》，《红楼梦学刊》2022 年第一辑，第 75 页。

〔12〕〔34〕 红楼梦古抄本丛刊《脂砚斋重评石头记·甲戌本》，人民文学出版社 2010 年版，第 1—5、15 页。

〔14〕〔30〕 蔡义江《明义〈题红楼梦〉诗的史料价值》，《曹雪芹研究》2013 年第一辑，第 4、6 页。

〔18〕〔28〕〔31〕〔38〕 分别参见吴世昌《论明义所见〈红楼梦〉初稿》，《百年红学经典论著辑要（第一辑）·吴世昌卷》，第 512、516、519、512 页；周汝昌《红楼梦新证（修订本）》下，第 965、966、966、965 页。

〔19〕〔24〕 张爱玲《红楼梦魇》，第 162—165、159—160 页。

〔29〕 分别参见周汝昌《红楼梦新证（修订本）》下，第 966 页；吴世昌《论明义所见〈红楼梦〉初稿》，《百年红学经典论著辑要（第一辑）·吴世昌卷》，第 517 页。

〔33〕 参见吴世昌《初稿中的元春之死》，《百年红学经典论著辑要（第一辑）·吴世昌卷》，第 250—255 页。张爱玲的议论参见《四详红楼梦》，张爱玲《红楼梦魇》，第 201 页。

〔35〕 参考刘世德《红楼梦舒本研究》，社会科学文献出版社 2018 年版，第 129—130 页。

〔36〕《百年红学经典论著辑要（第一辑）·高语罕卷》，第 22 页。

〔37〕 参见刘世德《移花接木：从柳湘莲上坟说起》，《文学遗产》2014 年第四期，第 123 页。

〔39〕 该诗若置于二十首题红诗之末，来作为明义之"自况"，似更可自圆其说。但明义"题红诗"中亦有为后人考证似是颠倒次序者，如吴世昌即假定"明义的二十首诗中第十七首被钞错了地位，第十九首第二十首应互易次序"。参见吴世昌《论明义所见〈红楼梦〉初稿》，《百年红学经典论著辑要（第一辑）·吴世昌卷》，第 521 页。

〔40〕 参考杜春耕《荣宁两府两本书》，《红楼梦学刊》1998 年第 3 辑，第 196 页。

〔41〕 参考罗雁泽《骷髅符号与全真话语：〈红楼梦〉风月宝鉴新释》，《曹雪芹研究》2020 年第 2 期，第 87 页。

〔42〕 语出蔡元培《石头记索隐》，《百年红学经典论著辑要（第一辑）·王国维、蔡元培、胡适、鲁迅卷》，第 83 页。

〔44〕 这才是鲁迅所说的"悲凉之雾，遍被华林，然呼吸而领会之者，独宝玉而已"。《中国小说史略》，《鲁迅全集》第九卷，人民文学出版社 2005 年版，第 239 页。

〔45〕 亚历山大·勃洛克《在铁路上》。参见帕·巴辛斯基著，刘文飞、孟宏宏等译《安娜·卡列尼娜的真实故事》，上海译文出版社 2023 年版，第 88 页。

〔46〕 德国诗人威廉·缪勒《菩提树》第一小节："在城门外的井边，长着一棵菩提树。在它的绿荫之下，我做过美梦无数。"钱春绮译《德国诗选》，人民文学出版社 2020 年版，第 212 页。

〔作者简介〕 章早晨，1986 年生，南京大学文学院中国古代文学专业 2017 级博士研究生。研究方向为中国古代文学、中日比较文学。

梦中得句故事与"池塘生春草"的经典化

——兼论本事批评中诗本事与诗学理论的互动关系*

张逸文

一　问题的提出

"池塘生春草"究竟妙在何处？这是一桩由来已久的诗家公案。

此句出自谢灵运的名作《登池上楼》，自钟嵘《诗品》以降，便被冠以"佳句"、"奇句"、"神句"之名，在中国传统文学批评中可谓颇具市场。譬如，《不敢居诗话》言："谢康乐佳句如……'池塘生春草，园柳变鸣禽。'能括唐人三百年名家之美"[1]，董其昌《画禅室随笔》曰："'池塘生春草'，'秋菊有佳色'，俱千古奇语，不必有所附丽"[2]，王恽《送王嘉父》诗云："春草池塘句有神"[3]，更有甚者，将其誉为百代以下的"摘句之祖"[4]——"池塘生春草"在古代文学中的地位可见一斑。

然而，并非所有学者都对这句诗给予肯定。宋代以来，渐有学人对此提出质疑，其中以李元膺几人的诘问最为尖锐。李元膺之言见载于《冷斋夜话》："舒公云：'池塘生春草，园柳变鸣禽之句，谓有神助，其妙意不可以言传。'而古今文士多从而称之，谓之确论，独李元膺曰：'予反覆观此句，未有过人处，不知舒公何从见其妙'"[5]；王若虚承李氏之说："予谓天生好语，不待主张，苟为不然，虽百说何益。李元膺以为反覆求之，终不见此句之佳，正与鄙意暗同。盖谢氏之夸诞，犹存两晋之遗风，后世惑于其言而不敢非，则宜其委曲之至是也"、"大抵诗话所载，不足尽信。'池塘生春草'，有何可嘉，而品题者百端不已"[6]；李慈铭亦对王氏之言表示赞同："《滹南诗话》……独取李元膺反覆求之终不见佳之论，以为谢氏夸诞，犹存两晋遗风，后世惑于其言而不敢非，则通人之言也"[7]。李元膺等人所言不无道理，"池塘生春草"平平写来，乍见之下似乎不过一句简单的白描，终是不免寡淡了些，恐怕难以担当"千古奇语"、"摘句之祖"这样的赞许。在这些批评的作用下，如何从美学层面对"池塘生春草"进行辩护便成为了古之论者着重探讨的话题。

李壮鹰将古人辩护的理由归纳为"发于自然、不事雕琢"、"言外有情"、"在章不在句"、"影射寄托"四类[8]，所论甚笃，启人颇深。然而，美中不足的是，李先生的讨论似乎忽略了"池塘生春草"的来历对它饮誉文坛所起到的重大作用。《谢氏家录》载：

本文收稿日期：2023年5月15日

> 康乐每见惠连,辄得佳语。后在永嘉西堂,思诗竟日不就,寤寐间,忽见惠连,即成"池塘生春草"。故常云:"此句有神助,非吾语也。"[9]

这是一个美丽的故事。原来,"池塘生春草"是谢灵运在创作《登池上楼》时苦思不成,后因梦见阿连而脱口吟就的句子——这是一句梦中所得之诗。事实上,后世关于"池塘生春草"的批评,有相当条目正是围绕梦中得句这个本事展开。如王楙评此诗云:"因梦得之自然,所以为贵"[10],徐铉曰:"若夫嘉言丽句,音韵天成,非徒积学所能,盖有神助者也。罗君章、谢康乐、江文通、丘希范,皆有影响,发于梦寐"[11],陆时雍言:"'池塘生春草',虽属佳韵,然亦因梦得传"[12]。

上引诸说不无将"池塘生春草"的成功与谢灵运"梦中得句"的故事关联起来,认为此句之佳正在其得自梦中。但若稍加推敲,即知此批评现象背后的学理逻辑实难成立。以梦中得句为谈资的这些批评,认为"池塘生春草"之妙在其具备"自然"、"天成"等特点,而这些特点生成的原因则为此句是于梦中吟就。但"自然"等词乃为风格概念,一篇文学作品的风格特征当由其意象选用、措辞安排、篇章设计以及情感表达等文本内部要素决定,而梦中得句则是诗人进行诗歌创作时的偶发性生理状态,属于文本以外的向度,二者并不构成必然的因果关联。所谓"醉后狂言多感慨,梦中得句欠分明"[13],据近代心理学研究,梦是人类潜意识的产物,而梦中得句不过是创作主体进入潜意识状态时进行的自动化写作,[14]因为脱离作者思维的控制,这种自动写作生产出的文本很可能只是意义晦暗、甚至毫无意义的词藻堆砌。倘若对清季学人的日记进行考察,则梦中得句而远非佳语的例子俯拾即是。譬如,《皮锡瑞日记》载:"夜雨。梦中得句云:'柳短牵春色,楼高倚暮寒。户开孤月回,帘卷众星干。'不知所谓,姑志之"[15];又,《邓华熙日记》:"九月十八夜,梦中得句,其义不甚可晓。其句云:'天地有灵皆巩固,庶民无域亦归流'"[16]。这些梦中所得之句,造语寻常,多袭前人,更重要的是,连它们的作者都对其诗义不甚了了,故难以为人含咏而被奉为佳句。

王闿运尝持论云:"谢灵运《登池上楼》一首,因病久始起,耳目未新,思写景未得,故梦醒而偶然成句,并无奇特,安放恰好耳。"[17]依王氏看来,"池塘生春草"不过是谢灵运久卧病榻、诗思倦惰时等闲写下的寻常之句,只因此诗恰巧成于梦后,梦与诗间偶然的对接催生出一种叙事的张力,由此成为论诗者百谈不厌的噱头。换言之,"池塘生春草"本身平平无奇,正是幸赖梦中得句这个故事的包装,才得以"安放恰好"的姿态进入批评家的视野。问题在于,梦中得句是怎样对"池塘生春草"进行包装的?倘若二者之间并不存在天然的因果联系,人们为何倾向于将梦中得句的本事与"池塘生春草"的成功牵连起来?在这种人为关联的背后,是怎样的文学传统与批评机制在发挥作用?

曹旭曾颇为敏锐地将古人依托梦中得句故事批评"池塘生春草"的行为称作"本事批评",但未对发挥效用的学理依据作深入讨论与说明。[18]对"池塘生春草"的接受史进行梳理和分析后,笔者发现,由梦中得句的本事引申而来的批评,主要围绕"梦通惠连"、"苦吟入梦"与"句有神助"三个具体情节展开,这些故事情节又分别与"情在言外"、"法渐于悟"、"佳句不偶"等批评概念发生共鸣与联动。前者作为叙事性质的文本,为后者提供了一个具有因果关系的语义场,强化了后者的批评效力;后者则以前者提供的语义场为中转站,将更为丰富的诠释可能通过后者转介至批评的目标文本。诗歌本事与诗学理论之间这种绕过了诗歌文本相互作用,却又最终推动诗歌文本经典化的批评逻辑,正是本事批评的思维本质。本事批评实为中国诗学的一大重要传统与特征,但以往的研究似对此关注不多。下文将以梦中得句故事与"池塘生春草"的经典化关系为例,对本事批评的原理与机制进行讨论。

二 梦通惠连与情在言外

在谢灵运梦中得句的这个故事中,谢惠连扮演着一个相当重要的角色。他不仅是谢灵运梦中所见之人,更是"池塘生春草"一诗创作的契机。在后世文人看来,是二谢之间真挚的情谊孕育出了"池塘生春草"这样的千古佳句。徐钧诗云:"千里相思一段奇,精交神契及心期。池塘春草天然句,不梦此人无此诗"[19],又如姚燧诗曰:"谢池草句本无奇,千古流传五字诗。只是可人醒枕席,许多生意在燻簾"[20],吴师道亦有诗言:"偶圆春风梦,争咏池草篇……情钟同根爱,妙契天机全。"[21]以上诸诗不无表明,对惠连的思念才是灵运诗思的灵感与助力,"池塘生春草"也正是因为二谢之间的深情厚谊才身价倍增。

历史上的二谢的确相交甚笃。《南史》云:"灵运性无所推,唯重惠连,与为刎颈交。"[22]二谢的故事之所以历来为人称道,一方面因为谢灵运自视甚高,却独独对谢惠连颇为看重,自恃才高的狂傲之气与对幼弟的偏爱构成强烈反差,令人不免动容。另一方面,二谢皆有诗才,彼此酬唱甚多,相隔两地之时则以诗文遥寄互诉衷肠,此亦文人雅士心许之处。上述两方面原因致使"池塘生春草"在后世的诗歌创作中颇受欢迎,因该句乃谢灵运梦通惠连所得,故被作诗者视为兄弟情谊的象征,并以典故的形式频繁出现于诗歌文本。如李白有"他日相思一梦君,应得池塘生春草"[23],白居易有"池塘草绿无佳句,虚卧春窗梦阿连"[24],苏轼有"酒阑清梦觉,春草满池塘"[25],这些诗句无一不是借"池塘春草"的故实来抒发对兄弟的思念,"池塘生春草"也因此成为文学创作的重要资源。

随着文学批评的发展,"池塘生春草"的美学价值愈发受到重视,并逐渐由创作资源转变为批评资源。需要注意的是,在由创作转向批评的过程中,"池塘生春草"与"梦通惠连"的关系发生了一些微妙的偏移。在文学创作的范畴内,"池塘生春草"是"梦通惠连"亦即二谢之间兄弟情深的产物;但在诗歌批评的语境下,"池塘生春草"则成为表现二谢兄弟之情的载体,如刘宰《李氏棣华酬唱集序》云:"'春草池塘'之句,至相感发于梦寐间,则其相与之情可知。"[26]然而,就文本本身而言,不论单究"池塘生春草"一句,还是通览《登池上楼》全篇,刘氏所谓的这种相与之情都并不可知。《登池上楼》本是谢灵运大病初愈的登临之作,"池塘生春草"至多不过抒发了谢灵运初离病榻感于光阴荏苒的复杂情绪,《李氏棣华酬唱集序》中相与之情的来源并非"池塘生春草"的文本而是文本身后梦通惠连的故事。

显然,此处存在一个学理上的越位:"池塘生春草"与《登池上楼》俱为表意完足的文本,梦通惠连则只是一段本事,一个游移在文本外围的传说,刘宰绕过文本而采用传说的内容对诗句进行释义,某种意义上是对文本自身意义的忽视与肢解。但从另一层面看,这样的"误读"却又是在为"池塘生春草"的意涵进行积极地赋值,使其义项更加丰富、意蕴更加深远——因为谢氏的昆玉之谊本非"池塘生春草"的表意单元,所以当兄弟之情透过"梦通惠连"的滤镜糅入"池塘生春草"的情感构成时,便顺理成章地被批评者们视作"池塘生春草"

存于字间、却又不曾点破的"言外之情"。皎然云:"'池塘生春草',情在言外"[27];"情,如康乐公'池塘生春草'是也。抑由情在言外,故其辞似淡而无味,常手览之,何异文侯听古乐哉?"[28]依皎然看来,思念惠连的言外之情才是"池塘春草"的堂奥所在,它甚至是解译此句诗学密旨的审美代码:倘若读者不对诗句的言外之情深加揣摩,便会惑于此句淡乎寡味的措辞,无法体会其背后的神韵。此外,如惠洪"古人意有所至,则见于情,诗句盖寓也。谢公平生喜见惠连,而梦中得之,此当论意,不当泥句"[29],陈祚明"而浅夫不识,犹或以声采求之,即识者谓其声采自然,如'池塘生春草'等句是耳。乃不知其钟情幽深,构旨遥远"[30],《二南密旨》"外感于中而形于言,动天地,感鬼神,无出于情……如谢灵运诗'池塘生春草,园柳变鸣禽。'……此皆情也"[31]等批评,也都是从情在言外的角度对"池塘生春草"进行肯定。

由此则不难理解"池塘生春草"为何深受批评者的追捧。"情在言外"不仅是"池塘生春草"的美学特征,更是诗歌批评中的高频词汇,它所关联的是"含蓄"这一重要诗学传统。总的来讲,"含蓄"的概念产生于诗歌表达欲求与语言表意局限间的矛盾,是一种以"不说出来"替代"说不出来"的折中策略。它要求诗歌创作者巧妙利用"言不尽意"的言说缺憾,在诗歌结构中留下表意空白,而这些留白则将在暗示、象征、双关等修辞环境的作用下生成咀摸不尽的美学意味。古人对此所论甚多,《二十四诗品·含蓄》云:"不着一字,尽得风流"[32],司马光云:"古人为诗,贵于意在言外"[33],姜夔云:"句中有余味,篇中有余意,善之善者也"。其中又以梅尧臣的"状难写之景,如在目前;含不尽之意,见于言外"[34]最负盛名,而"池塘生春草"简直就是这则诗论绝佳的批评范本:池塘春草信笔写就,冬春荏苒、阴阳代序的难状之景可不就如在目前了么?且诗句乃思念惠连所得,短短五言虽对此事不着一字,字里行间之中却萦绕着绵长无尽的相思之情,兄弟相与的不尽之意可不就见于言外了么?

可以说,在梦通惠连的语境下,"池塘生春草"完美契合了情在言外的诗学理念;也只有在梦通惠连的语境下,"池塘生春草"才能够契合情在言外的诗学理念。此处,我们所面对的便是一种典型的本事批评。"池塘生春草"作为意义自足的文本,二谢之间的兄弟情深并非其固有义项。正是"梦通惠连"这个故事情节的牵合,使得二谢的情谊与池塘春草的意象被压缩到一起,前者于是成为"池塘生春草"的"言外之情",而后者的情感意蕴也因此臻至饱和,在批评与接受的层面生成语短情长的意味。在上述过程中,情在言外这个诗学理论的批评对象,与其说是"池塘生春草"一诗,不如说是诗后梦通惠连的本事。梦中得句的故事为情在言外提供了批评的语境与契机,使之得以进入文本的阐释当中,而"池塘生春草"作为单纯的文本,本身并不具备被情在言外批评的特质与可能。"梦通惠连"对"池草"一诗"言外之情"的催化作用,正是批评者对其津津乐道的原因所在。

三 苦思入梦与法渐于悟

在"池塘生春草"的接受史中,另有一类声音值得注意:白居易《首夏南池独酌》云:"惭无康乐作,秉笔思沉吟。境胜才思劣,诗成不称心"[35],欧阳修《晓咏》云:"西堂吟思无人助,草满池塘梦自迷"[36],陈师道《春夜》云:"梦中无好语,池草为谁生。"[37]这些诗句的作者多少有些苦吟的姿态。一方面,他们对"池草"一诗思情具胜的艺术境界进行热烈地礼赞,另一方面,他们又对自己神思迟滞、佳句难成的创作窘态深感懊恼。细玩之下,还能发现此诗的第三层意味:对谢灵运惨淡经营、得句梦中这一经历羞于直言的艳羡与妒忌。

"池塘生春草"历来以语出天然著称,杭世骏称曰:"不假安排,不待思索,皆水流花放之境也。"[38]然而,此句的创作其实并不轻松。所谓"思诗竟日不就",梦中得句的故事告诉我们,兴多才高如谢灵运也经历了诗思难继的困境。"池塘生春草"是他在至难至险的构思后才成于梦中的佳作。后世文人多用"苦思梦春草"[39]、"在西堂时,诗思苦甚"[40]、"谢池吟苦"[41]等对此句的写作历程进行悬想和追忆,正是对灵运艰苦作诗的态度表示理解和尊敬。

其实,灵运苦吟之诗何止"池草"一句。在古人眼中,"苦思"时常被视作谢灵运创作心态的标签,如沈德潜有"大约经营惨淡,钩深索隐"的批语[42],方东树云:"读谢诗能识其经营惨淡,迷闷深苦,而又元气结撰,斯得之矣。"[43]刘克庄论道:"谢康乐一字百炼乃出冶"[44],灵运之作皆是冥搜苦虑、百炼千锤的诗思结晶,诗中字字句句因精心的熔裁表现出极大的修辞密度。但当这种修辞密度不加节制地增长,突破诗句自身所能承受的极限时,诗歌文本就会呈现雕馈满眼而过于繁缛的弊端,故有王世贞曰:"谢灵运天质奇丽,运思精凿,虽格体创变,是潘陆之余法也,其雅缛乃过之。"[45]

在谢灵运"雅缛过之"的总体风格中,"池塘生春草"气似等闲的品质显得尤为可贵,如张九成言:"灵运有'池塘生春草'之句……第以灵运平日好雕琢,此句得之自然,故以为奇尔"[46],胡应麟亦云:"'池塘生春草,'不必苦谓佳,亦不必谓不佳,灵运诸佳句,多出深思苦索……此却率然信口,故自谓奇。"[47]将"池塘生春草"与谢灵运的其他诗作参互相较,合见其义,这是一种互文批评。而当进入灵运"苦思入梦"的故事语境中时,这种互文式批评又构成了一个复合型隐喻。隐喻的第一层意义是以"池塘生春草"的创作个案类比谢灵运写作诗歌的总体经验。谢灵运曾试图用艰苦的构思打破《登池上楼》的创作僵局,却无奈以失败告终,是入梦之后的灵感助他完成了"池塘生春草"。而"苦思"与"入梦"的关系,盖如宋濂评此诗所言:"凡婴于物而不能遽释者则思,思则寐必见之"[48],灵运若非夙兴夜寐、吟至极苦,便无法在梦中柳暗花明、偶获佳句。这岂非正如他一生的创作都是在对字句进行勤苦不易的经营,终于遽然有悟写下"池塘生春草"这等玲珑剔透的千古佳句?如许学夷言:"盖悟者乃由窒而通,故悠然无着,洞然无碍,即禅家所谓解脱也……若康乐既极雕刻,而独以'池塘生春草'为佳句,斯可为悟。"[49]所谓"由窒而通",既暗示谢灵运苦吟不成、梦中得句的经历,又明确指出"池塘生春草"的创作是谢灵运对自身繁缛诗风的超越与作诗之法的深悟。隐喻的第二层意义是以谢灵运写作诗歌的个体经验类比学诗者进修诗艺的普遍经验。许学夷以"悟"的概念介入对"池塘生春草"的批评,实则为谢灵运的创作历程赋予了某种目的性。如叶梦得论该句时所说:"思苦言难者,往往不悟"[50],似乎谢灵运一生刻苦作诗的努力,只是为在某个时间点获得有关"不苦"的顿悟,在审美直观的感召下吟就"池塘生春草"的佳句,完成缛丽归于平淡的风格蜕变,实现诗道的升华。杨万里诗云:"学诗需透脱"、"句中池有草"[51],张孝祥亦言:"尚忆池塘梦阿连"、"千载参渠活句禅"[52],吴可更是作《学诗》曰:"学诗浑似学参禅,自古通圆有几联。春草池塘一句子,惊天动地至今传"[53],在古人眼中,"池塘生春草"的创作经过逐渐演变成为一个极具研究价值的诗学案例,谢灵运文字生涯中这种从苦到不苦的转换对学诗者颇有启发——这是因为"苦至不苦"所关联的正是"法渐于悟"这一重要诗学理想。

　　法与悟是极具张力的一组概念，如胡应麟云："吾于宋严羽卿得一'悟'字，于明李献吉得一'法'字，皆千古词场大关键。"[54]法主要有两层含义：一为法式之义，指诗歌创作的规则与技巧；二为师法之义，指对规则与技巧的学习。悟则指对艺术境界的瞬间神会与美学规律的深刻把握。二者关系一方面表现为"法先于悟"。《诗薮》云："譬诸镜花水月：体格声调，水与镜也；兴象风神，月与花也。必水澄镜明，然后花月宛然。讵容昏鉴浊流求睹二者？故法所当先，而悟不容强也。"[55]在诗歌结构中，法为体格声调等形式要素，悟为兴象风神等超形式要素，体格声调犹似水镜，兴象风神堪比花月。花月虽美，犹需在水镜的映射之中方能呈现；诗悟虽则高妙，亦须在法式的作用下得以落实——法是表现悟的媒介与通向悟的基石。另一方面，悟是对法的超越。游艺《诗法入门》云："须从最上乘具正法眼，悟第一义。法乎法而不废于法，法乎法而不滞于法，透彻玲珑，总无辙迹。"[56]法所得者诗之迹，悟所得者诗之神，模范法式并非学诗者的最终目标，依托法式，以法证道，最终抵达"至法无法"的境界，这才是学诗之人的夙愿所在。显然，法是学诗的初级阶段与基础要求，悟是学诗的高级阶段和终极体认。而欲实现从法到悟的突破，则如内典云："顿门必具渐门"[57]，一朝顿悟是长期渐悟的结果，由法至悟的关键正在一个"渐"字上。若说对艺术原理的瞬间神会属于顿悟，那么就写作方法展开的长期学习与艰难探索便是渐悟。没有勤苦的渐悟，便没有通透的顿悟。谢榛尝曰："悟不可恃，勤不可间。悟以见心，勤以尽力。此学诗之梯航，当循其所由而极其所至也。"[58]正所谓"法渐于悟"，渐不仅是个漫长的时间当量，更是勤苦于诗的态度证明，唯有对法进行日复一日刻苦钻研，方能对诗之三昧有所悟入。

　　由此则不难理解古之论者何以对"池塘生春草"这般痴迷。如方东树言："谢公每一篇，经营章法，措注虚实，高下深浅，其文法至深，颇不易识"[59]，谢灵运冥思苦虑的创作态度正是他注重法式的体现，他一生的光阴都消磨在对法式艰难的学习与摸索中，"池塘生春草"的到来仿佛是对他这份努力的认可与褒奖，灵运的创作历程简直是法渐于悟的绝佳注脚。其实，对于渐与顿、学与悟，谢灵运本人也曾多次探讨，譬如"是故傍渐悟者，所以密造顿解；倚孔教者，所以潜学成圣"[60]，"悟在有表，托学以至"[61]等。在渐的语境下，天资卓绝者不再可贵，刻苦勤勉成为资质驽钝的代偿，不具天赋之人也有机会证道于诗家。至此，苦思入梦、终得佳句的故事情节，毕生勤苦、始获池草的创作历程与渐于法式、遽然顿悟的学诗路径，三者相互作用，共同构筑了一个递进式的博喻。正因受到这个博喻思维的影响，如"会得谢家池上句，诗禅一脉在沧浪"[62]，"苦语何如梦语真，池塘草暖谢家春"[63]等诸多诗句才会将"池塘生春草"与"悟"关联起来进行讨论与批评。

　　不难发现，这又构成了一个本事批评。单就诗歌文本自身观之，"池塘生春草"仅为写景之句，虽得清新自然之致，却不涉及法与悟等诗学概念。但当此句被置于梦中得句故事的语境当中，并与谢灵运其他诗句进行比较时，苦思入梦与法渐于悟便以"池塘生春草"为枢纽关联起来。苦思入梦的传说于是成为法渐于悟的一则诗学实例，从具体案例的层面证实法渐于悟的理论可行性；而法渐于悟则成为发掘苦思入梦意涵旨趣的一个理论视角，从学理逻辑的层面升华了苦思入梦的诗学价值。作为诗学理论和诗本事，二者构成了本事批评中批评与被批评的二元,且彼此契合、相互印证,被古人视作"池塘生春草"的魅力所在。

四 句有神助与佳句不偶

在"池塘生春草"的经典化过程中,出现了一个耐人寻味的现象:"池塘生春草"并非完整的一联诗,此联的下半句为"园柳变鸣禽",可虽同在一联之中,前者获誉甚高而后者却反响平平。范晞文云:"好句易得,好联难得,如'池塘生春草'之类是也"[64],刘昭禹云:"然昔人'园柳变鸣禽'竟不及'池塘生春草'"[65],潘德舆亦评曰:"下句亦隽,然不逮上句自然"[66]。可见在古人眼中,"园柳变鸣禽"的美学价值与"池塘生春草"相去甚远。

但事实上,"园柳变鸣禽"未必如此不堪。俞文豹论曰:"谓池塘方生春草,园柳已变鸣禽。曰变者,言其感化之速,往往人未及知。灵运意到而语未到,梦中忽得之,故谓有神助。"[67]俞氏捏出一"变"字立论,认为"变"将时间悄无声息的流逝与物候潜移默化的转变传神地表现出来。曹彦约亦云:"盖是时春律将尽,夏景已来,草犹旧态,禽已新声,所以'先得变夏禽'(按,此处似应为"园柳变鸣禽")一句语意未见,则向上一句尤更难着"[68],曹氏之论更是指出"变"字旧中有新、静中有动,既描绘了春律未尽的风景旧态,又暗示出其夏景将至的物色新貌,因为"变"字的存在,"园柳变鸣禽"反而比"池塘生春草"更加难得可贵。

俞曹二人以"变"为句中法眼,强调"园柳变鸣禽"的艺术表现力并不逊于"池塘生春草",言之成理,亦可谓一家之言。可既然"园柳变鸣禽"颇有可取之处,何以大部分批评仍倾向于扬"池草"而贬"园柳"呢?陈模的说法或为这些厚此薄彼之评的心态折射:"世常不晓'池塘生春草'之所以好者,盖若使云池边生春草,池塘生青草,则便皆不好。今乃得于梦中,而浑然如此好,反对以'园柳变鸣禽',便牵强不及矣。然亦尚可与'春水满四泽'等句争雄,不可以为神。"[69]原来,"园柳变鸣禽"并非不好,只是不能以"神句"相许,能当神句之誉者唯"池塘生春草"而已。可为何"池草"句可以"神"称之?这是因为谢灵运梦中所得仅"池塘生春草"一句,他"此句有神助"的自夸也仅是对"池塘生春草"而发——自始至终,"园柳变鸣禽"都没能参与进梦中得句的故事。无疑,谢灵运"自夸神助"的故事情节对"池塘生春草"的接受产生了巨大影响,在"诗有以单句神妙,脍炙千古者……'池塘生春草'……之类是也"[70]、"'池塘生春草',叹为神助"[71]等批评中,人们习惯于将"池草"的单句成功与"神妙"、"神助"等概念捆绑在一起,这种定势思维显然承袭自谢灵运"句有神助"的自夸。

在文学批评的范畴内,"灵感"是"神"的主要义项。刘勰在《文心雕龙》中专辟《神思》一篇讨论创作灵感问题,其云:"文之思也,其神远矣。故寂然凝虑,思接千载;悄焉动容,视通万里"[72],形象描述了艺术想象力在心灵世界中自由驰骋的灵感状态。灵感是文学创作的重要动力,如皎然所言:"有时意静神王,佳句纵横若不可遏,宛若神助"[73],在灵感感召下,巧辞佳句纷至沓来、层出不穷。然而,在具体创作过程中,灵感的到来并非时刻与创作意愿保持步。陆机云:"若夫应感之会,通塞之纪,来不可遏,去不可止"[74]"虽兹物之在我,非余力之所勤;故时抚空怀而自惋,吾未识夫开塞之所由"[75],灵感常在文人无意为文时不邀而至,又在诗人有志于诗时久候不来,它独立于创作意愿的自动性与自发性,在中国古代批评者眼中成为无法解释的心理现象,故被视作一种神秘经验,并赋予相当的神秘色彩。古人甚至用"鬼神将来舍"、"思之不得,鬼神教之"等说法形容灵感到来时的心理体验,将之视作神灵凭附的表现。[76]

值得注意的是,在围绕"神"所展开的批评中,"佳句不偶"的批评观念进一步神话了"池塘生春草"的地位。佳句不偶是指一联诗中的某个单句,具备对句无法匹配的艺术价值,因而表现出一种残缺的美感,这种残缺美反过来又能凸显该句的艺术价值。佳句不偶时常与"神"这一重要诗学概念联动出现于批评之中。一方面,灵感的神秘性使得由其催生的诗句仿佛具备某种神性,古之论者乐于将之称作"神助之句";另一方面,灵感飘忽不定的特点导致一大批残句的出现,这些残句具有极高的艺术品质,它们或是根本没有对句,或是虽有对句,但对句的美学价值完全无法与之匹配。潘大临之"满城风雨近重阳"便属于前者,据说此句为潘氏乘兴而作,但后因催租声至思绪受阻,于是灵感逸去不再归来,该句也因此成为没有联对的残句[77],但这丝毫不影响批评者对它的喜爱,论者甚至认为此诗已经达到"极尽文章之妙"的神化之境[78]。谢灵运的"池塘生春草"则属于后者。根据谢灵运自夸神助的故事,此句乃在一种极端的灵感状态——梦中产生。梦完美契合并体现了灵感的自发与神秘特征,梦中所得之句也因此显得尤为可贵,王夫之认为"池草"一句乃"笔授心传之际,殆天巧之偶发,岂数觏哉"[79],正是从创作灵感的角度指出"池塘生春草"的来之不易与不可多得。王寿昌则直接从佳句不偶的现象入手,对"池草"及其联对之句进行比较批评:"佳句自来难得有偶……康乐之'池塘生春草'……皆系兴会所至,偶然而得。强欲偶之,虽费尽苦思,终不能敌,是盖有不可以力争者"[80],所谓"佳句难得有偶",是说"池塘生春草"乃成于梦中,为谢灵运兴会骤至的偶然所得,可当他开始进行对句的创作时,灵感又已逝去。"园柳变鸣禽"仅是谢灵运费尽苦思的人力之工,又岂能与天机巧发、神以明之的"池塘生春草"相颉颃呢?

灵感的偶发性一方面使得批评者对"池塘生春草"的难得有偶表示惋惜,另一方面又引导他们对此诗自足的美学价值深感赞叹。赵蕃诗云:"好诗不在多,自足传不朽。池塘生春草,余句世无取"[81],杨万里亦云:"重阳风雨不全篇,春草池塘岂满编?好句谁言较多少,古人信手斫方圆"[82],"池塘生春草"虽则只是残联单句,但也足以使全诗生辉、流传千古。如果说句须成偶是诗歌创作的形式要求,那么佳句不偶就是诗句以自身的艺术品质对这种形式束缚展开的摆脱与突破。诗句的外在形式规则与内在美感追求发生强烈冲突,构成美的张力并具体表现为一种不对称的残缺美——"池塘生春草"难得有偶的缺憾反倒玉成了它独一无二的完满。

显然,此处又是一个本事批评:谢灵运梦中得句的本事与自夸神助的故事情节使"神"与"佳句不偶"两个批评概念有机结合起来,"池塘生春草"的单句成功因此不仅满足了古人对灵感之偶发性与神秘性的理解和想象,同时又表现出一种突破偶对规则的独特美感,丰富了古人对文学创作中形式与内容之间关系的认知,故而成为批评者们甚为偏爱的谈资。

五 本事批评

综上所述,在以本事批评为主导的批评思维中,谢灵运梦中得句的故事并未直接与"池塘生春草"发生审美关联。具体的批评过程实则分为两个阶段。在第一阶段中,梦中得句的故事情节预先与诗学理论发生审美反应;在第二个阶段中,审美反应发生作用,促进了读者对于"池塘生春草"的接受。

这样的接受过程与我们对诗歌批评的一般认知似乎不太一样。从一般意义上说,对一首诗好坏的评价往往依托于文本批评,即批评开始于对诗歌文本的阅读,完成阅读之后,读者再用批评的观念对目标文本的各个要素进行审美裁判。但在本事批评的批评模式中,古人对"池塘生春草"的接受却绕过了诗句自身而指向它背后梦中得句的本事。如此一来,批评的诸种观念已不再是目标文本美学价值的评判标准,而成为有待诗本事检验的创作理论。在本事批评的语境中,梦通惠连、苦思入梦、句有神助等情节一次又一次成功地验证了情在言外、法渐于悟以及佳句不偶等批评观念的合理性,满足了人们对这些诗学理想的理解与期待,而这种理解与期待得到满足后所产生的惬适感又被人们不假思索地误认为诗句本身的魅力,这实在是一种概念的混淆与偷换:当我们对"池塘生春草"进行审美时,我们并非对该诗本身进行审美,而是对其背后的本事进行审美;当我们说"池塘生春草"是美的时,我们其实是说这句诗背后的本事是美的——"池塘生春草"是一个镶嵌在本事中的诗歌文本,它被悬置起来,放进了括号里。此时,诗句自身美不美已经不重要了,重要的是那个本事,那个梦中得句的故事。由此出发,则知李元膺等人对"池塘生春草"的质疑与皎然等人的辩护并不矛盾。他们虽则貌似针对同一对象展开讨论,但讨论的问题却并不集中于同一层面,前者关注的是"池塘生春草"自身的美学价值,采用的是一般意义上的文本批评,后者关注的是此句身后梦中得句故事的审美意涵,采用的则正是本事批评的方法。在学理上,二者并未构成真正交锋。可见,对于中国文学批评传统,诗的美感不仅来自诗歌本身,也可以来自诗本事所搭建的叙事语境;而诗学观念不仅可以用来批评诗歌文本,也可以批评与文本有关的故事情节。只要一首诗的本事与某个诗学理论相互契合,为该理论提供叙事层面的证明或依托,这首诗便有可能受到批评者热烈的追捧,哪怕诗句本身并没有那么出彩。可以说,当古人采用本事批评的方法品鉴"池塘生春草"时,对"池塘生春草"的接受其实是先于"池塘生春草"而存在的。

笔者并非想要否定"池塘生春草"自身的美学价值,只是意在以此句为例,对本事批评的原理和机制进行讨论。"池塘生春草"作为千古名句,其经典化的原因并不唯一,哪怕剥离梦中得句的本事,诗句自身也不乏过人之处。但同时我们也需注意到,"池塘生春草"以梦中得句的故事为纽带,再三与情在言外、法渐于悟、佳句不偶等诗学理论发生关联,多次构成本事批评,并切实地巩固了诗句的经典地位。 句诗的本事竟然可以被不同的诗学理论批评三次——毫无疑问,梦中得句故事与"池塘生春草"经典化历程之间的互动情况,正是研究和分析本事批评的典型案例。

在中国文学批评史中,类似"池塘生春草"这样的本事批评不遑穷举。正如过常宝等人所言:"本事批评是古代文学批评发展中的重要一环,与古代文学批评的整体发展息息相关。"[83]深究本事批评的原理与机制,重估本事批评的地位与价值,意义重大。

其一,获得对中国文学批评方法更为全面的认识。张伯伟在《中国古代文学批评方法研究》一书中,将传统文学批评方法归纳为"以意逆志"、"追源溯流"、"意象批评"三类。[84]张氏之说颇多灼见,至今仍于学界产生深远的影响,但却似乎忽略了本事批评作为一种独立的批评方法对中国文学传统的重要意义。其实,早在四库馆臣那里,本事批评便已得到相当重视。《四库全书总目》把传统诗文评总结为五例,其中便有以孟棨《本事诗》为代表的"旁采故实"之一支。[85]一直以来,本事批评的诗学价值未能被充分发掘,原因与以意逆志批评法有关。许多学者认为,本事存在的意义就是为逆志服务,因此本事批评只是以意逆志批评的子类或附庸。譬如浅见洋二指出,本事的作用在于为文学作品提供意义阐释的信息语境,读者根据本事"去探求作者通过作品想要表现的真正意图,即'本意'"[86]。在文本诠释层面,本事批评与以意逆志批评确有交集,正如孟棨所言,"不有发挥,孰明厥义"[87],很多时候,读诗者若不明诗之本事,也就不解诗之本意。但"池塘生春草"的案例告诉我们,本事批评不只是一种释义行为,还可以是一种审美行为。如曹旭所说,"本事不仅包含创作的背景材料,还包含创作机制的发生和整个创作过程。"[88]作为具有因果关系的叙述,本事非常容易与指导创作的诗学理论发生关联、彼此印证,并产生叙事层面的美感。而本事批评的主要作用之一,就是将这种美感转嫁至诗歌文本。因此,本事批评与以意逆志批评并不等同,前者有其独特的意义与价值。

其二,对汉学界"中国文学的抒情传统"之说进行反思。陈世骧认为,中国文学传统是以抒情诗为主流的抒情传统,中国诗歌批评是围绕情感要素展开的抒情批评。[89]陈氏之说在海外影响甚巨,遂于汉学界形成"中国抒情传统"之说。有关中国抒情传统的得失,前人多有论及,这里仅以本事批评为切口做一些补充。陈寅恪曾指出:"中国诗虽短,却包括时间、人事、地理三点"[90],大量的中国古代诗歌的确具备显著而典型的抒情特征,但当被读者阅读的时候,它们却又表现出一种奇妙的叙事性。由"池塘生春草"等本事批评的案例可知,中国文学批评存在这样一种思维模式:一个来自抒情语境的文本片段,往往会被置于另一个由诗本事搭建的叙事语境进行解读,而这种批评语境的转换恰恰促成了该文本的经典化。也就是说,中国文学批评并非单一的抒情批评,中国诗学概念也可以作用于抒情文本背后的叙事单元,中国的抒情诗具有一种潜在的叙事性,它镶嵌在一个又一个由本事构成的叙事系统之中——中国诗歌文本既是抒情的,也是叙事的,它是抒情性与叙事性统一而成的混合物。如程千帆所说:"抒情诗不排斥叙事和说理的成分,它常常将叙事和议论作为其组成部分之一"[91],许多动人的中国抒情诗都拥有一个美丽的故事,它们被记载在大量的本事诗与诗纪事中,为诗的批评提供更广阔的的诠释空间,塑造着我们对诗的最终认识。可以说,本事批评的一大功能就是将诗歌文本分门别类地包装在一个个叙事中。而在诗话提供的批评环境下,这些叙事系统不断与后世的诗学观念发生摩擦与冲撞,生成新的审美经验,为诗歌文本提供新鲜的审美养分。汉学界的"中国抒情传统"之说确实不乏洞见地把握住了古典诗歌的抒情特征,但这种抒情传统中存在相当程度的叙事成分,其中本事批评发挥的作用是不容忽视的。

注 释:

　　* 本文系国家社科基金重大招标项目"《文心雕龙》汇释及百年'龙学'学案"(17ZDA253)阶段成果,中国人民大学"明德青年学者计划"项目"中国古代文论基本观念研究——以其内在问题及当代意义为中心"（13XNJ038）阶段成果。

〔1〕 佚名《不敢居诗话》前编,杨宇点校,中华书局2020年版,第4页。
〔2〕 董其昌《画禅室随笔》卷三,印晓峰点校,华东师范大学出版社2012年版,第119页。
〔3〕〔19〕〔20〕〔21〕 杨镰编《全元诗》,中华书局2013年版,第5册第204页、7册第301页、9册第165页、32册第4页。
〔4〕〔8〕 李壮鹰《论"池塘生春草"》,《文艺研究》2003年第6期。
〔5〕〔29〕〔77〕 惠洪《冷斋夜话》卷三,黄宝华整理,见《全宋笔记》,大象出版社2019年版,第24册,第18、18、22页。
〔6〕〔12〕〔45〕〔58〕〔64〕〔65〕〔87〕 丁福保《历代诗话续编》,中华书局2006年版,第508、1407、994、1197、427、372、2页。
〔7〕 李慈铭《越缦堂读书记》,中华书局2006年版,第1283页。
〔9〕 《谢氏家录》今已不见全帙,上文引自钟嵘《诗品集注（增订本）》,曹旭集注,上海古籍出版社2011年版,第372页。
〔10〕〔67〕 程毅中《宋人诗话外编》,中华书局2017年版,第1291、1456页。
〔11〕〔26〕〔44〕 曾枣庄《宋代序跋全编》卷一、卷四十六、卷九十五,齐鲁书社2015年版,第8、1243、2643页。
〔13〕 邓显鹤《沅湘耆旧集》卷一七六,欧阳楠点校,岳麓书社2007年版,第6册,第280页。
〔14〕 参见朱光潜《文艺心理学》,中华书局2012年版,第299—302页。
〔15〕 吴仰湘编《皮锡瑞日记》,中华书局2015年版,第148页。
〔16〕 马莎整理《邓华熙日记》,凤凰出版社2014年版,第46页。
〔17〕 王闿运《湘绮楼诗文集》卷八,马积高主编,岳麓书社2008年版,第5册,第295页。
〔18〕〔88〕 曹旭《诗品研究》,上海古籍出版社1998年版,第159—162、157页。
〔22〕 李延寿《南史》卷一十九,中华书局1975年版,第2册,第539页。
〔23〕〔24〕〔35〕 彭定求等编《全唐诗》卷一七七、卷四四六、卷四五九,中华书局1960年版,第1805、5015、5219页。
〔25〕 唐圭璋主编《全宋词》,中华书局1965年版,第1册,第285页。
〔27〕〔28〕〔73〕 皎然著,李壮鹰校注《诗式校注》,人民文学出版社2003年版,第153、153、39页。
〔30〕 陈祚明《采菽堂古诗选》卷一七,李金松点校,上海古籍出版社2008年版,第518—519页。
〔31〕 张伯伟《全唐五代诗格校考》,陕西人民教育出版社1996年版,第352页。
〔32〕〔33〕〔34〕〔50〕 何文焕《历代诗话》,中华书局2004年版,第40、277、681、426页。
〔36〕 李逸安点校《欧阳修全集》卷五五,中华书局2001年版,第778页。
〔37〕 陈师道著,任渊注,冒广生补笺,冒怀辛整理《后山诗注补笺》卷七,中华书局1995年版,第249页。
〔38〕 蔡锦芳、唐宸点校《杭世骏集》卷十,浙江古籍出版社2015年版,第1册,第148页。
〔39〕 任渊等注,刘尚荣点校《黄庭坚诗集注》外集卷二,中华书局2003年版,第821—822页。
〔40〕 杨维桢著,邹志方点校《东维子文集》卷五,浙江古籍出版社2017年版,第912页。
〔41〕 张连生点校《刘宝楠集》,广陵书社2006年版,第121页。
〔42〕 沈德潜《古诗源》卷十,中华书局1963年版,第232页。按,原书此处为"钩深素隐",其文意不通,笔者据《续四库丛刊》本改为"钩深索隐"。
〔43〕〔59〕 方东树著,汪绍楹校点《昭昧詹言》卷五,人民文学出版社1961年版,第127、131页。
〔46〕 张九成《日新录》,杨新勋整理《张九成集》,浙江古籍出版社2013年版,第1276页。

〔47〕 胡应麟著《诗薮》外编卷二,中华书局上海编辑所1958年版,第144页。
〔48〕 宋濂《王氏梦吟诗卷序》,张文德点校《潜溪前集》卷九,浙江古籍出版社2014年版,第235页。
〔49〕 许学夷《诗源辨体》卷四,人民文学出版社2001年版,第73页。
〔51〕〔82〕 辛更儒《杨万里集笺校》卷四、卷二三,中华书局2007年版,第199、1184页。
〔52〕 辛更儒《张孝祥集编年校注》卷六,中华书局2016年版,第219页。
〔53〕 魏庆之《诗人玉屑》卷一,王仲闻点校,中华书局2007年版,第11页。
〔54〕〔55〕 《诗薮》内编卷五,第96,97页。
〔56〕 见游艺《诗法入门》,康熙慎诒堂重刊本,引自蒋寅《至法无法:中国诗学的技巧观》,《文艺研究》2000年第6期。
〔57〕 宗密《大方广圆觉修多罗了义经略疏注》,《大正新修大藏经》第22册,台湾普陀教育基金会出版部1995年版,第579页。
〔60〕〔61〕 严可均《全上古三代秦汉三国六朝文·全宋文》卷三二,中华书局1958年版,第2612、2612页。
〔62〕 李日华《竹嬾画媵》,潘欣信校注,西泠印社出版社2008年版,第82页。
〔63〕 苏时学《宝墨楼诗册校注》卷四,阳静校注,巴蜀书社2014年版,第65页。
〔66〕 潘德舆著,朱德慈辑校《养一斋诗话》,中华书局2010年版,第388页。
〔68〕 曾枣庄、刘琳编《全宋文》卷六六六五,上海辞书出版社、安徽教育出版社2006年版,第48页。
〔69〕 陈模著,郑必俊校注《怀古录校注》卷中,中华书局1993年版,第52页。
〔70〕 张寅彭《清诗话三编》,上海古籍出版社2014年版,第2617—2618页。
〔71〕 包世臣著,李星、刘长桂点校《小倦游阁集》卷四,黄山书社1991年版,第44页。
〔72〕 詹锳《文心雕龙义证》卷六,上海古籍出版社1989年版,第975页。
〔74〕〔75〕 《全上古三代秦汉三国六朝文·全晋文》卷九七,第2014、2014页。
〔76〕 "鬼神将来舍",见郭庆藩撰,王孝鱼点校《庄子集释》,中华书局2012年版,第150页;"思之不得,鬼神教之",见刘绩补注,姜涛点校《管子补注》,凤凰出版社2016年版,第283页。灵感与神秘经验间之关联,可参见钱锺书著《谈艺录》,三联书店2001年版,第683—706页。
〔78〕 韩酉山点校《吕本中全集》,中华书局2019年版,第1322页。
〔79〕 王夫之《古诗评选》卷四,岳麓书社2011年版,第706页。
〔80〕 郭绍虞选编,富寿荪点校《清诗话续编》,上海古籍出版社1983年版,第1901页。
〔81〕 黄仁生、罗建伦点校《唐宋人寓湘诗文集》卷三六,岳麓书社2013年版,第1673页。
〔83〕 杨柳青、过常宝《从"〈诗〉本事"到"诗本事":古代诗歌本事批评的传承与发展》,《中州学刊》2022年第11期。
〔84〕 参见张伯伟《中国古代文学批评方法研究》,中华书局2003年版。
〔85〕 四库馆臣《四库全书总目》,中华书局1965年版,第1779页。
〔86〕 浅见洋二《距离与想象:中国诗学的唐宋转型》,上海古籍出版社2013年版,第355页。
〔89〕 参见陈世骧《陈世骧文存》,辽宁教育出版社1998年版,第1—6页。
〔90〕 陈寅恪《陈寅恪集·讲义及杂稿》,三联书店2001年版,第483页。
〔91〕 程千帆口述,张伯伟整理《程千帆古诗讲录》,人民文学出版社2020年版,第180页。

〔作者简介〕 张逸文,1995年生,清华大学人文学院博士研究生。主要研究方向为魏晋南北朝文学史、古代文论、佛教与文学。

北宋"江西词派"考辨*

唐 瑭

流派研究是宋词研究中不可忽视的重要论题,其中,尤以北宋"江西词派"最具争议[1]。就目前的研究情况而言,此词派能否成立、其成员构成如何等问题均未厘清。对此进行系统考察,不仅对于体认易代初期词体文学的发展有所裨益,还能为宏观上把握文学与地域的关系、考察宋词发展史提供更进一步的思考。

一 北宋"江西词派"说的形成

"江西词派"最早由清代中期厉鹗提出,其《论词绝句十二首》第九首有语:"不读凤林书院体,岂知词派有江西?"诗后自注:"元《凤林书院词》三卷,多江西人。"[2]可见他指的是凤林书院所刻《名儒草堂诗余》中列的宋末江西词人。北宋"江西词派"说,则肇始于冯煦《蒿庵论词》:冯煦认为宋初大臣填词多是一时兴起,唯有晏殊与欧阳修颇有专研,成就斐然:"翔双鹄于交衢,驭二龙于天路。且文忠家庐陵,而元献家临川,词家遂有西江一派。"[3]

冯煦以"西江"为词派命名,一是沿用古称,魏晋南北朝时已有西江之地名,只是范围与赵宋时所划定的江南西路不同,存在时间也较短,"至陈武帝于浔阳置西江州,复理豫章,文帝天嘉元年省西江州,江州自豫章复理浔阳"[4]。二是清代时,文学中将"江西"称为"西江"的情况已屡见不鲜。如裘君弘《西江诗话》,就是评述江西籍诗人的乡邦诗学论著。三是康熙年间,西江作为江西的别称就已得到官方肯定,《江西通志》云:"《江西省志》创于明嘉靖间……康熙五十九年,巡抚白潢又增修之,名曰《西江志》。"[5]因此,"西江词派"之西江,实际上指的就是江西。为了文章行文统一,以下皆以"江西词派"称之。冯煦之语意在强调晏殊与欧阳修相似的词风,和他们在北宋词史上承先启后的重要意义。他虽指出晏欧二人籍贯相同,却仅以之作为词派名称的由来一笔带过,未再对北宋江西词派作进一步的阐述,也未列出词派其他成员,此说尚显朦胧。

清代另一词论家刘熙载也赞同"江西词派"说,认为"诗有西江、西昆两派,惟词亦然"[6],但依然未作详细解释和说明词派成员,比附之意远多过实质论证。近人朱祖谋首先对江西词派成员作了系统梳理:

本文收稿日期:2023年3月12日

> 有宋初造,文忠、元献,实为冠冕。平园近体,踵庐陵之美;叔原补亡,嬗临淄之风。乃若《桂枝》高调,振奇半山;《琴趣外篇》,导源山谷……尧章以番阳布衣,建言古乐……[7]

相较于冯煦和刘熙载,朱祖谋不仅肯定江西词派的存在,而且以地为限,把籍贯作为纽带,将词派规模扩大至两宋时期所有的江西籍词人。虽有夸大之嫌,但已迈出由"名"至"实"的一步,江西词派成为具有明确地域和成员指向性的流派。其后的刘毓盘虽不认可朱氏的观点,将成员范围缩小至晏殊、欧阳修、王安石、黄庭坚四人,谓:"晏家临川,欧家庐陵,王安石、黄庭坚,皆其乡曲小生,接足而起。"[8]但就界定标准而言,他与朱氏是一致的。

总体而言,以上各家虽然都肯定北宋"江西词派"说,但对于此词派的论述都较显模糊,多着眼于表面,少有涉及其发展衍变、创作主张等方面,并且在对晏殊、欧阳修、晏几道之外的词派成员认定上也存在明显分歧,这就使得北宋"江西词派"的成立颇具疑问。究竟该如何为其定性,是研究北宋"江西词派"需要解决的首要问题。

二　北宋"江西词派"之质疑

要确定北宋"江西词派"能否成立,涉及对"文学流派"概念的梳理。文学理论中对于文学流派的定义是,"文学发展过程中,一定历史时期内出现的一批作家,由于审美观点一致和创作风格类似,自觉或不自觉地形成的文学集团和派别,通常是有一定数量和代表人物的作家群。""从基本形态上看,大体有这样两种类型:一种是有明确的文学主张和组织形式的自觉集合体。""另一种类型是不完全具有甚至根本不具有明确的文学主张和组织形式,但在客观上由于创作风格相近而形成的派别。"[9]陈文新也认为流派分为两种:"一种是由文学社团发展而成的流派;一种则是在一个或几个代表作家的吸引下,形成了一个具有共同创作风格的作家群,研究者据以归纳出的文学流派。"[10]可见,无论是文学理论中列出的自觉与不自觉的流派,还是陈文新提出的两种流派,形成的必备条件都是相似的创作风格,"流派风格是文学流派的基本标志"[11],而诸如文学主张、流派盟主、组织规模等因素则是进一步区分自觉与不自觉的标准。

从以上对流派的界定反观北宋"江西词派",则可以发现,该派成员在创作风格上具有继承南唐词风的共同倾向,满足形成文学流派的基础条件,能构成不自觉的文学流派。

江西是南唐旧地,中主李璟曾迁都南昌,冯延巳罢相后又出镇抚州,江西基本上是南唐的文学中心。晏殊、欧阳修身为江西人,对南唐词有着天然的亲近。刘攽即言:"晏元献尤喜江南冯延巳歌词,其所自作,亦不减延巳。"[12]而晏殊、欧阳修的词作,如《浣溪沙·一曲新词酒一杯》、《玉楼春·尊前拟把归期说》等,也确是温婉蕴藉,意境悠远,耐人寻味,具有明显的南唐风气。此外,不仅晏殊与欧阳修有词作互见,如欧阳修的《蝶恋花·帘幕风轻双语燕》、《渔家傲·楚国细腰元自瘦》等词作也见于晏殊《珠玉词》。而且,晏殊、欧阳修与南唐词创作的中心人物李璟、李煜、冯延巳也多有词作互见,其中尤与冯延巳互见的词作数量最多。如欧阳修的三首《归自谣》,即《归自谣·何处笛》、《归自谣·春艳艳》、《归自谣·寒水碧》,以及《玉楼春·雪云乍变春云簇》等词作,甚至名篇《蝶恋花·庭院深深深几许》、《蝶恋花·谁道闲情抛弃久》等又见于冯延巳《阳春集》;而《蝶恋花·六曲阑干偎碧树》,则是冯延巳、晏殊、欧阳修三家词集中均有;《阮郎归·东风吹水日衔山》一词,更是互见于冯延巳、李煜、晏殊以及欧阳修词集;《应天长·一弯初月临鸾镜》亦互见于冯延巳、李璟、李煜以及欧阳修词集。这种互见现象,实际上也从侧面反映出晏欧词与南唐词作风格相似的程度之大。

并且,晏殊、欧阳修还延续了南唐君臣词尚文雅的审美追求。李清照认为五代时期:"独江南李氏君臣尚文雅,故有'小楼吹彻玉笙寒'、'吹皱一池春水'之词。"[13](《词论》)指出南唐词具有崇雅的特点。晏殊、欧阳修为词也表现出明显的尚雅倾向。晏殊被誉为富贵词人,但他并非是通过铺写金银玉器、锦衣玉食等华丽之物来描画富贵景象,"而惟说其气象"[14],故其词作格调典雅,不染铜臭之气。而他不喜柳永词,谓:"殊虽作曲子,不曾道'彩线慵拈伴伊坐'。"[15]是将自身词作与柳永俗词作出明确区分。"彩线慵拈伴伊坐"是柳永将民间俗语入词中所写成的辞句,具有浓厚的市井俗气,晏殊此语是在坚定表明其不同于柳永的审美态度。欧阳修也于词中炼字炼句、化用诗句入词,尽显雅化之工,如"绿杨楼外出秋千"中的"出"字,将静景转变为动景,更添盎然生机。又如"平山栏槛倚晴空,山色有无中"对王维诗句的化用,历来为人所赞赏。冯煦认为欧阳修词与晏殊词"同出南唐"[16]。刘熙载曰:"冯延巳词,晏同叔得其俊,欧阳永叔得其深。"[17]都是对晏殊、欧阳修词作所体现出的共同的艺术倾向的精准概括。

晏殊、欧阳修对南唐词风的追随一直延续到后继者晏几道身上。晏几道登上词坛时,慢词长调已经由柳永获得发展,苏轼之豪放词风也大放异彩,而晏几道仍是坚持"续南部诸贤绪余,作五七字语"[18],即继承南唐二主及冯以及父辈们的填词传统,作小令,发扬婉转蕴藉之词风。如其名篇《鹧鸪天》,辞句清丽,虚实相接,以少年得意时尽情欢乐的往事与眼前情景相对照,在重逢的喜悦中又添入一丝凄凉迷惘的怀旧伤感心绪。词作情思曲折缠绵,尾句"今宵剩把银釭照,犹恐相逢是梦中"[19]尤有李后主"梦里不知身是客,一晌贪欢"的凄婉之感。

"流派的竞争在某种意义上即风格的竞争"[20],晏殊、欧阳修与晏几道共同的风格审美倾向使他们成为词坛上一股不可忽视的力量,加之有地缘作为联结,故江西诸词人可被视为一个整体。但若进一步从文学主张、流派盟主与组织规模等方面进行考辨,则可以发现,他们并不能形成严格意义上的文学流派。

晏殊、欧阳修在词体方面没有开宗立派的意识,也未标榜任何词学主张。受唐五代"俾歌者倚丝竹而歌之,所以娱宾而遣兴"[21]观念的影响,晏殊填词多是为了在宴席上佐酒侑觞。在诗、文方面都有鲜明主张的欧阳修也仅将词体视为"薄伎",填词不过是"聊佐清欢"[22]。他们都未将词视为如诗、文一般正式的文体。尽管后世赋予他们"北宋倚声家初祖""词章幼眇,世所矜式"这样的赞誉,但事实上,晏殊与欧阳修从未想过要倾注才力和心血来建构一个词体派系,也未提出任何关于词的理论主张来作为与他人论战的武器。此派中仅晏几道《小山词自序》中"续南部诸贤绪余,作五七字语",具有词体创作宣言书的意味,但遗憾的是,晏几道并不是要以此为纲领来创建词派,与柳永、苏轼等人争胜于词坛,而是"期以自娱"。他的目的仍是发挥词的娱乐功能,故最终的落脚点仍是"每得一解,即以草授诸儿。吾三人持酒听之,为一笑乐"[23]。故而,《小山词自序》并没有成为江西词派的词学纲领,无论是晏殊、欧阳修,还是晏几道,主观上都没有为建立词派作出多少尝试。

词派意识的缺乏也就使得晏殊、欧阳修未笼络一批坚定的追随者来形成足以构建词派的稳定的创作群体。宋代不少文献材料中都记载有晏殊组织进行群体唱和之事。例如,杨湜《古今词话》记了庆历三年(1043)立春,晏殊在私第宴请两禁官员,席上作词唱和之事:

> 丞相席上自作《木兰花》以侑觞曰:"东风昨夜回梁苑,日脚依稀添一线。旋开杨柳绿蛾眉,暗折海棠红粉面。　　无情欲去云间雁,有意飞来梁上燕。无情有意且休论,莫向酒杯容易散。"于时坐客皆和,亦不敢改首句"东风昨夜"四字。[24]

《宋景文公笔记》则记录了晏殊与门客及官属进行诗歌酬唱的情况,即"相国不自贵重其文,门下客及官属解声韵者,悉与酬唱"[25]。叶梦得《避暑录话》亦描写了晏殊组织群体唱和的盛况,直言晏殊尤喜宾客,几乎每日都设有宴席,且必有歌乐助兴,至宴会气氛发展到高潮时便令歌乐退下,"乃具笔札,相与赋诗,率以为常"[26]。

仅以上三则材料中参与唱和的就有两禁官员、相府门客与宾客,更何况还有那些材料中未曾提到的晏殊的门生、好友等,他们都曾是相府的座上宾,也或许都曾参与到晏殊的唱和活动之中,这样就似乎形成了一个围绕在晏殊周围的庞大的创作群体能进一步发展成流派,但其实不然。首先,晏殊所组织的唱和形式既有作词唱和,也有赋诗酬唱,具有极大的随意性和偶然性,难以从中剥离出参与了词作唱和的人员。其次,这些人员和词的目的只是满足酒宴歌席上的助兴娱乐,而不是为了加入词派,他们本身并没有"词派成员"这一自我身份认知,也未从"组织领袖"(即晏殊)处获得这一身份定位。再者,这个群体具有明显的松散性和流动性。以欧阳修为例,欧阳修出自晏殊门下,也曾参与晏殊的雅宴集会,《能改斋漫录》即记载有欧阳修与陆子履一同拜谒晏殊,晏殊于西园设宴款待一事,而此事也基本成为欧阳修与晏殊关系的转折点。雅宴是政事之外的休闲时刻,欧阳修席间作《晏太尉西园贺雪歌》,结尾"主人与国同休戚,不惟喜悦将丰登。须怜铁甲冷彻骨,四十馀万屯边兵"字里行间似有指责讽刺晏殊身为枢密使只知风流享乐,不体恤边关之苦之意,实在是大煞风景。晏殊则以韩愈之诗反驳,指出昔日韩愈赴裴令公宴集,席上赋诗乃言"园林穷胜事,钟鼓乐清时"[27],可见其心中愠怒。此事之后,两人关系疏远,往来渐少,欧阳修自谓"足迹不及于宾阶,书问不通于执事",晏殊亦是冷淡待之,谓"答一知举时门生,已过矣",毫不留情地表明与欧阳修之间师生缘分已尽。至此,也就不应再将欧阳修视为围绕晏殊而形成的创作群体的成员。

除了关系的亲疏消长会带来群体成员的变化外,职务调动也是影响群体成员的重要因素。晏殊镇南郡时,与他进行唱和的主要是随他一同前去的王琪和幕客张亢,五十四岁罢相出京后,昔日在宴会上酬答唱和的人与他之间联系渐少,已然不可强行再列为群体成员。欧阳修徙转各地任职时,与当地的文人词客也多有往来。其任西京留守推官时,相与交流唱和的主要有谢绛、梅尧臣、尹洙等;任扬州知府时,亦多有雅宴集会,诗作《答通判吕太博》便记叙了当时诗词唱和之情景。此外,同样参与诗文革新运动的苏舜钦、与欧阳修有同乡之谊的刘敞等人,也都与欧阳修有过词作的唱和。

显然,无论是晏殊,还是欧阳修,在他们身边形成的创作群体实际上是一个相对松散的群体。出于关系亲疏消长、职务调动等原因,这个群体中的人员一直处于流动变化中,并且群体成员与他们的交流也不局限于词体,而这并不符合一个文学流派应有的组织性。相反,这种松散性与流动性,正是王兆鹏先生所总结的与正式的文学流派相比,文学群体所具有的群体特征。

基于以上辨析,可以得出结论,北宋"江西词派"在创作风格上具有一致的审美倾向,能称其为不自觉的流派。但晏殊、欧阳修在词体方面没有开宗立派的意识,围绕他们所形成的创作群体也不是作为宗派的追随者、维护者乃至延续者而存在,只是一个松散流动的群体,故江西诸词人并不能构成严格意义上的文学流派。若以流派称之,实际上是对流派这一概念的泛用,不如以词人群体称之更为妥帖,也更符合他们在文学史中的真实面貌。

三 北宋江西词人群体的成员考辨

厘清了北宋江西词人群体的性质,接下来的问题是,究竟有哪些词人是群体成员?晏殊、欧阳修、晏几道作为核心人物的身份已获得公认,但此群体外延至何种范围仍模糊不清。北宋江西词人群体虽以地域命名,但并不意味着此群体就等同于由江西词人组成的群体。杨万里《江西宗派诗序》早已表明维系连结的关键是"以味不以形"[28]。王兆鹏也指出,认同词人组成群体的原因在于这些词人"有着密切的互动关系,而且具有比较自觉的群体意识"[29]。两宋三百多年间出现的江西词人,并没有因为籍贯就在词体创作上呈现相同的审美取向,也没有形成密切的互动关系,若仅仅因为籍贯就草率地将他们归为同一词人群体,并表现出排他性,显然不符合文学史实。而考察诸位学者所提出的王安石、宋祁、王琪,也可以发现,他们与此词人群体的关系并未受地域因素所左右。

王安石虽是江西人,却并未与晏殊、欧阳修建立深厚的联系。庆历二年(1042),王安石进士及第,晏殊多次相邀宴席,席间数次提及"乡里"、"乡人",如"廷评乃殊乡里,久闻德行乡评之美。况殊备位执政,而乡人之贤者取高科,实预荣焉"。"乡人他日名位如殊坐处,为之有余矣"[30]。但王安石仅"唯唯"以对。晏殊告诫其:"能容于物,物亦容矣。"王安石的反应也并不积极。《默记》载,他回到旅舍后,"叹曰:'晏公为大臣,而教人者以此,何其卑也!'心颇不平"[31]。王安石对晏殊箴言的不屑实际上体现了他与晏殊截然不同的处世态度。晏殊为人"沉谨,造次不逾矩"[32],行事谨小慎微,以稳妥保守为主,"富贵优游五十年,始终明哲保身全",而王安石却是锐意进取之人。这种巨大的差异横亘其间,故王安石与晏殊之间难以拉近距离,此后二人来往也并不频繁。

对于另一位同乡欧阳修,王安石亦是淡然处之。王安石最初对欧阳修的态度颇为回避,曾巩曾向欧阳修力荐王安石,但王安石始终不肯谒见欧阳修。二人初见时,欧阳修作《赠王介甫》盛赞王安石,称其"翰林风月三千首,吏部文章二百年。老去自怜心尚在,后来谁与子争先"[33]。王安石却并未因为同乡关系就给予欧阳修十分热情的回应,《避暑录话》载:"荆公犹以为非知己,故酬之曰:'他日傥能窥孟子,此身安敢望韩公。'自期以孟子,处公以为韩公。"[34]仅是出于礼节性的应对。之后王安石与欧阳修也并未成为知交好友,除了多与公事相关的文牍往来,只有寥寥几次诗歌酬唱。至王安石推行新法时,欧阳修身为旧党大臣,极力反对改革,最终上章致仕引退,二人情谊疏远,不言而喻。

地缘不足以促使王安石与晏殊、欧阳修之间形成亲近的互动关系,也没有改变王安石与晏欧二人在词体艺术方面的差异。

王安石并不赞同晏殊、欧阳修等人的作词方式。晏殊、欧阳修等人视词为倚声之作,创作方式多为依照教坊曲调填入字句,而王安石则认为这种创作方式是"永依声",与自古以来歌者依词撰曲的"声依永"创作方式相背离[35]。并且,他对晏殊词作的题材内容也颇为不满。王安石曾笑言晏殊是:"为宰相而作小词,可乎?"但这并不意味着王安石反对晏殊作词,毕竟他本人亦有词作传世,此语意旨所在,当在随后随后吕惠卿之言中,即"为政必先放郑声,况自为之乎?"[36]所谓"郑卫风淫",王安石不满的是晏殊身为宰相,却写这些描写男欢女爱而无甚志气的小词,有失立身为政的浩然正气。王安石词作今存二十九首,其中仅一首《谒金门·春又老》描写闺情,其余词作或是咏物,或是咏史,或是抒写闲适意趣,或是反映禅理哲思,与晏殊词作的主题几乎是天壤之别。

王安石的词风亦迥异于晏殊和欧阳修。刘熙载谓:"王半山词瘦削雅素,一洗五代旧习。"[37]所谓"五代旧习",实际上就是晏殊、欧阳修、晏几道等人沿袭的婉转词风。刘熙载此语显然已将半山词与晏欧词划清界限,而王安石的词作也确实反映出他已跃出南唐藩篱。如其《桂枝香·金陵怀古》,开篇铺陈写景,笔触由远及近,将动景与静景结合,勾勒出一派壮阔景象,换头转为怀古,结尾"六朝旧事随流水,但寒烟芳草凝绿。至今商女,时时犹唱,后庭遗曲"[38]借六朝兴亡之事讽刺如今的社会现实,今昔对比,点明词作主题,慨叹深沉。全词意境雄浑,沉郁之中又有苍凉之感,显然非晏欧之词风。

由此,即使王安石与晏欧二人籍贯相同,也无须勉强将其归入江西词人群体之中。而非江西籍的宋祁与王琪,情况却大有不同。

宋祁,字子京,开封雍丘人,天圣二年(1024)进士,今存词六首。他一踏入文坛就受到晏殊的赏识,蔡絛《西清诗话》云:"晏爱宋之才,雅欲旦夕相见。"[39]二人亦时有十个酬唱。此外,宋祁在进士及第之前曾与欧阳修同依于连庶门下[40],入仕后又奉诏与其同修《新唐书》,兼有游学之缘和共事之谊。因此,他与晏殊、欧阳修二人的关系都较为密切,作词风格也颇为相似,崇尚婉约之风。如其《玉楼春·春景》,上阕写景,色泽明丽且层次生动分明,尤以"绿杨烟外晓寒轻,红杏枝头春意闹"[41]句尾之"闹"字,极见炼字之功。下阕转为抒情,坦率直接,毫无扭捏造作之感。全词用词华美,收放自如,是士大夫闲情雅趣的极致表达。后世词家亦多将他与晏、欧并提,冯煦称他与晏殊、欧阳修"并有声艺林",李之仪《跋吴思道小词》亦言:"晏元献、欧阳文忠、宋景文,则以其余力游戏,风流闲雅,超出意表。"[42]

王琪,字君玉,华阳人,举进士,调江都主簿。传闻晏殊的名联"无可奈何花落去,似曾相识燕归来"是他对出的下句,他与晏殊也因此结缘。事见《能改斋漫录》:

> 晏云:"每得句书墙壁间,或弥年未尝强对,且如'无可奈何花落去',至今未能也。"
> 王应声曰:"似曾相识燕归来。"自此辟置,又荐馆职,遂跻侍从矣。[43]

王琪对此句情韵的精准把握,是其才思与艺术追求的共同体现,晏殊对王琪的肯定与欣赏实际上也包含了这两方面,尤其是后者,故此后与他多有诗词交流。甚至,晏殊为让王琪随他一同前往南郡"特请于朝",开宋朝外官带馆职的先例。在留守南郡期间,二人亦"日以赋诗饮酒为乐,佳时胜日,未尝辄废也。"[44]

王琪在词作方面对欧阳修也颇有追随之意。其存词十一首,不仅风格婉约,且在形式内容上与欧阳修似有渊源。欧阳修曾作一组联章词《定风波》,首句分别是"把酒花前欲问他"、"把酒花前欲问伊"、"把酒花前欲问公"、"把酒花前欲问君",王琪则写有一首《定风波·把酒花前欲问天》,与欧词遥相呼应。欧阳修吸收民间曲艺形式创作鼓子词,有学者甚至认为"目前所见鼓子词的最早作者是欧阳修"[45],其最有名的鼓子词当属咏写颍州西湖的《采桑子》十首。而王琪其余十首词亦是鼓子词,词牌为《望江南》,词作分别描写江南之柳、酒、燕、竹、草、雨、水、岸、月、雪,盛赞江南美景,与欧词可谓是有异曲同工之妙。并且,欧阳修对王琪的词作也较为欣赏,《能改斋漫录》载:"欧阳文忠公爱王君玉燕词云:'烟径掠花飞远远,晓窗惊梦语匆匆。'"[46]二人在词体审美上的相似性可见一斑。

如此,宋祁和王琪虽非江西籍人士,但他们与晏殊、欧阳修词风相近且交流密切,理应被归入江西词人群体之中。

余论

从某种意义上说,认为宋代江西词人组成"江西词派",是文学研究中泛流派现象与地缘相结合的产物。客观而言,文学流派与群体之间不存在不可逾越的鸿沟,晏殊、欧阳修、晏几道虽然词风相似,符合不自觉的文学流派的形成条件,但不能构成严格意义上的文学流派,故在名称上以词人群体称之更为合适。而地域也不应成为划分群体成员的必然标准。地缘带来的先天接受度虽促使江西产生了大量词人,但绝不会只产生某一类词人。晏殊、欧阳修、晏几道对南唐词风的延续除了地域影响外,也有"去五代未远,馨烈所扇,得之最先"[47]的时期因素,且江西籍的王安石、非江西籍的宋祁和王琪与江西词人群体的不同关系也彰显出词人个性选择的重要性。因此,将北宋江西词人群体作为窗口,可以发现,在辨析以地域命名的文学群体时应坚持以下几点:一,从地域与时期两方面分析文学群体的形成;二,对成员身份的判断以其是否存在相互往来和群体意识为依据;三,关注地域文化对群体的导向性,而非决定性。如此,才能更准确细致的把握文学与地域的关系。

另一方面,厘清北宋江西词人群体相关问题,还可为宏观上考察有宋一代词的发展、演变,提供一个相对独特的视角。事实上,北宋江西词人群体的创作影响着整个宋代词坛的走向。晏殊、晏几道对婉约典雅词风的崇尚主导着宋代士大夫的审美倾向,而二晏在词中对士人大内心世界的描摹,以及欧阳修对清俊疏阔词风的开拓,都具有导夫先路的作用,为后继者指明词体发展方向,使词体沿着自我抒情化的道路逐渐形成独属于宋词的特点,在一定程度上促进词由唐音向宋调的转型。冯煦所谓的"疏隽开子瞻,深婉开少游"[48],不仅是欧阳修个人之于宋词史的重要意义,更是北宋江西词人群体之于宋词史的重要意义,值得研究者给予重视和探讨。

注 释:

* 本文系2020年度国家社会科学基金西部项目"明人宋诗观及其流变研究"(20XZW012)。

〔1〕 争议点主要是围绕北宋"江西词派"的性质和成员这两个问题展开。性质方面,杨海明《唐宋词史》(江苏古籍出版社1987年版)、林汝津《江西词派首领人物——晏殊》(《抚州师专学报》1987年第2期)、殷光熹《唐宋名家词风格流派新探》(云南教育出版社1993年版)、刘庆云《江西词派之词学观论略》(《中国韵文学刊》1995年第2期)、黄健保《江西词派研究述评》(《新余高专学报》1999年第2期)、陈未鹏《宋词与地域文化》(中国社会科学出版社2016年版)都认为此词派可以成立。另外一些学者则提出反对意见。谢桃坊《江西词派辨》(《词学》2005年第十六辑)与闵丰《江西词派说与清代词学的建构》(《南京大学学报》(哲学人文科学社会科学版),2011年第48期),均认为"江西词派"之说是后世词学家的比附之言,流派本身缺乏成立依据。刘扬忠《唐宋词流派史》(中国社会科学出版社2007年版)、林抒与向京《宋代江西词论》(百花洲文艺出版社1999年版)、丘昌员《宋代"江西词派"商榷》(《上海师范大学学报》哲学社会科学版,2004年第2期)和王毅《南宋江西词人群体研究》(华东师范大学2006年博士学位论文)则认为北宋"江西词派"并非流派,而是词人群体。成员方面,主要有四种看法,殷光熹、陈未鹏认为是晏殊、欧阳修、晏几道三人;杨海明和丘昌员认为是晏殊、欧阳修、晏几道、王安石;刘扬忠认为是晏殊、欧阳修、晏几道、宋祁、王琪;林汝津和刘庆云则认为是宋代所有江西籍词人。

〔2〕 厉鹗《樊榭山房文集》卷七,上海古籍出版社1992年版,第513页。

〔3〕〔16〕〔47〕〔48〕 冯煦《蒿庵论词》,唐圭璋编《词话丛编》第四册,中华书局2005年版,第3585页。

〔4〕 李吉甫撰,贺次君点校《元和郡县图志》卷二十八,中华书局1983年版,第675页。

〔5〕 永瑢等撰《四库全书总目》卷六十八,中华书局1965年版,第606页。

〔6〕〔17〕〔37〕 刘熙载《艺概》,上海古籍出版社1978年版,第120、107、107页。

〔7〕 朱祖谋《〈映庵词〉序》,夏敬观著《夏敬观著作集》,复旦大学出版社2019年版,第519页。

〔8〕 刘毓盘《词史》,商务印书馆2017年版,第67页。

〔9〕 《中国大百科全书·中国文学卷》,中国大百科全书出版社1988年版,第952页。

〔10〕〔11〕〔20〕 陈文新《中国文学流派意识的发生和发展》,武汉大学出版社2007年版,第9、15、15页。

〔12〕 刘攽《中山诗话》,何文焕辑《历代诗话》上册,中华书局1981年版,第292页。

〔13〕 王仲闻《李清照集校注》,人民文学出版社2019年版,第214页。

〔14〕 吴处厚撰,尚成校点《青箱杂记》卷五,上海古籍出版社2012年版,第26页。

〔15〕 张舜民撰,丁如明校点《画墁录》,上海古籍出版社2012年版,第73页。

〔18〕〔19〕〔23〕 张草纫笺注《二晏词笺注》,上海古籍出版社2008年版,第602、310、602页。

〔21〕 陈世修《阳春集序》,王鹏运辑《四印斋所刻词》,上海古籍出版社1989年版,第332页。

〔22〕 胡可先、徐迈《欧阳修词校注》,上海古籍出版社2015年版,第1页。

〔24〕 杨湜《古今词话》,唐圭璋编《词话丛编》第一册,中华书局2005年版,第21页。

〔25〕 宋祁《宋景文公笔记》,朱易安、傅璇琮主编《全宋笔记》第一编第五册,大象出版社2003年版,第48页。

〔26〕〔34〕 叶梦得撰,徐时仪校点《避暑录话》,上海古籍出版社2012年版,第127、131页。

〔27〕〔43〕〔46〕 吴曾《能改斋漫录》卷十一、卷十一、卷十七,上海古籍出版社1979年版,第339、307、493页。

〔28〕 辛更儒点校《杨万里集笺校》,中华书局2007年版,第3230页。

〔29〕 王兆鹏《南渡词人群体研究》,凤凰出版社2009年版,第13页。

〔30〕〔31〕 王铚撰,朱杰人点校《默记》,中华书局1981年版,第22页。

〔32〕 李焘《续资治通鉴长编》卷八十五,中华书局1979年版,第1959页。
〔33〕 欧阳修著,李逸安点校《欧阳修全集》,中华书局2001年版,第813页。
〔35〕 赵令畤撰,傅成校点《侯鲭录》卷七,上海古籍出版社2012年版,第114页。
〔36〕 魏泰撰,田松青校点《东轩笔录》,上海古籍出版社2012年版,第28页。
〔38〕〔41〕 唐圭璋编《全宋词》第一册,中华书局1965年版,第204、116页。
〔39〕 蔡絛《西清诗话》,丁传靖辑《宋人轶事汇编》卷七,中华书局1981年版,第290页。
〔40〕 《宋史·连庠传》载:"庠始与弟庠在乡里,时宋郊兄弟、欧阳修皆依之。"脱脱等撰《宋史》卷四百五十八,中华书局1977年版,第13446页。连庠,字居锡,宋仁宗年间举进士。宋庠,初名宋郊,入仕后改名宋庠,其弟为宋祁,由此可知时宋祁与欧阳修同依于连庠门下。
〔42〕 转引自欧阳修著,胡可先、徐迈校注《欧阳修词校注》,第600页。
〔44〕 胡仔纂集,廖德明校点《苕溪渔隐丛话》前集,人民文学出版社1962年版,第182页。
〔45〕 于天池《宋代文人说唱伎艺鼓子词》,《北京师范大学学报》(人文社会科学版)1999年第5期。

〔作者简介〕 唐瑭,1994年生,女,重庆荣昌人,山东师范大学文学院博士研究生,研究方向为宋代文学。

《中英诗歌比较研究》

(吴伏生著,商务印书馆2024年版)

本书为曹顺庆教授主编、商务印书馆出版之"文明互鉴丛书"的第一册,以中英诗歌传统中一些重要作品为切入点,采用西方语文学(philology)文本分析的方法,详细深入地探讨了中英传统诗歌的一些基本议题和现象。全书共分十五章:一,中英诗歌传统中的诗歌与诗人概念;二,汉英语言特点对诗歌创作的影响;三,朝露与戏剧:中、英诗歌中的人生比喻及其诗学与文化意义;四,律诗与十四行诗;五,中英诗歌中的典故;六,诗歌与不朽:中英诗歌中的一个重要主题;七,中英山水自然诗的意境;八,中英悼亡诗:兼谈中英哀悼诗;九,中英传统诗歌中的宫体怨情诗;十,中英宫廷诗人笔下的宫廷文化与政治:陆机与萨利伯爵;十一,皇家苑囿与帝国颂歌:司马相如《上林赋》与瓦勒《圣·詹姆斯苑》分析,兼谈中英颂圣诗;十二,中英诗歌中的平民疾苦主题:白居易《新乐府》和华兹华斯《抒情歌谣集》;十三,中英诗歌中的及时行乐主题;十四,中英诗歌中咏怀古迹的篇章;十五,中英诗歌中的"香草"传统,兼谈诗歌翻译:以"兰"和"Violet"为例。通过上述比较分析与相互阐发,本书揭示了中英传统诗歌彼此的特色以及它们之间的异同,并进而阐述了与之相关的中西文化议题。

"七宝楼台"说考论

王居衡

梦窗(吴文英)词自问世起便毁誉参半,关于其词作风格及成就的争论持续了数百年之久。这场争论源于张炎的"七宝楼台"之评:

> 词要清空,不要质实,清空则古雅峭拔,质实则凝涩晦昧。姜白石词如野云孤飞,去留无迹。吴梦窗词如七宝楼台,眩人眼目,碎拆下来,不成片段。此清空质实之说。[1]

张炎以"清空""质实"对举,旨在进姜而退吴,态度似极分明。[2]后世论者也大多持两家风格差异极大的观点,模拟则各取一家,物议不休。遗憾的是,历代罕有学者讨论《词源》一书对吴文英其人的总体态度[3],断章取义成为"七宝楼台"说流传的有力推手,对《词源》中的梦窗词观进行还原不仅具有文献考辨的重要意义,还有助于我们看清诸家评述与源头文献的离合取舍。笔者拟先就《词源》中关于吴文英的评述展开分析,然后从后世诸家所论中得出各自接受的侧重点,以期为清季民国的"梦窗热"现象探明理论起点。

一 《词源》中的梦窗词评

与上述"七宝楼台"说中姜、吴对立不同的是,《词源》中其他关于梦窗词的材料都是与两宋众多词家并列出现的。换言之,在"七宝楼台"说之外,张炎并未强调吴文英的特异之处,"质实"的特征只在与白石词对比时才具有区别意义。《词源》卷下有题辞,其中一段云:

> 旧有刊本六十家词,可歌可诵者,指不多屈。中间如秦少游、高竹屋、姜白石、史邦卿、吴梦窗,此数家格调不侔,句法挺异,俱能特立清新之意,删削靡曼之词,自成一家,各名于世。作词者能取诸人之所长,去诸人之所短,精加玩味,象而为之,岂不能与美成辈争雄长哉。[4]

"旧有刊本六十家词",夏承焘说:"此书久佚,内容不详"[5],似乎知道此为何书。《直斋书录解题》于《笑笑词》下载:"自《南唐二主词》而下,皆长沙书坊所刻,号'百家词'。"[6]据饶宗颐先生所考,《百家词》"为词集丛刻之始",此书"殆杀青于嘉定之初"[7]。而张炎自述"生平好为词章,用功逾四十年"[8],是以《词源》成书于宋元易代之后,则此时张炎较有可能获读词集丛书。若"六十家词"果真是词集丛书[9],从题名可知该丛书收录词集颇丰。而张炎对

本文收稿日期:2022年7月8日

"六十家词"的总体评价不高,原因是优秀作品太少。其中秦观、高观国、姜夔、史达祖、吴文英五家,虽风格不同,却都合乎"清新"的审美旨趣,同是两宋杰出词家。对此我们不免生疑,在"七宝楼台"说中,吴文英因其词"质实"与姜夔词之"清空"画境,为何张炎仍将梦窗归入"清新"之列?"清空"与"清新"有何差别?进而,张炎对于梦窗词,究竟持何种态度?

从字面来看,"清空"与"清新"的差异在于"空"与"新"。[10]钟振振以为"清空"中"空"的含义在于"结构宽松,意象疏朗,间距较大",[11]从张炎所举"清空"之词《水调歌头·明月几时有》、《洞仙歌·冰肌玉骨》、《桂枝香·登临送目》、《暗香·旧时月色》、《疏影·苔枝缀玉》[12]也可以看出这一特点。而"清新"中"新"字之义,应是呼应"句法挺异","删削靡曼之词,自成一家"云云,亦即句法新奇、词作面貌特异生新。张炎有着强烈的推陈出新的意识,"不蹈袭前人语意"、"语意新奇"、"出奇之语"[13]皆是此意。

除了将梦窗归入"清新"之列外,张炎对梦窗词的肯定在《词源》中随处可见:

> 词中句法,要平妥精粹……如吴梦窗登灵岩云:"连呼酒、上琴台去,秋与云平。"闰重九云:"帘半卷,带黄花、人在小楼。"……此皆平易中有句法。[14]
>
> 如贺方回、吴梦窗,皆善于炼字面,多于温庭筠、李长吉诗中来。[15]
>
> 又如冯延巳、贺方回、吴梦窗亦有妙处。[16]

以上三则材料分别列入"句法"、"字面"、"令曲"中。由此可见,张炎从多个层面对梦窗词加以肯定,正如彭孙遹所说:"宋人张玉田论词,极推少游、竹屋、白石、梅溪、梦窗诸家。"[17]并非后人所谓"玉田于梦窗颇致不满,不但七宝楼台之喻而已"。[18]至于"七宝楼台"之评,只在与姜夔词进行对比这一情况下才具有申明要旨的意义。换言之,张炎将梦窗词比拟为"七宝楼台",乃是为了突出白石词之"清空",是为表明自己的词学旨趣。

二 拆与不拆:"七宝楼台"说析论

《词源》在元明两朝影响有限,清人秦恩复在跋语中说:

> 元明收藏家均未著录。陈眉公秘笈只载半卷,误以为《乐府指迷》。又以陆辅之《词旨》为《乐府指迷》之下卷。至本朝云间姚氏,又易名为沈伯时,承讹袭谬,愈传而愈失其真。此帙从元人旧钞誊写,误者涂乙之,错者刊正之,其不能臆改者,姑仍之,庶与《山中白云》相辅而行。[19]

《词源》在流传过程中与《乐府指迷》、《词旨》两书混杂难分,甚至连书名、作者都长期遭到误传。而秦氏选校的底本乃是元人钞本,且不乏讹误,说明当时并未有精良刻本广为流传。秦氏本刻于嘉庆庚午,后又有道光戈载校定本,《词源》方有善本传世。这就可以解释为何后人会断章取义,只知"七宝楼台"而不论《词源》中关于梦窗词的其他评语。所谓"梦窗七宝楼台,自古腾谤"[20],不应忽视书籍传播的背景。

嘉道前后,"七宝楼台"的关注度可谓有云泥之别。其原因大概有二。其一,嘉道之际刊行的《词源》刻本,成为研究、交流"七宝楼台"说的物质载体;其二,晚近"梦窗热"的出现,刺激了词家重新审视"七宝楼台"说。彼时治词者谈"七宝楼台",主要集中在两方面:一是"七宝楼台"是否可以拆下；一是门户之别，即作者张炎与吴文英个人创作风格之差异。笔者先谈前一问题。

在讨论"七宝楼台"是否可拆之前，我们需要先弄清楚"七宝楼台"的语源。彭国忠认为，"七宝楼台"及其碎拆，均来自释家经典，如《起世经》、《佛说弥勒下生成佛经》等经书载有"七宝楼台"或相近表述，七宝乃是珍奇宝物之总称，说法不一。而将"七宝楼台""碎拆下来"，"象征着对佛的不敬和毁坏"。[21]张炎接受过程中的释家语汇是否发生语义迁移，以及他是否将"碎拆下来"定义为破坏梦窗词的原始结构，这些姑且不论。张氏援引"七宝楼台"，是着眼于它与梦窗词的相似之处："颜色五彩斑斓，结构精致巧妙，而内部空间狭小"，与之对应的梦窗词的特征是："辞藻艳丽，结构紧凑，意象密集，间距较小。"[22]

单独谈"七宝楼台"的语源其实并不能看出张炎的褒贬倾向，一旦将其与"清空"说结合起来，张氏的态度就很明晰了。如上文所述，《词源》一书总体上对梦窗持欣赏态度，但在"清空"说中，"七宝楼台"并非好评。张祥龄说："七宝楼台，盖薄之之辞"[23]，可谓探骊得珠。晚近关于"七宝楼台"可拆与否的讨论，也是基于以上判断。然而，认为"七宝楼台"可拆与否和对梦窗词的态度并无必然关系，其中牵涉的问题颇为复杂，下面对此一一剖析。

陈廷焯持可拆态度，并极为认可梦窗的创作实绩，他评向子䜩《梅花引》词云："此作层层入妙，如转丸珠。又如七宝楼台，不容拆碎。"[24]"层层入妙，如转丸珠"与"七宝楼台，不容拆碎"表意相近，不然"又如"便无法落实。此处"不容"应作"无须"解，而非"不可"之意。为更好理解此意，可结合另一段材料：

> 梦窗在南宋，自推大家。惟千古论梦窗者，多失之诬……至张叔夏云："吴梦窗如七宝楼台，眩人眼目，拆碎下来，不成片段。"此论亦余所未解。窃谓七宝楼台，拆碎不成片段，以诗而论，如太白"牛渚西江夜"一篇，却合此境。词惟东坡《水调歌头》近之。若梦窗词，合观通篇，固多警策。即分摘数语，亦自入妙，何尝不成片段耶。[25]

陈氏对张炎所言表示不解，从所举李白、苏轼的例子来看，陈氏不解的并非是"七宝楼台"的指代义，而是梦窗词不可摘句而观之。"牛渚西江月"与《水调歌头》大概是拆开来看未能"入妙"，有篇而无句，故被认为合乎普遍认知中的"七宝楼台"之境。而梦窗词，无论拆与不拆，均可称善，是为有篇有句。向子䜩《梅花引》词"如转丸珠"也具有此特征，因此亦可称作"入妙"。很显然，这两则材料谈的是梦窗词是否有"入妙"佳句的问题，并附带对诗词史上一些相关作品提出新见。

认为不可拆者往往质疑碎拆"七宝楼台"在语义表达上的合理性：

> 且所谓"金碧楼台，拆散下来，不成片段"者，此语尤未能适当。词如人体然，完好无恙，则神采奕奕，使从而支解焉，则臭腐随之矣。以其臭腐，遂亦谓人体不善耶。试以姜白石之野云拆之，亦未审其果成何片段也。嗟乎，惟其不能成片段，益足见构造之者之苦心。且楼台自楼台，亦正无烦于拆散。而乐笑翁乃以此抑梦窗，真冤煞也。[26]

词文本是作为一个包含字句、章法的完整结构而呈现在读者面前的，虽说诗词里有摘句一类，却往往是以名言警句的形式呈现并被单独视之的。这并不意味着词中任何句子都有单独存在的前提条件，作者既未必有此匠心，读者也不宜存此预设。作者苦心经营之目的乃是将词作打造成首尾连贯、章法谨严的文字结构,一般的尝试打破此结构以分别观察的举动实属无谓。需要说明的是,以上只是就"七宝楼台"说的成说逻辑而言,闻野鹤并未表明对梦窗词的态度。王易亦曾质疑"七宝楼台"说的合理性:"夫既曰'拆碎',则尚何'片段'之有?况其炫人眼目者,犹是七宝乎?"[27]

与之相比稍有不同的是,钱振锽的关注点在作者与读者的视野措置上:

> 案玉田语竟无是处。质直亦是好处,从来质实文字安有凝涩晦昧者乎?不曰绛云在霄,而曰野云孤飞,寒俭之至。七宝楼台非质实之谓也,且何故拆下?梦窗自拆耶,他人拆耶?若系自拆,原不算楼台。若他人拆,于梦窗何与。惟其以涩昧指目梦窗,则不谬耳。[28]

"七宝楼台"是否指向"质实",上文已有详述,兹不再辨。钱氏以为,"七宝楼台"自不可拆,因为无论是站在作者抑或读者的角度,都难以自圆其说。作者若有自我解构之心,词作文本的完整性便受到损害;读者如欲分拆梦窗词,这也只是其一家之言,未必是梦窗原意。在今人的认知中,作者的隐蔽性和读者的独立性互相关涉,作者并无自我注释之义务,读者也可以只就文本展开解读。钱氏之说与前者暗合,与后者虽不相同,却暗藏机锋。"他人"自然包含张炎在内,从"玉田语竟无是处"这一断语中可知钱氏对其极不以为然。在钱氏看来,梦窗词并非"质实",他似是以质朴平实之意理解。钱氏既然认可"质实",那么对"非质实之谓"的"七宝楼台"自无高看之理。末一句中的"涩昧",就当是恶评了。在反对"七宝楼台"说的诸家当中,钱氏的态度最为婉曲,既反张说,又贬梦窗。

在一片对"七宝楼台"说的声讨中,尊吴者乃是主流:"张炎对吴文英之七宝楼台评骘,多滋右吴者之非议。"[29]其中涉及了两种风格的对立,以及词家的门户之见。朱祖谋作为清季民国尊吴派领袖,他的态度跳出了可拆与否的争论,而是认为不必拆,且不做解释,这就难免引起反对者的猜议。[30]

以上各种态度大多对"七宝楼台"说提出了不同程度的质疑,其中有对梦窗词的价值评判,也有对"七宝楼台"说的内在逻辑提出质疑。朱祖谋作为词坛祭酒,也未能稍解众惑,其中暗流涌动并不会因此而稍稍停歇。"七宝楼台"说背后涉及的派别之争,才是实质性的问题。

三 "七宝楼台"说与派别之争

梦窗词被张炎目为"质实"之作,唯有《唐多令·何处合成愁》一阕被评为"疏快"[31],近乎姜夔词的"清空",可见张炎的论词趣味。张、吴词作风格的差别主要是"虚"、"实"之异:"昔人谓吴梦窗词,如七宝楼台,拆碎下来,不成片段。余谓张玉田词,如镜花水月,万籁空虚。"[32]戈载以为,学词应当广收博取,在张、吴之间求同存异:

> 宋代名家之词,缜密莫过于梦窗,清空莫过于玉田。之二家者,若相反而实相济也。盖梦窗七宝装成,肉胜于骨,而不免有晦处。玉田一气流转,情生于文,而不免有滑处。能兼擅厥长,斯各去所蔽矣。自宋至今,词学之传,不绝如线。学一家而得其似,已不数

数觏,安望其两美之合哉?[33]

这一主张与戈载《宋七家词选》选一代之胜以供参习的思路是一致的。梦窗、玉田,各有优劣,学词者应当扬长弃短。但戈载同时指出,这一取法策略极难付诸实践,学得一家神髓已属不易,而不同词家的写作风格很难在研习中融汇互通。此论实际上开启了对取法张炎、吴文英二派的词风源流问题的研究,可由此洞察一时词学之宗尚。

杨寿楠以为张、吴词风对立实际上反映了当时词坛的派别之争:

> 清季之词,亦分二派:一派学玉田,犹诗家之元、白也。一派学梦窗,犹诗家之温、李也。玉田才清,而学者易失之平直。梦窗思绮,而学者易失之晦涩。必也以玉田之清才,兼梦窗之绮思,由此以进窥周、姜,旁通苏、辛,上追南唐、北宋,斯词家之能事尽矣。[34]

学张一派与学吴一派存在简易流畅与富丽精工的差异,这一派别对立与中晚唐诗坛上元白、温李分庭抗礼有异曲同工之妙。杨氏也指出了两派各有长短,主张由融合张、吴出发,进而旁参诸家,以臻高境。

这一看法确实卓有见地,自清初浙西词派"家白石而户玉田"以来,张炎一直是备受关注的词家。而自嘉道周济、戈载推尊吴文英,便开启了后来的学吴热潮。学张与学吴前后代兴,但追根溯源,张、吴都以周邦彦为宗师。张炎欲"与美成辈争雄长",吴文英词更是自宋末时便有"前有清真,后有梦窗"[35]之誉,两人都有取则北宋之意。正如夏敬观所说:

> 乾嘉时词,号称学稼轩、白石、玉田,往往满纸皆此等呼唤字,不问其得当与否,遂成滑调一派。吴梦窗于此等处多换以实字,玉田讥为七宝楼台,拆下不成片段,以为质实,则凝涩晦昧。其实两种皆北宋人法,读周清真词,便知之。[36]

梦窗、玉田两派,均出自周邦彦,可谓同源而异流。

然而,清季民国梦窗词风靡一时,时人罕有并尊吴、张者。他们在尹焕(字惟晓)"前有清真,后有梦窗"与张炎"七宝楼台"两种批评指向中多偏向于前者,汪东的意见极具代表性:

> 梦窗以丽赡之才,吐沉雄之思,镂金错采,而其气不掩,尹惟晓拟之清真,正以其开阖顿挫,潜气内转,与美成同法,非谓貌似也。世人学梦窗者,但知撷取字面,雕缋满纸,生意索然。矫枉过正,则又或欲并梦窗而废之,斯为两失矣。玉田专主清空,故仅举《唐多令》一首,以为集中如是者不多。其实读梦窗词,须于秾采中求其空灵之迹。兹所选录,皆情辞相副,丽内有则,绝无过晦之病,庶几使读者知惟晓之果为公言,而玉田所称,犹有未尽也。[37]

夏敬观以为梦窗词实用"北宋人法",此法为"不用虚字,而用实字或静辞,以为转接提顿者,即文章之潜气内转法"。[38]梦窗词的"质实"应与"潜气内转"结合起来理解[39],意象绵密,多用实词,词章气韵便需潜藏在文本之下。汪东说"其气不掩",正是此意。当然,汪东也并未否认梦窗词有"过晦"之弊,故选词时有意摒弃此类。梦窗词无疑是一个风格多样的词集文本,质量参差不齐也是所有别集的共同特征,弃连城之璧而取珷玞绝非长于识断之举。

晚近不乏词学家举出实例,来揭示梦窗词之高境:

此等词(《祝英台近·除夜立春》等词)浓丽清空,兼而有之。安能诮为"拆碎七宝楼台"。然后人学梦窗者,则不学此等词矣。[40]
　　麦丈云:秾丽极矣,仍自清空。如此等词(《高阳台·修竹凝妆》),安能以七宝楼台诮之。[41]

张伯驹、梁启超在引述"七宝楼台"词都用到了"安能"二字,语气颇为强烈果决。在他们看来,《祝英台近·除夜立春》《高阳台·修竹凝装》显然比《唐多令》更能代表梦窗的创作水准。细味二人之言,不难发现,张、梁并未脱离张炎的思维范式,他们同样是用"清空"的衡词标准来评议吴词。这似乎说明,张炎举出"清空"这一创作风格,在后世其实是获得了极大的认同。张炎招致批评的缘由,乃是欲将梦窗置于这一批评范式之下,在"质实"中寻求"清空"。但"清空"乃是姜夔词最突出的风格,张炎扬姜抑吴,就不能以梦窗佳作为例,所以仅仅推举出最接近其衡词旨趣的《唐多令》。这当然是笔者基于张炎门户之见的一点猜测,但也并非毫无根据,《卧庐词话》有过类似的表述:"玉田于梦窗颇致不满,不但七宝楼台之喻而已。梦窗'何处合成愁'一阕,在梦窗为别调,而玉田亟称之,他词不如是也。以此取梦窗,则其所不取者可知矣。"[42]服膺"清空"词风的张炎,也极有可能难以对梦窗词有一个合乎晚近词家口味的认知。张、梁等人的反驳,可称之为词坛新风气对旧典范发难的檄文。故此,清季民国的张、吴词风之争,实际上是词坛主流势力消长变化的结果。

四　"七宝楼台"说与"梦窗热"现象

晚近以来,昌言梦窗者多批驳"七宝楼台"之说:

　　玉田论词,邃于律拍,疏于体骨,往往有迷误后人处,不独谓梦窗七宝楼台未为定评也。[43]
　　自乐笑翁有"姜白石如野云孤飞"一语,于是论词者竞尊石帚,而梦窗则竟斯折抑矣。[44]
　　梦窗诸词无不脉络贯通,前后照应,法密而意串,语卓而律精。而玉田"七宝楼台"之说,真矮人观剧矣。[45]

在他们看来,梦窗不显于世,与"七宝楼台"说广为流传关系甚大。因此欲在词坛引起新风气,就必须扫除这一理论障碍。

理论层面的"梦窗热",论首功则推戈载、周济。以选本形式为己说张目是清代词学由来已久的传统,戈载《宋七家词选》与周济《宋四家词选》均收录了梦窗词,将其作为领袖一代的大家。戈载为副所论,身体力行,填词取法对象一度发生转向:"余于词致力已二十余年,始以《山中白云》为宗,继复醉心于甲、乙、丙、丁四稿。"[46]戈氏以词学名家的身份宣扬梦窗,促成了创作与理论的深层融合。戈、周二人,几乎同时选择了同一路径,对张、吴词风代兴影响深远。沈曾植对此早有定论:"自道光戈顺卿辈推载梦窗,周止庵心厌浙派,亦扬梦窗以抑玉田。近代承之,几若梦窗为词家韩、杜。"[47]梦窗的词史地位一跃而上,大有笼罩两宋名家之势。然而余波未歇,非议丛生,学吴滋生出诸多弊病:

> 后人学梦窗者，必抑屯田。然屯田不装七宝，仍是楼台；梦窗拆碎楼台，仍是七宝。后人既非楼台，亦非七宝，只就字而钉饾雕饰，自首至尾，使人不解，亦不知其自己解否耳。[48]

吴、柳之异，在于雅俗。后人不善学之，以字句装饰门面，难以索解，故作悬疑。张伯驹并未归罪于"七宝楼台"，但将学吴之弊与"七宝楼台"联系起来，这样的言说方式无疑会使梦窗词再度招致非议。

词坛对学梦窗的异议，在很大程度上是顾忌到朱祖谋的崇高地位才引而不发，当然也有敢于直言者。朱氏不仅为词坛祭酒，在诸多方面都堪为典型，极具个人魅力，此处聊举一例：

> 黄浦滩词客奉吴梦窗为祖祢，偶于摊头得之，竟不可解。昔汪憬吾贻书曾云："海上词家，学为七宝楼台拆下不成片段，某则不尔。"渠与朱彊村交好，而所见不同。彊村有一联云："倔强犹昔，沉吟至今。"予为之五体投地。八字千古矣，何以学梦窗词为?[49]

民国时期上海作为词坛中心，受朱祖谋影响极大，词家纷纷模拟梦窗。朱氏自四十填词至老，不改尊奉，晚年虽面对一些非议，仍然"倔强犹昔，沉吟至今"。此语大有《世说》之妙，朱氏诙谐可见一斑。"倔强"、"沉吟"云云，似乎在提示我们"梦窗热"其实面临着极大的舆论阻力。

余论

"七宝楼台"在历代广为流传，成为梦窗词的"专属标签"。由此引发笔者的思考：概括梦窗词风格的流行话语，为何是"七宝楼台"，而不是"古锦斑斓"[50]，抑或其他妙语？其中有什么隐情？仔细想来，一种表述方式由于接受者的断章取义或是以讹传讹，导致后代读者对写作者存有偏见，实际上也反映了接受群体的某些心态。首先是自清初以来由于门户之见，梦窗被视为姜、张的对立面而声名不显，梦窗词的写作特点更迫使读者在刻意雕琢与自然天成中做出抉择。其次是佛家话语体系的强力冲击，使得一些难以言诠的妙语容易获得青睐，哪怕是连本意都不甚了了。

有趣的是，某些不认可"七宝楼台"之论的词家仍用"七宝楼台"来指代梦窗词：

> （《忆旧游·别黄淡翁》）起韵缥缈空灵，非觉翁不能到此境。世士但知七宝楼台，雕饰古艳，试参其翻空奇笔，方审梦窗豪颠神妙，俱从清真得来。[51]

> 胎息梦窗，潜气内转，专于顺逆伸缩处求索消息，故非貌似七宝楼台者所可同年而语。[52]

郑文焯、朱祖谋将"七宝楼台"作为梦窗词的指代语，而并未将负面含义引入其中。这就使得"七宝楼台"的语义更加模糊，也难免会因此贻人口实。由此可以看出，虽然关于"七宝楼台"的争论热闹非常，其实自始至终都没有避免对《词源》的误读，以讹传讹的现象甚至漫延到力挺梦窗的词家身上。清季民国理论层面的"梦窗热"，正是在这样一种局面下展开的。

注　释:

〔1〕〔4〕〔8〕〔13〕〔14〕〔15〕〔16〕〔19〕〔31〕　张炎《词源》卷下,唐圭璋编《词话丛编》第一册,中华书局 1986 年版,第 259、255、255、260—266、258、259、265、270—271、259 页。

〔2〕　《唐宋词通论》、《中国古典词学理论史》均持此说。参见吴熊和《唐宋词通论》,上海古籍出版社 2010 年版,第 312 页;方智范、邓乔彬等《中国古典词学理论史》,华东师范大学出版社 2005 年版,第 89 页。

〔3〕　这一现象直到现代学术体系建立后方有改变,参见邓魁英、聂石樵《"七宝楼台"及其"片段"——关于张炎对梦窗词的批评》,《古代诗文论丛》,北京师范大学出版社 1993 年版,第 490—494 页;谢桃坊《谈张炎对梦窗词的批评》,《宋词辨》,上海古籍出版社 1999 年版,第 268—271 页。

〔5〕〔12〕　张炎著,夏承焘校注;沈义父著,蔡嵩云笺释《词源注　乐府指迷笺释》,人民文学出版社 2018 年版,第 11、18—19 页。

〔6〕　陈振孙《直斋书录解题》卷二十一,上海古籍出版社 1987 年版,第 629 页。

〔7〕　饶宗颐《词集考(唐五代宋金元编)》,中华书局 1992 年版,第 353 页。

〔9〕　陶湘认为《六十家词》为词集丛书:"词集之汇刻者,南宋长沙《百家词》,见《直斋书录解题》;《六十家词》,见张玉田《词源》。"参见陶湘《景刊宋金元明本词叙录》,吴昌绶、陶湘辑《景刊宋金元明本词》,上海古籍出版社 2012 年版,第 2 页。

〔10〕　吴庠对"清空质实"提出新说:"质之对待字为文,非清也。质者,本质也,即词家之命意也,惟质故实,所谓意余于辞也。文者,文饰也,即词家之遣辞也,惟文故空,所谓辞余于意也。予故以为梦窗词,正是文而空,不是质而实;白石词正是质而实,不是文而空。"(引自吴庠《清空质实说》,《同声月刊》1941 年第 1 卷第 9 号。)此说背离了张炎原意,故应者寥寥。

〔11〕〔22〕　钟振振《南宋张炎〈词源〉"清空"论界说》,《文学评论》2014 年第 3 期。

〔17〕　彭孙遹《金粟词话》,唐圭璋编《词话丛编》第一册,第 721 页。

〔18〕〔42〕　周曾锦《卧庐词话》,唐圭璋编《词话丛编》第五册,第 4651、4651 页。

〔20〕　夏敬观《忍古楼词话》,唐圭璋编《词话丛编》第五册,第 4762 页。

〔21〕　彭国忠《唐宋词学阐微——文本还原与文化观照》,安徽大学出版社 2008 年版,第 142—143 页。

〔23〕　张祥龄《词论》,唐圭璋编《词话丛编》第五册,第 4213 页。

〔24〕〔25〕　陈廷焯《白雨斋词话》,唐圭璋编《词话丛编》第四册,第 3953、3802 页。

〔26〕〔44〕　闻野鹤《恫簃词话》,朱崇才编《词话丛编续编》第四册,人民文学出版社 2010 年版,第 2317、2316 页。

〔27〕　王易《词曲史》,岳麓书社 2011 年版,第 155 页。

〔28〕〔49〕　钱振锽《謷语》,屈兴国编《词话丛编二编》第四册,浙江古籍出版社 2013 年版,第 1851、1848 页。

〔29〕　沈轶刘《繁霜榭词札》,刘梦芙编校《近现代词话丛编》,黄山书社 2009 年版,第 191 页。

〔30〕　沈轶刘《繁霜榭词札》:"朱祖谋乃曰:'何必拆碎?'虽曰强颜,固已认可其拆不得矣。"参见《近现代词话丛编》,第 191 页。

〔32〕　陈廷焯《词坛丛话》,唐圭璋编《词话丛编》第四册,第 3730 页。

〔33〕〔46〕　戈载《梦玉词序》,冯乾编校《清词序跋汇编》第二册,凤凰出版社 2013 年版,第 880、881 页。

〔34〕　杨寿楠《云薖词话》,屈兴国编《词话丛编二编》第四册,第 1867—1868 页。

〔35〕　黄昇编集《宋刊中兴词选》卷十,福建人民出版社 2008 年版,第 294 页。

〔36〕〔38〕〔50〕 夏敬观《蕙风词话诠评》，唐圭璋编《词话丛编》第五册，第4592、4592、4592页。

〔37〕 汪东《唐宋词选评语》，屈兴国编《词话丛编二编》第四册，第2315页。

〔39〕 关于"潜气内转"，参见彭玉平《词学史上的"潜气内转"说》，《文学评论》2012年第2期。

〔40〕〔48〕 张伯驹《丛碧词话》，屈兴国编《词话丛编二编》第五册，第2864、2864页。

〔41〕 梁启超《饮冰室评词》，唐圭璋编《词话丛编》第五册，第4313页。

〔43〕 朱祖谋《朱祖谋致郑文焯书》，葛渭君编《词话丛编补编》第五册，中华书局2013年版，第3231页。

〔45〕 杨铁夫《选本第一版原序》，吴文英著，杨铁夫笺释，陈邦炎、张奇慧校点《吴梦窗词笺释》，广东人民出版社1992年版，第10—11页。

〔47〕 沈曾植《菌阁琐谈》，唐圭璋编《词话丛编》第四册，第3613页。

〔51〕 吴文英著，郑文焯批校《郑文焯手批梦窗词》，台湾"中央研究院"中国文哲研究所1996年版，第254页。

〔52〕 朱祖谋《评廖恩焘忏庵词》，葛渭君编《词话丛编补编》第五册，第3276页。

〔作者简介〕 王居衡，1997年生，武汉大学文学院博士生，研究方向为词学。

《言以行道：庆历士大夫与北宋政治文化的转型》

（王启玮著，中国社会科学出版社2024年版，871页）

宋仁宗朝（1022—1063）是两宋思想、文学、政治各领域发生重大变革并形成自身特色的关键历史阶段。此期的儒学复兴、诗文革新和政治变迁彼此交融互渗，均主要由庆历士大夫这一复合型士人群体来承当和推动。本书聚焦北宋政治文化转型的过程，由党争、改革、言事、舆论、声望、贬谪、吏治、边事、文武关系、代际互动诸议题入手，全景展现庆历士大夫在长期被污名化的境遇下如何经由体制内外的一系列言说活动展开自我辩护，在阐发本群体政治亚文化的同时为我方饱受争议的社会行为正名，进而重建儒家理想主义的合法性，最终促成仁宗朝的理念革命与权力重组。本书力图借助典型个案，超越传统上政治影响文学或文学反映政治的单向视角，一面在历史语境中打开文本，一面从修辞维度重估士大夫文学在政治中的位置和功能，深入揭示中国古代政治、思想与文学之间互动以及联动的复杂图景。

寻求七律创作范式的失败

——宋明时期"唐人七律第一"之争的成因及反思

丁震寰

宋明时期,诸多诗论家参与了"唐人七律第一"之争,此争论既包含着宋明时期不同人的审美趣味及诗学主张,亦体现出对诗歌体式创作的反思。近几十年来,有多篇文章关注到这一争论,如周勋初指出"宋明虽然同时推崇盛唐,但前者注重浑朴气象,后者注重技巧成熟精工"[1];查清华指出"争论体现了审美观念的时代变迁,也体现了格调派唐诗的发展和演变"[2];孙绍振认为"从律诗写作的抒情方式看,杜甫《登高》当为第一"[3]。这类文章或指出"唐人七律第一"之争的内涵,或探讨"唐人七律第一"之争的发展流变,或试图裁定"唐人七律第一"之争的结果。然而,"第一"作为一个有明显价值性判断的词语,被推举为"第一"的诗实际上代表着被推举者认为的七律的最优形态。现有研究关注到了被评为"第一"的诗歌的差异性,但却忽略其共性。换言之,这些最优形态之间是否构成联系,在寻找到这一最优形态后,如何追求实现这一形态?本文拟从这一角度出发,分析"第一"的范式为何出现,如何应用,以及对这一范式进行反思。

一 需要范式:宋明时期对当前七律发展的不满

"唐人七律第一说"最早由严羽在《沧浪诗话》中提出,至明代产生了极大影响,就目前材料看,大致有六种说法,兹列于下:

1. 崔颢《黄鹤楼》。最早提出"唐人七律第一"这一问题的当属严羽。《沧浪诗话》言"唐人七言律,当以《黄鹤楼》为第一"[4]。

2. 沈佺期《古意呈补阙乔知之》。明人何景明、薛蕙、杨慎认为沈佺期此诗为第一。《升庵诗话》言:"宋严沧浪取崔颢《黄鹤楼》诗为唐人七言律第一,近日何仲默、薛君采取沈佺期'卢家少妇郁金堂'一首为第一。二诗未易优劣。或以问予,予曰'崔诗赋体多,沈诗比兴多。若以画家论之,沈诗披麻皴,崔诗大斧劈皴也。'"[5]

3. 苏颋《奉和春日幸望春宫应制》。刘绘《答乔学宪三石论诗书》言"说者以崔颢《黄鹤楼》为唐律第一,公独取苏颋《望春》,以为格律完萃,冠于诸子"[6]。

本文收稿日期:2023 年 6 月 8 日

4. 张说《侍宴隆庆池应制》。孔天胤、谢榛以张说此诗为第一。谢榛《诗家直说》引孔说："长篇是赋之变体，而去一'兮'字；近体则研炼精切，隳椓谐丽，如文锦之有尺幅；绝句皆乐府也。长篇当以李峤《汾阴行》为第一，近体当以张说《侍宴隆庆池应制》为第一。"谢榛特意引述孔天胤之论，也暗含了对其态度的肯定。[7]

5. 杜甫《登高》。胡应麟《诗薮》言："杜'风急天高'一章五十六字，如海底珊瑚，瘦劲难名，沉深莫测，而精光万丈，力量万钧。通章章法、句法、字法，前无昔人，后无来学。微有说者，是杜诗，非唐诗耳。然此诗自当为古今七言律第一，不必为唐人七言律第一也。"[8]

6. 崔颢《雁门胡人歌》。许学夷《诗源辩体》："崔颢七言有《雁门胡人歌》，声韵较《黄鹤》尤为合律……崔诗《黄鹤》首四句诚为歌行语，而《雁门胡人》实当为唐人七律第一。"[9]

需要注意的是，本文中所谈及的"第一"具有整体性，是对所有唐人七律而言，而不是七律中某一部分。比如周敬、周珽指出："斑谓冠冕壮丽，无如嘉州《早朝》，淡雅幽寂，莫过右丞《积雨》。"[10]这便是按风格划分的第一。周珽也并未对这两首进行比较，所以无法确定何为第一。这类非整体性的第一，不在本文的论述范围内。

通过对上述"唐人七律第一"的总结，可以看出，入选七律皆为初盛唐时期的作品。与其认为这是一种复古思想的体现，不如说这是宋、明人意识到初盛唐七律与此时自己所作七律的差别。事实上，严羽《沧浪诗话》便体现了这一思想。其指出"近代诸公乃作奇特解会，遂以文字为诗，以才学为诗，以议论为诗"[11]，通过"近"与"古"对比，道出了宋诗与唐诗的对立，肯定了盛唐诗"尚意兴"的特点，对宋诗，特别是江西诗派"尚理病意兴"进行了批评。严羽还提出："汉、魏、晋与盛唐诗，则第一义也。大历已还之诗，则小乘禅也，以落第二义矣。"[12]严羽在区别宋诗与唐诗的区别时，又特意将唐诗分为"盛唐诗"和"大历以后诗"，构建了"盛唐诗——大历以后诗——宋诗"的发展脉络。而在这一逻辑脉络中，大历以后诗，即中晚唐诗，又与宋诗联系更加紧密。

对于中晚唐诗与宋诗的紧密联系，在诗歌发展史上也可以看出。宋初诗人学习"白体"、"西昆体"、"晚唐体"，此后江西诗派尊崇老杜。宋诗的发展与盛唐诗之间的关系并不紧密，反而是受到了中晚唐诗歌的影响。对此李贵有详细说明：

> 就诗歌而言，中唐到北宋最显著、最重要的事件就是唐诗之变与宋诗之兴，其实质是诗歌语言的变迁……中唐以前的语言观念主流是言不尽意，对语言的表达功能持怀疑态度，因而采取立象以尽意的方法，诗歌以意象的密集化和语序的省略错综为主要特征；中唐—北宋的语言观念主流是言尽意论，对语言的表达功能持乐观态度，相信语言能够且应该准确详尽地传达世界的真相和主体的意志情感，并把它树为创作的最高目标，因而常常以文字为诗，写作重在与人交流沟通，诗歌尚义尚理，注重文字工夫。[13]

从这段话中至少可以得到如下信息：其一：中晚唐诗区别于盛唐，其对宋诗影响更大。其二：盛唐诗与中晚唐诗的区别在于语言是否准确将情感说透。而将这种感情说透说穿，自然也就失去了"浑茫"的意味，也就丧失了古这一风格特征。加之自杜甫定型七律之后，七律的格式愈发固定,虽有江西诗派提倡拗救,在格式上有所创新,但过分的雕琢实则是技巧的体现,丧失了古朴的特质。

宋人通过学习中晚唐,最终实现了对宋诗的改造与定型,走出了属于自己的七律发展路径。宋人的大量创作使得这些作品广泛被传播,宋元时期出现的大量诗格类著作更是使这种传播得到扩张。大量的宋式七律,不仅让七律写作愈发直白,缺少了厚重的味道,也让明人急于像宋人一样创作出区别于宋人面貌的七律风格。而在这时,压抑了很久的,区别于中唐至宋的另一种诗歌风格——初盛唐七律,便逐渐在明人手中焕发了新的生命力。事实上,在严羽指出《黄鹤楼》时已对南宋时期七律发展不满,对与当时格格不入的诗歌风格的推崇,正体现了他的求变愿望。然而在宋代,诗歌的主流命题依然是产生并完善属于自己的"宋调",所以严羽这一主张并未落到实处,严羽本人的创作也是有浓厚的晚唐与宋风格。严羽的期望与当时诗歌发展的主流命题产生矛盾,而明人渴求创新,渴求与当时的诗歌风格进行对抗,初盛唐时期的七律即成为了武器,也成为了最终的目的。李梦阳提出:"诗至唐,古调亡矣,而自有唐调可高咏,高者犹足被管弦。宋人主理不主调,于是唐调亦亡。"[14]李梦阳关注到唐调与宋无调,提出高举唐调,并落在实处,这正是与初盛唐的接续。胡应麟《诗薮》提到:"七言律,开元之后,便到嘉靖。虽圭角巉岩,铿颖峭厉,视唐人性情风致,尚不自侔。"[15]由开元直追嘉靖,忽略了中晚唐、宋甚至明初时期的七律创作,更体现出其对这段时期七律创作的不满,也展现出初盛唐七律在明人手中焕发新生的事实。总体而言,明人意识到初盛唐诗歌风格与宋及明初诗歌风格的不同风貌,为了求变而向初盛唐复归。

二 寻找范式:"古"的内涵下的三种范式

(一)范式的"古"的审美风格

中唐以来的诗歌对整个宋代产生了影响,元代虽有意振起,改变诗坛风貌,但因国祚太短、政治混乱,成效未显。构建新的诗歌风格的重任,自然也就落在了明人肩上。明人为改变这一风貌,需要寻找一种诗歌范式。既然宋诗与中晚唐存在联系,那么为改变这一风貌,自然需要回到与中晚唐截然不同的初盛唐时期。当然,推崇初盛唐时期诗歌还与政治教化及文学传统有关,明代诗学思想兼具着艺术性及社会功用性的双重属性,无论《诗薮》还是《诗源辩体》都强调诗歌应具有教化性,应该抒发性情之正这一老生常谈的话题,但又着重对诗歌的种种艺术形式,比如声韵、字词、句法、结构等进行了批评。而初盛唐诗,恰好反映着唐王朝兴盛的时期的精神风貌,是社会性与艺术性的有机结合。就七律本身而言,明人在严羽推崇盛唐《黄鹤楼》的基础上,更进一步回到初唐,在初盛唐时期寻找着这一体裁的原初面貌,并试图以之作为范式。

追溯七律本源,回到最初的写作方式实则是"以古为尊"的体现。"以古为尊"体现了对古的追慕,有着浓厚的思想基础。皮锡瑞言"《禹贡》治河,《洪范》察变"[16],即使社会发展经历变化,依然要遵循古代的典范。《说文》释古:故也;《玉篇》释古:久也。"古"的本意并不含价值判断,然而由于对过去政治制度的迷恋,在《史记》记载的奏章中多次提及"古者",使得这一词成为了政治效仿的对象,进而给"古"字赋予了价值判断的意味,"古"字成为了具有正面价值判断的词。这一正面价值判断也体现在了文学上。就七律而言,宋明诗人选择了具有"古"意的七律作为范式。

宋明人推崇的六首诗歌从内容与表现形式上体现出了古的意味。首先需要说明,所谓复"古"复的是一种文学风格,而非仅仅是价值判断。"古"字真正成为一种独立明确的文学风格是在唐代。白居易言"以渊明之高古",皎然在《诗式》中将高古视为一种重要的诗境。真正对高古进行解释的是《二十四诗品》。《二十四诗品》其五"高古"称:"畸人乘真,手把芙蓉。泛彼浩劫,窅然空踪。月出东斗,好风相从。太华夜碧,人闻清钟。虚伫神素,脱然畦封。黄唐在独,落落玄宗。"[17]在这一段中,大体可以看出"高古"的几个特质。其一是:注重本性的真与正,即使在一定程度上会损坏相应的形式特征。乘真是指乘着真气上升,强调畸人本身的气质。"畸人"典出《庄子》,在庄子笔下,畸人往往身体存在缺陷,但却有独特的高洁志性。这一词本身就蕴含着高昂的价值判断,这一真与寻常之性情真不同,更凸显在正的一方面,孔子评价《关雎》"乐而不淫,怨而不伤",正是指出在感情充沛的基础上,也要注重感情的正,将真的感情转化为正的感情。"其二是:达到的一种浑茫境界。"窅然空踪","窅然"是渺茫之意,指在经历了漫长时间之后过去之事已不可见的浑茫。"虚伫神素"指内心超然世外,不再为世俗所束缚,实际上也是一种浑然的境界。其三是:往往需要借助突出时间或空间的宏伟意象。"太华"是突出了空间上的广阔,"黄唐"则是时间上的漫长。在时间与空间的交织中,才更好体现浑茫这一状态。总而言之,"古"作为一种文学风格,其大体应该包含在写作形式上尽可能去除雕饰,不采用过多的艺术手法;在写作内容方面也倾向较为宏大的事物;描写的是真与正的思想情感,最后达到作品与精神的浑茫。在古代文论中,与"古"连用组成的文学批评术语,也印证这一观点,除"高古"外,尚有"古直"、"古朴"、"古拙"。在评价一个作家具有"古"的特征时,也往往称其"雄浑"、"慷慨"、"悲凉"。

在简要厘清了"古"作为审美风格的内涵后,这六首作为范式的诗歌也具备某些古的特征。一类是形式上的"古",其本身是在古体诗的基础上进一步对仗精工和格律调整而形成。《黄鹤楼》明显地体现出了古体的特质,甚至还曾一度被视为古诗。姚铉所编《唐文粹》只收古体,不收近体诗,王士禛言:"所取诗止乐章、乐府、古调,而格诗不录。"[18]《黄鹤楼》一诗被收入其中,可见在宋时,《黄鹤楼》被视为古体,而非近体诗。《黄鹤楼》上半为古体,几乎完全不合律,下半则全合律体。就对仗而看,其二联"不复返"与"空悠悠"并不工整。而且"黄鹤"一词出现三次,这些不符合近体诗规范的特征也凸显了它的古调。此外,《雁门胡人歌》、《古意呈乔补阙知之》也都存在格律不工的问题。

另一类是内容上的"古"。《奉和春日幸望春宫应制》便是通过了宏大的意象,建构出浑然雄壮的美学风格。苏颋身处望春宫中,整个终南山的雄奇尽收眼底,巍峨的城墙仿佛与高悬天上的北斗并齐。只一联便借助终南山和天上北斗写出了望春宫的宏大雄壮。在这样的宫殿之中,望着景物,内心本就充满着得意。但接下来二联更将这种感受推到极致。苏颋身为皇帝近臣,伴随着皇帝出游,在皇帝的宴会上举酒。这并非只是一个在宫中的登临者,而是皇帝统治的重要参与者。这样宏大的宫殿及王朝安平的统治,自己也已融入其中,并为之承担着重要作用。"辇"这一器具本身并不宏大,但因其为帝王象征,代表着君王,故而具有了宏大性。"望春宫"的意象宏大与"辇"的政治寓意宏大,二者共同构成了宏大的意象,苏斑身处其中内心充满着自豪感,这种自豪经过诗歌传达出来,读者阅读此诗时,便感受到了盛世王朝中,一位皇帝近臣的自豪,进而感受到了这种雄壮的气魄。值得注意的是,历来诗论家喜爱颔联,如《唐诗广选》引蒋仲舒语"三四'下'、'尽'、'平'、'悬'四字,遂尽高峻,不见行迹。"[19]《唐诗别裁》言"'宫中下见南山尽,城上平临北斗悬',写高峻意,语特浑成。"[20]诗论家认为,这一联有着高峻之意。但并不能将此诗的高峻完全归功于第二联。诚然这一联有高峻之气,但此诗呈现出的"雄浑厚丽"之貌,并非只因这一联,而是在望春宫宏大的背景下,诗人感受到了盛世的降临,并因与皇帝关系紧密,自己也成为了盛世缔造者的自豪。换言之,宏大的景物确实能够给人带来慷慨激昂的精神状态,但仅仅依靠景物带来的精神状态,很难完全建构出浑然雄壮的美学风格。这一风格的建立,还要看作者对于宏大景物的深入体会以及这一景物与作者之间达成的进一种逻辑联系。另一首《侍宴隆庆池应制》也是如此,诗中第二联"东沼初阳疑吐出,南山晓翠若浮来",也是借助宏大意象衬托出隆庆池的雄壮。而后的船队浩大场面及在池边宴饮,也都展露出作者身为国之重臣的自豪,也使读者从中感受到了雄壮之气。总之,这两首应制诗的作者通过描绘了宏大的意象,展示出了王朝的盛世,并借助诗句将自身接近皇帝,参与盛世之中,成为了盛世缔造者的自豪感传递给读者,使读者在阅读时既感受到了直观宏大意象的冲击,又感受到了作者积极高昂的态度,体会到了"浑然雄壮"的美学风格。

总体说来,为寻求与当下七律不同的风貌,宋明人选择复古,回归到七律原初面貌。被推举为范式的作品中,部分具有形式或内容的"古",复古既宣布着与中唐至宋以来七律风格类型的决裂,也遵循了中国古代"以古为尊"的传统,特别是推崇初盛唐,更暗合了政治与文学的关系,使改革运动更加顺利。但仅仅打出复古口号,依然不足以推动变革。在明确"以古为尊"进行复古后,如何将这一运动落实,复古应该如何做起,是必须要讨论的议题。换言之,成为范式的六首诗歌,除了都是初盛唐时期,具有古意的作品之外,仍需有指导实践层面的意义。

(二)范式引导的三种发展路径

复古,即回到七律发展的原初面貌,追溯本源思考七律究竟如何形成。既然古与今产生了对立,古今产生了风格面貌截然不同的作品,那么为何会产生?换言之,七律原初之时是以怎样的方式创作的?在对六首诗歌进行分析后,可以清晰地窥见早期七律发展的三种路径:"由古体诗变化而来的七律"、"在宴饮中生长起来的七律"和"注重固有格式兼顾情感表达的七律"。

七律的发展有两处源头,其一是在古体诗的基础上,进一步对仗精工与格律调整,使古体诗变的符合格律。刘熙载《艺概·诗概》言:"庾子山《燕歌行》开唐七古,《乌夜啼》开唐七律。"[21]《乌夜啼》本就是乐府旧题,但此诗中间二联对仗工整。以七律眼光看,全诗除最后一句外,都符合律句,但联与联之间失粘。可以看出这首诗虽然是乐府旧题,但已具备了七律的一些特征,是古体到七律过渡的有力证据。其二是因为功能的需要写成的七律,这与古体诗表达自我情感不同,而是需要其承担社会功能,这大致与齐梁时期宫体诗有较为密切的关系。"律"本身就包含着"音乐"的成分在其中,从实用性的角度看,在需要音乐的宴会等场合,七律被制作出来。左汉林指出:"太常寺的郊庙歌词创作,促进了唐代七言律诗的定型与成熟。"[22]这就是说未定型前的七律有郊庙歌辞注重音乐性和实用性的影子。总的来说，七律的生成的路径，一种是将古体诗进行律化，一种是因实用性需要而直接进行创作。随着七律的不断发展，最终七律褪去了古体的影子，也不完全是为实用性而创作的诗歌体裁，完全能够依照七律既定的格式规则表达情感。两种路径逐步走向合流，注重固有格式兼顾情感表达的七律的出现使七律真正定型，第三种风貌最终形成并得以延续。

事实上，前两种风貌非常容易区分，古体七律有不拘的格式和自由的情感。而依靠诗题中是否有"奉和"、"应制"等词语，可以将其归纳为"在宴饮中生长起来的七律"，七律的内容涉及君臣宴饮，务必要注重形式的精工，语言的妍丽，诗中流露的感情是经过预设的，大多积极昂扬，歌颂太平，呈现出一种精心雕刻之美。唐诗的伟大之处，很大一部分体现在其既有对六朝诗歌绮丽特点的吸收，又在六朝的特点上，融入了汉魏之风，使六朝的绮丽特征服从于内容的表达，形成了古体与近体的融合。魏徵《隋书·文学传》言："江左宫商发越，贵于清绮；河朔词义贞刚，重乎气质。气质则理胜其词，清绮则文过其意。"[23]这不单是南北文学的对立，实际上是古体与近体的矛盾。重乎气质，气质实际上指因作者个性、特征而产生的风骨，是一种直觉式地感悟，正因如此，重视直觉式地抒情，才会在文章辞藻方面略有欠缺，导致"理胜其词"的现象，这其实是汉魏古体诗歌的特点。相反，过分重视词藻，则个人的情感表达受到阻碍，词藻无法传递自己的意思，这是六朝近体诗的特点。在魏徵看来，其心目中的文学理想应该是"各去其短，合其两长"。实际上是古体诗与近体诗的融合。这一理想的预设，也影响了整个唐诗，七律亦不意外。《雁门胡人歌》第二联出律，首联和二联之间失粘，较之《黄鹤楼》其近体的成分更多，呈现出了融合的风貌。《古意呈乔补阙知之》更加典型，在诗题中沈佺期明确强调古意，这便与产生于宫廷之中的功能性七律区分开来。但此诗又几乎完全符合功能性七律形式精工、语言妍丽的要求。实则此诗更像一首将齐梁体律化的律诗。胡应麟《诗薮》称其"体格丰神，良称独步，惜颔颇偏枯，结非本色，同乐府语也"[24]。实际上是将其以唐人七律视之，其中间二联浓厚的边塞气象掩盖了齐梁诗的本质特色。胡震亨则认为"一结翻题取巧，六朝乐府变声，非律诗正格"[25]。则是将其视作齐梁乐府。这种复杂的评价之中也暗含着七律这一诗体在古体与新变之间的不断孕育融合。至于杜甫《登高》，其保留了功能性七律中的形式精工的一面，几乎看不到其与齐梁诗体之间的关系，可谓完全孕育出了七律的新的风神。

总之，宋明人为创作与当下风貌不同的诗歌，选择在初盛唐诗歌中寻找范式。这六首成为范式的七律也恰好反映出七律发展的不同路径。通过对三种不同诗歌范式的应用，也使得明人七律呈现出了多种风貌。

三 使用范式：明人对三种路径对实践

"唐人七律第一"这一争论背后隐藏的实际是何种七律能够成为指导创作的范式。通过对成为范式的诗歌归纳，大体来看有古调派：即对古体特征的七律进行学习、宏词派：即对宏大的词、句学习，和折衷派：即在追求律诗正体的基础上注重感情的流露三类。在这三类范式的指导下，明人也进行了诗歌实践，形成了几种风貌。但在模拟范式后，并未能达到预期结果。

(一)对古调的模仿:不可学

古调不可学是指具有古体特征的七律无法学习。随着律诗体式的逐步定型,律诗写作成为了规范。在现有规则的束缚下,很难再写出像古体派那样完全不拘泥于格律的七律。即使江西诗派提倡拗救,在格式上进行锤炼,那也是在符合律诗这一既定格式规范下的改良,与用古体写作截然不同。对于七律古体派的不可学,从明人对沈佺期《古意呈补阙乔知之》可以看出。《升庵诗话》言:"宋严沧浪取崔颢《黄鹤楼》诗为唐人七言律第一,近日何仲默、薛君采取沈佺期'卢家少妇郁金堂'一首为第一。二诗未易优劣。或以问予,予曰'崔诗赋体多,沈诗比兴多。若以画家论之,沈诗披麻皴,崔诗大斧劈皴也。'"[26]杨慎以绘画技法比喻《黄鹤楼》和《古意呈补阙乔知之》,认为一则是大斧劈皴,一则是披麻皴,并最终肯定了后者。大斧劈皴是指在山水画绘画中,用笔苍劲而直下,须如斩钉,方中带圆,用以表达雄壮、磅礴的形象。披麻皴是以柔弱的中锋线表达纹理,圆而无圭角,线条遒劲。前者更加浑厚、生硬,而后者则是在柔和之中显出硬直。二者有明显不同的感情基调,前者主体是刚劲浑厚的,而后者主体是柔和的。杨慎肯定后者,是其在柔和的基础之上,生发出了刚劲这一风格。律体之所以区别于古体,正在于其华美流畅的风格,如果完全依照古体进行律诗创作,那么律诗的本质特征自然被掩盖。在明人的辨体意识下,还是尽可能保存律诗本来的风格。

严羽大力推崇《黄鹤楼》,许是在当时诗歌发展陷入困境,律诗面临艰难转型时的举动。其希望推崇这一势大力沉的古体风格,来引起当时诗坛对盛唐诗的关注。实际上,严羽的这一推崇并不具备可操作性,在整个宋代,继承着中晚唐诗歌发展脉络,七律这一体裁上通过追溯杜甫,并对杜诗进行不断变体建构与唐音完全不同的"宋调"的大背景下,严羽作为"宋调"的建构者,其亦无法脱离这一环境。严羽对《黄鹤楼》的推崇代表了严羽及当时部分人的审美风格,但严羽本人及其好友都无法将之贯彻落实,所以这一推崇充其量只是文学口号,无法成为文学理论指导创作。严羽以激进的态度,唤起南宋人关注宋诗与唐诗的不同。他需要拈出的是最能够符合盛唐之音的,与当下风格差别最大的。而明人已经逐渐意识到了盛唐这一风格,也有与"宋调"对抗的决心,企图构建新的诗歌风貌。其需要的是将审美风格的偏好落实成为指导创作的文学理论。很显然,《黄鹤楼》这样半古半律的作品较之《古意呈补阙乔知之》不符合律诗正体,且难以被学习。

明代律诗大体上符合格律,尽管明代中后期公安派强调性灵,其写作律诗时偶有出律,如袁宏道《新买得画舫将以为庵因作舟居诗》其一、其三都有出律。其一、三、四联失粘,"居如老蠹身藏木,行似蜗牛首戴庐。下无卓锥上片瓦,致身今口在空虚。"其三、一、二句失粘,"五湖不是学玄真,且喜素衣不上尘。家移碧缱绫中任,身是屏风画里人。"但这类诗所占比重不大,且大体上都符合律诗格律的变体,明显与《黄鹤楼》那样大开大合的半古半律不同。总体而言,在律诗发展初期,不完全符合其形式的作品,尽管带来了古体的惊奇效果,但在后世不能成为效仿对象。方东树言:"此体不可再学,学则无味,亦不奇也。细细较之,不如卢家少妇有法度,可以为法千古也。"[27]正是说这一体式给人带来了视觉上的冲击,可当七律最终定型之后,再效仿其格式便不再合适。这种冲击力的减弱,反而暴露了诗歌不合法度的问题。这类七律可以成为对变革的引导和理想,却不符合艺术发展传统和诗歌发展精细化要求,无法成为效仿的目标。

(二)对宏词的追求:已无意

古词今无意是指无法学习功能性七律。学习功能性七律,并不意味着这一时期的七律是以功能性为主,只是学习其注重用字、用调、注重场面的宏大、壮阔,主要是从风格上面进行模仿,选择具有古意的词语、句式,营造出古的风格。而对于情感本身并不过分关注。简要说来,这种学习更侧重于技术的层面,尚且未能达到以词求意的状态。加之时代早已发生变迁,王朝的政治气象也大有不同,对于风格的模仿本就不合时宜。当对风格的模仿形成了套路与法则,就仿佛为诗歌写作制定了模子。类似的缺少了社会基础的诗歌得以批量生产,曾经为人所惊奇的诗歌风格,一旦大规模出现,自然会使得审美由惊奇转向寻常。清人赵翼曾说"李杜诗篇万口传,至今已觉不新鲜",正是说即使是优秀的文学作品,当其被广泛传播之后,也很难再引起人们的审美惊奇,这正是由陌生化到寻常的一种转变。对于这一问题,在李梦阳与何景明的论战之中可以窥见。李梦阳复古,注重法度,其言:"古之工,如倕如班,堂非不殊,户非同也,其至为方也圆也,弗能舍规矩。何也?规矩者,法也。"[28]又言:"文必有法式,然后中谐音度,如方圆之于规矩。古人用之,非自作之,实天生也。今人法式古人,非法式古人也,实物之自则也。"[29]这两段话中都将写诗比作做木工活,认为这二者都需要遵循特定的法度。这种法度不是古人规定的,实际上是客观存在的规律。这样便混淆了艺术与技术的差别。"法"作为事物存在的一种基础条件,而并非其最终指向。在制作木工时,遵守法度制作出来的作品是可以保证其基本的使用价值。但距离艺术性尚隔甚远。换言之,倕、班之所以成为名家,其必然离不开在制作时遵循法度,但仅仅依靠法度,也不可能使其成为名家。在诗歌创作中,诚然需要遵循其规律,但仅依靠技术层面的规律,很难创作出具有感染力的作品。将艺术作品与技术制作相提并论,并以此来强调作品需要依靠法度是不合适的。刘若愚提到李梦阳等明代提倡拟古主义的批评家持有文学的技巧概念,又说文学的技巧概念导致李梦阳相信拟古主义,以及遵循规则和方法。[30]郑利华指出,刘若愚揭示出李梦阳论述所蕴含的一种文学技术主义的思路。[31]颜庆余指出,技巧概念或技术主义,确是李梦阳复古诗学的特征,他不仅在总体上讲抽象的客观法则,还多次提及具体的写作细则。[32]这种对技术的模仿,可以做到风格的大体类似,在刻意的模拟之下,诗歌丧失了主情的本质,也使得"古"这一风格缺乏新意。徐学谟言:"(于鳞)五七言律诗,海内少年争附和之,至以其诗中所掇数字,若白雪、黄金、明月、雄风、中原、北斗、黄河、碣石之类,传为家法,人人效颦,更不顾情景相对与否,此亦是障。"[33]此论评价李攀龙诗过分注重模拟,以致于脱离实际情况,最终流于雷同,也缺少了生命力。

(三)对调与词的统一追求:成为主流

明人依旧选择了非功能性七律与功能性七律交融中孕育的律诗正体,沿着这一条路径进行诗歌风格的改造,即对杜甫的学习,最终达到对调与词的统一追求。事实上,明人对杜甫的推崇经历了多个阶段。胡应麟称"自北地宗师老杜,信阳和之……故弘、正二三名世外,五七言律往往剽窃陈言,规模变调,粗疏涩拗,殊寡成章。"[34]粗疏涩拗正是诗学杜甫产生的问题,而这种变体恰恰又和李梦阳等人反对的宋调颇为接近。这一部分的学杜,依旧是从技术法度上对杜诗进行模拟。胡应麟在推崇杜甫《登高》时,使用了"力量万钧"这一词。一般说来,七律的特质是流滑,因为七言4/3的固有句式,加之重视联与联之间音节的关联,很容易朗朗上口。然而老杜此诗却以力量称之。这不是诗歌体式带来的审美风格,也不是因为外部的景物和"万里"、"百年"这样的具有宏大意义的词。胡应麟认为"章法、句法、字法,前无昔人,后无来学",看似是在强调诗歌技术层面手法的高超,但并非如此。技术层面的现象,是可以通过后天学习养成,胡氏认为难学,恰恰是说明此诗的妙处并不在于技术层面的方法,仅从技术层面入手并不能形成这一美学风格。在技术层面下,还有另一维度。这另一维度便是"风神",胡氏在不满于李、何学杜后,指出:"嘉靖诸子见谓不情,改创初唐,斐然溢目,雕缋满前,气象既殊,风神咸乏。"[35]风神的缺乏,导致了无论是学杜也好,学初唐也好,最终都只是得到了技术层面的维度。老杜《登高》一诗所蕴含的力量,恰恰是风神的体现,而风神的体现,则在于自己的精神的自由抒发。王世贞说明的更加直接"(七言律)篇法有起有束,有放有敛,有唤有应,大抵一开则一阖,一扬则一抑,一象则一意,无偏用者。句法有直下者,有倒插者,倒插最难,非老杜不能也。字法有虚有实,有沉有响,虚响易工,沉实难至。……篇法之妙,有不见句法者;句法之妙,有不见字法者。此是法极无迹,人能之至,境与天会,未易求也。有俱属象而妙者,有俱作高调而妙者,有直下不对偶而妙者,皆兴与境诣,神合气完使之然。"[36]这是说所谓篇法、句法、字法绝非事先提前拟定,而是在特定的条件下,自己的主观情感与周围环境达到契合,生发出独到灵感,然后完成创作。

总体说来,"唐人七律第一"的范式是包括了对古调古词等有法的学习,也包括了对无法之法的领悟。具有初盛唐七律显著特质的古调,已经不符合时代要求,不能作为模拟的对象。舍弃古调而追求古词,在字法与句法之间寻求与初盛唐诗的契合,成为李、何复古派创作七律的重要方法。然而,这样写作的诗歌缺少情感支持,陷入了为模拟而模拟的因文造情的弊端。在有法之法的模拟弊端暴露后,无法之法的领悟形成。然而,无法之法下暗含的是对范式的否定,多种复杂的矛盾体下,七律写作的约束和规则愈发增加,最终法式无法对实践发挥作用。

四 反思范式:由单一范式走向复杂约束

明人将"唐人七律第一"视作一种范式,并且进行了模拟,希冀回归七律发展原初形态,寻求不同于宋人的七律风格。明人通过对"唐人七律第一"的定评,窥见了七律发展的三种路径,并逐一模拟。但结果却事与愿违,无论对古体的模拟还是古调的模拟,都未能达到预期的效果。通过对七律范式进行模拟虽然是一条反对宋体诗风的捷径,但其是违背七律这一体裁的发展规律的。其选取的雄深宏大为代表的风格,并非律诗流畅华丽的正体风格。而在以杜甫作为范式,强调词调合一,以自我感情为主导的写作范式确立后。这一范式看似有法,实则无法,导致难以学习,最终依然如同严羽《沧浪诗话》一样,将范式成为口号提出,落实到创作中又回到了与宋式七律相近似的风格。事实上,推崇杜甫,以"无法"之法作为范式,已经蕴含了以模拟范式为代表的创作方法的失败。在明中后期的诗话中,范式的影响力不断减弱,由单一范式走上了对律诗本质的探讨。值得注意的是"唐人七律第一"这一在明代成为重要命题的争论,在清代却鲜被提及,取而代之的是对各家各派各种律诗的分析评述,这与明代中后期由单一范式走向律诗本源是一脉相承的。

从宋明人推崇的"唐人七律第一"来看,不免产生疑惑。其所推崇的都是初盛唐时期的七律,这一时期正是七律的肇始时期,存在的作品并不多。在诗人的别集中,七律只占到了极少数的部分。较之中晚唐时期七律的整体数量及其在诗人别集中的比重远远不及。诗歌的发展应当是进步的,而非停滞不前的。以早期未能完全定型的数量不多的七律为范式,约束后期已经成型的数量较多的七律,仅就事物发展逻辑看,也并不合理。一味以早期七律的宏大风格约束七律,以对抗自身流畅华丽的风格,本身就存在误区。

其实七律本身就存在宏大与舒缓深婉两种风格,这两种风格相比较,舒缓深婉更加贴近七律。王世懋言:"少陵固多变态,其诗有深句,有雄句,有老句,有秀句,有丽句,有险句,有拙句,有累句。后世别为大家,特高于盛唐者,以其有深句、雄句、老句也;而终不失为盛唐者,以其有秀句、丽句也。"[37]其中自然就指出了雄深宏大与秀丽的区分,尽管杜诗雄深等句超越盛唐,但其秀丽与盛唐相当。这亦从另一个角度说明,王世懋心中盛唐七律的标准并非雄深宏大,而是秀丽。相较于明七子等人一味追求雄深宏大,并以此作为典范以之模拟。明后期诗论家更加冷静。谢肇淛指出:"惟七言律,未可专主,必也以摩诘、李颀为正宗,而辅之以钱、刘之警炼,高、岑之悲壮,进之少陵以大其规,参之中、晚以尽其变。"[38]冯复京指出:"予又谓章法与其镵削瘦劲,不如浑厚冠裳。字句与其浮响倒装,不如沉实平正。与其学杜陵之苍老危仄,不如学王、李之风华秀朗。"[39]谢肇淛"未可专主"暗含了对明七子完全效法初盛唐,以之作为七律创作典范的批评,"以摩诘、李颀为正宗"则是描绘了其心目中的七律理想风格,即以风华秀丽为主,多种风格的有机融合。冯复京所言浑厚、沉实相较于"镵削瘦劲"、"浮响倒装"而言,更加强调诗歌读来给人的冲击力是内在的,是在文字与章法流畅的前提下,文本内部呈现出的精神力量,而非依靠体式的险峻、字句的刻意模拟。这无疑是对明七子故意效法初盛唐,一味模拟的反对。

回到初盛唐七律肇始时期来看,不难发现,这一时期的七律具有多样化的风格,并非仅仅只有雄深宏大一种。试看上官仪《咏画障》:

> 芳晨丽日桃花浦,珠帘翠帐凤凰楼。蔡女菱歌移锦缆,燕姬春望上琼钩。新妆漏影浮轻扇,冷袖飘香入浅流。未减行雨荆台下,自比凌波洛浦游。

此诗虽不完全合律,但与《黄鹤楼》、《雁门胡人歌》的纯古体不同,其不合律主要体现在失粘上,这恰好是齐梁体的特征。其并非刻意以古入律,相反是刻意严守格律的体现。诗对画障上画图展开联想,前二联写景明秀清新,后二联写女子装束神态,写的婉丽生动。诗歌未涉古体,亦没有古调,不使用响词,具有不同于雄深宏大的独特风格。可以见的,明人刻意以雄深宏大作为初盛唐诗风的代表,并将之作为范式学习,有着浓厚的主观色彩,这也并不符合七律的发展规律。

更值得注意的现象是,明人注重对诗歌体式的分辨。在论及古体诗时,特别是五古,明人对古诗间杂律体的现象进行了批判,认为这导致了古体诗不纯正。许学夷对高适、岑参、王维等大家,都批评其五古"平韵者间杂律体,仄韵者多忌鹤膝"。然而,在论及七律时恰好相反。对于古体杂用颇多的《黄鹤楼》，却不吝褒奖之辞。其引李宾之言"律犹可间出古意，古不可涉律调。如崔颢'黄鹤一去不复返，白云千载空悠悠'，乃律间出古，要自不厌"[40]。许学夷又言："古律之诗虽各有定体，然以古为律者失之过，以律为古者失之不及。"[41]从中可以看出许学夷认为尽管古诗和律诗各自有各自的体式，但是古体实则是优于律体的，在近体中夹杂古体，近体诗本身的严整节奏和流畅被破坏了，这种流畅严整是人力所致，而古体更加自然，自然胜过人力，这就是"失之过"；而古体夹杂近体则多了人为雕琢的因素，这就是不自然，人力比不上自然天成，所以"不及"。

总之，宋明人提出的"唐人七律第一"说具有强烈的尊古倾向，其有将近体律诗转向古体的倾向，一定程度上以古体诗的自然、雄浑标准约束近体。自中唐之后，七律蔚然大观，形成了诸多变化。在这些变化中，七律的特性得到增强。事实上，七律与古体、五律都不相同，其在写作时本身就需要流畅华丽，给人一种"言灵变而意深远"[42]的审美意境。刻意追求宏大，以宏大作为七律范式，忽视其他风格，这种创作模式的生成不仅导致"故十篇而外，不耐多读"的审美风格单一，也不符合七律本身的诗体特征。宋明人本身欲寻求范式进行突破，最终却沉溺范式之中，缺乏对范式进行新变的勇气，使七律写作同五古、五律一样，走上了单一化风格之路。

在认识到七律的单一化范式已经无法被学习后，明人针对这一问题进行了反思。这一反思针对范式风格的单一化，他们强调用多元风格进行弥补，使七律呈现出不同风貌，多种风格并存的七律范式开始显现。许学夷指出："盛唐五言律，多融化无迹而入于盛，七言字数稍多，结撰稍艰，故于稳贴、匀和、溜亮、畅达往往不能兼备。"[43]许学夷虽然推崇盛唐气象风神，强调诗歌的自然，但也指出了七律创作难于五言律的方面，即自然性不够，还是有过多人工雕琢痕迹。事实上，稳贴、匀和、溜亮、畅达等风格，亦是其提出的七律风格范式，不能兼备这一范式的复杂性。陈子龙指出："五七言律，用意贵隐约，而每至露直；使事欲变奥，而每至平显。轻与重必均，而殊少合作；雄与逸并美，而未见兼能。"[44]陈说以示展露出创作的多元范式之间的矛盾，大体是隐晦与显露、雄浑与飘逸几种风格的不能融合。在其看来，律诗的理想范式正是轻重必均、雄逸并美的诗歌风格。进一步看，这些矛盾的风格需要在律诗，特别是七律这一文本之中得到整合，呈现出有机的统一。这无疑是十分困难的事情。在困难的情况下，七律如何写作这一问题已经无法解决，看似要求的中和统一，事实上是不可能做到的任务，这一问题也转变成为了"七律的完美形式究竟如何"的问题。

注释：

[1] 周勋初《从"唐人七律第一"之争看文学观念的演变》，《文学评论》1985年5期。

[2] 查清华《明代"唐人七律第一"之争》，《文学遗产》2001年2期。

[3] 孙绍振《唐人七律何诗最优》，《福建师范大学学报》（哲学社会科学版）2011年4期。

[4][11][12] 严羽著，张健校笺《沧浪诗话校笺》，上海古籍出版社2012年版，第659、173、7页。

[5][26] 杨慎撰，王大厚笺证《升庵诗话新笺证》，中华书局2008年版，第228页。

[6][33] 黄宗羲编《明文海》卷一百六十、卷四百八十，中华书局1987年版，第1605、5167页。

[7] 李庆立、孙慎之《诗家直说笺注》，齐鲁书社1987年版，第471页。

[8][15][24][34][35] 胡应麟《诗薮》，上海古籍出版社1979年版，第95、103、82、251、251页。

〔9〕〔40〕〔41〕〔43〕 许学夷著,杜维沫校点《诗源辩体》,人民文学出版社1987年版,第171、171、178、169页。

〔10〕 周敬、周珽《唐诗选脉会通评林》卷二十四,明崇祯八年序刻本。

〔13〕 李贵《中唐至北宋的典范选择与诗歌因革》,复旦大学出版社2012年版,159页。

〔14〕〔28〕〔29〕 李梦阳《空同集》,卷五十二、卷六十二、卷六十二,上海古籍出版社1991年版,第477、565、569页。

〔16〕 皮锡瑞《经学历史》,中华书局1981年版,第90页。

〔17〕 司空图著,郭绍虞集解《诗品集解》,人民文学出版社1963年版,第11页。

〔18〕 袁世硕主编《王士禛全集》,齐鲁书社2007年版,第1534页。

〔19〕 凌宏宪《唐诗广选》,日本内阁文库藏,第三册卷四,第5页。

〔20〕 沈德潜选注《唐诗别裁集》,上海古籍出版社2013年版,第431页。

〔21〕 刘熙载撰,袁津琥校注《艺概注稿》,中华书局2009年版,第270页。

〔22〕 左汉林《唐代文学制度与音乐的关系》,《文学评论》2010年第3期。

〔23〕 《隋书》卷七十六《列传第四十一》,中华书局1973年版,第1729页。

〔25〕 胡震亨《唐音癸签》,上海古籍出版社1981年版,第96页。

〔27〕 方东树著,汪绍楹点校《昭昧詹言》,人民文学出版社1961年版,第394页。

〔30〕 刘若愚《中国文学理论》,杜国清译,联经出版事业公司1981年版,第190页。

〔31〕 郑利华《前后七子研究》,上海古籍出版社2015年版,第176页。

〔32〕 颜庆余《"守法者":李梦阳与明代通俗诗学》,《中国韵文学刊》2021年第1期。

〔36〕 王世贞《艺苑卮言》,见叶朗主编《历代美学文库》明代卷(上),高等教育出版社2003年版,第434页。

〔37〕 王世懋《艺圃撷余》,何文焕《历代诗话》,中华书局2015年版,第777页。

〔38〕 谢肇淛《小草斋诗话》卷一《内编》,周维德编校《全明诗话》,齐鲁书社2005年版,第3506页。

〔39〕 冯复京《说诗补遗》卷一,周维德编校《全明诗话》,第3841页。

〔42〕 蔡宗齐《语法与诗境——汉诗艺术之破析》,中华书局2021年版,第400页。

〔44〕 陈子龙撰,孙启治校点《安雅堂稿》,辽宁教育出版社2003年版,第39页。

〔作者简介〕 丁震寰,1995年生,上海师范大学人文学院2020级博士研究生,文学博士。主要研究方向为唐诗学。

"拟议"作为诗话新体式：刘光第《诗拟议》、《楚辞拟议》考论

冷浪涛

刘光第是众所周知的"戊戌六君子"之一，生于清咸丰九年（1859），字裴村，四川富顺县人。光绪八年（1882）中进士，授刑部候补主事。为官清廉，贫苦自居，受自贡盐商族叔刘举臣的资助，勉强度日。在京任职期间，忧怀国事，屡见诸行事与文字。光绪十四年（1898），以四品军机章京，参预新政，未成而被害。刘光第的诗文创作在当时也具有高名，宋育仁说他"古文学昌黎，诗兼学韩、杜，书法学颜平原，时辈罕与抗手；诗尤独造，可以名家。"[1]汪辟疆的《光宣诗坛点将录》以"天异星赤发鬼刘唐"属之，并谓："裴村比部诗多奇气，缒幽凿险，开径独行，各体皆高。戊戌六君子中，晚翠而外，当以比部及漪春、京卿为最工。读《介白堂集》，恍若游名山大川矣。"[2]身后有诗文集《衷圣斋文集》、《衷圣斋诗集》等行世。此外，刘光第尚存两部诗话著作，分别是《诗拟议》和《楚辞拟议》。

《诗拟议》与《楚辞拟议》这两部诗话，在具体的体式上分别以《诗经》与《楚辞》的句、意为源，而以后世诗人的句、意为流，一一为之追溯和铨配，并探讨其句法和意义相承变化处，后世诗人之中尤以陶渊明、李白、杜甫、苏轼等为多。其中如《诗拟议》第十一则说："'淇水悠悠，桧楫松舟。驾言出游，以写我忧。'真有对此茫茫，百感交集之慨。后人诗祖述此意者多，最妙者谢宣城'大江流日夜，客心悲未央。徒念关山近，终知返路长'，张子寿《登荆州城望江》诗'东望何悠悠，西来日夜流。岁月既如此，为心那不愁。'"[3]又如《楚辞拟议》的《九歌》第十三则云："'沅有芷兮澧有兰，思公子兮未敢言'，拟之而最妙者，《越人歌》：'山有木兮木有枝，心悦君兮君不知'，汉武帝《秋风辞》：'兰有秀兮菊有芳，怀佳人兮不能忘。'则稍不及矣。"[4]可以说这是一种全新的诗话体式，它的出现在诗学史上具有重要意义。

一 《诗拟议》、《楚辞拟议》版本及作年考述

刘光第的《诗拟议》和《楚辞拟议》，目前还未受到较高的关注，在各类目录著作中，仅有《诗拟议》被著录过。比如蒋寅的《清诗话考》便著录了刘光第的《诗拟议》，并对《诗拟议》的体式、特点、价值等做了介绍。[5]另外，张寅彭的《新订清人诗学书目》，吴宏一主编的《清代

本文收稿日期：2022 年 12 月 21 日

诗话考述》亦做了相应介绍。[6]而《楚辞拟议》则不见著录于各家目录之中。1986年杨扬曾对国家图书馆藏的两种《诗拟议》抄本进行了校理，并简单讨论了版本的形态、信息等，后分上、下两部分，以两期刊于《文献》杂志。另外，1986年中华书局出版的《刘光第集》第一次完整地收录了《诗拟议》和《楚辞拟议》，[7]但对于版本情况未作较详细的介绍。2022年浙江古籍出版社出版的新本《刘光第集》，这一部分则未有变动。以下对《诗拟议》《楚辞拟议》的版本情况做一简单梳理。

《诗拟议》与《楚辞拟议》在刘光第生前都未曾刊刻过，只在其身后以抄本的形式流传。《诗拟议》今存两种抄本，均藏于国家图书馆。其一题为《诗拟议》，由宜宾人爨颂(生于民国十二年，1923)捐赠到北京图书馆，内有识语云："《诗拟议》，戊戌六君子之一富顺刘裴村先生未刻之著作，本馆宜宾爨颂生先生与刘氏同乡而有雅，故行箧中有此抄本，因以捐赠馆中。时民国十二年也"，[8]通计条目共45则。蒋寅主编的《清代诗话珍本丛刊(第一辑)》，即以此本影印出版。其二题为《改补诗拟议》，末尾有跋云："刻裴君诗以《夜坐》冠首，出自惺师；谓君一生，此诗已见，惜未闻其详。"[9]但跋语无作者，杨扬在校理时未能考出，故不明版本的来源。考光绪癸卯(1903)宜宾刊本刘光第《介白堂诗集》内有识语云：

> 右裴邨刘先生诗二卷，吾师杜先生之所次也。诗旧分四体，自题"衷圣斋"。先生殁后，乡人在京者传迻写之，盖先生所尝用以示人者也。吾师初得此写本后，自其家取所有真草诸本以校，大抵同。以为此先生所手订，过去非宜，乃用编年之法比之，而易之曰"介白堂"云。鉴窃闻之人，先生尝曰："余与杜某论诗最合，他人所不能及。"吾师与先生交最深，论诗又最合，其为订其遗诗，固先生之志也。独惜昊天不吊，写录未成，哲人遂殒，其意旨无由达之，人人为可喟也。九原可作，吾将起吾师而问之。
>
> 　　　　　　　　　　　　　　　　　　光绪癸卯三月爨心鉴识。[10]

按《改补诗拟议》中提及的"惺师"，与此处的"杜先生"，当皆指杜大恒而言。杜大恒，号惺斋，与刘光第为锦江书院同学，亦是同科举人，二人相交莫逆。[11]刘光第《爨翁家传》谓："光第居京师，则闻宜宾北乡农家爨氏，待其塾师杜先生忠且敬，过士大夫家。于曾兵部树椿、梁大令亨吉云。杜先生惺斋，光第之执友也。来京主余，乃益闻爨君天玢贤，凡蹈礼趣义之为，唯杜先生是正。天玢者，爨翁正元之子，敬礼师儒，世有家法，故能闻名缙绅间，既而天玢子心鉴，寄其先祖之状，因惺斋以请，属光第次而传之。"[12]可见，爨心鉴本杜大恒弟子，与刘光第有旧交。再结合上面跋语可知，刘光第被害后，杜大恒曾负责整理其遗文，未克成功，而又交付给其弟子爨心鉴，爨氏负责整理刊刻了《介白堂诗集》，但未能刊刻《诗拟议》。可见，《改补诗拟议》的跋语与《介白堂诗集》的识语，皆出于爨心鉴，也即第一种抄本的捐赠者爨颂生，所以国图所藏的两种《诗拟议》抄本，应该皆由爨心鉴捐赠。

需要说明的是，爨心鉴捐赠的两部《诗拟议》，一部题名《改补诗拟议》，在内容和篇幅上与45则本《诗拟议》有较大出入。关于两本的区别，杨扬说："经与前本(即题为《诗拟议》者)核对，凡前本有的四十一则(按：当是45则)在改补本中均收了进去，但前后顺序变动甚大，而新增的又远超此数，两者共计一二八则。"[13]可见《改补诗拟议》包括了45则本《诗拟议》的全部内容。另外，在《改补诗拟议》正文中有部分批点字句，如第十五则，有"须查清""须细校杜集"等字样,附录第一则有"此条与下一条非论诗,可就删"等字样,[14]这明显出于整理者口吻,应即出于杜大恒之手。考45则本《诗拟议》,正文条目皆是按《诗经》篇目的顺序编排。而详考《改补诗拟议》,不但不按《诗经》篇目的顺序,并且从内容上看并非像《诗拟议》一样纯粹的以《诗经》作为范围进行讨论,里面还包括了很多讨论《楚辞》的内容。所以,《改补诗拟议》更像是《诗拟议》与《楚辞拟议》两本的杂抄本,这出于杜大恒的重新编排,并不是杨扬所说的"作者重新改订过的稿本"。[15]《诗拟议》仅有45则,而考刘光第书信中有"要之,时事至此,出处皆难,《诗》云:'我瞻四方,蹙蹙靡所骋',即杜公诗所谓'何方为乐土'是也。"[16]与《诗拟议》同一体式,而未见于《诗拟议》,似可说明今存45则本的《诗拟议》并非全本。

而关于《楚辞拟议》,现存有刘光第外孙陈琴阶家藏本,原分上、下两卷,皆是关于《楚辞》的内容,也就是以《楚辞》各篇目中的句、意为源,而以后世诗人诗作的句、意为流,广为推溯探讨,与《诗拟议》同一体式。但陈琴阶家藏本《楚辞拟议》并未掺杂《诗拟议》的内容,与《诗拟议》明显各为一书,合计条目175则。取《楚辞拟议》与《改补诗拟议》相对,则发现《改补诗拟议》中所收《楚辞》部分条目83则,除8则不见于《楚辞拟议》,部分条目文字出入较大外,余皆无异。这益可证明《改补诗拟议》系《诗拟议》与《楚辞拟议》的杂抄本。

1986年中华书局的《刘光第集》整理本,其中《诗拟议》部分从国家图书馆藏《改补诗拟议》中摘出,顺序亦同此本,合45则,实际为46则。[17]《楚辞拟议》则用陈琴阶家藏本做为底本,收入时取消了卷次,根据内容分十三个篇目,其中:总述节录各家评说8则;《离骚》27则;《九歌》34则;《天问》5则;《九章》前四章20则,后五章19则;《远游》9则;《卜居、渔夫》3则;《九辩》18则;《招魂》11则;《大招》7则;贾谊《惜誓、吊屈原、服赋》5则;《招隐、九怀、九叹、九思》9则;合计175则。全集本对《诗拟议》和《楚辞拟议》作了校正,重为编排,补足标题,又注明出处,极便观览,甚有功于作者,是目前研究刘光第两部诗话最重要的本子。但全集本的标点与文字偶有错误,《楚辞拟议》部分也未认真参校《改补诗拟议》。另可据《改补诗拟议》补充全集本失收材料8则,分别为第67则、第79则、第81则、第95则、第100则、第103则、第108则、第123则。因此,也期待有人对《诗拟议》和《楚辞拟议》进行全面的校证、并笺注出处,提供一个全新的本了以供学习和研究。

《诗拟议》和《楚辞拟议》二书的作年,目前学界都没有做过相应的考证,刘光第相关的年谱则有曾辉宪的《刘光第年谱》(《福建师范大学学报》1996年第4期),王夏刚《戊戌军机四章京合谱》(中国社会科学出版社2009年版)等,对此也未作说明,在此对其作年做一考证。首先是关于《诗拟议》的作年,据《诗拟议》第十八则云:"故友王吏部开甲尝举杜诗'叹息谓妻子,我何随尔曹',以为此老多情善谑。光第谓'此有蓝本。'问本何人,'瓜瓞'诗'古公亶父'章是也。"[18]按此处刘光第称王开甲为故友,考王开甲卒于1893年,则此书当作于1893之后。又考刘光第1894年在与其弟刘庆堂的信中说:"兄前时日夕愁愤,寝食失常。现在条陈既不能上递,小臣报国之忧,只有浩然长叹而已。每日闭户读书,方知变雅变风,句句是说着今日,不禁声泪俱下也!"[19]这里所说的变风变雅,正与《诗拟议》的基本内容相合。关于"变风变雅",《毛诗序》说:"至于王道衰、礼义废、政教失、国异政、家殊俗,而变风变雅作矣。"[20]值得注意的是,刘光第《诗拟议》的主要条目都是追溯《诗经》"变风变雅"中的句、意而来。

这些诗作所描写的内容正与刘光第当下所处的时代相类似,所以他才深切地感慨"方知变风变雅,句句是说着今日",这里略举出几例:

> 太白《宫中行乐词》"柳色黄金嫩","小小生金屋"二首,及《清平调》第二首,皆以飞燕比太真,隐然有祸水之戒,即《诗》"艳妻煽方处"意也。应诏陈诗,不忘讽谏,直哉!比周时诗人尤难矣。[21]

> "我居圉卒荒",《笺》云:"荒,虚也。国中至边境,以此故尽空虚。"李诗"两京遂丘墟",杜诗"千村万落生荆杞",饥馑兵乱不同,同一痛心疾首。[22]

> "藐藐昊天,无不克巩。无忝皇祖,式救尔后",以幽王之昏黯已极,而诗人犹望其能改过以自救,用意亦何厚耶!《楚辞》"赖皇天之厚德兮,还及君之无恙",正此意也。[23]

从上引四则可见,一则借此称扬"应诏陈诗,不忘讽谏"的直谏精神;一则借以发兴亡之感;三则借此畅发"以幽王之昏黯已极,而诗人犹望其能改过以自救"的淑世情怀。其他对于离乱、征戍、兴亡、疾苦等诗句、诗意等的注意仍很多,这可看出这种倾向,由此可证《诗拟议》当作于1894年。

对于《楚辞拟议》而言,目前的资料暂不能确定作于何年,但可据正文内容做大致推算,而大体稍晚于《诗拟议》。《楚辞拟议》部分《离骚》第十七则云:

> "吾令帝阍开关兮,倚阊阖而望予",又"闺中既已邃远兮,哲王又不寤",《九辩》:"郁陶而思君兮,君之门以九重。猛犬狺狺而迎吠兮,关梁闭而不通。"后来诗人惟太白《远别离》《梁父吟》诸篇最似之。余于甲午之冬,上书不得达,亦有诗云:"我欲扶烛龙,衔火照阴邪。九关逢虎豹,坐叹泪如麻!"辗转吟讽之,不知涕泪之何从也![24]

按上有"余于甲午之冬,上书不得达"之语,今考《刘光第集》内有《甲午条陈》一文,盖因中日甲午海战失利,忧愤不已,准备上书言四事。一是请光绪皇帝乾纲独断,以一事权。二是请皇帝下罪己诏,稳定人心。三是请皇帝严明赏罚。四是请皇帝隆重武备,以振积弱。[25]但如此直言极谏,其他人并不敢代奏。所以,他在1894年给刘庆堂的信中说:"兄欲递条陈,请太后不必干预政事,而堂官不肯代奏,止得就相识之御史等怂恿言之,而诸人亦不肯发此难。徒令末秩小臣,含血喷天,决眦切齿,坐视神州之陆沉而已。"[26]所述与此正合,可知《楚辞拟议》当作于甲午冬(1894)之后。

又考《楚辞拟议》中"固时俗之工巧兮,偭规矩而改错"一则后有一段议论:"方今时事败坏,中外多故。庸懦者无论矣,乃军务、洋务,各激昂慷慨、磨厉自誓之徒,若大可恃;其实皆由利之所在,借以规取自肥,而国事终由此日坏不可救。呜呼!谁秉用人,而可不务知其故,深求其实哉!"[27]相同的想法刘光第在1896年给刘庆堂的信中也表达过:"大局尚未见有振作,外国愈见逼,中国绅商群然创办商务诸举,亦诚见官商诸多不整,君权不行,遂仿照外国参用民权之法,但中国人心太坏,嗜利成风,恐急切不能见效耳。"[28]这两处的看法大致相同,都是不满于当下"嗜利成风"的怪相,而沉痛于"国事之日坏不可救"。由此,大致可推定《楚辞拟议》当作于1895到1896两年之间。

《诗拟议》、《楚辞拟议》写作的时间,也正是令刘光第最为焦虑和愤激的几年,他说:"数年以来,穷也穷不死人,惟去年(1894)以来,所见所闻之事,真是要气坏人、愁坏人也。"[29]基于此,并结合《诗拟议》、《楚辞拟议》的具体内容,可说这两书正是刘光第晚年心境的呈露,书中也充满了忧患意识,可称得上是一部忧患之书。这种忧患的精神在《楚辞拟议》之中展现得尤其深刻和充分,从中也能见出刘光第光辉伟岸的人格。

二 作为诗话新体式的"拟议"及其多重维度

中国固有的文学批评方法之中自来就有"推源溯流"一类,张伯伟对此做了较为详实的总结和论述,并说这一方法的成立和中国文学之中模拟仿效的风气密切相关,这一说法很有见地。[30] 而这一模拟的方法,古人或称其为"拟议"。比如,纪昀便认为中国历来的诗歌创作,就无非拟议与变化两个路径,他说:"自汉、魏以至今日,其源流正变、胜负得失,虽相竞者非一日,而撮其大概,不过拟议、变化之两途。"[31] 可见在中国诗歌创作之中模拟具有重要的地位。

这股诗歌创作上的风气,进而也影响及于诗学批评的方法,促成专门探讨源流的诗论的出现。他们讨论的内容,或体派、或风格、或意境、或句式、或字词,都有涉及。[32] 而自宋代以来,特别是江西诗派的兴盛,在模拟的理论之中诞生了"点铁成金"、"夺胎换骨"等说法,相应地探讨句法、体式、意境等源流的议论也逐渐增多。其中,吴开的《优古堂诗话》尤其可以作为这种追溯源流的代表,《四库全书总目·优古堂诗话》有较为精要的评价:

> 其书凡一百五十四条,多论北宋人诗,亦间及唐人。惟卷末载杨万里一条,时代远不相及,疑传写有讹,或后人有所窜乱欤?所论惟卷末"吏部文章二百年"一条,"裹饭非子来"一条,"王僧绰蜡凤"一条,"荷囊"一条,"阳燧"一条,"阳关图"一条,"珠还合浦"一条,"黄金台"一条,"以玉儿为玉奴"一条,"东坡用事切"一条,"妓人出家诗"一条,"蒸壶似蒸鸭"一条,"望夫石"一条,"落梅花、折杨柳"一条,兼涉考证。其余则皆论诗家用字炼句,相承变化之由。夫夺胎换骨,翻案出奇,作者非必尽无所本。实则无心闇合,亦多有之。必一句一字求其源出某某,未免于求剑刻舟。即如李贺诗"桃花乱落如红雨"句,刘禹锡诗"摇落繁英堕红雨"句,开既知二人同时,必不相袭。岑参与孟浩然亦同时,乃以参诗"黄昏争渡"字为用浩然《夜归鹿门》诗,不免强为科配。又知张耒诗"夕阳外"字本于杨巨源,而不知"夕阳西"字本于薛能。可知辗转相因,亦复搜求不尽。然互相参考,可以观古今人运意之异同,与遣词之巧拙。使读者因端生悟,触类引申,要亦不为无益也。[33]

馆臣说到了这种诗话模式的特点,是论"诗家用字炼句,相承变化之由","求其源出某某","科配"。并说到了这种诗话的两个优点,一是"可以观古今人运意之异同,与遣词之工巧";二是可以使"读者因端生悟,触类引申"。这较为客观和科学地评价了这种诗话模式的积极意义。但话说回来,《优古堂诗话》虽然有较大的篇幅在做句法、句式、句意等的溯源,但并不纯粹,还包含着其他考证,以及论古文、小说等的条目。并且他在具体涉及的维度上还是比较单薄的,在讨论的内容上也还比较凌杂。

蒋寅指出清代诗学具有集大成的特点,诗话众多,并有部分诗话具有创体的意义。[34] 又在其《清诗话考》中高度评价刘光第的《诗拟议》,他说《诗拟议》一书"有比较,有品评,于《诗经》之文学影响抉之甚微,论之甚细,堪为近代诗学研究走向科学化之代表。"[35]实际上,如果合观刘光第的《诗拟议》与《楚辞拟议》,并作相应的考察,便会发现这是一种全新的诗话体式,或者可以把它叫作"拟议体"。它与吴开《优古堂诗话》为代表的主要探讨"诗家用字炼句,相承变化之由"的诗话相比,虽然能看出影响的存在,但可以说刘光第的《诗拟议》、《楚辞拟议》具有全新的体式和特点。对此,我们可以从以下三个方面来予以说明。一是范围的确定性,二是维度的多元性,三是体式的可延续性。

首先,刘光第的《诗拟议》和《楚辞拟议》是以固定的作品《诗经》与《楚辞》作为讨论的范围,分别探讨后世诗人对《诗经》与《楚辞》的取法。《诗经》与《楚辞》作为中国文学的两大源头,在后世诗人心目中具有崇高的地位,同时也是后世诗人学习和宗法的两个重要对象。六朝以来,对此已逐渐形成了共识,并每每以《风》、《骚》并称。比如沈约的《宋书·谢灵运传论》就说:"自汉至魏,四百余年,辞人才子,文体三变……原其飙流所始,莫不同祖《风》、《骚》,徒以赏好异情,故意制相诡。"[36]另外,像钟嵘的《诗品》,对汉魏以来的五言诗人一一推溯了源流,分《国风》、《小雅》、《楚辞》三系。而推到底,也无非《诗经》与《楚辞》两大系统。所以,刘咸炘说:"彦和《文心》,兼贯《七略》。钟氏《诗品》,与刘并出。专论五言,根极《诗》、《骚》,挖扬文质。探源循《七略》之法,立统以三系为归。"[37]基于此,刘咸炘本人亦仿效《诗品》作《诗系》,而梳理唐人及以前诗歌的源流,在钟嵘的基础上增加了"颂"一系,分为四系,其实也是《诗经》和《楚辞》两大系统。[38]刘光第的《诗拟议》、《楚辞拟议》将溯源的对象直接推到《诗经》和《楚辞》,可谓探本之论,这是其书的第一大特点。

其次,刘光第创立的"拟议体"诗话相对于《优古堂诗话》等,还有另一个突出的贡献,就是在内容上至少隐含着十个相对的维度,这不仅更丰富多元,并且还具有更强的科学性。可以说这是对推源溯流这一批评方法的深入和推进。这十个方面可以大致概括为:源与流、句与意、全与局、师与变、约与衍、正与反、明与暗、同与异、突过与不及、古法与我法。以下就结合具体的例证,并对这十个维度进行简单的分析。

一是源与流。《四库全书总目·诗文评序》将后世诗文评大致分为了五类,并说:"诗文评勒为一书传于今者,则断自刘勰、钟嵘。勰究文体之源流,而评其工拙;嵘第作者之甲乙,而溯厥师承,为例各殊。至皎然《诗式》,备陈法律;孟启《本事诗》,旁采故实。刘攽《中山诗话》、欧阳修《六一诗话》,又体兼说部。后所论著,不出此五例中矣。"[39]如果按照这五类来进行划分,"拟议体"可说是"追溯师承"的一类。不过这里的"拟议体"并非关注诗人的师承,而侧重于句法、句意。所以,"拟议体"最重要的一重维度即是源与流之间的分别。

在《诗拟议》与《楚辞拟议》之中,这种源与流之间的追溯,一般有一些标志性的术语,如出现得较多的:"蓝本"、"祖述"、"化用"、"仿佛"、"本于"、"从…来"、"相似"、"远仿"、"发端"、"权舆"、"从出"、"脱胎"、"根源"、"袭用"等。此如《诗拟议》的第五则:"'悠哉悠哉,辗转反侧',写'寤寐思服'之情,体贴极微。后人诗略得仿佛者:古诗'东西安所之,徘徊以彷徨';阮嗣宗诗'夜中不能寐,起坐弹鸣琴';庾子山诗:'寻思万户侯,中夜忽然愁。琴声遍屋里,书卷满床头。'李太白诗:'有时忽惆怅,匡坐至夜分。心随南风去,吹散万里云。'"[40]这以《诗经·关雎》"悠哉悠哉,辗转反侧"为源,以古诗、阮籍和李白的句、意为流,为之推溯。又如《楚辞拟议》中的《橘颂》一则：" '行比伯夷，置以为像兮'。朱注：言橘之高洁可比伯夷，宜立以为像而效法之。苏子瞻《建茶》诗'汲黯少戆宽饶猛'，'张禹纵贤非骨鲠'等辞，即是远师此义。"[41]这也是以《橘颂》中的句、意为源，而以苏轼《建茶》一诗中的句、意为流，为之推溯。

二是句与意。宋人梅尧臣论诗说："诗家虽率意，而造语亦难。若意新语工，得前人所未道者，斯为善也。"[42]这里的"意新语工"，正好是诗歌创作重点关注的两方面，换言之，"语工"侧重偏于形式的"句"；而"意新"则侧重偏于内容的"意"。上面说过"拟议体"最基本的方法和维度是"源与流"的推溯，而在对"源与流"的推溯中，则可以细分为"句法和句意"两个方面，这又是"拟议体"的一个基本维度。因而刘光第的《诗拟议》和《楚辞拟议》在这两个方面都涉及到了，而整体上又侧重于意思的取法。这一个维度，也有一些标志性的话语，如"得一字之意"、"有……意境"、"用意"、"语意"、"同意"、"句意"、"造句"、"句法"、"文法"等。

其中，偏于句法追溯的，可以举出《楚辞拟议》中的《山鬼》一则："《硕人》诗：'巧笑倩兮，美目盼兮'，《楚辞·山鬼》倒之云：'既含睇兮又宜笑。'"[43]这是一种句法的追溯。另外，偏重于意思的追溯的，也可举出两个代表性的例子。如《诗拟议》的第六则："'二子乘舟，泛泛其逝'，言一去永不返也，写得声泪凄楚。太白诗'海客乘天风，将船远行役。譬如云中鸟，一去无踪迹'，最得《诗》'逝'字意思。"[44]又如《楚辞拟议》中《九歌》部分第二十则："李太白《临江王节士歌》：'安得倚天剑，跨海斩长鲸'，最似《楚辞》'举长矢兮射天狼'句意。"[45]

三是全与局。后人在对前人诗歌的学习之中，又有整体学习和局部学习的区别。而在源与流的推溯之中，刘光第的《诗拟议》、《楚辞拟议》之中也包含着整体推溯和局部推溯的区别，因此这也可算作是"拟议体"的一个重要的维度。如果从整体来观察这种取法，则多注意及于布局、结构、章法等较大的方面。而如果从局部来着眼，则会多注意于句法、用字等方面。在《诗拟议》与《楚辞拟议》中常会出现诸如"安插"、"布局"、"布置"、"起法"、"收法"、"局陈"、"组织"等话语。但从这个相对的维度中间，可以发现他仍侧重于局部的推溯。这种整体的推溯，在刘光第的两书中也能举出一些精彩的例子，如《楚辞拟议》中的《九歌》部分第三十则：

> 傅休奕《短歌行》收处云："昔君视我，如掌中珠。何意一朝，弃我沟渠。昔君与我，如影与形。何意一去，心如流星？昔君与我，两心相结。何意今日，忽然两绝。"三股竟住，笔力老横。《楚辞·山鬼》收处云："采三秀兮于山间，石磊磊兮葛蔓蔓。怨公子兮怅忘归，君思我兮不得闲。山中人兮芳杜若，饮石泉兮荫松柏，君思我兮然疑作。雷填填兮雨冥冥，猿啾啾兮狖夜鸣。风飒飒兮木萧萧，思公子兮徒离忧。"亦是三股竟住，势如飘风怒雨，腾踏虚空，又在休奕之上。[46]

这一段从整体结构上的追溯，很有趣味，他将傅玄《短歌行》诗收处的三股竟住推到《山鬼》，发现同一机杼，而两诗又皆各有面目。类似的这种整体的推溯，还可以举出《诗拟议》中的第十四则："'鸡栖'、'牛羊'，意本属对，中间却插入'日之夕矣'句，古诗'寒冬十二月，晨起践严霜'，阮嗣宗诗'是时鹑火中，日月正相望'，都将时候安插中间，布置最好。"[47]这又从整体

241

的安插与布置上着眼,可谓心细。

四是师与变。上文说到纪昀将古今诗人的创作概括为拟议和变化两途,但他又强调应该将拟议与变化融合在一起,讲究在拟议之中还需以变化出之,这才是正确的路径。因而,他对于"拟议而无变化"和"变化而无拟议",两皆不取,他说:"余校定《四库》,所见不下数千家,其体已无所不备。故至'嘉隆七子'变无可变,于是转而言复古。古体必汉、魏,近体必盛唐,非如是不得入宗派。然摹拟形似可以骇俗目,而不可以炫真识。于是公安、竟陵乘机别出,幺弦侧调,纤诡相矜;风雅遗音,迨明季而扫地焉。论者谓王、李之派,有拟议而无变化,故尘饭土羹;三袁、钟谭之派,有变化而无拟议,故僭规破矩。"[48] 相同的观点,纪昀还在其《我法集》的自评中表达过,他曾通过对比"夺胎"和"模拟"二者的不同来说明"拟议之中须有变化"的道理:

夺胎与摹拟不同,摹拟是全仿其格局,如法帖之双钩。夺胎则因此而得悟门又变化之。玉溪《筹笔驿》诗首二句将武侯一扬扬到极处,次二句将武侯一抑,又抑到极处,突兀支离,似乎自相矛盾。却以第五句申明扬之之故,第六句申明抑之之故,便语意井然。结处不收本题,却腾出题外,乃翻身一顾,以配通篇。跳掷之势,开合飞动,另是一种笔墨。钱香树(《春从何处来》)诗不袭其格调,而用笔却是一样。故谓之夺胎者,佛氏之法谓换一身体,仍是此魂灵也。[49]

由此可见,模拟只是简单机械的规仿,而夺胎则是"得悟门而又变化之",正是拟议以成变化。纯粹的模拟而毫无自己的变化和面目,这并不能得到较高的肯定,也不能实现创新的目标。刘光第的《诗拟议》和《楚辞拟议》很好的实践了这一点,而在具体的内容之中也蕴含了师法与变通的这一相对维度。这一类追溯之中,常常有这样的话语,如"化出"、"翻用"、"转出"、"运化"、"拟议以成变化"、"就其意而化之"、"仿其语而变其意"、"变化以出之"等等。

关于师与变这一维度,可以举出一些具有代表性的例子,如《楚辞拟议》中《九歌》部分的第二十七则:"刘梦得诗:'清晨登天坛,半路逢阴晦。疾行穿雨过,却立视云背。白日照其上,风雷走于内。'著语奇险。细玩之,乃本《山鬼》'表独立兮山之上,云容容兮而在下。杳冥冥兮羌昼晦,东风飘兮神灵雨'数句之意,而精炼变化以出之者。"[50] 又如《九章》部分第五则:"'云霏霏其承宇',李太白诗就其意而化之曰:'白云南山下,就我檐下宿',便尔飘然。"[51] 这些都很好的表现了"拟议以生变化"的道理,这也是"拟议体"中最重要的维度之一。

五是约与衍。程千帆认为在古典诗歌的描写和结构之中,存在着"一与多"的情况。[52] 其实,在后人对前人诗的取法之中,也存在"一与多"的情况。他们或者将前人的数句约括为一句;或者将前人的一句衍生为数句。这也就是取法前人的另一种相对维度,也即约与衍的分别。这在《诗拟议》与《楚辞拟议》之中也有较多的展现,而在其中出现频率较高的语词有诸如"檃括"、"约为"、"衍为"、"分为"、"数字括之"、"衍作"、"括得"、"尽之"、"该得"等等。这样的情况,也有很多例子。其中,说到将多约为少的,如《诗拟议》第四则说:"'有兔爰爰'诗宛转愁叹,神伤意远,杜子美约其旨于五字中曰:'世情只益睡。'"[53] 又如《楚辞拟议》的《九歌》第八则:"柳子厚诗:'春风无限潇湘意,欲采蘋花不自由。'沈云:'言外有欲以忠心献之于君,而末有由意。'光第按:柳诗似即化取《湘君》篇'采薜荔兮江中,搴芙蓉兮木末。心不同兮媒劳,恩不甚兮轻绝'数句之意而为之者。"[54]另外,将少括为多的,如《楚辞拟议》的《九歌》第二八则:"东风飘兮神灵雨",李义山《圣女祠》诗衍作十四字"一春梦雨常飘瓦,尽日灵风不满旗"。[55]

六是正与反。诗歌创作中自来有翻案一法,即在立意上故意与所翻之作相反,而翻案过后,前后的作品正好是一正一反的关系。这在中晚唐以来,特别是重议论的宋诗之中尤其盛行,或称其为"翻着袜"、或称其为"翻案法"、或称其为"反用故事法"。[56]这种一正一反的关系,可说是拟议以成变化的一种路径,也是"拟议体"中的一种维度。而在具体的话语上,也有"翻进一层"、"翻出"、"转语"、"翻案"、"反……意"、"翻用"等。这里略举两例作为代表,一是《诗拟议》第八则:"施肩吾诗'自家夫婿无消息,却恨桥头卖卜人',翻用《杕杜》诗'卜筮偕止,会言近止,征夫迩止'数句之意,最妙。"[57]又如《楚辞拟议》中《九辩》第一则,也颇为有趣:"汉武帝《秋风辞》,魏文帝《燕歌行》,古诗之'秋风萧萧愁杀人',杜之《秋兴》,韩之《秋怀》,类皆取义于《九辩》悲秋之旨者。惟李太白诗:'我觉秋兴逸,谁云秋兴悲?'作意翻案,别是太白本色。"[58]两例皆是从立意上,故作翻案,生发出了新意。

七是明与暗。在诗歌的用典和化用,或者说运古之中,自来还讲究不着痕迹。其中,"水中着盐,饮水乃知盐味"便是这种效果的最好譬喻。[59]这也在"拟议体"的维度中出现,其中的"痕迹"、"暗用"、"不觉"等,即是从明与暗上着眼。此如《诗拟议》的第二十三则即是如此:"杜子美《羌村》诗'苦辞酒味薄,黍地无人耕。兵戈既未息,儿童尽东征',乃用《诗》'王事靡盬,不能艺稷黍'之意,令人不觉,真所谓水中着盐,饮水乃知盐味也。"[60]又如《楚辞拟议》的《九歌》第二五则:"杜子美诗:'山鬼迷春竹,湘娥倚暮花',幽秀无匹,出语乃暗用《山鬼》'余处幽篁兮终不见天'意;对语乃暗用《湘君》'搴芙蓉兮木末'意,而能灭去痕迹,真善于用古人者。"[61]

八是同与异。上文已说到"拟议"贵于有变化,因而便会涉及到对这种变化的探讨,并有意识的比较这种异同。这是由于"推源溯流"之中"源与流"的差异,以及"一源之下"不同"支流"的差异决定的,因而便有了"同中见异"与"异中见同"的比较和分析。[62]从这个角度上来考察,便可知道同与异应当是"拟议体"的题中应有之义了。这一维度的内容,在语词上主要有"相异"、"同慨"、"不同"等。此如《楚辞拟议》的《离骚》第三则:"古诗:'四顾何茫茫,东风摇百草。所遇无故物,焉得不速老。'比《离骚》'惟草木之零落兮,恐美人之迟暮'语尤警。盖同此一遇之感,一则逢秋而始悲,一则当春而亦伤也。"[63]又如《离骚》第十八则,也说得透彻:"'吾令鸩为媒兮,鸩告余以不好。雄鸠之鸣逝兮,余犹恶其佻巧。'是从有情说到无情。王季友诗:'雀鼠日夜无,知我厨廪贫。'苏子瞻诗:'山禽与野兽,知我久蹭蹬',乃将无情说得有情也。"[64]

九是突过与不及。在拟议之后,前后诗作之间便存在优劣和同异的问题。宋代的诗人在模拟之中也有"点铁成金"、"点金成铁"的不同说法,而"金"与"铁"之间便是一种高下的分判。因此,也就有突过与不及两种情况,这也是"拟议体"的一个重要维度。其中,重要的语词有"突过"、"浅露"、"更为"、"不及"等。说到突过处的例子,如《楚辞拟议》的《天问》第五则:"'彭铿斟雉帝何飨',韩昌黎《月蚀》诗'帝箸下腹尝其膰',奇幻直欲突过前人。"[65]说到不及处,如《楚辞拟议》的《九章》第二则:"'背膺牌以交痛兮,心郁结而纡轸。'朱注谓:

243

'胸背一体而中分之,其交为痛楚,有不可言者。'光第按:后人诗中沉痛警绝如斯者绝鲜,杜诗'眼枯即见骨'、苏诗'泪入饥肠痛'尚及之。"[66]

十是古法与我法。诗话与实际创作的关系问题,也是一个值得深思的话题。特别是当诗论家本身是诗人的情况,他的议论则会与当下的诗歌创作风气、个人的诗歌理念等密切相关。如果本身未参与诗歌的创作,只是一个冷静的旁观者,那么情况又不一样。刘光第作为一个诗人,他的《诗拟议》和《楚辞拟议》,其实是他对于"古法"的重新找寻。他曾在《楚辞拟议》中慨叹古法的消亡,并说:"'令薜荔以为理兮,惮举趾而缘木;因芙蓉以为媒兮,惮褰裳而濡足。登高吾不悦兮,入下吾不能;固朕行之不服兮,然容与而狐疑。'申说复衍,文情重曲。后来唯太史公文最多此法,汉诗、乐府及六朝、唐人大家间有之,古法之亡久矣。"[67] 可见,他心中是有古法存在的。1894年,刘光第在给刘庆堂的信中说:"然条奏既不得上,胸中勃然莫遏之气,遂乃一一发之于诗,作得古诗数十首,颇有长进,差可自慰耳。"[68] 正可说明刘光第是在《诗经》、《楚辞》之中找寻"古法",转而用于自身创作的实践。

我们也会注意到刘光第作为一个诗人,时而在追溯源流的过程中加上了自己的诗作,以自己的作品现身说法。虽然在诗话中附入己作这种行为不太受到肯定,四库馆臣便对张表臣在其所作《珊瑚钩诗话》中附入己作颇不以为然,他说:"张表臣书虽以诗话为名,而多及他文,间涉杂事,不尽论诗之语。又好自载其诗,务表所长,器量亦殊浅狭。"[69] 但是反过来看,这正说明了这种诗话与诗歌创作之间密切的关系,同时表明这一诗话的目的旨在返回来指导诗歌的创作。关于此,在《楚辞拟议》中可以举出一例来:

"惜吾不及古之人兮,吾谁与玩此芳草?"李太白诗:"朝登灞陵岸,灞水流浩浩。上有无花之古树,下有伤心之春草。我向秦人问路歧,云是王粲南登之古道。"杜子美诗:"气酣登吹台,怀古视平芜。""异时怀二子,春日复含情。"苏子瞻诗:"百年豪杰尽,扰扰见鱼虾。"黄山谷诗:"古人冷淡今人笑,湖水年年到旧痕。"虞伯生诗:"春来几见湖水清,春去还看湖水碧。今人萧条古人远,黎侯此时泪沾臆。"乃皆同骚人之感者,古之伤心人别有怀抱也。光第《古松》诗:"松根老茯苓,呼童且休劚。不见今时枝,犹为古人绿。"又"升庵有故宅,新都之桂湖。曩余曾游之,桂花正疏疏。冷风吹古香,香中欢有吾。"皆即《离骚·思美人》"惜吾不及古之人兮,吾谁与玩此芳草"意,而拟议以成变化者。吾友成都顾印伯谓吾诗能运化古人,此语窃谓颇能搔着痒处。[70]

在此,刘光第在对后世学习"惜吾不及古之人兮,吾谁与玩此芳草"一句的追溯时,接上了自己的诗作《古松》,并对自己的诗能"拟议以成变化"也颇感自信。

最后,还需要说明的是,作为一种全新的诗话体式,刘光第创立的"拟议体"还有可延续性的特点。在诗歌的领域内,后世诗人之中像陶渊明、李白、杜甫、韩愈、白居易、李商隐、苏东坡、黄庭坚等,都是具有极大影响力的诗人,对后世诗人沾溉尤多。另外,像宽泛一点的"《选》诗"等,也具有较大影响力。因此,完全可以仿效刘光第创立下的"拟议体",从多个维度更作一番系统的分析工作。甚而至于,像散文、词曲等领域,亦可以依"拟议体"而作继续的探讨。散文中的《史记》、《汉书》、韩愈、柳宗元、欧阳修、苏轼等。词曲里的《花间集》、苏轼、周邦彦、姜夔、辛弃疾等。都是在各自领域内产生深刻影响的大家和选本,而"拟议体"提供了探讨这种相互关系的新范式。

注释:

〔1〕〔3〕〔4〕〔12〕〔16〕〔18〕〔19〕〔21〕〔22〕〔23〕〔24〕〔25〕〔26〕〔27〕〔28〕〔29〕〔40〕〔41〕〔43〕〔44〕〔45〕〔46〕〔47〕〔50〕〔51〕〔53〕〔54〕〔55〕〔57〕〔58〕〔60〕〔61〕〔63〕〔64〕〔65〕〔66〕〔68〕〔70〕 《刘光第集》,浙江古籍出版社2022年版,第624、159、178、18、317、161、303、159、164、165、173、209、302、172、314、312、159、190、180、159、180、181、160、181、183、159、177、181、159、195、162、180、169、173、182、183、307、188页。

〔2〕 王培军《光宣诗坛点将录笺证》,中华书局2008年版,第371页。

〔5〕〔35〕 蒋寅《清诗话考》,中华书局2005年版,第632—633、633页。

〔6〕 关于这一点,参看张寅彭《新订清人诗学书目》,上海古籍出版社2003年版,第164页;吴宏一《清代诗话考述》,"中央研究院"文哲所2006年版,第1206—1208页。

〔7〕 1986年版《刘光弟集》中《楚辞拟议》称《离骚拟议》,而实际内容则包括了《楚辞》所有篇目的溯源,因此,2022年浙江古籍出版社的《刘光第集》改称《楚辞拟议》,循名责实,较为恰当,本文从新版全集称《楚辞拟议》。

〔8〕 刘光第《诗拟议》,蒋寅主编《清代诗话珍本丛刊(第一辑)》,国家图书馆出版社2019年版,第36册,第58页。

〔9〕〔67〕 杨扬辑校《诗拟议(改补本)(下)》,《文献》1986年第4期,第69、53页。

〔10〕 刘光第《介白堂诗集》,《清代诗文集珍本丛刊》,第563册,国家图书馆出版社2017年版。

〔11〕 曾辉宪《刘光第年谱》,《福建师范大学学报》1996年第4期。

〔13〕〔14〕〔15〕 杨扬辑校《诗拟议(改补本)(上)》,《文献》1986年第3期,第35、35、34页。

〔17〕 全集本第十八则,"故友"部分与上文议论不相属,误连为一则,应拆为两则。

〔20〕 孔颖达《毛诗正义》,见阮元刻本《十三经注疏》,中华书局2009年版,第566页。

〔30〕〔32〕 张伯伟《中国古代文学批评方法研究》,中华书局2002年版,第137—140、149页。

〔31〕〔48〕 刘金柱主编《纪晓岚全集》,大象出版社2019年版,第761、761页。

〔33〕〔39〕〔69〕 永瑢等《四库全书总目》,中华书局1965年版,第1782、1779、1783页。

〔34〕 蒋寅《清代诗学的学术史特征》,《南京师范大学文学院学报》2003年第4期。

〔36〕 沈约《宋书》,中华书局1974年版,第1778页。

〔37〕〔38〕 刘咸炘《诗系》,《推十书(增补全本)》,上海科学技术文献出版社2009年版,第1171、1776页。

〔42〕 欧阳修《六一诗话》,《历代诗话》,中华书局1981年版,第267页。

〔49〕 魏尔止《我法集注释》卷二,清嘉庆九年文锦堂刻本。

〔52〕 程千帆《古典诗歌描写和结构中的一与多》,《古诗考索》,河北教育出版社2001年版,第93页。

〔56〕 周裕锴《宋代诗学通论》,上海古籍出版社2019年版,第170页。

〔59〕 蔡絛《西清诗话》,《稀见本宋人诗话四种》,江苏古籍出版社2002年版,第187页。

〔62〕 张伯伟《钟嵘诗品研究》,南京大学出版社1999年版,第86页。

〔作者简介〕 冷浪涛,1995年生,四川大学中国俗文化研究所博士生,主要研究中国古代诗学。

陈衍有关词集序跋考释[*]

窦瑞敏

陈衍自言"吾集中各体文,终以序跋为最夥",[1]然亦有序跋未收入文集者。石遗自选诗文集甚严,关于他人词集的序跋无一篇载于文集中,此或其不甚在意之故。然《石遗室诗话》中又将有关序跋全文录入或钞录部分文字,以作留存。石遗自言:"余不工词,断绝下笔者且三十年,而友朋乞作叙者,乃时时有之,甚至古微为今世词家一大宗,亦再三使叙其词,余辞谢坚不敢承矣。然生平谬论,不存文稿中,亦有不必尽掩者。"[2]可见他虽然后来鲜少作词,然而友朋请为序跋者仍时时有之,如朱祖谋为当世大家,亦再三相请。寓居苏州时,又与夏承焘等人有唱和,《天风阁学词日记》载有石遗《蝶恋花》、《临江仙》数阕。钱仲联《光宣词坛点将录》以地微星矮脚虎王英配陈衍,并称"如序李次玉词、胡式清词、曹君直词等,持论皆精辟。自为《朱丝词》二卷,以为'癖嗜北宋',于'此道既浅而荒',盖谦词也。"[3]夏敬观《忍古楼词话》亦云:"闽人论前辈词,惟数又点。不知先生虽不多作,出其余技,实在又点之上。"[4]由此可见,陈衍词作虽不多,并无专门的词学论著,然于词学一道颇有论述。《清词序跋汇编》已收录三篇序跋,但挂漏者实夥,今为搜辑汇聚之,略依时间顺序,并试加考释。

一 叙次玉词

现可知陈石遗所为词集序跋最早者为叙李次玉的《零鸳词》。《石遗室诗话》卷二〇有片段记载,并非全貌:

> 叙次玉词,尚记得两小段云:"昔宋人选词,命曰《乐府雅词》;论词则曰:'不惟清虚,又且骚雅。'夫宋人之工于论词者,前惟李易安,后则张玉田。易安自为词,当行本色,时复险丽为工,固宜诋諆所及,无当意者。玉田持论如彼,至其自为,亦不能尽如所言。而骚雅之论,则归于无弊者也。"又曰:"词者,意内而言外也。意内者骚,言外者雅。苟无悱恻幽隐不能自道之情,感物而发,是谓不骚;发而不有动宕闳约之词,是谓不雅。而唐宋人采乐府之音以制新词,乃以词为其专名,旨可知已。"

> 又作次玉词叙竟,意有未尽者,漫书之:论词于北宋人,则曰婉约,而豪放者病矣;论词于南宋人,则曰清空,而质实者病矣。又其至者,则曰当行本色,而险丽者抑次矣。然

本文收稿日期:2023 年 5 月 2 日

语清空者,固目质实为晦涩;贵本色者,以险丽为着力。而清空、本色、豪放皆有滑易之病也,救其病固无过于骚雅。[5]

宋人少专门论词书,其他论者亦少,不比诗话,故易安、玉田二家尤为后人所重。易安《词论》对前期诸家均有评论,多有指摘。至于玉田《词源》持论虽高,自作却有不及,实属正常,理论与创作之间原本就存在空隙。石遗这两段论述可与张炎《词源》卷下"清空"条同参:

> 词要清空,不要质实。清空则古雅峭拔,质实则凝涩晦昧。姜白石词如野云孤飞,去留无迹;吴梦窗词如七宝楼台,眩人眼目,碎拆下来,不成片段,此清空质实之说。梦窗《声声慢》云:"檀栾金碧,婀娜蓬莱。游云不蘸芳洲。"前八字恐亦太涩。如《唐多令》云:"何处合成愁,离人心上秋。纵芭蕉,不雨也飕飕。都道晚凉天气好,有明月,怕登楼。 前事梦中休,花空烟水流。燕辞归,客尚淹留。垂柳不萦裙带住,谩长是系行舟。"此词疏快却不质实。如是者集中尚有,惜不多耳。[6]

石遗虽认为"清空、本色、豪放皆有滑易之病也,救其病固无过于骚雅",[7]并对"骚雅"有一番解释。然此并非石遗所创,张炎《词源》评价白石《疏影》、《暗香》、《扬州慢》等词的"不惟清虚,又且骚雅,读之使人神观飞越",[8]又论稼轩《祝英台近》词"景中带情,而有骚雅。"[9]叙次玉词应该是石遗所作词集序跋中最早的一篇,故而有较多沿袭的痕迹。

李宗禩(1857—1895),字次玉,号佛客,闽县人。李宣龚之父。官候选员外郎。善画工草、隶,著有《双辛夷楼词》。《石遗室诗话》卷二〇:

> 亡友李次玉格,自号佛客,拔可尊人。年少惊才,益以悼亡,工愁善病。喜倚声,能为险丽之词,出入秦、柳,时一涉笔二安。二十余岁时,尝刻词一卷,要余作叙。词不可得,叙亦亡之久矣。[10]

民国间,李拔可重刊《双辛夷楼词》,识语云:"先府君词凡再刻,初刻为《零鸳词》,时在光绪癸未、甲申,吾母何太淑人见背之后。"[11]"光绪癸未、甲申"即光绪九年(1883)、光绪十年(1884),时李次玉二十六、七岁,夫人何濬瑛去世不久,词中多悼亡之感,陈衍为作序的正是《零鸳词》。李宗言、李宗禩兄弟与陈衍、卓孝复、周长赓等人成立"福州支社",常常一起聚会酬唱。可惜撰写《石遗室诗话》之时,早年的《零鸳词》及石遗序均已不见。《石遗室诗话》回忆了他与李次玉二人的交往:

> 忆丁酉正月,余薄游建宁将归,而次玉至,道往武夷,聚逆旅中者十日。深言备至,骚屑夜阑,濒行送以绝句云:"九曲溪山我旧游,滞淫春雨幔亭舟。独留一角流香涧,让汝题诗在上头。"涧,武夷最佳处,余独未至。此诗未刻集中,今尚能记之。又乙未正月在金陵,与次玉、暾谷数人骑马游燕子矶,中途次玉堕马而返。三十年旧游,独忆此两聚,如在目前耳。[12]

"丁酉"为"乙酉"之误。《侯官陈石遗先生年谱》卷二(1885):"正月,自房村归。有送李次玉游武夷绝句云。"[13]可知石遗游建宁是在光绪十一年(1885)乙酉,而丁酉即光绪二十三年(1897),光绪二十一年(1895)李次玉去世。石遗在途中遇到即将赴武夷的李次玉,逆旅中相聚十日,临行之时,石遗以诗为赠。诗中提及数年前陈衍曾有武夷之游,并有诗作。石遗这首诗虽未刻入《石遗室诗集》，然而时过境迁这么多年，依然还能记得。李宗禅此行有《武夷游草》一卷，《近代诗钞》第十三册选诗三首，称其"诗不常作，时有悒怏之意。其《武夷游草》一卷，不知散落何许矣。"[14]

李次玉去世两年之后，光绪二十四年（1898），兄长李宗言在江西为刊刻词作，命名为《双辛夷楼词》。此即李拔可《识语》所称："再刻为《双辛夷楼词》，则府君殁后之二年，先世父偿园老人编梓于江西者。"[15]牌记"光绪戊戌春三月刊于滕王阁"，末署"受业兄子宣璋谨校"，上海图书馆、复旦大学图书馆有藏。前有林纾《原刻零鸳词序》、李宗言《重刊双辛夷楼词序》、张鸣珂《序》、林纾《清中宪大夫六部员外郎闽县李君墓志铭》。可见此时，陈衍当年为《零鸳词》所作序已经不见。可惜无论是李次玉生前刊刻的《零鸳词》，还是身后兄长重刊的《双辛夷楼词》，板皆遗失。民国九年（1920），李拔可重刊《双辛夷楼词》。值得注意的是，此次刊本有两种，其中一种为海藏题签。《郑孝胥日记》民国九年（1920）10月18日，"拔可来谈，求书其父《双辛夷楼词》及其妹《花影吹笙室词》书面"。[16]此版序与光绪间刊本同，并附李慎溶《花影吹笙室词》，较之光绪间的刊本，文字略有差异。李慎溶（1878—1903），字樨清，宗禅女，拔可妹。《花影吹笙室词》此前已为徐乃昌刻入《小檀栾室闺秀词》。李拔可称李次玉的作品"未能随编录，今校印之诗余一卷，大都府君年二十五以前所制。"[17]之所以将《花影吹笙室词》附于其后，则是因为自己于词学未能大成，拔可有《墨巢词》，存词不多。民国二十二年（1933），李拔可再次重刊《双辛夷楼词》。与前版相较，多了林纾所绘《双辛夷楼填词图》，另有林纾、陈宝琛、郑孝胥、陈衍等人所题诗词及识语。石遗《题双辛夷楼填词图》：

> 思君几日正回肠，刊本邮筒接线装。郑考功词差伯仲，程光禄迹久沧桑。九原问讯阿兄仗，一叙销沉旧梓亡。绝胜迦陵家检讨，能诗爱画有贤郎。

识语云：

> 君词与仲濂年丈词多半悼亡之作，玉尺山房已数易主。畲曾同年前岁逝，余挽语有云："凭君问次玉，夜台可有寄怀词。"余曾为君词作序，原刊本亡久矣。辛酉六月陈衍并记。[18]

这首诗见《石遗室诗集》卷一〇，识语内容已成为诗中小注。"思君"两句即当时陈衍应李拔可建议在《师友诗录》基础上编选《近代诗钞》，时石遗居福州，李拔可为寄诗作以供编选。"郑考功词差伯仲"，《石遗室书录》："次玉少作诗，专力填词，工为艳冶动人语。而年少悼亡，凄婉处多与郑考功词相近。"[19]郑考功即郑孝胥父亲郑守廉（1824—1876），字仲濂，号俭甫，福建闽县人。咸丰二年（1852）进士。有《考功词》一卷。郑守廉中岁悼亡，续娶林氏，生二子，长孝胥，次孝柽。光绪二十八年（1902），郑孝胥刊行《考功词》，无序跋，牌记"光绪壬寅刊于武昌"，收词二百四十五首。《石遗室书录》："词二百四十五首，多情怀旖旎、悼感凄恻之作，风调在迦陵、竹垞间。"[20]"程光禄迹久沧桑"，北宋程师孟以光禄卿知福州，后建"光禄吟台"。林纾《墓志铭》云："李氏盛时，治园于会城之光禄坊，曰玉尺山房。陂塘林麓，邃房轩台，宾客华盛，咸有纪述。"[21]"一叙销沉旧梓亡"，所指即当年石遗所为序早已不存，如今只有部分存于《石遗室诗话》中。

二　叙胡式清词

《石遗室诗话》卷二〇:

> 叙胡式清词云:"夫争清空与质实者,防其偏于涩也。争婉约与豪放者,防其流于滑也。二者交病,与其滑也,宁涩矣,谓涩犹尔于雅也。今试取晏元献、秦淮海、周清真诸家词读之,非当行本色、清空而婉约者乎？然险丽语入于涩者,时时遇之；但不若近人专奉浙派,本无微言深托,动咏小物,为世诟病耳。"[22]

胡式清,生卒年不详,湖南湘潭人。光绪十六年(1890),陈衍赴沪上入刘麒祥幕府,兼任方言馆教习之后,与胡式清相识。《侯官陈石遗先生年谱》卷三(1890):"刘公聘兼方言馆汉文教习,始识桐城萧敬甫茂才穆……葛心水布衣道殷、湘潭胡式清布衣澄廓。"[23]《石遗室诗话》卷八:

> 式卿名澄廓,湘潭布衣。旅食上海,馆谷甚薄,而心慕黄仲则、汪容甫之为人。余以其骨相清寒,家有老母,颇戒之。骈散文、古今体诗、长短句,无不问津,虽未有成,而时有清折可喜者。[24]

石遗为胡式清词作序的具体时间固不可知,然此段文字正可与《叙次玉词》相参照。流于晦涩,固然是一种病,而与滑易相较,更近于雅。郑文焯《梦窗词跋》:"词意固宜清空,而举典尤忌冷僻。梦窗词高隽处固足矫一时放浪通脱之弊,而晦涩终不免焉。至其隶事,虽亦渊雅可观,然锻炼之工,骤难索解。"[25]民国三年(1914),石遗作《岁暮怀旧绝句三十三首以知交先后为序》,第二十一首为胡式清:"容甫孤寒仲则狂,才名何苦慕汪黄。可怜哀乐难言处,一念摩敦一断肠。"(《石遗室诗集》卷六)石遗此诗末句化用胡式清词意,《石遗室诗话》卷八:"记其《送友人还湘》词换头以下云:'我已离家十月,念摩敦,无日不销魂。笔札依人生计,哀乐有难言。为劝白头慈母,倚门闾,不必拭啼痕。说远人眠食,近来差胜在家园。'本色语,哽咽欲绝。"[26]

三　小玲珑阁词序

> 愨父自信其诗,而自疑其词。所藏数十纸,欲弃斥者屡矣。余谓自浙派盛行,玉田、白石外,家梦窗而户竹山。有宁为晦涩,不为流易者,然梦窗、竹山固时出疏快语,非惟涩焉已也。君词宗南宋,最近梦窗、竹山,庸可弃乎？爰命余为删存三十阕,即以所言于君者叙焉。同里陈衍石遗。

愨父即叶大庄(1844—1898),字临恭,号损轩,闽县人。同治十二年(1873)举人。《小玲珑阁词》附于《写经斋续稿》之后。光绪十六年(1890),陈衍赴上海入刘麒祥幕。光绪十九年(1893),叶损轩司谳上海,二人过从至密。两年后,《写经斋初稿》四卷刊行。光绪二十三年(1897),叶大庄出任邠州知州,次年春病逝于任上。光绪二十四年(1898),陈衍入张之洞幕府。三年之后，陈衍为辑《写经斋续稿》一卷，附《小玲珑阁词》一卷，刊于武昌。《小玲珑阁词》前有陈衍序、叶大庄自题。石遗作序具体时间虽不可考，但当在《写经斋初稿》刊刻之后，叶大庄离开上海之前，即光绪二十一年(1895)至光绪二十三年(1897)之间。《小玲珑阁词》后为陈乃乾辑入《清名家词》，石遗所作序，《清词序跋汇编》第四册已收录。

由石遗序可知，《小玲珑阁词》为石遗删订，存三十首。石遗序中所言损轩自信其诗，而对词不甚有信心，故多次想弃之。叶大庄自题："少日倚声，积稿盈寸，恐妨学也。中间辍去，或一年止得数阕，或数年不得一阕，抛荒寖久，音节之不合者，更勿论矣。今年移家海上，寓斋岁阑，编次诗稿，从故箧中检出，录置于后。过去光阴，老来情况，聊存簿记，非欲附于词家也。"[27]由此可见，损轩虽少日倚声，词作积累不少，然中间很多年已经辍去不为。直到移居上海，才从旧箧中检出，如此这般只是聊存记录，并非要以词家自居。石遗认为自从浙派盛行之后，词学以南宋为依归。浙派词尤以白石、玉田为宗，然又不止于二家，朱彝尊《黑蝶斋诗余序》：

> 词莫善于姜夔。宗之者，张辑、卢祖皋、史达祖、吴文英、蒋捷、王沂孙、张炎、周密、陈允平、张翥、杨基，皆具夔之一体。[28]

可见在朱彝尊的词学系统中，姜白石地位最高。"家梦窗而户竹山"，此说颇堪商榷。自周济等人推举梦窗以来，影响甚大，若朱祖谋、潘若海等人均师法梦窗，然竹山词却并未受到如此重视，周济、董士锡皆不重竹山。《石遗室诗话》卷二○：

> 自浙派盛行，家玉田而户碧山。然其弊也，人工赋物，技擅雕虫，蟋蟀、荧火之咏，不绝于篇；春水、孤雁之作，开卷而是。游词之诮，良无解已。矫之者为南唐，为北宋，然而连篇累牍《子夜》、《读曲》，谬云托兴，其实赋也。夫"檀栾金碧"，乃云"何处合成愁"；"千古江山"，能作"烟柳暗南浦"。以梦窗为一于质实者，固属目论；以稼轩为专于豪放者，尤瞀说也。[29]

浙派尊白石、玉田，闽籍著名词人王允皙亦如是，《石遗室诗话》卷一八云："王又点工填词，在玉田、碧山之间。"[30]常州词派则主张"问途碧山，历梦窗、稼轩以还清真"。咏蟋蟀为姜夔《齐天乐》，咏荧火为王沂孙《齐天乐》，《南浦·春水》、《解连环·孤雁》为张炎名作，此后效仿者很多。"人工赋物，技擅雕虫，蟋蟀萤火之咏，不绝于篇。春水孤雁之作，开卷而是。游词之诮，良无解已。"[31]王国维《人间词话删稿》："金朗甫作《词选后序》，分词为淫词、鄙词、游词三种，词之弊尽是矣。五代、北宋之词，其失也淫；辛、刘之词，其失也鄙；姜、张之词，其失也游。"[32]咏物之作泛滥，又缺乏情感寄托，而着力于技巧、字句的锤炼。矫正这种风气的者即常州词派，转而去学晚唐、北宋词，却并无其情致。即使写出"檀栾金碧，婀娜蓬莱"的梦窗，仍有"何处合成愁"的凄婉，虽然此类作品并不多。而"千古江山"的豪情，亦不碍稼轩有"烟柳暗南浦"。梦窗词不仅仅是质实，稼轩词并非一味豪放。刘克庄《辛稼轩集序》："公所作大声鞺鞳，小声铿鍧，横绝六合，扫空万古，自有苍生以来所无。其穠纤绵密者，亦不在小晏、秦郎之下。"[33]沈谦《填词杂说》："稼轩词以激扬奋厉为工，至'宝钗分，桃叶渡'一曲，昵狎温柔，魂销意尽，才人伎俩，真不可测。"[34]此皆前人之说，陈序之意，不出乎此。

四　云瓻词叙

　　贤者之有所为,必有其所以自得之趣,于世人之所共趣者,固不必刻意避之。而苟非其所自得,惟于人之所共趣者,从而趣之,以薪合于时好,苟以分毫末之名,则必其所不为者矣。词之有南北宋,犹诗之有唐宋也。近人之为诗有挑唐之言矣,其实乌能挑唐,宋无不自唐出,稍变本加厉耳。为宋者,未真知宋也。其于词,则莫不南宋是宗,浙派之南宋而已。联缀冷艳名词,努力出一二隽折语,殆剪彩为花,迭石为山矣。余于词雅喜北宋,岂如明人之诗必盛唐乎？抑词之为道,容易近于枝枝节节而为之,若求工于一字二字,乃至于四字五字六字,直花花叶叶为之矣。即譬如花,为北宋者,其在木本之花,固有如山桃、溪棠、梨花、木笔、朱藤之属。即在草本,亦牡丹、芍药,繁然一株花也。为南宋者之于花,则折枝清供焉耳,能如白石道人之具体荷花者有几哉？余久识君直,知其工词,今夏过鄂,相从言笑者无虚日。出观《云瓻词》,则为北宋者也。君直能为诗,必玉溪生,而不留稿,则其肆力于词也博矣。属叙于余,余不为词且二十年,于此道既浅而荒,则所以为君直叙,无亦妄见而妄言之。陈衍拜书君直叙下落者字。

　　此文作于光绪三十年(1904)。曹元忠(1865—1923),字夔一,号君直,别号云瓻,晚号凌波居士,江苏吴县人。光绪二十年(1894)举人。著有《凌波词》、《云瓻词》、《笺经室书目》等。光绪二十九年(1903),陈衍因张之洞催促入京赴试,因诗卷不合而落选,此次曹元忠亦同为张之洞保荐,参加考试。在京期间,陈衍与曹元忠、沈曾桐、冒鹤亭等人日事游讌,此为二人初次相见。一年之后,曹元忠来游武昌,《侯官陈石遗先生年谱》卷四(1904):"三月,曹君直先生来游武昌。"[35]尽管《年谱》对于二人此次会面的记载非常少,而《石遗室诗集》卷三这一年有一首诗《送君直归苏州并寿其尊人虚甫先生》。曹元忠出示《云瓻词》,则正是学北宋者,曹元忠诗学义山,《石遗室诗话》已有相关评论。请陈衍作叙,时陈衍不作词已近二十年。数年之后,陈衍请曹元忠校勘萧夫人遗著《列女传集解》。

　　石遗此序见《石遗室诗话》卷二〇,文字略有差异。[36]细校可知,尽管大部分文字的改动对语意的影响并不大,但个别则不同。如"词之有南北宋,犹诗之有唐宋也"改成"词之有南北宋,犹唐人之诗有初、盛、中、晚也"。诗分唐宋固然有广泛的共识和讨论,唐诗、宋诗自有不同的气象和风貌。而将此句作如此改动,或许因为唐宋诗之别大,然南北宋词之分,并无如此之大。近人以学宋为主流,故云:"近人之为诗有挑唐之言矣,其实乌能挑唐,宋无不自唐出,稍变本加厉耳。为宋者,未真知宋也。"实际上这是陈衍非常重要的诗学观点,认为宋诗变化自唐诗,《石遗室诗话》卷一四:

　　　　自咸同以来,言诗者喜分唐宋,每谓某也学唐诗,某也学宋诗。余谓唐诗至杜、韩而下,现诸变相,苏、王、黄、陈、杨、陆诸家,沿其波而参互错综,变本加厉耳。[37]

　　由此可见,虽然陈衍的词多作于少年时期,此后多年不复作词,但是仍有人请为序跋。今《云瓻词》稿本今藏于复旦大学图书馆,大约因曹氏藏书后归王欣夫,后又赠与复旦大学。相比于此前所作序跋相比,石遗的认识显然成熟笃定了许多。石遗以为贤者之有所为,必然是因为有自得之趣，即使恰好与世人共趣，也不必刻意回避。而如果没有自得之趣，只是为了迎合时好以得虚名，必非其所为。词有南北宋之分，如同唐诗有初、盛、中、晚之分。潘德舆亦称："窃谓词滥觞于唐，畅于五代，而意格之闳深曲挚，则莫盛于北宋。词之有北宋，犹诗之有盛唐，至南宋，则稍衰矣。"[38]而近人为词，一味的学习南宋，并非是真的南宋，仅是浙派理解中的南宋。况且以花木为喻，北宋词多为木本之花，而南宋词多为折枝清供，能如白石《念奴娇》（闹红一舸）"三十六陂人未到，水佩风裳无数"者，不知有几人。

五 灯昏镜晓词叙

余少日曾学为词，喜北宋，以为词之有唐五代，诗之汉魏六朝也；至北宋，而唐之初盛矣。东坡二安，则元和也；白石梦窗，为元祐，余则江湖末派耳。国朝二百余年，诗词浙人为盛。竹垞学北宋，间沿明体；樊榭避之，乃为南宋竹山、草窗，未能遽语白石也。闽人喜苏、辛，第以龙川、龙洲为苏、辛，遂为浙派末流所诟病，而并以病苏、辛。殆于苏、辛，惟见"大江东去"、"明月几时有"、"千古江山"三数阕耳。其"杨花"、"石榴"、"春事阑珊"、"冰肌玉骨"，以及"宝钗分"、"斜阳烟柳"诸作，缠绵凄惋，惊心动魄，晏、秦、周、柳无以过之者，曾未之见耶？白石不囿于南宋，如"三十六陂人未到，水佩风裳无数"、"自胡马窥江去后，废池乔木，犹厌言兵"、"何逊而今渐老，都忘却、春风词笔"、"昭君不惯胡沙远，但暗忆、江南江北"、"南去北来何事，荡湘云楚水，极目伤心"，皆出笔稍大，不以雕琢——冷隽字句，自诧得三昧者也。张皋文曰："宋之亡而正声绝，元之末而规矩隳。"观其所选，于南宋诸家矜慎为何如矣！《灯昏镜晓词》宗北宋，所作多伤逝之音，与郑仲濂《考功词》殆同病而呻。余于词，弃去且三十年，悼亡四载，伤痛肝肺，不能成一字。读先生词，不禁涕泗之横集矣。庚戌十月陈衍叙。

此文作于宣统二年（1910）。《清词序跋汇编》第四册已收录。《石遗室诗话》卷二四："余尚有《灯昏镜晓词》一叙，稿失已久，忽复检得，再录之以讯精此道者。"[39]宋谦（1827—？），字己舟，侯官人。咸丰九年（1895）举人。著有《剑怀堂诗草》等。《灯昏镜晓词》四卷，今上海图书馆、复旦大学图书馆均有馆藏。宋谦早年曾参加聚红榭，《石遗室诗话》卷二四录此叙，文字略有差异。[40]

石遗少年学词的入门读物即张惠言的《词选》，《词选》为挽浙派弊端，注重有比兴寄托，并未选入吴文英等人的词作。石遗以词比拟于诗，认为唐五代之词如同汉魏六朝的诗，词至宋大成，如同诗至初唐盛唐。东坡、易安、幼安如唐的元和，白石、梦窗则为元祐。清三百年来，诗词以浙派为盛。"竹垞学北宋，间沿明体"，朱彝尊之前的清初词坛，确实崇尚北宋，陈廷焯《白雨斋词话》卷三："国初多宗北宋，竹垞独取南宋，分虎、符曾佐之，而风气一变。"[41]然朱彝尊推崇姜、张一派，词中更有"倚新声、玉田差近"之句，非学北宋，石遗此说不知何据。至"樊榭避之，乃为南宋竹山、草窗，未能遽语白石也"，更为不解。樊榭词学姜白石，词中步韵白石词作者甚多，石遗于樊榭当不至于如此误解。

闽人喜欢东坡、稼轩，继以刘过、陈亮为苏、辛，故为浙派末流所诟病。叶申芗曾有《天籁轩词选》，宗苏、辛二家。林纾《灯昏镜晓词跋》："吾闽词人多心醉苏、辛，故声响抗壮，白石、碧山则沉哑不易学。故学词者恒为《天籁轩》,正以派近苏、辛也。"[42]实际上是因为他们对于苏、辛,只知道《念奴娇》、《水调歌头》、《永遇乐》数阕,却不能领会《水龙吟·次韵章质夫杨花词》、《洞仙歌》、《祝英台近》、《摸鱼儿》诸作的凄婉缠绵。这些词作,晏殊、秦观、周邦彦、柳永皆无所不及,只有姜白石不囿于南宋,《念奴娇》、《扬州慢》、《疏影》等作格局颇大,非纠结于一二字句。石遗以为《灯昏镜晓词》宗北宋,谢章铤《题词》称其"上攀温、李,下挹晏、秦,正始之音也"[43]。

有意思的是,陈衍与朱彝尊虽对姜夔极为推崇,对《草堂诗余》却看法不同。《草堂诗余》并未选入白石词作,引得朱彝尊不满:"词人之作,自《草堂诗余》盛行,屏去激楚、阳阿,而巴人之唱齐进矣。周公谨《绝妙好词》选本,虽未全醇,然中多俊语,方诸《草堂》所录,雅俗殊分。"[44]陈衍则对《草堂诗余》颇为认可,《为古微同年题〈彊村校词图〉三首》之二有句云:"润赜荛圃专精处,何止《花间》与《草堂》。"致赵凤昌札信中对《蓼园词选》赞誉有加:"《蓼园词选》实获我心。鄙人论词句以《草堂》为正宗,夔翁此选去其近俚者,真可津逮后途。"[45]《蓼园词选》为黄苏所编,况周颐幼年得之,日夜诵读,继而学词。赵尊岳从蕙风学词,后从蕙风处假观,并为刊行。蕙风《蓼园词选序》称:"《蓼园词选》者,取材于《草堂》,而汰其近俳近俚者也。"[46]

六　朱丝词自记

　　余本不工词,又雅不喜为无题诗。少壮日偶有缠绵悱恻之隐,则量移于长短句。非必绝无好语,而举止生硬,不能烟视媚行,良用自憎。乙盦跋时,已绝笔十余年。迄于今,盖绝笔三十余年矣。此卷久欲焚弃,以先室人写本,未之忍也。既而翻阅一及,则旧事历历上心,虽酸辛尤足咀味,遂竟存之。著雍敦牂七月石遗老人记。[47]

此文作于民国七年(1918)。据《侯官陈石遗先生年谱》,十一岁时,陈衍由仲兄陈豫课读,当时与陈豫来往的是徐云汀、陈子驹、刘寿之、林葵四人,陈、林能诗画,徐、刘能诗词。十六岁时,陈衍喜张惠言《词选》,始学填词。陈衍集中的作词基本在十六岁至三十一岁之间,后绝去不为。今存《朱丝词》两卷,均为少壮时所作。所谓"少壮日偶有缠绵悱恻之隐,则量移于长短句",《朱丝词》中不少词即与萧夫人有关,彼时萧夫人初嫁,少年情事多见其中。

光绪二十四年(1898),陈衍与沈曾植相识于张之洞幕府。同年,沈曾植跋《朱丝词》:"慧情冶思,欲界天人,正使绝笔于斯,不妨与晚明诸公分席。若为之不已,将恐华鬘渐涴,身香浸减。耆卿、美成晚作皆尔,达者当有味斯言。"[48]评价甚高。石遗自言喜北宋,《石遗室诗话》卷二十四载自作《疏影》赋菊影三阕,称"词本非所工,少日偶一为之,则雅慕北宋,不欲烟视媚行,如近人之效南宋者,故粗硬既所时有。"[49]此段文字与《朱丝词自记》几乎一致,这部分诗话刊载于民国五年(1916)《东方杂志》第13卷第12号。两年之后,民国七年(1918),《朱丝词》刊行,朱祖谋为题签。这两卷词虽然石遗很想焚毁,却因为是当年萧夫人手抄,不忍为之,时萧夫人已经去世近十年。石遗《为古微同年题〈彊村校词图〉三首》之三:"不敢填词四十年,为存本事漫雕镌。"《朱丝词》今上海图书馆藏有红印本,为民国八年(1919)四月石遗赠予赵尊岳,有赵尊岳识语及《浣溪沙》两阕,其一云:

　　　　　阁雨轻云仔细论,画帘春事老江村。主人期许一尊温。　　寂寞荼蘼心半约,凄凉燕子泪双痕。玉台临咏总销魂。

　　　　主人雅谊,惠此一卷,犹述及夫人手写,戚焉感之。归来展读,记此一解,调寄《浣溪纱》。[50]

《朱丝词》存词作并不多,近五十首,多与萧夫人有关。石遗与萧夫人伉俪情深,当年情事涌上心头,酸楚难言。然而石遗并非所有的词作均收入《朱丝词》,《侯官陈石遗先生年谱》(1886):"春尽日,有寄先母一书,附《柳色黄》词一首。今载《平安室笔记》中,词未载。"[51]《平安室笔记》为萧夫人所撰《戴花平安室札记》,记夫妇之爱,文辞清雅动人。

七　闽词征序

　　　　子有提学归里展墓,告余将有《闽词征》之刻。询其宗旨所在,则曰:世有诋闽人填词音韵不叶者,吾将执斯集以辟之,乞以一言弁简端。余曰:吾福建虽处海隅,而五岳则有南岳霍山,四渎则三江之南江发源焉。故其文明之盛,四部中多发明前人所未发。甲部则伪《古文尚书》,吴棫首疑之,朱子信之,吴澄继之,而后阎百诗、王礼堂诸儒始哀有成书。古音之说亦始于棫之《韵补》,明陈第光大之,于是有《毛诗古音考》、《屈宋古音义》,而后顾亭林、江慎修、段懋堂诸儒皆有成书。乙部则《通鉴纪事本末》,于纪传、编年外,独创一体,风行全球焉?丙部则丛书创于曾慥之《类说》,而后笔记之类荟萃成一巨帙。至于丁部之词曲,历唐五代宋初,仅有小令、中调,自柳耆卿出,乃创为长调。少游、美成辈继起,而后词学大成。其耆卿所为词,有淫冶不轨于正,而古今论词者不敢过为诋諆,则以其开南北曲之先声,元代传奇家所当奉为鼻祖也。以音韵之学则如彼,以词曲之学则如此,不学之徒,尚有所饶舌,亦多见其不知量已。七十五叟陈衍书。

此文作于民国十九年(1930)。刊载于《青鹤》1933年第1卷第10期,钱仲联《陈衍诗论合集》已收录。林葆恒(1872—1950)字子有,号訒庵,福建闽县人。光绪十九年(1893)举人。著有《訒庵词钞》、《瀼溪渔唱》等。在天津组织词社,后在上海创建沤社,并襄助叶恭绰编《全清词钞》。林葆恒父亲林绍年,与石遗为多年好友,且两家有姻亲关系。民国二十年(1931),《闽词征》六卷刊行。林葆恒此辑选显然是对有人诋毁闽人填词音韵不叶的一种回应,林葆恒《闽词征绪言》:

　　　　曩见无锡丁杏舲绍仪《听秋声馆词话》载:"闽语多鼻音,漳、泉二郡尤甚,往往一东与八庚、六麻与七阳互叶,即去声字亦多作平,故词家绝少。"[52]

同治八年(1869),丁绍仪《听秋声馆词话》刊行,卷一八确实对闽词有一番批评。然历来闽人填词多以不协音律为词学家诟病,邹祗谟《远志斋词衷》:

　　　　沈休文四声韵中,如朋与蒸、靴与戈、车与麻、打与等、卦划与怪坏之类,挺斋、升庵,俱驳为鴃舌。而宋词中至张仲宗呼"否"为"府",以叶"主"、"舞";林外呼"琐"为"扫",以叶"老";俞克成呼"我"为"襖",以叶"好";《词品》皆指为闽音,其说甚当。[53]

此则内容复见于《词苑丛谈》卷二、《词苑萃编》卷一九、《全闽词话》卷三。林外《洞仙歌·垂虹桥》词有句云："归去也,林屋洞关无锁"。杨湜《古今词话》载："昔有人题此词于吴江垂虹桥,不书姓名,或疑仙作,传入禁中。孝宗笑曰:'以"锁"字押"老"字,则"锁"当音"扫",乃闽音也。'访之,果系闽人林外所作。"[54]可见对于闽音之质疑由来已久,并非丁绍仪一人。陈兼与《闽词谈屑》第一条即针对闽音一事:

> 丁绍仪《听秋声馆词话》云云。此言之过甚,予亦不谙闽南话,若福州音,必不至此,惟偶有读音相近而误叶者。宋人某笔记,今忘其书名,亦有一则,大意谓西湖有题诗者,萧、尤二韵同押,某见之,谓此必闽人之作,迹之果然。因萧、尤二韵字,福州人读之,分别甚微也。李墨巢(宣龚)犹尝以皓、筱、个、数韵同叶,如其集中《醉叶楼夜饮看画》一首,韵用可、老、好、扫、坐、火诸字,亦以闽音此数字相近也。然犯此者,多属一时疏忽,极为少数。瞿蜕园(宣颖)在日,曾问予:"吾聆闽人读诗词,似乎平仄甚乱,及视其作品,则又无字不叶,无音不谐,又何故?"予答谓子不谙闽音之故。闽称南蛮鴂舌,然读字阴阳平侧之间,固是非常明晰。[55]

丁绍仪《国朝词综补》所选闽籍词人寥寥无几。林葆恒《闽词征》之辑正是对丁绍仪的回应,此节相关论述甚多,兹不赘述。《闽词征》之后,林葆恒致力于补充王昶《国朝词综》、黄燮清《国朝词综续》、丁绍仪《国朝词综补》等选本,惜以"江湖满地,杀青无日,先印目录"[56]。民国三十二年(1943),《补国朝词综补目录》油印本刊行,今上海图书馆有藏。两年之后,《清词综补遗》一百卷编成。

石遗这篇序名为《闽词征》所作,所论又不仅仅是词,也并未纠缠于丁绍仪所提到的问题。闽音之病,石遗非不知。民国五年(1916),石遗应沈曾植之请为刘家谋《操风琐录》题跋,有云:"吾乡人自赵宋以降,动以性理之学相取重,言考证者绝勘。方音又甚异于四方,音韵一道,宜无或过问者。然宋吴棫氏之《韵补》,明陈第氏之《毛诗古音考》《屈宋古音义》,中州北方之学者,未能或之先。近人黄宗彝氏之《榕城方言古音考》、谢章铤氏之《说文闽音通》,皆与于好学深思之数。"[57]石遗《闽词征序》从四部一一展开,重点展现闽人的贡献,最后落到丁部之词曲。词从唐至宋初,仅有小令和中调,直到柳永创作长调,其贡献毋庸置疑。正是由于柳永的开创,之后秦观、周邦彦等人继起,词学方得大成。然而柳词最为人所诟病者即其太过俗,不够雅正。然陈衍以为后人之所以不敢过分苛责柳永的原因,则在于柳词的这种俗正是开南北曲之先声。此论亦见于《石遗室书录》:"词中如唐之李温、南唐之二主,所谓大宗,然皆小令以至中调,犹诗之有律绝也。宋初作者犹然,仁宗时,耆卿出,始作慢词,多百十字,词之规模始大,犹诗之有歌行也。少游继之,遂有秦柳之称。柳词多近淫媟俚鄙,实开曲体。"[58]可以比观,足见宗旨。

八　忏盦词续稿题识

根柢梦窗,而无丝毫寒涩之致,其肆力于此道者深矣。读忏盦词毕,不禁为之一快。

衍甲戌重九后三日

此文作于民国二十三年(1934),《清词序跋汇编》第四册已收录。廖恩焘(1863—1954),原名凤舒,字恩焘,号忏盦,广东惠州人。《忏盦词》八卷《续》四卷,民国二十三年刻本,上海图书馆、复旦大学图书馆藏。前有朱祖谋题识,末有陈衍、龙榆生、陈洵等人题识。题识诸家论及廖词均以为宗梦窗,若龙榆生亦称"尊词丽密之中潜气内转,用能运动无数丽字,一一飞舞,异乎世之以晦涩求梦窗者",[59]俱可同参。梦窗词在晚清词坛影响巨大,然当依个人性情选择取法对象,转益多师,而非与世同好。《石遗室诗话》卷一五:"疑始有绝句《答友人》云:'王石谷画苏书温李诗,桐城文派梦窗词。咸同以后成风尚,吾意难同肯诡随。'此语皆实录,惟'温李诗'三字不甚确。"[60]

遗憾的是,石遗为程颂芬词集所作序今已不得见。程颂芬,生卒年不详,字彦清,号牧庄,湖南人。程颂万兄长。易顺豫《三程词钞跋》:"牧庄才力天纵,中遘末疾,尝自焚其词稿,赖子大搜求遗烬,以有是编。微婉幽脆,光景常新,亦必传作也。"[61]可见程颂芬曾有焚稿之举,今所存者为程子大搜集所得,《三程词钞》收录程颂芬《牧庄词》三卷,无石遗序。

结语

石遗自作词仅存二卷,壮年后几不复作。关于词集序跋的文字也很少,且未收录文集中,而是部分见载于《石遗室诗话》。若次玉词叙仅存片段,并非不愿留存,而是《叙》亡已久,无从捡拾。与《石遗室诗话》这样的诗学专著相比,此类文字分量既轻,亦不成系统。石遗对于有清一代词学脉络,显然并没有对诗学那样的了然于胸,故而难免有不通之处。论词之际,常以诗来作比拟,固属难脱离诗论家身份。石遗虽自言喜北宋词,自作又非局限于此,《小三吾亭词话》即举其词数阕,以为善学稼轩。今将所见数篇序跋略为考释,非仅为窥见石遗词学主张,亦为存师友情谊。所叙数人中,交情深浅,不一而足。石遗《不匮室诗钞序》云:"故有相知未久而叙其诗,未相见而叙其诗者,其有相知久而始叙其诗者,殆所谓文字因缘,非其诗不相遭欤。"[62]

注　释:

* 本文系福建省社科基金一般项目"晚清闽派诗人研究"(项目编号:FJ2024B051)阶段性成果。

[1][62]　陈衍《不匮室诗钞序》,《国学商兑》1933年,第1卷第1期。

[2][5][7][10][12][22][24][26][29][30][31][37][39][49][60]　陈衍《石遗室诗话》,人民文学出版社2004年版,第308、308—309、309、308、309、309、126、126、309、283、309、226、372、370、245页。

[3][55]　《词学》编辑委员会《词学》第3辑,华东师范大学出版社1985年,第244、212页。

[4][25][34][41][53][54]　唐圭璋《词话丛编》,中华书局1986年,第4787、4335—4336、630、3825、666、43页。

[6][8][9]　张炎《词源注》,人民文学出版社1963年版,第16、16、23页。

[11][15][18]　李宗褘《双辛夷楼词》,民国二十二(1933)年,铅印本。

[13][23][35][47][48][51][57]　陈衍《陈石遗集》,福建人民出版社1999年版,第1956、1965、1889—1990、411—412、411、1957、627—628页。

[14]　陈衍《近代诗钞》,民国十二年(1923)铅印本。

〔16〕 劳祖德《郑孝胥日记》，中华书局1993年版，第4册，第1845页。

〔17〕〔21〕 李宗祎《双辛夷楼词》，民国九年，铅印本。

〔19〕〔20〕〔58〕 陈衍《福建通志》卷七二，第12册，第231、231、228页。

〔27〕 陈乃乾《清名家词》，上海书店1982年版，第10册，第1页。

〔28〕〔44〕 朱彝尊《曝书亭全集》，吉林文史出版社2009年版，第453、477页。

〔32〕 王国维《人间词话》，上海古籍出版社2008年版，第35页。

〔33〕 邓广铭《稼轩词编年笺注》（增订本），上海古籍出版社2007年版，第622页。

〔36〕 "必有其所以自得之趣"，作"必有其自得之趣"。"固"无。"者"无。"则"无。"犹诗之有唐宋也"，作"犹唐人诗之有初、盛、中、晚也"。"近人之为诗有祧唐之言矣，其实乌能祧唐，宋无不自唐出，稍变本加厉耳。为宋者，未真知宋也。"此段无。"其于词"，作"今之为词者"。"殆剪彩为花，迭石为山矣"，作"非不翘然足自意也"。"余于词雅喜北宋"，作"余则癖嗜北宋"。"抑"无。"容易近于枝枝节节而为之"，作"已迭石为山，植盆为花"。"六字"，作"六七字"。"即"，作"且"。"其在木本之花，固有如山桃、溪棠、梨花、木笔、朱藤之属"，作"有如山桃、溪棠、梨花、木笔之属，木本者也"。"亦牡丹、芍药，繁然一株花也"，作"亦芍药、牡丹，繁然一株花也"。"为南宋者之于花"，作"为南宋者"。"哉"，作"耶"。"余久识君直，知其工词，今夏过鄂，想从言笑者无虚日。出观《云瓻词》。"此段无。"词则为北宋者也，君直能为诗，必玉溪生，而不留稿，则其肆力于词也嫥矣"，作"君直为诗必玉溪生，词则北宋，不于世人所共趣者从而趣之，可不谓贤者乎"。"属余为序"无。"于此道既浅而荒，则所以为君直叙，吾亦妄见而妄言之"作"此道既浅而荒，徇君直请，姑妄见而妄言之。其为世人所骇且笑也必矣"。"陈衍拜书君直叙下落者字"，作"甲辰九月书"。

〔38〕〔59〕 杨传庆《词学书札萃编》，南开大学出版社2015年版，第32、492页。

〔40〕 "为元祐"，作"诗中苏黄"。"国朝二百余年"，作"清三百年"。"未能"，作"未易"。"第以"，作"直喜"。"遂为浙派末流所诟病"，作"遂为词家所病"。"大江东去"，作"《念奴娇》"。"明月几时有"，作"《水调歌头》"。"千古江山"，作"《永遇乐》"。"曾"，作"独"。"不以雕琢一一冷隽字句，自诧得三昧者也"，作"不以雕琢一二冷隽字句为能事者"。"张皋文曰：'宋之亡而正声绝，元之末而规矩隳。'观其所选，于南宋诸家矜慎为何如矣！"此段无。"郑仲濂"后有"先生"。"余于词"，作"余于此事"。"读先生词"，作"读此词"。"庚戌十月陈衍叙"，无。

〔42〕〔43〕 宋谦《灯昏镜晓词》，宣统二年铅印本。

〔45〕 国家清史编纂委员会《赵凤昌藏札》，国家图书馆出版社2009年版，第2册，第454页。

〔46〕 黄苏《蓼园词选》，民国九年（1920）铅印本。

〔50〕 陈衍《朱丝词》，民国七年（1918）刻本。

〔52〕 林葆恒《闽词征》，民国二十年（1931）刻本。

〔56〕 林葆恒《补国朝词综补目录》，民国三十二年（1943）油印本。

〔61〕 程颂万《三程词钞》，民国十八年（1929）铅印本。

〔作者简介〕 窦瑞敏，厦门大学中国语言文学系助理教授。主要研究方向为清代诗学文献。

钱锺书《容安馆札记》杜诗批评刍议*

万明泊

纵观钱锺书的学术著作,《谈艺录》、《管锥编》二者遥相呼应,共同构筑起他的话语空间。《谈艺录》多为"诗话"形式,论述范围由唐至清;《管锥编》则以"札记"面目,横贯经史,考察范围也主要由先秦至宋。二者出版时间一早一晚,研究内容一后一前,形成了一种无声的交织,寓有对中国文化整体的批评与反思。而《管锥编》又是一部未完成的作品,不少重要的内容还未进一步展开讨论,便匆促收尾。钱锺书在致友人的信中说:"假我年寿,尚思续论《全唐文》、《少陵》、《玉溪》、《昌黎》、《简斋》、《庄子》、《礼记》等十种,另为一编。"[1]可见,依据钱锺书的设想,这些体量颇大的研究将纳入到《管锥编》的写作系统中去,从而更好地完成他整体文学观念的建构。但可惜天不假年,这样的设想最终未能实现,也使他文学图景中留下了些许遗憾的空位。

在这些空位之中,尤为值得我们留意的是他对杜甫的关注。实际上早在《谈艺录》,钱锺书就以"杜样"为名目点评宋明诸家,认为"少陵七律兼备众妙,衍其一绪,胥足名家",同时他又将"杜样"归纳为"雄浑高阔,实大声弘"[2],指出能得杜甫此体的诗人如晚唐李商隐、郑谷,北宋之欧阳修、苏轼、张耒,南宋之陈与义、陆游,明代之李梦阳、李攀龙、王世贞等。钱锺书以此论直指杜诗的艺术内核,但他对杜诗的具体意见究竟为何,却始终语焉不详。那么,面对这个《管锥编》遗留下来的空位,《谈艺录》模糊不清的轮廓,笔者试图从《容安馆札记》(以下简称《札记》)出发,搜集捕捉相关材料,以期还原钱锺书对杜诗的具体态度与意见。

《札记》作为钱锺书的读书笔记,具备极强的私人属性,字字句句皆由其亲笔写成。书中反复涂乙的文字样式,直率随性的语言表达,都印证着这一特质。此外,该书时间跨度较大,蕴含着许多尚未成型的看法,通过对照比较,能明显看出钱锺书学术观念上的变与不变。《札记》的写作形式以摘抄评论为主,一般是先述所读作品版本及总评,随后摘录书中内容再进行具体赏析,《管锥编》中不少内容(如《周易正义》、《毛诗正义》)正是在《札记》的写作基础上形成的。而《管锥编》中那些尚待增补的部分,也在《札记》中有所呈现。从钱锺书杜诗研究这一个案入手,既可以厘清杜诗在钱锺书诗学体系中的位置,又可以构建出他诗学批评的研究范式,为今后的研究提供一份可供参考的样本。

本文收稿日期:2022 年 3 月 5 日

一 细加褒贬：仇氏注本的得与失

在《札记》第七八九和七九〇两则中，钱锺书以仇兆鳌的《杜诗详注》为底本，既细致地分析仇氏注本的得失所在，又借此集中展现了他对杜诗的整体意见，洋洋洒洒，胜义频出，此前并未有学者拈出。可以说，钱锺书对杜诗能有如此详尽且细致的评点，这在他之前著作中是未曾见到的。

从内容上看，《杜诗详注》可谓前代注杜的集大成者。该书"参考了大量前人和时贤的著作，以集解的形式汇粹了历代注释和研究杜诗的成果"[3]，是治杜诗非常重要的一部参考书。但自其问世以来，对它的正负面评价往往都集中于其援据繁富上，而与之相关的研究也多围绕《杜诗详注》征引的问题进行展开，纷纷为之补苴罅漏。所以，钱锺书以此为讨论的底本，一方面是看重了该书援引材料的丰富，可以尽情地勾稽索隐，引譬连类；另一方面，钱锺书也在试图对该书内容进行修正补充，展现自我的博闻强识和对杜诗的独到把握。他在开篇就点出《杜诗详注》堆垛材料却不加考辨的问题，认为仇兆鳌"学凭耳食，评拾唾余，帖括之习毕露，饾饤之技易穷"[4]，言辞犀利，态度显豁。这同样也是《札记》的一贯写作态度，即所评点书目往往并非全然赞同，时常信手写出，直陈其弊，对内容进行修订或补充。

纵观该则内容，钱锺书旁征博引，胪列材料丰富，对仇注中一些明显的讹误进行了订正。同时，兼具学者与文人身份的钱锺书，议论往往别具手眼，擅长于文字幽微处开掘，勾画出一份带有诗人意味的观察。如针对《渼陂行》："船舷暝戛云际寺，水面月出蓝田关。"仇兆鳌将其注为："日色将暝，始历寺前，蓝田月出，光浸水中。"[5]钱锺书则将其理解为："云、寺、月、关皆倒影水中，如牵船岸上、坐船天上耳。"[6]这样的解释更具现场画面感，并接连征引杜甫《渼陂西南台》《万丈潭》《小寒食舟中作》中的相关诗句，以资参证。如此透辟且精准的解读，不光具备了学者的眼光，还是带有一份诗人的想象与观察。还比如在分析"老去诗篇浑漫与，春来花鸟莫深愁"一联时，仇兆鳌引钱谦益注为："花鸟得佳咏，则光彩生色，正须深喜。"[7]钱锺书持有不同意见，他指出："按大误，花鸟畏刻划损其生机精气。"[8]认为正是花鸟不必为诗人精妙的刻画夺去生气，所以才不会深愁。此处争议，牵涉到了中国传统美学批评的一个固有理念，即诗与画不只是对事物的描写与勾勒，更具备着摄人心魄的手段与力量。如《浩然斋雅谈》写李公麟画马，气韵生动，"放笔而马殂矣，盖神骏精魂皆为伯时笔端取之而去。"[9]因其描绘过于逼真，故马之形神皆为笔端所夺。《西游记》里也有类似的桥段，书中写小妖挂起影神图，八戒便大惊道："怪道这些时没精神哩，原来是他把我的影神传来也！"[10]可见艺术作品在传统观念里是带有某种通神的力量，其高妙的手法往往也意味着形神的掠夺。正是基于这样的理论考量，钱锺书才会有如此的解读。反观之钱谦益与仇兆鳌的理解方式，他们只是顺着文字表面含义去推求，并未触及其背后所蕴含的文化机趣。可见，钱锺书注杜的精妙在于他并非寻行数墨，而是将文字释读与文学感悟融在一起，形成了不同于一般学者的解读特色。正如《杜诗提要》所云："法易耳，间师小学所优，何齿焉？必尽得古诗人之体势，抉汉魏唐宋之藩篱，以兼通条贯于其间，而后可成一诗家。而顾斤斤于方寸之末以言诗，何浅之乎言诗也。"[11]传统的杜诗批评，或着眼于琐细的字句释读，或囿于老杜"诗圣"地位,大谈其忠君爱国与"集大成"之影响。尤其自宋以下,鲜有对杜诗艺术性提出深刻的见解,偶有牵涉,便为人所称颂。如司马光论《春望》,点出了杜甫意在言外的手法,各家注本便纷纷援引。而钱锺书的批评价值便在于他能够跳脱于疏漏的考释,优游于文史之间,将文字释读与艺术感悟相打通,体察杜甫字法句法之妙,将杜诗的艺术特色置于中心地位。

此外,钱锺书还对一些颇具争议的诗歌诠释给出了自己的看法。如《戏为六绝句》其五中:"不薄今人爱古人,清词丽句必为邻。窃攀屈宋宜方驾,恐与齐梁作后尘。"针对此诗,争议颇多。仇兆鳌注解为:"'今人'指后生轻薄者,'古人'指屈、宋、庾信、四杰,乃齐、梁嫡派。今人慕古之清词丽句,我岂敢薄之,但恐志大才庸,窃思仰攀屈、宋,而不免终作齐、梁后尘耳。"[12]依据仇注的理解,他认为"恐与齐梁作后尘"是在说"今人"虽渴望"窃攀屈宋",但因为他们志大才疏,最后难免落在齐梁文人之后。而杜甫认为齐梁诗歌是成就较高的,把齐梁诗歌看作"今人"心慕手追的对象,且这一对象颇难跨越,注解中隐含着对齐梁诗歌的肯定与积极评价。然其用语颇为纠绕割裂,似未得解。郭绍虞将其理解为:"'不薄'二句是说自己论诗并无古今的成见,只要是清词丽句,都有所取。窃攀屈宋二句阐明'清词丽句必为邻'之义,是说清词丽句,必须上攀屈、宋,与之并驾齐驱,否则仅仅追求词藻形式之美,就不免落入齐、梁的后尘。"[13]该注解隐含着对齐梁诗歌徒具形式之美的批评,也令人觉得杜甫对齐梁诗歌带有一定的贬低意味。如此截然相反的两种意见,钱锺书又是如何看待的呢? 在《札记》中他指出:"吾言今人之不能跨越前贤,非轻量今人也,特重视古人尔。倘词清句丽,则古、今人旷世而可把臂入林。然庾信、四杰虽办力远迈今人,顾区区之意,则欲法乎更上,高攀屈、宋,不屑逐六朝车后尘。'未及前贤'云云,正谓齐、梁、初唐固未可厚非,然而非师述之所先也。"[14]钱锺书的意见与此前注家不同,他以为杜甫将齐梁与初唐诗歌公平看待,不含褒贬,同时需要将屈、宋视作追慕模仿的对象。这一观点,更近于中正持平。此外,他借用卢藏用的话:"流靡忘返,至于徐、庾,天之将丧斯文也。"[15]以此来说明时人对齐梁诗歌的鄙薄,杜甫此作正是为了矫正这样的印象,并非如同仇兆鳌所说的以徐、庾之流为批评效仿的对象。

钱锺书之所以能得出这样的解读,实际上有赖于他一贯的批评理念。他认为:"言不孤立,托境方生;道不虚明,有为而发。"[16]认为某种言论不是凭空出现,必定依托于某种环境而产生。所以在阐释的过程中,他注重体察文辞背后蕴藏的时代氛围,藉由对时代氛围的考索来完成对作品的解读,"积小以明大,而又举大以贯小;推末以至本,而又探本以穷末。"[17]以此来交互往复,形成阐释之循环。所以,他在分析杜诗时也遵循着这一原则,解读某句诗时也勾连同时代诗人之意见,表微阐幽,发覆言、境之隐曲,以一时之风气揣摩文辞。陈寅恪在论及如何解释古典故实时提出:"须引其它非最初,而有关者,以补足之,始能通解作者遣辞用意之妙。"[18]钱锺书的旁征博引,胪列材料,也暗合了这一观点。他在品评《杜诗详注》得失时,并没有只停留在繁富的注释中,更是从自身的阅读出发,结合更为丰富的材料,以此来调停错误,折中分歧,综括意见。

二 观乎文心:杜甫诗风的承与变

钱锺书作为淹通古今、兼长中西的学者,其论诗意见繁多,看似未成体系,但从中比对分析,详加查考,便能体会他对诗歌审美的独特把握。值得注意的是,钱锺书在鉴赏诗歌时不止是以学者身份品评,更是以一个诗人心态去体悟。这一观照方式使他追慕"古来雅人深致"[19],尤为注意古今诗眼文心之所在。所以,他的谈艺也成为了蒂博代所谓的"居于艺术最深处的批评"[20]。也就是说,与同时代的大多数批评家相比,钱锺书的品评更多体现为与诗歌同好作别有会心的赏玩,指摘利钝,带有鲜明的娱己色彩。如他给王水照的信中,就提到了《石壕吏》、《琵琶行》、《秦妇吟》结尾三者颇为不同,提醒研究者关注。他批评《秦妇吟》的结尾是:"一味颂祷,浑忘己与此妇对话。参观少陵《石壕吏》'天明登前途,独与老翁别',香山《琵琶行》'座中泣下谁最多,江州司马青衫湿',两种结法。"[21]钱锺书认为《石壕吏》、《琵琶行》的结尾是呼应的,而《秦妇吟》的结尾是完全脱离叙述,落了俗套。

在《札记》中,钱锺书则进一步发挥,将这三首诗的结尾视作观察唐诗盛衰的样本,从句法和章法的角度来把握诗特色。他指出《石壕吏》结构清晰,首尾分明,特别是结尾"寥寥十字,简质记事,而悲悯深怀悉在言外"。而《琵琶行》的结尾属于"缠绵唱叹,声泪交集"。这两种收法,语言虽平实简洁,却有万钧之力,可谓异曲同工。与之形成鲜明对照的当属《秦妇吟》的结尾,钱锺书批评其:"忽然便止,几同曳白,与少陵取别、香山下泪之皆落到自身者大异。则端己与此妇陌路相逢,如何了局收场,令人闷损。"他认为《秦妇吟》的结尾过于生硬突兀,不像前两首诗那样自然落脚到创作主体上,未能做到将情感完全投射进创作对象,从而产生真正令人动容的收尾。并进一步指出部分晚唐诗家的弊病,即他们只知道追求用字上的熨帖与巧妙,却忽视了谋篇的章法,使得诗歌创作只见好字却罕有佳篇,"三篇相较,亦可觇唐诗之盛衰也。"[22]这里的"盛衰",是从钱锺书自身的文学体悟而进行的评判,认为作诗不能仅仅着眼于某字某句,更应从全局出发把握整首诗的结构安排。这种从结尾入手的切入角度,以三首诗作为观察样本的敏锐捕捉,均体现了钱锺书对唐代诗歌的深刻把握。

又如论及《遣怀》:"愁眼看霜露,寒城菊自化。"仇兆鳌注为:"天地间景物,非有所厚薄于人,惟人当适意时,则情与景会,而景物之美,若为我设。一有不惬,则景物与我漠不相干。故公诗多用一'自'字,如'寒城菊自花'、'故园花自开'、'风月自清夜'之类甚多。"[23]仇氏点出杜甫作诗多用"自"字这一现象,颇见功力,但给出的解释却停留在情景交融与否的问题上,未能将其内涵阐释得透辟深入,意义圆足。实际上,有关于这一杜诗用字现象,不少诗论中均有所提及,如《韵语阳秋》中即谓:"老杜寄身于兵戈骚屑之中,感时对物,则悲伤系之。如'感时花溅泪'是也。故作诗多用一'自'字。"[24]《石林诗话》中亦有:"诗人以一字为工,世固知之,唯老杜变化开阖,出奇无穷,殆不可以形迹。如'江山有巴蜀,栋宇自齐梁。'远近数千里,上下数百年,只在'有'与'自'两字间。"[25]但以上内容的讨论皆未脱离修辞手法的范围,阐释的主张无外乎所谓物自物,情自情,人虽自有悲喜,但景物无所改变,情与物毫不相干,如此写来更衬托出一种悲凉。采用这样的造语方式,则是为了更好地呈现这样的情景关系,达到境与意会的写作效果。

针对这个"自"字,钱锺书在《札记》中给出一份细致且精当的阐发。与此前诗论相同的是,钱锺书也是在探讨情景关系;不同的是,他又做了更为细致的划分,细绎杜诗熔写之法,使这个字法的精妙处不只停留在修辞学,更包含着深刻的心理洞察。他将"自"字视作一个基点,以此出发,辐照万千,把景与情划分成三种关系:第一种是"觉其可供览赏,徒资摹写物色之篇"[26],诗人只是对眼前的风景做机械的刻画,既没有情感的投射,也缺少情景间的交融。钱锺书指出,这类写法在古今写景诗作中屡见不鲜,例证极多。

第二种关系是"觉其与人欢戚相通,类有情者"[27]。如《后游》中"江山如有待,花柳自无私"一句,道出景物与人情相通,诗中景物打上诗人情感之烙印。这一观点,可以同《谈艺录》中"执情强物""物我相契"概念两相比照。所谓"执情强物"是以作者为本位的审美境界,它源自钱锺书对李贺创作技法的体悟。钱锺书发现李贺作诗好用"啼"、"泣"等字,观照物象时,只顾传达自身的悲戚愁苦之音,并且是"连篇累牍,强草木使偿泪债"[28]。在描摹景物时,诗人执着于自我强烈的内心体验,先入为主,做单向度的情感投射,所以往往会看朱成碧,无视物态之万殊,这便是"执情强物"的一种状态。而所谓"物我相契"则是创作主体抛却种种成见与私欲,不受功利意图的牵绊,达到物我两忘的审美境界。在这样的境界下,诗人将自我生命融入在浩大弘广的自然世界里,"无容心而即物生情",在宇宙天地间自由俯仰,优游涵泳,完成主客体间的对话与体认。而这样的审美境界也是钱锺书欣赏与推崇的,因为它是"不期有当于吾心"[29]。不为先前的情绪所拘牵,所以能产生更好的艺术效果,达到物我性情的浑然一体。

第三种关系是"觉其自行其是,自便其私,而与人却风马牛"[30]。此处的景虽含情,但不跟人心意相同,如"寂寂春将晚,欣欣物自私"正指此。不过此处还需要两说:一说如《愁(强戏为吴体)》中的"自"字,草木花鸟自然生发,不与人的情绪相沟通;一说如《蜀相》、《滕王亭子》中的"自"字,意为地处偏僻,少有人来,空有好景却无人领略。这两种说法共同构筑了"自"在情景相隔中的展现。"自"作为一个虚词,不同于实词对物象的直接捕捉,对它的安排使用体现着诗人面对物象的细微意绪,背后蕴藏着诗人理性思忖的情感。钱锺书正是借一"自"字,关注到了其背后所包含的诗家心事,将物我情景间的关系做了深刻的阐明。而他这种独特的学术趣味,是与他在语言修辞问题上的看法密不可分,钱锺书颇为看重语言修辞,曾指出:"诗学亦须取资于修辞学。"[31]始终对修辞理论抱有浓厚的兴趣。其品评诗文带有机趣的色彩,而其趣味之优游、之雅致,使学术鉴赏更具通脱灵动的风格,并借助对修辞手法的赏鉴反观作品内在之肌理。

这也是钱锺书一贯的阐释分析策略,通过对发掘、引用大量具有互文性关系的文本,创作特定的批评语境,通过精细的文本阅读,达到指摘利钝、谈艺析理的目的。在上文分析中,钱锺书就是通过几处收尾和一个"自"字,发掘其相类的文学现象,借以达到特定批评,把握此言说模式上的微妙变化。在大段的文献征引中,钱锺书并没有被其材料的庞杂所淹没,而是深入到复杂的文本关系中,通过发掘古今共通诗眼文心,呈现最大的文本意蕴。

三 谈艺析理:杜诗造语之奇与警

从钱锺书以往的著作中看,其显著特点既是谈艺析理往往不株守文字,而是从人生的个性体悟出发,采用"摄吾之心印杜之心"[32]办法,感知其造语之奇警。比如《札记》评价《郑驸马宅宴洞中》:"春酒杯浓琥珀薄,冰浆碗碧玛瑙寒。"文中评点道:"按句法甚奇,略同《秋兴》之'香稻啄余'一联。盖谓'琥珀杯浓春酒薄,玛瑙碗碧冰浆寒'耳。杯色浓而酒色淡,遂似酒味亦薄;碗色碧,遂觉浆味愈寒。曲得心理,非如'香稻'一联之徒弄文字狡狯。"[33]对于著名的'香稻啄余'一联,此前注家皆激赏其造语新奇,而钱锺书却认为这不过是在摆弄文字游戏,反倒是前面一联更见功力。其中由酒色淡感到酒味薄,由碗色碧感到酒味寒,由视觉联想到触觉,恰如钱锺书所谓之"通感","诗人对事物往往突破了一般经验的感受"[34]。由一个感觉上升到另一种感觉,蕴含着独到的心理观察。杜甫在句法规则中常有突破,好用离析、倒句的方法,跳出一般的文法逻辑,凸显诗人刹那间的感觉,或赋予物象以浓重的主观色彩,形成鲜活灵动的意象,传达诗人独到的情感意趣,使读者因此生悟,触类引申。古代诗家对此多有评骘,赞其"语峻而体健,意亦深稳矣"[35]。钱锺书所评的这一联,既有倒装形式,又有微妙的感受,可谓是体健而意深。

钱锺书评价诗歌,也不止于一般的修辞鉴赏,而是跳脱文字之外,赏析言外的哲理情思。这一点,也因《札记》私密性与随意性的特征得以彰显。对于钱锺书而言,读诗论文往往不止于谈艺,还意味着要挖掘出隐藏在文字机趣背后的人生况味,体察出淹没于字里行间的人性矛盾。这种独特的行文方式,不光闪耀在他生前出版的学术著作中,更体现在《札记》内。其中信手挥洒的文字表述,随读随记的表现形式,好学深思的写作特征,都展现出一代学人将生活与学术连缀成一起的作风。比如《管锥编》中谈到文人感慨身世,好以"弈棋"为譬,书中在其后称引的一些材料,无非是为了证明"掷骰、弈棋,无非逢遇、幸偶之拟象而已"[36]。此处纯属客观的赏析,并无其它含义。而在《札记》中,钱锺书又一次谈到了"弈棋",言辞犀利地申发:"盖长安弈棋,观者徒见一枰之黑白分明,至于弈者之游丝碧落,正未易窥也。"[37]此处感慨世事变幻,人心难测,其用语颇为沉痛,寄意遥深,似乎隐含了作者的衷情,感慨身世,溢于言表。

故而当钱锺书品读杜诗时,在《札记》中也难免会有一些心绪的流露、人性的打量。此前诗家品评杜诗时,常会回归到杜甫忠君爱国之品质,如苏轼赞其"一饭未尝忘君"[38],夸大忠君在杜诗思想中的分量,用忠君爱国的主题遮蔽杜甫思想的多样性,"率尔咏怀之作,亦必迁就为之说。"[39]使得杜诗阐释颇为趋同,缺乏那种较为个性化的解读。而钱锺书在《札记》中的品评上,则打上了鲜明的作者烙印,在观点上虽然不能做到博综兼采,安排具美,但也常孤标翘出,提出些别具新意的想法。如谈到《病后过王倚饮赠歌》、《示从孙济》、《晦日寻崔戢李封》、《雨过苏端》诸篇时,常有人诟病杜甫"一醉一饱,便喜动颜色,感铭心脾",认定其殊无名士风流。钱锺书则对此表示理解:"慨乎言之,伤哉贫也。此等篇什虽津津道饮食,读之觉可哀而不可哂……贫士传餐,何暇作名士文酒风流态哉?"[40]此等直抒胸臆之语,没有将杜甫仰视成那个"一饭孤忠"的诗圣,而是将其平视,看到他的寒窘所在,理解到他背后的悲辛与不易,从而具备了解之同情,读出作品之外的诗人心曲。《札记》在评价《前出塞》、《后出塞》时,便直接指出:"二诗皆以少时意气风发云上始,老年心事灰寒冰冷终。"[41]

正是基于这样的平视眼光,钱锺书读杜诗才会产生出一些不同于主流观点的创见,以审慎和怀疑的态度去思考那些经典之作。如《奉赠韦左丞丈》中的千古名句:"致君尧舜上,再使风俗淳。"此二句历来为人称颂,而钱锺书却从自己社会认识的角度出发,认为该句尚有值得推敲的地方:"予不敢责子美虚声大言,而怪其夸口而未顺理成章耳。"[42]逻辑推导存在不通的地方,文辞中透露出某种不成熟的孟浪。随后引用了《南史·刘系宗传》中的一段话:"学士辈不堪经国,唯大读书耳。沈约、王融数百人,于事何用?"[43]直接道出读书人的政治幼稚病,并容易将现实政治情境简单化的问题,没有看到理论同现实环境间的巨大罅隙,以及文学才华在面对复杂状况下的无力。钱锺书指出前文只写了诗人的文学才能:"读书破万卷,下笔如有神。"那么,"操术如彼,便足以致治兴邦乎?何谈之容易!《论语·先进》记孔门四科,政事、文学尚分户殊途也。元、明人小说院本写伍子胥文武全才,可以安邦定国。《临潼斗宝》智服强秦,不过凭猜谜拆字。子美藉吟诗作赋之才,复大同小康之治,其旨何以异乎?"[44]此诗似将文章之才等于政治之才,没有考虑到政治问题本身的复杂所在,那就难免会陷入到一种过于理想化的境地。我们将其与钱锺书自己的人生经历相关联,设身处地,或许更能识其"言外有哀江南在"[45],品读出赏鉴文字背后的现实压力。

还比如,《札记》在评价杜甫《独立》一诗时,认为诗中所描绘的景象,其中蕴含着深刻的人生哲理,指出:"观物态而悟世情:高天大地,皆伏杀机;鱼跃鸢飞,莫非强食。"[46]在自然当中,看似和谐共生,实际上弱肉强食;此类现象,是处可见。这段批语中,包含了钱锺书痛切的观察。在《管锥编》中,钱锺书也引用了杜甫这首诗,为的却是批驳所谓道法自然的说辞。他指出《老子》中的"法自然",只是聊以缘饰,并非是真的为了师法。因为倘要师法,自然就不止有和谐冲淡的一面,也有杜甫笔下杀机四伏的一面。而这一面,又常为道家所忽略,"苟以此为天地自然而法之,则'圣人'之立身操术必大异乎师草木之'柔脆'矣。"[47]可见,钱锺书对杜诗的分析不仅局限在狭义的文学研究,也着眼于更广泛的文化研究中,从大的社会人生角度来把握诗歌之内涵。

总之,《札记》品评杜诗,不只具有艺术上的敏锐把握,也有结合着自我人生的深刻省察。较之于其正式编定的《谈艺录》、《管锥编》,《札记》的心绪吐露得更加直白,言辞也更为激烈,怀有某种对人世更为深沉的寄寓。通过这种材料上的比对,在这层层文字的去取之间,或许读出掩映在评语背后的文化忧思。

结语

由此,通过对《札记》内容的一系列分析,我们可以发现其在体例上,是明显具有阅读摘要和读书心得的双重功能;在内容上,其阐发作品典籍,重心不在全书全局,而是着眼于微观的问题。见微知著的观察,直凑单微的体认,是札记体著述较为突出的特征。钱锺书以札记体的形式评注杜诗,将人生体悟与艺术品鉴相勾连,在荟萃前人评点的基础上又时有新见,体现了他别样的杜诗观。钱锺书曾自道其"于古今诗家,初无偏嗜"[48],而时人却因其作诗字字有出处,故常以宋诗目之。此番论杜评杜,则足以证明钱锺书于唐诗宋诗皆用力甚勤,并无偏废,可见其一以贯之的诗学理念。以这样的角度介入钱锺书的批评话语,或可以纠正一些我们习焉不察的谬见,厘清其诗歌批评脉络。

同时,由于杜诗的浩瀚广博,大凡校注、点评、笺释、评点等,都以厘清典故、发明深曲或申张自我读杜心得为出发,偶有评述他人论杜之得失,亦多零星,散见于各集或诗话中,未获统贯。而《札记》所载钱锺书评杜则较为具体细致,笺释品评兼具,比较全面地展现出其对杜诗妙处的讨索探求。特别是其中的点评批语,意新语工,恣肆流畅,字字句句皆从胸襟流出。纵观杜诗注释史,宋代注杜大多注重字句、篇章、典故,以及地理、职官等细节史实的注释,明人则转为对杜诗循文衍义的训解和点评鉴赏。钱锺书的注杜则是依据前人研究的成果,旁搜博采,抉隐发幽,以脉络贯注、层次不紊的表述方式,形成了杜诗批评的新境界。并且藉由其对杜诗的批评,我们能看出钱锺书对前人注杜的看法,并有助于重新定位杜诗在他学术观察中的位置。

此外,钱锺书对杜诗的批评意义还不止于对其人其诗的臧否。由于杜诗既是此前诗歌的集大成者,又穷工极变,变化而不失其正,作诗有规矩章法可循,"开宋人之门户"[49],在宋代的诗学语境中有重要意义。所以,分析钱锺书对杜诗的批评内容,考辨其具体而微的诗学主张,更有助于我们去勾连钱锺书的其他作品,不只是《宋诗选注》或《谈艺录》,还比如新近出版的《钱锺书选唐诗》就是一个很好的样本。该书所选杜甫诗歌一百七十四首,所选数目仅次于白居易诗,足可见钱锺书对杜诗的看重。以此来两相对照,一窥诗歌发展过程中的融合与演变,把握钱锺书的文学观念。陈衍谓:"唐诗至杜、韩而下,现诸变相。"[50]其间的渊源流变,颇耐思量。钱锺书以旁征博引的写作方式,打通中西式的治学风格,开拓了杜诗批评的研究范式,提供了一个别样的诗学批评样本。

注　释:

 *　本文为中国人民大学2021年度拔尖创新人才培育资助计划项目阶段性成果。
〔1〕　郑朝宗《滨海感旧集》,厦门大学出版社1988年版,第124页。
〔2〕〔16〕〔28〕〔29〕〔31〕〔45〕　钱锺书《谈艺录》,三联书店2019年版,第455、659、135、142、596、1页。
〔3〕　蒋寅《〈杜诗详注〉与古典诗歌注释学之得失》,《杜甫研究学刊》1995年第2期,第43页。
〔4〕〔6〕〔8〕〔14〕〔22〕〔26〕〔27〕〔30〕〔33〕〔37〕〔40〕〔41〕〔42〕〔44〕〔46〕　钱锺书《钱锺书手稿集·容安馆札记》,商务印书馆2003年版,第2487、2493、2500、2501—2502、2488、2491、2491、2491、2494、109、2494、2497、2489、2489、2490页。
〔5〕〔7〕〔12〕〔23〕　杜甫著,仇兆鳌注《杜诗详注》,中华书局1979年版,第181、811、900、606页。
〔9〕　周密《浩然斋雅谈》,中华书局2010年版,第8页。
〔10〕　吴承恩《西游记》,中华书局2011年版,第445页。
〔11〕　吴瞻泰《杜诗提要》,黄山书社2015年版,第3—4页。
〔13〕　郭绍虞编《历代文论选(第二册)》,上海古籍出版社1979年版,第62页。
〔15〕　董诰等编《全唐文》,中华书局1983年版,第2402页。
〔17〕〔19〕〔36〕〔47〕　钱锺书《管锥编》,三联书店2007年版,第281页。
〔18〕　陈寅恪《柳如是别传》,三联书店2011年版,第11页。
〔20〕　蒂博代《六说文学批评》,赵坚译,三联书店2002年版,第79—80页。
〔21〕　王水照《钱锺书的学术人生》,中华书局2020年版,第299页。
〔24〕〔25〕　何文焕辑《历代诗话》,中华书局1981年版,第484、420页。
〔32〕　浦起龙《读杜心解》,中华书局1961年版,第5页。
〔34〕　钱锺书《七缀集》,上海古籍出版社1985年版,第69页。

［35］魏庆之《诗人玉屑》，上海古籍出版社1978年版，第342页。
［38］苏轼《苏轼文集》，中华书局1986年版，第318页。
［39］宋濂《宋濂全集》，浙江古籍出版社2014年版，第1256页。
［43］李延寿《南史》，中华书局2000年版，第1286页。
［48］李明生编《文化昆仑：钱锺书其人其文》，人民文学出版社2000年版，第47页。
［49］许学夷《诗源辨体》，人民文学出版社1998年版，第220页。
［50］陈衍《石遗室诗话》，人民文学出版社2004年版，第226页。

〔作者简介〕　万明泊，男，1995年生，辽宁师范大学文学院讲师。

《俞樾诗文集》（全7册，明清别集丛刊）

（张燕婴点校，人民文学出版社出版）

　　《俞樾诗文集》收录俞樾诗文作品《春在堂诗编》、《宾萌集》、《春在堂杂文》等二十六种，另有诗文辑佚和附录三种。收录在《春在堂全书》中的作品集大部分经过俞樾亲自审定，但是由于前后汇刻多次，书中仍有不尽如人意的地方。一则早年刊本晚年重编时，多有芟薙，整理者在校点时做了精心的覆覈考辨。二则汇刻本中存在一些讹误，虽然此前已有蔡启盛校勘，但仍有未尽之处，整理者做了认真的查核订正。三则《诗编》、《杂文》之外，仍有佚文，俞樾曾亲自辑录补刻，但仍有众多佚诗佚文散在各处，整理者为此做了大量的搜集、补订。总体来说，该书较为全面地反映了俞樾的诗文创作情况。

《归懋仪集》（上下，明清别集丛刊）

（赵厚均点校，人民文学出版社出版）

　　归懋仪（1761—1832后），字佩珊，常熟人。一生交游甚广，著述甚富，为清乾隆、嘉庆、道光年间非常活跃的闺秀诗人，传世作品超过千首。归懋仪集的版本情况非常复杂，本次整理搜罗国图、上图、南图等藏刻本、稿本多种（包括柳亚子藏南社抄本、丁祖荫抄本），对《绣余小草》、《续草》、《再续草》、《三续草》、《四续草》、《五续草》、《余草》、《近草》进行全面整理，并进行补遗，均细加校勘。前言梳理其生平事迹、创作情况、作品版本情况，附录诸家唱和、生平资料、其夫李学璜作品集《枕善居诗剩》等。本书可谓是归懋仪诗文作品最为完备、精确的读本。

20世纪以来唐诗学的局部回顾
——刘长卿诗歌研究学术史述评

叶 蕾

唐代以来,刘长卿作为大历时代诗坛的代表性作家,诗论家对其多有好评。然而时至清代,他的生平事迹和诗歌创作始终没有得到系统的研究,诗集也无人整理、注释。直到20世纪,刘长卿及其诗歌才进入现代学术研究的视野,经赵万里、卞孝萱、傅璇琮、郁贤皓、储仲君、刘乾、张君宝、房日晰、陈顺智、杨世明等诸多学者的努力,其诗作的整理、研究取得了可观的成绩,分别体现在诗集版本梳理、生平及作品考证、思想内容和艺术特色分析、接受与传播研究几个方面,共同构成20世纪以降刘长卿研究的学术史,从一个局部反映出当代唐诗研究的艰难历程和辉煌成果。

一 历史上的刘长卿

刘长卿两《唐书》无传,仅诗集著录于《新唐书·艺文志》。但无论在当时还是后世,刘长卿诗都广受推崇,赢得很高的评价,而且随着时代推移,其诗歌的典范性和诗歌史地位得到越来越多的认可。

刘长卿青年时代即有大名,在京应试时被举子推为"棚头"即举人领袖,最被看好的有希望夺魁的才人。及其登籍入仕,蹭蹬多厄,两遭系狱贬谪,当世论者褒贬不一。为长卿抱不平、褒扬其人品的,有独孤及《送长洲刘少府贬南巴使牒留洪州序》:"曩子之尉于是邦也,傲其迹而峻其政,能使纲不紊,吏不欺。夫迹傲则合不苟,政峻则物忤,故绩未书也。而谤及之,臧仓之徒得骋其媒孽,子于是竟谪为南巴尉。而吾子直为己任,愠不见色,丁其胸臆,未尝蒂芥。会同遭有叩阍者,天子命宪府杂鞫,且廷辨其滥,故有后命,俾除馆豫章,俟条奏也。"[1]而对长卿人品有微词的,则是高仲武《中兴间气集》:"长卿有吏干,刚而犯上,两度迁谪,皆自取焉。"[2]这里说他"刚而犯上",虽未说明具体事由,但"皆自取焉",毕竟含有咎由自取的遗憾之意。范摅《云溪友议》载:"刘长卿郎中,皆谓前有沈、宋、王、杜,后有钱、郎、刘、李。刘君曰:'李嘉祐、郎士元,焉得与予齐称也!'每题诗,不言其姓,但长卿而已,以海内合知之乎。士林或之讥也。"[3]可见在时人眼中,刘长卿为人是颇为倨傲的。

本文收稿日期:2023年2月15日

唐、五代时期对刘长卿诗的评价,以"五言长城"之说最有影响。这个说法出自权德舆《秦征君校书与刘随州唱和集序》:"(秦系)悉索箧中,得数十编,皆文场之重名强敌,且见校以故敌,故随州刘君长卿赠答之卷,惜其长往,谓余宜叙。嚱夫!彼汉东守,尝自以为五言长城,而公绪用偏伍奇师,攻坚击众,虽老益壮,未尝顿锋。词或约而旨深,类乍近而致远,若珩珮之清越相激,类组绣之玄黄相发,奇采逸响,争为前驱。至于室家离合之义,朋友切磋之道,咏言其伤,折之以正,凡若干首,各见于词云。"[4]"五言长城"本是刘长卿看重自己五言诗的自诩,权德舆引述以衬托秦系避其锋芒、以七言角胜的巧智,但后世常误作权德舆褒赞刘长卿之说。高仲武《中兴间气集》评价刘长卿诗,仅肯定"甚能炼饰",同时又认为缺乏新奇之趣,而且每每语意雷同,尤多见于落句,他断言是"思锐才窄"的缘故,即有思致而才力不足。他摘出的几联诗句,也付之褒贬参半的评案,看得出他对刘长卿诗歌的评价是有所保留的:"如'草色无征路,松声傍逐臣',又'细雨湿衣看不见,残花满地落无声',裁长补短。盖丝之微颣欤。其'得罪风霜苦,全生天地仁',可谓伤而不怨,亦足以发挥风雅矣。"[5]但是这种评价并未被诗坛认可,到二三十年后的元和时期,皇甫湜《答李生第二书》批评当时"争为虚张,以相高自谩"[6]的习气,曾说"诗未有刘长卿一句,已呼阮籍为老兵矣。笔语未有骆宾王一字,已骂宋玉为罪人矣。"[7]可见在当时文人的心目中,刘长卿诗已是高品格的标准。

到了宋、元时期,刘长卿诗声价逐渐抬高,对刘长卿诗的评价进一步深入到了诗歌体制层面,并将他与其他诗人作横向比较,地位居钱起、郎士元之上。张戒《岁寒堂诗话》云:"韦苏州律诗似古,刘随州古诗似律,大抵下李、杜、韩退之一等,便不能兼。随州诗,韵度不能如韦苏州之高简,意味不能如王摩诘、孟浩然之胜绝,然其笔力豪赡,气格老成,则皆过之。与杜子美并时,其得意处,子美之匹亚也。'长城'之目,盖不徒然。"[8]不过也有人对刘长卿诗之欠骨力略有微词,如方回说:"刘长卿号'五言长城',细味其诗,思致幽缓,不及贾岛之深峭,又不似张籍之明白。盖颇欠骨力而有委曲之意耳。"[9]对刘长卿的贬谪遭遇也不同于唐人的态度,而给予一定的同情。元辛文房《唐才子传》这样评价:"长卿清才冠世,颇凌浮俗,性刚多忤权门,故两逢迁斥,人悉冤之。"[10]当代研究表明,辛书所取素材大体今日都能看到,所谓"颇凌浮俗"、"多忤权门"应属他自己的发挥,但将高仲武《中兴间气集》的"皆自取焉"易为"人悉冤之",明显表达了对刘长卿不幸遭遇的同情态度。

明、清以来,对刘长卿诗的评论愈益深入,尤其是基于辨体意识,从多方面肯定了刘长卿诗的典范性。明李东阳《麓堂诗话》指出:"《刘长卿集》凄婉清切,尽羁人怨士之思,盖其情性固然,非但以迁谪故,譬之琴有商调,自成一格。"[11]肯定了刘诗凄婉清切的韵调,能写尽羁人怨士之思,在贬谪诗这一类型中自成一格。王世贞《艺苑卮言》从格调立论,比较刘长卿与钱起的七律:"钱刘并称故耳,钱似不及刘。钱意扬,刘意沉;钱调轻,刘调重。如'轻寒不入宫中树,佳气常浮仗外峰',是钱最得意句,然上句秀而过巧,下句宽而不称。刘结语'匹马翩翩春草绿,邵陵西去猎平原',何等风调;'家散万金酬士死,身留一剑答君恩',自是壮语。"[12]钟惺、谭元春《唐诗归》又从唐诗前后期诗风变迁的角度论述了刘长卿诗的双重品格:"中、晚之异于初、盛,以其俊耳,刘文房犹从朴入。然盛唐俊处皆朴,中、晚人朴处皆俊。文房气有极厚者,语有极真者。真到极快透处,便不免妨其厚。"[13]明末许学夷《诗源辩体》对刘长卿五古、五七言律、五七言绝句都有所评议,评其古诗则与钱起合论,对比分析了两家五七言古诗的格调:"钱、刘五言古,平韵者多忌上尾,仄韵者多忌鹤膝。刘句多偶丽,故平韵亦间杂律体,然才实胜钱。七言古,刘似冲淡而格实卑,调又不纯。钱格若稍胜,而才不及,故短篇多郁而不畅,盖欲铺叙而不能耳。"[14]这样的讨论相比前代笼统的批评来显得更为深入和细致。关于刘长卿诗歌的艺术渊源,明初朱奠培《松石轩诗评》曾说:"刘文房之作,如湘川日夕,风烟渺然,碧草寒波,极望天际,可以浩歌而长太息矣。辞微而婉,声浑以厚,其哀不伤,其怨不乱,其屈平、宋玉之流欤?"[15]周履靖《骚坛秘语》则认为刘长卿:"最得骚人之兴,专主情景。"[16]朱、周二说独到地指出长卿诗对屈、宋及其艺术手法之承继,联系刘长卿的创作与湖湘地域的密切关系来看,不能不说是很有启发意义的。总体看来,明代诗论家对刘长卿诗的批评,视角和层次更加丰富多元,涉及体制、韵律、格调、语意及艺术渊源、诗史定位等多方面的问题,显示出明代诗学辨体意识日益精细的趋向。

  继明代辩体式的讨论之后,清代诗论家继续围绕着刘长卿"五言长城"的内涵,揭示其五、七言及古、近体诗的特征及与盛唐诗的渊源。贺裳《载酒园诗话又编》首先指出:"刘有古调,有新声。盛唐人无不高凝整浑,随州短律,始收敛气力,归于自然,首尾一气,宛若面语。其后遂流为张籍一派,益事流走,景不越于目前,情不踰于人我,无复高足阔步,包括宇宙,综揽人物之意。"[17]沈德潜《唐诗别裁集》则指出:"中唐诗近收敛,选言取胜,元气不完,体格卑而声调亦降矣。刘文房工于铸意,巧不伤雅,犹有前辈体段。"[18]乔亿《大历诗略》更具体到近体:"文房固五言长城,七律亦最高,不矜才不使气,右丞、东川以下,无此韵调也。"[19]因晚清六朝诗风的再兴,诗论家也将刘长卿的诗歌渊源与六朝联系起来。丁仪《诗学渊源》云:"长卿诗务质实,尚情性,尤善使事,格高气劲,自然沉着。古诗句法,犹袭齐梁,而无秾纤之敝。"[20]指出刘长卿的古诗句法有因袭齐梁之处,但不随纤秾之习。宋育仁《三唐诗品》论及刘长卿诗,则认为"其源出于柳浑、薛道衡。驰思波润,流音玉亮,尤工五律,当时号为五字长城。'老至居人下,春归在客先',以雅淡宣情。'叠浪浮元气,中流没太阳',以雄浑取概。暮帆夏日,寒雨巴邛,'楚国苍山','幽州白日','空江人语',动石濑之吟。川日寒蝉,托江湖之想。斯皆振采苍凝,体物弥工者也。《石梁湖》、《洞庭》、《京口》诸作,方之小谢,异曲同工矣"[21]。在他看来,刘长卿诗源于柳浑、薛道衡,有融合南北诗风的倾向,而体物之工则与谢朓有异曲同工之妙。在刘长卿诗史地位的确定上,清代批评更细致地讨论了他应归属盛唐抑或中唐的问题并论及他的诗歌史意义。贺贻孙《诗筏》认为:"刘长卿诗,能以苍秀接盛唐之绪,亦未免以新隽开中晚之风。其命意造句,似欲揽少陵、摩诘二家之长而兼有之,而各有不相及不相似处。其不相似不相及,乃所以独成其为文房也。"[22]陆次云《唐诗善鸣集》又指出:"文房在盛、晚转关之时,最得中和之气。"[23]将刘长卿置于盛唐、中唐之交的过渡位置,成为清代给予刘长卿诗史定位的代表性观点。关于刘长卿诗的典范性,由王渔洋指示后学也可以看出:"七律宜读王右丞、李东川。尤宜熟玩刘文房诸作。"[24]相对于"五言长城"来说,刘长卿的七律显然更具有典范性。但一脉传承渔洋诗学的翁方纲,在《石洲诗话》中也指出了刘长卿七律的负面影响:"随州七律,渐入坦迤矣。坦迤则一往易尽,此所以启中、晚之滥觞也。"[25]桐城派诗学与王渔洋诗学有深厚的渊源,所以姚鼐弟子方东树对刘长卿的推崇,大体演绎王渔洋之说。《昭昧詹言》卷十八论刘长卿,首言:"七律宗派,李东川色相华美,所以李辅辋川为一派,而文房又所以辅东川者也。大历十子以文房为最。"又云:"文房诗多兴在象外,专以此求之,则成句皆有余味不尽之妙矣。较宋人入议论、涉理趣、以文以语录为诗者,有灵蠢仙凡之别。"[26]这无疑是针对当时方兴未艾的宋诗风而下的针砭,以宋诗为参照系,从虚处凸显出刘长卿诗兴在象外、优游不尽的美学风貌。但同时的诗论家并非都持这种立场,刘熙载《艺概·诗概》以晚唐诗为参照系,就从实处归纳出不同的特点:"刘文房诗,以研炼字句见长,而清赡闲雅,'蹈乎大方'。其篇章亦'尽有法度',所以能断截晚唐家数。"[27]两说相辅相成,都说明了刘长卿诗的一些艺术特征,给后来的研究者不少启发。

可见,刘长卿作为大历时代诗坛的代表性作家,历代诗论家对其多有好评。然而时至清代,刘长卿的生平事迹和诗歌创作始终没有得到系统的研究,诗集也无人整理、注释。直到中国学术走向现代转型的20世纪,包含刘长卿在内的众多唐代诗人进入了现代唐诗学研究的学术视野,唐诗学者分别从刘长卿诗集版本梳理、生平及作品考证、思想内容和艺术特色分析、接受与传播研究几个方面开拓、探索刘长卿诗歌研究。

二 版本研究

有关刘长卿集版本的研究,最早可以追溯到北宋的书志目录,欧阳修《新唐书·艺文志》四著录:"《刘长卿集》十卷。"而后南宋晁公武《郡斋读书志》也著录十卷本,陈振孙《直斋书录解题》另著录有十一卷本,《宋史·艺文志》还著录二十卷本,但降至明、清时代,除《红雨楼书目》著录诗集十二卷外,公私目录的著录都是诗十卷、文或杂著一卷。进入20世纪,1928年赵万里《刘随州集》一文,介绍明钞本《刘随州文集》的版本面貌,并据明正德覆宋本校勘[28],开了刘长卿集版本研究的先声。此后对刘长卿集版本加以全面梳理的是万曼,他在《唐集叙录》中评述了刘长卿集版本的流传情况[29],得出宋代流传的刘长卿集有十卷本、十一卷本两种版本,而明代刊本似乎都源于十一卷本的论断。70年代日本学者高桥良行发表《刘长卿集传本考》、《日本现存刘长卿集解题——日本唐诗享受史的一个侧面》二文[30],前文详细考察了唐、宋、明、清各代刘长卿集的传本情况,认为刘长卿的部分诗歌可能在唐代已被编集,宋代有数种刊本流传,后世所传刘长卿集的祖本是南宋高宗时期的书棚本,明、清两代各种刊刻本都出于这个本子。明代流行的刘长卿集是由杨一清、韩明、李纪等地方官刊刻的郡斋本,而对刘随州集作出具体批评的文献始于清代《四库全书总目》的解题。后文则通过作者经眼的日本现存八种明、清刊本刘长卿集,勾勒出刘长卿诗集在日本的传播情况,从一个侧面为考察唐诗在日本的传播与接受提供了有价值的文献参考。此后的研究者在万曼和高桥良行的考证成果上,继续考索刘集版本源流,分析愈加细致。如储仲君对《刘随州集》宋代、明代、清代以及近代版本流衍作了细致考论,认为南宋书棚本为后来诸种刊刻本之祖。[31]杨世明梳理了刘长卿集版本,提出刘长卿集版本大致可以分为宋蜀刻本《刘文房集》十卷、明铜活字印本《刘随州集》十卷、明弘治十一年戊午刻本《刘随州文集》十一卷及外集一卷三个系统。[32]段承校通过比勘南京图书馆藏明抄本《刘随州诗集》,对其渊源提出了异于前人的结论。文中列举明抄本与李君纪本校语异处,认为明抄本直接抄自南宋书棚本,而非源于明代李君纪刻本,肯定了该抄本的校勘价值。[33]陈顺智综合万曼、高桥良行、储仲君诸人的成果,整体考述了唐代以来的刘长卿集版本情况,其结论基本与前人所得相一致而有所发明。[34]任晓辉在前人的基础上清理了历代刘集版本,说明诸种版本的依据、特征及与他本的关系,承认从清代以后的刻本、钞本、影印本、排印本一般都归入南宋书棚本的系统,并认为最接近刘集原貌的方式可能是以弘治临洮李君纪刻本为底本,再以北宋十卷残本作参校本。[35]总体来看,现有研究成果对刘长卿集的版本源流已有较为清晰的梳理与认识,对现存刘集版本的看法大体接近,都认同刘集版本主要分为十卷本与十一卷本的两个版本系统,也提出了各自的看法。近年来,台湾学者阮廷瑜《刘随州诗集校注》中有《刘长卿集传本述要》[36](2012),评介了台湾公藏图书刘随州集版本、大陆图书目录所载刘集刻本,对明、清两代的刘长卿集版本流衍作出考述。

三 生平及诗作考证

有关刘长卿生平事迹的研究,近六十年间取得较大突破,其中包括陈晓蔷、傅璇琮、郁贤皓、刘乾、卞孝萱、乔长阜、张君宝、刘乾、储仲君、杨世明、蒋寅、胡可先、邰林涛、何剑平、陈尚君、阮廷瑜等学者的研究成果。相关研究主要围绕刘长卿生卒年、贬谪、仕宦经历、交游情况等问题展开。

(一)生卒年

刘长卿生卒年史无可征,学者们考论多歧,一直存在多种说法。闻一多《唐诗大系》推定刘长卿生于中宗景龙三年(709),台湾学者陈晓蔷认为刘长卿约生于睿宗景云初(710前后),卒于德宗贞元初年之后(787以后)。[37]傅璇琮推测生于景云元年(710)前后或者是玄宗开元十三年(725)左右。[38]而后张君宝、杨世明、储仲君、蒋寅等的研究成果在闻一多、傅璇琮等人的看法之上作进一步发明。张君宝考定刘长卿的生年是中宗神龙二年(706),在贞元七年(791)以前逝世。[39]杨世明综合诸家说法并依年系述长卿生平,定其生年在开元六年(718)前后,其卒年下限是贞元六年(790),其《刘长卿集编年校注》附《刘长卿年谱》同。[40]储仲君则推算其生于开元十四年(726)前后,卒于贞元六年(790)。[41]蒋寅认同储仲君谓其生年为开元十四年(726)的说法,但提出其卒年下限为贞元五年(789)。[42]

(二)贬谪、仕宦经历

1964年,陈晓蔷首先质疑历来刘长卿贬谪事迹的记载,总体考索其生平行事,提出刘长卿曾三次获罪,后两次曾遭贬谪,第一次在天宝末年系狱,第二、三次迁谪岭外,贬谪去处皆在南巴以及出发地皆为鄱阳余干。第一次贬谪系遭吴仲孺诬奏,于上元末年至宝应初年获罪,而被贬至南巴。第二次贬谪是在大历十二年(777)春,刘长卿再次被贬南巴,量移睦州,为睦州司马。历来所谓刘长卿"终随州刺史",未必是指刘长卿卒于随州,而是另有缘由。[43]20世纪80年代,傅璇琮发表《刘长卿事迹考辨》[44],对刘长卿生平研究有正本清源之功,驳正《新唐书·艺文志》对刘长卿两次贬谪事迹混为一谈的误载,考出两度遭贬的时间和地点:第一次是肃宗至德三年(758)春天,从苏州长洲尉贬为潘州南巴尉;第二次是代宗大历八年至十二年(773—777)秋冬之际,为吴仲孺所诬奏而自淮西鄂岳转运留后贬为睦州司马;其次,以《刘长卿集》、新旧《唐书》的《李惠登传》为主要线索,考证出刘长卿并非《新唐书·艺文志》所谓"终随州刺史",判断其卒年在德宗贞元二年(786)至七年(791)之间,同时还讨论了登进士第的时间。这篇论文是刘长卿事迹研究实际的开拓之作,虽考证未臻精细,但立论严谨,为后来的研究奠定了基础。郁贤皓、刘乾、卞孝萱、乔长阜、张君宝、杨世明、蒋寅等都在傅文的考证基础上各有发明,然意见分歧很大。郁贤皓考证出贬南巴是在罢摄官被放归以后,在上元元年(760)春从余干赴往南巴。[45]刘乾指出刘长卿于代宗广德元、二年(763—764)间回到长安并任监察御史,认为在淮南为转运判官,并于大历六年(771)秋离开淮南移使鄂岳。在建元四年(783)失随州以后,成为淮南节度使杜亚的幕僚。[46]卞孝萱、乔长阜指出长卿玄宗朝游学科考、肃代两朝两遭贬谪、德宗朝官至郡守的三个创作阶段的成就与特征,继傅文考述刘长卿生平大节之后,更完整地勾勒刘长卿人生经历与诗风演变的总体线索。[47]蒋寅探讨了长卿生平重大事件的具体过程与年代问题,认为大致在天宝十一年(752)登第,至德二年冬(757)入狱,并在乾元二年(759)春之后不久被贬潘州南巴尉,大历十年(775)春已离开鄂州,赴睦州贬所。[48]郜林涛考证了刘长卿先摄海盐令、后被诬下狱的行迹,认为他自南巴北返是在肃宗上元二年(761),且有寓居余干的经历。[49]胡可先运用新出土墓志文献,以证明刘长卿曾任陈留浚仪县尉,考出刘长卿及进士第是在天宝七年(748)或天宝八年(749),认为《新唐书·艺文志》有关刘长卿至德中为监察御史的说法有其合理性。关于刘长卿为鄂岳转运判官时间,胡文依据新出土的《郑洵墓志》,修正傅璇琮"大历五六年间(770—771)"说、储仲君"大历五年(770)"说、杨世明"大历八年(773)"说,考订刘长卿为鄂岳转运判官时间是在大历三年(768)或稍前。[50]何剑平考察了刘长卿在开元末、天宝初年居长安及洛阳时已接触佛教,稽考出刘长卿与北禅宗、天台宗等宗系僧侣的交游过程,由刘长卿任官时与佛教的接触补充他的行迹线索。[51]陈尚君则以文史结合的方法勾勒出长卿两次贬谪的具体过程。[52]此外,继储仲君、杨世明之后,台湾学者阮廷瑜著有《刘长卿年谱》(2010),是近年来整体展现刘长卿生平经历的研究成果。[53]

(三)与其他诗人交往

学界对刘长卿与其他诗人交往的情况也有关注。郁贤皓《刘长卿别李白事迹小辨》考辨了刘长卿别李白事迹,认为刘长卿"谁怜此别悲欢异"句是指肃宗上元元年(760)春刘长卿与李白在豫章、余干一带的相会,在此写下《将赴南巴至余干别李十二》。对此,乔长阜发表《李白遇刘长卿说献疑》[54],对郁文的结论提出质疑,说"刘长卿《将赴南巴至余干别李十二》诗的'李十二',不过是行第偶然与李白相同而已,其实并不是李白。李白与'将赴南巴'的刘长卿相遇于余干的说法是不能成立的"。邹志方考述了刘长卿在越中与诗人秦系、严维、朱放、诗僧灵一和灵澈等人的交游。[55]金秀枝据长卿诗探讨了刘长卿与李揆、李希言、李嘉祐、李纾、李幼卿几位李氏族人的交往及其对刘长卿人生经历的影响。[56]

综上所述,在20世纪80年代以前,刘长卿生平考证研究相对沉寂。80年代以后,随着国内学术研究回复正常,唐诗研究日渐兴盛,唐代诗人生平考证也成为学界关注的课题,刘长卿生平事迹研究随之进入突飞猛进的阶段。刘长卿生平的重大事件及一些细节问题,随着考证的逐步深入越来越清晰,生平经历基本勾勒出来。但由于刘长卿履历缺乏翔实可靠的记载,研究者只能从他的诗文与史籍相互发明中得出判断,甚至据他的交游、唱和之作来推断行迹,因此学者们的考证结论难免有分歧。近十年来,长卿生平研究较少推进,除了陈尚君一文外,尚未见其他专门的研究文章。就目前的研究来看,刘长卿生平还有不少有待于进一步考实的问题,或许只能期待于新的出土文献提供更多可考的记载,否则很难获得更为坚实有说服力的的结论。

《刘长卿集》自宋代刊刻以来,诗作多有歧异或与重见,《全唐诗》收入的刘长卿诗多与他人重出。因此对刘诗的甄别、考辨成为刘长卿研究的一个学术热点。佟培基对刘长卿诗中重出互见的50首作了辨析,推定其中20首非刘作,5首存疑,考论严谨。[57]此后柏俊才[58]、陈顺智[59]在佟培基的考证基础上续有发现和补充。有关刘长卿诗作系年的考辨,有储仲君《刘长卿诗歌名篇系年质疑——兼及诗人生平的若干问题》[60](1988)、刘乾《刘长卿诗续考》[61](1991)、《刘长卿诗再续考》[62](2002)、陈顺智《刘长卿诗歌透视》附录《刘长卿诗歌系年考辨》[63](1994)、肖献军《刘长卿湖湘诗重系年》[64](2011),使刘长卿诗中重出互见作品的归属权及编年问题获得日益清晰的判断。与此前后整理刘长卿诗集的编年、校笺本,有储仲君《刘长卿诗编年笺注》(中华书局1996年版)、杨世明《刘长卿集编年校注》(人民文学出版社1999年版)两种,储本以明弘治十一年李君纪刊本为底本,将刘长卿诗分为编年诗、未编年两个部分,收诗509首。附有诸家序跋、刘长卿简表、《刘随州集》版本考、评论、杂记,是首部刘长卿诗歌编年著作。《版本考》对刘长卿版本源流考证详实,厘清北宋以来长卿集的承传概况。杨本内容包括校注、评说、序跋题记、生平传记、年谱,同样也以李君纪刊本为底本,收诗506首,为420首编年,按诗、词、赋、文排序。储、杨二书作为20世纪刘长卿诗歌研究的总结性成果,为刘长卿诗歌的考辨和研究提供了很大的便利。储书问世在先,且作者于中唐诗研究有较深的学术积累,相较之下文献整理和研究的贡献也更突出。

四 思想内容研究

关于刘长卿诗思想内容的研究起步相对较晚。房日晰较早地对刘长卿诗歌思想作专门性研究,作者结合诗人生平经历解读其诗作关心安史乱中的国家命运与人民疾苦、批判封建专制制度及其怀才不遇的思想感情,肯定了刘长卿诗反映盛唐转向中唐的社会现实及其历史意义。[65]储仲君则从刘长卿诗中秋风、夕阳等常见吟咏对象出发,联系诗人的个性、追求与经历深入探究其诗歌意旨。[66]杨世明对长卿的思想曾作简要评述,尤其注意当时盛行的佛、道思想对长卿及其诗歌的影响。[67]

关于刘长卿诗歌题材、主题研究,研究者多关注于山水诗、贬谪诗。在山水诗研究方面,王志清着眼于刘长卿山水诗与盛唐山水诗的关系,以定位其诗歌史位置。[68]朱丹阳分析了刘长卿山水诗中失去家园的孤独者形象及情感内涵,揭示其山水诗之于诗歌史的特殊意义。[69]石慧、王丹结合刘长卿科考、贬谪、涉佛等人生经历,解读其山水诗所具有的"孤独意识"、"隐逸情结"及"宗教情怀"。[70]刘长卿曾有两次贬谪经历,其贬谪诗也为学者所关注,这方面的研究有:赵银芳首先考述了刘长卿入狱及两遭贬谪的始末、原因,而后从贬谪文学角度并结合刘长卿贬谪经历,将他的诗歌分为首次贬谪前、首次遭贬时、被贬归来至再次被贬前、第二次贬谪时以及贬谪结束后五个时期。[71]赵文是较早地结合刘长卿贬谪经历对其诗歌作综合性探讨的研究成果。杨道州剖析了刘长卿首次被贬、再次被贬以及晚年时期诗歌创作的心路历程。[72]李昇认为"孤"与"怜"是刘长卿贬谪诗的情感特征,表现在主题取向、时空观念及意向类型三个方面。与高仲武等人的意见有所不同,李文提出刘长卿诗创新之处在于通过描写生活事件来抒发内心感受,在体物方面比盛唐诗人更为深刻与细致,这点继承了建安文学重内心感受和感事抒情的艺术手法。[73]徐永东探讨了湖湘地域文化与刘长卿贬谪诗的交互关系,分析诗人湖湘诗中山水寄托、历史感喟等内涵及其"体物情深,工于铸意"的艺术呈现。[74]在历来学者对刘长卿《逢雪宿芙蓉山主人》的解读之后,葛云波结合唐人的写作经验与创作谱系以及生命历程,细致地分析了"风雪夜归人"中"归人"的具体所指,该文的研究方法与视野值得借鉴。[75]可见,随着研究的不断深入,学界对于刘长卿诗歌题材及主题的考察逐步走向精耕细作的阶段。

另外,从文化学视角解读刘长卿及其诗歌的思想内容,学界也有不少成果。有学者结合宗教情怀来探讨长卿诗的思想内容,如郜林涛探讨佛教思想对刘长卿及其诗歌的影响,认为刘长卿虽未深涉佛理,但随着饱经仕途坎坷,他对佛教思想的接受也愈加深入,在创作上体现为浸染佛性的诗句及"空明闲淡"与"寂静深幽"的诗风。[76]潘殊闲剖析刘长卿融合释、道两家的宗教思想及宗教活动,认为宗教情怀使他的诗歌在艺术上体现为澹泊空灵、清幽闲雅的风格。[77]胡小勇结合当世佛教思想,探讨刘长卿亲近佛教的时代和个人因缘、行为和思想上接受佛禅的表现及其诗歌中的佛禅美学意象。[78]也有从贬谪文化的角度来探讨刘长卿诗歌的研究,姚雪红从贬谪文化的视角探究长卿诗歌的类型、意象与风格,进而以独特的贬谪文化心态观照贬谪士人的生命历程。[79]还有学者从心理学的角度探讨刘长卿的创作心理及其诗歌呈现的心灵状态,熊七芳剖析了刘长卿诗歌心态的形成、表现,通过刘长卿诗的心态透视大历诗人的矛盾人格和心理状态。[80]杜文宇提出"惆怅"情结伴随刘长卿一生,认为在其现存的五百余首诗中有表达"惆怅"之情并结合刘长卿不同阶段的"惆怅"诗歌来探索其心境。[81]这些论文在前人提出的论断上有不同程度的细化,但总体上缺乏新的突破。

五 艺术特色研究

刘长卿是由盛唐转入中唐的重要诗人,尤其为代表大历诗风的杰出作手。20世纪80年代以来,学界对刘长卿诗歌艺术特色的研究关注一直较为热切。研究专著有陈顺智《刘长卿诗歌透视》[82](1994);就单篇论文而言,日本学者高桥良行的《论刘长卿诗的表现》[83](1982)是较早地触及刘长卿诗歌艺术特征的论文,但发表后不被国内学界所知。国内学界的相关论文有房日晰《刘长卿诗的艺术特色》[84](1984)、张天健《试论刘长卿"五言长城"的近体模式》[85](1988)、储仲君《秋风、夕阳的诗人——刘长卿》[86](1992)、陈顺智《刘长卿诗歌意境的审美特征》[87](1992)、《刘长卿诗歌体裁论》[88](1995)、《论刘长卿诗歌的风格》[89](2000)、邓仕樑《刘长卿在唐代七律发展的地位》[90](1993)、蒋寅《刘长卿与唐诗范式的演变》[91](1994)、潘殊闲与王胜明《刘长卿"五言长城"新解》[92](2004)、王志清《刘长卿山水诗的盛唐面目》[93](2006)、孙建峰《刘长卿五言诗特殊体式之考述》[94](2010)、孟爱华《刘长卿诗歌用韵考》[95](2010)、葛晓音《刘长卿七律的诗史定位及其诗学依据》[96](2013)、《"意象雷同"和"语出独造"——从"钱、刘"看大历五律守正和渐变的路向》[97](2015)等。当前的研究内容大致可分为诗歌艺术研究、诗体研究两个方面。

1. 关于诗歌艺术研究。学界对刘诗艺术研究主要集中于风格、意象、意境及诗学范式的层面。陈顺智对刘长卿诗歌研究有筚路蓝缕之功，他结合了现代心理学、美学来剖析大历诗歌的审美特色，从诗歌本体、诗人感官及空间位置三个维度挖掘刘长卿诗的审美结构模式，将刘长卿置于大历诗风的变迁中来考察其诗史定位。房日晰肯定了清代沈德潜谓刘诗"工于铸意，巧不伤雅"的艺术特色，指出刘诗具有整瞻流畅、淡净炼饰的艺术风格，并从结构、意象与语言三个层面探究其成因。[98] 蒋寅吸收日本学者在刘长卿诗意象和诗语方面的研究成果，更进一步分析了刘长卿诗中强烈的自我意识和情绪化倾向与取材狭隘及表情词、意象单调的关系，认为其写意特征和程式化的倾向带来诗歌整体上的冷落、衰飒风格印象和意象陈熟老化的两种结果，其诗歌范式演变的轨迹意味着情景分离的盛唐范式向情景交融的中唐范式的过渡。[99] 在随后出版的《大历诗人研究》中，蒋寅将刘长卿作为江南地方官诗人的代表与盛中之交承前启后的诗人，就其诗歌创作显示出的盛唐范式过渡至大历范式的典型意义作了更明确的结论。对此，王丹也探讨了长卿山水诗的创作历程、艺术风貌、山水情怀及对于文学史的影响。[100] 20世纪90年代以来，对于长卿诗歌意象的研究，着眼于其诗中"秋"、"夕阳"、"青山"、"白云"、"水"等意象，如狄松《从水语象观照刘长卿诗情感内涵》[101]（1998）、李军《论刘长卿诗歌创作中的"夕阳"情结》[102]（2002）、楚清伟《论刘长卿诗中秋之意象》[103]（2004）、金坚强与胡祖平《解读刘长卿诗歌中的"青山"意象》[104]（2006）、《解读刘长卿诗歌中的"白云"意象》[105]（2006）、王义梅、李明亮《论刘长卿以冷感意象群营造意境》[106]（2009）、卢笑涵《隐隐青山无限意——论刘长卿诗中的青山意象》[107]（2009）、李红雨、郝彦丰《刘长卿诗歌中的"闭门"意象》[108]（2010）、刘小荣《浅论刘长卿诗歌中的象征性意象》[109]（2010）、陈刚《刘长卿诗歌意象研究》[110]（2010）、刘真《解读刘长卿诗歌中的舟船意象》[111]（2012）、吴莉莉《山含秋色近，鸟度夕阳迟——刘长卿诗歌中黄昏意象的研究》[112]（2016）、邓琳《刘长卿诗"秋"意象的时代特质》[113]（2018）、邵文彬《心理学视域下刘长卿诗的剑意象探微》[114]（2020）、姜玲《存在主义视域下的刘长卿诗歌水意象观照》[115]（2022）等，虽然阐释角度有所丰富，分析也愈加细致，但选题和旨趣较少突破前人的视野。

2. 诗体方面的研究则聚焦于五言诗与七律。刘长卿自许"五言长城"，他对五言诗的自负招致后世评论家、学者的验证和讨论。20世纪80年代以来，学界对刘长卿五言诗的内涵、体式及诗歌史意义等问题一直有所讨论。张天健探索自诩"五言长城"的刘长卿在五律内容处理上的"形式"规律，剖析其意象组合模式有重叠钩锁式、顺流直下式、纵横辐射式、宛转关生式、层现错出式五种类型，肯定了刘长卿五律运用这些模式的自觉性。[116] 蒋寅针对刘长卿"五言长城"的自许，举证指出长卿五言长诗存在着结构、意脉时有涌乱不清的缺点，参照高仲武《中兴间气集》"思锐才窄"的评价，重新诠释了这一评价的基本涵义，认为刘长卿的五言弱于七言，他对诗歌艺术的贡献主要是在七律一体，在唐代七律中独辟一种清空淡远的美学风貌。[117] 潘殊闲等重审长卿自诩并为历代评论家津津乐道的"五言长城"之说，认为五言篇制之长、短并非五言古、近体之谓，提出"五言长城"应理解为长卿对五言诗创作的偏爱、五言诗在数量上占优以及论者对其五言诗价值及艺术性的偏爱这三点。[118] 关于五律，葛晓音结合五律的诗体历时性演变，以钱、刘为代表考察大历五律守正与渐变的路向，在此基础上说明造成刘长卿五律"意象雷同"的外部原因是大历诗人过从密切、创作环境趋同,内部原因是取材范围收缩、诗风因袭和写作惯性。与学界多注目于刘诗语辞、意象的雷同不同,葛晓音独到地指出刘诗"语出独造"的趋向,即突破五言诗字、词组合的模式和正常语法顺序的原理,进而挖掘诗体自身的潜力,这种趋向为中晚唐诗人"吟安五个字"甚至走向苦吟埋下了伏笔。[119] 至于七律,现代唐诗学者重视刘长卿的作品,主要是着眼于其艺术特征、对于诗歌发展的意义及诗学定位问题。台湾地区有杜水封《随州七律赏析》[120](1976),鉴赏刘长卿七律名作的艺术魅力。香港学者邓仕樑以叶嘉莹对杜甫七律的分期为参照来探讨刘长卿在唐代七律发展中承前启后的位置,指出刘长卿的创作经历与盛唐诗人大体一致,七律写作集中于贬谪期间,在盛、中唐演变历程中有开风气的作品,尤其是对以元白、刘禹锡为代表的中唐诗平易流转一派启其端绪。[121] 蒋寅继叶嘉莹、邓仕樑之后继续探讨刘长卿的七律创作,指出刘长卿改变了唐代七律发展的趋向,并从贬谪与送别的主要内容、强烈的情绪化倾向、虚实相生的表现手法以及洗练流畅的语言几个方面论述了刘长卿七律的艺术特征。[122] 林珍华从题材类型、思想内容、审美意象、语言艺术及诗歌风格五个维度剖析长卿七律的主要特点,并探讨在唐诗体式演变历程中,刘长卿七律对初盛唐的承继、对中晚唐的启迪作用。[123] 总体来看,认为刘长卿在盛唐与中唐之间起到承上启下的作用,其七律与杜甫七律各为一派而分别影响了中唐诗歌,基本上是目前学界的主流认识。对此,葛晓音提出不同看法,作者梳理历代诗论家对刘长卿及其七律的看法,尝试跳出初盛、中晚唐之争的视域,从意境营造、抒情结构、情景组合的变化三方面重新定位刘长卿的七律,指出刘长卿七律并未明显改变"正宗"的盛唐韵调,却与被视为"变格"的杜甫共同致力于七律发展的必然方向,以期纠正学界局限于初盛、中晚之争讨论刘长卿的偏向,提出应以其体式发展的建树作为诗学评价的依据。[124]

诗歌用韵研究是学界开辟的长卿诗艺术研究的新领域,近年来,孙建峰据储仲君《刘长卿诗编年笺注》的诗歌文本,从句数、押韵、对仗、平仄四个形式要素来考察刘长卿部分五言诗的特殊体式。[125] 该论文首次依据诗歌格律特征来校理刘集的异文,不失为一种有参考价值的校勘方法。孟爱华从用韵的角度考察477首确定归属的刘长卿诗,讨论了其近体诗的韵部系统、古体诗与近体诗用韵异同、刘诗与杜甫、韦应物的诗韵比较,并从诗歌用韵来校勘刘长卿诗。[126] 孙、孟二人从诗歌格律的角度对刘长卿诗作了专门研究,结合诗作格律、用韵的规律校勘诗作,有助于刘长卿诗歌艺术研究尤其是用韵研究朝向精细化的方向发展。

六 传播、接受研究

近年来,刘长卿诗传播、接受研究成为研究者开拓的一个新的研究领域,这些研究成果分别探析了刘长卿诗通过诗歌创作活动、诗话、诗歌选本等方式、文本传播与接受情况,王玉蓉探讨了刘长卿诗歌在唐宋两代的传播、接受,考察了在唐宋时期刘诗的交游唱和、题诗、干谒投献、诗歌选集等几种传播途径。在批评史、接受史方面,该文认为刘长卿诗歌史地位随时代更迭而越发拔高、唐五代人倚重五言及宋人渐重七律,并探究背后的诗学原理。[127] 赵星梳理了历代诗话涉及"五言长城"、刘诗艺术及诗法的评价。[128] 余翠翠爬梳了历代诗话涉及刘长卿人品、诗品的批评,探讨以谢榛、许学夷为代表的明代批评家、以王士禛为代表的清代评论家的刘长卿诗批评与接受。[129]胡君从前代重刊唐诗选本、新编唐诗选本、明人诗话、明刊刘集四类文本来考察刘诗在明代传播与接受及其原因。胡文提出明初的评价直接影响明中、后期刘诗批评,考察出明前期唐诗选本选录刘长卿诗居中唐诗首位,明中、后期选录数量有所起伏,然而有明一代对刘诗仍能保持相对高位的接受程度,从社会环境、审美思潮、选家旨趣方面探讨选本高度接受刘诗的原因,肯定刘诗在明代接受度高的特征。[130]

目前已有对刘长卿诗在唐代、宋代、明代诗话、诗歌选本、创作活动等方面的传播与接受研究,然而相较于刘长卿诗在明、清两代的高度接受与佳评甚多的实际,现有刘诗的传播、接受研显得冷清、单薄,尚有较大的开掘空间。目前来说,还缺乏对刘诗历代传播、接受的总体关照,尤其是考察以清代诗歌选本、清人诗话及刘诗评价与接受,尚待研究者作深入、立体的探讨。

质言之,从现有的刘长卿诗歌研究成果看,20世纪80年代至90年代,其研究焦点主要集中在版本考述、诗作考辨及整理方面。20世纪90年代中叶以后,研究方向深入到诗歌风格、诗歌意境、诗歌意象、诗体及诗歌史意义方面,以及结合更深广的文化背景来探讨刘长卿诗歌的研究也逐渐增多。继承了20世纪唐诗学的丰硕成果,刘长卿诗歌接受、历代评价的研究逐步进入研究者的视野,成为21世纪以来唐诗学的新进的研究方向。

注　释:

〔1〕　独孤及《送长洲刘少府贬南巴使牒留洪州序》,周绍良主编《全唐文新编》卷三八七,第2部第3册,吉林文史出版社2000年版,第4445页。

〔2〕〔5〕　高仲武《中兴间气集》,傅璇琮、陈尚君等编《唐人选唐诗新编(增订本)》,中华书局2014年版,第504页。

〔3〕　范摅《云溪友议》卷上,唐雯校笺,《唐宋史料笔记丛刊》,中华书局2017年版,第33页。

〔4〕　权德舆《秦征君校书与刘随州唱和集序》,郭广伟校点《权德舆诗文集》,下册,上海古籍出版社2008年版,第812页。

〔6〕〔7〕　皇甫湜《答李生第二书》,周绍良主编《全唐文新编》卷六八五,第3部第4册,第7765页。

〔8〕　张戒《岁寒堂诗话》,丁福保辑《历代诗话续编》,上册,中华书局1983年版,第460页。

〔9〕　方回选评,李庆甲集评校点《瀛奎律髓汇评》卷四十七,下册,上海古籍出版社2005年版,第1669页。

〔10〕　傅璇琮主编《唐才子传校笺》卷二,第1册,中华书局1987年版,第323页。

〔11〕　李东阳《麓堂诗话》,丁福保辑《历代诗话续编》,下册,中华书局1983年版,第1379页。

〔12〕　王世贞《艺苑卮言》卷四,丁福保辑《历代诗话续编》,中册,第1010页。

〔13〕　钟惺、谭元春《唐诗归》卷二十五,《续修四库全书》第1590册,第135页。

〔14〕　许学夷《诗源辩体》卷二十,周维德集校《全明诗话》,第4册,齐鲁书社2005年版,第3310页。

〔15〕　朱奠培《松石轩诗评》,周维德集校《全明诗话》,第1册,第464页。

〔16〕　周屡靖《骚坛秘语》卷中,《丛书集成初编》第2613册,第49页。

〔17〕　贺裳《载酒园诗话又编》,郭绍虞编选,富寿荪校点《清诗话续编》,第1册,上海古籍出版社1983年版,第331页。

〔18〕　沈德潜选注《唐诗别裁集》,下册,上海古籍出版社2013年版,第363页。

〔19〕　乔亿选编,雷恩海笺注《大历诗略笺释辑评》,天津古籍出版社2008年版,第63页。

〔20〕 丁仪《诗学渊源》卷八,张寅彭主编《民国诗话丛编》,第3册,上海书店出版社2002年版,第199页。

〔21〕 宋育仁《三唐诗品》卷二,《问琴阁文录》,清光绪年间(1875—1908)攽隽堂刻本。

〔22〕 贺贻孙《诗筏》,郭绍虞编选,富寿荪校点《清诗话续编》,第1册,第185页。

〔23〕 陆次云辑《唐诗善鸣集·中唐上卷》,清康熙二十六年(1687)蓉江怀古堂刊本。

〔24〕 王渔洋口授,何世璂述《然灯记闻》第十八条,王夫之等撰,丁福保辑《清诗话》,上册,上海古籍出版社2015年版,第122页。

〔25〕 翁方纲《石洲诗话》卷二,郭绍虞编选,富寿荪校点《清诗话续编》,第3册,第1384页。

〔26〕 方东树《昭昧詹言》卷十八,汪绍楹点校,人民文学出版社1961年版,第419页。

〔27〕 刘熙载著,袁津琥笺释《艺概笺释》卷二,中华书局2019年版,第310页。

〔28〕 赵万里《刘随州集》,《北京图书馆月刊》第一卷第二号,1928年6月。

〔29〕 万曼《唐集叙录》,中华书局1980年版,第60页—63页。

〔30〕 蒋寅编译《日本学者中国诗学论集》,凤凰出版社2008年版,第83页—112页。

〔31〕〔41〕 储仲君《刘长卿诗编年笺注》,中华书局1996年版,第590页—597、579—588页。

〔32〕〔67〕 杨世明《刘长卿集编年校注》,人民文学出版社1999年版,第12—13、6—9页。

〔33〕 段承校《明抄本〈刘随州集〉考略》,《古籍研究》1999年第2期。

〔34〕 陈顺智《刘长卿集版本考述》,《文献》2001年第1期。

〔35〕 任晓辉《刘长卿集版本源流试说》,《吉林师范大学学报》2005年第1期。

〔36〕 阮廷瑜《刘长卿集传本述要》,《刘随州诗集校注》,五南图书出版2012年版。

〔37〕〔43〕 陈晓蔷《刘长卿生平事迹初考》(上、中、下),《大陆杂志》29卷3期至5期(1964年8月15日至1964年9月15日),第11—14、23—28、30—35页。

〔38〕〔44〕 傅璇琮《刘长卿事迹考辨》,《唐代诗人丛考》,中华书局1980年版。

〔39〕 张君宝《刘长卿生平辨证》,《唐代文学论丛》1984年第4辑。

〔40〕 杨世明《刘长卿行年考述》,《四川师范学院》1990年第4期。

〔42〕 蒋寅《刘长卿生平再考证》,《中国典籍与文化论丛》第2辑,中华书局1995年版。

〔45〕 郁贤皓《刘长卿别李白事迹小辨》,《中华文史论丛》1980年第1期。

〔46〕 刘乾《刘长卿三题》,《唐代文学论丛》1982年第1辑。

〔47〕 卞孝萱、乔长阜《刘长卿诗初探》,《社会科学战线》1982年第4期。

〔48〕 蒋寅《大历诗人研究》,北京大学出版社2007年版。

〔49〕 郜林涛《刘长卿被贬南巴事迹考证》,《中国典籍与文化》2002年第1期。

〔50〕 胡可先《刘长卿事迹新证》,《学术研究》2008年第6期。

〔51〕 何剑平《刘长卿与佛教相关事迹考》,《武汉大学学报》2009年第5期。

〔52〕 陈尚君《诗人刘长卿的两次迁谪》,《文史知识》2021年第12期。

〔53〕 阮廷瑜《刘长卿年谱》,《辅仁国文学报》2010年第30期。

〔54〕 乔长阜《李白遇刘长卿说献疑》,《中国李白研究(1992—1993年集)》,安徽文艺出版社1992年版。

〔55〕 邹志方《刘长卿与越中交游》,《绍兴师专学报》1990年第1期。

〔56〕 金秀枝《刘长卿与李氏家族交游考》,《蚌埠学院学报》2019年第4期。

〔57〕 佟培基《刘长卿诗重出甄辨》,《文学遗产》1993年第2期。

〔58〕 柏俊才《〈全唐诗〉刘长卿重出诗歌考》,《山西师大学报(社会科学版)》1999年第3期。

〔59〕 陈顺智《刘长卿重出诗考》,《魏晋南北朝隋唐史资料》(第十八辑)2001年版。

〔60〕 储仲君《刘长卿诗歌名篇系年质疑——兼及诗人生平的若干问题》,《晋东南师范专科学校学报》1988年第3期。

〔61〕 刘乾《刘长卿诗续考》,《西南师范大学学报(人文社会科学版)》1991年第2期。

〔62〕 刘乾《刘长卿诗再续考》,《平原大学学报》2002年第3期。

〔63〕〔82〕 陈顺智《刘长卿诗歌透视》,湖北人民出版社1994年版。

〔64〕 肖献军《刘长卿湖湘诗重系年》,《中国文学研究》2011年第1期。

〔65〕 房日晰《刘长卿的思想评价》,《西南师范学院学报》1983年第1期。

〔66〕 储仲君《秋风与夕阳的诗人——刘长卿》,《唐代文学研究》第三辑,广西师范大学出版社1992年版。

〔68〕 王志清《刘长卿山水诗的盛唐面目》,《殷都学刊》2006年第2期。

〔69〕 朱丹阳《刘长卿山水诗中的情感内涵分析》,《辽宁师专学报(社会科学版)》2009年第2期。

〔70〕 石慧、王丹《刘长卿山水诗三大情怀探析》,《湖南科技学院学报》2013年第10期。

〔71〕 赵银芳《入狱贬谪与刘长卿诗歌研究》,陕西师范大学硕士学位论文,2007年。

〔72〕 杨道州《浅析刘长卿贬谪时期的诗歌创作》,《沈阳教育学院学报》2010年第3期。

〔73〕 李昇《孤怜的诗歌与诗歌的孤怜——论刘长卿贬谪诗的创作》,《黔南民族师范学院学报》2016年第3期。

〔74〕 徐永东《刘长卿湖湘诗略论》,《湘南学院学报》2018年第6期。

〔75〕 葛云波《如何精确读懂"风雪夜归人"》,《中华读书报》2023年8月2日。

〔76〕 郜林涛《佛教与刘长卿的思想和创作》,《山西大学学报(哲学社会科学版)》2001年第6期。

〔77〕 潘殊闲《刘长卿及其诗歌的宗教情怀》,《西南民族大学学报(人文社科版)》2004年第2期。

〔78〕 胡小勇《佛教思想和刘长卿的诗歌创作》,湖南大学硕士学位论文,2009年。

〔79〕 姚雪红《刘长卿诗风与贬谪文化心态探究》,《吉林省教育学院学报》2018年第10期。

〔80〕 熊七芳《刘长卿诗歌心态研究》,西南大学硕士学位论文,2009年。

〔81〕 杜文宇《论"惆怅"情结在刘长卿诗歌中的体现》,《中国民族博览》2021年第20期。

〔83〕 高桥良行《论刘长卿诗的表现》,《中国文学研究》第8期,早稻田大学中国文学会1982年12月出版。

〔84〕〔98〕 房日晰《刘长卿诗的艺术特色》,《求是学刊》1984年第4期。

〔85〕〔116〕 张天健《试论刘长卿"五言长城"的近体模式》,《汉中师院学报》1988年第3期。

〔86〕 储仲君《秋风、夕阳的诗人——刘长卿》,《唐代文学研究》第三辑,广西师范大学出版社1992年版。

〔87〕 陈顺智《刘长卿诗歌意境的审美特征》,《江汉论坛》1992年第7期。

〔88〕 陈顺智《刘长卿诗歌体裁论》,《西南师范大学学报(哲学社会科学版)》1995年第1期。

〔89〕 陈顺智《论刘长卿诗歌的风格》,《社会科学研究》2000年第3期。

〔90〕〔121〕 邓仕樑《刘长卿在唐代七律发展的地位》,《唐代文学研究》1993年第四辑,广西师范大学出版社1994年版。

〔91〕〔99〕〔117〕〔122〕 蒋寅《刘长卿与唐诗范式的演变》,《文学评论》1994年第1期。

〔92〕〔118〕 潘殊闲、王胜明《刘长卿"五言长城"新解》,《重庆邮电学院学报》2004年第5期。

〔93〕 王志清《刘长卿山水诗的盛唐面目》,《殷都学刊》2006年第2期。

〔94〕〔125〕 孙建峰《刘长卿五言诗特殊体式之考述》,《中国韵文学刊》2010年第1期。

〔95〕〔126〕 孟爱华《刘长卿诗歌用韵考》,《渤海大学学报》2010年第5期。

〔96〕〔124〕 葛晓音《刘长卿七律的诗史定位及其诗学依据》,《中山大学学报》2013年第1期。

〔97〕〔119〕 葛晓音《"意象雷同"和"语出独造"——从"钱、刘"看大历五律守正和渐变的路向》,《清华学报》2015年45卷第1期。

〔100〕 王丹《刘长卿山水诗艺术风貌研究》,湘潭大学硕士学位论文,2007年。

〔101〕 狄松《从水语象观照刘长卿诗情感内涵》,《福建论坛(文史哲版)》1998年第3期。

〔102〕 李军《论刘长卿诗歌创作中的"夕阳"情结》,《中州学刊》2002年第4期。

〔103〕 楚清伟《论刘长卿诗中秋之意象》,《开封大学学报》2004年第3期。

〔104〕 金坚强、胡祖平《解读刘长卿诗歌中的"青山"意象》,《海南广播电视大学学报》2006年第2期。

〔105〕 金坚强、胡祖平《解读刘长卿诗歌中的"白云"意象》,《黔东南民族师范高等专科学校学报》2006年第4期。

〔106〕 王义梅、李明亮《论刘长卿以冷感意象群营造意境》,《重庆科技学院学报(社会科学版)》2009年第7期。

〔107〕 卢笑涵《隐隐青山无限意——论刘长卿诗中的青山意象》,《湖南工业职业技术学院学报》2009年第5期。

〔108〕 李红雨、郝彦丰《刘长卿诗歌中的"闭门"意象》,《四川教育学院学报》2010年第2期。

〔109〕 刘小荣《浅论刘长卿诗歌中的象征性意象》,《大众文艺》2010年第6期。

〔110〕 陈刚《刘长卿诗歌意象研究》,苏州大学硕士学位论文,2010年。

〔111〕 刘真《解读刘长卿诗歌中的舟船意象》,《时代文学》2012年第6期。

〔112〕 吴莉莉《山含秋色近,鸟度夕阳迟——刘长卿诗歌中黄昏意象的研究》,《南通职业大学学报》2016年第1期。

〔113〕 邓琳《刘长卿诗"秋"意象的时代特质》,《大庆师范学院学报》2018年第4期。

〔114〕 邵文彬《心理学视域下刘长卿诗的剑意象探微》,《新乡学院学报》2020年第7期。

〔115〕 姜玲《存在主义视域下的刘长卿诗歌水意象观照》,《名作欣赏》2022年第9期。

〔120〕 杜水封《随州七律赏析》,文馨出版社1976年版。

〔123〕 林珍华《论刘长卿的七言律诗》,华侨大学硕士学位论文,2009年。

〔127〕 王玉蓉《唐宋时期刘长卿诗歌传播接受史研究》,暨南大学硕士学位论文,2010年。

〔128〕 赵星《诗话视野中的刘长卿诗歌批评》,《剑南文学》2012年第8期。

〔129〕 余翠翠《诗话视野下刘、韦诗歌批评研究》,淮北师范大学硕士学位论文,2012年。

〔130〕 胡君《刘长卿诗歌在明代的传播与接受研究》,重庆师范大学硕士学位论文,2021年。

〔作者简介〕 叶蕾,女,1996年生,广东河源人,华南师范大学文学院博士研究生,研究方向为唐代诗学。

吴晟《知性反思江西诗学研究》读后

钟 东

自南宋吕本中《江西诗社宗派图》至于当代,"江西诗派"和历史现象的研究,近千年来从未间断。而至于近五十年,则随着文献资料的整理和专门研究的深入,成果越来越丰富。

江西诗派就存在着创作的群体与理论的认识这两个历史真实。但是,这并非江西诗派的全部,吴晟的著作《知性反思江西诗学研究》(中山大学出版社2019年版),还给人们开启了另一个领域,这就是对于前两个历史真实的理论探讨。

然而,人们对于"江西诗派"的研究,有一个区域,是其不足:首先,已经有充分的静态分析,尚没有充分动态考察,也即缺少足够的成果去关注其本身演变的过程;其次,已经有了对诗派充分赞誉的评价,尚未有充分而专门对诗派反面意见的梳理;第三,对于这个诗派的反思性评价,一般只做到南宋,而尚未充分涉及金元明清近现代的时间段。总之,对于"江西诗派"的实践、理论与反思的研究,吴晟的此书有了领域上的拓展以及成果上的新获。

本文就上面提出的几个点,对吴晟的著作《知性反思江西诗学研究》作一个分析。

一 关于江西诗学蜕变历程的讨论

吴晟非常不同一般学人的基本观念,是把江西诗学看成是一个演变的历程。他把这种演变,用"蜕变"一词概之,可见他看到了江西诗学在形式与内容上都一直有变化。

在他的书中,蜕变的内容,放在第一章来讨论。他举出了吕本中、陈与义、陆游、杨万里、姜夔几个诗家对于诗歌的理解做代表。

对于吕本中的诗学,吴晟认为包括创作论与风格论两个方面。就创作论而言,提出了诗歌要有法,更要有活法;要如参禅,懂得悟入;又说好诗还需苦吟、频改、阅读、揣摩而后有望圆成。就风格论而言,吴晟认为吕本中也考虑过。总之,吕本中作为江西诗派的最早系统总结者,他的诗歌观念应当是江西诗学的发轫。既如此,吴晟把他放在第一位,是很有必要的。只是,吕本中诗歌观念中的风格论并不明显,这一点我放在文末来补充。

到了陈与义的诗学,吴晟则指出了在特殊时代也即"靖康之难"对于诗歌观念的影响,一方面是对诗歌活法的发展而追求新奇,另一方面是对于诗歌精神的继承而重视师法杜甫。这真是国破家亡之巨大变革,对于诗学的强烈刺激而产生的巨大变化。

本文收稿日期:2023年5月1日

至于陆游,吴晟特别强调他在抗击外族入侵的战斗实践中,把锻炼句法变而为功夫在诗外的领悟。尤其是强调陆游所悟得的诗法三昧的探讨,吴晟实际上是对学术界的解释进一步加以扩展了,也即除了现实生活的内容之外,还有着内养也即"养气塞天地"、"吐出自足成虹霓"。可见,陆游的诗学,实际上是现实生活的内容与自身感情的培养相结合的产物,有着充实而康健的精神。

同是南宋四大家,杨万里又与陆游不同。吴晟指出几个变化:一是杨之诗学虽然受到黄庭坚的影响注重句法,更加重视味外之味;一是杨诗对于"点铁成金"的扬弃,认为"闭门觅句非诗法,只是征行自有诗";一是杨诗强调不向书本找材料,而是要心师造化、取法自然、回归造化,即所谓"学诗要透脱"。这三方面,分别名之为风味说、感兴说和透脱说,吴晟特别指出这三个方面并不是对江西诗学的超越,反而是对江西诗学的理论化。

时至于姜夔,其诗家法,是黄庭坚嫡系,也即颇重法度,讲格讲意,认为格、意于礼义,自然有涵养。但是,姜夔在诗歌创作的实践中,以及时人的弊病中,明显感觉到江西诗法到了乾道、淳熙年间,如果不变法是不可能有出路的。于是,他鉴于江西诗派的后昆成功的经验,例如温润的范致能、痛快的杨挺秀、高古的萧东夫、俊逸的陆务观都不受江西固有家法的限制,从而提出了突破江西诗法的樊篱,而标举独创精神。大概他所说的独创,就是写出自己的风味,其所强调与曹丕所说的"体气"说比较接近。姜夔的四高妙说,可以说是达成自家风味的途径,这就是碍而实通的理高妙、出自意外的意高妙、写出幽微的想高妙、非奇非怪的自然高妙。可见同是师鲁直,姜夔敢于因而求变,开拓创新,已经是江西诗法的新变了。

如上,吴晟书中勾画了江西诗法的探索历程,这是与以前学界未有充分看到动态江西诗法相比,明显在思路上提供了学人的观照空间。

二 关于江西诗学鼓倡声音的评判

江西诗学之所以在文学史上至今余响回荡,这是因为历史上一直存在空谷足音。吴晟的著作中,专门安排了一章来梳理这个问题。其所举例,有吴曾的肯定"以才学为诗"和赞赏山谷机趣,有胡仔的充分给予黄庭坚历史成就和地位,有陈善的对黄庭坚风格高古的推崇,有方回的"一祖三宗"说的提出,有翁方纲的肌理说强调以义理和学问为诗的宋诗质量说,有方东树的杜、韩、黄一脉相承渊源说,有曾国藩的人功、天机相凑泊的共鸣,诸如此类,实在是在历史的空旷山谷中,回荡着江西诗学的悠扬声响。

本来,"才需学也"的道理,在汉代至魏晋人才选拔的时候,已经把问题搞得非常清楚。至齐梁时代,刘勰专门探讨过才性与学习对于创作的影响,在《文心雕龙》中承认有天才,但更强调后天的学习。至于江西诗学,黄庭坚是特别强调学习的,所以有所谓"以才学为诗"的路数,这一点在吴曾的笔下得到了肯定,也就是说经过他的表达,变成是江西诗学的一种特色。其实,这是一个时期整体的效应,也就是吴曾在《能改斋夜话》中所引皎然说诗的偷语、偷意、偷势,这在黄庭坚则都有使用,而惠洪早就指出夺胎、换骨的方法。吴曾的诗话,对于黄庭坚诗法的广为人知,无疑起到了传扬的作用。

古人在出名之后,若是同一时代,往往会比较高下。恰如二曹优劣论的比较曹丕、曹植兄弟,至北宋苏黄出,也有苏黄争名之说。这个问题,在吴曾的诗话中已经有涉及,但是没有作出评判。而胡仔的《苕溪渔隐丛话》,明确否定了苏黄相争,而主张李杜苏黄并列。吴晟指出,胡仔这种并列齐名的观念,实际上是充分肯定黄庭坚的独创精神,黄虽学杜,而自成一家,不善学的人被黄庭坚拦在半路,不知寻根溯源,更不能独步自立。似此,也是明显为江西诗学鼓倡之举。

既然李杜苏黄齐名并列,黄庭坚的诗到底是什么高度呢?以至于虽名"江西诗派"却实在风靡全国甚至于历代。这个问题,却在一个并不特别出名的诗评家笔下有了答案,这就是陈善《扪虱新话》。吴晟能注意到这个人,一是他学过黄庭坚,二是他评论江西派。陈善对于苏轼、黄庭坚诗歌最大的颂扬,就是他总结出了苏黄诗的风格,属于"高古"。吴晟引《二十四诗品》中的"高古"一品为说,或近之。但是细品原文,则知陈善所言,乃是苏黄诗学皆根植于上古的《诗》《骚》、经文,其所谓"诗格极于高古"非是司空图所说的道家风味,而是由于镕铸古典,自成新篇。这种加在"天才"上面的"力学",才是"高古"的内涵。这样的评价,确实值得注意,是只有苏黄能到,他人不及的。

众所周知,流派需是有群体。吕本中《宗派图》"自山谷而下列陈后山等二十五人",已成群体的横向统系,但给世人的印象,这个诗派还是不够纵向的历史传承。至方回《瀛奎律髓》出,用宗祧文化,标举"一祖三宗"之说。吴晟引文"古今诗人当以老杜、山谷、后山、简斋为一祖三宗,余可预配飨者有数焉。"吴晟指出在尊崇江西诗派的同时,方回又强烈批评当时的"永嘉四灵",他们的诗学"晚唐体""诗道不古"。方回这样做,显然为江西诗派树立了诗学正宗的地位。

对于江西诗学的隔代回响,吴晟举了翁方纲、方东树、曾国藩三人。翁方纲从肌理上说宋诗质厚,而文理上对山谷诗派的肯定则专引出逆笔法来分析,从这些分析可见翁氏对于江西诗学的理论认识进一步细化了。至于方东树,吴晟指出其《昭昧詹言》对江西诗法有两大贡献,一是渊源的探讨在肯定学杜的同时增加了学韩,所以黄庭坚诗风有沉顿也有勃郁,二是在诗法上从造意、选言、隶事、炼字、文法、篇章衡量江西诗派,有妙用从心,随手多变之妙。至于曾国藩,其于诗学注重积学而积理、随机而入神,曾专门校录黄山谷七古七律,而诗作也用山谷家法。以上三人,以其学问、诗评、事功的历史地位而提倡江西诗学,所以影响很大。

总之,吴晟认为历代都有对江西诗法的鼓倡,其所举例,都在于论证确实有此。不过,我们也看到各家对江西诗法的不同读解。

三 关于江西诗学补偏努力的探讨

作为一个诗派诗学的流行,甚至有隔代回响,这是事情的一个方面。吴晟的研究,还注意到另一个方面,这就是这个诗派诗学也有历代诗家的纠偏和补正。吴晟指出葛立方、刘克庄、何梦桂、元好问、胡应麟、王士禛、袁枚等人都是较典型的例子。

葛立方《韵语阳秋》,当然肯定并弘扬江西诗法的"夺胎换骨"、"点铁成金",但是他又指出江西诗派的后学,对社会的批评落入讪谤,而有违"温柔敦厚"的本旨。这种纠正,是建立于江西诗派对社会现实批评太过的认识而进行的,可谓切中要害。

刘克庄《江西诗派小序》，肯定黄庭坚是有宋本朝的诗歌宗祖，但是其诗学核心"以性情为本"，所以对于江西诗法中的书本、事料提出了批评。另外，刘克庄还对"以禅喻诗"提出了异议，这是否有见于山谷诗常用佛典，则于吴晟书中所不见。

如果说见弊发言，正如对症下药，前两位主要的内容上纠偏补谬。到何梦桂，而主要承认江西诗派宗社的前提下，又发现了一个不足，这就是江西诗法的资书为诗与偶丽熟俗同病，也就是不能熔铸典籍只会堆砌典故，不能感物为诗只能气雕意耗，同样造成气骨浮弱。所以他的补偏之方，是养气和感兴。

诗歌的发展，美感的要求也不一样。诗至于元遗山，其诗宗汉魏，有"正体"与"真淳"等诗歌美学的主张，也有"高情"与"天然"的赏鉴，他评论诗歌是用历史上的最高标准来衡量的。吴晟分析了他《论诗三十首》中的第二十八首（古雅难将子美亲），在此诗中实际上可见元好问对江西诗法有保留意见的，他的意思是杜子美的古雅、李义山的精纯，并非江西诗派人人能到，谈论诗歌的宗法完全同意黄山谷的看法，但是自己却不愿意做江西诗社的人物。所以，元遗山是放在历史的长河来看江西诗派的，其诗法也就是俯瞰千年的，当然在他看来江西诗社的学唐本身没有错，其不足在于失真。

江西诗人都自认杜甫为诗祖，然而胡应麟出，以为黄山谷只得杜律之偏，陈后山只有律诗有杜骨，他诗则与杜悬远。其实，胡氏乃欲标举唐音，而贬低宋法。如果以宗唐为标准，则江西诗社的三宗应当是以下次序：陈与义第一，陈师道第二，黄庭坚第三。从吴晟的研究看，对胡应麟的路数与江西诗法不同，是显而易见的。

与胡应麟明确宗唐不同，入清王士禛则既宗唐、还祧宋，其诗学乃兼顾性情与学问，而提出"神韵说"，他认为欧梅苏黄的"才力学识皆足跨凌百代"，又说"论宋诗者不得不以江西诗派为主流，而以黄庭坚为宗匠矣。"对于江西诗法，在他看来，黄山谷之外，江西派的后学不得杜诗之真，所以说"却笑儿孙媚初祖，强将配食杜陵人"（效元遗山论诗）。

袁枚又与胡、王不同，而用"性灵"衡诗。所谓性灵，是天赋才情而成风趣，在他看来，有性情自然有格律。所以袁枚论诗，同杨万里，不许格调。基于这种诗学观，袁枚认为江西诗学杜而不类杜，在他看来就是学古人而不成自我，也就是不尊重自己的性灵天趣。

如上诸家，吴晟认为他们看见了江西诗学的偏弊，所以每有纠偏补弊之论。

四　关于江西诗学反拨观念的思考

对于江西诗法，还有一些人是完全站在不同的视点来看的。吴晟的书中，有专章文字来讨论反拨，所列诸人有张戒、严羽、王若虚、王世贞、陈衍。

张戒，有《岁寒堂诗话》，他深许黄山谷对子美诗的承传，说"子美之诗，得山谷而后发明"。但是，他也毫不客气说山谷学杜乃是"屋下架屋，愈见其小"。原因是山谷诗在他看来存在一些毛病，比如用俗语、重形式。张戒还以诗当情、意韵味并重方能称妙，而江西诗未逮。

以禅喻诗的名家严羽，其《沧浪诗话》的诗学本来自江西，不过后来他又用盛唐玲珑兴象来矫正宋人学问为诗，主张活参，以及"诗有别材非关书也，诗有别趣非关理也"，他从而认为以文字、以才学、以议论为诗,是江西诗法的偏颇。故严羽标盛唐以救北宋。

王若虚则认为诗歌创作非常个体,所以他说"文章自得方为贵,衣钵相传岂是真",他反对江西的效拟古人;他又说"夺胎换骨何多样,都在先生一笑中",所以认为山谷是在剽窃。这种看法,显然是矫枉过正的。

明代"后七子"的理论旗手王世贞,诗主"格调",谓"才生思,思生调,调生格。思即才之用,调即思之境,格即调之界。"他用这个标准,看江西诗境生涩奇峭,又认为师古不足,囿于模拟。这些看法,未必是符合事实,但毕竟出发点是想纠正江西诗法的。

同光体诗人陈衍,其诗学根于江西诗派特别是黄山谷,但是他的视野更广,不但唐宋并举,兼取汉魏六朝,所以他也对江西诗法指出过一些批评。比如,他希望先"诗人之诗",后"学人之诗",则似爱深恨切之论了。

从上可知,吴晟充分注意到了有一些诗家有意于对江西诗学加以反拨,而以上这些是比较著名有成就者。

五 关于江西诗学理学离合的分析

对于江西诗学,理学家们也参与讨论,这一方面是因为江西诗法的影响太大,引起了理学家的注意,另一方面则是理学家本身也是诗家关注着诗路诗法与诗学。吴晟敏感地注意到这一点,所以又有了一个专章来讨论理学与诗学的离合。其所举人物,主要有朱熹、楼钥、叶适、刘壎等人。

在朱熹看来,文道合一是至理,而诗文当不离于道,"道者,文之根本;文者,道之枝叶",这种明显以道为重的理论,与诗文家的文学观,略有不同。人们在争论是性灵还是学问更重要的时候,朱熹站在居高的视点说:"这文皆是从道中流出,岂有文反能贯通于道之理?"他非常高评山谷,说"山谷诗精绝",但又说是努力而没有得自在。

楼钥的学问自经训、小学中来,所以见世人以奇为文深以为非,他看不惯韩、柳,而独许宋祁"粹然一出于正"。他似乎很崇古,"典谟训诰,无一语之奇,无一字之异,何其浑然天成如此!"这种经学的本位,让他并不那么认同黄庭坚,以为"尚兹蹞踣未阔步,吞舟之鱼沟岂容"。

叶适的立论,一本经教。他认为读书要接统绪,为文要关教事,笃行要合大义,立志要存忧世。所以,学古之人,要畏忧自己的心行不矩于教。他又说诗之功能,在得圣人之心,"养天下以中,发人心以和"。他以苏黄乃学杜者而有失于唐,四灵乃写心者而有获于唐。

南宋的其他理学家陆九渊、魏了翁、真德秀、杨简、包恢等诸家,吴晟著作也有论及。陆九渊以人为重的文学观显然与文章家以文为重相离,但却肯定"江西以诗社名天下"、"其植立不凡"乃宇宙之奇诡。魏了翁宗守朱熹"文章从道中流出"的观念,认为经道之余,因诗成音。但他还是嘉许黄、陈诗境的,在《黄太史诗序》中引张文潜(耒)诗:"黄郎萧萧日下鹤,陈子峭峭霜中竹"。杨简、包恢也专主道理之学,但杨谓陈言务去、包谓陶潜君子,论虽如此,而诗则不及,其于江西诗学,也只能隔靴搔痒。

至于同为江西籍的理学家南丰人刘壎,即心即理,用此评诗,认为黄、陈诗之格调超卓。但他又批评江西诗学贱理贵诗,而作诗专祖蹈袭,未免失理狂怪。

以上诸家,经吴晟的研究,可见衡诗之立场不同,所见也异。当然,他们共同的对象是诗以及江西诗法,所以有离亦有合。

结语

江西诗派在中国文学的历史、诗学的历史上,无疑是一个重要的流派。这个流派的成员组合,就像天空的某个星群,而放射着永久的光芒。这个诗派的得失是非,引起千古的反响,自1978年,傅璇琮《黄庭坚和江西诗派资料汇编》由中华书局出版以来,全面梳理这些资料而成一本有体统的专著,则有吴晟这本《知性反思江西诗学研究》。这本书的好处在于将傅先生资料汇编的散珠线索,划分成几个相互联系的板块,而专门考查了各种意见的江西诗学观所产生的个人、时代、学术等因缘。从而让我们对江西诗学的动态历程,有一个完整而丰富的认识。其于学术,显然有重大的贡献。

当然,吴晟此书除了直接研究江西诗学的知性反思这个话题之外,他也有意于通过江西诗学的历史研究,而探明诗学中的言志与缘情、师古与出新、宗祖与成我这样的诗学普遍理念。这种寓一般于个别、个别包括一般的唯物辩证的思维方法,对于中国诗学有着广泛的普适性,也见出吴晟著作的学术意义,既广且深。

当然,本书的个别地方,也是再加讨论的。今举一例言之。在书中的第一章《江西诗学之蜕变》第一大点"吕本中对江西诗学的理论提升"的讨论中,第二方面是"风格论"提到几点,第一是"诗贵警策"也归入风格论,这个有些不太妥当。警策,正如众所周知的,乃是出自陆机的《文赋》"立片言以居要,乃一篇之警策",原文非常明白,指的文章技巧,要让文章有振起的语句,这个就像令警响的鞭策似的,使文章的语言群组有着综合的文势,这种属于文术方面的内容,适合于不同风格的文类,但它本身并不是风格的范畴。警策在刘勰《文心雕龙·体性》也找不到对应的风格类别,刘勰恰好是把警策放在《隐秀》中来讨论文术的。所以这个警策的概念,还是放在文章或诗歌的技巧来讨论更好些。同样是这个"风格论",在讨论养气的内容,似乎放在风格方面也不甚合适,因为这里是需要作细致的分析才好:首先是汉王充、齐梁刘勰的著作中,唐韩愈也论气,则专门讲培养内在在思想感情,他们这样的文章是专门讨论文章作法的养气问题,他们的讨论还是属于文术的范围,而本节引用吕本中《与曾吉甫论诗第二帖》正是顺承着这条脉络而来的;其次是曹丕《典论·论文》所说的"文以气为主,气之清浊有体,不可力强而致",他所说的气,所指是作家个人的性格特征在文章上的表现,可以归入风格论的范围,而前一个只能归在文术。吴晟把两种文气说混在一起,是不够细心的。一方面,作为文术的文气说,其特点是可以通过后天的学习和努力,正像刘勰所说"学业在勤","务在节宣",从而达到"清和其心,调畅其气",这是文气可养;另一方面,各人的文章特性则是天生的,正如曹丕所说"引气不齐,巧拙有素,虽在父兄,不能以移子弟",文气是不可替代的。所以,这两种气说不可混为一谈而同谓之风格论。至于句眼炼字,更不是风格论,就不赘述了。似此,对于这部体大思精的著作而言,只不过是白璧微瑕而已。

〔作者简介〕 钟东,中山大学中文系教授。

《中国诗学》撰稿格式

一、来稿请用4A页面排;除特殊需要,全文用简体字;正文用5号宋体,独立引文用5号仿体。

二、一律使用新式标点符号。除破折号、省略号占两格外,其它标点均占一格。书名和论文篇名均用《》,不用引号和单书名号。并列书名、引号,中间加顿号。

三、引用文献应据可靠版本,所有引文均需核实无误。独立引文用仿体,首段前空四格,回行前空二格。

四、注释采用篇末注,括码如〔1〕〔2〕标示在标点符号前上方,体例如下:

(一)引用常用古籍(如"二十四史"、《资治通鉴》、《全唐诗》等),需标明书名、卷数和篇章,如:

〔1〕《三国志》卷一《魏书·武帝纪》。

引用一种易见文献次数众多时,首次引用注明版本,以下可随文注出卷次、页码,不另出注。

(二)引用古籍,需标明作者、书名、卷数、篇章和版本信息,稿抄本或稀见刊本需注明收藏处所。如:

〔1〕方象瑛《报朱竹垞书》,《健松斋续集》卷四,民国十七年方朝佐重刊本。

〔2〕陈瑚《顽潭诗话》补遗,中国社会科学院文学研究所藏缪荃孙钞本。

(三)引用新版古籍,首次出注时需注明作者、整理者(包括校注、校笺、校释、点校者)、书名、篇章、丛书名、出版机构、出版日期、页码等项,再见时可省去丛书名、出版机构、出版日期。如:

〔1〕徐熊飞《修竹庐谈诗问答》,周维德辑注《诗问四种》,齐鲁书社1985年版,第263页。

〔2〕孔颖达《春秋左传正义》卷一五,中华书局影印阮元校刻《十三经注疏》本,1980年版,第1816页。

(四)引用今人论著译著,首次出注时需注明作者、篇名、书名、译者、出版机构、出版年、版次、页码等,再见时可省去出版机构和出版日期。如:

〔1〕程千帆《张若虚〈春江花月夜〉的被理解和被误解》,《古诗考索》,上海古籍出

版社 1983 年版,第 85—101 页。

〔2〕钱锺书《谈艺录》,中华书局 1984 年补订本,第 234 页。

〔3〕青木正儿《清代文学评论史》,杨铁婴译,中国社会科学出版社 1988 年版,第 138 页。

(五)引用期刊论文,首次出注时需注明作者、文章名称、刊物名、刊期、页码等,再见时可省去刊物名和刊期。由出版社发行的连续出版物,需注明出版者、出版年月。如:

〔1〕傅璇琮《李白任翰林学士辨》,《文学评论》2000 年第 5 期。

〔2〕周勋初《元和文坛的新风貌》,《唐代文学研究》第 3 辑,广西师范大学出版社 1992 年版,第 307 页。

(六)引用外文论著,可依照中文格式,论著名使用斜体,如:

M. I. Finley, *politics in the Ancient World.* Cambridge University Press, 1979, pp. 11—12.

五、文章所涉及的中国古代朝代年号,一般在第一次出现时括注公元纪年,公元前纪年加"前"字;二位数以内的公元纪年,数字前加"公元"二字。如:

建安元年(196),元狩二年(前 121),建初四年(公元 79)。

六、中国古代朝代年号、古籍卷数等采用中文数字,序数一般用简式,如:

《全唐诗》卷一三七。

年号、卷数一般用繁式,如:

唐玄宗开元二十五年,《豫章黄先生文集》三十卷,《外集》十四卷,《别集》二十卷。

公元纪年、期刊卷、期、号、页等均用阿拉伯数字。

七、注释之下请附录〔作者简介〕,包括生年,学位,工作单位,职称,研究方向等。

八、请附文章题目的英文翻译,注意实词首个字母要大写。

九、最后请附详细地址(若有变动,请及时通知)、电话、电邮地址等,以便联系。

十、请作者提供电子文本,文件格式为.doc,通过网络寄发电子信件。同时,若文章有造字或手写字等复杂情况,须提供简体字打印稿。稿件请寄 chinesepoetics2024@163.com。